BOOKSPOT

Silvia Stolzenburg

Die Launen des Teufels

Roman

BOOKSPOT VERLAG

Satz/Layout: Peter Hänssler
Covergestaltung: Nele Schütz Design, München
Lektorat: Mirjam Hecht
Druck: CPI – Clausen & Bosse, Leck
Made in Germany
ISBN 978-3-937357-41-6
www.bookspot.de

Für meinen Schatz, der in den schwärzesten Tiefen
Licht und Hoffnung gespendet hat

Prolog

Herbst 1349

Es ist die Mitte und gleichzeitig der Wendepunkt des 14. Jahrhunderts, die Zeit, in die sowohl der Aufstieg des Bürgertums als auch der langsame, unaufhaltsame Verfall des weitgehend verarmten Ritterstandes fallen. Das Deutsche Reich erstreckt sich von Friesland bis Tirol, von Brabant bis Böhmen und Mähren. Außer dem seit 1339 in Frankreich tobenden Hundertjährigen Krieg zwischen dem französischen König und seinem englischen Nachbarn und dem Litauenkrieg des Deutschen Ordens herrscht Ruhe in Europa, was sich jedoch schon bald ändern soll. Nach den Wirren eines mehr oder weniger rechtlosen *Interregnums*, das dem Ende des Stauferreiches gefolgt war, hat mit Karl IV. (1346 – 78) ein Luxemburger den anhaltenden Streit um die deutsche Krone für sich entschieden. Da die sieben machthungrigen, zum Teil geistlichen, zum Teil weltlichen Kurfürsten, die das Recht zur Königswahl haben, 1338 im Kurverein zu Rhens festgelegt haben, dass der von ihnen gewählte König keiner päpstlichen Bestätigung bedarf, fördern der so ins Abseits gedrängte Papst und der französische König kurzerhand einen deutschen Gegenkönig. Schon kurz darauf setzt sich dieser, Karl IV., gegen seinen Konkurrenten, Ludwig den Bayern, durch. In seiner langen Regierungszeit gelingt es Karl, die Position des Königs in Deutschland neu zu stärken, und er ernennt Prag zur Hauptstadt seines Reiches. Dort gründet er auch die erste deutsche Universität.

Während sich die Dinge in Deutschland beruhigen, leidet der *Stuhl Petri* unter seiner zunehmenden Abhängigkeit von Frankreich, die dazu geführt hat, dass der oberste Herr der Christenheit seit Beginn des Jahrhunderts in Avignon im Exil lebt. Die wachsende Machtübernahme durch das französische Königshaus wird drei Jahrzehnte später zum *Großen Schisma* führen, in dem sich die Lateinische Kirche in zwei Lager spaltet, da ein Papst in Rom und einer in Avignon residiert. Zwei der weitreichendsten Auswirkungen dieser päpstlichen Schwäche sind ein steter Verfall und eine Verweltlichung der katholischen Kirche. Die Klagen mehren sich: Das kirchliche Finanzsystem belastete die Christenheit, die Kurie beansprucht Spolien (den persönlichen Nachlass der Geistlichen), Jahresgelder, Palliengelder für die Amtsvergabe, erhebt Gebühren für Privilegien und Gnadenbriefe. Und nicht nur das; auch der Hurenzins – eine Abgabe, mit der Priester und Mönche dafür sorgen, dass ihre Vorgesetzten ihre unerlaubten Beziehungen übersehen – hält Einzug. Zudem häufen sich die Beschwerden über nachlässige Amtsführung, Habgier und Sittenverderbnis der Geistlichen, sodass ohne Übertreibung gesagt werden kann, dass das moralische Ansehen des Klerus einen Tiefstand erreicht hat. Ein spätmittelalterlicher Zeitgenosse bemerkt:

> »*Am Tage des* [Jüngsten] *Gerichts wird der eine* [Mönch] *seinen Bauch vorzeigen, der von Fischen aller Art rund geworden ist, ein anderer wird hundert Scheffel Psalmen hervorsprudeln. Ein dritter wird Myriaden Fasttage aufzählen und es sich als Verdienst anrechnen, wie oft sein Magen nach der Fastenzeit bei einem einzigen Frühstück fast geplatzt wäre; ein weiterer wird eine Unzahl Zeremonien herbeischleppen, die kaum von sieben Lastschiffen gefaßt werden können. Dieser rühmt sich, sechzig Jahre lang niemals Geld angefaßt zu haben außer mit Fingern,*

die durch doppelte Handschuhe geschützt waren« (in: Erasmus von Rotterdam: Das Lob der Torheit, Frankfurt a. M. 1979, S.104ff).

Derweil die Geistlichen immer mehr im Morast der Lasterhaftigkeit versinken, werden die aufblühenden Städte zusehends mächtiger. Im Laufe der Zeit erwerben sie Reichsrechte, sogenannte Regale, wie das Steuer-, Münz- oder Zollregal, umfangreiche Besitzungen, erhalten eine eigene Stadtverwaltung, Stadtrechte sowie Stadtsiegel. Die meisten Bewohner der Städte sind Bürger, doch sind sie alles andere als gleichgestellt. Neben der Oberschicht, dem sogenannten *Patriziat*, das sich aus Groß- und Fernkaufleuten, Gewandschneidern und Ministerialen (Angehörige des Dienstadels) zusammensetzt, wetteifert die Mittelschicht (Handwerker und wohlhabende Kleinhändler) um Macht und Einfluss in der Stadt. Die Unterschicht, die etwa die Hälfte der Bevölkerung ausmacht, reicht von einfachen Leuten wie armen Handwerkern und Kleinkrämern über beruflich Unselbstständige (Gesellen und Lehrlinge) bis hin zum Gesinde und den Bettlern. Während die Handwerker sich in Zünften zusammenschließen, ist das Patriziat in Gilden organisiert. Wer in solch eine Gilde aufgenommen werden will, muss durch Zeugen nachweisen, dass bereits sein Vater kein Handwerker mehr war und dass er sein Vermögen nicht durch handwerkliche Arbeit erworben hat. Obwohl die Zünfte die Mehrheit des einflussreichen Teiles der Stadtbevölkerung stellen und im wirtschaftlichen Leben sowie der Stadtverteidigung eine entscheidende Rolle spielen, bleiben sie bis ins 14. Jahrhundert von der Stadtregierung ausgeschlossen, da die Sitze des Rates an die Patriziergeschlechter gebunden sind. Dies führt in vielen Städten zu blutigen Auseinandersetzungen, in denen die Zünfte um ihr Recht auf Mitregierung kämpfen.

So auch in Ulm, wo unsere Geschichte spielt. Nach schweren, bürgerkriegsähnlichen Auseinandersetzungen zwischen den Handwerkszünften und dem städtischen Patriziat herrscht nach der Unterzeichnung des *Kleinen Schwörbriefes* des Jahres 1345 jedoch wieder Frieden in der mächtigen Handelsmetropole an den Ufern der Donau. Dank der Nichteinmischung des Grafen Ulrich von Württemberg, der kein Interesse an der Reichsstadt zeigt, gelingt es Ulm, sich in den folgenden Jahren zu einem der Knotenpunkte des europäischen Handels aufzuschwingen, der von Skandinavien bis nach Nordafrika, von Syrien bis nach Irland und darüber hinaus reicht. Das Machtgefüge der von einer gewaltigen Befestigungsanlage geschützten Stadt wird bestimmt durch das im Zentrum gelegene Barfüßerkloster, das Ratskollegium und die Zünfte und Gilden. Das Aufblühen der Wirtschaft hat die Stadt vor allem der günstigen Lage zu verdanken, da sie durch die ab hier schiffbare Donau zum Schnittpunkt verschiedener Handelswege wird. Dies führt dazu, dass auf dem städtischen Markt schon bald nicht nur Wein, Salz, Metalle und Gewürze aus aller Herren Länder umgeschlagen werden, sondern auch Tuche wie Leinen, Ulmer Loden und das »Gold der Stadt«: der kostbare *Barchent.* Dieses Mischgewebe aus Leinen und Baumwolle unterliegt strengen Kontrollen und erzielt pro Jahr einen Umsatz von etwa 200 000 rheinischen Gulden – eine unvorstellbar hohe Summe. Davon fließt, aufgrund der Steuern und Abgaben, ein nicht zu verachtender Betrag in die Stadtkasse.

Zur selben Zeit, in die der wirtschaftliche Aufschwung fällt, setzt sich in Europa das französische Kathedralprogramm durch, und es beginnt ein Wettstreit um den größten, prächtigsten und vollkommensten gotischen Sakralbau. Dieser Eifer macht auch vor Ulm nicht Halt. Um den ohnehin schon beträchtlichen Reichtum der Stadt noch weiter zu mehren und Gott ein Denkmal zu setzen, wird auch hier in der zweiten

Hälfte des Jahrhunderts mit dem Aushub einer riesigen Baugrube begonnen, die schon bald den Grundstein zum Bau des gewaltigsten und himmelstürmendsten Kirchenbaus der Welt empfangen soll: des Ulmer Münsters.

Alles scheint im Aufschwung, als im Jahr 1347 in Kaffa am Schwarzen Meer die Pest ausbricht. Diese als Geißel Gottes verstandene Krankheit wird in den kommenden Jahren 20 bis 25 Millionen Menschen, also etwa ein Drittel der damaligen Bevölkerung, dahinraffen und das Rad der Geschichte weitgehend zum Stillstand bringen. Verbreitet durch den winzigen Rattenfloh, scheint es zunächst so, als würde die tödliche Plage vom Mittelmeer aufgehalten, doch dann erreichen die ersten verseuchten Pelzlieferungen Deutschland. Wo es besonders die international Handel treibenden Metropolen trifft …

Die Launen des Teufels

Kapitel 1

Ulm, Oktober 1349

Komm schon, Anabel, wir haben nicht den ganzen Tag Zeit!«

Mit einem schuldbewussten Einziehen des Kopfes quittierte das schlanke, rotblonde Mädchen, das wie gebannt in den vor seinen Füßen gähnenden Abgrund starrte, die Aufforderung der Freundin, machte jedoch keinerlei Anstalten, sich von dem Anblick der gewaltigen Baugrube loszureißen. Beinahe ein Dutzend Fuß tief hatten sich die schlammverkrusteten Werkzeuge der stöhnenden und fluchenden Arbeiter bereits in den von unzähligen Steinen durchsetzten Boden gefressen, der sich mit einer knietiefen Wasserschicht an seinen Peinigern rächte.

»Wenn wir nicht bis zur Vesper zurück sind, reißt uns Henricus den Kopf ab!«, setzte Vren hinzu und ergriff den Oberarm ihrer Begleiterin. »Was ist denn daran so spannend?«, fragte sie mit einem verächtlichen Blick auf das unansehnliche Loch, das immer noch Anabels gesamte Aufmerksamkeit fesselte. Der seit Tagen unablässig fallende Regen hatte den schweren Boden der Ostalb in einen zähen Lehm verwandelt, der in dicken Klumpen an den von Scharten zerfurchten Schaufeln der Männer klebte, die trotz der feuchten Kälte ihre groben Leibröcke abgelegt hatten und mit bloßem Oberkörper, nur mit langen Hosen bekleidet, barfuß durch den

Schlamm wateten. »Ich weiß wirklich nicht, warum wir uns hier die Beine in den Bauch stehen müssen!«

Mit einem resignierten Seufzen wandte sich die Gescholtene um, bückte sich nach dem bis zum Rand mit braunen Mönchskutten gefüllten Weidenkorb und hob den Blick der blauen Augen zu der sie um einen halben Kopf überragenden Freundin. Der ansonsten ernste, etwas traurige Ausdruck war für einen kurzen Augenblick unbeschwerter Neugier gewichen. Doch als sie das Missfallen in den dunklen Zügen der zwei Jahre älteren Vren las, huschte ein Schatten über ihr von Sommersprossen übersätes Gesicht, dem die hohen Wangenknochen ein leicht fremdländisches Aussehen verliehen.

»Seit Wochen redet niemand mehr von etwas anderem«, murmelte sie entschuldigend. »Ich wollte es endlich mit eigenen Augen sehen.« Ihre Stimme bebte leicht, doch als Vren ihr beschwichtigend die Hand auf die Schulter legte, stahlen sich ihre Mundwinkel kaum wahrnehmbar nach oben. »Denkst du, die Geschichten sind wahr?«, fragte sie, nachdem sie dem in der Mitte Ulms gelegenen, direkt an das Franziskanerkloster angrenzenden Bauplatz den Rücken gewandt hatten, um in Richtung Blau davonzueilen.

Vren zuckte die Schultern. »Ich weiß es nicht«, erwiderte sie nach einigen Schritten, die sie zunächst an feurig gefärbten Buchen und Eichen und dann an der prachtvoll bemalten Fassade des neuen Rathauses am Marktplatz vorbeiführten. »Aber wie sonst willst du diesen Eingang zur Hölle erklären?«

Ein kalter Schauer richtete die Haare auf Anabels mit grober Wolle bedeckten Unterarmen auf. Mit der freien Linken zog sie die mit einer viel zu großen Kapuze versehene Glocke – einen einfach geschnittenen Umhang, den ihr Vater als zu verschlissen abgelegt hatte – enger, und presste den mit schmutziger Wäsche gefüllten Korb fester an ihre schlanke

Hüfte. Wie Vren trug auch sie ein schlichtes, aus erdfarbenem Stoff geschnittenes Hemdkleid, das von einem Gürtel zusammengehalten wurde. Das zu einem beinahe armdicken Zopf geflochtene Haar fiel über die Brust bis an ihre Taille hinab, deren sanfter Schwung verriet, dass sich ihr Körper erst vor wenigen Monaten von seiner kindlichen Schlankheit befreit hatte. Mit ihren vierzehn Jahren stand Anabel an der Schwelle zur Weiblichkeit, deren Gesetze und Anforderungen ihr immer öfter Angstträume bereiteten. »Du solltest nicht so respektlos reden«, flüsterte sie mit einem erschrockenen Blick über die Schulter. »Wenn Henricus oder Franciscus dich hören ...« Sie ließ den Satz unvollendet. Allein die Vorstellung, was der Ordensvater oder der Abt des Klosters, in dem sie und Vren ihren Lebensunterhalt verdienten, mit einem Lästerer anfangen würden, ließ ihr lähmende Furcht in die Glieder fahren.

»Ach was«, schnaubte Vren mit einer wegwerfenden Geste. Zielstrebig steuerte sie auf die kaum wahrnehmbare Erhöhung zu, hinter der sich das auch an diesem Tag übel riechende Fischer- und Gerberviertel an die Stadtmauer presste. Die von unzähligen schmalen Stegen und Brücken überspannte Blau schillerte an einigen Stellen in unnatürlichen Farben, da nicht nur die Ulmer Garnsieder, sondern auch die Werkstätten der Färber und Manger das Wasser zur Herstellung ihrer Waren benötigten.

»Wenn es wahr ist«, flüsterte Anabel ehrfürchtig, ohne auf das Geschrei der zum Marktplatz strömenden Händler zu achten, »dann wird Gott uns für immer beschützen.« Der ohnehin eintönig bleigraue Himmel verdunkelte sich, als die beiden Mädchen in eine der engen Gassen eintauchten, die an einfachen Bretterhütten und auffallend prächtigen Fachwerkhäusern vorbei den Teil der Stadt durchschnitten, in dem die reichen Tuch- und Gewürzhändler ihre Kontore hatten. »Eine Kirche so gewaltig und hoch, dass man sie selbst von den Dörfern der Alb aus sehen kann«, schwärmte sie weiter und zupfte mit den Zähnen an einem Faden, der sich vom Saum ihres Ärmels gelöst hatte. Den Gerüchten zufolge, die seit Beginn der Arbeiten in der Stadt kursierten, plante der Bischof von Augsburg, dem als Oberherrn über die Diözese der gesamte Klerus Ulms unterstand, mit dem Bau eines neuen Münsters die Ergebenheit und den Reichtum der Königsstadt im ganzen Land zu verkünden.

»Ach, hör schon auf«, schalt Vren und bugsierte Anabel mit einem Kopfschütteln in den dunkel gähnenden Eingang einer Häuserschlucht, zwischen deren Wänden sich zahllose Wäscheleinen spannten. Den herabfallenden Tropfen ausweichend, schlängelten sich die jungen Frauen zwischen Unrathaufen und Abortrinnen hindurch bis ans Ende des Sträßchens, wo ein aus halb verfaulten Bohlen gezimmerter Steg ins seichte Wasser der Blau führte. Mit einem knappen Nicken begrüßten sie die beiden etwa siebenjährigen Mädchen, die bereits am Ufer des Flüsschens knieten, um mit feuerroten Händen den Schmutz aus dem schwarz-blauen Zeug zu waschen, das sie als Angehörige des Bauernstandes auswies. Wie jede Woche waren auch am heutigen Mittwoch die Bewohner der umliegenden Dörfer in die Stadt gekommen, um auf dem städtischen Markt ihre Erzeugnisse feilzubieten oder sich mit den Waren der Handwerker und Händler einzudecken. Was das Gewimmel erklärte, das in Anabel stets ein Gefühl der Beklemmung auslöste. Anders als die Freundin konnte sie den ungewohnten Haartrachten, üppigen Kopfputzen und unanständig tiefen Halsausschnitten der reichen Damen nichts abgewinnen, da sie es für Zeitverschwendung hielt, Dingen nachzuhängen, die sie sich ohnehin niemals würde leisten können. Mit einem halb traurigen, halb belustigten Lächeln blickte sie auf den Rockteil ihres mehrfach ausgebesserten Kleides hinab, das vermutlich einen weiteren Winter würde überdauern müssen. Denn wie sie ihren Vater kannte, hatte er nicht vor, auch nur einen unnötigen Schilling für die weltlichen Bedürfnisse seiner Tochter zu verschwenden! Mechanisch griff sie nach dem dünnen Tuch der Sommergewänder, welche die Mönche vor Anbruch des Winters reinigen ließen, um sie im Frühjahr zur Hand zu haben.

Kaum berührte das eiskalte Wasser ihre Haut, sog sie zischend die Luft durch die Zähne, ignorierte den brennenden Schmerz jedoch augenblicklich, als sie die Blicke der Bauerntöchter auf sich spürte. »Ich bin wirklich froh, dass wir der alten Hexe und Henricus wenigstens ab und zu entfliehen können«, schnatterte Vren weiter – Anabels erschrockenes Einatmen geflissentlich ignorierend. Obschon auch Anabel sich vor der strengen, stets ein wenig männlich wirkenden Meisterin Guta Staiger – der Vorsteherin der klosterähnlichen Beginensammlung, deren Gebäude im Nordosten an das Franziskanerkloster angrenzten – fürchtete, schätzte sie die selbstlosen Taten der Schwestern sehr. Wie oft schon hatte sie bei der harten Arbeit im Hospital des Mönchsklosters die bescheidenen Beginen, die trotz ihrer ordensähnlichen Organisation freie Bürgerinnen waren, mit bewundernden Blicken bedacht und sich gewünscht, irgendwann so viel Geld zu besitzen, um selbst in die Schwesternschaft eintreten zu können. Da jedoch die Aufnahmegebühr im Normalfall bei über fünf Pfund und fünf Schilling lag, blieben diese Hoffnungen gestaltlose Wolkenschlösser. Sie biss sich auf die Unterlippe und presste die grobborstige Bürste noch fester auf einen hässlichen Rußfleck, der eines der Novizengewänder entstellte.

»Weißt du, was ich gestern Abend gesehen habe?«, setzte Vren die Unterhaltung nach einigen Augenblicken des Schweigens ungerührt fort, wartete jedoch nicht auf eine Antwort. »Als ich auf dem Weg zur Backstube war, hat sich Franciscus klammheimlich in die Oststadt geschlichen!«

»Ich weiß«, versetzte Anabel mit einem resignierten Seufzer. Manchmal war die Klatschsucht ihrer Freundin, die nach verrichtetem Dienst im Kloster in der väterlichen Bäckerei mit anpacken musste, wirklich unerträglich. »Er geht jeden Dienstag ins städtische Badehaus«, belehrte sie Vren, deren dunkle Augen bei dieser Information aufleuchteten.

»Warum um alles in der Welt tut er das wohl?«, bohrte diese weiter, während sie mit einem kleinen Brett das Wasser aus dem vollgesogenen Stoff schlug. »Wo er doch nicht einmal zwei Dutzend Schritt vom Abthaus entfernt ein eigenes hat!«

Dieses Argument ließ Anabel die Stirn runzeln. Wie vielen der bezahlten Hilfskräfte im Kloster war ihr der jungenhaft wirkende Franciscus, hinter dessen strahlendem Lächeln sich oft harte Entschlossenheit und – den Novizen gegenüber – Grausamkeit verbargen, unheimlich. Auch machten Anabel die Blicke Sorgen, die er ihr in letzter Zeit immer wieder zuwarf, wenn er sich unbeobachtet wähnte. »Ich nehme an, er trifft sich dort mit einigen der Zunftältesten«, erwiderte sie lahm, da selbst ihr schon zu Ohren gekommen war, was sich im Inneren des meist bis in die frühen Morgenstunden hell erleuchteten Hauses am Fuße des Gänsturms abspielte.

Wie erwartet, prustete Vren respektlos. »Das glaubst du doch selber nicht! Der wird sein Keuschheitsgelübde genauso ernst nehmen wie den Schwur, in Armut zu leben«, bemerkte sie spöttisch und griff sich wenig damenhaft an die Brust, um das Tuch, mit dem sie sich den Busen brutal auf die Rippen zu schnüren pflegte, fester zu zurren. Bei dem Anflug von Zorn, der dabei ihr Gesicht verdunkelte, verkniff sich Anabel nur mühsam ein Schmunzeln. Wenn Vren doch nur nicht so furchtbar eitel wäre!, dachte sie mitleidig, da sie wusste, wie sehr es der Freundin zu schaffen machte, dass ihre Brust entgegen dem wenig kompromissbereiten Modegeschmack groß und schwer war, anstatt sich klein und apfelförmig unter ihrem

Leibchen abzuzeichnen. Wenn es nach Vren ginge, hätte sie sicherlich schon zu den ekelhaft stinkenden Tränken gegriffen, welche die heilkundigen Beginen den wohlhabenden Bürgerinnen anboten, die im Hospital entbanden.

»Ich würde mich in Grund und Erdboden schämen, wenn mein Bräutigam mich in der Hochzeitsnacht verschmäht, weil er denkt, mein Busen sei schon von einem anderen lang gezogen worden«, hatte Vren vor einigen Wochen gejammert und sofort ein Gesicht gezogen, als Anabel geschmunzelt hatte. »Du hast gut lachen«, hatte sie anklagend hervorgestoßen. »Deine Brust sieht ja nicht aus wie das Euter einer Kuh!« Das war zu viel gewesen für das schmächtige Mädchen, und auch jetzt noch wollte ihr die Erinnerung daran die Tränen in die Augen treiben. Doch der Gedanke an Hochzeit und Vermählung ließ sie augenblicklich ernüchtern. Mit geschickten Bewegungen faltete sie das vorletzte Kleidungsstück in den Weidenkorb und ließ das weiß-graue Seifenstück über ein von Rotweinflecken übersätes Skapulier – den Überwurf der Barfüßer – gleiten, das nach Erbrochenem und altem Schweiß stank. Wenn ihr Vater nicht bald einen Bräutigam für sie suchte, würde sie als alte Jungfer enden!

Ihr Vater. Ohne es zu merken, hatte sie sich geduckt und die Schultern eingezogen, da allein die Vorstellung des hünenhaften, häufig übellaunigen Glockengießermeisters genügte, um jede Faser ihres Körpers vor Furcht vibrieren zu lassen. Wenn er betrunken war, was in letzter Zeit immer häufiger der Fall war, ließ er vermehrt Bemerkungen fallen, die zum Inhalt hatten, dass er nicht plante, seine nichtsnutzige Brut bis an deren Lebensende durchzufüttern.

Trotz des kalten Wassers, das ihre Finger inzwischen in steife Eiszapfen verwandelt hatte, spürte Anabel, wie ihr das Blut in die Wangen stieg. Immerhin machte er einen wesentlich besseren Schnitt mit dem, was sie an Lohn aus dem

Kloster mit nach Hause brachte, als wenn er sich eine fremde Hilfskraft zulegte, die dieselben Arbeiten erledigte wie Anabel, wenn sie abends müde und erschöpft in das an die Glockengießerei anschließende Wohnhaus zurückkehrte!, dachte sie trotzig. Auch würde sich eine Hilfe sicherlich nicht um Gertrud, Ida, Johann und Uli kümmern – ihre Stiefmutter und deren drei Kinder –, wenn der aufbrausende Hausherr wieder einmal allzu nachdrücklich von seinem Stockrecht Gebrauch gemacht hatte.

Ein Geräusch zu ihrer Rechten ließ die Mädchen aufblicken. Unter einem niederen Durchgang waren soeben zwei zerlumpte Gestalten aufgetaucht, von denen eine die andere mit dem Rücken gegen die von der Feuchtigkeit schlüpfrigen Steine drängte, um mit der Hand gierig unter deren Röcke zu greifen. Einem Instinkt folgend verlagerte Vren die Stellung, um sich zwischen die zu grunzendem Geschlechtsverkehr übergehende Hure und deren Freier und die beiden Bauerntöchter zu schieben. Doch eines der Mädchen hob überrascht den Kopf und entblößte zwei verfaulte Zahnreihen. »Ihr habt wohl noch nie Leute beim Ficken gesehen?«, fragte es mit einem unschuldigen Augenaufschlag, der in solchem Gegensatz zu der ordinären Wortwahl stand, dass Anabel die Erwiderung im Halse stecken blieb. Zwar war auch ihr seit frühester Kindheit klar, was Gertrud und Conrad in der im ersten Stock ihres Hauses gelegenen Schlafkammer trieben. Jedoch erfüllte sie der tierische, oft von Klatschen oder Stöhnen untermalte Akt stets mit solcher Scham, dass sie sich jedes Mal die dünne Decke über die Ohren zog und betete, dass die Nacht bald vorüber sein möge. Nachdem das von dem kleinen Mädchen benutzte Wort seinen Ursprung in der Schmiedekunst als Bezeichnung für das Säubern eines von Schlacke verschmutzten Schwertes genommen hatte, war diese ursprüngliche Bedeutung jedoch schon bald in den Hintergrund getreten. Und sowohl Vren als auch Anabel wussten, welche Tätigkeit der Volksmund damit inzwischen bezeichnete.

»Wenn du solche Worte in den Mund nimmst, wäscht ihn dir irgendwann jemand aus«, schalt Vren prompt mit einem Kopfschütteln. Da der Austausch jedoch bereits beendet war und sich der mehr oder weniger zufriedene Kunde mit einem derben Klaps auf die Rückseite der nicht mehr ganz jungen Dirne von dieser verabschiedete, setzte sie mit einem breiten Grinsen an Anabel gewandt hinzu: »Manchmal frage ich mich, ob es wirklich zu Gehirnaufweichung oder -austrocknung führt, wie Henricus die Novizen immer glauben machen will?« Ohne auf eine Antwort zu warten, kam sie mit knackenden Gelenken und einem Griff an den Rücken auf die Beine, stemmte den Korb mit den gereinigten Trachten in die Hüfte und runzelte nachdenklich die Stirn. Anabel, die nicht vorhatte, diese Äußerung zu kommentieren, tat es der Freundin gleich und gab dieser mit einem Nicken zu verstehen, dass sie bereit war, es erneut mit dem Getümmel des Marktes aufzunehmen.

Nachdem sie das Fischerviertel hinter sich gelassen hatten, erklommen sie den mit Kopfsteinen gepflasterten, sich windenden Anstieg zum Marktplatz, der von dem hoch über ihm aufragenden Rathaus dominiert wurde. Wenngleich Anabel die farbenprächtigen Darstellungen der Kardinaltugenden Gerechtigkeit, Weisheit, Besonnenheit und Tapferkeit an diesem Tag nur aus dem Augenwinkel wahrnahm, war die Schönheit der Wandmalereien atemberaubend. Von täuschend echt wirkendem gotischem Flechtwerk umrahmt, glichen die bildhaften Darstellungen der menschlichen Eigenschaften kleinen, auf einem halbrunden Fundament ruhenden Kirchtürmen, deren architektonische Verspieltheit die Wuchtigkeit des Baus so gekonnt kaschierte, dass der Eindruck von Leichtigkeit und Mühelosigkeit entstand. Als Sitz der Stadtverwaltung und des

Bürgermeisters, der über das Stadtsiegel und die Schlüssel zu den Stadttoren verfügte, repräsentierte das Rathaus die mächtigsten und einflussreichsten Familien Ulms, aus deren Reihen sich seit Generationen die Mitglieder des Rates zusammensetzten. Ohne es zu wollen, hob Anabel den Blick zu den beiden Glockentürmen auf dem spitzen Giebeldach, die noch hohl und leer in den sich immer mehr bewölkenden Himmel glotzten. Schon bald würden sie die drei hellen Glocken empfangen, die zurzeit noch in der Glockenhütte ihres Vaters abkühlten.

»Vren!« Die Stimme des wild fuchtelnden, von einer mehlbestäubten Schürze halb verschluckten Knaben ließ die Köpfe der beiden jungen Frauen zu der Stelle herumfahren, wo aus Holzstangen und Leinwand errichtete Bäckerstände inmitten eines Menschenknäuels gegen die Konkurrenz eines fahrenden Backofens ankämpften. Von zwei buckligen Männern gezogen, bahnte sich der bienenstockförmige Lehmofen, aus dem Ruß und Flammen gen Himmel schlugen, seinen Weg durch die dicht gedrängten Marktbesucher, um diesen Brezeln, kleine Brote und Zöpfchen anzubieten.

»Jakob!«, erwiderte Vren die Begrüßung ihres jüngeren Bruders, einer neunjährigen Rotznase, dessen beinahe rostrotes Haar wild und ungekämmt von seinem erhitzten Kopf abstand. »Wo ist Mutter?«

Mit angehaltenem Atem kämpfte sich Anabel hinter der Freundin bis zu dem Stand ihrer Eltern. Die volle Auslage ließ nichts Gutes ahnen.

»Mehl kaufen«, erwiderte Jakob achselzuckend, wandte jedoch umgehend all seine Aufmerksamkeit einer knochigen Hand zu, deren schwarzgeränderte Fingernägel sich klauenartig in einen Honigkuchen schlagen wollten. »Lass es liegen, oder ich rufe die Marktaufsicht«, knurrte der Junge mit einer steilen Falte zwischen den Brauen und hieb mit einem wellholzartigen Stock nach dem Langfinger, der sich mit einem Fluch in die Menge zurückfallen ließ.

»Warum habt ihr bis jetzt erst so wenig verkauft?«, fragte Vren mit einem besorgten Blick auf den fahrenden Bäckerkarren, der die Kauflustigen anzog wie Schweinemist die Schmeißfliegen.

Jakob zuckte erneut die Schultern. »Die Antwort kannst du dir ja wohl denken«, brummte er missmutig, denn es war nicht schwer zu erkennen, dass der gewitzte Bäckersmann einen Weg gefunden hatte, die strengen Zunftgesetze zu umgehen, mit denen in der Stadt sowohl Preise, Gewichte als auch Angebotsmengen geregelt wurden, was *de facto* die Konkurrenz unterband. Zwar unterschieden sich seine Waren, für die er sogar den Zunftstempel erhalten hatte, nicht von denen der anderen Anbieter. Doch gelangten sie im Gegensatz zu den am frühen Morgen gebackenen Leckereien der anderen Bäcker ofenfrisch in die Hände der hungrigen Käufer.

Bevor Vren weiter in ihn dringen und ihn nach der Herkunft des merkwürdig gewandeten Backwarenhändlers fragen konnte, ließ ein gellender Schrei in ihrem Rücken die Mädchen herumfahren und erschrocken zurückweichen. Kein Dutzend Schritt von ihrem Standort entfernt, hatten die Männer der Stadtwache einen Butterhändler hinter seinem Tisch hervorgezogen, um ihn vor den Augen aller auf die Knie zu zwingen, ihm das Wams vom Leib zu reißen und mit einer kurzen Peitsche auf ihn einzuprügeln.

»Du sollst mitzählen!«, brüllte einer der Wächter den um Gnade flehenden Buttermacher an, der vermutlich mit dem Wässern der Fässer versucht hatte, den Verlust des beim Betreten der Stadt fälligen Torzolls wettzumachen. Doch außer einem Wimmern entrang sich der Kehle des Gestraften kein Laut.

»Zehn, elf, zwölf«, übernahm einer der Gaffer die Aufgabe des Bauern, dessen Rücken bereits an mehreren Stellen blutige Striemen aufwies.

»Lass uns gehen«, drängte Anabel, in der beim Anblick des Geprügelten nur allzu bekannte Gefühle aufstiegen. »Henricus wartet.«

Mit einem tiefen Seufzer riss sich Vren von dem kläglichen Anblick der vollen Auslage ihrer Familie los, umklammerte ihren Korb fester und folgte Anabel, die der Fluchtinstinkt zu ungewohnter Forschheit angestachelt zu haben schien. Vorbei an den duftenden Ständen der Gewürz- und Weinhändler eilten sie durch die von den prächtigen, zeltartigen Ständen der Barchent- und Leinenhändler gebildeten Gassen, in denen sich die Reichen und Schönen Ulms ein Stelldichein gaben, überquerten die Straße in Richtung Kloster und hasteten auf die abweisend wirkenden Mauern der Abtei zu, von deren Dächern sich krächzend ein Schwarm Krähen in die Lüfte erhob.

Kapitel 2

»Ihr werdet sie nicht noch einmal zur Ader lassen!« Die erzürnte Stimme der Beginenmeisterin Guta Staiger durchdrang selbst die dickbohlige Tür, die ins Innere des klösterlichen Hospitals führte, wo sich die stämmige Schwester vor dem schlanken, hoch aufgeschossenen Infirmarius Paulus aufgebaut hatte, der sie mit einem mordlustigen Ausdruck in den wasserblauen Augen anfunkelte.

»Sie hat gerade erst entbunden«, fuhr Guta etwas ruhiger fort, machte jedoch keinerlei Anstalten, dem mit einer Fliete – dem breiten Messer der Ärzte – bewaffneten Mönch aus dem Weg zu gehen.

»Sie hat zu viel schwarze Galle in ihrem Körper«, beharrte der Infirmarius mit mahlenden Kiefermuskeln. »Wenn das Gleichgewicht der Körpersäfte nicht wiederhergestellt wird, wird sie sterben. Geht zur Seite, ich muss die Kopfader öffnen!« Mit einer Bewegung der Hand, welche die im Kerzenlicht aufblitzende Fliete umklammert hielt, gab er Guta zu verstehen, dass sie ihm nicht länger den Zugang zu der Armbeuge der totenbleich in den Kissen liegenden Patientin verweigern solle, da diese ansonsten an der fauligen Vergiftung ihres Blutes zugrunde gehen würde.

»Wenn sie noch mehr Blut verliert, wird sie die Nacht ganz sicher nicht überleben«, fauchte Guta den Franziskanerbruder an, der mit einer Kopfbewegung den hinter ihm lauernden Tonsor in den Vordergrund zitierte.

»Weib, habt Ihr die Lehren der alten Meister studiert oder ich?«, herrschte Paulus sie an, woraufhin die Meisterin verächtlich die Lippen schürzte.

»Wenn unsere Sammlung Euch nicht unterstützt hätte, dann wäre es Euch wohl kaum möglich gewesen, Euer Studium zu beenden«, stellte sie sachlich fest und vertrat auch dem Tonsor den Weg. Ohne die finanzielle Unterstützung der Beginen, die allesamt aus wohlhabenden Patrizierfamilien stammten, wäre so mancher Luxus in dem Kloster des Bettelordens undenkbar, das wusste Paulus genau. Doch dieses Wissen hielt ihn nicht davon ab, die unverschämten Weiber, die sich mit einem in seinen Augen teuflischen Winkelzug um das päpstliche Beginenverbot gedrückt hatten, aus tiefstem Herzen zu verachten!

»Ihr habt keine Befehlsgewalt über uns«, legte Guta den Finger in genau diese Wunde, und nur mit Mühe unterdrückte Paulus ein zorniges Zittern. »Nur weil Ihr Euer Hospital mit uns teilt, bedeutet das nicht, dass Ihr über uns verfügen könnt.«

Durch, dessen war sich Paulus sicher, doppelzüngige Überredungskunst hatten die Beginen die Bürger und den Bürgermeister der Stadt Ulm dazu bewegen können, ihre Freiheit und wirtschaftliche Unabhängigkeit so zu besiegeln, dass selbst der Papst nichts daran zu rütteln vermochte. Anders als die Schwestern des etwa drei Meilen außerhalb der Stadt gelegenen Klarissenklosters in Söflingen unterstanden die Beginen weder dem Abt Franciscus noch dem Bischof von Augsburg. Und das allein war Grund genug, in Paulus ebenfalls ein Ungleichgewicht der Kardinalsäfte hervorzurufen. Mit hochrotem Kopf unternahm er einen letzten Versuch: »Wenn sie unter Eurer Obhut stirbt, dann habt Ihr das Leben eines unschuldigen Lammes auf dem Gewissen.«

Mit einem Schulterzucken strich Guta die Röcke ihrer Kutte glatt und ließ sich neben der lautlos um Wasser flehenden Wöchnerin nieder, um ihr eine Holzschale an die Lippen zu setzen und mit einem feuchten Tuch die Stirn zu tupfen. »Dieses Risiko nehme ich frohen Herzens auf mich«, versetzte sie gelassen und signalisierte das Ende der Unterhaltung, indem sie den beiden Brüdern den Rücken zukehrte.

Die Hände an den Seiten zu Fäusten geballt, machte Paulus auf dem Absatz kehrt, packte den Tonsor an dem weiten Ärmel seines Gewandes und stürmte auf den in den Hof führenden Ausgang des flachen Gebäudes zu, der selbst im Winter offen stand, um genügend frische Luft in die von Kranken überfüllten Räume zu lassen.

Nur mit Mühe gelang es Anabel, die sich im Schatten eines der Arzneischränke verborgen hatte, nicht aufzuschreien, als sowohl Paulus als auch der Tonsor so dicht an ihr vorbeistampften, dass der Luftzug ihr die losen Haarsträhnen in die

Augen fegte. Auf Befehl des wenig gnädigen Henricus, der Vren und ihr eine Standpauke über Pünktlichkeit und Faulheit gehalten hatte, hatte sie einen Arm voller frisch gesäuberter Binden aus dem Arzthaus geholt, das direkt an die Hospitalgebäude anschloss. Verunsichert durch den Streit zwischen Guta und Paulus drückte sie sich im Schatten des Fachwerks an der Wand entlang, um die Bandagen möglichst unauffällig in den Raum des Infirmariums zu schaffen, in dem die verunfallten Handwerker und Bauarbeiter behandelt wurden. Die schmucklosen Wände des Krankenhauses wurden lediglich hie und da von einfachen Kruzifixen und den das Dach stützenden Balken unterbrochen, und hätte nicht eine Vielzahl von Kerzen das Innere des Hospitals erhellt, wäre der Eindruck weitaus beklemmender gewesen. In dicht aneinander gedrängten Bettkästen fieberten, stöhnten und erbrachen sich Männer und Frauen mit von Steinen oder Karrenrädern zerschmetterten Gliedern, Kranke, die an nicht erklärbaren Durchfällen litten und Kinder, deren Haut mit Blasen, Pusteln und Ausschlägen überzogen war. Etwa zwei Dutzend Lager waren belegt mit ausländischen Schiffern und Händlern, die vor Kurzem mit einer Krankheit eingeliefert worden waren, die sich niemand erklären konnte. Schaudernd wandte Anabel den Blick von den zum Teil apfelgroßen Beulen ab, mit denen ihre Leiber übersät waren. Auch wenn die Brüder und Schwestern die Leidenden immer wieder zudeckten, warfen diese die dünnen Laken brüllend ab, sobald der Stoff die Schwellungen berührte. Bevor das Mädchen in der nebenan gelegenen Kammer verschwinden konnte, ließ Gutas Stimme es innehalten. »Anabel, ich möchte, dass du die Nächte von Freitag auf Samstag und von Samstag auf Sonntag bei dieser Patientin bleibst.«

Die Erleichterung verbergend, die sie bei diesem Befehl durchströmte, wandte sich die junge Frau zu der Schwester um, verneigte sich leicht und murmelte: »Ja, Meisterin.« »Du musst dafür sorgen, dass sie genug isst und trinkt«, fuhr Guta fort. »Damit sie wieder zu Kräften kommt«, setzte die Begine nach einer kurzen Pause, in der sie der Kranken den Mund abwischte, hinzu.

»Ich werde mein Bestes tun«, versprach Anabel und zog sich, nachdem die Schwester sich mit einem wohlwollenden Lächeln wieder abgewandt hatte, zurück.

Die Sonne war bereits vor mehreren Stunden hinter dem Horizont versunken, als sich Anabel endlich auf den Weg zu dem in der Nähe des nördlichen Stadtgrabens erbauten Haus ihres Vaters aufmachte, um dort ihr Tagwerk zu beenden. Geschickt den Bettlern und Tagedieben ausweichend, die sich trotz der strengen Regeln immer noch innerhalb der Stadtmauern aufhielten, ließ sie die unterschiedlichen Zunftviertel hinter sich und bog schließlich kurz vor der Herberge *Drei Kannen* in eine kleine Straße ein, zu deren Seiten sich Misthaufen und Abfälle stapelten. Wie überall in der Stadt zuckten auch hier die Rüssel der allgegenwärtigen Schweine durch die morastigen Rinnen und Rillen, da die Einwohner Ulms schon lange den Nutzen der Tiere als natürliche Kläranlage erkannt hatten. Mit einem angewiderten Gesichtsausdruck hob Anabel die Röcke, um zu vermeiden, dass sich der grobe Stoff mit dem Urin und Kot der Gassenbewohner vollsog, die ungeniert ihre Nachttöpfe ins Freie entleerten. Als sie sich dem Ende des Gässchens näherte, in dem das Steinhaus ihres Vaters sich deutlich von den es umgebenden Holzkaten abhob, stach ihr der Geruch frisch gebrannten Lehms und abkühlender Glockenschmelze in die Nase. Seit frühester Kindheit verband sie diese Kombination aus warmem Erdduft und beißendem Metallgestank mit der sengenden Hitze der Glockenhütte und den schwieligen Pranken ihres Vaters Conrad. Während die immer kälter werdende Nacht mit einem Schlag alle Wärme aus ihrem Körper zu saugen schien, verlangsamten sich ihre Schritte, und bevor sie die schwere Tür aufstemmte, holte sie einige Male tief Luft.

Wie erwartet, lagen sowohl der Eingangsbereich als auch der daran anschließende Innenhof in tiefer Dunkelheit, und lediglich ein schwaches Glühen aus der rechts von ihr in die Schatten geduckten Glockenhütte verriet, dass die Gesellen ihres Vaters noch bei der Arbeit waren. Aus dem hinteren Teil des Hauses, in dem sich sowohl die Küche, das Lager als auch die Schlafkammer der Kinder befanden, drangen laute Stimmen an ihr Ohr, die sie wünschen ließen, es wäre bereits Freitag.

»Ich habe dir schon tausend Mal gesagt, du sollst den Gesellen keine schönen Augen machen!«, dröhnte der Bass ihres Vaters. Unmittelbar darauf folgten ein Schlag und das Weinen eines Kindes. »Halt dein Maul, Uli, oder du kriegst auch eine Abreibung!« Die Stimme des offensichtlich betrunkenen Conrad überschlug sich, und als Anabel trotz allen besseren Wissens die Tür zur Küche aufzog, in der die Familie um einen groben Holztisch versammelt war, zuckte der Blick der rot unterlaufenen Augen in ihre Richtung.

»Ach, die feine Dame hat es auch endlich nach Hause geschafft«, spuckte der Glockengießer aus und stemmte sich mit den Fäusten vom Tisch in die Höhe.

Seine Gattin, Anabels Stiefmutter, kauerte mit aufgeplatzter Unterlippe in der Nische, die der gemauerte Kamin mit der Wand bildete, und hob beim Anblick ihrer Stieftochter flehend die Hände. »Conrad, bitte. Es geht doch nur um mich.«

Ihr Bitten ignorierend, taumelte der hünenhafte Meister auf Anabel zu, baute sich keinen halben Schritt vor ihr auf und starrte auf sie hinab. Leicht schwankend hatte er augenscheinlich Schwierigkeiten, das Gleichgewicht zu halten, doch als Anabel vor ihm zurückweichen wollte, packte er sie zielsicher am Kragen ihres Hemdkleides.

»Faules Gesindel seid ihr allesamt«, zischte er und schüttelte seine älteste Tochter unsanft. Da sie aus schmerzhafter Erfahrung wusste, dass es nicht ratsam war, ihm in diesem Zustand zu widersprechen, senkte das Mädchen scheinbar schuldbewusst den Kopf und starrte auf die riesigen Schuhe ihres Vaters.

»Wenn ich nicht morgen den neuen Lehrling bekommen würde«, lallte Conrad und stieß Anabel verächtlich von sich, »dann, und das schwöre ich bei Gott, hättest *du* in Zukunft die Schmelze rühren können, anstatt in diesem Kloster herumzulungern.«

»Einen neuen Lehrling?«, platzte es aus Anabel heraus, bevor sie sich zurückhalten konnte. »Aber das können wir uns doch gar nicht leisten.«

Anstatt des erwarteten Schlages traf sie lediglich der faulige Atem des angeheiterten Gießers, als er den Kopf in den Nacken warf und brüllend lachte. Die schlechte Laune wie weggewischt, drosch er seiner Tochter auf die Schulter, sodass sie in die Knie sackte, und dröhnte: »Man muss nur die Ohren an der richtigen Stelle haben, dann erfährt man, was gerade günstig zu haben ist!« Mit diesen Worten schob Conrad den dreijährigen Johann grob zur Seite, sodass der Knabe hart auf dem Lehmboden aufschlug, und hob drohend die Hand, als das Kind das Gesicht zu einer Maske des Schmerzes verzog. »Wenn du anfängst zu flennen, gebe ich dir Grund dazu«, drohte er, und Johann, dessen magerer Körper bereits oft genug die Bekanntschaft mit Conrads Gürtel gemacht hatte, kroch wieselflink unter den Tisch. Gertrud, die sich inzwischen das Blut vom Mund gewischt und den Kopf des sechsjährigen Uli an ihre magere Brust gedrückt hatte, schlug hastig die Augen nieder und griff nach dem Krug, um Conrad den Becher erneut mit gewürztem Starkbier zu füllen.

Anders als auf den Holzbrettern seiner Familie fanden sich auf Conrads Essunterlage helles Weizenbrot und knusprige Hühnerbeine, die in einem dickflüssigen Bratensaft schwammen, den er mit der Kruste auftunkte. Die sauber ausgewischte Schale zu seiner Linken ließ vermuten, dass Gertrud die von ihm bevorzugte Eiersuppe mit Hirse zubereitet hatte, die er ebenso liebte wie den fetten, gesottenen Aal und das mit Grieben verfeinerte Schweineschmalz. Wie immer hatte er das verkochte Kraut, den zerstoßenen Kürbis und die Kochbirnen ignoriert, sodass Anabel es wagen konnte, nach einem der harten Roggenbrotkanten zu greifen und diesen in das in Bier eingelegte Kraut zu tauchen. Da Conrad immer noch nicht begreifen wollte, dass man sie im Kloster nicht mästete, schätzte sie sich glücklich, wenn von den Mahlzeiten der Familie am Abend noch etwas für sie übrig blieb. Nur selten kam sie früh genug nach Hause, und da sie nach der harten Arbeit an diesem Tag nagenden Hunger hatte, nutzte sie den abgewendeten Gewittersturm aus und griff reichlich zu. Zwar lagen auf dem Tisch nur noch ein paar halb abgenagte Knochen, doch da sie nicht wusste, wann sie das nächste Mal in den Genuss von frischem Hühnerfleisch kommen würde, brach sie selbst die kleinsten Knochen entzwei, um auch das Mark auszusaugen.

Als Conrad sich schließlich mit einem kehligen Rülpsen die öligen Hände an der Hose abwischte, zuckten alle Köpfe in die Höhe. »Ich treffe mich heute Abend mit dem Vater des Jungen«, erklärte er selbstgefällig. »Der Preis, den er für ihn verlangt, ist mir noch zu hoch.« Ein harter Zug umspielte seine schmalen Lippen. »Wenn ich ihn nicht in die Lehre nehme, endet er als Bettler.«

Ohne seine Familie eines weiteren Blickes zu würdigen, angelte er Umhang und Gugel, die er sich über den Kopf zog, vom Haken und stapfte in Richtung Hof davon.

Als die Tür hinter ihm ins Schloss fiel, herrschte zuerst ein beinahe unheimliches Schweigen, bevor sich der dunkelblonde Uli aus den Armen seiner Mutter löste, zum Schlüsselloch schlich und nach einigen Sekunden erleichtert verkündete: »Er ist weg.« »Gott sei Dank«, murmelte Gertrud und schob Anabel den Rest Brot über den Tisch. »Heute war er besonders übellaunig.«

Anabel seufzte. »Wenn ich doch nur etwas tun könnte, um euch zu helfen«, brachte sie unter Kauen hervor, doch Gertrud schüttelte abwehrend den Kopf.

»Ich kann ihn ja verstehen«, hub sie an, und wie immer, wenn ihre Stiefmutter ihren prügelsüchtigen Vater verteidigte, stieg Anabel die Galle in die Kehle. »Die Geschäfte laufen nicht gut, die ungarischen Glockengießer überschwemmen den Markt, und er wusste bis gestern nicht, wo er einen neuen Lehrling hernehmen soll.«

Anabel schnaubte, spülte den Ärger jedoch rasch mit einem Schluck Bier hinunter. »Wenn er ein bisschen besser auf den alten Lehrling aufgepasst hätte, hätte er kein Problem!« Noch immer keimte ab und zu schwarzer Zweifel in ihr auf, was den Tod des sechzehnjährigen Bartholomäus anging, der an der Verletzung, die er sich zugezogen hatte, als er mit der bloßen Hand in die Schmelze gefasst hatte, gestorben war. Zu oft hatte ihr Vater sich über den ungeschickten Jungen beschwert, der durch den Lehrvertrag, den er mit ihm geschlossen hatte, bis zur Vollendung seiner Ausbildung an ihn gebunden war.

»Wie hat er das mit dem neuen Jungen gemeint?«, fragte sie Gertrud, die damit begonnen hatte, das Geschirr zusammenzustellen.

»Ich weiß es nicht genau«, gab diese zu und drückte der fünfjährigen Ida, die sich auf Anabels Schoß geschoben hatte, einen Kuss auf den blonden Schopf. »Du weißt ja, wie er ist. Nichts als Andeutungen.« Sie hob die Schultern und schürte das Feuer unter dem Bottich, der mit Wasser aus dem hauseigenen Brunnen gefüllt war. »Aber es klingt nicht besonders gut für den Burschen. Soweit ich es verstanden habe, muss sein Vater ihn verkaufen.«

Bei der Vorstellung, an einen Meister wie Conrad verkauft zu werden, wollte sich Anabel der Magen umdrehen. Der arme Junge! Er tat ihr jetzt bereits leid.

Nachdem sie sowohl das Kraut als auch die Birnen bis auf den letzten Bissen verzehrt hatte, erhob sie sich mit einem Griff an den vollen Bauch, schob Ida in Richtung Kamin und langte nach dem schmutzigen Korb, der neben der Kochstelle darauf wartete, mit Feuerholz gefüllt zu werden. Ohne sich die Mühe zu machen, eine Kerze mitzunehmen, tastete sie sich durch den dunklen Korridor, über dem eine schmale Treppe ins Obergeschoss des Hauses führte, trat in den Hof hinaus und steuerte zielstrebig auf den übermannshohen Haufen Brennholz zu, der erst vor wenigen Wochen geliefert worden war. Von nebenan drangen das Gackern der Hühner und das Schnauben der Zugtiere an ihr Ohr, deren Stall ebenso von der Wärme der Glockenhütte profitierte wie die Schlafkammern der Hausbewohner. Lediglich die windschiefe Kate am hintersten Ende des Hauses, die sich zwischen Lager und Ställe kauerte, hatte im Winter Außentemperatur. Da sie kein zweites Mal laufen wollte, füllte sie den Korb bis weit über den Rand hinaus, hievte ihn mit einem Ächzen in die Höhe und presste ihr Kinn auf das raue Holz, um die obersten Scheite vor dem Herunterpurzeln zu bewahren. Obschon sich zu der Kälte inzwischen ein alles durchdringender Regen gesellt hatte, trat ihr bereits nach wenigen Momenten der Schweiß aus den Poren, und als sie das Holz neben der Feuerstelle abgesetzt hatte, war sie beinahe froh darüber, erneut in die Nacht hinaustreten zu können. Mit wunden Fingern griff sie nach dem Seil des am Brunnen befestigten Schöpfeimers und stieß diesen in die schwarz gähnende Öffnung hinab.

Immer und immer wieder schleppte sie den mehrere Schöpfladungen Wasser fassenden, heftig schwappenden Kücheneimer ins Innere des Hauses, um sowohl Gertruds Bottich als auch die Waschschüsseln in den Schlafkammern zu füllen. Als endlich alle Arbeiten erledigt waren, verabschiedete sie sich von ihrer Stiefmutter, die im Licht der nur noch schwach glimmenden Feuerstelle ein Kleidungsstück ausbesserte, schlüpfte in die Schlafkammer, die sie sich mit ihren Geschwistern teilte, und sank mit schmerzenden Gliedern auf die harte, für ihren Bettkasten viel zu kleine Matratze.

Viele Stunden später riss sie das Schlagen einer Tür aus dem tiefen, traumlosen Schlaf, in den sie beinahe umgehend gefallen war. Doch als die über ihrem Kopf knarrenden Bohlen und ein heiseres Lachen verrieten, dass ihr Vater nach Hause gekommen war, verkroch sie sich hastig unter der Decke und versuchte zu verdrängen, was Gertrud in dieser Nacht noch bevorstand.

Kapitel 3

Wehmütig drehte Bertram den etwa handtellergroßen Fratzenkopf zwischen den schwieligen Fingern hin und her, während er gegen die immer unaufhaltsamer in ihm aufsteigende Panik ankämpfte. Wie um einen Halt in der über ihm zusammenbrechenden Welt zu suchen, heftete sich der Blick seiner beinahe ebenholzfarbenen Augen auf die fein gearbeiteten Züge des Miniaturwasserspeiers, den er erst vor einigen Tagen vollendet hatte. Neben überzeichnet großen Nasenlöchern wurde das Gesicht des dämonenhaften Wesens von überaus lebendig wirkenden Augen beherrscht, über denen sich eine wulstige Stirn wölbte. Am Kinn der kleinen Figur reckte sich ein kecker, geflochtener Spitzbart nach oben, der sich mit dem mit Schlangenköpfen verzierten Nasenring verband, durch den im Fall eines Regenschauers ein etwa fingerdicker Strahl beinahe waagrecht nach vorne spritzen würde.

Aber dazu würde es vermutlich niemals kommen. Mit einem energischen Blinzeln verdrängte Bertram die Tränen, die ihn seit dem vergangenen Abend zu ersticken drohten, setzte die Figur behutsam auf dem Tisch ab und legte den Kopf in die Handflächen. Nach dem Besuch des Glockengießers am Vortag hatte er vergeblich versucht, Schlaf zu finden, hatte mit dem Gedanken gespielt, davonzulaufen, ihn jedoch genauso schnell, wie er gekommen war, wieder verworfen, da er damit sein Todesurteil unterschrieben hätte. Zu genau wusste er, wie gering die Überlebenschancen eines Bettlers waren, da er allzu oft hoch erhobenen Hauptes die um ein Almosen flehenden Krüppel, Aussätzigen und Kinder ignoriert hatte. Vielleicht wollte Gott ihn für seinen Hochmut bestrafen, brütete er und schob geistesabwesend das kleine Bündel, das seine gesamte Habe enthielt, vor sich hin und her.

Warum hatte sein Vater auch ausgerechnet ein Jahr vor Bertrams Mündigkeit gegen die Zunftregeln verstoßen müssen? Im nächsten September, mit der Vollendung seines fünfzehnten Lebensjahres, wäre er aus der Muntgewalt seines Vaters entlassen worden und hätte das Heirats- und Bürgerrecht erwerben können.

»Oh, mein Gott«, murmelte er und versuchte, nicht an die kleinen, niederträchtig wirkenden Augen und den harten Mund des Mannes zu denken, an den sein eigen Fleisch und Blut ihn verkauft hatte. »Die Sklaverei ist etwas Naturgegebenes«, hatte sein Vater platt verkündet, als Bertram ihn mit entsetzt aufgerissenem Mund angestarrt hatte. »Wenn ich dich nicht verkaufe, werden wir beide elendig verhungern«, hatte er nach einigen Sekunden der absoluten Stille hinzugefügt, bevor er seinen Sohn in eine rippenbrechende Umarmung gezogen hatte, bei der beide die Fassung verloren hatten. Da der Rest seiner Familie vor beinahe zehn Jahren dem Scharlachfieber erlegen war, hatte Bertram außer seinem Vater, der bis vor wenigen Wochen einer der angesehensten Steinmetze der Stadt gewesen war, keine lebenden Blutsverwandten – was die Trennung von seinem bisherigen Zuhause noch schwerer machte.

»Ich konnte doch nicht wissen, dass diese eine kleine Gefälligkeit mir den Hals brechen würde«, hatte Bertrams Vater mit erstickter Stimme gestanden, als er von der Verhandlung vor den Zunftältesten berichtet hatte, in deren Verlauf der Alderman ihm das Meisterrecht entzogen hatte.

Als er einem der weniger vermögenden Tuchhändler, der beim Sinken seines Schiffes einen beträchtlichen Teil seiner Ware in den Fluten des Mittelmeeres verloren hatte, einen Preisnachlass und Zahlungsaufschub für die an seinem Haus verrichteten Arbeiten gewährt hatte, hatte der Steinmetz gegen die strengen Zunftgesetze verstoßen, die für solcherlei Vergehen die härtesten Strafen vorsahen. Ohne Mitglied der Zunft zu sein, war es keinem Handwerker gestattet, seinen Beruf auszuüben. Nur, wenn er erneut das horrende Aufnahmegeld in die Zunftkasse entrichtete sowie ein Mahl von mehreren Gängen für alle Meister auftischte, würde ihm die Erwerbserlaubnis in Ulm ein zweites Mal erteilt werden.

»Ihr wisst, dass wir auch bei Euch keine Ausnahme machen können«, hatte der Alderman, der als Gesamtzunftaufseher eine der höchsten Positionen im Stadtrat innehatte, dem Steinmetz laut dessen Bericht nach der Verhandlung bedauernd mitgeteilt. »Denn dann könnten wir genauso gut dem Pöbel vom Land Tür und Tor öffnen.«

Zwar hatte Bertrams Verstand eingesehen, dass diese Maßnahmen nötig waren, um die städtischen Handwerker zu schützen. Doch sowohl sein Herz als auch seine Seele würden für immer gegen den Alderman vergiftet sein. In den verzweifelten Stunden der vergangenen Nacht war ihm klar geworden, dass es für die konservativen Zunftmitglieder von Vorteil war, einen der unbequemen Meister aus ihrer Mitte zu entfernen, da Bertrams Vater immer und immer wieder gegen die zunehmende Elitebildung protestiert und vehement die Meinung vertreten hatte, dass die zahlenmäßige Beschränkung der Meister der Zunft letztendlich zu Schaden gereichte. Mit einem freudlosen Lächeln erinnerte sich Bertram an die Tiraden, die der Steinmetz nicht müde geworden war zu halten. »Wenn wir die Gesellen davon abhalten, in den Rang eines Meisters aufzusteigen«, hatte er gewettert, »dann werden eines Tages nur noch alte, eingefahrene Ideen kursieren, und der Fortschritt kommt zum Stillstand.« Nun, dachte Bertram bitter, mindestens ein Geselle war nach dem Ausschluss des Steinmetzen in den heiß begehrten Rang eines Meisters erhoben worden. Vermutlich unter der Bedingung, den Zunftältesten nach dem Mund zu reden!

Der Vormittag war in Windeseile verflogen, und genau zur vereinbarten Nachmittagsstunde ließ ihn ein Hämmern an der Eingangstür zusammenfahren. »Komm, mein Sohn«, ertönte die belegte Stimme seines Vaters in seinem Rücken. »Es ist Zeit.«

Mit bleischweren Gliedern griff Bertram nach dem kleinen Säckchen, stemmte sich auf die Beine und straffte die Schultern. Ohne seinem Vater in die Augen zu blicken, nickte er diesem zum Abschied zu, reckte das noch bartlose Kinn und schritt mit staksigen Schritten auf den sich drohend vor dem Türrahmen abzeichnenden Glockengießer zu, der jede seiner Bewegungen mit einem kühlen Blick verfolgte.

»Er macht wirklich nicht besonders viel her«, stellte dieser abfällig an Bertrams Vater gewandt fest, nestelte an seinem Gürtel und warf ein klimperndes Beutelchen vor dem Steinmetz auf den Boden.

»Behandelt ihn gut«, hörte Bertram seinen Vater erstickt flehen, bevor sich die Pranke seines neuen Herrn um seinen Nacken schloss und dieser ihn unsanft auf die vom Regen und toten Blättern tückisch gemachte Straße stieß. Kaum hatten sie die erste Häuserecke umrundet, brachte der Glockengießer seinen Lehrling mit einem groben Ruck zum Halt, drehte ihn zu sich um und ohrfeigte ihn zweimal mit solcher Wucht, dass Bertram nach hinten taumelte und beinahe mit einer erschrocken zurückweichenden Dame zusammenstieß.

»Das als Willkommensgruß«, knurrte Conrad und packte den Jungen hart am Kinn, um ihm in die Augen zu blicken, die sich trotzig verschleierten. »Wenn du deine Arbeit ordentlich erledigst, wirst du genug zu essen und einen warmen Schlafplatz haben«, zischte Conrad. »Aber Gnade dir Gott, wenn es Grund zur Beschwerde gibt. Dann werde ich dir das Fell gerben, dass du dir wünschen wirst, niemals geboren zu sein!«

Mit diesen Worten rammte er Bertram den Zeigefinger zwischen die Rippen und gab ihm mit einer Kopfbewegung zu verstehen, vor ihm her zu trotten. Mit zusammengebissenen Zähnen verkniff sich der junge Mann die unkluge Erwiderung, die ihm auf der Zunge lag, bohrte den Blick in den Rücken einer vor ihm hereilenden Metzgerin und hing weiter seinen trüben Gedanken nach. Als er – mit der bedrohlichen Präsenz seines neuen Herrn im Nacken – nach wenigen hundert Schritten die mächtige Baugrube in der Nähe der Franziskanerabtei passierte, schluckte er trocken und schloss einige Momente lang die Augen. Wie sehr hatte er gehofft, an der Errichtung dieses Gottesdenkmals mitwirken zu können! Und wie sehr hatte er sich seit der Bekanntmachung der Entscheidung des Augsburger Bischofs ins Zeug gelegt, seine Modelliertechnik bis zur Perfektion zu verbessern! Entgegen aller Willensanstrengung rann ihm eine Träne heiß die von der unverdienten Züchtigung immer noch brennende Wange hinab. Nur noch ein Jahr und er hätte es wagen können, den Zunftmitgliedern sein Gesellenstück zu präsentieren, für das er bereits den passenden Steinblock ausgewählt hatte. Wütend trat er eine Kastanie zur Seite, die sich hüpfend und torkelnd in Richtung Judenhof davonmachte, wo sie spritzend in einer kleinen Pfütze landete. Da sein Vater ihn bereits mit zwölf Jahren in die Lehre genommen hatte, waren die drei Jahre seiner Ausbildung beinahe zu Ende. Doch das würde in Zukunft vermutlich niemanden mehr interessieren!

»Nach links«, herrschte der ihn um mehr als Haupteslänge überragende Conrad den Jungen an und bugsierte ihn in einen beängstigend schmalen Durchgang, zu dessen Seiten ein wahres Heer von Ratten das Weite suchte.

»Wenn du es dir in den Kopf gesetzt haben solltest, fortzulaufen«, brummte der Glockengießer und packte misstrauisch den Oberarm des Knaben, »dann solltest du nicht vergessen, dass ich vom heutigen Tag an das Recht über dein Leben habe.«

Die Härte, die in der tiefen Stimme des Meisters mitschwang, jagte Bertram einen kalten Schauer über den Rücken. Das kann ja heiter werden!, dachte er missmutig, angestrengt darauf bedacht, den wie Stolpersteine in den Weg ragenden Beinen der bereits am helllichten Tag Betrunkenen, die sich hier vor dem Licht verbargen, auszuweichen. Immer und immer tiefer drangen sie in das Gewirr der Sträßchen und Häuserschluchten ein, bis sie schließlich vor einem Steinhaus haltmachten, das die ärmlichen Behausungen in seiner Nachbarschaft deutlich überragte. Der Geruch, den Bertram zuerst für ein Produkt der dicht gedrängten Kamine gehalten hatte, verdichtete sich, als Conrad seinen Lehrling an der Front des Wohnhauses vorbeidirigierte, um die Ecke schob und die mit einer alten Tierhaut bezogene Tür des Seitengebäudes aufzog, aus dem ihnen ein atemberaubend heißer Pesthauch entgegenwehte.

»Steh nicht rum wie ein Ölgötze«, forderte der Gießer den Jungen verächtlich auf und stieß ihn in die lediglich von einem leichten Glühen erhellte Dunkelheit, bevor er die Tür hinter sich zuschlug. Um Atem ringend, beugte Bertram sich vor, stemmte die Hände auf die Oberschenkel und versuchte den Drang, sich zu übergeben, zu unterdrücken. Sengend heiß tastete die metallisch schwere Luft jeden Zoll seiner schmerzenden Lunge ab, die dem Knaben den Brustkorb zu sprengen drohte.

Während er noch wie ein Fisch auf dem Trockenen nach Luft schnappte und gegen den immer stärker werdenden Hustenreiz ankämpfte, gewöhnten sich seine Augen an die Finsternis, aus der sich allmählich die Umrisse zweier riesenhafter Gestalten lösten. »Was habt Ihr uns denn da für einen Hänfling mitgebracht, Meister Conrad?«, höhnte einer der beiden Männer, dessen auffälligstes Merkmal seine prankenartigen Hände waren. Ein etwas kleinerer, dafür aber beinahe doppelt so breiter Geselle schob sich ebenfalls näher an den Neuankömmling heran, um diesen mit zusammengekniffenen Augen zu begutachten.

»Hier!« Mit der Linken schleuderte Conrad, den für kurze Zeit das Innere der Hütte verschluckt hatte, dem sich entsetzt umblickenden Bertram etwas vor die Füße, das sich nach flüchtiger Untersuchung als lederne Schürze nebst Gesichtsschutz herausstellte. »Du kannst die Schmelze rühren.« Mit diesen Worten versetzte er dem zögernden Knaben einen Schlag auf den Hinterkopf, der diesen dazu veranlasste, mit fliegenden Fingern in die schwere Ausrüstung zu schlüpfen, und drückte ihm eine Art metallenen Löffel in die Hand. Daraufhin wies er ihn an, sich auf das kleine Podest zu begeben, von dem aus man den etwa ein Dutzend Fuß messenden, gemauerten Tiegel erreichen konnte. Unter diesem brannte in einer Grube ein Feuer von solch gewaltiger Hitze, dass Bertram befürchtete, sein Haar könne Feuer fangen.

»Rühr das«, befahl ihm einer der Gesellen mit einem schadenfrohen Lächeln. »Göswin und ich müssen zur Donau, neues Kupfer beschaffen.«

Der blonde, beinahe quadratisch gebaute Göswin zog sich die eigene Schutzkleidung über den Kopf und wischte sich die vom Ruß schwarze Stirn. »Du musst darauf achten, dass sich keine Haut bildet«, belehrte er Bertram, dem bereits nach nur wenigen Rührbewegungen die Schultern schmerzten, etwas freundlicher.

Wie konnte eine Flüssigkeit nur dermaßen zäh sein?! Der Schweiß, der ihm sofort nach Betreten der Glockenhütte aus allen Poren getreten war, hatte sich inzwischen zu wahren Bächen gesammelt, die ihm an Rücken und Brust hinab in die engen Hosen liefen, die wie Pech an seinen Beinen klebten.

»Gewöhn dich schon mal an diese Arbeit«, feixte Anselm, der zweite Geselle, dessen rotes Haar selbst unter der dicken Rußschicht hervorblitzte, und bemerkte zu seinem Kollegen: »Wurde auch Zeit, dass endlich wieder ein Lehrling ins Haus kommt.«

Bevor die beiden die Hütte verließen, um sich Conrad anzuschließen, der sich ohne ein weiteres Wort abgewandt hatte, besann sich Göswin, trat mit einem Ausdruck auf den rauen Zügen, der einem Lächeln ähnelte, an Bertram heran und legte diesem die Hand auf die Schulter. »Wenn die ersten paar Tage vorbei sind, lässt der Schmerz nach.« Nicht sicher, was er darauf erwidern sollte, senkte Bertram die Lider und legte all seine Kraft in seinen rechten Arm, der den Rührstab führte.

Als das Geräusch des einrastenden Schlosses verkündete, dass er allein in der Glockenhütte war, ließ er trotz aller Anstrengung neugierig den Blick umherschweifen. Zu seinen Füßen befand sich ein halbes Dutzend leicht glühender, etwa zehn Zoll langer Öffnungen – der sogenannten Speiser – unter denen der Knabe die abkühlenden Glocken vermutete. Zwar wusste er nicht viel über das harte Handwerk der Gießer, doch hatte er aufmerksam den Berichten eines der Freunde seines Vaters gelauscht, als dieser vom Bau einer Kirche im weit entfernten Spanien berichtet hatte, an dem außer Steinmetzen und Zimmerleuten auch Glockengießer und Schmiede beteiligt gewesen waren.

Als er die Schmelze etwa einhundert Mal gerührt hatte, gab er auf, die Umdrehungen zu zählen, und konzentrierte sich darauf, die Muskeln in seinen Armen weniger einseitig zu belasten. Unendliche Stunden schienen verstrichen zu sein, als sich endlich wieder Schritte näherten, doch anstatt ihn von seiner Fron zu erlösen, steuerten diese ohne Umweg auf das an die Hütte anschließende Wohnhaus zu, aus dem seit einiger Zeit Stimmen zu vernehmen waren. Nachdem sich draußen inzwischen die Nacht über die Dächer der Stadt gesenkt hatte, zerschnitt nicht einmal mehr das durch die Ritzen hereinfallende Tageslicht die glimmende Düsternis, sodass Bertrams Augen mit jeder verstreichenden Minute müder wurden. Als er bereits befürchtete, trotz der ihn in regelmäßigen Abständen durchlaufenden Krämpfe einzunicken und in die etwa eintausend Grad heiße geschmolzene Bronze zu fallen, ließ ihn Göswins Stimme zusammenfahren. Ohne dass der Knabe es bemerkt hatte, waren die beiden Gesellen von ihrer Einkaufsausfahrt zurückgekehrt und hatten mit einer Schubkarre voller Kupferbarren und einem Bottich voller Pferdemist zum Veredeln der Schmelze bewaffnet die Werkstatt betreten.

»Du kannst aufhören. Jetzt muss ein Fachmann übernehmen.«

Wenngleich dem Knaben bei diesen Worten die Erleichterung durch die Glieder fuhr, benötigten seine erstarrten Finger einige Momente, um von dem mit Tuch umwickelten Griff des Rührstabes abzulassen. »Wir gießen bald. Wenn wir im Zeitplan bleiben wollen, müssen wir uns beeilen. Die Brenzer Galluskirche wartet wegen des Fehlgusses bereits seit Wochen auf ihre Glocke«, setzte Anselm, der einen bis zum Rand gefüllten Wassereimer neben einem der Speiser abgesetzt hatte, ihn in Kenntnis. Doch als Bertram mit zitternden Beinen auf die Knie fiel, um die Hände in das kühle Nass zu tauchen und seiner brennenden Kehle Linderung zu verschaffen, stieß der rothaarige Geselle ihn unsanft zurück. »Hol dir selber was!«, brummte er unfreundlich. »Das ist zum Kühlen der Werkzeuge.«

Den Tränen der Erschöpfung nahe, kam Bertram unsicher wieder auf die Füße und blickte wie erstarrt von einem Gießer zum anderen, bis sich Göswin schließlich erbarmte, ihn um einhundertachtzig Grad drehte und auf eine kleine Seitentür zuschob, die Bertram bis zu diesem Augenblick verborgen geblieben war. »Im Hof ist ein Brunnen. Dort steht auch ein Korb mit Brot und Käse.«

»Trödel aber nicht zu lange«, mischte sich Anselm ein, der einen Arm voll Gusspfannen aus den Halterungen an der Wand hob. »Der Tag ist noch lange nicht zu Ende.«

Ein Stöhnen unterdrückend, schlich Bertram in die angegebene Richtung davon, trat in den vom Mondlicht leicht erhellten Hof hinaus und zuckte zusammen, als ihm die Kälte und Feuchtigkeit der Nacht wie ein Tuch ins Gesicht schlugen. Einige Atemzüge lang verharrte er regungslos und sog die sauerstoffreiche Luft ein, die das Aroma frisch gepökelten Fleisches trug, bevor er auf den Brunnen zusteuerte, dessen schwarze Silhouette sich deutlich von der hellen Steinwand des Wohnhauses abhob. Er hatte das gemauerte Rund beinahe erreicht, als er auf etwas Weiches trat, das mit einem Heidenspektakel und fliegenden Federn das Weite suchte.

»Ein Huhn«, murmelte er kopfschüttelnd, nachdem sich sein rasender Herzschlag wieder beruhigt hatte, und griff haltsuchend nach dem groben Hanfstrick, der in der gähnenden Öffnung verschwand. Mit schmerzenden Muskeln zog er einen halb vollen Eimer auf den Brunnenrand, tastete nach dem Korb und tauchte die hohle Hand in das eiskalte Wasser. Noch niemals zuvor war ihm das Gold der Ostalb so köstlich erschienen wie in dem Moment, in dem es beruhigend und lindernd seine kratzende Kehle hinabrann, um sich kalt und frisch in seinem Magen zu sammeln, der augenblicklich mit einem ärgerlichen Knurren protestierte. Als er den quälenden Durst so weit gelöscht hatte, dass er an etwas anderes denken konnte, schlug er das Tuch zurück, mit dem die Nahrungsmittel in dem kleinen Weidenkörbchen bedeckt waren, und langte kräftig zu. Zwar war der Käse hart und das Brot mehr als drei Tage alt, doch das einfache Mahl war durch Not und Entbehrung gewürzt. Er kaute noch, als ihn ein kurzer Pfiff aus der Glockenhütte wieder an die Arbeit rief. Gebückt wie ein alter Mann schleppte er sich zurück und nahm die Gusspfanne entgegen, die Anselm ihm in die Hände drückte.

»Wir gießen, du füllst nach«, befahl dieser knapp.

Drei Stunden später, als bereits die perlmuttfarbene Dämmerung heraufzog, fiel der Knabe zerschlagen auf einen der

Strohhaufen in dem Schuppen, der auch die Gerätschaften beherbergte, und schloss die von dunklen Schatten umrahmten Augen. Er driftete bereits ins Reich der Träume ab, als er wie aus weiter Ferne ein Weinen vernahm, das aus dem Haus des Meisters zu kommen schien. Zu müde, um sich darüber Gedanken zu machen, rollte er sich auf die Seite, zog die Beine an den Körper und fiel in einen bleiernen Schlaf.

Kapitel 4

Wie jedes Jahr war auch in diesem Herbst auf den Nebel Verlass. Wie ein Schleier hing er schwer und erstickend über der Stadt und wogte von den Ufern der Donau vom Fischerviertel über den zukünftigen Münsterplatz bis in die entlegensten Ecken der Armenviertel nahe der Stadtbefestigung. Winzige Tropfen legten sich über Anabels gerötetes Gesicht, als sie kurz nach Anbruch der Dämmerung in Richtung Abtei aufbrach, um sich bei Schwester Mechthild zu melden, der an diesem Tag die Aufsicht über die Klostergärten oblag. Möglichst unauffällig drängte sie sich an den Krämern, Metzgern und Bäckern vorbei, die ebenfalls früh auf den Beinen waren, und drückte sich in Eingänge und an Mauern, wenn eines der gefährlichen Fuhrwerke mit knarrenden Rädern an ihr vorbeiholperte und die gelben Blätterhaufen aufwirbelte. Da die Feuerstellen vieler Stadtbewohner bereits seit mehreren Stunden in Betrieb waren, stank die Luft nach verbranntem Holz, geräuchertem Fisch und den allgegenwärtigen Fäkalien, deren Menge in den Herbst- und Wintermonaten zuzunehmen schien. Neidisch ließ das Mädchen den Blick an einer mit hellblauem Fachwerk geschmückten Fassade entlang wandern, hinter deren Fenstern noch tiefe Dunkelheit herrschte. Die reichen Tuch- und Gewürzhändler hatten es nicht nötig, vor Tagesanbruch aufzustehen, wie es ihre ärmeren Mitbürger taten, da die groben Arbeiten in ihren Häusern vom Gesinde verrichtet wurden. Ein mit einer turbanartigen Kopfbedeckung halb verhüllter Kopf schob sich in ihr Blickfeld, als eine zahnlose alte Muhme die Fensterläden im Erdgeschoss einer Schlosserwerkstatt öffnete und einen Eimer schmutzigen Wassers vor Anabels Füße schüttete. Wie rücksichtsvoll!, dachte diese mit einem säuerlichen Blick und wischte ein Stückchen schlaffen Grüns von ihrem Ärmel, das aus einem der oberen Stockwerke auf sie niedergesegelt war.

Nicht einmal der Glockenturm der Abteikirche oder der Luginsland der westlich des Rathauses gelegenen ehemaligen Königspfalz waren an diesem Tag zu sehen. Doch wenn Anabels Gefühl sie nicht trog, würde der Nebel gegen die Mittagszeit dem Sonnenschein weichen, der sie stets die Trostlosigkeit des Morgens vergessen ließ. Während sie mit fest auf das schlüpfrige Kopfsteinpflaster gerichtetem Blick in Richtung Franziskanerabtei eilte, drängten sich die Bilder des vergangenen Abends in ihr Bewusstsein. Nach dem Mahl, an dem auch die beiden Gesellen teilgenommen hatten, war sie durch Zufall an dem kleinen Durchgang zum Hof vorbeigekommen, in dem sich der neue Lehrling wie ein hungriges Tier über die jämmerlichen Brot- und Käsekanten hergemacht hatte, die vom Tisch abgefallen waren. Zuerst hatte sie weiterhasten wollen, um den Befehl ihres Vaters zu befolgen. Doch als der Junge den im Mondlicht beinahe bläulich schimmernden Schopf aus der Stirn geschoben hatte, war ihr vor Bewunderung der Atem gestockt und sie hatte das geforderte Essigfässchen schlicht und einfach vergessen. Im Gegensatz zu den meisten anderen Männern, die sie kannte, war der Körper des neuen Lehrlings schlank und geschmeidig, und die glatten Wangen wirkten wie aus Elfenbein gearbeitet. Das schwarze Haar, das ihm immer wieder in verschwitzten Strähnen in die

Stirn fiel, verlieh seiner Haut ein beinahe durchsichtiges Aussehen, das durch die ebenfalls pechschwarzen Augen noch unterstrichen wurde. Wie anders er war! Nicht wie die behaarten, grobschlächtigen Kerle, die im Haus ihres Vaters ein und ausgingen!

Die zornige Stimme ihres Vaters hatte sie aus der heimlichen Betrachtung gerissen, als dieser gebrüllt hatte: »Wo bleibt der Essig? Soll ich dir Beine machen?« Und dann hatte der Vorfall mit Uli alle Gedanken an den jungen Lehrling verdrängt. Beim Griff nach der Butter hatte der Sechsjährige unabsichtlich das kleine Salzgefäß zu Boden gewischt, dessen Inhalt sich wie ein körniger See über den Lehmboden ergossen hatte. Hochrot vor Wut hatte Conrad den Knaben beim Kragen seines Rockes gepackt, den Gürtel gelöst und so lange auf ihn eingeprügelt, bis dieser blutend und heulend zu Boden gegangen war. »Es reicht«, hatte Anabel schließlich allen Mut zusammengenommen und sich zwischen Conrad und ihren kleinen Bruder gestellt. Und nachdem es kurz so ausgesehen hatte, als wolle ihr Vater die begonnene Züchtigung an ihr vollenden, hatte er sich mit einem verächtlichen Schnauben auf die Holzbank zurückfallen lassen und geknurrt: »Du hast Glück, dass jemand an deinem Lärvchen Gefallen hat.« Zwar hatte sie sich gefragt, was er damit wohl gemeint haben könnte, doch war es ihr in diesem Moment wichtiger erschienen, den kleinen Uli zu trösten, der sich weinend in die Schlafkammer geflüchtet hatte.

Mit einer unbewussten Handbewegung vertrieb sie die Erinnerung an den Donnerstagabend und bog in die breite Straße ein, die zu der Franziskanerabtei führte.

Dutzende von Wagen und Karren beladen mit Getreidesäcken, Körben voller Weintrauben und Fässern voller eingelegten Fischs und gepökelten Fleisches standen bereits vor den Toren Schlange und warteten darauf, von Gaudenz, dem Zellerar, empfangen und bezahlt zu werden. Dieser war jedoch trotz der frühen Stunde bereits in seinem Element, ging mit einer kleinen Holzschale von Wagen zu Wagen und tauchte diese in die Fässer voller Wein und Met, um sie gefüllt an den Mund zu führen. Obschon das Kloster über eine eigene Brauerei verfügte, in der das besonders zur Fastenzeit beliebte Starkbier gebraut wurde, und auch seinen eigenen Wein herstellte, kaufte Gaudenz jeden Herbst zusätzliche Fässer von den Bauern der Umgebung, damit die Barfüßermönche in den langen Wintermonaten nicht darben mussten.

»Dieser hier ist wunderbar«, hörte Anabel den koboldhaften Bruder schwärmen, als sie in Richtung Refektorium steuerte. »Davon kannst du drei Dutzend abladen.« Wie immer, wenn er sprach, riss er die grünen Augen so weit auf, dass das Weiß komplett sichtbar war, und legte die Stirn in tiefe Falten. »Du da«, sagte er an einen Getreidebauern gewandt, auf dessen Karren sich pralle Weizensäcke stapelten. »Du kannst direkt vor der Küche abladen.«

Mit einem leichten Schmunzeln trat Anabel in den bereits brodelnden Klosterhof, wo sich die Novizen um die begehrte Aufgabe, die frisch gelieferten Trauben zu zertreten, zankten. Wie froh sie sein mussten, dem fetten Novizenmeister Clemens wenigstens für ein paar Stunden zu entkommen, dachte das Mädchen, das die blutjungen Burschen, die von ihren Eltern gegen schwindelerregend hohe Spenden in die Obhut des Ordens übergeben wurden, schon oft bedauert hatte. Nicht nur mussten sie ihr halbes Leben mit Beten verbringen, es war ihnen auch nicht gestattet, ohne die Erlaubnis des Abtes die Klostermauern zu verlassen.

Sie wollte sich gerade auf den Weg in den kleinsten der vier Kräuter- und Gemüsegärten machen, in dem Kohl, Spinat, Lauch und Kürbisse angebaut wurden, als sie Vren erblickte, die sich im Schatten einer der Kreuzgangsäulen aus der Umarmung eines flachsblonden Novizen löste. Dieser zog, als er Anabels Gegenwart gewahr wurde, rasch die dunkle Kapuze über den Kopf und duckte sich in einen Durchgang, nachdem er Vren einen letzten, schmachtenden Blick zugeworfen hatte.

»Bist du wahnsinnig?«, flüsterte Anabel, als sie die Freundin erreichte, auf deren großflächigem Gesicht ein schelmischer Ausdruck lag. Die braunen Augen funkelten übermütig, als diese sich mit einer betont damenhaften Geste das kastanienfarbene Haar von den Schultern strich. »Wenn man euch erwischt …« Sie ließ den Rest des Satzes in der Luft schweben, da es keinen Zweifel darüber geben konnte, was der seinem Namensvetter Franz von Assisi so überhaupt nicht ähnliche Franciscus mit den Sündern anstellen würde.

»Wird man nicht«, wiegelte Vren wegwerfend ab und kratzte sich am Kinn. Wie so viele der Albbewohner hatte auch sie das starke Profil der Landbevölkerung, das sich durch eine weit vorspringende, gebogene Nase und ein fliehendes Kinn auszeichnete. Doch schienen diese kleinen Schönheitsfehler sie nicht daran zu hindern, dem männlichen Geschlecht den Kopf zu verdrehen. »Wir sind vorsichtig.«

Wenngleich Anabel sie am liebsten an den Schultern gepackt und geschüttelt hätte, schluckte sie die scheltenden Worte, zuckte die Achseln und erwiderte neutral: »Wenn du meinst.«

Mit einem unbeschwerten Lachen legte Vren ihr den Arm um die Taille, wirbelte sie einmal im Kreis und wurde dann schlagartig nüchtern. »Wenn man vom Teufel spricht«, hub sie mit einer steilen Falte zwischen den Brauen an. »Franciscus hat nach dir geschickt.« Als Anabel verwundert den Mund öffnete, um etwas zu erwidern, setzte sie hinzu: »Ich weiß nicht, woher er deinen Namen kennt, aber Schwester Mechthild hat mich beauftragt, es dir auszurichten.«

Anabel schüttelte den Kopf. Nicht nur war es ungewöhnlich, dass der Abt eine der weiblichen Hilfskräfte, die primär zur Unterstützung der Beginen eingesetzt wurden, zu sich beorderte. Es verstieß sicherlich auch gegen die Klosterregeln, da der innere Bereich der Abtei für Frauen verboten war.

»Er ist im Abthaus.«

Mit einem wehmütigen Blick auf die schwer die Köpfe neigenden Sonnenblumen und allmählich sterbenden Rosen, die ihren Duft in den kleinen Gärtchen verbreiteten, wandte Anabel sich der am Ostende des Komplexes gelegenen Behausung des obersten Ordensbruders zu und näherte sich zögernd dem Gebäude. Wie bei den anderen größeren, in Fachwerkbauweise errichteten Unterkünften rankte sich auch an seiner Fassade flammend roter wilder Wein, der in seiner Farbenpracht merkwürdig fehl am Platze wirkte.

Sie war gerade mit eingezogenem Kopf durch den niedrigen Durchgang getaucht, der das Refektorium mit dem Innenhof verband, an den das Abthaus anschloss, als sie ein dröhnender Bass zusammenzucken ließ.

»Was hast du hier zu suchen?«, forderte Henricus, der als Ordensvater direkt unter Franciscus stand, mit vor Zorn funkelnden Augen zu wissen und vertrat ihr den Weg. »Dieser Bereich ist für Weiber nicht zugänglich! Hat man dir das nicht gesagt?« Das leichte Zittern seiner Unterlippe und die sich krampfhaft in den Stoff seiner Kutte krallenden Hände verrieten die Anstrengung, die es ihn kostete, Anabel nicht auf der Stelle an die Kehle zu gehen.

»D-doch«, stammelte diese verstört und wich instinktiv einige Schritte vor dem bebenden Mönch zurück. »Vater Franciscus hat nach mir geschickt«, setzte sie nach einem mühsamen Schlucken hinzu und senkte den Blick, als sich die grauen Augen ihres Gegenübers zu kleinen Schlitzen verengten.

»Hat er das?«, stieß Henricus schließlich kalt hervor und fuhr sich mit der Rechten in den fleckigen, von Narben zerfurchten Bart.

Während Anabel mit hämmerndem Herzen die einfachen Sandalen des Bruders fixierte und hoffte, dass sein Zorn genauso schnell verrauchte wie er gekommen war, hielten auf den Zügen des Ordensvaters gegensätzliche Gefühle Widerstreit. Die Empörung, die zunächst einer Mischung aus Verachtung und Ekel gewichen war, kehrte einen Augenblick später zurück, um kurz darauf von Verstehen und Schadenfreude vertrieben zu werden.

»Ich verstehe«, murmelte er, während der Blick seiner beinahe bleigrauen Augen Anabels Erscheinung von Kopf bis Fuß abtastete. »Du kannst gehen.«

Ohne auf einen erneuten Sinneswandel des leicht entflammbaren Ordensvaters zu warten, neigte Anabel den Kopf und huschte in Richtung Abthaus davon. Dort angekommen, blickte sie scheu über die Schulter zurück, nur um ohne zu zögern in das dunkle Innere zu fliehen, als sie sah, dass Henricus ihr mit gerunzelter Stirn nachstarrte. Was um alles in der Welt hatte sich der Abt dabei gedacht, sie zu sich zu rufen?, grübelte sie, während der Klumpen in ihrer Magengrube anschwoll. Und wie sollte sie Franciscus in diesem verwirrend großen Gebäude jemals finden?

Sie war gerade dabei, sich an der Unterseite der Treppe entlang in die Eingeweide des nach frisch bearbeitetem Holz duftenden Hauses zu tasten, als die wie aus dem Nichts auftauchende Gestalt des Ordensvorstehers ihr die Luft aus den Lungen trieb.

»Da bist du ja endlich«, stellte er ohne Vorrede fest und trat aus dem Schatten der Tür, die am Ende des Ganges die Treppe abschloss. »Komm nach oben.«

Den höflichen Gruß vergessend, der ihr im Hals steckte, raffte Anabel die Röcke und eilte dem breiten Rücken des in eine auffällig protzige Kukulle gewandeten Franciscus nach, der bereits mehrere Stufen Vorsprung hatte.

»Hier hinein«, forderte er das Mädchen auf, nachdem sie einem zu beiden Seiten von prächtigen Gemälden und Kruzifixen geschmückten Korridor bis zu dessen Ende gefolgt waren. Die Tür, die sich wie von Zauberhand vor dem Oberhaupt der Ulmer Barfüßer öffnete, verschlug Anabel vor Bewunderung die Sprache. Aus einem rotbraunen, an manchen Stellen rosig schimmernden Holz geschnitzt, erzählte der Rahmen die Geschichte der Verurteilung, Kreuzigung und Auferstehung Jesu, wohingegen die Tür selbst den Garten Eden und den Schlund der Hölle thematisierte.

»Lasst uns allein«, herrschte Franciscus zwei Novizen an, die sich mit einer tiefen Verbeugung an ihm vorbeidrückten und schweigend den Gang entlang hasteten. »Worauf wartest du?«, fragte er ungeduldig, als Anabel wie gelähmt auf der Schwelle des Raumes verharrte.

Anstatt sich – wie von dem Mädchen erwartet – durch Schlichtheit auszuzeichnen, wie es sich für einen Bettelorden ziemte, bestach der Raum, der sich ihren erstaunt aufgerissenen Augen darbot, durch Prunk, Pracht und Reichtum. An der zwischen den beiden Hauptfenstern gelegenen Wand leuchtete ein seidener Wandteppich von solcher Schönheit und Lebendigkeit, wie Anabel sie niemals für möglich gehalten hätte. In warmen Gold-, Purpur- und Brauntönen gehalten, zeigte die meisterhafte Knüpfarbeit etwa ein halbes Dutzend fremdländisch anmutender Damen, die in einem von Wild nur so wimmelnden Wald zur Jagd ritten. Anstatt züchtig und keusch im Damensitz auf den feurigen Rössern zu thronen, saßen diese Jägerinnen jedoch wie Männer im Sattel – ein Eindruck, der durch die Bögen in ihren Händen unterstrichen wurde.

»Gefällt er dir?«, unterbrach Franciscus' ölige Stimme ihre Betrachtungen, und ohne auf eine Antwort des Mädchens zu warten, fuhr er fort: »Ein Geschenk des Bischofs. Er stammt aus dem Heiligen Land.« Als müsse diese Erklärung genügen, trat er näher an Anabel heran, die mit einem furchtsamen Keuchen zu ihm aufblickte. Obschon der etwas über dreißig Jahre zählende Abt sein freundlichstes Lächeln aufgesetzt hatte, spürte Anabel, wie ihre Kopfhaut anfing zu prickeln. Die der Härte und Strenge in seinem Blick widersprechende Glätte seiner Haut wurde durch die vollen Lippen hervorgehoben, zwischen denen weiß und feucht die Eckzähne des Mönches hervorblitzten.

Die lähmende Kälte, die sich bei der auf ihrer Haut brennenden Betrachtung des Ordensvorstehers über ihre Glieder legte, ließ Anabel fröstelnd die Arme um den Oberkörper schlingen. Als Franciscus sich ohne Vorwarnung so nah zu ihr hinabbeugte, dass sie die einzelnen Härchen zwischen seinen Augenbrauen sehen konnte, musste sie alle Beherrschung zusammennehmen, um nicht laut aufzuschreien.

»Ich erwarte heute Abend einige illustre Gäste«, informierte der Abt sie beiläufig, nachdem er wie zufällig die bloße Haut ihrer Unterarme gestreift hatte. Ein merkwürdiger Ausdruck in den hellbraunen Augen ließ Anabel schweigend verharren. »Dabei kann ich keine neugierigen Novizenohren gebrauchen. Lass dir von der Vestiaria der Beginen ein anständiges Gewand aushändigen«, fuhr er die im Raum schwebende Frage beantwortend fort, während er Anabels schlicht geschnittenes Kleid betont missfällig betrachtete. »Du wirst dafür sorgen, dass die Trinkkelche nicht austrocknen.« Mit diesen Worten wandte er ihr so abrupt den Rücken zu, dass Anabel unwillkürlich den Oberkörper nach hinten bog, um seinen breiten Schultern auszuweichen. Doch als sie gerade zu hoffen begann, dass sie entlassen war, richtete er erneut das Wort an sie. »Melde dich nach der Vesper beim Camerarius in der Gästeküche. Er wird dir alle weiteren Anweisungen geben.«

Mit einer geflüsterten Verabschiedung zog sich die junge Frau in Richtung Ausgang zurück und wollte gerade den mit einem Mal bedrückend heißen Raum verlassen, als ihr etwas einfiel. »Vater«, hauchte sie schüchtern, woraufhin ihr Franciscus, der sich mit einem Griff an die Vorderseite seines mit Goldfäden durchwirkten Ausgehmantels von ihr abgewendet hatte, mit einem leisen Stöhnen erneut seine Aufmerksamkeit schenkte. »Du solltest besser gehen«, stieß er gepresst hervor. Und als Anabel den Blick zu der Stelle senkte, wo sich soeben noch seine Hände befunden hatten, erschrak sie beim Anblick der sich deutlich unter dem Barchent abzeichnenden Erregung heftig. Zu oft hatte sie diese Reaktion bei ihrem eigenen Vater gesehen, wenn dieser Gertrud wie ein läufiger Hund umschlich.

»Meisterin Guta hat mich heute Nacht für den Hospitaldienst eingeteilt«, erklärte sie mit belegter Stimme und schickte ein Stoßgebet gen Himmel, dass diese Ausflucht genügen würde, sie vor dem zu bewahren, was Franciscus offensichtlich vorschwebte. Doch als ein dünnes Lächeln über die Züge des Abtes huschte, erkannte sie die Vergeblichkeit ihres Hoffens.

»Dir wird nach dem Abendmahl noch genug Zeit bleiben, dich um die Kranken zu kümmern«, versprach er und gebot ihr mit einer ungeduldigen Geste, sich zu entfernen, da sich aus der angrenzenden Kammer das Gemurmel heftig diskutierender Stimmen erhoben hatte.

In blinder Hast floh Anabel aus dem Gebäude, stolperte über den Treppenabsatz des Eingangs und rappelte sich schwindelig wieder auf. Die Sonne, die inzwischen den Nebel verjagt hatte, hing milchig in einem bläulich-weißen Himmel. Doch weder die Schönheit der in feurigem Safrangelb, Ziegel und Blutrot leuchtenden Blätter noch das Gewimmel der Händler und Mönche vermochte, ihre Furcht vor dem bevorstehenden Abend zu verdrängen. Hatte sie wirklich das in den Augen des Abtes gelesen, was sie vermeint hatte zu lesen? Sollten die über Franciscus kursierenden Gerüchte wahr sein, und er die im Kloster vorherrschende Frauenfeindlichkeit nicht mit seinen Glaubensbrüdern teilen? Wie oft schon hatte sie im Infirmarium die getuschelten Unterhaltungen zwischen dem selbstgerechten Paulus und dem Tonsor belauscht, die sowohl den Abt als auch den gesamten höheren Klerus der Dekadenz und der Sündhaftigkeit bezichtigten.

Erneut erschauerte sie. Was sollte sie tun? Sollte sie der Meisterin beichten, was sie befürchtete? Ohne darauf zu achten, wo sie hintrat, eilte die junge Frau auf den Eingang des Hospitals zu, in dem sie die Begine vermutete. Doch wie sollte sie ihren Verdacht erklären? Und würde die fromme Schwester ihr glauben oder sie der überhitzten Sinne verdächtigen?

Nachdem sie einige Zeit vor dem Eingang zum Lazarett verharrt hatte, beschloss sie, vorerst zu schweigen und abzuwarten, wie sich die Dinge entwickelten. Wenn Franciscus tatsächlich vorhatte, sich der Unzucht mit ihr schuldig zu machen, dann würde sie das sofort beim Betreten des Abthauses bemerken. Denn dann wären mit Sicherheit keine Gäste anwesend! Und im anderen Fall würde sie die ihr aufgetragenen Arbeiten verrichten, um sich im Anschluss daran ihrem Dienst im Hospital zu widmen. Mit einem Biss auf die Unterlippe straffte sie die Schultern und betrat das Krankenquartier.

Kapitel 5

Heidenheim, Ende Oktober 1349

Mit leerem Blick starrte die hochschwangere Katharina von Helfenstein aus dem Ostfenster des dreistöckigen Palas der Burg ihres Vaters, die sich auf einem schroffen Kalksteinfelsen thronend über den kleinen

Flecken Heidenheim in der Grafschaft Württemberg erhob. Schwer und Unheil verkündend hing der Klang der Malefizglocke des Unteren Tores über den Dächern der Stadt, durch deren Mitte sich das dünne Band des Wedels schlängelte. Ein bitterer Zug legte sich um ihren schönen Mund, als sie sich der Symbolträchtigkeit des Sterbegeläutes bewusst wurde, das die bevorstehende Hinrichtung eines verurteilten Verbrechers verkündete.

»Gott sei deiner Seele gnädig«, flüsterte sie erschauernd, als das Bild des über das Kopfsteinpflaster holpernden Henkerskarrens vor ihrem inneren Auge auftauchte. Da von ihrem Standpunkt aus der Burgfelsen den Blick auf einen Großteil des Ortes versperrte, ließ sie ihn weiter zu der schneeweiß durch den Regen blitzenden Kapelle auf dem Totenberg wandern, deren strenge Silhouette von vergangenen Jahrhunderten der Trauer und des Todes zeugte. Erbaut vor so langer Zeit, dass sich selbst die ältesten Bewohner Heidenheims nicht daran erinnern konnten, erhob sie sich auf einem beinahe ebenso abschüssigen Felsen wie die Festung der Helfensteiner. Heulend fegte der am Nachmittag aufgekommene Sturm den Regen über die abgeernteten Felder und ließ die Wipfel der die Brenz säumenden Akazien, Pappeln und Linden heftig schwanken. Dieser zweite, größere Flusslauf verband sich einen Tagesritt weiter südlich mit der Donau, was zur Folge hatte, dass Heidenheim nicht nur auf dem Landweg mit den Waren des Umlandes versorgt wurde. Wehmütig dachte Katharina an das am Ende der Flusstäler lockende Ulm, in dem sie auf dem Weg von der am Rande der Schwäbischen Alb gelegenen Festung ihres Gemahls, der Burg Hohenneuffen, haltgemacht hatte, um sich mit dem kostbaren Ulmer Barchent einzudecken.

Geistesabwesend strichen ihre Hände über das feine Mischgewebe aus marokkanischer Baumwolle und heimischem Leinen, während ihre Gedanken weiterwanderten zu den beiden Männern, die ihre überhastete Abreise in dieses Städtchen nötig gemacht hatten. Beinahe sechs Monate hatte sie die Schwangerschaft vor ihrem Gemahl, dem Grafen Ulrich von Württemberg, geheim halten können, doch schließlich hatten selbst die ausgeklügeltsten Ausreden und modischen Exzentrizitäten nicht mehr genügt, ihren Zustand zu kaschieren. Und so hatte sie sich – unter dem Vorwand, einer Bitte ihres Vaters Folge zu leisten – auf den Weg gemacht, um in der Abgeschiedenheit der Ostalb das Kind zu gebären, das ihren Geliebten den Kopf kosten würde, sollte Ulrich jemals von seiner Existenz erfahren. Da dieser selbst augenscheinlich nicht dazu in der Lage war, seine junge Gemahlin zu schwängern, war das Feuer des Ehegemaches schon bald nach der Vermählungsnacht erloschen, was Katharina empfänglich gemacht hatte für die freche Werbung des Ritters Wulf von Katzenstein. Hünenhaft und dunkel, war er das völlige Gegenteil des durchgeistigten, schlaksigen Ulrich, der mehr Zeit damit verbrachte, sich mit seinem Bruder Eberhard um die zwischen ihnen aufgeteilte Grafschaft zu streiten, als sich um die ehelichen Artigkeiten zu kümmern, die im Allgemeinen von einem Mann adeliger Herkunft erwartet wurden. Wie armselig und kümmerlich sich Katharina nach den ersten Wochen am Hohenneuffener Hof gefühlt hatte! Verschmäht wie eine faulige Frucht, hatte sie ihre Abende damit zugebracht, zahllose Stickrahmen zu füllen, bevor der ungeschliffene, starrköpfige und gleichzeitig entwaffnend ehrliche Wulf von Katzenstein in ihr Leben getreten war. Gekommen, um den Treueid gegenüber seinem Herrn zu erneuern, hatte er einige Wochen als Gast auf der Burg des Grafen geweilt, in denen er der Gräfin bei Jagdausritten und dem Lustwandeln im Rosengarten näher gekommen war, als sein Lehnsherr es vermutlich gutgeheißen hätte.

Mit einem gedämpften Seufzen dachte Katharina an die Handvoll leidenschaftlicher Augenblicke zurück, in denen sie sich an den unmöglichsten Stellen geliebt hatten. Auf einer verborgenen Lichtung in dem die Festung umgebenden, wildreichen Wald; am Ufer des Flusses; und schließlich – einen Tag vor der Abreise des Ritters – im Stroh der Scheune eines der leibeigenen Bauern ihres Gemahls. Noch immer kroch ihr ein Prickeln über die Haut, wenn sie sich an die Berührung ihres kraftvollen Liebhabers erinnerte. Die Tatsache, dass sein Sitz kaum einen Tagesritt nordöstlich von Heidenheim lag, hatte ihre Entscheidung, sich in den ansonsten wenig aufregenden Flecken zurückzuziehen, deutlich beeinflusst. Kurz nach ihrer Ankunft hatte sie einen ihrer eigenen Männer, dem sie ihr vollstes Vertrauen schenkte, mit einer Botschaft nach Katzenstein geschickt, um Wulf von ihrer Anwesenheit in Kenntnis zu setzen. Doch dieser war unverrichteter Dinge zurückgekehrt, da sich der Burgherr zurzeit in Schwäbisch Hall befand, um wirtschaftlichen Interessen nachzugehen.

Wann er wohl endlich in die Heimat zurückkehren würde?, fragte sich Katharina sehnsuchtsvoll und unterdrückte das überwältigende Gefühl der Lust, das sie jedes Mal überkam, wenn sie an seinen muskulösen und dennoch schlanken Körper dachte, dessen Geschmeidigkeit der einer Raubkatze in nichts nachstand. Dass sie mit einem Feuer spielte, das sie im Bruchteil eines Blinzelns vernichten konnte, war ihr durchaus bewusst. Denn sollte Ulrich von der Liebschaft der beiden erfahren, würde ihn nichts davon abhalten können, Wulf entweder grausam zu Tode foltern oder entmannen zu lassen.

Eine lähmende Kälte legte sich über ihre bloßen Oberarme, und sie trat fröstelnd vom Fenster weg an die große, von silbernen Leuchtern gesäumte Feuerstelle, in der ein knisterndes Buchenfeuer tanzte. Was ihr Gemahl mit seiner ehebrecherischen Angetrauten machen konnte, reichte von Scheidung über das schändliche Verstoßen bis hin zur Tötung, da die Ehefrau in der Muntehe sämtliche Rechte verlor und in den Besitz ihres Mannes überging. Ein Zittern durchlief ihren geschwollenen Leib, und da sich in letzter Zeit viele ihrer Gemütsregungen auf das in ihr heranwachsende Kind übertrugen, überraschte es sie nicht, dass ein heftiger Tritt gegen ihre Bauchdecke sie zusammenfahren ließ.

»Dir wird nichts geschehen, mein Sohn.« Müde legte sie die Hände auf den in weiten Falten zu Boden fallenden, schreiend rot gefärbten Stoff und betrachtete wohl zum hundertsten Mal ihre Erscheinung in der auf Hochglanz polierten Oberfläche des an einer Wand befestigten Spiegels. Während ihre rotbraunen, von einem leichten Schleier zusammengehaltenen Locken wunderbar mit dem Ton des Gewandes korrespondierten, ließ die kräftige Farbe ihren blassen Teint ungesund und fahl erscheinen, woran auch das kleine Nest Sommersprossen auf ihrer schmalen Nase nichts ändern konnte. Die leicht schräg gestellten, bernsteinfarbenen Augen wirkten glanzlos, und selbst die beiden Teufelsfenster – die seitlichen, weiten Öffnungen ihres Obergewandes, durch die man einen aus Sicht der Kirche wenig sittsamen Einblick gewann – konnten nicht darüber hinwegtäuschen, dass ihre Schönheit nicht von unbegrenzter Dauer sein würde. Zwar war sie bei ihrer Vermählung mit Ulrich weit über die Grenzen ihrer Heimat hinaus besungen worden, doch wie lange würde es dauern, bevor der wankelmütige Zeitgeschmack sich ein neues Ideal auserkor, dem die adeligen jungen Frauen nachzueifern versuchten?

Resigniert nestelte sie an dem breiten, perlenbestickten Stoffgürtel, der locker auf ihrer Hüfte lag, und griff nach dem zuvor auf dem Tisch abgestellten Weinkelch, dessen Inhalt dunkel und ölig lockte. Auf ihren ausdrücklichen Befehl hin hatte ihre Dienstmagd sie in dem mit männlichen Trophäen überladenen Raum allein gelassen, und solange der Frieden und die Ruhe vorherrschten, wollte Katharina sie genießen. Zu bald würden ihr Vater und zwei ihrer Brüder von der Jagd im die Festung umgebenden Forst zurückkehren und mit ihrem Gebrüll und dem Gebell der Hunde die Stille vertreiben. Wenn doch nur ihre Mutter noch am Leben wäre!, dachte sie sehnsüchtig. Dann müsste sie sich nicht tagtäglich die bitteren, verletzenden Worte ihres Vaters, des Grafen Johann von Helfenstein, anhören, der keinerlei Verständnis zeigte für die Verfehlungen seiner Tochter. Da ihm neben dem Heidenheimer Sitz noch die nahe gelegenen Festungen Kaltenburg und Güssenburg zur Verfügung standen, hielt er sich die meiste Zeit von Katharina fern – beinahe als fürchte er, ihre Schande könne auf ihn übergehen und seine reine Seele beflecken.

Sie lachte freudlos. Als ob er jemals gewusst hätte, was das Wort Unschuld bedeutete! Hatte er nicht kurz nach dem Tod ihrer Mutter seine Untertanen mit einer Tat von solch bestialischer Grausamkeit erzürnt, dass es eine Zeit lang danach ausgesehen hatte, als wollten die Leibeigenen sich gegen ihn auflehnen? War seine Seele nicht bis in alle Ewigkeit ein Preis des Teufels?

Mit einem angeekelten Ausdruck auf dem Gesicht versuchte sie, die Erinnerung an die Schändung der kaum zehn Jahre zählenden Bauerntochter zu verdrängen, deren Schreie immer noch durch ihre Albträume gellten. Übermütig und trunken von Mordlust waren ihr Vater und einer ihrer Onkel eines trüben Wintertages von der Jagd zurückgekehrt, doch dieses Mal waren die über die Sättel der Lasttiere gebundenen Hirsche und Rebhühner nicht die einzige Beute gewesen, die sie von ihrem Ausritt mitgebracht hatten. Dessen Weinen und Flehen ignorierend, hatten sie ein anmutiges, beinahe weißblondes Kind auf den schlammigen Boden geschleudert, wo dieses wie eine zerbrochene Gliederpuppe liegen geblieben war. Katharina, die damals selbst gerade erst ihren sechsten Geburtstag gefeiert hatte, hatte mit weit aufgerissenen Augen die Nase an den Gitterstäben des Stalles platt gedrückt und ihr Geschenk – ein lammfrommes Schimmelpony – vergessen. Sprachlos und entsetzt hatte sie mit angesehen, wie ihr Vater das hilflose Mädchen an Ort und Stelle geschändet hatte, sodass sich sein hellbraunes Kittelkleid innerhalb weniger Sekunden rot färbte, um es nach der eigenen Befriedigung an seine Männer weiterzureichen. Sicher, dass sie sich eine furchtbare Tracht Prügel für den verbotenen Aufenthalt in den Stallungen einfangen würde, hatte Katharina ihn niemals wissen lassen, was sie gesehen hatte. Doch wenn er weiterhin den Stab über sie brach, würde sie sich nicht mehr lange zurückhalten können!

Als schließlich das Klappern der Hufe verriet, dass sich die Jagdrösser den Anstieg zur Zugbrücke hinauf kämpften, griff sie nach dem über einem Stuhl abgelegten Mantel, warf ihn sich um die Schultern und machte sich auf den Weg in ihre im dritten Stock gelegenen Gemächer, die sie an diesem Tag nicht mehr zu verlassen gedachte. Wenn am morgigen Samstag die Männer nach Hürben zurückkehrten, um sich auf die Kaltenburg zurückzuziehen, würde sie einen weiteren Versuch unternehmen, ihren Geliebten zu erreichen. Denn wenn ihre Vermutung zutraf, würde Wulf zusehen, dass er auf seiner Heimatfestung eintraf, bevor der erste Schnee fiel. Und da Allerheiligen nicht mehr fern war, stieg die Wahrscheinlichkeit, morgens inmitten einer verschneiten Traumlandschaft aufzuwachen, täglich. Das durch die nicht verschlossenen Fenster des Treppenhauses an ihr Ohr dringende Toben der Schaulustigen, welche zweifelsohne der Hinrichtung des Verurteilten beiwohnten, ließen sie ihre Schritte beschleunigen und mit einem erleichterten Aufatmen die schwere Tür ihrer Kammer hinter sich ins Schloss ziehen. Einige Augenblicke lang nahm sie die vertraute Umgebung in sich auf, bevor sie den Mantel ablegte, die Schnürung um ihre Taille lockerte und ihr Haar von dem Schleier befreite. Wie immer hatte ihre Zofe dafür gesorgt, dass das Feuer kräftig brannte und sich eine Schüssel getrockneter Trauben, Äpfel, Birnen und geschälter Nüsse auf dem kleinen Tischchen befand, das auf wackeligen Beinen dem unebenen Dielenboden trotzte. Gierig tauchte sie die Hand in die dank der Nähe zum Kamin leicht temperierten Früchte und genoss den würzigen Geschmack, der sich auf ihrer Zunge ausbreitete. Kauend zog sie das Liebespfand des forschen Ritters unter ihrer Matratze hervor und strich liebkosend über das eingearbeitete Wappen – einen buckelnden schwarzen Kater auf einem stilisierten Felsen. Wenngleich sie die Zweifel immer wieder zu verdrängen vermochte, fragte sie sich doch von Tag zu Tag häufiger, ob Wulf überhaupt Wert darauf legte, sie wiederzusehen.

Kapitel 6

Ulm, Ende Oktober 1349

Der Duft in der Gästeküche, in der der fassähnliche Camerarius einem biblischen König gleich über eine wahre Heuschreckenplage an Köchen und Helfern herrschte, war betörend. Wann immer sie den lang gestreckten Raum mit dem halben Dutzend Brotöfen und Kochfeuern betrat, wünschte sich Anabel, mit Vren, die mit mehligen Händen Brezeln in einen Bottich voller Lauge tunkte, tauschen zu können. Da es von der Küche aus keinen Zugang zu den Dormitorien der Mönche gab, war die Anwesenheit von weiblichen Hilfskräften hier unproblematisch, und wenn Vren nicht im Hospital gebraucht wurde, ging sie der Tätigkeit nach, die sie von ihrer Mutter gelernt hatte. Mit staunend aufgerissenen Augen verfolgte Anabel, die sich in dem steifen, weißen Ärmelrock der Beginen immer noch unwohl fühlte, wie eine Handvoll Novizen die bereits auf riesigen Zinnplatten aufgetürmten Gerichte mit den selbst hergestellten Lebensmittelfarben einfärbte. Mit beiden Händen träufelten sie aus kleinen Tongefäßen Petersiliensaft auf ein knusprig gebratenes Spanferkel, sodass dieses einen satten Grünton annahm, der in dramatischem Kontrast zu der mit Safran verfeinerten, karmesinroten Hühnerpastete stand. Rechts und links dieser Köstlichkeiten warteten blaues Morchelmus – aus zerstoßenen Blüten der Akelei hergestellt – sowie schwarzes Birnen- und Apfelmus, die ihre Färbung verbrannten und zerriebenen Lebkuchenstückchen verdankten, darauf, von den Novizen ins Abthaus geschafft zu werden, dessen Fenster bereits hell erleuchtet waren.

Hoden vom Bock, Augen vom Ochsen, sowie der Jahreszeit entsprechende gebratene Hirschkälber wetteiferten mit einem Fischallerlei, das als einzige Speise dem Fastentag Freitag angemessen war. Das alles wurde ergänzt durch eine Vielzahl von Krügen, in denen Wacholderbier, Obstweine, Ingwerbier und der kostbare Clarêt darauf harrten, die Mägen der hungrigen und durstigen Gäste zu füllen. Da Anabel selbst noch nie in den Genuss dieses überaus teuren Getränkes gekommen war, tauchte sie ungeniert den Zeigefinger in eine kleine Lache, die beim Umfüllen in den Krug zurückgeblieben war, und lutschte neugierig daran. Der aus pulverisiertem Zimt, Ingwer, Paradieskörnern, Nardenwurzeln, Gewürznelken und Safran hergestellte, mit Honig versetzte Trunk hinterließ einen solchen Geschmackswirrwarr auf ihrer Zunge, dass sie nicht sicher war, ob ihr der Wein schmeckte oder nicht.

»Du bist nicht hier, um dir den Bauch vollzuschlagen«, frotzelte Vren, der Anabel ihre Sorgen gebeichtet hatte. Da es sich bei dem Anlass jedoch tatsächlich um ein von Abt Franciscus ausgerichtetes Festmahl für die führenden Bürger der Stadt handelte, hatten sich die Bedenken der jungen Frau zerstreut, und sie blickte der Aufgabe beinahe freudig entgegen. Wie oft geschah es schließlich, dass man den wichtigsten Männern Ulms über die Schulter blicken durfte? Sie schmunzelte in sich hinein. Nein, es hatte keinen Sinn, sich etwas vorzulügen. Es waren vielmehr die köstlichen Speisen und Getränke, von denen mit Sicherheit mehr als genug übrig bleiben würde, die ihre Stimmung hatten umschlagen lassen.

»Es geht wohl um den Bau der neuen Kirche«, hatte Vren, der es scheinbar mühelos gelang, die Geheimnisse der Abtei in Erfahrung zu bringen, sie mit einem Augenzwinkern informiert. »Gib also gut acht. Vielleicht erfährst du etwas Interessantes.«

»Los, los, trödelt hier nicht herum!«, riss die Stimme des beleibten Camerarius sie aus ihrer Unterhaltung. Und bevor sie begriff, wie ihr geschah, drückte ihr jemand zwei Krüge schäumenden, nach Muskatnuss und Tannenholz duftenden Haferbiers in die Hand, denen eine Platte mit Latwerge folgte, die Anabel auf den beiden Gefäßen aus der Küche balancierte. Diese Delikatesse aus eingemachten Früchten und eingedickten Fruchtsäften, deren Wassergehalt durch stundenlanges Kochen so weit reduziert wurde, dass nur noch eine zähflüssige Substanz übrig blieb, wurde der Tradition folgend unter Zugabe von Honig und erlesenen Gewürzen in hauchdünnen Scheiben luftgetrocknet. Nur mühsam der Versuchung widerstehend, eine der blutrot schillernden Kirschscheiben zu kosten, hastete Anabel den anderen Hilfskräften hinterher, die sich einer Schar Gänse gleich über den von Fackeln erleuchteten Hof dem Haus des Ordensvorstehers näherten. Dort wurden sie von einem Mönch empfangen, der sie in das erste Stockwerk scheuchte, in dem ein Nebenraum für die Speisen vorbereitet worden war. Lange, auf Böcken ruhende Tische liefen an den makellos weißen Wänden entlang, und ein geistesgegenwärtiger Bruder hatte kleine Warmhaltevorrichtungen entzündet, auf denen die dampfenden Platten abgestellt werden konnten. Ohne auf einen Befehl zu warten, wischte ein halbes Dutzend Bediensteter die tiergestaltigen Wasserkannen, Handbecken und Tücher von der Ablage und eilte in den Speiseraum, aus dem ein Gewirr aus tiefen Stimmen an Anabels Ohr drang.

»Die hohen Herren warten schon!«, stieß der für die Organisation zuständige Barfüßer aufgeregt hervor und fiel bei der Bemühung, die Novizen und Helfer zu koordinieren, beinahe über seine eigenen Füße. »Tragt auf!«

Als Anabel mit dem Bier folgen wollte, hielt er sie am Ärmel ihres Rockes zurück und befahl: »Du noch nicht. Die Getränke erst, wenn die Speisen vorgelegt sind.«

Mit einem verwunderten Hochziehen der Brauen stellte die junge Frau die schweren Krüge wieder ab und ließ den Blick über das Festmahl wandern. Mit den Mengen, die der Camerarius hatte zubereiten lassen, könnte man Hunderte von Armen und Bedürftigen speisen, schoss es ihr durch den Kopf, doch die Rückkehr der Novizen ließ sie in Habachtstellung gehen.

»Helft ihr mit den Krügen, dann seid ihr entlassen«, wies der Bruder die Knaben an, die mit hungrigen Augen die zurückgebliebenen Leckereien verzehrten. Ein Großteil der Köstlichkeiten war zwar bereits nach nebenan verschwunden, doch lockten die noch nicht benötigten Gänge mit dampfenden Fingern, was einige der Novizen dazu veranlasste, trocken zu schlucken.

»Wartet im Erdgeschoss«, befahl der Franziskanermönch, sobald sie ihre Aufgabe erledigt hatten, und vertrieb sie mit einer ungeduldigen Handbewegung. »Ihr werdet gerufen, wenn man euch braucht.«

Als die Tür hinter dem letzten braun gewandeten Rücken ins Schloss gefallen war, gab er Anabel zu verstehen, dass der richtige Zeitpunkt gekommen war. Während ihr das Herz in der Kehle hämmerte, bemühte sich das Mädchen, ohne allzu offensichtliches Zittern die letzten der unzähligen Krüge in den von mannshohen Silberleuchtern in taghelles Licht getauchten Speiseraum zu tragen.

Beim Anblick der an einer ovalen Tafel versammelten, in farbenfroh leuchtende Gewänder gekleideten Oberen der Stadt stieg Beklemmung in ihr auf. Sie erkannte sowohl den mit dem Stadtwappen geschmückten Bürgermeister, als auch einige der Zunftältesten und Ratsmitglieder, die oft von dem kleinen Balkon des Rathauses aus zu den Bürgern sprachen. Viele der Beginenschwestern und Franziskanernovizen stammten aus den einflussreichsten Häusern, von denen sie sich entgegen aller demütigen Eide niemals ganz zu lösen schienen. Was dazu führte, dass Anabel sich immer und immer wieder Geschichten und Erzählungen über den Ruhm der einzelnen Familien anhören musste. Den Wappen auf ihren kurzen Röcken nach zu urteilen handelte es sich bei etwas mehr als der Hälfte der Anwesenden um Mitglieder des durch den Kleinen Schwörbrief zwar geschwächten, aber keineswegs entmachteten Patriziats, wohingegen der andere Teil den immer einflussreicher werdenden Handwerkszünften angehörte. Außer Schwester Marthe Ehingers Angehörigen, deren tiefrotes, mit zwei gekreuzten goldenen Stäben geschmücktes Wappen wie all die anderen am Rathaus aufgezogen war, waren sowohl Mechthild von Gerhusens, Adelheid Grecks und Meisterin Guta Staigers männliche Verwandte anwesend.

»Nehmt Ihr neuerdings auch Weiber in Euren Orden auf, Franciscus?«, scherzte einer der Männer, der mit einem anzüglichen Lächeln Anabels Ärmelrock nach den sich darunter verbergenden Rundungen absuchte. »Komm schon, es wird dich niemand beißen.«

Schallendes Gelächter quittierte diesen Ausspruch, und während Anabel flammende Röte in die Wangen stieg, zwang sie sich, auf unsicheren Beinen in den Raum vorzudringen und Hilfe suchend zu Franciscus zu blicken. Ohne die Miene zu verziehen, breitete der Abt die Hände aus und deutete mit dem Kopf in Richtung Bürgermeister, der Anabel mit einem schelmischen Ausdruck den moosfarbenen Waldglasbecher entgegen hielt.

Um das Zittern ihrer Hände zu unterbinden, schob die junge Frau die Linke unter den Boden des mit dem Clarêt gefüllten, mit einem Löwenkopf verzierten Behälters und schenkte die ölig funkelnde Flüssigkeit ein, bis der oberste Befehlshaber der Stadt abwinkte. Von diesem aus wandte sie sich nach links, um nach und nach die Becher und Gläser der Gäste zu füllen, die ihre Anwesenheit schon bald vergessen zu haben schienen. Um an etwas anderes als die versammelte Machtfülle zu denken, zählte sie die kräftig zulangenden Männer und hielt erstaunt inne, als ihr die symbolische Bedeutung ihrer Anzahl bewusst wurde. Hatte Franciscus an diesem Freitag absichtlich genau zwölf Gäste geladen, oder handelte es sich hierbei um einen Zufall? Der helle Tenor des Aldermans ließ sie schuldbewusst zusammenzucken und mit ihrer Aufgabe fortfahren, während sich die aufgetischten Köstlichkeiten unter den Messern der hungrigen Besucher in Windeseile in ein Schlachtfeld verwandelten.

»Die Sache ist die, Franciscus«, stellte der Zunftvorsteher kauend fest und griff herzhaft in eine Schale voller Hasenbrüste. »Der Bau dieser Kirche kann und wird den Mitgliedern unserer Zünfte erheblichen Wohlstand verschaffen.« Er hielt einen Moment inne, um den saftigen Bissen mit einem Schluck Würzwein hinunterzuspülen. »Aber uns allen ist eine Sorge gemein.« Er blickte fragend in die Runde, und nachdem allgemeines Kopfnicken die Zustimmung der anderen signalisiert hatte, setzte er mit einem warnenden Unterton hinzu: »Die Versuchung, sich durch kleine Geschenke oder Zuwendungen einen Vorteil bei der Vergabe der Arbeiten zu verschaffen, wird sicherlich den einen oder anderen unserer Brüder auf den falschen Pfad führen.« Franciscus hob gespielt erstaunt die Brauen, wartete jedoch, ob der Alderman noch etwas hinzusetzen wollte.

»Jeder Handwerker, der bei der versuchten Übervorteilung seiner Zunftgenossen ertappt wird«, beschied dieser ernst, »wird nicht nur aus seiner Zunft oder Rotte ausgeschlossen, er muss auch mit ernsthaften Konsequenzen durch die Stadtwache rechnen.«

An dieser Stelle gab er das Wort an den Bürgermeister ab, über dessen Bauch sich ein breiter, senfgelber Gürtel spannte. »Als Befehlshaber der Wache werde ich meine Männer anweisen, streng auf die Einhaltung der Regeln zu achten. Jeder Verstoß wird mit Kerker und einem Bußgeld geahndet.«

Als er sich wieder zurückgelehnt hatte, erhob sich Franciscus, um mit feierlicher Geste den betont einfachen Holzkrug zu heben, aus dem er zu trinken pflegte. »Bei diesem gottgefälligen Unterfangen«, dröhnte er pompös, »werden einzig und allein Können und Gottesfurcht darüber entscheiden, wer einen Auftrag erhält und wer nicht.« Um einen Zutrunk zu erzwingen, schwenkte er sein Trinkgefäß ein wenig nach vorn, sodass das starke Wacholderbier, das er dem Clarêt vorzog, über den Rand schwappte. »Darauf wollen wir trinken!«

Nachdem alle Männer seinem Beispiel gefolgt waren, lockerte sich die Stimmung und der Rest des Mahls wurde mit dem Austausch von Klatsch und Neuigkeiten verbracht. So erfuhr Anabel unfreiwillig, dass die Frau eines reichen Pfefferhändlers diesen mit einem seiner Gesellen betrogen hatte, woraufhin ihr Gemahl den jungen Mann kurzerhand entmannt und seine Gattin vom Hof geprügelt hatte. Auch die Manneskraft des Grafen Ulrich von Württemberg, dessen frisch Angetraute sich im eine Tagesreise entfernten Heidenheim auf der Burg ihres Vaters aufhielt, wurde in allen Einzelheiten diskutiert; und hätte Franciscus sie nicht nach etwa drei Stunden entlassen, hätte sie noch so manch Unschmeichelhaftes über ihre Mitmenschen zu Ohren bekommen.

Dankbar, der illustren Runde entkommen zu sein, steckte sie im Nebenzimmer eine Scheibe Brot und ein kaltes Stück Schweinebraten in das schürzenartige Skapulier, das ihren Ärmelrock ergänzte, und fegte erleichtert die Treppe ins Erdgeschoss hinab, um sich ins Hospital zu begeben. Dort erwartete sie Schwester Marthe, die für sie eingesprungen war, mit tadelndem Blick.

»Ich hatte schon befürchtet, ich müsste die ganze Nacht wachen«, schalt diese und erhob sich von dem dreibeinigen Hocker, den sie neben die Bettstatt der immer noch geschwächten Wöchnerin geschoben hatte. Zwar hatten die eingefallenen Wangen der jungen Frau, die wie Schwester Marthe aus einer der reichen Patrizierfamilien Ulms stammte, inzwischen wieder etwas Farbe angenommen. Doch sowohl ihr rasselnder Atem als auch die feuchte Stirn wiesen darauf hin, dass es ihr nicht unbedingt besser ging als vor zwei Tagen.

»Sie hat Ausfluss«, erklärte Marthe etwas gnädiger und hob das von hässlichen grün-gelben Flecken verunstaltete Laken, um Anabel das beschmutzte Nachtgewand der Patientin zu zeigen. »Wenn sie nicht innerhalb der nächsten sechsunddreißig Stunden Besserung zeigt, kann ihr nur noch Gott helfen.«

»Was wisst Ihr schon von dieser Krankheit?«, ertönte unvermittelt die Stimme des Infirmarius Paulus in ihrem Rücken, und sowohl Anabel als auch Marthe Ehinger wirbelten erschrocken herum. Ein bereits blutbesudeltes Tuch über dem Arm, ließ sich Paulus von dem wie ein Schatten an seinen Fersen klebenden Tonsor eine mit getrübtem Wasser gefüllte Schüssel reichen, in der er sich nachlässig die Hände wusch. »Geht zur Seite, ich muss sie untersuchen. Hätte man mich nicht davon abgehalten, sie zur Ader zu lassen, wäre es niemals so weit gekommen!« Ohne auf Schwester Marthes schwachen Protest zu achten, drängte er die Frauen beiseite, baute sich vor der Kranken auf und schob unzeremoniös deren Röcke nach oben, sodass ihre Scham für alle sichtbar war.

Als sie den blutigen Schleim erblickte, der an den Innenseiten der wächsernen Schenkel hinabrann, sog Anabel entsetzt die Luft durch die Nase. Mit groben Handgriffen zwang Paulus die Beine der Kranken, die mit einem Wimmern aus dem unruhigen Schlaf aufschreckte, auseinander und fuhr mit drei Fingern in sie hinein, um diese kurze Zeit später wieder hervorzuziehen. Das Schreien der Patientin ignorierend, wiederholte er die Prozedur, bis sich unter ihrem Gesäß eine etwa einen Zoll tiefe Lache aus dickflüssigem, blutigem Eiter gebildet hatte, die er mit einem kritischen Blick untersuchte. Nachdem er sich die Hände an dem schmutzigen Tuch abgewischt hatte, schüttelte er den Kopf und beschied nüchtern: »Ihr solltet ihren Gemahl informieren.« Damit schob er den Tonsor weiter zum nächsten Lager, auf dem sich eine arme Gerberin mit ähnlichen Symptomen in den Kissen wand. Als auch ihre Schmerzensschreie zu einem Wimmern abgeflaut waren, strich er den Eiter am Bettlaken der Kranken ab und murmelte missfällig: »Dieses Kindbettfieber scheint sich zu einer Epidemie auszuweiten.« Er bekreuzigte sich. »So bestraft Gott die Sündigen.« Damit verschwand er in den nächsten Raum, in dem das Gebrüll der verletzten Arbeiter verriet, dass er dort mit ähnlichem Feingefühl vorging.

»Wie kann er nur so herzlos sein?«, flüsterte Anabel, doch Marthe, die sich nach einem letzten Blick auf die halb besinnungslose Wöchnerin erhoben hatte, schüttelte lediglich den Kopf. »Eines Tages wird Meisterin Guta etwas dagegen unternehmen müssen.« Was genau das sein sollte, behielt sie jedoch für sich. Als sie verschwunden war, und der nach Kot und verfaultem Fleisch stinkende Raum nur noch vom Flackern der halb herabgebrannten Kerzen und dem Stöhnen der Kranken belebt wurde, versank Anabel in düsteres Grübeln. Seit ihr Vater ihr im Alter von sechs Jahren mitgeteilt hatte, dass ihre Mutter an ebendieser Krankheit gestorben war, hatte sie sich geschworen, alles in ihrer Macht Stehende zu unternehmen, um eine Schwangerschaft zu vermeiden. Doch offensichtlich war die Theorie einfacher als die Praxis.

Bei dem Gedanken an ihre Mutter trübten sich ihre Augen mit Tränen. Da sie die aus dem nahe der französischen Grenze gelegenen Straßburg stammende Tochter eines Schiffszimmermanns nur aus Conrads wenig ergiebigen Erzählungen kannte, hatte sie sich im Laufe der Jahre ein idealisiertes Bild von ihr erschaffen, vor dem jede Realität verblassen musste. Von dem jungen Glockengießergesellen umgarnt und verführt, hatte Anabels Mutter ihre Familie verlassen, um in Ulm eine eigene zu gründen. Doch schon die Geburt ihres ersten Kindes hatte diesem Traum ein abruptes Ende gesetzt. Manchmal fragte sich Anabel, ob Conrad sie so sehr geliebt hatte, dass er den Anblick seiner Tochter nicht ertragen konnte, weil diese seiner Gemahlin den Tod gebracht hatte. Doch an anderen Tagen fragte sie sich, ob ihr Vater überhaupt jemals irgendjemanden geliebt hatte, außer sich selbst.

Stunden schienen vergangen, als sich plötzlich die Haare in ihrem Nacken aufrichteten und sie sich mit einem gepressten

Laut umwandte, um gerade noch zu sehen, wie der Abt Franciscus die in den Hof führende Tür mit katzengleicher Geschmeidigkeit verriegelte.

»Vater«, stotterte Anabel und kam verwirrt auf die Beine, nur um sogleich einen Schritt zurückzuweichen, als sie der Gier im Blick des Mönches gewahr wurde. »Was ist mit Euren Gästen?«

Ein freudloses Lachen teilte die Lippen des Franziskaners, als dieser sich seiner Beute näherte. »Die sind schon längst wieder zu Hause bei Weib und Kind«, erwiderte er heiser und packte Anabel ohne Vorrede beim Kragen ihres Ärmelrockes, um ihren Mund heiß und feucht mit dem seinen zu verschließen. Wie ein sich windender Aal presste sich seine Zunge gegen Anabels Gaumen, rang die ihre nieder und raubte ihr die Luft. Hart und schmerzhaft gruben sich seine Hände in ihre Oberarme, als er sie näher an sich heranzog, um ihren Busen an seinen Brustkorb zu drücken.

Als er endlich Atem schöpfen musste, wich Anabel wie von glühenden Kohlen verbrannt vor ihm zurück und hob ohne nachzudenken die Hand, um ihm eine Ohrfeige zu versetzen. Doch sein Griff fing ihr Handgelenk aus der Luft und zwang es mühelos an ihre Seite zurück. »Spiel nicht die Unschuldige«, spuckte er verächtlich aus und umfasste zielsicher ihre unter dem Ärmelrock verborgene Brust. »Das ist doch bestimmt nicht das erste Mal.«

Sprachlos vor Furcht und Empörung wusste sie darauf keine Erwiderung, doch als er mit der Linken nach ihren Röcken tastete, trat sie ihm geistesgegenwärtig gegen das Schienbein. Mit einem erstickten Fluch ließ er sie fahren und hüpfte beinahe komisch auf einem Bein auf und ab, bevor er sich schließlich wieder so weit fasste, dass er mit totenbleichem Gesicht zwischen den Zähnen hervorstieß: »Das hättest du nicht tun sollen, du kleine Hure!« Mit einem prüfenden Blick auf die wie bewusstlos in den Kissen ruhenden Kranken, machte er einen Satz, und hätte Anabel sich nicht hinter dem Bettkasten der Wöchnerin in Sicherheit gebracht, hätte er sie an ihrem Zopf gepackt. »Ich werde dir Gehorsam und Demut beibringen«, knurrte Franciscus und machte Anstalten, ihr nachzusetzen, doch genau in diesem Moment ertönte die Stimme des Infirmarius.

»Wir sind fertig. Du kannst die Binden aufräumen.«

Direkt im Anschluss an diesen Befehl näherten sich die Schritte des Tonsors, und mit einem vernichtenden Blick in Richtung Durchgang zog sich Franciscus zum Hoftor zurück. »Denk nicht, dass du mir so davonkommst«, drohte er und verschwand in die Dunkelheit.

Zitternd vor Erschöpfung und Schreck ließ sich Anabel auf den von Schwester Marthe geräumten Schemel fallen und sandte ein verzweifeltes Gebet zum Himmel, dass ihre Nachtwache bald vorüber sein möge. Wie schnell sich die Erleichterung über den Dienst am Lager der Kranken in nackte Furcht verwandelt hatte!

Kapitel 7

»Ihr habt mir einen Aufschub bis zum ersten Advent versprochen!« Conrads Stimme war gefährlich ruhig, doch der kleine, in kostbare Gewänder gekleidete Graubart, der ihm gleichgültig und kalt in die Augen blickte, zeigte sich wenig beeindruckt. Der am Tag von der Sonne vertriebene Nebel hatte sich seit Einbruch der Nacht erneut schwer und erstickend über die Stadt gesenkt, und die vom Kerzenschein erleuchteten Fenster der in einem engen Karree um den Judenhof angeordneten Fachwerkhäuser verbreiteten ein verwaschenes Licht. Sowohl der spitze gelbe Hut als auch der leuchtend gelbe Ring auf der linken Brustseite seines aus schwerem Tuch gefertigten Umhangs kennzeichneten das Gegenüber des Glockengießers als Mitglied der seit dem Ausbruch einer neuen Plage im Osten Europas nur mit Misstrauen in den Städten geduldeten Minderheit. Der lange, geflochtene Bart und der Judenstock, den er mit der Rechten umklammert hielt, bestätigten diesen Eindruck.

»Ihr schuldet mir bereits fünfzig Gulden«, erwiderte der Geldverleiher gelassen und blickte zu dem sich drohend aufbauenden Conrad auf. »Das sind fünfhundert Ochsen«, setzte er nach kurzem Kopfrechnen hinzu. »Achtzig Pferde, tausend Kühe oder so viel Brot, dass Ihr die ganze Stadt mehrere Monate damit durchfüttern könntet. Wie gedenkt Ihr mir das zurückzuzahlen?« Bevor Conrad den Mund zu einer Erwiderung öffnen könnte, hob der zierliche Jude die übermäßig beringte Hand und setzte hinzu: »Und vergesst nicht, den Zins hinzuzurechnen.«

»Verflucht, Abraham«, zischte Conrad, unter dessen Rock sich die Muskeln spannten. »Ihr wisst, dass ich die Anzahlung zum Kauf von Zinn und Kupfer benötige.« Eine seiner Pranken zuckte zu seinem Hals, den er geistesabwesend massierte. »Den Rest erhalte ich erst bei Lieferung.«

Der Jude hob die Schultern. »Dann solltet Ihr ein wenig besser haushalten«, bemerkte er mit einem giftigen Blick auf Conrads hochmodische Schecke, die kaum bis zur Mitte der Oberschenkel reichte. Auch die aus feinem Rindsleder gearbeiteten Schuhe erregten offenbar sein Missfallen.

»Ich bin auf dem Weg zu einer geschäftlichen Besprechung«, schoss der Glockengießer mürrisch zurück und fasste sich befangen an den Gürtel, an dem eine pralle Geldkatze seine scheinbare Verzweiflung Lügen strafte. »Wenn ich meinen Kunden wie ein Bettler begegne, erweckt das nicht gerade Vertrauen.«

Abraham lachte lautlos, bevor er Conrad, der angeekelt zurückwich, am Unterarm packte. »Gebt mir zwanzig Gulden sofort«, forderte er unnachgiebig. »Dann könnte ich eventuell in Erwägung ziehen, Eure Kreditwürdigkeit zu überdenken.« Alle Geräusche schienen den Bereich des Platzes zu fliehen, an dem sich der Glockengießer und der Jude wie zwei kampfeslustige Stiere in die Augen starrten. »Ansonsten muss ich meinen Brüdern und Vettern mitteilen, dass ein Geschäft mit Euch einen sicheren Verlust bedeutet.«

Einige endlos erscheinende Augenblicke verharrten die beiden Männer in eingefrorener Angriffshaltung, doch das Fauchen eines Katers, der einer fetten Ratte nachsetzte, löste den Bann. »Also gut«, knurrte Conrad und schnürte den Beutel auf, um mit spitzen Fingern den geforderten Betrag in Abrahams Handfläche zu zählen. »Ihr seid ein Halsabschneider!«

Mit einer spöttischen Verbeugung quittierte der Geldverleiher diese Beleidigung und gab ungerührt zurück: »Und Ihr seid ein Gauner, Conrad.« Er lachte meckernd. »Vielleicht könnt Ihr Eurer Familie vorgaukeln, dass Ihr bald am Bettelstab gehen müsst, doch ich habe meine Augen und Ohren überall.« Er zögerte kurz, bevor er sich umwandte und im Nebel verschwand. »Viel Vergnügen im Badehaus«, war das Letzte, das Conrad von ihm vernahm.

»Verdammter Hundsfott«, grollte Conrad, doch das zufriedene Grinsen, das um seine Mundwinkel zuckte, nahm den Worten die Härte. Wie einfach es doch war, dieses habgierige Pack zu manipulieren, dachte er schadenfroh. Zwar hatte ihn dieser Handel zwanzig Gulden gekostet, doch stand unter dem Strich der Rechnung eine erneute Aufwertung seiner Kreditwürdigkeit, und das war alles, was zählte. Denn wie sollte er sich sonst weiterhin in den gehobenen Kreisen der Stadt bewegen, wenn ihm die Mittel fehlten, sich entsprechend auszustatten?

Mit einem Griff an seine Rocktasche, in die er eigenhändig weitere dreißig Gulden eingenäht hatte, straffte er die Schultern und wandte sich nach Norden, um das in der Nähe der

Bockgasse gelegene Badehaus aufzusuchen. Denn – ganz egal, wie er diese Information erlangt hatte – damit hatte Abraham ins Schwarze getroffen. Vorbei an eng gedrängt stehenden Katen, einstöckigen Steinhäusern und den protzigen Behausungen der Goldschmiede, schlenderte er die Gassen entlang, bis er schließlich an der reich bemalten Front des städtischen Bade- und Hurenhauses anlangte. Beim Anblick der in spielerischer Wächterpose die Tür flankierenden jungen Frauen, deren eng anliegende Kleider so tief ausgeschnitten waren, dass sie die in der Kälte keck aufgerichteten Brustwarzen frei ließen, hob seine Männlichkeit umgehend hungrig das Haupt. »Willkommen, Meister Conrad«, gurrte die ältere der beiden, deren einziges Zugeständnis an die Kleiderordnung der Stadt ein kaum vorhandener Schleier mit einem zwei Finger breiten grünen Streifen war. »Ihr seid spät heute.« Die mit einem dicken Kohlestift umrandeten, veilchenblauen Augen klimperten verführerisch, doch der Glockengießer kannte die Regeln des Hauses zu genau, als dass er sich dazu hätte verleiten lassen, die Früchte in der Auslage zu berühren.

»Ich wurde aufgehalten«, erklärte er mit einer wegwerfenden Geste und drückte der honigblonden Prostituierten das Eintrittsgeld in die Hand.

»Abt Franciscus wartet bereits im Schwitzbad auf Euch«, schickte sie ihm hinterher, doch trotz der Wichtigkeit, welche der Ordensvorsteher für Conrads Geschäft darstellte, steuerte dieser direkt auf einen der abgetrennten Baderäume zu. Er musste sich zuerst Erleichterung verschaffen, ansonsten hatte er keinen klaren Kopf.

»Schick nach meinem Kebsweib«, befahl er dem Knaben, der als Badegehilfe fungierte. »Ich benötige deine Dienste heute nicht.«

Mit einer knappen Verbeugung stob der Junge, dem Conrad einen Pfennig zugesteckt hatte, in das im Schummerlicht liegende Innere des Gebäudes davon, um kurze Zeit später mit einer schlanken Schönheit im Schlepptau zurückzukehren, deren mädchenhafte Rundungen lediglich von einem durchsichtigen, knöchellangen Gewand bedeckt wurden.

»Conrad«, säuselte diese professionell und schmiegte sich augenblicklich in die Umarmung des riesenhaften Gießers. »Ich hatte schon befürchtet, du kämest nicht mehr.« Der volllippige Mund verzog sich zu einem Schmollen, doch mit einem spielerischen Klaps auf die unter dem vernachlässigbaren Kleidungsstück nackte Rückseite seiner Gespielin schob Conrad diese in Richtung Badezuber davon. In Windeseile schälte er sich aus Rock, Hosen und Unterrock, stieg in das stets auf angenehmer Temperatur gehaltene Wasser und hielt seiner Konkubine einen der Schwämme hin, damit diese ihn mit der wohlriechenden Lauge abreiben konnte.

»Beeil dich ein wenig«, seufzte er, als sich die zarten Hände der jungen Frau an seinem Bauch hinab in Richtung Körpermitte stahlen.

Immer und immer wieder tauchte die als Cylia geführte Dirne den Schwamm in die Seifenlauge, um sich in kleinen Kreisen Conrads Erregung zu nähern, bis dieser schließlich ihre Hand beiseite stieß, sich mit einem gepressten Laut aus dem Bottich zog und sie tropfnass bei den Hüften packte, um sie auf die in einer Ecke des Raumes wartende Bettstatt zu werfen. Ohne Rücksicht auf den feinen Stoff ihres Gewandes, befreite er sie mit einem Ruck davon und kniete sich mit pulsierender Männlichkeit über sie, um einige Herzschläge lang ihren Anblick zu trinken. Wohingegen Gertruds Geschlecht von der Geburt dreier Kinder schlaff und welk war, besaß die willig auf ihn wartende Kebse die Saftigkeit und Geschmeidigkeit der Jugend. Anders als bei seiner Gemahlin, deren Schamhügel von borstigen, dunkelblonden Löckchen bedeckt war, lockte Cylias Geschlecht rasiert, gezupft und geölt, sodass er

nierte Gewand überwarf und lautlos durch den Durchgang verschwand. Einige Minuten lang lag der Glockengießer ermattet und erfüllt zugleich einfach nur da und lauschte auf die Geräusche der anderen Paare oder Dreiergruppen, die sich in den übrigen Nischen des Hurenhauses dem Vergnügen hingaben. Als sich sein hämmernder Herzschlag schließlich so weit beruhigt hatte, dass er sich aufrichten konnte, hob er seine Kleider vom Boden auf und trat ungeniert in den öffentlichen Teil des Bades hinaus, in dem die meisten Besucher vollkommen unbekleidet ihren diversen Zeitvertreiben nachgingen.

»Bring die Sachen ins Schwitzbad«, wies er den Jungen an, der vor der Tür gewartet hatte, bevor er auf den südlichen Teil des Bades zusteuerte, wo er Franciscus vermutete.

Der Dampf begrüßte ihn bereits vor dem Durchgang zur Schwitzkammer, wo soeben einer der Bediensteten erneut mehrere Eimer Wasser auf die erhitzten Steine gegossen hatte, welche den Gästen als Sitzgelegenheiten dienten. Wie jedes Mal, wenn er aus der relativen Frische des Korridors in den vernebelten Raum trat, spürte Conrad auf der Stelle, wie sich alle Poren seines Körpers öffneten, um diesem Kühlung zu verschaffen. Mit einer Grimasse ließ er sich auf den zu Anfang stets unangenehm heißen Steinblöcken nieder und griff sich instinktiv zwischen die Beine, um Schaden zu verhindern.

»Das ist wohl Eure größte Sorge«, lästerte Franciscus, der ebenfalls nackt aus den Schwaden auftauchte, um sich neben Conrad fallen zu lassen. »Was hat Euch so lange aufgehalten?«, fragte er vorwurfsvoll, nur um sich sofort in geheuchelter Erkenntnis an die Stirn zu fassen. »Wie dumm von mir«, schnaubte er. »Sicherlich musstet Ihr erst überprüfen, ob Cylia noch hier arbeitet.«

Die Provokation übergehend, wandte sich Conrad zu dem Abt um und legte den Kopf zur Seite. »Eure Anwesenheit hier ist ungewöhnlich«, stellte er ruhig fest und wischte sich einen

Schweißbach von der Stirn, bevor dieser ihm in die Augen rinnen konnte. »Oder stimmt mein Kalender nicht und heute ist Dienstag?«

»Ihr werdet von Tag zu Tag geistreicher«, knurrte Franciscus, dem anzusehen war, dass ihm nichts ferner lag als Humor.

»Also, was führt Euch hierher?«, fragte Conrad ernster. Es musste einen wichtigen Grund für Franciscus' außerplanmäßigen Besuch im Badehaus geben, da dieser ansonsten streng darauf achtete, nur an den Tagen die Abtei zu verlassen, an denen sein Stellvertreter, der frauenfeindliche Henricus, mit der Aufsicht über die Abendmahlzeit betraut war. Und das war für gewöhnlich an Dienstagen der Fall.

»Ich brauchte dringend jemanden, der das Ungleichgewicht meiner Kardinalsäfte ausbalanciert«, erwiderte dieser lakonisch und beäugte Conrad mit einem listigen Ausdruck auf dem vor Nässe glänzenden Gesicht. Die ohnehin meist rosigen Wangen hatten den Ton reifer Zwetschgen angenommen, der erst am Halsansatz zu hellerem Flieder verblasste.

»Ah«, gab der Gießer ungerührt zurück und lehnte sich an die warme Wand, um genüsslich die Augen zu schließen. Einige Zeit lang herrschte Stille, und die Männer schwitzten wortlos, bis Franciscus erneut die Stimme erhob und scheinbar beiläufig meinte: »Der Bischof hat mir eine Nachricht zukommen lassen.« Als Conrad lediglich faul ein Augenlid aufschlug, setzte er hinzu: »Er wird misstrauisch. Ich kann es nicht mehr so ohne Weiteres vor ihm rechtfertigen, dass ich die Aufträge für sämtliche Glocken von hier bis Dillingen an Euch vergebe, anstatt die billigere Ware der ungarischen Gießer zu kaufen.«

Damit hatte er sich Conrads ungeteilte Aufmerksamkeit gesichert. »Was wollt Ihr damit sagen?«, brauste dieser auf. Hatte er doch fest damit gerechnet, sich beim nächsten Treffen mit dem Abt durch eine kleine Spende einen weiteren Großauftrag für das Söflinger Kloster zu sichern. »Ich habe gerade erst den Juden vertrösten müssen!« Panik ließ seine Stimme höher erscheinen.

Scheinbar abwägend signalisierte Franciscus durch einen Blick zur Decke seine Machtlosigkeit in dieser Angelegenheit, doch als Conrad sich näher an ihn heranschob, sodass er ihm beinahe auf dem Schoß saß, spielte er die Karte, mit der er gehofft hatte, an diesem Abend trumpfen zu können.

»Ein Vöglein hat mir gezwitschert, dass Euch nicht gerade viel an Eurer Tochter liegt«, säuselte er, bevor die Spitze seiner Zunge sich betont langsam über seine Oberlippe schob.

Conrad rümpfte die Nase. »Nein. Wenn sie der Preis ist, den Ihr verlangt, dann greift zu.«

»Ihr seid nicht gerade das, was man unter einem treu sorgenden Vater versteht.« Ein in allen Farben des Spektrums schillernder Tropfen löste sich von seinem Kinn und rann auf Irrwegen seine Kehle entlang, bis er in dem dichten Brusthaar verschwand.

»Lasst die Moralpredigten und kommt zum Punkt«, brauste Conrad auf, fasste sich jedoch sofort wieder und hob beschwichtigend die Hände. »Der Jude hat mich aus der Fassung gebracht«, gestand er mürrisch und Franciscus nickte Verständnis heuchelnd. »Ihr wisst, wie viel mir daran liegt, in absehbarer Zeit einen Sitz im Rat zu erlangen«, fuhr der Gießer fort und rieb sich den Nasenrücken. »Und ohne Geld keine Macht.« »Betrachtet das Auftragsproblem als gelöst«, versprach Franciscus, um dessen Mund ein Lächeln spielte, das an eine Katze erinnerte, die soeben eine Maus verspeist hatte. »Eine Sache ist jedoch essenziell bei dieser Vereinbarung.« Er hielt einen Augenblick inne, um mit dem nackten Zeh in einer Vertiefung im Boden zu bohren. »Ihr wisst, wie sehr Henricus es auf meinen Posten abgesehen hat. Wenn dieser frömmlerische Heuchler Wind davon bekommt, dass ich mit Eurer Tochter …« Die Fortsetzung konnte er sich sparen. »Es ist von unbedingter Wichtigkeit, dass sie weiterhin bei Euch wohnt«, spann er den Gedanken weiter. »Prügelt ihr wenn nötig ein, dass sie einem Mann Gottes zu Gehorsam verpflichtet ist und seht zu, dass sie hie und da mit Eurem neuen Lehrling allein ist.« Er zögerte kaum wahrnehmbar. »Dessen Herkunft übrigens vor dem Alderman geheim gehalten werden sollte.« Der verschlagene Ausdruck in seinen hellbraunen Augen vertiefte sich, als er zum Kern des Problems zurückkehrte. »Denn wenn sie schwanger werden sollte, muss ein Bock geschlachtet werden.« Er kicherte aufgekratzt.

»Haltet Ihr Euren Teil der Abmachung«, brummte Conrad, »dann halte ich den meinen.« Mit einem schmatzenden Geräusch löste er den linken Oberschenkel vom rechten und stellte beide Füße auf den Boden. »Aber denkt nicht, Ihr könntet mich erpressen«, knurrte er gefährlich. »Denn der Alderman wird es sicherlich auch nicht gerne sehen, dass Ihr eine öffentliche Badeeinrichtung dazu missbraucht, Eure Bestechungsgeschäfte den Münsterbau betreffend abzuwickeln.« Mit dieser Warnung erhob er sich, tippte sich mit zwei Fingern an die Stirn und verließ den Schwitzraum, um sich vor dem Nachhausegehen ein weiteres Mal von einem der Gehilfen abseifen zu lassen.

Als er keine halbe Stunde später erfrischt und duftend zurück auf die Straße trat, trauerte er nicht einmal dem halben Schilling nach, den ihn die Treffen mit Cylia kosteten, wenn er sichergehen wollte, das sie es war, die ihn verwöhnte. Eines Tages würde er Gertrud loswerden, schwor er sich zum wohl hundertsten Mal. Auf die eine oder andere Art und Weise, und dann würde er sich ein Weib von solcher Schönheit und Feurigkeit nehmen, dass seine Zunftbrüder vor Neid nicht nur erbleichten, sondern Ausschlag bekamen! Mit beschwingtem Schritt bummelte er nordwärts, um sich am Seelengraben nach links zu wenden und nach einigen Minuten auf sein Haus zuzusteuern, hinter dessen Fensterläden bereits pechschwarze Finsternis herrschte. Nachdem er unter einem hölzernen, mit verblühten Blumen geschmückten Balkon aufgetaucht war, trat er in den unheilvoll wirkenden, vom Nebel vertieften Schatten des Seelturms, in dessen Dachstuhl eine der von ihm gegossenen Glocken soeben den Anbruch der zwölften Stunde verkündete.

Kapitel 8

Ein harter Tritt in die Rippen ließ Bertram mit einem Schrei aus dem Schlaf auffahren. Steif und wund von dem unbequemen Lager und seinem zweiten qualvollen Tag in der Glockenhütte, rappelte er sich mit einem leisen Stöhnen auf und sah gerade noch, wie Anselms Rücken durch die schief in den Angeln hängende Tür der lausig kalten Kate verschwand, in der Bertram sich mit Ratten, Mäusen und Kakerlaken das halb verfaulte Stroh teilte. Da er außer den armseligen Brot- und Käsekanten, die er sich auf Göswins Anraten hin eingeteilt hatte, seit seiner Ankunft unter dem Dach seines neuen Herrn noch nichts gegessen hatte, zog sich sein Magen bei der Bewegung schmerzhaft zusammen.

»Wenn du dir keine Tracht Prügel einfangen willst«, warf der rothaarige Geselle über die Schulter zurück, »dann solltest du zusehen, dass du vor Meister Conrad am Frühstückstisch sitzt.«

Schwach und schwindelig vor Hunger wischte der Junge sich die Augen und taumelte auf unsicheren Beinen auf den Durchgang zum Hühnerstall zu, der an den Hof anschloss, in dem er sich eine Handvoll Brunnenwasser ins Gesicht warf. Prustend und vor Kälte zitternd zupfte er eine Handvoll

Strohhalme aus den Kleidern, in denen er geschlafen hatte, fuhr sich mit den Fingern durch den dunklen Schopf und steuerte auf die Küchentür zu, durch die ein Spalt Kerzenlicht auf den tauglitzernden Boden fiel. Während das Gackern der von ihm aufgeschreckten Hühner die Ochsen im Stall weckte, holte der Knabe tief Luft und betrat die wunderbar warme Küche, in der eine verhärmt wirkende junge Frau in einem Topf voller dampfenden Haferbreis rührte. Das etwa dreijährige Kleinkind auf ihrem Arm schlief noch tief, wohingegen die beiden älteren Geschwister bereits putzmunter zwischen ihren Beinen hin- und herwieselten.

»Geh in den Stall und melk die Kuh, Ida«, trug die Hausherrin dem kleinen Mädchen soeben auf, dessen feines Blondhaar in zwei Zöpfen über ihren Rücken fiel. »Und du, Uli«, setzte sie mit einem Seufzen hinzu, »schür das Feuer, damit dein Vater nicht friert.« Bei der Erwähnung des Glockengießers zog der kleine Junge augenblicklich den Kopf ein und leistete der Aufforderung seiner Mutter mit einem furchtsamen Blick zur Tür Folge. Als die Suche seiner grau-blauen Augen bei Bertram endete, riss er erstaunt den Mund auf, doch bevor er die Anwesenheit des Fremden kommentieren konnte, wandte sich seine Mutter um und zog die Brauen in die Höhe.

»Du musst Bertram sein«, stellte sie nach einem kurzen Moment pragmatisch fest, und als Bertram, der zum ersten Mal den Wohnbereich des Hauses betrat, schüchtern nickte, trat sie auf ihn zu und streckte ihm mit einem freundlichen Lächeln die Hand entgegen. »Willkommen«, sagte sie schlicht und setzte nach kurzem Lauschen in die Finsternis des Korridors hinzu: »Wenn du hungrig bist, kannst du jederzeit außerhalb der Mahlzeiten hierherkommen.« Das Lächeln, das ihre bleichen Lippen teilte, ließ für den Bruchteil eines Augenblickes erahnen, wie hübsch sie noch vor wenigen Jahren gewesen sein musste. »Wenn Conrad außer Haus ist.« Der gequälte

Unterton in ihrer angenehmen Altstimme, sowie die tiefen Ringe unter ihren Augen verrieten Bertram, dass der Glockengießer auch innerhalb seiner Familie ein eisernes Regiment führte. »Setz dich«, lud Gertrud ihn nach einem letzten aufmunternden Lächeln ein und schob das Kind auf ihrer Hüfte zurecht. Mit der Linken angelte sie eine hölzerne Schüssel von dem an der Wand entlang laufenden Regal, tauchte die Kelle in den Brei und stellte die dampfende Mahlzeit vor Bertram auf den Tisch. »Iss«, befahl sie knapp, und als der Knabe zögerte, wiederholte sie die Aufforderung.

Während er gierig den Haferschleim hinunterschlang, ließ Bertram neugierig den Blick durch die Küche streifen. Neben einem gemauerten, lehmverputzten Brotofen lehnten vier unterschiedlich lange Backbretter, mit denen die frisch gebackenen Laibe aus der Öffnung geangelt werden konnten. Der Holztisch, an dem Bertram saß, wurde an einer Seite von einem Kamin begrenzt, vor dem eine feine Schicht Ruß den Küchenboden bedeckte. Die übrigen Wände zierten einfache Holzregale, auf denen sich Geschirr, Ton- und Holzgefäße in allen Größen und Formen, sowie getrocknete Kräuter und kleine Gewürzsäckchen drängten. In der Nähe eines Waschzubers zeugte ein mächtiges Bierfass vom Durst seines Besitzers, und die kleineren Behältnisse ließen vermuten, dass es den Bewohnern dieses Hauses selten an gepökeltem Fleisch und eingelegtem Fisch mangelte.

Ein wehmütiges Seufzen unterdrückend, dachte Bertram an die Zeiten zurück, als es im Haus seines Vaters ähnlich zugegangen war. Die Erinnerung an sein Elternhaus wollte ihm gerade den Appetit verderben, als das Näherkommen wuchtiger Schritte die Ankunft des Gießers und seiner Gesellen verkündete. Kurz darauf krachte die Tür gegen die Wand und der riesenhafte Hausherr erschien im Rahmen. Mit einer einzigen Bewegung des Kopfes erfasste er die Situation, schnellte auf

Bertram zu und riss diesen am Schlafittchen von der harten Bank, auf der der Knabe sich niedergelassen hatte. Den Mund noch voller Haferbrei, konnte Bertram nicht einmal einen erschrockenen Ausruf ausstoßen, als der Handrücken seines Herrn ihm beinahe die Nase brach. Dem ersten Schlag folgte ein wahrer Hagel von Ohrfeigen, und erst als der Junge schlaff in der Pranke des Meisters hing, ließ dieser von ihm ab, schleuderte ihn in eine Ecke und war mit drei Schritten bei seiner Gemahlin, die er ebenfalls ohrfeigte.

»Seit wann fängt das Stallvieh an zu fressen, bevor sein Herr etwas gegessen hat?«, donnerte er heiser, und während Bertram sich mit den Ellenbogen zurück auf die Bank zog, senkte Gertrud beschämt den Blick und stotterte: »Es tut mir leid. Ich dachte, es wäre besser, wenn er schon fertig ist, bevor ihr kommt.« Ihre Stimme erstarb, als Conrad erneut ausholte, doch dieses Mal gefror seine Bewegung in der Luft.

»Du bist nicht einmal die Prügel wert, Weib!«, zischte er verächtlich, schob seinen Sohn, der wie erstarrt den Schürhaken umklammerte, aus dem Weg und tauchte den Löffel in sein Frühstück, sobald Gertrud es ihm schweigend vorgesetzt hatte. »Verschwinde«, grollte er an Bertram gewandt, dessen Nasenrücken bereits anschwoll.

Mit gesenktem Kopf und einer gemurmelten Entschuldigung drückte der Junge sich an den beiden Gesellen vorbei, die ihm mit ausdruckslosen Mienen nachstarrten, verabschiedete sich mit einem lautlosen Dank von Gertrud und stürzte aus der Küche zurück in den Hof. Dort wäre er beinahe mit einer jungen Frau zusammengeprallt, die dem kleinen Mädchen den Milchkrug abgenommen und dessen Hand ergriffen hatte. »Vorsicht«, warnte diese gerade noch rechtzeitig, sodass er einen beinahe komisch anmutenden Haken schlug, mit dem er ein Entzweigehen des Gefäßes um Haaresbreite verhinderte.

»Es tut mir leid«, stieß er hastig hervor, doch die Worte hatten kaum seinen Mund verlassen, als er diesen mit einem deutlich vernehmbaren Schnappen schloss. Die Dunkelheit der herbstlichen Dämmerung war inzwischen dem schüchternen Licht des frühen Morgens gewichen, und anders als an den Tagen zuvor versprach dieser Oktobertag von Anfang an sonnig und freundlich zu werden. Die ersten Strahlen lugten bereits vorwitzig durch den milchigen Schleier der sich verflüchtigenden Feuchtigkeit, und in dem Moment, in dem Bertram sein Gegenüber richtig wahrnahm, fing sich das Licht in dem rotblonden Haar. Von einer winzigen Kopfbedeckung akzentuiert, kräuselten sich die nicht in dem strengen Zopf gefangenen Strähnen der jungen Frau frech an ihren von Sommersprossen bedeckten Wangen, die ein feiner Rotton überzogen hatte. Die kornblumenblauen Augen weiteten sich kaum merklich, als sie seinen Blick erwiderte. Kleine, makellos weiße Zähne gruben sich verlegen in die Unterlippe, während ihre Hände fahrig den Stoff ihres einfachen Gewandes glatt strichen.

Der Augenblick schien alle Geräusche und Farben um ihn herum verblassen zu lassen, doch als die kleine Ida mit einem ungeduldigen Laut an der Hand der älteren zerrte, zerplatzte der Zauber wie eine Seifenblase.

»Ich bin Anabel«, presste die junge Frau etwas atemlos hervor, und bevor Bertram die Höflichkeit erwidern konnte, ließ ihn das dröhnende Lachen des Gießers aus dem Inneren des Hauses zusammenzucken. »Du musst der neue Lehrling sein«, stellte Anabel überflüssigerweise fest, und nachdem er ein wenig ungelenk genickt hatte, fand er die Sprache wieder.

»Mein Name ist Bertram.« Nach einer furchtsamen Wendung in Richtung Küche setzte er rasch hinzu: »Ich sollte mich besser beeilen.« Da seine Rechte instinktiv zu seiner geschwollenen Nase gezuckt war, verzog das Mädchen mitleidig das Gesicht und nickte verständnisvoll.

»Ja, es ist nicht gut, seinen Zorn zu erregen.« Die ungewollte Bitterkeit in ihrer Stimme ließ Bertram erstaunt aufhorchen, doch nachdem er gesehen hatte, wie der Meister seine Gemahlin behandelte, konnte er sich ausmalen, was seine Kinder zu erdulden hatten. Denn keine Sekunde zweifelte er daran, dass es sich bei der anmutigen Schönheit um Conrads Tochter handelte, da sie nicht nur dessen Augenfarbe, sondern auch dessen Nase geerbt hatte, die für einen Mann von seiner Statur zu hübsch und zierlich war. »Werde ich dich wiedersehen?«, platzte es aus ihm heraus, bevor er sich auf die Zunge beißen konnte, und das Kichern der elfenhaften Ida ließ ihm die Hitze in die Wangen steigen.

Nachdem sie das übermütig auf den Fußballen hin- und herwippende Kind mit einem tadelnden Blick bedacht hatte, legte Anabel gespielt grüblerisch die Stirn in Falten, und obschon sich auch ihre Haut merklich verfärbt hatte, gab sie scheinbar ruhig zurück: »Nachdem wir jetzt unter dem selben Dach wohnen.« Einzig das leichte Beben ihrer Stimme verriet, dass es auch ihr schwerfiel, die Gefühle zu verbergen, die sich bei der Begegnung mit Bertram Bahn gebrochen hatten.

Sie wollte gerade etwas hinzufügen, als sich hinter dem Fenster die Silhouetten der Gießer bedrohlich längten. »Schnell«, flüsterte sie, umklammerte den Milchkrug fester und hastete mit eingezogenen Schultern auf den Eingang zur Küche zu, der sich in dem Augenblick öffnete, in dem Bertrams Rücken um die Ecke verschwand. Mit wild klopfendem Herzen und wirbelnden Gedanken flog er an den Zugtieren vorbei, brachte beinahe einen Stapel Bretter zu Fall und stob durch das Tor zur Glockenhütte, in der die Esse vom Vorabend erkaltet darauf wartete, erneut entzündet zu werden. Aufgepeitscht von dem mit so unvermuteter Heftigkeit entfachten Gefühl, verdrängte er das schmerzhafte Ziehen in seiner Lendengegend, das sich sofort auf Umwegen zurückschlich, als Anabels ein wenig wehmütiges Gesicht vor seinem inneren Auge auftauchte. Mit fliegenden Fingern stopfte er Scheit um Scheit in die Aussparung unter dem Schmelztiegel und versuchte, das Brodeln seines Blutes unter Kontrolle zu bringen. Wie wundervoll sie ist!, dachte er sehnsüchtig, während er nach einem Kienspan griff, um diesen an der tief unter der Asche versteckten Glut zu entzünden. Wie kann ein solch zauberhaftes Wesen einen Grobian wie Conrad zum Vater haben?, fragte er sich, doch bevor er den Gedanken vertiefen konnte, polterten der Meister und seine beiden Gesellen in den nach Glockenschmelze und Pferdemist stinkenden Raum.

Ohne den Knaben eines Blickes zu würdigen, stapfte Conrad auf die an der rückwärtigen Wand befestigten Haken zu, an denen die ledernen Schürzen der Gießer hingen, zwängte seinen Kopf hindurch und befahl Göswin und Anselm, die sorgfältig in einer Ecke aufgestapelten Kupfer- und Zinnbarren auf die große Waage nahe der Esse zu hieven.

»Zwanzig-achtzig«, wies er knapp an und tauchte eine Schaufel in den zwei Tage alten Dung, um diesen in eine separate Karre zu häufen. »Wir setzen zuerst die Schmelze für die Elisabethglocke an«, schnaufte er, beendete die begonnene Arbeit und trat an einen der ebenerdigen Speiser heran, der so weit in Richtung Straße lag, dass er Bertram noch gar nicht aufgefallen war. »Dann kann diese hier gehoben werden. Sie ist fertig«, stellte Conrad fest, nachdem er neben dem Loch auf die Knie gegangen war und daran geschnuppert hatte. »Und du«, wandte er sich schließlich mit einem gewitterhaften Ausdruck an Bertram, der die Lider niederschlug, um den aufbrausenden Gießer nicht noch mehr in Rage zu bringen. »Du gräbst ein neues Loch.« Mit diesen Worten warf er Bertram die Schaufel vor die Füße, packte ihn am Rockkragen und zerrte ihn auf das entgegengesetzte Ende der Werkstatt zu, wo er auf den harten Lehmboden deutete. »Hier.« Mit einem geübten Griff zog er einen etwa zehn Zoll langen Eisenstab aus der Tasche, bückte sich und umriss ein Quadrat von etwa sechs auf sechs Schritt. »Du hast bis heute Abend Zeit. Dann will ich eine Grube sehen, die so tief ist, dass ich ohne Mühe darin stehen kann.« Eine Seite seines Gesichtes verzog sich böswillig. »Vorher gibt es nichts zu essen.«

Die Ungläubigkeit, die sich auf Bertrams Zügen ausbreitete, als er die Erdmengen überschlug, die er dafür bewegen musste, ließ Conrad ein bellendes Lachen ausstoßen. »Und denke nicht, dass du vorher schlafen gehen kannst.«

Damit war die Sache für ihn erledigt, und er wandte dem Jungen den breiten Rücken zu, um sich gemeinsam mit Anselm um das Ausheben der Erde über der fertiggestellten Glocke zu kümmern und diese aus ihrem Mantel aus gebranntem Lehm zu befreien. Da Bertram aus den kurzen Unterhaltungen mit Göswin gelernt hatte, dass das Ansetzen der neuen Schmelze nur mehrere Stunden in Anspruch nahm, vermutete er, dass das Loch, an dem er sich die Hände wund schaufeln würde, nicht für die eben genannte Elisabethglocke bestimmt war, da das Mauern eines Kerns und das Brennen eines Mantels sicherlich nicht an einem Tag vonstatten ging. Vermutlich wartete die Form dieser Glocke bereits unter der Erde – nur mit dem länglichen Loch des Speisers, durch den die flüssige Bronze eingefüllt wurde, mit der Oberfläche verbunden.

Mit einem gedämpften Stöhnen rammte er das leicht gekrümmte Schaufelblatt in den Boden und beförderte den mit Kalksteinbrocken durchsetzten Aushub an die angewiesene Stelle. Wahrscheinlich durfte er die gesamte Prozedur umgekehrt wiederholen und das Loch zuschaufeln, wenn der in der Grube gemauerte Glockenkern ausgebrannt war, damit die Form dem enormen Druck des Gusses standhalten konnte. Was für wundervolle Aussichten! Lediglich die Hoffnung, Anabel wiederzusehen, ließ ihn die Qualen überstehen, welche die nächsten Stunden für ihn bereithielten. Tiefer und tiefer grub sich die von den zum Teil kinderkopfgroßen Gesteinsbrocken abprallende Schaufel, und als sich nach einer scheinbaren Ewigkeit die Tür öffnete, war Bertram kaum bis zur Knietiefe vorgedrungen.

»Wurde auch Zeit«, hörte er Conrad zischen, der die verkrustete Bronzeoberfläche der inzwischen freigelegten Glocke nach dem Abbürsten mit einem Lappen aus weichem Ziegenleder polierte, bevor er mürrisch in Richtung Wand zeigte. Beim Anblick der zierlichen Gestalt, die von dem durch die Tür einfallenden Sonnenlicht umspült wurde, setzte Bertrams Herzschlag für einige Sekunden aus, bevor er mit schmerzhaftem Nachdruck in seiner Kehle wieder einsetzte.

Eingefroren in der Bewegung verfolgte er, wie Anabel ein großes Holztablett auf dem Tisch abstellte, den Blick senkte und nach einigen gemurmelten Worten die Hütte verließ, um nur wenige Momente später mit einem Krug schäumenden Bieres zurückzukehren. Als auch diese Aufgabe erledigt war, verschwand sie endgültig durch den niedrigen Türrahmen und nahm alle Helligkeit mit, was zur Folge hatte, dass Bertram die Nähe des Gießers erst spürte, als es schon zu spät war. Kaum hatte er das Zischen einer durch die Luft sausenden Hand vernommen, als diese ihm mit einem hässlichen Laut den Schädel zu spalten drohte. Unfähig, den unverhofften Aufprall abzufangen, rutschte der Knabe von dem kleinen Absatz ab, den er in den Rand der Grube getrieben hatte, und schlug lang auf dem harten Boden hin.

»Du denkst wohl, du kannst hier Maulaffen feilhalten?« Ein Tritt mit dem schweren Stiefel ließ Bertram die Arme um den Kopf schlingen, um diesen zu schützen. »Mir scheint, dein Vater hat dir einige wesentliche Dinge versäumt beizubringen.« Mit diesen Worten löste der wie ein Gigant über dem im Schmutz liegenden Knaben aufragende Conrad den breiten

Gürtel unter seiner Schürze, faltete ihn in der Mitte und holte aus. Der erste Hieb traf den Jungen zwischen den Schulterblättern, der zweite legte sich brennend über seinen Unterarm und sowohl der nächste als auch der folgende Schlag ließen die Haut an seiner Schläfe aufplatzen. Immer kleiner rollte er sich zusammen, um der auf ihn niederprasselnden Gewalt zu entgehen, doch mit jedem Teil seines Körpers, den er schützte, gab er einen anderen der Züchtigung des Gießers preis. Mit zusammengebissenen Zähnen flehte er um Stärke, da er sich eher die Zunge abbeißen wollte, als einem Schmerzenslaut zu gestatten, über seine Lippen zu kommen. Angestachelt von der Sturheit des Knaben drosch Conrad härter und härter auf ihn ein, bis Bertram schließlich kurz davor war, seinen Stolz zu vergessen und seinen neuen Meister um Gnade zu bitten.

»Haltet ein, Herr.« Die Stimme des stämmigen Göswin drang kaum an seine Ohren, in denen das Tosen seines Blutes zu einem wahren Orkan angeschwollen war. »Wie soll er denn arbeiten, wenn Ihr ihn zu Tode prügelt?« Einen winzigen Augenblick lang herrschte zornesgeladene Stille in der Glockenhütte, die lediglich vom Knistern des Essenfeuers unterbrochen wurde, bevor Conrad mit einem verächtlichen Schnauben von Bertram abließ und ohne einen weiteren Kommentar an den von Anabel gedeckten Tisch trat. »Grab weiter«, flüsterte Göswin ihm mit einem mitleidigen Ausdruck auf dem breiten Gesicht zu und half ihm mit einem kräftigen Ruck auf die Beine.

Am ganzen Leib zitternd, bückte sich Bertram nach der fallen gelassenen Schaufel, wischte sich trotzig das Blut von der Wange und rammte das Blatt mit zorniger Entschlossenheit in den schweren Boden. Wenn dieser Mistkerl dachte, ihn brechen zu können, dann hatte er sich geirrt! Mit mahlenden Kiefermuskeln ignorierte er den quälenden Hunger und die sich immer weiter ausbreitenden Schmerzen an Rücken, Armen und Kopf und grub so heftig, dass ihm nach kurzer Zeit die Blasen an den Händen aufplatzten. Grimmig nutzte er den Hass und die Wut gegen den Glockengießer, um mit solcher Kraft das Loch weiter in den Grund zu treiben, dass er selbst erstaunt war über die Geschwindigkeit, mit der sein Werk fortschritt. Während Ladung um Ladung steinigen Lehms den Aushubhügel wachsen ließen, grübelte er über die Zukunft nach, die ihm im Frondienst des habgierigen Gießers bevorstand. Da seine sogenannte Lehre weder durch die Zeremonie des Andingens noch durch einen offiziellen Lehrvertrag besiegelt worden war, gab er sich keinerlei Illusionen hin, was seine Chance auf eine anständige Ausbildung anging. Verkauft wie ein Stück Vieh, würde er in Zukunft diejenigen Arbeiten erledigen müssen, für die sich sowohl der Meister als auch die Gesellen zu fein waren, bis er an Erschöpfung, Hunger oder den Misshandlungen zugrunde ging. Eine Welle der Empörung vertrieb die eisige Furcht, die sich bei dieser Erkenntnis seiner Glieder bemächtigen wollte. Eher würde er sein ohnehin wertloses Leben riskieren und einen Fluchtversuch unternehmen! Schwitzend und an den Händen blutend, stemmte er einen Augenblick lang die Unterarme auf den Griff der Schaufel, um einige tiefe Atemzüge zu nehmen. Doch dann würde er Anabel niemals wiedersehen! Die Verzweiflung, die bei dieser Aussicht drohte, ihm die nur noch mühsam aufrechterhaltene Fassung zu rauben, ließ ihn einen Laut ausstoßen, der beinahe klang wie ein Schluchzen. Da jedoch sowohl die beiden Gesellen als auch Conrad inzwischen damit beschäftigt waren, die Schmelze für die Elisabethglocke zu veredeln, ging dieses Zeichen der Schwäche im Zischen des glühend heißen Kupfers unter, das den beigegebenen Pferdedung unter Rauchschwaden verschlang.

Mit dem Handrücken wischte sich der erschöpfte Knabe die Tränen von den Wangen, umklammerte erneut den Griff der

Schaufel und setzte zu den letzten Stichen an. Er konnte sich nicht einfach feige und ohne Ehre davonstehlen. Denn wer sollte dann Anabel vor den Wutausbrüchen ihres Vaters beschützen? Nein!, beschloss er mit neu gewonnener Starrköpfigkeit. Er würde dafür sorgen, dass Anabel ein besseres Leben kennenlernte. Zwar war ihm noch vollkommen schleierhaft, wie er das bewerkstelligen wollte, doch die überwältigende Liebe, die er für das wunderschöne Mädchen empfand, das ihm mit einem einzigen Lächeln das Herz gestohlen hatte, ließ ihn auf ein Wunder hoffen.

Kapitel 9

Pfeifend heulte der vor wenigen Stunden aufgekommene Sturm über die Dächer der im Dunkeln liegenden Abtei und zerrte an den mit hölzernen Läden verschlossenen Fenstern. Nachdem Anabel sich am späten Nachmittag von zu Hause verabschiedet hatte, um ihren zweiten Nachtdienst am Lager der inzwischen besinnungslosen Wöchnerin anzutreten, hatte sich der Himmel in beängstigender Geschwindigkeit bewölkt und die alljährlich von der Alb ins Tal fegenden Stürme hatten begonnen. Kleinen Windhosen gleich wirbelten die von den Bäumen gerissenen Blätter in absurden Kreiseln in die Höhe, wo sie einige Zeit lang tanzend verweilten, um dann von einer entgegengesetzten Bö auseinandergetrieben zu werden und sich in alle Himmelsrichtungen zu zerstreuen. Die in schweren Eisenhaltern steckenden Pechfackeln über den Türen der Klostergebäude duckten sich in die geschmiedeten Körbe, zuckten nach links und rechts und sandten ärgerliche Rußfäden durch die Lichtkegel. Kurz nachdem das Mädchen sich auf dem neben dem Krankenlager wartenden Schemel niedergelassen hatte, gesellte sich peitschender

Regen zu den Sturmböen, der beinahe waagerecht gegen die Fassade des Hospitals klatschte.

Immer noch verwirrt und verunsichert von der unverhofften Gewalt der Gefühle, welche die Begegnung mit Bertram in ihr ausgelöst hatten, fuhr die junge Frau erschrocken zusammen, als sich nach einigen Stunden die an diesem Tag verschlossene Tür zum Klosterhof öffnete und sowohl der Infirmarius Paulus als auch die Meisterin Guta Staiger mit triefenden Umhängen das Lazarett betraten. Wie immer klebte der Tonsor an den Fersen seines Herrn und Meisters, dem er mit einer kriecherischen Verneigung das durchweichte Skapulier abnahm, um es auf einen der neben der Tür befestigten Haken zu hängen. Ohne sich von dieser plumpen Demutsbekundung beeindrucken zu lassen, schüttelte die Beginenmeisterin unzeremoniös die Nässe aus dem eigenen Überwurf, zog die Kapuze vom Kopf und strich das sich darunter befindliche weiße Kopftuch glatt.

»Wenn Ihr nur endlich begreifen wolltet, dass es nicht Gottes Wille ist, dass diese Frauen sterben«, seufzte sie resigniert, während Paulus sich zu seiner vollen Größe aufrichtete. Mit dem Kranz aus hellblondem Haar und dem von einem kleinen Bärtchen betonten Kinn wirkte er eher wie einer der modebewussten Fernhändler als wie ein Angehöriger eines Bettelordens. Doch diese weltliche Fassade machte er durch seine fanatische Gottergebenheit mehr als wett.

»Wer seid Ihr, dass Ihr Gottes Willen interpretieren wollt?«, forderte er verächtlich zu wissen und griff nach der kleinen Tasche, die seine Instrumente enthielt. »Diese Frauen bezahlen für die Sünde unserer Vorväter«, leierte er die beliebte Erklärung für das Kindbettfieber herunter. »Eure Theorie, dass man sie durch Wein- und Essigbäder retten könnte, ist nicht nur absurd, sie ist gefährlich nahe an der Blasphemie!« Seine an diesem Tag beinahe himmelblauen Augen funkelten die Begine kampfeslustig an, als diese versetzte: »Und Eure Nachlässigkeit verbreitet die Krankheit!«

Mit einem Kopfschütteln nahm Guta dem Tonsor das beschmutzte Tuch ab, an dem sich der Infirmarius die Hände zu säubern pflegte, und ersetzte es durch ein frisch gewaschenes, das sie aus einer kleinen Tasche an ihrem Gürtel zog. »Wenn Ihr wenigstens ein wenig Rosenöl in das Handwaschwasser geben würdet«, riet sie, doch Paulus, der nur mit Mühe die Fassung wahrte, war bereits in den Raum mit den fiebernden Frauen geeilt, deren Anzahl sich inzwischen verdoppelt hatte. Wie in der Nacht zuvor untersuchte er die Frauen mit äußerster Grobheit, bevor er bei zweien von ihnen beschied: »Diese sollten das Sakrament der Beichte erhalten.« Die junge Frau, an deren Seite Anabel die Nacht verbringen sollte, bedachte er mit einem beinahe angewiderten Ausdruck auf den gut aussehenden Zügen, ehe er auch ihr Todesurteil verkündete. Anabel hatte noch kaum begriffen, was das für ihre Schutzbefohlene bedeutete, da stürmte er bereits weiter in den angrenzenden Raum, wo sich ein verunfallter Zimmermann, dessen linker Arm von einem schweren Balken zerquetscht worden war, vor Schmerzen in den schweißgetränkten Kissen wand.

Da das Mädchen auf keinen Fall die Gelegenheit versäumen wollte, der Meisterin von der beängstigenden Begegnung mit Franciscus zu berichten, schloss sie sich der Gruppe in respektvollem Abstand an und hielt sich bescheiden im Hintergrund, während Paulus sich einem Raubvogel gleich über den schwarz verfärbten Arm des stöhnenden Mannes beugte. Nach einer kurzen Begutachtung der furchtbaren Wunde gab er dem Tonsor einen Wink, woraufhin dieser davoneilte, um kurze Zeit später mit einem kleinen Schälchen zurückzukehren.

»Ihr wollt doch diese Verletzung hoffentlich nicht mit Gänsekot behandeln?«, fragte die Beginenmeisterin entsetzt, als ihr klar wurde, was das Gefäß enthielt. »Das wird sein Blut vergiften und er könnte nicht nur den Arm verlieren.«

Ohne den Einwand einer Antwort zu würdigen, griff Paulus in die Schale, zog den verwundeten Arm des vor Schmerzen brüllenden Zimmermanns näher und rieb den Schmutz tief in die Wunde ein, die auf der Stelle anfing, heftig zu bluten. »Der Kot wird dafür sorgen, dass der Eiter die Wunde säubert«, erklärte er hochmütig und machte Anstalten, weiterzueilen, doch Guta hielt ihn am Ärmel seines Habits zurück. »Ihr werdet ihn töten«, zischte sie, doch Paulus schüttelte lediglich den Kopf. »Ihr habt keine Ahnung, wovon Ihr sprecht, Weib«, presste er zwischen den Zähnen hervor. »Wenn Ihr nicht verhindert hättet, dass ich die Patientin dort drüben zur Ader lasse, würde sie nicht sterben müssen.« Der Unterton in seiner relativ hohen Stimme ließ Anabel die Haare auf den Unterarmen zu Berge stehen. »Also glaubt nicht, dass Ihr mich noch einmal zu einer solch sträflichen Nachlässigkeit verleiten könnt!« Als die Begine mit vorgerecktem Kinn seinen giftigen Blick erwiderte, zuckte dieser zu den auf einem Regal aufgereihten, von der Meisterin eigenhändig zubereiteten Tränken aus Wermut, Akazie, Osterluzei, Natterwurz und Efeu, die zur Heilung vieler einfacherer Krankheiten eingesetzt wurden, bevor Paulus wenig subtil drohte: »Wie leicht könnte jemand auf den Gedanken kommen, Ihr wäret eine Kebse des Teufels, wenn in Eurer Obhut noch mehr Seelen zur Verdammnis verurteilt werden! Vielleicht ist es auch Euch zu verdanken, dass so viele Menschen die Zeichen des Bösen aufweisen?« Er breitete die Arme aus, um auf die zahllosen, von Beulen entstellten Opfer der neuen, heimtückischen Seuche hinzuweisen, deren erste Beute Händler aus dem Osten gewesen waren. Zwar war die Zahl der Neuerkrankungen in letzter Zeit ein wenig abgeflaut, aber dennoch hatte die Plage bereits erschreckend viele Leben gefordert.

Ohne über das Erbleichen seiner stämmigen Widersacherin zu frohlocken, wandte sich der Infirmarius brüsk ab, gab dem Tonsor mit einem Fingerschnippen zu verstehen, dass dieser ihm die Fliete zum Öffnen der Adern reichen sollte, und stürmte mit wehenden Gewändern weiter, um sein grausiges Handwerk fortzusetzen.

Bevor Anabel sich von dem Schock erholen konnte, den die Drohung des Mönches ihr bereitet hatte, ließ Gutas Stimme sie zusammenfahren. »Lauf und hol einen Heiligen Bruder«, befahl sie. »Keine dieser Frauen wird ohne Absolution auf die Reise gehen!«

Die Bestimmtheit in ihrer Stimme duldete keinen Widerspruch, und ohne ihre eigenen Sorgen zur Sprache gebracht zu haben, zog die junge Frau die Kapuze über den Kopf, holte tief Luft und rannte über den von breiten Rinnsalen überzogenen Hof. Ohne darüber nachzudenken, wo sie zu dieser Zeit, zu der die Brüder sich für gewöhnlich im Kapitelsaal befanden, einen Beichtvater auftreiben sollte, hastete sie auf das Refektorium zu. An dessen Durchgang zum hinteren Klosterhof stieß sie mit dem Bibliothekar zusammen, der versuchte, einen Arm voller Pergamentrollen vor dem aus allen Richtungen kommenden Regen zu schützen.

»Nicht so stürmisch, mein Kind«, schnarrte der weißhaarige Prudenz, um dessen stahlblaue Augen sich ein Netzwerk tiefer Falten rankte. Das lederartige Gesicht des alten Franziskaners zierten eine große, leicht krumme Nase und fledermausartige Ohren, doch als er die farblosen Lippen zu einem halb zahnlosen Lächeln verzog, trat ein schelmisches Funkeln in seinen Blick, das dem eines jungen Mannes in nichts nachstand. »Die Hast ist eine Last«, reimte er vergnügt, hob die Schultern, um die durcheinandergeratenen Schriftrollen zurück in Position zu befördern und machte Anstalten, die Stufen in den ersten Stock des Refektoriums zu erklimmen.

»Vater Prudenz«, flehte Anabel und eilte an seine Seite, um zu ihm aufzublicken. Die buschigen Brauen des alten Mönchs schoben sich fragend in die Höhe, doch die zuckenden Mundwinkel verrieten, dass ihn diese ungewöhnliche Begegnung durchaus amüsierte. »Meisterin Guta schickt mich«, beeilte sich Anabel zu erklären. »Jemand muss den Sterbenden die Beichte abnehmen.«

Alle Heiterkeit wie weggewischt, brachte der Bibliothekar mit unvermuteter Flinkheit seine Schätze ins Trockene, bevor er wieder ins Freie trat, um Anabel über den immer schlüpfriger werdenden Hof ins Infirmarium zu folgen.

»Prudenz«, begrüßte die Begine, die einem fiebernden Kind ein dampfendes Gebräu einflößte, ihn mit einem erleichterten Seufzer. »Kommt.« Ohne weitere Zeit mit Höflichkeitsfloskeln zu verschwenden, führte sie den alten Mönch in die Kammer mit den besinnungslosen Wöchnerinnen, wo sie ihn zurückließ, um für diese zu beten und sie ein letztes Mal in die diesseitige Welt zurückzurufen.

Das Gemurmel des greisen Franziskaners im Rücken, verfolgte Anabel, wie Guta sich voller Hingabe und Liebe um die Alten, Kranken und Sterbenden kümmerte, deren Zahl wie immer nach dem Ende des Sommers angewachsen war. Beinahe mütterlich wusch sie das Gesicht eines kleinen Jungen, der erst vor wenigen Tagen halb verhungert und verdurstet von einem Schiffer ins Lazarett gebracht worden war, nachdem dieser den Knaben im Laderaum seiner aus Wien kommenden Zille gefunden hatte. In den wenigen Augenblicken, in denen das Kind bei Bewusstsein gewesen war, hatte es unverständliche Worte gestammelt, doch außer dem immer noch hohen Fieber wies nichts darauf hin, an was für einer Krankheit er litt oder gelitten hatte.

Ohne es zu merken, hatte Anabel begonnen, die Haut um ihre Fingernägel mit den Zähnen zu malträtieren. Konnte sie die Schwester jetzt mit ihren Sorgen behelligen?, fragte sich das Mädchen, dem der Vorfall des vergangenen Abends selbst schon halb unwirklich erschien. War Franciscus lediglich betrunken gewesen und hatte sich vergessen? Eine tiefe Falte grub sich zwischen ihre Augenbrauen, während sie mit sich rang, wie viel sie der Meisterin preisgeben sollte. Konnte sie den Ruf des Ordensvorstehers so ohne Weiteres beschmutzen?

Gerade wollte sie sich ein Herz nehmen, die Scham überwinden, die sie bei der Erinnerung an den schleimigen Kuss überkam, und Guta alles berichten, als diese sich mit einem letzten Blick auf den fremdländisch anmutenden Kranken erhob und mit einem müden Lächeln bemerkte: »Du kannst nach Hause gehen. Hier ist soweit alles getan.« Ein Schatten huschte über ihre herben Züge, als sie Anabels unausgesprochene Frage las. »Sie sind bei Bruder Prudenz in guten Händen.« Einen winzigen Moment wirkte es, als wolle sie etwas hinzusetzen, doch dann nickte sie dem Mädchen ein letztes Mal zu, sammelte ihre Tränke ein und steuerte auf den angrenzenden Raum zu. »Lass dich von der Obleierin bezahlen. Sie ist noch auf«, warf sie über die Schulter zurück, bevor das dämmerige Licht sie verschluckte.

Verdattert und vor den Kopf gestoßen starrte Anabel ihr nach, bis sie das Stöhnen eines Schläfers aus der Erstarrung riss. Während Erleichterung darüber, nicht noch eine Nacht innerhalb der Klostermauern zubringen zu müssen, und Enttäuschung über die eigene Feigheit und Unentschlossenheit Widerstreit hielten, zog sie sich ein weiteres Mal die noch nasse Kapuze über den Schopf und öffnete die Tür, um den immer aufgebrachter wütenden Elementen die Stirn zu bieten.

Als sie wenig später in die Gasse einbog, an deren Ende die Glockenhütte dunkel und leblos dem Regen trotzte, ruhten zehn Silberpfennige in ihrer Rocktasche. Bis auf die Fensterläden im ersten Stock, hinter denen sich Conrads und Gertruds Schlafkammer befand, lagen alle Räume im Dunkeln. Doch als Anabel sich durch den Hof in die Küche stahl, vernahm sie über ihrem Kopf das Poltern eines umfallenden Schemels. »Nicht, Conrad«, hörte sie Gertrud erstickt flehen, doch ein weiterer krachender Laut ließ sie vermuten, dass ihr Vater wieder betrunken und angriffslustig war.

»Ich sagte: Zieh dich aus!«, brüllte der Gießer, sodass es vermutlich die gesamte Nachbarschaft hören konnte, und als Gertrud dem Befehl offensichtlich nicht sofort Folge leistete, jagte der Laut eines auf dem Boden aufschlagenden Körpers Anabel einen Schauer über den Rücken. »Soll ich dich etwa auch dafür bezahlen?«, höhnte Conrad, und kurz darauf übertönte ein rhythmisches Klopfen das Schluchzen seiner misshandelten Gemahlin.

Bebend vor Zorn und Empörung schlüpfte Anabel in die Küche, zog die Tür zu und angelte ihren Lohn aus der Tasche, um ihn auf den Tisch zu legen, sodass ihr Vater ihn am nächsten Morgen sofort finden würde. Wenn Gertrud ihn doch nur auch endlich hassen würde!, dachte sie grimmig. Doch anstatt seine Gewalttätigkeiten anzuprangern, entschuldigte sie den Gießer immer und immer wieder vor ihren Kindern und ihrer Stieftochter. Mit düsteren Gedanken machte Anabel sich bettfertig und schlich in die Schlafkammer, wo sie sich fröstelnd die Decke bis ans Kinn zog.

Kapitel 10

Der Sonntagmorgen dämmerte grau und trostlos. Das eintönige Prasseln zu ihrer Rechten verriet Anabel, dass der Regen immer noch unablässig auf das leicht abschüssige Vordach des Werkzeugschuppens fiel, in dem

Bertram nächtigte, und erneut übermannten sie bei dem Gedanken an ihn die Gefühle. Wie konnte es möglich sein, dass ein wildfremder junger Mann, den sie bisher lediglich zweimal zu Gesicht bekommen hatte, ein solches Durcheinander in ihr hervorrief, das sie an ihrem Verstand zweifeln ließ?, fragte sie sich. Und wie ließ sich das Hämmern ihres Herzens erklären, das eine solche Enge in ihrer Brust auslöste, dass die Befürchtung in ihr aufkeimte, an einer Vergiftung der Körpersäfte zu leiden?

Mit einem leisen Seufzer wischte sie diese nagenden Fragen beiseite, flocht das Haar zu einem dicken Zopf und band die kleine Haube, die sie als lediges Mitglied des Bürgerstandes auswies. Da das Aroma des von Gertrud zubereiteten Frühstücks sie zur Eile drängte, rüttelte sie ihre drei Geschwister wach und trat in die Küche, in der sich Conrad bereits in voller Tracht über eine riesige Schüssel Hirsebrei hermachte. Mit einem gleichgültigen Hochziehen des linken Augenlids quittierte er das Eintreten seiner ältesten Tochter und fuhr erneut mit dem Holzlöffel in den dampfenden Brei. Die zehn Pfennige, welche Anabel nach ihrer Heimkehr auf dem Tisch abgelegt hatte, waren bereits in seiner Geldkatze verschwunden, und auch an diesem Tag hielt er es nicht für nötig, ihren Beitrag zum Hauswesen zu kommentieren.

Da die beiden Gesellen zwar unter der Woche im Haus des Gießers speisten, jedoch entgegen der allgemein üblichen Zunftregeln nicht unter dessen Dach logierten, war die Familie am Sonntag unter sich – was sich durch Bertrams Ankunft jedoch geändert hatte.

Nachdem er die Schale mit einem dicken Kanten Weißbrot ausgewischt hatte, erhob sich Conrad, warf der geduckt an der Feuerstelle stehenden Gertrud einen finsteren Blick zu und verließ ohne Gruß die Küche, um wenige Augenblicke später die Haustür zukrachen zu lassen.

»Er geht wieder nicht in die Kirche«, murmelte Gertrud, die Anabel drei überquellende Schüsseln reichte, welche diese mit einem Löffel Honig verfeinerte. »Wenn Gott ihn nur nicht eines Tages dafür bestraft.«

Wenn Gott ihren Vater bestrafen würde, dachte Anabel wütend, dann gewiss nicht für das Versäumen des Gottesdienstes! »Ihr könnt kommen«, rief sie in die Schlafkammer, aus der – einer nach dem anderen – die zerzausten Schöpfe ihrer Geschwister auftauchten, die sich furchtsam nach allen Seiten umblickten, bevor sie sich wie die Wölfe über ihr Frühstück hermachten. Als der seinem Vater am ähnlichsten sehende, sechsjährige Uli mit hungrigen Augen um einen Nachschlag bat, forderte Anabel ihn mit einem Schmunzeln auf: »Geh und hol Bertram. Dann gibt es mehr.«

Flink rutschte der stämmige Knabe von der Holzbank und stob in den Innenhof davon, um keine drei Minuten später mit einem blaulippigen Bertram im Schlepptau zurückzukehren, der sich nach einem zaghaften Gruß die steifen Hände an der Feuerstelle wärmte.

»Wenn du gegessen hast, wird dir wieder warm«, versprach Gertrud und drückte dem Lehrling eine Schale in die Hand. Als alle versorgt waren, kratzte sie die Reste aus dem kleinen Kessel und ließ sich neben Anabel nieder, um ebenfalls zu frühstücken.

»Ihr beide könnt schon vorgehen«, bot sie eine halbe Stunde später mit einem Lächeln an, da sowohl Bertram als auch Anabel nervös auf ihren Sitzen hin- und herrutschten. »Ich kümmere mich um die Kinder und komme dann nach.« Als Anabel etwas erwidern wollte, legte sie ihrer Stieftochter die Hand auf den Arm und sagte nachdrücklich: »Heute ist Schützenfest auf der Bürgerwiese.« Bei dem begeisterten Aufblitzen, das sich in Bertrams Augen stahl, wurde ihr Lächeln breiter. Und wenngleich Anabel die Belustigungen des Volkes oft derb und manchmal sogar ein wenig beängstigend fand, musste auch sie schmunzeln.

Bevor sie wusste, wie ihr geschah, befand sich die junge Frau an der Seite des Knaben auf der Straße vor der Glockenhütte, wo sie sich dem Strom der Gläubigen anschlossen, der in Richtung Frauentor floss, um sich zu der vor den Mauern gelegenen Pfarrkirche über dem Felde zu begeben. Befangen und wortlos tauchten die beiden in das Gewühl der Stadt ein, überquerten den Frauengraben und näherten sich dem hoch aufragenden Glockenturm, der die Gläubigen mit einem ohrenbetäubenden Geläut zur Andacht rief. Der Regen, der sich inzwischen in eisige Graupel verwandelt hatte, ließ die Menschen schneller auf das schützende Dach zuströmen, und obschon Anabel seinen Anblick am liebsten in sich aufgesogen hätte, vermied sie Bertrams Blick während des gesamten Weges. Da jedoch die beiden Kirchenpforten den Ansturm aufhielten, entstand ein beinahe brodelnder Trichter, in dem es sich nicht vermeiden ließ, dass die mehr oder weniger herausgeputzten Kirchgänger in engen Kontakt zu ihren Vorder- oder Hintermännern gerieten. Als ein Hüne von Zimmermann sich einen Weg durch die Wartenden bahnte, stieß er Anabel zur Seite, sodass sie gegen Bertrams Brust taumelte, und wenn dieser sie nicht an der Taille gepackt hätte, wäre sie sicherlich gestrauchelt und zu Boden gegangen. Ein heißer Stich durchfuhr ihre Glieder, als sich Bertrams Hände um ihre Mitte legten, und wenngleich er sie sofort wie verbrüht wieder zurückzog, hinterließen sie zwei brennende Flecken. Erschrocken und erstaunt zugleich hob sie den Blick der blauen Augen zu ihm auf und erschauerte, als sie das Verlangen in seinen Zügen las. Ungeschliffen zeichneten sich die Gefühle ab, die er für sie empfand, und wenn sie noch gezweifelt hatte, ob er ihr gegenüber ähnliche Empfindungen hegte wie sie für ihn, löschte sein stoßweiser Atem diese Zweifel unwiderruflich aus. Wie von

Zauberhand aus der Luft gewischt, trat die Gegenwart der anderen in den Hintergrund, und während Anabel sich in Bertrams dunklen Augen verlor, verblasste ihr bisheriges Leben zur Unwichtigkeit.

»Los doch, es geht weiter!«, riss sie eine tiefe, kratzige Stimme in die Realität zurück, und während die Männer und Frauen hinter ihnen schoben, drückten und stießen, schwammen sie inmitten der Menge und dennoch allein auf das einfache Schiff der romanischen Kirche zu.

Der Gottesdienst plätscherte sinnentleert und hohltönend über ihre Köpfe hinweg, während sich ihre Hände nach anfänglichem Zögern ineinander schoben und sie die Gegenwart des anderen genossen. Schüchtern schmiegte Anabel ihre Schulter an Bertrams Seite, um das gleichmäßige Heben und Senken seines Brustkorbes zu spüren. Wie wundervoll er roch, durchzuckte es sie, als sein erdiger, leicht salziger Duft sie in der Nase kitzelte. Und wie unglaublich stark und kraftvoll sich sein Körper unter den einfachen Gewändern anfühlte! Zu kurz erschien ihnen die Predigt, zu schnell das abschließende Gebet, mit dem der Priester die Gottesfürchtigen in die Freiheit entließ, um den im Anschluss an die Messe beginnenden Belustigungen nachzugehen.

»Komm«, hauchte er, als sie sich nach scheinbar endlosem Ringen aus dem Menschenknäuel befreit hatten, das auf die abgesteckte Schützenwiese zueilte, wo die ersten Armbrustschützen bereits auf den als Ziel aufgestellten hölzernen Vogel anlegten. »Dort drüben ist es ruhiger.«

Hand in Hand schlenderten sie auf eine weit ausgreifende, dicht an den Gottesacker angrenzende Weide zu, deren dürre gelbe Blätter noch genug Schutz vor den neugierigen Augen der anderen Kirchgänger boten. Sobald der Schatten der Äste sie verschluckt hatte, hielt Bertram inne, drehte Anabel zu sich um und beugte sich ohne weitere Worte zu ihr hinab, um ihr einen solch sanften Kuss auf die Lippen zu drücken, dass sie benommen vor Glück die Augen schloss. Warm und rau legte sich sein Mund auf den ihren, der sich erwartungsvoll öffnete, um ihn scheu zu empfangen. Seine Hände wanderten zärtlich ihren Rücken hinauf, liebkosten ihren Hals, um sich schließlich in ihr Haar zu graben und sie näher an sich zu pressen. Immer leidenschaftlicher wurde der Kuss, bis sich Anabel schließlich keuchend von ihm löste, seine Hand an die Lippen führte und wisperte: »Ich hätte niemals gedacht, dass es so wundervoll sein kann.« Ein leichter Schweißfilm glänzte auf ihrer Oberlippe, und auch Bertrams Erregung zeichnete sich deutlich auf seinem Gesicht und unter seinem kurzen Hemdrock ab.

»Anabel«, erwiderte er nach einigen unregelmäßigen Herzschlägen, in denen er den Blick zu der stark bewachten Stadtmauer wandern ließ, heiser. »Komm mit mir.« Seine Stimme wirkte belegt, und die Kühnheit der Idee ließ ihn leicht zittern. »Lass uns in einer anderen Stadt unser Glück versuchen.« Kaum hatten diese Worte seinen Mund verlassen, errötete er heftig und senkte den Blick. »Verzeih mir«, setzte er nach einigen Sekunden des Schweigens hinzu und nahm ihre Hände in die seinen. »Ich habe kein Recht, dich darum zu bitten.« Seine Augen füllten sich mit Tränen der Verzweiflung. »Du bist eine freie Bürgerin, aber ich …« Einer der glitzernden Tropfen löste sich und rann die Wange hinab.

»Nein«, beschwichtigte sie ihn mit einem zarten Kuss auf das noch bartlose Kinn. »Ich würde mit dir bis ans Ende der Welt gehen.« Sie schluckte trocken, da der Sturm der Gefühle, der in ihr tobte, stärker war als alles, das sie bisher erfahren hatte. »Aber wir dürfen nicht vergessen, dass wir keinen einzigen Gulden besitzen«, wandte sie schließlich seufzend ein, auch wenn sie am liebsten alle Notwendigkeiten und Zwänge in den Wind geschlagen und seinem Vorschlag zugestimmt hätte. »Wovon sollten wir leben?«

Eine Zeit lang hing diese Frage unbeantwortet in der Luft, bevor er betreten nickte. Dieses Problem hatte er im Eifer des Gefechtes nicht bedacht.

»Ich könnte mir einen Meister suchen und meine Ausbildung als Steinmetz beenden«, schlug er schließlich vor, doch Anabel schüttelte traurig den Kopf. »Conrad würde dir die Wache auf den Hals hetzen. Wir würden es niemals schaffen, ein Jahr und einen Tag unentdeckt in einer anderen Stadt zu leben.« Und somit hätte Bertram niemals die Chance, seine Freiheit wiederzuerlangen, dachte sie mutlos. »Wir müssen geduldig sein«, setzte sie hinzu. »Ich werde versuchen, mehr zu arbeiten und etwas Geld zur Seite zu legen.« Auch wenn dies bedeutete, dass sie die Nächte im Kloster zubringen musste! Doch das war ihr gleichgültig, denn nur wenn man eine Reichsstadt mit den entsprechenden Mitteln betrat und nicht als Bettler oder Tagelöhner auffällig wurde, konnte es gelingen, den wachsamen Augen des Ammans oder des Stadthauptmannes zu entgehen. »Dann könnten wir uns im Frühjahr einem der Handelszüge nach Augsburg anschließen.« Wenn die Schutzgebühr entrichtet wurde, stellte keiner der Händler, die ihre über Land ziehenden Güter mit einem Aufgebot Bewaffneter schützten, unangenehme Fragen.

Mit einem wehmütigen Ausdruck schloss Bertram die Arme um sie und legte das Kinn auf ihren Schopf. »Ich liebe dich«, flüsterte er. »So sehr, dass ich vor nichts mehr Angst habe, als dich wieder zu verlieren.« Ein gepresster Laut entrang sich seiner Kehle, und Anabel ließ ebenfalls den zurückgehaltenen Tränen freien Lauf. Das Wechselbad der Gefühle, das sie in den vergangenen Minuten von liebestaumelnder Glückseligkeit in bodenlose Verzweiflung gestürzt hatte, raubte ihr die Fassung.

»Ich liebe dich auch«, weinte sie in seine Hemdbrust. »Und ich will lieber nie wieder schlafen, als dich weiter in den Händen meines Vaters zu wissen.«

Eine Zeit lang standen sie einfach nur da, schmiegten sich aneinander und ließen die überwältigende Strömung der Mutlosigkeit und des Selbstmitleides über sich hinwegspülen, bis Bertram sich schließlich die Nase am Ärmel wischte, die Schultern straffte und Anabel mit sanfter Gewalt zwang, ihm in die geröteten Augen zu blicken. »Wenn Gott die Unschuldigen beschützt«, wiederholte er die Worte des Predigers, »dann kann uns nichts geschehen.« Eine verunsicherte Falte grub sich zwischen seine Brauen, die von den Misshandlungen des Gießers geschwollen und schorfverkrustet waren. »Er wird seine Hand über uns halten«, fuhr er energischer fort, wie um sich selbst vom Wahrheitsgehalt dieser Worte zu überzeugen. »So wie er alle bewahrt, die reinen Herzens sind.« Mit diesen Worten presste er Anabel ein letztes Mal mit solch verzweifelter Kraft an sich, dass diese zusammenschreckte, bevor er sie auf Armeslänge von sich hielt und mit dem Blick ihr Gesicht abtastete. »Lass uns wenigstens diesen Tag genießen«, schlug er mit einem schiefen Lächeln vor, und wenngleich sie sich am liebsten erneut an seiner Brust versteckt hätte, um der Realität einige weitere Momente lang zu entfliehen, nickte sie tapfer, schluckte mühsam und schlang krampfhaft die Finger in die seinen.

Wie im Traum folgte sie ihm über die vom Regen aufgeweichten Felder zu der mit buntbewimpelten Zelten übersäten Bürgerwiese, wo fahrende Händler allerlei Leckerbissen und Schmuckflaschen feilboten. Während all ihre Sinne die ungewohnte Zweisamkeit verarbeiteten – das Gefühl seiner schwieligen Haut auf der ihren, der sich ohne Nachdenken einstellende Gleichschritt, die Sicherheit, einen hochgewachsenen Beschützer an ihrer Seite zu haben – wichen allmählich Unsicherheit, Furcht und Schwermut wie durch Zauberhand einer erwartungsvollen Hochstimmung, die ihre Ängste unwirklich und fern erscheinen ließ. Mitgerissen von der Freude und Heiterkeit der Besucher, die unter lautstarken Anfeuerungsrufen einem Paar Krafthelden beim Fechtkampf zusahen, ertappte sie sich dabei, wie sie mit offenem Mund einen Feuerfresser begaffte, in dessen Schlund soeben eine wild lodernde Fackel verschwand. »Sieh nur«, flüsterte sie ehrfürchtig und riss die Augen auf, als der Fackel eine weitere folgte. »Wie macht er das nur?«

Achselzuckend beobachtete auch Bertram das Schauspiel einige Lidschläge lang, bevor er auf den abgesperrten Teil des Platzes zu drängte, wo die Zuschauer einen der Schützen mit höhnenden Versen verspotteten. Auf der Stelle hüpfend versuchte er, einen Blick auf die Männer zu erhaschen, die – dem Abstand der Zielscheibe nach zu urteilen – bereits die letzte Runde des Wettkampfes erreicht hatten.

»Dort drüben«, wies Anabel ihn nach einigen vergeblichen Versuchen, sich durch die undurchdringliche Mauer aus Zuschauern nach vorn zu quetschen, auf eine knorrige Eiche hin, von deren unterstem Ast soeben ein von seiner Mutter gescholtener Knabe rutschte, um dieser mit vorgeschobener Unterlippe und hängendem Kopf zurück in Richtung Kirche zu folgen. »Schnell!«

Kaum hatten sie den Baum erreicht, half Bertram ihr auf den Ast, bevor er sich selbst hinaufzog und sich vorsichtig in eine aufrechte Stellung balancierte.

»Oh!«, stieß er aus, kaum ragte er wankend über Anabel auf, und da sich zeitgleich gewaltiger Applaus von der Schützenwiese erhob, vermutete diese, dass soeben der Meisterschuss gefallen war. »Das war Glück«, feixte Bertram, dem ebenfalls anzusehen war, dass die düsteren Gedanken dem Hochgefühl des Festtages gewichen waren, als er sich mit baumelnden Beinen neben Anabel fallen ließ.

Bevor sie etwas erwidern konnte, fiel ihr Blick auf eine nur zu wohlbekannte Gestalt, die in etwa einhundert Fuß Entfernung – weitab vom Getümmel der Schaulustigen – an einem

Karren haltgemacht hatte, vor dessen abgetrenntem Inneren sich eine nicht unbeträchtliche Anzahl Frauen drängte. »Dort ist Vren!«, rief sie erstaunt aus und deutete auf die Freundin, deren Gesicht selbst aus der Entfernung vor Aufregung zu glühen schien. »Lass uns zu ihr gehen.«

Anmutig glitt sie von ihrem luftigen Sitz in Bertrams Arme, der sie geschickt auffing und auf die Beine stellte, nachdem er selbst federnd zu Boden gesprungen war. Beinahe übermütig zog sie ihn auf den Quacksalber zu, dessen Schilder schon von Weitem verkündeten, dass er ein Meister der Brustverkleinerung durch Handauflegen war.

Ein Stöhnen entrang sich Anabels Kehle, als ihr klar wurde, wofür die Freundin ihren sauer verdienten Lohn verschwenden wollte. »Vren!«, trompetete sie, als sie kaum mehr zehn Schritt von der Bäckertochter trennten, und als diese sich erstaunt umwandte, tippte sie sich mit hochgezogenen Brauen an die Stirn. »Bist du von Sinnen?«, zischte sie, als sie die dralle junge Frau erreicht hatte, und zog diese aus der Schlange der nervös von einem Bein aufs andere tretenden Frauen. »Dafür willst du bezahlen? Das ist doch Aberwitz!«

»Lass mich!«, schimpfte die Ertappte und wollte sich wieder einreihen, doch als Anabel energisch die Hände auf ihre Schultern legte, senkte sie den Blick und seufzte resigniert. »Ich wollte es wenigstens mal versuchen«, murmelte sie, ließ sich jedoch widerstandslos von der Jüngeren in Richtung Wiese zurückführen.

»Danke«, setzte sie nach einigen Augenblicken des Schweigens zerknirscht hinzu und starrte auf die silbernen Pfennige in ihrer Handfläche. »Ich kann es mir bei Gott wirklich nicht leisten.« Mit einem Schulterzucken vertrieb sie die beinahe komisch anmutende Reue, warf einen mehr als deutlichen Seitenblick auf Bertram, der sich in den Hintergrund zurückgezogen hatte, und lächelte anzüglich. »Gibt es etwas, das du mir mitteilen möchtest?« Ihre Mundwinkel schienen sich mit ihren Ohrläppchen vereinigen zu wollen.

Obschon Anabel die flammende Röte in die Wangen schoss, gelang es ihr, gespielt würdevoll die Augen zu verdrehen und Vren auf Bertram zuzuschieben, um die beiden einander vorzustellen. Nachdem sie sich kurz beäugt hatten, schlenderte das Kleeblatt scherzend und lachend weiter durch die Menge, bevor es sich den in bunte Uniformen gekleideten Schützen anschloss. Diese hatten sich am Nachmittag zum festlichen Einzug in die Stadt geordnet, um dem neuen Schützenkönig zum Rathaus zu folgen, wo er von der Bevölkerung mit frenetischem Jubel empfangen wurde. Eine Zeit lang folgten sie dem bunten Treiben, bevor sie sich voneinander verabschiedeten, um in die düstere Wirklichkeit der Backstube und der Glockengießerei zurückzukehren.

Kapitel 11

Heidenheim, November 1349

»... Sobald ich von meiner Unterredung mit Eberhard zurück bin, werde ich dir Geleitschutz senden, der dich zurück nach Hohenneuffen bringen wird.
Ulrich«

Unschlüssig drehte Katharina von Helfenstein die Nachricht ihres Gemahls zwischen den Fingern hin und her, während sich in ihrem Kopf die Gedanken jagten. Instinktiv zuckten ihre Hände zu der prallen Wölbung ihres Bauches, die selbst dem unaufmerksamsten Beobachter ihren Zustand verraten hätte. Wie gut, dass sie sich mit einer vorgetäuschten Unpässlichkeit davor gedrückt hatte, den Boten ihres Gatten persönlich zu empfangen, da dieser seinem Herrn zweifelsohne die unschöne Neuigkeit ohne Umschweife mitgeteilt hätte. Wie um alles in der Welt sollte sie Ulrich vertrösten?, fragte sie sich bang, während sie nervös das dünne Pergament zerknüllte. Seufzend ließ sie sich auf einem der Stühle an dem runden Tisch nieder.

Da sich die Abreise der Männer durch eine Streiterei verzögert hatte, waren sowohl ihr Vater als auch ihre beiden ältesten Brüder noch in Heidenheim, was ihre Unsicherheit und Nervosität täglich verstärkte. Wie sie ihre männlichen Verwandten kannte, würden diese sie ohne mit der Wimper zu zucken an den Meistbietenden verschachern, und sollten sie sich einen Vorteil davon erhoffen, ihre Schwester zu verraten, wäre ihr Schicksal so gut wie besiegelt. Die offenkundige Verachtung ihres Vaters ließ sie immer häufiger den Schritt bereuen, den sie mit der Flucht auf seine Festung gewagt hatte. Wenn es nach ihm ginge, würde der Ehebruch einer Frau mit dem Tod auf dem Scheiterhaufen bestraft; und sie hatte es lediglich der Tatsache zu verdanken, dass er sich die Gunst des Grafen von Württemberg nicht verscherzen wollte, dass er seine Tochter noch nicht an ihn verraten hatte. »Ich lege keinen Wert darauf, den Rang eines Schwiegervaters zu verlieren«, hatte er sie mit einem zynischen Lächeln wissen lassen. Doch das bedeutete nicht, dass ihre Brüder ebenso dachten!

Zögernd griff sie nach dem Gänsekiel, spitzte ihn an und tauchte ihn in die pechschwarze Tinte.

»Liebster Gemahl«,

begann sie, ließ die Feder jedoch sofort wieder sinken, um grübelnd an ihr zu kauen.

»Die Angelegenheit, in der mein Vater mich nach Heidenheim gerufen hat, benötigt noch einige Wochen zur Klärung. Da es sich um mehrere nach Jahren überraschend aufgetauchte Hinterlassenschaften meiner verstorbenen Mutter handelt, bitte ich Euch, mich nicht zu drängen. Die Freude darüber, längst verloren geglaubte Zeugnisse von ihr in Händen zu halten, wollt Ihr mir sicherlich nicht verderben.
Ich weiß, dass Euch mein Wohlergehen am Herzen liegt. Deshalb wage ich es, Euch ein weiteres Mal um mehr Zeit zu bitten.
Eure gehorsame Gemahlin
Katharina«

Die Scham darüber, ihre Mutter als Vorwand für ihr Verweilen auf der Burg Helfenstein heranziehen zu müssen, ließ Katharina die Hitze in die Wangen steigen. Doch da bei Umbauarbeiten am Palas tatsächlich einige zwischen die Bodenbretter gerutschte Habseligkeiten zutage gekommen waren, entsprach diese Begründung wenigstens zum Teil der Wahrheit. Versonnen drehte sie den mit einem flachen, dunkelroten Granat geschmückten Ring an ihrem Finger, der eines der vielen Erbstücke darstellte, die ihr bei ihrer Heirat mit Ulrich überreicht worden waren.

Nachdem sie das Schriftstück einige Zeit lang untätig angestarrt hatte, faltete sie es zweimal, griff nach dem Siegelwachs und drückte das Siegel des Hauses Württemberg in die weiche Masse. Mit einem entschlossenen Zug um den schönen Mund stemmte sie sich in die Höhe, läutete nach ihrer Zofe und befahl ihr, dem Boten die Nachricht zu übergeben. »Sag ihm, ich werde ihn auch morgen nicht empfangen können.«

Damit hoffte sie, alles getan zu haben, um ihn auf den Weg zurück nach Hohenneuffen zu schicken, wohin Ulrich sicherlich in einigen Tagen zurückkehren würde. Da er mit seinem Bruder Eberhard seit dem Tod ihres Vaters Ulrich II. im Streit um die Teilung des Landes lag, würde er zwar vermutlich nicht in der Stimmung sein, ihrer Bitte zu entsprechen, doch verschaffte ihr die Botschaft wenigstens etwas mehr Zeit.

Wer weiß, dachte sie hoffnungsvoll, vielleicht lenkt die Auseinandersetzung mit Eberhard ihn so sehr ab, dass er meine Abwesenheit vergisst. Ein säuerliches Lächeln verzog ihren Mund. Wenn ihr Schwager den Druck auf Ulrich weiter erhöhte, würde dieser der Forderung seines Bruders nicht mehr lange widerstehen können und dem von diesem bereits mehrmals vorgelegten Hausvertrag zustimmen müssen. Womit er die Unteilbarkeit Württembergs bestätigen und seine Niederlage eingestehen würde.

Mit einem Blinzeln vertrieb sie den Gedanken an die politischen Auseinandersetzungen zwischen den beiden Regenten und trat an eines der vier mit kostbarem Bleiglas geschmückten Fenster, die den Blick auf den Innenhof freigaben. Dort stritten sich gerade ihre beiden Brüder um einen feurigen Schimmelhengst, der neben einer Rappstute und einem staksigen Einjährigen die neueste Errungenschaft ihres pferdevernarrten Vaters darstellte. Hugo, der ältere der beiden, stieß soeben dem rotwangigen Karl rüde die Hand vor die Brust, um diesen zum Rücktritt zu zwingen. Wie gewöhnlich brauste dieser spornstreichs auf, fuhr mit der Hand zum Schwertknauf und warf seinem Bruder einige Beleidigungen an den Kopf, die Katharina selbst im zweiten Stock der Festung deutlich vernahm.

Wann sich die beiden wohl endlich wie erwachsene Männer benehmen lernen?, dachte sie resigniert, während sie beobachtete, wie sie dazu übergingen, sich wie halbwüchsige Knaben zu balgen. Innerhalb weniger Momente waren ihre modischen Schnabelschuhe, kurzen Röcke und farbenprächtigen Mäntel über und über mit Schlamm verschmiert, und mit einem Kopfschütteln trat sie zurück in den Raum, um sich den Rest zu ersparen. Das aufgeregte Gekläff der Jagdhunde begleitete den Kampf, und während Katharina es sich nahe am Kamin auf einer Sitztruhe gemütlich machte, gesellten sich die tiefen Stimmen der Knechte und Wachmänner zu dem Durcheinander. Sie hatte gerade die von der Ankunft des Boten unterbrochene Handarbeit wieder aufgenommen, als ihre Zofe zurückkam und ihr mit einem tiefen Knicks mitteilte: »Er ist fort.«

Da sie eine der wenigen Vertrauten der Gräfin war, die die volle Wahrheit über ihre Schwangerschaft kannten, stand auch ihr die Erleichterung deutlich ins Gesicht geschrieben. »Ihr solltet Euch ausruhen«, riet sie, nachdem sie vor der Feuerstelle auf die Knie gefallen war und einige Scheite nachgelegt hatte. »Denkt an die Warnung der Heilerin.«

Mit einem gehorsamen Nicken legte Katharina die Stickerei zur Seite, schob die Kissen in ihrem Rücken zurecht und zog die Beine unter den Körper, um einige Augenblicke auf das beruhigende Prasseln des Feuers zu lauschen. Bereits kurz nach ihrer Ankunft auf der Burg hatte die örtliche Hebamme sie vor möglichen Komplikationen gewarnt, da es sich bei der Schwangerschaft um ihre erste handelte.

»Die erste und die achte Geburt bergen die meisten Risiken«, hatte die alte Frau gemahnt. »Viele sterben am Kindbettfieber.«

Diese Worte hallten oft in Katharinas Gedanken wider, doch da sie ohnehin schon mit genügend Sorgen zu kämpfen hatte, versuchte sie diese so gut als möglich zu verdrängen. »Bring mir ein wenig Honigwein, Truthwin«, bat sie, und sobald die junge Frau die Kammer verlassen hatte, stemmte sie das Kinn in die Hände und starrte auf das vor dem Kamin ausgebreitete Bärenfell. Wie täuschend weich es wirkte!, dachte sie und erinnerte sich daran, wie sie als Kind ihre bloßen Füße in das dichte Haar gegraben hatte, nur um mit einem enttäuschten Ausruf zurückzuspringen. Wie so viele Dinge in ihrem Leben hatte auch dieser einfache Einrichtungsgegenstand nicht gehalten, was sein Äußeres versprach!

Ganz wie Ulrich! Eine Grimasse entstellte ihre feinen Züge. Wie hatte ihr Herz geklopft, als vor etwas über einem Jahr der Graf von Württemberg begonnen hatte, ihr den Hof zu machen! Und wie sehr hatten sie die feinen Kleider und der geschliffene Umgang des schlanken jungen Mannes beeindruckt, der auf alles eine Antwort zu haben schien. Geistreich und witzig hatte er sie umgarnt, ihr das Gefühl gegeben, die schönste Frau zu sein, der er jemals in seinem Leben begegnet war, und ihr fremdländische Lieder und Gedichte vorgetragen. Wie oft hatte er sie mit seinen Geschichten zum Lachen oder Weinen gebracht, dachte sie wehmütig, als sie sich an die Abende in der Halle ihres Vaters erinnerte, in der der junge Graf ein und aus gegangen war. Und erst der Stolz, der ihre Brust hatte schwellen lassen, als er verkündet hatte, dass er vorhatte, Heidenheim zu einer der bedeutendsten Festungen ganz Württembergs ausbauen zu lassen!

Sie lachte freudlos. Unerfahren und unschuldig hatte sie bei der Nachricht, dass er um ihre Hand angehalten hatte, heiße Freudentränen vergossen und sich mit goldenen Wunschträumen auf den Weg nach Hohenneuffen gemacht. Wo sie die ernüchternde Realität hart ins Gesicht geschlagen hatte! Zwar hatte sich Ulrich die ersten Tage und Wochen bemüht, den Schein zu wahren, doch hatte der Besitz des Ersehnten offensichtlich jegliches Verlangen danach im Keim erstickt.

Eine Bewegung in ihrem Augenwinkel ließ sie den Kopf wenden. Mit weit gespreizten Schwingen kämpfte eine perlgraue Taube um Halt, bevor es ihr schließlich gelang, sich auf dem schmalen Sims vor dem Fenster niederzulassen und den Kopf unter den Flügel zu stecken.

Wenn ihr eigenes Leben doch nur auch so einfach wäre! Sobald die Männer in den nächsten Tagen endlich Heidenheim verließen, würde sie sich aktiv um ihre weitere Zukunft kümmern. Da sie das Risiko, einen weiteren Boten nach Katzenstein zu schicken, so lange wie möglich hatte hinauszögern wollen, wusste sie nicht, ob Wulf inzwischen von seiner Reise nach Schwäbisch Hall zurückgekehrt war oder immer noch dort verweilte. Ein Zustand, der sich bald ändern würde. Und wenn ihr Geliebter erst von ihrem Zustand Kenntnis hatte, würde ihm sicherlich ein Plan einfallen, wie das Leben ihres gemeinsamen Kindes vor den Übergriffen Ulrichs geschützt werden könnte, sollte dieser jemals davon erfahren.

Das Quietschen der Klinke kündigte die Rückkehr ihrer Zofe an, die mit einem silbernen Tablett, auf dem ein Krug und ein edelsteinbesetzter Becher lockten, erneut die Kammer betrat. Mit geübten Bewegungen setzte sie das Gewünschte auf dem Tisch ab, goss die goldgelbe Flüssigkeit in den Kelch und reichte diesen ihrer Herrin, die ihn mit einem dankbaren Nicken entgegennahm. Sie würde alles unternehmen, um ihrem Sohn ein Leben zu sichern, das seinem Stand angemessen war. Koste es, was es wolle!

Kapitel 12

Ulm, November 1349

»Dii?! Du wagst es, einen Plural von *deus* zu bilden?« Die keifende Stimme des Novizenmeisters überschlug sich vor Empörung, während er wie eine Furie auf den mit eingezogenem Kopf an seinem Pult stehenden

Knaben zuschoss, diesen brutal am Ohr packte und ihn nach vorne schleifte, um mit dem Rutenbündel auf ihn einzudreschen. »Es. Gibt. Nur. Einen. Gott!«

Entsetzt von der Gewalt, mit welcher der fette Clemens, dessen Name sein Verhalten Lügen strafte, auf den bereits weinenden Jungen einhieb, wandte Anabel den Kopf ab und beeilte sich, die offen stehende Tür der Schule hinter sich zu lassen, um ihren Auftrag zu erledigen und den Camerarius um einen weiteren Korb Brot für die Kranken und Hungrigen zu bitten.

Wie jedes Jahr schwoll die Zahl der Bettler und um Almosen Flehenden an, je näher der Winter rückte, da die hohen Abgaben und die gnadenlose Konkurrenz manch armen Handwerksmeister, Tagelöhner oder Hilfsarbeiter in die Armut trieben. Anders als die aus Hundeschindern, Totengräbern, Schweinehirten, Prostituierten und Spielleuten bestehende Randgruppe der Stadt gehörten diese verarmten Bürger zwar der Unterschicht an, genossen jedoch als Beiwohner der freien Reichsstadt Ulm deren Schutz, solange sie die verminderten Steuern entrichten konnten. Blieben die geforderten Zahlungen jedoch aus, führte dies unweigerlich zum Verlust des eingeschränkten Bürgerrechtes. Was zur Folge hatte, dass jedes Jahr die Zahl der Rechtlosen zunahm. Um dieser Entwicklung entgegenzuwirken, verteilten die Franziskaner und Beginen an bestimmten Tagen des Monats Brot, Stockfisch und gemeinen Wein, die sich die Hungernden vor den Toren der Abtei abholen konnten. Dort köchelte unter dem Schutz eines am Fuß des Löwentores aufgeschlagenen Zeltes auch ein einfacher Eintopf aus Rüben, Kohl, Lauch und Pferdebohnen, der dank der Spende eines reichen Patriziers mit Schlachtabfällen verfeinert worden war. Seit dem frühen Morgen stopften die Beginen die hungrigen Mäuler der Armen, die sich trotz der Not, die sie litten, erstaunlich gesittet aufführten.

Das Geräusch der niedersausenden Rute ignorierend, steuerte Anabel energisch auf die Klosterküche zu, die sie durch den Hintereingang betrat. Wie immer herrschte in dem riesigen Raum emsiges Treiben.

»Bruder Antonius«, begrüßte Anabel den soeben aus der Speisekammer auftauchenden Camerarius ehrerbietig. Doch bevor sie ihr Anliegen vorbringen konnte, wies dieser mit vollem Mund kauend auf einen flachen Weidenkorb voller Hafer- und Roggenbrottaler, deren schrumpelige Kruste verriet, dass sie bereits mehrere Tage alt waren.

Ein Stirnrunzeln unterdrückend beobachtete Anabel, wie der Camerarius mit vor Entzücken geschürzten Lippen ein Stückchen Honigkuchen in den bereits überquellenden Mund stopfte, um sich im gleichen Atemzug mit Adleraugen über die auf einem Holzbrett abgelegten, mit dem Fleischstempel der Obrigkeit versehenen Schweine- und Ochsenteile zu beugen und diese zu begutachten. Schon früher hatte sie sich über die Art und Weise gewundert, wie der selbst auf Spenden angewiesene Bettelorden seiner von Gott vorgeschriebenen Aufgabe, sich um diejenigen zu kümmern, die sich selbst nicht helfen konnten, nachkam. Denn anstatt tatsächlich das Brot mit den Armen und Hungernden zu brechen, fielen für diese lediglich die Abfälle ab, wohingegen sich die Angehörigen des Ordens die Bäuche mit allerlei feinem Naschwerk vollschlugen.

Ein Blick auf das in einer Ecke brennende, der Zeitmessung dienende Heiligenlämpchen ließ sie die rebellischen Überlegungen vergessen, den Korb auf die Hüfte hieven und sich mit einem kurzen Gruß verabschieden. Mit der freien Hand zog sie die zu große Kapuze über den Kopf und machte sich gedankenverloren zu dem Doppeltor auf, das zwischen Hospital und Abthaus auf den Platz vor der Anlage führte.

Beinahe drei Wochen waren seit dem Schützenfest vergangen, und obschon es ihr und Bertram gelungen war, einige Momente unter vier Augen zu stehlen, bekamen sie sich kaum zu Gesicht. Wie immer löste die Erinnerung an seine Berührung ein Prickeln der Leidenschaft in ihr aus, das sie mit einem schmerzhaften Biss auf die Unterlippe unterband, da ihre Gedanken in eine andere Richtung drängten. Zwar hatte sich ihre Sorge, die Beginenmeisterin um mehr Arbeit bitten zu müssen, von selbst zerschlagen, da aufgrund der zunehmenden Unterernährung immer mehr Menschen an fiebrigen Erkrankungen litten; ganz zu schweigen von der rätselhaften Epidemie, welche die Stadt seit Wochen in Atem hielt. Doch waren die zusätzlichen drei Silberpfennige, die sie jede Woche vor ihrem Vater verheimlichen konnte, ein schwacher Trost für die Entbehrungen und Ängste, die sie immer häufiger quälten. Was, wenn Conrad seinen Lehrling bis zum Frühjahr zu Tode schindete? Wenngleich Bertram sich allmählich an die harte Arbeit zu gewöhnen schien, war sie beim Frühstück an diesem Morgen über die dunklen Ringe unter seinen Augen erschrocken. Auch bereitete ihr der trockene Husten, der ihn seit mehreren Tagen plagte, Furcht, die sie mit niemandem teilen konnte. Denn sie wagte es nicht einmal, sich Vren anzuvertrauen. Zu groß war die Klatschsucht der Freundin.

Ohne darauf zu achten, wo sie hintrat, zwang sie sich dazu, ihre Sorgen in Zaum zu halten und passierte erneut die Schule der *pueri oblati*, wo der Novizenmeister dazu übergegangen war, die zwischen sechs und zehn Jahren zählenden Jungen mit weiteren lateinischen Deklinationen und Bibelversen zu quälen.

Die kahlen, abgeernteten Klostergärten wirkten im schwachen Licht des Novembertages trostlos und tot, und obschon es an diesem Tag noch nicht geregnet hatte, verkündeten die am Horizont aufziehenden, gelblichgrauen Wolken, dass der erste Schnee nicht mehr lange auf sich warten lassen würde.

Zielstrebig steuerte sie auf das Klostertor zu, in dessen Durchgang just in dem Augenblick, in dem sie es durchschreiten wollte, die dunkle Silhouette eines Mönches auftauchte. Da sie aufgrund des Mauerschattens und der tief in die Stirn gezogenen Kapuze des Bruders kein Gesicht erkennen konnte, grüßte sie ihn knapp und wollte gerade weitereilen, als die Hand des Mannes aus seinem Mantelärmel hervorschoss und hart ihren Oberarm umklammerte.

»Wen haben wir denn da?«, zischte er, und beim Klang der belegt wirkenden Tenorstimme glitt Anabel vor Schreck ihre Last aus den Händen. Verzweifelt zuckte ihr Blick von den durch den Schmutz kullernden Laiben zu der hochgewachsenen Gestalt, die sie unter Einsatz der gesamten Körpermasse in Richtung Klosterhof zurückdrängte. Als sie gerade zu einer gestammelten Bitte ansetzen wollte, erdröhnte hinter ihr der Bass des Ordensvaters.

»Der Herr brandmarkt die Sünder durch Ungeschicklichkeit«, urteilte dieser missfällig – wie immer die Heilige Schrift nach seinem Gutdünken auslegend – bevor er ungeduldig hinzufügte: »Na los, tummel dich und heb sie auf!«

Ein leichter Schlag auf den Rücken der Gescholtenen begleitete diese Aufforderung, doch noch niemals zuvor war Anabel so froh gewesen über das Auftauchen des strengen Henricus. »Ah, Franciscus, ich wollte Euch nicht unterbrechen. Sicherlich habt Ihr diesem unnützen Ding bereits eine Standpauke gehalten.« Ein nicht zu deutender Unterton hatte sich in die Stimme des stellvertretenden Ordensoberhauptes geschlichen. Doch Anabel, die auf die Knie gesunken war, um die verstreuten Brote aufzulesen, war viel zu sehr damit beschäftigt, ihren rasenden Herzschlag zu beruhigen, als dass sie diese Feinheit bewusst wahrgenommen hätte. Dem Drang widerstehend, sich die Stelle zu reiben, an der Franciscus' Finger sicherlich eine hässliche Reihe blauer Flecken hinterlassen würde, robbte sie über den in diesem Bereich trockenen Boden und säuberte die Roggentaler mit dem Ärmel ihrer Glocke.

»Ja«, erwiderte der Abt zögernd, und einzig ein leichtes Tremolo verriet, dass er nicht so gefasst war, wie er vorgab zu sein. »Ich hatte in der Tat vor, ihr eine Lehre zu erteilen.« Brennend bohrte sich der Blick seiner hellbraunen Augen in Anabels gebeugten Rücken. »Aber dazu ist später noch Zeit.« Mit dieser Drohung wandte er sich ab und eilte – Henricus im Schlepptau – auf den inneren Bereich der Klosteranlage zu, wo er kurze Zeit später von den Dormitorien verschluckt wurde.

Keuchend stieß Anabel den unbewusst angehaltenen Atem aus der Lunge und richtete sich schwindelig und zitternd auf. Nachdem sich der Vorfall im Hospital nicht mehr wiederholt und sie den Abt in der vergangenen Zeit lediglich von Weitem zu Gesicht bekommen hatte, war der Zwischenfall beinahe soweit in Vergessenheit geraten, dass sie sich manches Mal gefragt hatte, ob sie ihn nur geträumt hatte. Doch die soeben von Henricus unfreiwillig unterbrochene Begegnung ließ die verdrängten Nöte mit solcher Macht wieder aufflammen, dass Anabel sich mit schmerzverzerrtem Gesicht an die Brust griff.

Als sie auf den vor der Abtei liegenden Platz trat, gaben ihre Knie nach, und hätte sie sich nicht im letzten Moment mit dem Rücken an die Mauer zu ihrer Linken gelehnt, wäre sie mit dem Allerwertesten auf dem Kopfsteinpflaster gelandet. Zu lange hatte sie sich einzureden versucht, dass die unsittlichen Annäherungsversuche entweder ihrer überreizten Phantasie entsprungen waren oder auf der Tatsache beruhten, dass Franciscus nicht Herr seiner Sinne gewesen war. Hatte sie doch selbst mit angesehen, wie viele Krüge Wein und Bier die Versammelten ihre Kehlen hinuntergeschüttet hatten, bevor sie sich auf Befehl des Abtes zurückgezogen hatte.

Hätte sich nicht eine kleine Hand auf ihre Schulter gelegt, hätte sie vermutlich dem Schwächegefühl nachgegeben und wäre zusammengesackt. Stattdessen packte sie die kalten Finger und umklammerte sie mit solcher Gewalt, dass ihr Gegenüber empört protestierte: »Anabel! Du tust mir weh!«

Heftig blinzelnd vertrieb das Mädchen den Schwindel, lockerte den Griff und stammelte einige unverständliche Worte.

»Anabel«, drängte die Begine, deren Korkenzieherlocken sich pechschwarz unter dem strengen Gebende hervor um ihr fein geschnittenes Gesicht kräuselten. »Wir warten auf dich.«

Wie in Trance folgte Anabel der Schwester über den von Abfällen übersäten Platz, reichte den Brotkorb über das Brett, welches zur Ausgabe der Suppe diente, und schlüpfte unter die Leinwand, um eine weitere bürgerliche Hilfskraft abzulösen. Immer noch halb gelähmt vor Entsetzen über die ungeschminkte Brutalität und Lust des Ordensvorstehers, übernahm sie verzagt die Aufgabe, die Holzschalen der Bettelnden mit dem wohlriechenden Eintopf zu füllen, der über einer kleinen tragbaren Feuerstelle vor sich hin brodelte. Mechanisch erwiderte sie den Dank der zerlumpten Gestalten, und erst allmählich klärte sich ihr Kopf und sie begann, ihre Umgebung wahrzunehmen. Trotz der Tatsache, dass die Suppenküche bereits seit dem frühen Morgen in Betrieb war, schlängelte sich die Reihe der Hungernden bis beinahe an den Abgrund der Münsterbaugrube, die seit einigen Tagen verwaist und verlassen dalag. Alte, Junge, Kranke und Gesunde bekreuzigten sich gleichermaßen und dankten dem Herrn und den Heiligen Brüdern und Schwestern für ihre Barmherzigkeit. Während einige der Armen sich halb verhungerten Tieren gleich an Ort und Stelle über die Speise hermachten, zogen sich andere in die Schatten der Häuser und des Löwentores zurück, um ihr Mahl in Ruhe zu genießen.

Kelle um Kelle verschaffte den Notleidenden Linderung, und doch schien der riesige Kessel sich nicht zu leeren. Ihre anfängliche Scheu überwindend, ging Anabel schon bald dazu über, die vom Schicksal gezeichneten Gesichter der Menschen zu betrachten und sich zu fragen, welchem furchtbaren Umstand sie es zu verdanken hatten, dass das Glück sie verlassen hatte. Nicht nur lenkte diese Frage sie von ihren eigenen Sorgen ab, sie half ihr auch dabei, den Ekel vor den zum Teil mehr als übel riechenden Gestalten im Zaum zu halten. Zwar herrschte allgemein die Ansicht vor, dass Armut ein von Gott gewollter Zustand sei, doch diese Erklärung hatte Anabel schon als Kind nicht sonderlich befriedigt. Wenn Armut und Not eine Gottesstrafe darstellten, wie konnte es dann möglich sein, dass Menschen wie Conrad und Franciscus lebten wie die Maden im Speck, während Gertrud, Bertram und viele andere ein trostloses Dasein fristeten? Und wie war es möglich, dass Gott Menschen wie den Infirmarius Paulus nicht für ihre Taten bestrafte?

Die Bitterkeit, die ihr bei diesen Überlegungen in der Kehle aufstieg, ließ sie würgen, und als die Bilder der toten Wöchnerin und des qualvoll verendeten Zimmermanns sich in ihr Bewusstsein drängten, hätte sie sich um ein Haar übergeben. Wie von der Meisterin Guta Staiger vorhergesagt, war der Mann, dessen Verletzung Paulus mit Gänsekot hatte heilen wollen, an einer Vergiftung des Blutes gestorben, und auch viele der von ihm behandelten Frauen hatten das Kindbettfieber nicht überlebt. An die Unglücklichen, deren entzündete Schwellungen Paulus mit seiner Fliete geöffnet hatte, und von denen ein Großteil wenig später qualvoll zugrunde gegangen war, wollte sie gar nicht denken.

Die Wut schluckend, die allmählich das Gefühl der Hilflosigkeit verdrängte, erwiderte sie den Dank eines gebückt gehenden Mannes, dessen beinahe schwarze Augen sich für den

Bruchteil eines Momentes in die ihren bohrten. Nur mit Mühe verkniff sie sich den Ruf des Erstaunens, als die schweren Lider sich wieder senkten und die Zunge über die trockenen Lippen des ehemals entschlossenen Mundes glitt. Bevor sie begriffen hatte, wo sie das schwarze Haar und die energischen Züge schon einmal gesehen hatte, war der mit einer zerschlissenen Steinmetztracht bekleidete Mann jedoch in der Menge verschwunden und ein etwa zwölfjähriges Mädchen mit einer Hasenscharte bat mit ausgestreckten Händen um ihre Aufmerksamkeit.

Die nächsten Stunden verstrichen wie im Fluge, und bevor sie sich versah, hatten vier Novizen den bis auf den letzten Tropfen ausgewischten Kessel durch einen neuen Topf ersetzt, der sich ebenfalls unaufhaltsam leerte. Immer wieder suchte Anabel die Reihe der Almosenempfänger nach dem Gesicht ab, das ihr nicht mehr aus dem Kopf ging, doch entgegen ihrer Hoffnung, einen weiteren Blick auf den etwa vierzigjährigen Mann zu erhaschen, erblickte sie nichts als unbekannte Mienen.

Gegen Abend begann es leicht zu schneien, und während die glitzernden Flöckchen im Licht der von den Mönchen entzündeten Fackeln zu Boden segelten, lichteten sich die Reihen allmählich. Wo die Menschen wohl die Nacht verbringen werden?, fragte sich Anabel, deren Finger trotz des wärmenden Feuers allmählich abstarben. Wie viele von ihnen würden den Winter überleben? Der Anblick einer jungen Mutter, die ihr abgemagertes Kind auf den Rücken geschnürt hatte, ließ ihr Herz schmerzen. Kaum älter als sie selbst, litt die Bettlerin bereits unter den typischen Hautekzemen, die von Ratten- und Mäusebissen herrührten.

Diese Nager, die für gewöhnlich eine Plage in der Stadt darstellten, wurden seit einigen Monaten von einer seltsamen Epidemie dahingerafft, und immer wieder war es vorgekommen, dass am Morgen ganze Rattenfamilien tot im Rinnstein lagen. Gerüchten zufolge hatte das Rattensterben seinen Ursprung auf dem Handelsschiff eines Pelzhändlers genommen, der Murmeltierpelze aus Kaffa am Schwarzen Meer importiert hatte. Als dessen Männer gegen Ende des langen Sommers die kostbare Ladung hatten löschen wollen, war ihnen eine wahre Flut an Tierkadavern entgegengeschwappt, die sie schaufelweise auf die den Fluss in regelmäßigen Abständen säumenden Misthaufen geschafft hatten. Diese Information – wie so viele andere – hatte Anabel von Vren, die es immer wieder schaffte, die Freundin mit ihren obskuren und aberwitzigen Geschichten zu erstaunen.

Als die Glocke der Klosterkirche schließlich die achte Stunde verkündete, entließ die Begine Anabel, die sich halb dankbar, halb furchtsam in Richtung Hospital aufmachte, um den zweiten Teil ihres Dienstes anzutreten. Da das Lazarett jedoch vor Kranken beinahe aus den Nähten platzte, konnte sie sich relativ sicher sein, nicht erneut von Franciscus belästigt zu werden. Nach dem heutigen Vorfall war ihr Entschluss, der Meisterin von den Übergriffen des Abtes zu berichten, zurückgekehrt, und sobald sie die viel beschäftigte Guta Staiger unter vier Augen sprechen konnte, würde sie um Rat und Hilfe bitten. Die Nacht ging bereits in die frühen Morgenstunden über, als sie sich endlich auf den Heimweg machte. Furchtsam die dunkelsten Gassen meidend, eilte sie schleunigst nach Hause, und als sie gerade den Eingang zu der Straße erreicht hatte, an deren Ende die Glockenhütte auf sie wartete, fiel es ihr wie Schuppen von den Augen. Wie hatte sie nur so lange brauchen können, um die Ähnlichkeit zu erkennen, welche ihr die Züge des Bettlers so bekannt hatte vorkommen lassen?!

Kapitel 13

Mürrisch drehte Conrad das aus hellem Holz geschnitzte, mit kreuzweisen Schnitten versehene Kerbholz in den Händen hin und her, bevor er es in die Flammen warf und zusah, wie es innerhalb kürzester Zeit zu einem Häufchen Asche verbrannte. Wie jeden Dienstag hatte er sich kurz nach dem von Gertrud zubereiteten Abendessen auf den Weg ins Badehaus gemacht, wo er verdrossen hatte feststellen müssen, dass Cylia wegen einer Erkrankung nicht zur Verfügung stand. So hatte er übellaunig dem Vorschlag der mit einem Dreifachkinn bewehrten Aufseherin über das Freudenhaus zugestimmt und für den halben Preis einen von dieser hochgepriesenen Neuzugang erstanden. Was sich allerdings als Fehler herausgestellt hatte. Denn nicht nur entsprachen die prallen Rundungen der dunkelhaarigen Dirne ganz und gar nicht seinem Geschmack, auch war deren Geschlecht – im Gegensatz zu Cylias appetitlicher Kammer der Venus – umrankt von struppigem, moosähnlichem Haar. Lediglich ein größtmögliches Maß an Überzeugung hatte seine launische Männlichkeit dazu bewegen können, die ungewohnte Frucht zu kosten, doch hatte der zäh herbeigebetete Höhepunkt einen schalen Geschmack in seinem Mund zurückgelassen.

Zornig darüber, zehn Pfennige für ein Erlebnis verschwendet zu haben, das er unter dem eigenen Dach umsonst hätte haben können, kramte er die übrigen Kerbhölzer aus der Tasche seines abgelegten Rockes, um auch diese eines nach dem anderen dem Feuer zu übergeben. Da der durch Franciscus vermittelte Großauftrag der wohlhabenden Söflinger Klarissen dafür gesorgt hatte, dass seine Kasse wieder bis zum Bersten gefüllt war, hatte er dem Juden weitere fünfzehn Gulden zurückgezahlt, womit ihm eine Restschuld von ebendieser

Summe blieb. Und wenn die Geschäfte so weiterliefen, würde er auch diese bald begleichen können.

Trotz der Enttäuschung über den wenig befriedigenden Akt mit der vollbusigen Hure stahl sich ein Lächeln auf sein Gesicht, als er an die widerwilligen Bewegungen zurückdachte, mit denen der Geldverleiher ihm die als Nachweis seiner Schuld fungierenden Hölzer überreicht hatte.

»Wenn Ihr so weitermacht«, hatte Abraham in der ihm eigenen, meckernden Sprechweise bemerkt, »dann verdiene ich bald nichts mehr an Euch.«

Obschon er diese Feststellung mit betont gleichgültigen Gesten untermalt hatte, war es Conrad nicht schwergefallen, das Bedauern über den Zinsverlust herauszuhören; und nur die Tatsache, dass er die Dienste des Juden in Zukunft weiter benötigen könnte, hatte ihn davon abgehalten, eine bissige Erwiderung zurückzugeben. Stattdessen hatte er sich mit einer zynischen Verbeugung von Abraham verabschiedet und war auf dem direkten Weg ins Badehaus geeilt. Um den Abend zu einem krönenden Abschluss zu bringen, dachte er mit einem Stirnrunzeln. Da das Liebesspiel mit der für seine Ansprüche zu gut bestückten jungen Frau weniger Zeit in Anspruch genommen hatte als geplant, klatschte er herrisch in die Hände und befahl dem herbeieilenden Badegehilfen, ihm den Zuber erneut mit heißem Wasser zu füllen. Wenn er schon dafür bezahlt hatte, würde er die abgetrennte Nische auch zu einem in aller Ruhe genossenen Bad nutzen, das ihn von dem leicht fischigen Geruch, der seiner Haut anhaftete, reinigen würde.

Mit einem zufriedenen Grunzen ließ er sich kurze Zeit später in das mit Tannennadelöl versetzte Badewasser gleiten, schloss die Augen und genoss das Gefühl des über seinen breiten Rücken gleitenden Schwammes. Um ein Haar wäre er unter den Händen des tüchtigen Gehilfen eingenickt, hätte ihn nicht ein wütender Wortwechsel vor dem Durchgang zu der kleinen Kammer aufgeschreckt.

»Das ist mir egal! Und wenn er es gerade von hinten mit ihr treibt, ich muss ihn trotzdem sprechen!« Ohne auf den schwachen Protest der Aufseherin einzugehen, polterte keine drei Sekunden später ein kalkweißer Franciscus über die Schwelle, um sich vor Conrad aufzubauen und ohne Umschweife zu fordern: »Entweder Ihr prügelt dem kleinen Flittchen ein, was ich von ihm erwarte, oder Ihr könnt den Auftrag aus Söflingen als Euren letzten betrachten!«

Eine kleine Fontäne Speicheltropfen segelte im Licht der Feuerstelle zu Boden, während Franciscus' Kiefermuskeln heftig zuckten. Die für gewöhnlich jungenhaft wirkenden Züge hatten eine beinahe unheimliche Härte angenommen, die von der in seinen Augen lodernden Wut unterstrichen wurde.

Mit einem fragenden Hochziehen der Braue gab Conrad dem Knaben zu verstehen, dass er sie allein lassen solle, stemmte sich aus dem Bottich und warf nachlässig eines der flauschigen Tücher um die Schultern, bevor er sich vor Franciscus aufrichtete und auf diesen hinabstarrte. »Was um alles in der Welt ist denn in Euch gefahren?«, fragte er kühl, da er es keineswegs schätzte, in der Öffentlichkeit bedroht zu werden. »Setzt Euch erst mal und kommt zu Euch.«

Damit schob er den vor Zorn bebenden Abt auf einen der Hocker zu, drückte ihn darauf nieder und tat es ihm gleich. Ohne auf das heftige Atmen seines Gegenübers zu achten, reichte er diesem einen Becher Wein, prostete ihm zu und nahm einen tiefen Schluck. Nachdem er sich mit einem Seufzer den Mund gewischt hatte, beugte er sich vor, stemmte die Ellenbogen auf die Oberschenkel und wiederholte seine Frage: »Was ist geschehen?«

Mit unsicherer Hand stellte Franciscus, welcher der Gewohnheit gehorchend den Zutrunk erwidert hatte, den silbernen Kelch ab, holte tief Luft und presste zwischen den Zähnen hervor: »Eure Tochter geht mir aus dem Weg.« Wie um einen aufkeimenden Kopfschmerz zu unterdrücken, presste er die Fingerspitzen an die Nasenwurzel. »Ich dachte, wir hätten uns über den Preis für Euer Auftragsmonopol geeinigt?«, knirschte er, woraufhin Conrad verständnislos den Kopf schüttelte.

»Wollt Ihr etwa andeuten, dass Ihr in einer vollen Speisekammer verhungert?« Er lachte anzüglich.

»Ich werde dafür sorgen, dass Euch der Humor vergeht«, drohte Franciscus, dessen Kopf nach vorne geschnellt war, sodass sich die Nasen der beiden Männer beinahe berührten. »Wenn Ihr nicht bis Ende der Woche dafür gesorgt habt, dass Ihr Euren Teil der Abmachung erfüllt, könnt Ihr nicht nur jeden weiteren Auftrag in dieser Stadt vergessen«, er zögerte einige Augenblicke, in denen Conrad sein saurer Atem in die Nase stieg, »sondern dann könnt Ihr Euch auch auf einen Besuch des Aldermans gefasst machen!«

Nur mühsam hielt sich der Gießer davon ab, die Hände um den Hals seines Gegenübers zu legen, da Gewalttätigkeiten in diesem Fall das Problem nicht aus der Welt schaffen konnten. »Ihr seid nicht Herr Eurer Sinne«, versetzte er daher schroff und erhob sich, um dem Kirchenmann seine muskelbepackte Rückseite darzubieten, bevor er in seinen Rock schlüpfte. Schweigend nestelte er an den Schnürungen und Schnallen der modischen Schecke, stieg in die Hose und kämpfte sich in die beinahe bis ans Knie reichenden Stiefel. »Damit würdet Ihr Euch nur selber ans Messer liefern.«

Bevor der Franziskaner etwas darauf erwidern konnte, schnitt er ihm mit einer groben Geste das Wort ab und fügte hinzu: »Ich werde ihr klarmachen, was Ihr von ihr verlangt.« Seine Züge wirkten wie eingefroren. »Wenn Ihr am Ende dieser Woche immer noch Grund zur Klage habt, lasst es mich wissen. Dann bringe ich sie eigenhändig in Eure Gemächer!«

Einige Momente unterbrach einzig das Knistern der zu Asche zerfallenden Scheite das spannungsgeladene Schweigen, bevor sich Franciscus erhob, die dunkle Kapuze über den Kopf zog und ohne Gruß den Raum verließ.

Da er bereits bezahlt hatte, brummte Conrad der sich entfernenden Gestalt des Bruders einige unschmeichelhafte Dinge hinterher, bevor er es ihm gleichtat und ebenfalls in die eisige Nacht hinaustrat. Zwar hatte sich der Himmel inzwischen wieder aufgeklärt, doch die etwa einen Zentimeter dicke Decke aus feinem Schnee tauchte die Stadt im bläulichen Schein des Vollmondes in ein gespenstisches Licht. Gerade wollte er sich nach links wenden, um den Heimweg einzuschlagen, als ihm eine vermummte Gestalt auffiel, die sich aus den Schatten der einfachen Häuser löste, um dem soeben um eine Ecke biegenden Franciscus nachzuschleichen. Als der Verfolger des Abtes den Lichtkegel einer der städtischen Fackeln durchquerte, erhaschte Conrad einen kurzen Blick auf das Gesicht des Mannes, dessen fleckiger, von Narben zerfurchter Bart keinen Zweifel an seiner Identität ließ. Mit einem leisen Pfiff durch die Zähne verarbeitete Conrad die Bedeutung dieses Zwischenfalles und beschloss, ihn zu seinem Vorteil zu nutzen. Sollte sich seine Tochter als sturköpfiger erweisen, als er vermutete, dann würde diese Information Franciscus sicherlich so einiges wert sein.

Beinahe beschwingt durch den unverhofften Vorteil, steuerte er am Leonhardstor vorbei auf das nordwestliche Viertel der Stadt zu, um die Angelegenheit noch an diesem Abend zu regeln. Wenngleich der aus den Herbergen und Tavernen auf die Straße dringende Zechlärm ihn um ein Haar dazu verleitet hätte, ebenfalls auf einen Trunk einzukehren, um die unter den Handwerkern der Stadt übliche herbe Kameraderie zu genießen, verkniff er sich diesen Abstecher und setzte den Weg fort, bis er an der Eingangstür zu seinem Haus angekommen war. Da in der Küche noch ein schwaches Licht brannte, überlegte er nicht lange, folgte dem dunklen Korridor und betrat den nach kaltem Fleisch duftenden Raum. Dort – wie von ihm gehofft – fand er seine Tochter am Tisch sitzend vor, ein spätes Abendessen verzehrend.

»Vater«, stammelte diese und machte Anstalten, sich respektvoll zu erheben, doch noch bevor sie den Löffel zur Seite gelegt hatte, war Conrad bei ihr, riss sie in die Höhe und schlug ihr ohne Umschweife hart ins Gesicht. Da er sie am Kragen ihres einfachen Kleides gepackt hatte, blieb sie in seiner Pranke hängen, und als er erneut ausholte, sog sie lediglich entsetzt die Luft ein. Laut hallte der Schlag von den Wänden wider, und obschon er sie am liebsten geprügelt hätte wie einen räudigen Straßenköter, durfte er nicht vergessen, welchen Zweck diese Züchtigung erfüllen sollte. Sicherlich legte Franciscus Wert darauf, dass ihr Lärvchen mehr oder weniger unbeschädigt blieb. Weshalb er sie von sich stieß, sodass sie gegen den Kamin taumelte, und sich über ihr aufbaute.

»Ich hatte gerade eine unangenehme Unterhaltung mit dem Abt«, knurrte er und weidete sich an dem Grauen, das sich in die blauen Augen schlich, die denen ihrer Mutter so ähnlich waren. »Es scheint, du bringst ihm nicht den gebotenen Respekt entgegen«, herrschte er sie an, und als sie sich in der Ecke zusammenkauern wollte, packte er sie an den Haaren und zog sie in die Höhe.

»Gleich morgen früh wirst du dich ins Abthaus begeben«, sagte er kalt, »und den Wünschen des Heiligen Vaters entsprechen.«

Als Anabel lediglich mühsam schluckte, fuhr er fort: »Was auch immer er von dir verlangt, du wirst es ohne Widerrede tun! Haben wir uns verstanden?!« Hart gruben sich seine Finger in das weiche Fleisch ihrer Arme. »Denn ansonsten wirst du dieses Haus nicht mehr betreten!«

Alle Farbe wich aus ihren Wangen. Der Versuchung widerstehend, sie mehr von dem Lohn kosten zu lassen, welchen der Ungehorsam ihr einbringen würde, lockerte Conrad widerwillig den Griff und trat einen Schritt zurück. »Solltest du dich dennoch meinem Befehl widersetzen«, spuckte er aus, »dann werden deine Geschwister für deine Aufmüpfigkeit bezahlen!« Frostig strichen seine zu Schlitzen verengten Augen ihre Vorderseite entlang, und er lachte verächtlich. »Ich kann ihn bei Gott nur zu gut verstehen.« Seine tiefe Stimme hatte einen rauen Unterton angenommen, doch nachdem er ein letztes Mal ihr Gesicht nach Anzeichen des Trotzes oder der Rebellion abgesucht hatte, wandte er ihr abrupt den Rücken und stampfte aus der Küche.

Das Schlagen der Tür war schon längst verhallt, als Anabel schließlich die Gewalt über ihre Glieder wiedererlangte, sich mit weichen Knien auf die grob gezimmerte Bank neben dem Kamin fallen ließ und in haltloses Schluchzen ausbrach. Die heftigen Krämpfe, die ihren Körper schüttelten, wurden immer stärker und ließen den Tisch, auf den sie ihren Kopf gebettet hatte, unter ihr erbeben, während sich gequälte, beinahe tierische Laute ihrer Kehle entrangen. Vergeblich schlug sie die kalten Hände vor die Augen, um den Strom der Tränen einzudämmen. Doch egal, wie sehr sie um Fassung rang, die Vorstellung, dem furchtbaren Franciscus zu Gefallen sein zu müssen, schien allen Lebenswillen in ihr auszulöschen.

Stunden schienen vergangen, als schließlich die Erschöpfung die Oberhand gewann, und sie trotz aller Hoffnungslosigkeit den Kopf hob, um den Blick der verschwollenen Augen zu der Tür ihrer Schlafkammer zu schleppen, wo sich die Gestalt der kleinen Ida in dem niedrigen Rahmen abzeichnete. Das dünne Blondhaar stand wie ein zerzauster Heiligenschein von ihrem Kopf ab, und in den beinahe runden Augen lag so viel Unsicherheit, dass Anabel ein Stich ins Herz fuhr.

»Anabel?«, fragte das Kind mit schlafmüder Stimme und rieb sich die verklebten Augen. »Warum weinst du?«

Eine kurze Zeit lang kämpfte Anabel gegen die erneut in ihr aufsteigenden Tränen an, bevor sie mit einem gezwungenen Lächeln erwiderte: »Geh wieder ins Bett, Ida. Es ist nichts.«

Auch wenn ein kaum wahrnehmbarer Schatten des Zweifels über das Gesichtchen des kleinen Mädchens huschte, nickte es gehorsam, schob den Daumen zurück in den Mund und schloss die Tür.

»Eher gehe ich durch die Hölle, als zuzulassen, dass er euch etwas antut!«, presste Anabel zwischen den Zähnen hervor und stemmte sich erschöpft in die Höhe. Wie lächerlich ihr die Probleme der vergangenen Wochen auf einmal vorkamen! Wenn Conrad nicht gedroht hätte, ihren Geschwistern ein Leid zuzufügen, hätte sie sich noch in dieser Nacht zu Bertram geschlichen, um entgegen aller Einwände der Vernunft auf seinen Vorschlag einzugehen und mit ihm die Stadt zu fliehen. Doch mit dem Instinkt einer Giftschlange hatte ihr Vater diesen Zug entweder erahnt oder vorhergesehen und ihr alle möglichen Auswege aus dem Dilemma, in dem sie sich befand, verbaut.

Eine Gänsehaut legte sich über ihre Arme. Wenn sie den eindeutigen Wünschen des Abtes entsprach, würde es kein Zurück mehr geben. Denn dann könnte sie niemals wieder darauf hoffen, Bertrams reiner Liebe würdig zu sein! Der Klumpen in ihrer Kehle schwoll an. Gedemütigt und zu dem Leben einer gefallenen Frau verurteilt, würde sie die Gesellschaft anständiger Männer und Frauen meiden müssen, da selbst die Beginen sie für ihre Schwäche und Feigheit verachten würden! Denn wie sollten sie wissen, dass sie nicht ihren eigenen Wünschen und Bedürfnissen nachgegeben hatte, sondern dass ihr eigener Vater und einer der höchstgeachteten Männer der Stadt sie dazu gezwungen hatten, ihre Seele und Unschuld zu beschmutzen?!

Ein beinahe hysterisches Lachen suchte sich den Weg über ihre Lippen. Predigten nicht sowohl Paulus als auch Henricus, dass es stets die Schuld der doppelzüngigen und verführerischen Weiber war, welche selbst die heiligsten Männer dazu verleiten konnten, ihre vor Gott geleisteten Eide zu brechen und sich der fleischlichen Lust hinzugeben? Und wurde nicht stets die Frau weitaus härter bestraft, wenn ein Paar beim außerehelichen Geschlechtsverkehr ertappt wurde?

Dennoch, sie würde sich ihrem Schicksal beugen, auch wenn dies bedeutete, dass ihr bisheriges Leben mit dem morgigen Tag beendet war! Sie würde sich der Werbung des Abtes unterwerfen, ihn gewähren lassen und Gott um Vergebung für ihre Sünden bitten! Müde fuhr sie sich mit den Handballen über das Gesicht. Und sie würde Bertram gegenüber reserviert und höflich sein, damit er möglichst schnell lernte, seine Gefühle für sie zu begraben. So wie sie die ihren für ihn! Mit einem Würgen griff sie sich an den Magen, sackte in die Knie und schaffte es gerade noch, einen der leeren Schöpfeimer zu sich heranzuziehen, bevor sie sich übergeben musste.

Kapitel 14

Der Mittwochmorgen begrüßte Anabel mit strahlendem Sonnenschein. Wie um ihrer Verzweiflung zu spotten leuchtete der am Vortag gefallene Schnee in blendendem Weiß von den Dächern der Stadt, und selbst die Gewänder der zum Markt strömenden Händler wirkten an diesem Tag bunter und schreiender als für gewöhnlich. Niedergedrückt und zerschlagen schleppte sie sich durch die engen Gassen, während sich lähmende Furcht in ihr ausbreitete. Zwar hatte sie in den scheinbar endlosen Stunden der schlaflosen Nacht versucht, sich zu beruhigen, doch hatte die Aussicht auf das, was ihr bevorstand, ihre Versuche im Keim erstickt. Schritt um Schritt zwang sie sich dazu, nicht kehrt zu machen, doch als sich ihr kurz vor den Toren der Abtei eine wohlbekannte Gestalt näherte, besiegte sie nur mühsam den Fluchtinstinkt.

»Sieh an!«, höhnte Franciscus, als er bei ihr angelangt war, und starrte mit ausdruckslosen Augen auf sie hinab. Etwas in ihren Zügen musste ihm verraten, dass er sein Ziel erreicht hatte, da er nach kurzem, eisigem Schweigen schroff hinzufügte: »Komm nach der Vesper ins Abthaus.« Damit war die Angelegenheit für ihn erledigt, und er hastete mit wehender Kukulle in Richtung Rathausplatz davon. Sein Rücken war bereits lange Zeit hinter der Kuppe verschwunden, als Anabel am ganzen Leib bebend den unterbrochenen Weg fortsetzte und sich mit gesenktem Blick an den Torwächtern vorbeidrückte.

Auf unsicheren Beinen betrat sie das Lazarett, aus dem wie so oft in letzter Zeit die zornigen Stimmen der Meisterin Guta Staiger und des Infirmarius in den Hof drangen. Dankbar darüber, Ablenkung von ihren düsteren Gedanken zu finden, griff Anabel nach einem Korb Binden und folgte mit halbem Ohr der aufgebrachten Unterhaltung.

»Wenn dem so wäre«, fauchte der Infirmarius Paulus soeben die Begine an, die neben dem Lager des von einem Schiffer ins Hospital gebrachten Jungen stand, »dann hätten die Fremden die Geißel Gottes, von der alle reden, hier eingeschleppt!«

Sein Kinn zuckte in Richtung des hohlwangigen Kindes, das offensichtlich auf dem Weg der Besserung war. »Aber dem ist nicht so«, setzte er hochmütig hinzu. »Das ist nur das Geschwätz der abergläubischen Bauern!«

Guta schwieg einen Augenblick, bevor sie erwiderte: »Nicht nur die Bauern berichten von einer Plage von solch biblischen Ausmaßen, dass wir sie uns überhaupt nicht vorstellen können. Im Norden und Osten sollen bereits unzählige Menschen daran zugrunde gegangen sein.« Sorgenvoll legte sie die Stirn in Falten. »Außerdem fürchte ich, dass uns der Zorn des Herrn schon längst getroffen hat. Seid Ihr denn blind? Oder habt Ihr so etwas jemals zuvor gesehen?« Sie deutete auf einige Patienten, bei denen die furchtbaren Beulen an Armen und Beinen aufgeplatzt waren und die wie durch ein Wunder die Krankheit überlebt hatten.

Zwar war die Anzahl derjenigen, die mit Schwellungen, Kopf- und Gliederschmerzen eingeliefert wurden, seit Anbruch des Winters zurückgegangen, doch waren im Gegenzug mehr und mehr Menschen mit Zungenlähmung, Brustschmerzen oder blutigem Husten ins Hospital gebracht worden. Zudem starben viele Ulmer an Lungenentzündungen, Typhus und Cholera.

»Wenn es so weitergeht, brauchen wir mehr Helfer und Betten.«

»Redet keinen Unsinn, Weib!«, wiegelte Paulus ab. »Sicherlich rafft die Plage nur die Ungläubigen dahin«, setzte er hinzu, bevor er sich abwandte und dazu ansetzte, einem Mädchen den gebrochenen Arm zu schienen.

Da harte Arbeit die einzige Zuflucht vor den quälenden Ängsten darstellte, verbrachte Anabel die nächsten Stunden damit, die Wäsche zu reinigen, doch als kurz nach dem von dem Kirchengeläut verkündeten Ende des Vespergottesdienstes ein Novize erschien, drohte ihr Herz auszusetzen.

»Der Abt schickt nach dir«, murmelte der Knabe mit niedergeschlagenem Blick, und nachdem er Anabel bis an die Schwelle des Abthauses begleitet hatte, huschte er mit eingezogenen Schultern davon. Zitternd stieß Anabel die angelehnte Tür auf und folgte dem Korridor, bis sie die Treppe erreichte, die in die höher gelegenen Geschosse führte. Mit rasendem Herzen tastete sie sich die engen Stufen hinauf, setzte zögernd Fuß vor Fuß, bis sie in dem Gang anlangte, an dessen Ende der Raum lag, in dem vor wenigen Wochen die Oberen der Stadt gespeist hatten.

»Hier entlang.«

Die unverhofft aus dem Dunkel auftauchende Gestalt des Ordensvorstehers ließ sie mit einem Schrei zurückweichen, doch das anzügliche Lächeln auf dem jungenhaften Gesicht machte ihr die Ausweglosigkeit ihrer Lage besser klar, als alle Worte es gekonnt hätten. »Dein Vater hat dir also erklärt, was auf dem Spiel steht«, stellte Franciscus selbstgefällig fest, packte Anabel bei der Schulter und stieß sie an dem Empfangsraum vorbei, einen kaum erhellten Seitenkorridor entlang, bis sie schließlich vor einer mit schlichtem Schnitzwerk verzierten Tür haltmachten, die der Mönch ohne Umschweife mit einem schweren Schlüssel öffnete. Rüde bugsierte er seine Beute in das Innere der von zwei Feuerstellen auf eine angenehme Temperatur aufgeheizten Kammer, deren Prunk trotz des wenig versprechenden Eingangs dem Festsaal in nichts nachstand.

Als der Riegel mit einem kratzenden Geräusch über das Holz schoss, wirbelte Anabel mit aufgerissenen Augen herum, trat jedoch umgehend einen Schritt zurück, da Franciscus sich bereits den protzigen Ausgehmantel und das Skapulier über den Kopf gezogen hatte. Mit einem kehligen Lachen lockerte er den seine Kutte umfangenden Gürtel, schleuderte ihn in eine der im Dunkeln liegenden Ecken und wand sich auch aus dem etwas enger anliegenden Kleidungsstück. Nur noch mit seidenen, an den Knien befestigten Strümpfen und einer leinenen *Brouche* bekleidet, straffte er die breiten Schultern und spannte die Muskeln.

Sprachlos vor Entsetzen wanderte Anabels Blick über die mit dichtem, drahtigem Haar bedeckte Brust hinab zu dem unansehnlichen Bauch, bis sie die sich deutlich unter der weitgeschnittenen Brouche abzeichnenden Erregung des Abtes erreichte. Als Franciscus, in dessen hellbraune Augen ein gieriges Glühen getreten war, das Grauen auf ihren Zügen als das erkannte, was es war, legte er den Kopf in den Nacken und lachte hemmungslos. Mit einem Laut, der dem Knurren eines Hundes ähnelte, riss er sich auch Brouche und Beinlinge vom Leib, sodass er vollkommen entblößt in der Mitte des Raumes stand. Mit einem erstickten Wimmern blickte Anabel – in deren Augen das Weiß aufblitzte wie bei einem in die Enge getriebenen Tier – sich um und stürzte auf eine im hinteren Teil der Kammer gelegene Tür zu, hinter der sie einen Nebenraum vermutete. Sie hatte Franciscus jedoch kaum mit raschelnden Röcken den Rücken zugewandt, als dieser bereits reagierte, mit voller Kraft vorschnellte und sie durch einen Schlag in die Nieren zu Boden schickte. Der Aufprall auf dem harten Dielenboden trieb ihr die Luft aus den Lungen, doch wenngleich der Schmerz ihr die Tränen in die Augen schießen ließ, versuchte sie auf der Stelle, sich wieder aufzurappeln und die ausweglose Flucht fortzusetzen.

Den zweiten Schlag führte der heftig atmende Franciscus mit geballter Faust aus, und als Anabel, deren Kopf von der Wucht auf die harten Bohlen zurückgeschleudert wurde, benommen die Lider aufeinanderpresste, traf sie ein weiterer Hieb am Kinn.

»Bleib hier, du Flittchen!«, fauchte er und legte die kalten Hände um ihren Hals. Einen Augenblick dachte Anabel, in deren Adern flüssiges Metall zu brennen schien, dass er sie erdrosseln wolle. Doch als bereits winzige, silberne Sterne durch ihr ohnehin getrübtes Blickfeld tanzten, lockerte der mit gespreizten Beinen über ihr kniende Abt den Griff und starrte mit offenem Mund auf sie hinab. Als er ihr ohne viel Federlesens das einfache Hemdkleid über den Kopf zerrte, entrang sich ihr ein heiserer Laut der Furcht. Egal, was sie versucht hatte, sich einzureden, dieser Moment würde sich für immer unauslöschlich in ihre Erinnerung einbrennen und sie für den Rest ihres Lebens quälen. Ganz gleich, wie sehr sie sich bemüht hatte, sich davon zu überzeugen, dass die Seele des Mönches für immer im Feuer der Verdammnis für diese Sünde bezahlen würde, konnte diese Gewissheit die unmittelbar bevorstehende Schändung nicht abwenden. Mit dem Mut der Verzweiflung versuchte sie, ihn davon abzuhalten, ihre Beine auseinanderzuzwingen, doch er verstärkte lediglich den schraubstockartigen Griff, mit dem er ihre Oberarme an den Boden nagelte, bevor er nach kurzem Suchen brutal in sie eindrang. Der stechende Schmerz, der sie dabei durchzuckte, raubte ihr beinahe die Besinnung, doch als der Mönch nur wenige Momente darauf begann, hart in sie zu stoßen, verblich die anfängliche Pein zu einem beinahe bedeutungslosen Unterton.

Schneller und schneller wurden die Bewegungen des grunzenden Franciscus, aus dessen Mundwinkel ein feiner Speichelfaden sein Kinn entlangrann, und als Anabel vermeinte, die Demütigung und Qual nicht länger ertragen zu können, ergoss er sich mit einem krampfhaften Aufbäumen des Oberkörpers in sie. Heftig atmend und schwitzend ließ er sich mit seinem gesamten Gewicht auf sie fallen und presste das von kleinen Schweißperlen durchsetzte Brusthaar auf ihr Gesicht, sodass ihr nichts anderes übrig blieb als seinen sauren, in den Nasenlöchern stechenden Geruch einzuatmen. Ein Würgen schüttelte sie, und hätte der Körper ihres Bedrängers sie nicht am Boden gehalten, wäre sie aufgesprungen, um sich zu übergeben. So jedoch blieb ihr nichts anderes übrig als die bittere Galle zu schlucken und mit einem unvorstellbaren Gefühl des Ekels zu ertragen, dass die in sie entleerten Säfte des Mönches sich langsam und schleimig ihren Weg aus ihr hinaus suchten. Heiß und klebrig rann die mit ihrem Blut vermischte Feuchtigkeit zwischen ihren Hinterbacken auf den Dielenboden, wo sie zwischen den Fugen versickerte.

Nach scheinbar unendlichen Momenten des Albdruckes stemmte Franciscus schließlich die Fäuste neben ihren Kopf, grinste befriedigt auf sie hinab und ließ langsam und genüsslich den Blick der leuchtenden Augen ihre nackte Vorderseite entlanggleiten. Spielerisch umfasste er ihre kleine, straffe Brust, und als er den Ausdruck der unverhohlenen Abscheu auf ihrem Gesicht las, warf er erneut den Kopf in den Nacken, um brüllend zu lachen.

»Vom heutigen Tag an gehörst du mir«, bemerkte er schließlich triumphierend, nachdem er sich ein wenig erholt hatte. Mit einem letzten Griff zwischen ihre Beine fuhr er sich mit der Zunge über die ohnehin schon feuchten Lippen und erhob sich leise glucksend. Ohne weiter auf Anabel zu achten, die wie gelähmt am Boden verharrte, trat er an die hastig abgelegten Kleider und zog sich die Ordensgewänder über den Kopf. »Ab jetzt wirst du dich jeden Mittwoch zur gleichen Zeit hier einfinden«, befahl er trocken. »Henricus hat seit Neuestem mittwochs die Aufsicht über das Abendessen, aber ich werde nicht jedes Mal einen Novizen schicken.«

Er lächelte kalt. »Und glaube nicht, dass du den Beginen etwas hiervon berichten kannst«, drohte er. »Sie werden dir kein Wort glauben. Die meisten von ihnen sind wegen ihrer eigenen Sündhaftigkeit in die Schwesternschaft eingetreten.«

Das Lachen, das seinen Körper schüttelte, ließ Anabel erschauern. Mit mechanischen Bewegungen richtete sie sich ein wenig auf, um ihre Blöße zu bedecken, doch da ihre Beine weit davon entfernt waren, ihr zu gehorchen, schob sie sich lediglich so weit zurück, dass sie sich mit dem Rücken gegen die Wand lehnen konnte.

»Und solltest du dennoch so töricht sein, es zu versuchen«, fügte er mit einem gefährlichen Unterton in der mit einem Mal kratzig klingenden Tenorstimme hinzu, »dann werden Paulus und Henricus sicherlich leicht davon zu überzeugen sein, dass du mit dem Teufel im Bunde bist und mich verhext hast.« Mit diesen Worten legte er die Hand auf den Riegel, schob diesen in aller Seelenruhe zurück und drückte die Klinke. »Du findest sicherlich den Weg.« Damit verschwand er in die Dunkelheit des Korridors und ließ Anabel allein in der nach Salz und Schweiß riechenden Kammer zurück.

Kapitel 15

Hier.« Mit einem schiefen Lächeln bot Göswin Bertram ein Stück des frisch gebackenen Roggenbrotes an, welches der sechsjährige Uli den Männern an diesem Montag zusammen mit einem nahrhaften Eintopf aus Hammel und Bohnen in die Glockenhütte gebracht hatte.

Dankbar darüber, von den beiden Gesellen nicht mehr als Behinderung angesehen zu werden, erwiderte Bertram das Lächeln des Älteren und tauchte den knusprigen Kanten in die dampfende Brühe, auf der dicke Fettaugen schwammen. Wie die beiden Gesellen hatte auch er an diesem Tag einen Krug schäumenden Haferbieres erhalten, den er in kleinen Schlucken leerte. Wer wusste, wann sich Conrads gute Laune wieder änderte, dachte er misstrauisch und wischte sich den Mund am

Ärmel des immer fadenscheiniger werdenden Rockes ab. Nachdem er über eine Woche mit einem schmerzhaften, trockenen Husten und einem leichten Fieber gekämpft hatte, fühlte er sich an diesem Morgen wieder frisch und kräftig; und da sich sein Körper inzwischen an die harte Arbeit in der Gießerei gewöhnt hatte, konnte ihn nicht einmal die Aussicht darauf schrecken, den Kern der für das Söflinger Kloster angefertigten Prunkglocke zerschlagen zu müssen. Anders als in der Zeit direkt nach seiner Ankunft in Conrads Haus, scheute er sich auch nicht mehr vor der zischenden und Funken spuckenden Esse, deren Glut er inzwischen genauso furchtlos zu handhaben gelernt hatte wie die mit flüssigem Metall gefüllten Gusspfannen. Und wohingegen ihm zu Beginn seiner Fron oft Hände und Knie den Dienst hatten versagen wollen, schien es in der Zwischenzeit ein Leichtes, die langstieligen Gussbehältnisse vom Schmelztiegel zu den aus dem Boden ragenden Speisern zu befördern, wo sie ihm vom Meister oder einem der beiden Gesellen abgenommen wurden. Da der Gussvorgang selbst ein Höchstmaß an Erfahrung und Feingefühl verlangte, war es meist Conrad persönlich, der sich um das Füllen der größeren Formen kümmerte, da ein Fehlguss nicht nur ein Mehr an Arbeit, sondern auch einen Verlust an Profit mit sich brachte. Wollte man verhindern, dass durch das Einschließen von Luftblasen, das Entmischen der Legierung oder das verfrühte Aushärten der Schmelze die Glocke ruiniert wurde, musste man mit äußerster Vorsicht und Genauigkeit vorgehen.

Mit einem zufriedenen Schmatzen und einem bedauernden Blick auf die ausgewischte Suppenschale stemmte Bertram die von Schwielen überzogenen Hände auf die Schenkel, unterdrückte ein Aufstoßen und schob sich in die Höhe. Frisch gekräftigt bückte er sich nach dem schweren Hammer, schwang ihn auf die Schulter und steuerte auf den in einer Glockengrube versenkten Kern zu, der nach dem Heben des Werkstückes darauf wartete, zertrümmert zu werden. In seinem Rücken beschwerten sich Göswin und Anselm immer noch darüber, dass sie auch im nächsten Jahr nicht aus ihrer Muthzeit entlassen werden würden, was bedeutete, dass sie ein weiteres Jahr darauf hoffen mussten, in den Rang eines Meisters erhoben zu werden. Soweit Bertram die Klage der beiden verstanden hatte, hatte die Gießerzunft ihnen nach über drei Jahren der als Meisterprobe verstandenen Muthzeit noch immer keinen freien Posten anbieten können, was zur Folge hatte, dass die beiden Gesellen mit zunehmender Unzufriedenheit und Griesgrämigkeit ihrem Tagwerk nachgingen.

»Wenn es so weitergeht«, brummte der rothaarige Anselm, während er sich die Schutzkleidung über den Kopf zog, »werde ich noch ein drittes Mal Vater, bevor sich etwas ändert.«

»Ach, was soll's«, seufzte Göswin und schob sich den blonden Schopf aus der Stirn. »Immerhin hat Conrad uns erlaubt zu heiraten. Alles Jammern bringt ja doch nichts. Lass uns die neue Schmelze ansetzen.« Damit erhoben sich die beiden, und Bertram, der inzwischen die Glockengrube erreicht hatte, verschwand mit einem leichtfüßigen Sprung aus ihrem Blickfeld. Unten angekommen, klopfte er sich den Schmutz von der Hose, hob den Hammer auf und trat an den beinahe mannshohen Kern heran, dessen braune Ziegel nach der langen Zeit des Eingeschlossenseins porös und spröde wirkten. Ohne zu zögern, schwang er den Hammer über den Kopf und ließ ihn mit einem dumpfen Krachen auf die Form niedersausen.

Während er die Bewegung wiederholte und die Steine unter seinen Händen in kleinen Lawinen aus Staub und Splittern zerbarsten, ließ er die Gedanken zu Anabel abschweifen, deren gedrückte Stimmung im direkten Gegensatz zu Conrads guter Laune stand. Seit etwas über einer halben Woche ignorierte der Gießer ihn weitgehend, was ihn unter anderen Umständen dazu veranlasst hätte, dem Herrn zu danken. Doch da auch Anabel ihm aus dem Weg ging, nagte bohrender Zweifel an ihm. Zwar hatten sie sich seit dem Schützenfest nicht besonders oft zu Gesicht bekommen, doch die wenigen Male, in denen sie den wachsamen Augen des Hausherrn hatten entkommen können, hatten sie die Arme umeinander geschlungen und die Gegenwart des anderen mit allen Sinnen aufgesogen. Ein Ziehen in seiner Lendengegend ließ ihn kurz innehalten und mit einer reumütigen Grimasse den hölzernen Stiel von der Rechten in die Linke wechseln. Wie immer, wenn er sich Anabels zierlichen und dennoch kurvenreichen Körper vorstellte, pulsierte ungezügelte Lust durch seine Adern. Diese wurde allerdings umgehend gedämpft, als er sich zum wohl hundertsten Mal fragte, was in der Zwischenzeit vorgefallen sein mochte. Da sie sich seit Mittwoch sowohl vom Frühstücks- als auch vom Abendbrottisch fernhielt und Uli die Aufgabe übernommen hatte, die Männer in der Hütte zu versorgen, war es ihm bisher nicht einmal am gestrigen Sonntag gelungen, ungestört ein paar Worte mit ihr zu wechseln. Zwar hatte sie – wie der Rest der Familie samt Conrad – zum Kirchenbesuch das Haus verlassen, sich jedoch sofort nach ihrer Rückkehr in die an die Küche angrenzende Kammer zurückgezogen, die sie den gesamten Sonntag nicht mehr verlassen hatte. Mürrisch blickte Bertram auf die drei abgebrochenen Fingernägel hinab, die ihm der Versuch, ein Loch in die Wand seiner Kate zu bohren, eingebracht hatte. Der Hoffnung folgend, dass er dadurch einen Blick auf Anabel erhaschen und ohne die Anwesenheit neugieriger Ohren nach dem Grund ihrer Niedergeschlagenheit forschen konnte, hatte er sich einen Narren gescholten, als es ihm endlich gelungen war, das Astloch aus dem Brett zu treiben, nur um auf die rohe Steinmauer des Hauses zu stoßen.

Was ist nur mit ihr los?, fragte er sich, während der Schweiß langsam aber sicher sein Hemd durchnässte. Warum wich sie seinen Blicken aus?

Einer der Ziegel zersplitterte mit besonderer Heftigkeit, und nur durch eine blitzschnelle Reaktion gelang es ihm, sich zu ducken, da der scharfkantige Splitter sich ansonsten in seine Wange gebohrt hätte.

»Verdammt!«, fluchte er überrascht und hob die Hand an die Stelle, an der sich ein dünner Blutfaden den Weg durch den Schmutz bahnte, um im Kragen seines Rockes zu versiegen. Der Stein musste seine Haut geritzt haben! Nachdem er einige Momente lang auf das im Feuerschein beinahe schwärzlich glänzende Blut gestarrt hatte, hob er achselzuckend ein weiteres Mal den Hammer auf und drosch ihn voller Frust in den inzwischen wie ein verfaulter Zahnstummel wirkenden Ring aus Ziegeln. Hatte sie ihre Meinung geändert? War er als Unfreier ihr zu niedrig? Oder hatte sie einen anderen erhört? Eisige Eifersucht ließ ihn die Zähne aufeinanderbeißen. Allein die Vorstellung, dass ein anderer Mann sie berühren könnte, ihre weichen Lippen mit den seinen bedecken oder die Stellen ihres Körpers liebkosen könnte, die Bertram bisher noch versagt geblieben waren, bewirkte ein solch unkontrollierbares Aufflammen des Zornes, dass er selbst überrascht aufkeuchte. Bebend vor Erregung stemmte er den eisernen Hammerkopf in das Häufchen Schutt zu seinen Füßen und bemühte sich, seinen dröhnenden Herzschlag zu beruhigen. Er musste Gewissheit haben! Mit einem angestrengten Schlucken zwang er sich dazu, die begonnene Arbeit fortzusetzen, um nicht schneller als ohnehin zu befürchten, erneut Conrads Unwillen auf sich zu ziehen. Denn der Entschluss, den er soeben gefasst hatte, würde darunter nicht zu leiden haben. Wenn Anabel an diesem Abend von ihrem Dienst in der Franziskanerabtei zurückkehrte, würde Bertram auf sie warten, um sie zur Rede zu stellen und ihr Herz freizugeben, wenn sie es einem anderen geschenkt hatte. Die in ihm aufsteigende Beklemmung schnürte ihm die Kehle zu. Auch wenn es ihm selbst das Herz aus dem Leibe reißen würde!

Lange Zeit später, als die schwächliche Wintersonne schon längst am Horizont verschwunden war, schlich er sich in seinen dünnen Umhang gewickelt durch den im Dunkeln liegenden Innenhof, am Eingangsbereich vorbei bis vor die Tür, um sich im Schatten der Mauer zu verbergen. Sollte Conrad ihn dabei erwischen, wie er sich nach Sonnenuntergang ohne dessen ausdrückliche Erlaubnis im Freien aufhielt, würde ihn vermutlich eine Bestrafung erwarten, deren Ausmaß sich der Knabe besser nicht ausmalen wollte. Doch das war ihm im Augenblick beinahe gleichgültig. Was, wenn Anabel nicht mit ihm reden wollte?, fragte er sich und beobachtete, wie eine betrunken wirkende Ratte taumelnd über den vereisten Boden schlitterte, um keine sechs Fuß vor ihm aus Nase und Maul blutend unter krampfartigem Zucken zusammenzubrechen und regungslos liegen zu bleiben. Sie hatte kaum alle Viere von sich gestreckt, als aus der tintenschwarzen Finsternis, welche die zwischen den ärmlichen Katen liegenden Gänge bodenlos und bedrohlich erscheinen ließ, eine Katze hervorschoss und die Zähne in den Kadaver schlug, um diesen in das Loch zu zerren, aus dem sie aufgetaucht war.

Mit aufeinanderschlagenden Zähnen versuchte Bertram, der den Vorgang desinteressiert beobachtet hatte, den zerschlissenen Mantel enger um die in die Breite gegangenen Schultern zu ziehen, gab jedoch nach einer Weile mit einem Brummen auf und wandte seine Aufmerksamkeit wieder seiner Umgebung zu. Wie Irrlichter zuckten die sich spiegelnden Flammen der beiden einsamen Fackeln, welche das Ende der engen Straße erhellten, über den frostglitzernden Boden, auf dem sich der am Tag geschmolzene Schnee zu einer tückischen Eisdecke verhärtet hatte. An den Häuserwänden schoben sich kniehohe Schneehaufen in die Höhe und hie und da fiel mit einem klirrenden Geräusch einer der beachtlichen Eiszapfen zu Boden, um in tausend Stücke zu zerbrechen. Bertram seufzte.

Gerade wollte er seinen geschützten Standort verlassen, um sich die erstarrten Füße zu vertreten, als sich vom Ende der Gasse her die schlanke Silhouette einer jungen Frau näherte, die er sofort erkannte. Einige Schritte lang beobachtete er wie festgeleimt, wie sie sich mit gesenktem Kopf und hängenden Schultern seinem Standort näherte, bevor er mit feuchten Handflächen und weichen Knien aus dem Schatten trat und ihr entgegeneilte. Als sie seiner Anwesenheit gewahr wurde, stieß sie einen spitzen Schrei aus und wollte sich gerade zur Flucht wenden, als auch sie ihn erkannte. Die Hand auf die sich heftig hebende Brust gepresst, flüsterte sie erstickt: »Bertram, was um alles in der Welt tust du hier draußen?« Der Schrecken hatte für den Bruchteil eines Momentes die Maske der Reserviertheit von ihrem Gesicht gerissen, doch kaum hatte sie sich ein wenig erholt, setzte sie erneut den kühlen Blick auf, der seit der vergangenen Woche drohte, ihm alle Hoffnung zu rauben.

»Du solltest längst im Bett sein«, setzte sie etwas ruhiger hinzu und reckte kaum merklich das Kinn. Im schwachen Schein der Fackeln in ihrem Rücken vermeinte Bertram die verräterischen Spuren von Tränen auf ihrem totenbleichen Gesicht zu erkennen. Doch bevor er sie genauer in Augenschein nehmen konnte, fasste sie den kleinen Korb in ihrer Rechten nach und machte Anstalten, an ihm vorbei auf die Glockenhütte zuzusteuern.

»Anabel«, stieß er atemlos hervor und griff nach ihrem Arm, aber kaum hatte er den Stoff ihres Hemdkleides berührt, zuckte sie mit solcher Vehemenz vor ihm zurück, dass ihm flammender Zorn in die Wangen stieg.

»Warum weichst du mir aus?«, platzte es aus ihm hervor, während Anabel mit bebenden Lippen auf die Stelle starrte, an der eben noch seine Finger geruht hatten. »Du musst es mir sagen!«

Ohne auf sein drängendes Bitten einzugehen, wischte sie sich mechanisch über den Ärmel, grub die Zähne in die Unterlippe und schüttelte schwach den Kopf. Als sie die niedergeschlagenen Lider hob und ihn mit schmerzverdunkelten Augen anblickte, schnürte ihm die Beklemmung die Kehle zu. »Du musst alles vergessen, was ich dir je gesagt habe«, flüsterte sie und rang um Fassung, bevor sie hölzern hinzufügte: »Ich bin es nicht wert, dass du deine Liebe an mich verschwendest.« Ein Schluchzen raubte ihr die Stimme, doch ehe Bertram widersprechen konnte, sie in die Arme schließen und vom Gegenteil dieser unsinnigen Behauptung überzeugen konnte, schlug sie die Hand vor den Mund und rannte wie von Furien gehetzt auf das Haus ihres Vaters zu.

Bevor Bertram, der wie gelähmt auf der Stelle verharrte, verstanden hatte, was gerade geschehen war, war sie bereits im Inneren verschwunden. »Anabel!«, zischte er, nachdem er ihr nachgesetzt hatte, den Mund dicht am Holz der dicken Bohlen – doch das Schlagen einer Tür im Inneren verriet ihm, dass sie sich bereits in der Küche befinden musste. Zornig und verwirrt rüttelte er an der Klinke, doch sie musste den Riegel vorgeschoben haben, um zu verhindern, dass er ihr folgte. Als sich über seinem Kopf, begleitet von einem derben Fluch, ein Fensterladen bewegte, duckte er sich. So schnell er konnte huschte er zur Rückseite des an Glockenhütte und Wohnhaus angrenzenden, eisigen Verschlages. In fliegender Hast hob er eines der Bretter aus der Verankerung, um in Windeseile hindurchzuschlüpfen. Bereits drei Tage nach seiner Ankunft im Haus des Gießers hatte er diesen heimlichen Ausgang entdeckt und beschlossen, ihn nur im äußersten Notfall zu benutzen. Denn wer konnte schließlich wissen, ob er nicht doch eines Tages bei Nacht und Nebel die Stadt fliehen musste?

Das Rascheln des Strohs verriet ihm, dass Mäuse und Kakerlaken aufgeschreckt das Weite suchten, aber wenngleich ihm ein Schauer des Ekels über den Rücken lief, verdrängte die ihn von innen ausfüllende Schwermut alle anderen Gedanken. Mit kummervollem Herzen ließ er sich auf den Strohhaufen fallen, den er mit einer klammen Decke in ein Bett verwandelt hatte, und blies sich den warmen Atem auf die Finger.

Etwas quälte sie! Während sich seine steifen Fingerkuppen langsam von der Kälte erholten, verwandelten sich der Kummer und die Aufwallung in seinem Inneren allmählich in unumstößliche Entschlossenheit. Etwas quälte sie so sehr, dass sie nicht wagen konnte, es ihm anzuvertrauen! Mehr noch. Was immer es war, musste auch eine Bedrohung für ihn darstellen. Denn ansonsten gab es keine Erklärung für ihr Verhalten! Mit zähen Bewegungen streifte er die Stiefel ab und schlüpfte voll bekleidet zwischen die Decken. Wie sonst konnte sie auf die absurde Idee kommen, seiner Liebe nicht wert zu sein? Erneut stieg Wut in ihm auf. Hatte er nicht gelobt, sie zu beschützen?

Mit einer unwirschen Bewegung strich er sich einen Strohhalm aus dem Gesicht und presste die Wange in den groben Stoff der leicht muffig riechenden Decke, die ihn auch in dieser Nacht nur notdürftig warm halten würde. Ganz egal, was es war, das ihr solche Qualen bereitete, schwor er sich, während er verdrießlich nach einer Stellung suchte, in der ihm nicht alle Glieder absterben würden. Er würde es von ihr abwenden, auch wenn er sich damit gegen seinen Meister stellen musste! Keine Sekunde zweifelte er daran, dass Conrad etwas mit dem merkwürdigen Verhalten seiner Tochter zu tun hatte. Wie sonst sollte sich der urplötzliche Stimmungsumschwung des Gießers erklären lassen, der mit der unvorhergesehenen Verschlossenheit der jungen Frau einherging? Die gotteslästerliche Verwünschung, die ihm durch den Kopf schoss, ließ Bertram auf der Stelle ein Gebet der Abbitte gen Himmel schicken. Wenn er doch nur nicht so entsetzlich machtlos wäre, dachte er grimmig und drehte sich auf den Rücken, um mit blicklosen Augen vor sich hin zu starren.

Während sich die Gedanken in seinem Kopf ablösten, ein Erklärungsversuch den anderen verdrängte, driftete er allmählich in einen unruhigen und oberflächlichen Schlaf, aus dem ihn am nächsten Morgen ein dumpfes Donnern weckte.

»Raus mit dir!«, dröhnte Göswin, der kurz den blonden Schopf zur Tür hereinsteckte, um ihn mit einem Rümpfen der breiten Nase wieder zurückzuziehen. »Morgenstund hat Gold im Mund«, witzelte er und verschwand in Richtung Haupthaus.

»Du hast gut reden«, brummte Bertram, während er sich widerwillig mit unterkühlten Gliedern aus dem Kokon schälte, den er mit den beiden Decken gebildet hatte. Niesend und fröstelnd hüpfte er einige Male auf der Stelle, um die Durchblutung in seinen Beinen und Armen anzuregen, bevor er nach einem kurzen Blick zurück die armselige Hütte verließ, um sich im Hof am Brunnen zu waschen.

Schlitternd umrundete er die Ecke und wäre beinahe auf dieselbe grau-weiße Katze getreten, die er in der vergangenen Nacht bei der Jagd beobachtet hatte. Mit einem angriffslustigen Buckeln stob das Tier, das sich wohl ebenfalls durch ein Schlupfloch in den Hof der Glockenhütte geschlichen hatte, in Richtung Stallungen davon. Zähneklappernd flüchtete Bertram sich in die Mitte des Hofes, um möglichst schnell die Morgentoilette hinter sich zu bringen und die warme Küche zu erreichen.

Kapitel 16

Kalt peitschte Anabel der von einem stürmischen Wind getriebene Schnee ins Gesicht, als sie drei Wochen später mit steinernem Gesicht das Abthaus verließ, um zu ihrem Dienst im Hospital zurückzukehren. Tief hängende Wolken verhinderten seit Tagen, dass das Licht die Oberhand über die Unheil verkündende Düsternis gewann, doch da in ihrer Seele ohnehin pechige Finsternis herrschte, nahm Anabel diese Tatsache kaum wahr. Heftig zerrten die Böen an ihrem nur notdürftig wieder unter der Haube verstauten Haar, während die Röcke ihres neuen, körperbetont geschnittenen Kleides gegen ihre bloßen Beine schlugen. Das Wechselspiel von Schwarz und Weiß, das Dächern und Baumskeletten gleichermaßen einen winterlichen Anstrich verlieh, spiegelte die Trostlosigkeit der von einer alles durchdringenden, nassen Kälte beherrschten Jahreszeit wider. Ohne darauf zu achten, wo sie hintrat, trottete sie über den nur stellenweise geräumten Hof, in dem sich eine Gruppe bizarr gekleideter Männer und Frauen lautstark mit Henricus stritt, der ihnen mit unmissverständlicher Geste die Tür wies. Desinteressiert beobachtete Anabel, wie die in ärmliches Sackleinen gehüllten Fremden ihre mehrsträngigen Geißeln um die Schultern banden, Henricus mit einigen wenig schmeichelhaften Worten bedachten und sich in Zweierreihen aus der Abtei entfernten. Vermutlich handelte es sich um einen Zug Flagellanten, dachte sie müde, und erinnerte sich an die erste solche Prozession, die vor zwei Wochen unter Glockengeläut und mit wehenden Fahnen in Ulm eingezogen war, um sich in der Kirche zu Boden zu werfen und vor den Augen der Gläubigen so lange zu geißeln, bis ihre Rücken wund und blutig waren. Ein Schauer lief ihre schmerzenden Glieder entlang, und sie setzte den Weg mit gesenktem Kopf fort, ohne des giftigen Blickes gewahr zu werden, den Henricus ihr nachsandte.

Wie die anderen drei Male, in denen sie sich mittwochs in das Haus des Ordensoberhauptes begeben hatte, fühlte sie sich schmutzig, verachtenswert und schwach, da es ihr auch an diesem Tag nicht gelungen war, ihn von der Sünde abzubringen, die er mit ihr beging. Zwar hatte sie heute den Mut gefunden, ihn um Gnade zu bitten und an seine Gottesfurcht zu appellieren. Doch wie befürchtet hatte Franciscus sich davon nicht im Geringsten beeindrucken lassen, sondern lediglich verächtlich geschnaubt, bevor er sich an den Schnürungen des Kleides zu schaffen gemacht hatte, das er ihr – einem Anflug von Großzügigkeit folgend – geschenkt hatte. Wie gerne sie es sich vom Leib gerissen und verbrannt hätte, doch hatte Franciscus dafür gesorgt, dass ihr altes, zerschlissenes Hemdkleid den Weg in eine der für die Bettler und Armen bestimmten Sammlungen gefunden hatte. Frierend schlang sie die Arme um ihren Oberkörper und hastete auf den Eingang zum Infirmarium zu, vor dem auch an diesem Tag eine Handvoll Bahren auf den Totengräber wartete. Ein Zittern ließ sie den Umhang enger ziehen und mit geschlossenen Augen an den mit Leintüchern verhüllten Toten vorbei ins Spital huschen, wo ihr der allgegenwärtige Geruch brennender Duftlämpchen entgegenschlug.

Wie um ihr die Augen für die Nichtigkeit ihrer Sorgen zu öffnen, hatten am Morgen nach ihrer Auseinandersetzung mit Bertram erschreckend viele Infizierte mit Atemnot und rasselndem Husten an die Klosterpforte geklopft, von denen einige bereits wenige Stunden später gestorben waren. Ihnen waren noch am selben Tag weitere gefolgt, und seitdem war der Strom der Kranken soweit angeschwollen, dass die Betten im Hospital bereits nicht mehr ausreichten, um all die Leidenden und Todgeweihten aufzunehmen. Männer und Frauen,

Starke und Schwache, Kinder und Greise erlagen gleichermaßen der Krankheit, die laut der Gelehrten von faulen Winden verbreitet wurde und die manche der von ihr Befallenen innerhalb zweier Tage qualvoll und erbarmungslos dahinraffte. Viele, wenngleich nicht alle der Erkrankten, bluteten aus Mund, Nase und furchtbaren Wunden der Haut, die sie sich in ihrer Qual oft selbst zufügten. Zu Beginn der Seuche, als Schwellungen und Geschwüre das Krankheitsbild dominiert hatten, hatte Paulus darauf bestanden, dass die Symptome von einer Fehlmischung der Körpersäfte herrühren müssten und gemeinsam mit dem Tonsor die brüllenden Kranken zur Ader gelassen und ihre Beulen aufgeschnitten. Doch da weder diese Maßnahme noch ausgiebiges Schröpfen dazu geführt hatte, dass die Fiebernden Besserung zeigten, war auch er bald dazu übergegangen, ihnen das Leiden so weit als möglich zu erleichtern.

Sowohl die Klosterbrüder als auch die heilkundigen Schwestern standen dieser Plage rat- und hilflos gegenüber, und obschon das Gerücht kursierte, bei dieser grauenvollen Epidemie handle es sich um eine Strafe Gottes, warnten die Kirchenmänner vor Panik. Gottesfurcht und ein sittsamer Lebenswandel könnten die Gefahr abwenden – unterstützt durch die Hilfe wohlriechender Essenzen, welche ein Eindringen der Krankheit in die Häuser verhindern sollten. Maßvolles Essen sowie der ausreichende Genuss von Wein und Bier könnten ebenso schützen wie Gebete und das Öffnen der Fenster nach Norden.

Ein entsetzlicher Schrei ließ Anabel herumfahren und an das Lager eines etwa vierjährigen Jungen eilen, unter dessen Achsel sich ein gelblich roter Fleck auf dem Nachthemd ausbreitete. Während sie noch den Blick über den ausgemergelten Körper des Knaben gleiten ließ, platzte eine weitere Pestbeule an seinem Hals, und wenngleich Anabel ahnte, welch entsetzliche Schmerzen er leiden musste, schlich sich dennoch ein Lächeln auf ihre sorgenvollen Züge. Denn bisher waren alle, deren Geschwüre von alleine aufgebrochen waren, mit dem Leben davongekommen.

Auch wenn es nicht einmal eine Handvoll Glücklicher gewesen war. Die meisten waren inzwischen tot und begraben, und der Junge war einer der letzten Neuinfizierten, der an dieser Spielart der Pest litt. Laut heulend wand sich das Kind in dem schmalen Bettkasten, doch als Anabel ihm eine mit kühlem Wasser gefüllte Schale an den Mund setzte, beruhigte es sich soweit, dass es das lindernde Nass gierig schlucken konnte. Die bleiche Stirn des blonden Knaben glänzte im Licht der vielen Kerzen schweißnass, und zwei tiefrote Flecken auf seinen Wangen verrieten, dass er wie so viele andere an dem alles verzehrenden Fieber litt. Das Weiß seiner braunen Augen hatte einen verwaschenen Rosaton angenommen, der zu den Augenwinkeln hin leicht ins Gelbliche spielte. Zwar behaupteten sowohl der Tonsor als auch Paulus, dass eine Ansteckung nur zu vermeiden sei, wenn man den Blickkontakt zu den Leidenden mied. Doch da sich Anabel inzwischen beinahe wünschte, aus ihrer diesseitigen Hölle erlöst zu werden, ignorierte sie diesen Rat beinahe trotzig. Wie lange es wohl dauern würde, bis sie selbst von dieser Geißel Gottes erfasst und dahingerafft würde?, fragte sie sich mutlos. Denn keinen Augenblick zweifelte sie daran, dass die Krankheit sich zielsicher diejenigen aussuchte, deren Seelen am dringendsten der Reinigung bedurften. Als sich der kleine Junge mit einem halb erstickten Schluchzen in die Kissen zurücksinken ließ, fühlte sie ihm geistesabwesend die Stirn und erneuerte das feuchte Tuch, das ihm Linderung verschaffen sollte.

Doch wie ließ sich dann andererseits erklären, dass unschuldige Kinder der Pest erlagen, während Männer wie Franciscus und ihr Vater kerngesund und kraftstrotzend durch die Stadt stolzierten?

Ein Seufzen unterdrückend erhob sie sich und setzte ihre tägliche Runde fort. Während sie Fiebernde kühlte, Sterbende wusch und Erschöpfte fütterte, bemühte sie sich, sitzende Positionen zu vermeiden, da sie zwar nicht wie beim ersten Mal heftig blutete, ihre Scham sich jedoch kaum weniger wund anfühlte als vor drei Wochen. Damals hatte sie befürchtet, den Tag nicht zu überleben, da die Blutung, die ihre Unterröcke besudelt und ihre Beine beschmutzt hatte, nicht hatte versiegen wollen. Erst am nächsten Morgen, als sie zerschunden und gedemütigt in die Küche geschlichen war, hatten sich die Ängste verflüchtigt, nur um augenblicklich neuen zu weichen. Die Erinnerung an Gertruds besorgte Fragen ließ sie mühsam schlucken, da sie seit dem ersten Vorfall mehr als genau verstand, was ihre Stiefmutter tagtäglich unter Conrad zu erleiden hatte. Vielleicht wollte Gott sie für den Hochmut strafen, mit dem sie auf Gertrud und deren Schwäche herabgesehen hatte!

Bedrückt langte sie nach einer der kleinen Flaschen auf dem Regal über ihrem Kopf, um diese zu entkorken und drei Tropfen der bläulichen Flüssigkeit in das Wasser zu geben, bevor sie es einer Schwangeren einflößte. Nur zu gut verstand sie inzwischen das Gefühl der Machtlosigkeit und des Selbsthasses, mit dem die zweite Frau ihres Vaters zu kämpfen hatte. Und wenngleich sie diese stets für ihre Ergebenheit verachtet hatte, war ihr in der Zwischenzeit klar geworden, dass die Hoffnung auf ein besseres Leben nach dem Tod der einzige Strohhalm war, der Gertrud über Wasser hielt. So wie sie selbst.

Sie schluckte die Tränen, die ihr in die Augen schießen wollten. Erneut erhob sie sich, griff nach dem Essigschwämmchen und kniete sich neben den nächsten Kranken, dessen rasselnder Atem darauf hindeutete, dass er die Nacht vermutlich nicht überleben würde. Ein dünner Blutfaden zog sich bereits von der Nase zu seinem erschlafften Mundwinkel, doch auch wenn er nur noch kurze Zeit zu leben hatte, würde Anabel ihm sein Leid so weit als möglich erleichtern.

Behutsam fuhr sie mit dem Schwamm über das von Bartstoppeln bläulich gefärbte Kinn, dessen kühner Schwung ohne Vorwarnung Bertrams Bild in ihr aufsteigen ließ. Mit zitternder Hand hielt sie einen Augenblick inne, fuhr jedoch nach einem kurzen Blinzeln mit ihrer Arbeit fort, während sie erfolglos versuchte, die Erinnerung an die Auseinandersetzung mit ihm zu verdrängen. Warum hatte er nur auf sie gewartet?, fragte sie sich mit schwerem Herzen, während ihre Hände die oft geübten Bewegungen ausführten. Und warum hatte er es nicht dabei bewenden lassen, sondern hatte ein weiteres halbes Dutzend Mal versucht, in sie zu dringen, sodass ihr nichts anderes übrig geblieben war, als die Flucht zu ergreifen? Denn ansonsten hätte sie der Versuchung nachgegeben, sich an seine breite Brust zu lehnen und ihm ihr Herz auszuschütten. Verstohlen wischte sie sich mit dem Handrücken über die Augen. Denn die Vorstellung, wie sich der Ausdruck in seinen dunklen Augen von Liebe zu Verachtung gewandelt hätte, wollte ihr inmitten all des sie umgebenden Leids die Fassung rauben. Und nicht nur hatte er allen Grund dazu, sie zu verachten, da ihre Schwäche und Sündhaftigkeit dazu geführt hatten, dass ein anderer ihre Jungfräulichkeit für sich beansprucht hatte; auch hatte sie ihm aufgrund ihrer Willensschwäche die eine Information vorenthalten, die sie ihm schuldete: Nämlich dass der Bettler, der sie bei der Suppenausgabe so verunsichert hatte, sein Vater sein musste! Zu groß war die Ähnlichkeit, zu klar die Züge, die beide Männer gemeinsam hatten, als dass es sich um einen Zufall handeln konnte!

Ein Zittern ließ ihre Hand abrutschen und den Essigschwamm in das Kissen neben dem Kopf des Kranken drücken. Irgendwann würde sie ihre Feigheit überwinden und es ihm mitteilen müssen, da sie sich ansonsten noch mehr verachten würde, als sie es ohnehin schon tat.

Mit bleiernen Gliedern erhob sie sich aus der Hocke und drang schlafwandlerisch weiter ins Infirmarium vor, wo Schwester Marthe sich soeben mit einem Niesen vom Lager eines Verstorbenen erhob, um zwei Novizen damit zu beauftragen, seine sterbliche Hülle zu den anderen Toten zu legen.

»Geh nach Hause, Anabel«, sagte sie kopfschüttelnd, als ihr Blick auf das gebeugt gehende Mädchen fiel. »Du bist seit Tagesanbruch hier. Es hilft nichts, wenn du vor Erschöpfung umfällst.« Wie um ihre Worte zu unterstreichen, griff sie sich mit einem erstaunten Ausruf an die Stirn und lehnte sich an einen der dicken Balken, den sie haltsuchend umklammerte. Bevor Anabel bei ihr war, presste sie kurz die Fingerkuppen zwischen die Augen und schüttelte selbsttadelnd den Kopf. »Siehst du? Sonst ergeht es dir ebenso. Geh nach Hause.«

Da sie trotz aller Furcht und allen Unwillens, das Haus ihres Vaters zu betreten, vor Schwäche kaum mehr stehen konnte, nickte Anabel dankbar, räumte ihre Utensilien auf und trat nach einigen Minuten in die kristallklare Nacht hinaus. Schwer hing der Rauch der unzähligen Feuer über den Dächern der Abtei, die im Licht des Sichelmondes glänzten. Aus den Wipfeln der die Stadt umgebenden Bäume drang der Schrei einer Eule an ihr Ohr, doch ansonsten lag die Stadt erdrückend still und leblos vor ihr, als sie sich über den Münsterplatz auf den Heimweg machte. Die riesige Baugrube war inzwischen mit einer breiten Zeltleinwand abgedeckt worden, um zu verhindern, dass sich noch mehr Wasser auf ihrem Boden sammelte, und mit einem traurigen Seitenblick dachte Anabel an den Tag zurück, an dem sie staunend am Rand des Abgrunds verharrt hatte. Wie viel Zeit inzwischen vergangen zu sein schien!, fuhr es ihr durch den Kopf, obwohl es noch nicht einmal sieben

Wochen her war. Ein freudloser Laut kam über ihre Lippen, als sie an die Begeisterung zurückdachte, mit der sie die Arbeit der Männer begafft hatte. Ein Bauwerk von solch gewaltigen Ausmaßen, dass Gott die Bürger und Einwohner Ulms für immer vor allen Unbilden bewahren würde! Wie einfältig sie gewesen war!

Ein humpelnder Krüppel, der sich aus einer der Gassen in ihre Richtung schleppte, ließ sie schneller laufen und ohne Rücksicht auf vereiste Stellen um Häuserecken biegen und sich unter Vordächern entlangtasten. Als sie über eine achtlos auf dem Kopfsteinpflaster abgestellte Bahre stolperte, keuchte sie entsetzt auf, und als der in einen zerlumpten Umhang gehüllte Tote auf den gefrorenen Boden rollte, ergriff sie mit rasendem Herzen die Flucht. Das Blut toste in ihren Ohren, als sie nach ungezählten Minuten kopfloser Hast schließlich am Haus ihres Vaters anlangte, das sie ohne die üblichen Vorsichtsmaßnahmen betrat, um den Riegel hinter sich in die Halterung fallen zu lassen.

Einige Zeit lang lauschte sie in die Dunkelheit, bevor sie durch den Eingangsbereich in den Hof schlich, um von dort die Tür zur Küche aufzustoßen, wo sie Gertrud vorfand, die zusammengekauert vor der Feuerstelle kniete. Die blau-grüne Schwellung, die sich von ihrem linken Ohr bis zu ihrer Nase zog, sprach eine mehr als deutliche Sprache, doch als sie Anabels Gegenwart gewahr wurde, sprang die Gemahlin des Glockengießers schuldbewusst auf und nestelte an der Näharbeit, die sie zu Boden hatte fallen lassen.

»Gertrud«, grüßte Anabel leise, um ihre nebenan schlafenden Geschwister nicht zu wecken. Als der Blick ihrer blauen Augen an der Verletzung haften blieb, senkte Gertrud den Kopf und brach in leises Weinen aus. Mit wenigen Schritten war Anabel bei ihr und schloss sie in die Arme. Während ihr eigenes Leid in den Hintergrund trat, stieg eine solch heftige

Wut auf ihren Vater in ihr auf, dass sie diesen am liebsten lauthals verflucht hätte. »Es wird alles gut«, murmelte sie in das nach Brot duftende Haar der nur wenige Jahre älteren Gertrud, während sie diese behutsam auf die Bank neben dem Kamin drückte. Anstatt abzuebben, verstärkte sich jedoch das verzweifelte Weinen der verhärmten jungen Frau, bis diese mit einem Wimmern den Blick zu Anabel hob und mühsam hervorstieß: »Ich weiß, was er getan hat.« Sie schluchzte und presste die Handballen in die von dunklen Ringen umrahmten Augenhöhlen. »Er hat damit geprahlt«, setzte sie nach einem mühsamen Schlucken hinzu. »Und ich habe ihn zur Hölle gewünscht!« Erneut verlor sie die Fassung und weinte hemmungslos, bis sich die Gewalt ihrer Trauer schließlich erschöpft hatte, und sie Anabel mit leerem Blick anstarrte.

»Dafür wird er im Fegefeuer brennen«, stieß sie zwischen den Zähnen hervor und ergriff Anabels kalte Hände. »Wenn das Jüngste Gericht über uns hereinbricht, wird er der Erste sein, dessen Seele für immer verloren ist.«

Die Hoffnung, die bei diesen Worten in ihrer Stimme mitschwang, ließ Anabel müde einen Mundwinkel in die Höhe ziehen. Doch als die Erinnerungen, die durch die Kranken verdrängt worden waren, ohne Vorwarnung und mit aller Gewalt wieder in ihr aufstiegen, ließ auch sie sich lautlos auf einen Schemel fallen. Als geschehe es in diesem Augenblick, in der Küche ihres Vaters, vermeinte sie, die ekelhafte Berührung des Abtes, die Brutalität seiner tastenden Hände, das schleimige Eindringen seiner Zunge in ihren Mund und seiner Erregung in ihren Körper zu spüren. Mit einem Schaudern zog sie schützend die Schultern höher und versuchte, die Bilder wieder in die Kammer ihres Bewusstseins zu verbannen, in der sie diese bereits während des erzwungenen Aktes einschloss. Gertruds besorgte Fragen ignorierend, zwang sie sich dazu, wie in den Momenten, in denen Franciscus schwitzend und keuchend seinen tierischen Trieben nachkam, einen weit entfernten Ort in ihrer Fantasie aufzusuchen, dessen Schönheit und Reinheit es ihr ermöglichte, die Demütigungen zu überstehen.

Ohne es zu bemerken, hatte auch sie begonnen, trocken zu schluchzen, und erst als Gertrud ihr behutsam die Tränen von den Wangen wischte, kam sie wieder zu sich und ergriff die Handgelenke ihrer Stiefmutter. »Verzeih mir«, flüsterte sie und presste die Finger so heftig um Gertruds Unterarm, dass die Knöchel weiß hervortraten. »Ich hatte kein Recht, dir Vorwürfe zu machen«, setzte sie zerknirscht hinzu. »Wenn ich gewusst hätte, was er dir jede Nacht antut …«

Ihre Stimme erstarb, als Gertrud die Augen schloss und leicht den Kopf hin- und herwiegte. »Es ist das unabänderliche Schicksal einer Ehefrau, ihrem Gatten zu Gehorsam zu sein«, erwiderte diese schließlich ergeben, doch bevor Anabel aufbrausen konnte, setzte sie hastig hinzu: »Aber es gibt keine Rechtfertigung für das, wozu er dich verdammt hat.« Ihr Körper bebte vor Empörung. »Es ist eine solch ungeheuerliche Sünde, dass Gott sich von ihm abwenden wird.«

Wenn es tatsächlich einen barmherzigen Gott gibt!, dachte Anabel bitter, da sie seit dem Ausbruch der furchtbaren Seuche immer mehr daran zweifelte, dass der Gott, zu dem sie täglich betete, etwas anderes sein konnte als ein Rächender.

Kapitel 17

Heidenheim, 8. Dezember 1349

Mit einem geblendeten Blinzeln schloss Katharina von Helfenstein einen Moment lang die Lider, bevor sie mit zusammengekniffenen Augen den Horizont weiter nach dem von ihr ausgesandten Reiter absuchte, der seit zwei Tagen überfällig war. Wie der Rücken eines stacheligen Lindwurms wand sich die im Osten an das Brenztal anschließende, bewaldete Hügelkette des Härtsfeldes bis nach Dischingen, wo sie in eine kahle, von Wacholderbüschen aufgelockerte Hochfläche überging, die in der Nähe der Burg Katzenstein von einem kleinen See unterbrochen wurde. Entlang des flach abfallenden Ufers dieses winzigen Gewässers führte eine Straße nach Neresheim, wo Katharina vor vielen Jahren auf einem Ausflug mit ihrem Vater einmal haltgemacht hatte. Stirnrunzelnd versuchte sie, sich die kein Dutzend Steinwürfe vom Ufer des Sees entfernte Ringburg ihres Liebhabers, Wulf von Katzenstein, in Erinnerung zu rufen, doch wie die Male zuvor scheiterte sie auch diesmal an der Barriere des Vergessens. Alles, was sie noch wusste, war, dass ihr Vater auf diesem Ausritt einige wertvolle Reittiere bei einem Neresheimer Züchter erstanden hatte, die er voller Stolz auf die heimatliche Burg geführt hatte. Beklommen schüttelte sie die flüchtige Erinnerung ab und starrte weiter in die Ferne, bis sie einen hüpfenden Punkt entdeckte, der sich zwischen den Hügeln der Ummauerung Heidenheims näherte. Während die schneidende Kälte ihre Wangen erstarren ließ, rieb sie nervös die behandschuhten Finger aneinander und versuchte erfolglos, die Aufregung im Zaum zu halten, die sich ihres geschwollenen Leibes bemächtigte.

Seit der Abreise der Männer vor etwas mehr als drei Wochen war sie alleinige Herrin der Burg, was sie am Anfang mit beinahe kindlicher Freude erfüllt hatte – besonders, da Ulrich ihre Bitte um mehr Zeit gewährt hatte. Diese war allerdings bereits nach wenigen Tagen der erdrückenden Einsamkeit und Bangigkeit gewichen, als der zweite von ihr ausgesandte Bote mit einer wenig diplomatischen Antwort Wulfs zu ihr zurückgekehrt war, in der dieser sie vertröstet und um Geduld gebeten hatte. Die Geschäfte, denen er in Schwäbisch Hall hatte nachgehen müssen, erforderten seine volle Aufmerksamkeit. Was zur Folge hatte, dass er in Katzenstein im Moment unabkömmlich war, hatte er sie in seiner kraftvollen Handschrift wissen lassen, bevor er den Brief mit einer nichtssagenden Floskel der Ergebenheit unterzeichnet hatte. Ein Ziehen stahl sich in ihre Schläfe, und da sie befürchtete, sich trotz des wollenen Gebendes, das ihre wilde Lockenpracht sittsam zähmte, zu erkälten, warf sie einen letzten Blick auf den einsamen Reiter und trat von dem überdachten Wehrgang zurück in den gewundenen Treppenaufgang, der sie in den obersten Stock führte. Dort stieß sie die eisenbeschlagene Tür auf und betrat den leicht überheizten Raum, in dem sie ihre aufwendige Stickarbeit zurückgelassen hatte. Erschöpft von der Kälte und der Anstrengung des Treppensteigens sank sie in den hochlehnigen Stuhl, griff nach Nadel und Faden und fuhr mechanisch damit fort, das winzige Kinderkleidchen mit dem Wappen ihres Hauses zu verzieren. Sorgfältig, das leichte Zittern ihrer Hand unterdrückend, zog sie den Silberfaden durch den Rüssel des schimmernden Elefanten, der schreitend den roten Schildgrund durchmaß. Wenn ihr Sohn schon ein Bastard würde, dachte sie niedergeschlagen, dann sollte er wenigstens das Wappen seiner Mutter mit Würde tragen! Erneut überfiel sie ein Anfall der Beklemmung, wenn sie an die Folgen dachte, welche die Geburt dieses Kindes für sie und ihren Liebhaber haben könnte. Zwar hatte sie die Hoffnung noch nicht aufgegeben, ihrem Gemahl, dem Grafen Ulrich von Württemberg, weismachen zu können, dass das Kind aus den wenigen kläglichen Versuchen ihres Ehevollzugs hervorgegangen war. Doch hatte sie eigentlich eher die Zuversicht gehegt, dass sich der leibliche Vater der Frucht seiner Lenden annehmen würde. Ein säuerlicher Ausdruck huschte über ihr Gesicht. So wie die Dinge standen, sah es allerdings eher so aus, als wolle dieser nichts mit den Folgen ihres Abenteuers zu tun haben!

Ein Stich in ihrem Unterleib ließ sie mit einem scharfen Einsaugen der Luft die Arbeit niederlegen und die Beine anziehen. Wie seit etwa einer halben Woche trieb ihr die Welle des Schmerzes, die sich von ihrem Bauch ausgehend in ihr ausbreitete, die Tränen in die Augen und ließ sie befürchten, sich übergeben zu müssen. Als triebe jemand einen scharfschneidigen Dolch in ihre Eingeweide und drehe diesen in der Wunde, flammte der Schmerz von einem Zentrum aus sternförmig bis in ihre Brust, die sich krampfartig verengte. »Heilige Mutter Gottes, beschütze mich«, presste sie mühsam hervor, während sie sich mit schweißnasser Stirn auf den Boden gleiten ließ, um auf dem Rücken liegend auf ein Abflauen der Pein zu hoffen. Immer und immer wieder durchzuckten sie die furchtbaren Krämpfe, doch als sie bereits fürchtete, die Gewalt über ihre Blase zu verlieren, ebbte die Übelkeit genauso plötzlich ab, wie sie gekommen war, und ließ sie ermattet und flach atmend zurück. »Vergib mir meine Sünde, Heilige Mutter«, betete Katharina weiter, während sie darauf hoffte, dass die Qual zu Ende war. Doch als sie sich gerade wieder aufrichten wollte, ließen sie ein spitzer Schrei und das blecherne Poltern eines zu Boden gehenden Kruges in ihrem Rücken zusammenfahren. »Herrin!«, gellte ihre Zofe, aus deren einfachem Gesicht alle Farbe gewichen war. »Ihr blutet!«

Während ihr Verstand noch versuchte, die Bedeutung der Worte zu verarbeiten, folgte Katharinas Blick dem bebenden Finger ihrer Magd, der anklagend auf einen sich ausbreitenden, rostroten Fleck zwischen ihren Beinen wies, der den elfenbeinfarbenen Stoff ihres kostbaren Bliauds hässlich entstellte. Als handle es sich um einen anderen Körper als den ihren, betrachtete sie wie in Trance, wie die dunkle Farbe Faser um Faser das helle Leinen fraß; und als sie sich gerade fragen wollte, warum sie keine Schmerzen mehr verspürte, kroch ein dunkler Schleier in ihr Blickfeld und raubte ihr die Besinnung.

Als sie mehrere Stunden später in ihrem prächtigen, von einem Baldachin überspannten Bett aufwachte, schwamm das Gesicht der städtischen Hebamme über ihr, deren breite Stirn sich sorgenzerfurcht runzelte.

»Wie geht es Euch?«, fragte die alte Frau mit einem behutsamen Griff an den Puls der Patientin, und als Katharina sich mit einem entsetzten Einatmen aufrichten wollte, drückte diese sie mit sanfter Gewalt zurück in die Kissen. »Ihr hattet beinahe eine Fehlgeburt«, informierte sie die heilkundige Frau, deren Züge durch den strengen Wimpel – ein weißes, eng unter dem Kinn anliegendes Kopftuch – merkwürdig eckig erschienen. »Und Ihr habt viel Blut verloren.«

Die Furcht, die bei diesen Worten einen eisigen Schauer durch Katharinas geschwächte Glieder sandte, ließ sie die Zähne aufeinanderbeißen.

»Die nächsten Tage müsst Ihr absolute Bettruhe halten«, fuhr die Hebamme fort und zwang Katharina einen Becher mit einer ekelhaft stinkenden Flüssigkeit an die Lippen. »Trinkt das. Es wird die Blutung von innen stillen.«

Widerwillig öffnete Katharina den Mund und nahm einen Schluck des nach Schwefel schmeckenden Trunkes, und wenngleich sie das Gebräu am liebsten sofort wieder ausgespuckt hätte, leerte sie den Becher folgsam wie ein Kind.

Als die Hebamme mit einem zufriedenen Nicken das leere Gefäß auf dem Nachttisch abgestellt hatte, griff sie ermutigend nach der Hand der Kranken. »Ich muss Euren Unterleib noch einmal abtasten.« Die Sanftheit in ihrer Stimme machte Katharina mehr Angst als der Schmerz, dessen Erinnerung bereits zu einem Schemen verblasst war. Doch sie nickte tapfer und ballte die Fäuste, als die alte Frau vorsichtig die Decke hob, um die Hand, welche sie vorher in einer Schale heißen Wassers gewärmt hatte, unter das Nachtgewand zu schieben. Stechend gruben sich Katharinas Fingernägel in die Handflächen, als sie verkrampft darauf wartete, dass die heilkundige Frau ihr Urteil verkündete.

»Das Kind liegt nicht richtig«, murmelte diese schließlich, nachdem sie die Schwellung mehrere Male von oben bis unten abgetastet hatte. »Sein Kopf zeigt bereits in Richtung Muttermund.« Die steile Falte zwischen ihren Brauen ließ Katharina erstarren. »Aber das heißt nicht, dass Ihr nicht einen gesunden Sohn zur Welt bringen könnt«, fuhr die Hebamme gezwungen zuversichtlich fort und tätschelte der Patientin den Arm. »Denn es wird ganz bestimmt ein Sohn.«

Katharina öffnete den Mund, um die eine Frage zu stellen, die ihr mehr auf der Seele brannte als alles andere. Doch als habe die Frau ihre Gedanken gelesen, beantwortete sie sie, bevor die Burgherrin sie äußern konnte. »Egal, was geschieht, das Kind wird höchstwahrscheinlich überleben«, erklärte die Heilerin. »Ihr seid bereits am Anfang des achten Monats. Und selbst wenn Ihr zu früh niederkommen solltet, besteht große Hoffnung, dass Euer Sohn unversehrt zur Welt kommt.« Sie lächelte aufmunternd und zupfte die Decke zurecht. »Wenn Ihr Euch ausruht und meinem Rat folgt, werdet auch Ihr diese Geburt unbeschadet überstehen«, versprach sie und strich der jungen Frau eine der verschwitzten Strähnen aus dem bleichen Gesicht.

Obschon Katharina sich am liebsten unter der warmen Decke verkrochen hätte, erwiderte sie das Lächeln der alten Frau tapfer und schluckte die Tränen, die ihr in den Augen brannten. Solange ihr Kind unbeschadet das Licht dieser Welt erblickte, würde sie frohen Herzens aus ihr scheiden!, dachte sie matt und schloss einen Moment lang die brennenden Lider. Als sie sie wieder aufschlug, war die Hebamme verschwunden, und außer dem Knistern des Kaminfeuers und dem Heulen des Windes, der an den Fensterläden rüttelte, herrschte Totenstille in der in warmen Farben eingerichteten Schlafkammer.

Mit einem gepressten Stöhnen schob sie sich ein wenig höher, sodass sie mit dem Rücken an der hölzernen Kopfstütze des Bettes lehnte, und starrte auf die Wölbung ihres Bauches hinab, die sich im Rhythmus ihres Atmens hob und senkte. Wenn doch nur Wulf hier wäre! Die Sehnsucht, die sie nach dem raubeinigen Ritter ihres Gemahls empfand, war beinahe körperlich spürbar, und ohne an die Folgen ihres Tuns zu denken, griff sie nach dem kleinen Glöckchen auf ihrem Nachttisch und läutete nach ihrer Zofe. »Führ Baldewin zu mir«, befahl sie knapp – das Aufflammen der Besorgnis in den Augen der jungen Frau geflissentlich ignorierend. »Heute noch!«, setzte sie etwas schärfer hinzu, als die Bedienstete keine Anstalten machte, ihren Auftrag auszuführen. »Aber Herrin«, hub diese an, doch Katharina unterbrach sie mit einer zwar schwachen, aber unmissverständlichen Geste der Ungeduld. »Keine Widerrede. Tu, was ich dir sage.«

Mit einem gehorsamen Knicks und niedergeschlagenem Blick raffte die Magd die Röcke und verschwand durch die Tür, um wenige Minuten später mit einem breitschultrigen, mit einem einfachen Waffenrock bekleideten Mann zurückzukehren, der sich tief vor der Tochter des Grafen von Helfenstein verneigte.

»Was habt Ihr für Neuigkeiten?«, fragte Katharina, deren Stimme kaum mehr als ein Flüstern war, ohne Umschweife. Als der Angesprochene den dunklen Schopf senkte, um ein Aufflammen der Verachtung zu verbergen, drängte sie weiter. »Sagt es mir. Ganz egal, wie die Nachricht lautet.« Ihr Blick hing wie gebannt an den schmalen, aufeinandergepressten Lippen ihres Boten, die sich schließlich zögernd öffneten, um ihr die Antwort auf ihre kompromittierende Botschaft zu überbringen.

»Herrin«, hub er an und nestelte an dem breiten Gürtel, an dem sein Schwert befestigt war. »Wenn Ihr es mir gestattet, kehre ich noch heute nach Katzenstein zurück und fordere ihn zum Zweikampf«, stieß er zwischen den Zähnen hervor. Der Rest Farbe, der noch nicht aus Katharinas Wangen gewichen war, verblasste zu einem durchscheinenden Alabasterton.

»Wie meint Ihr das?«, fragte sie schließlich nach einigen Augenblicken erdrückender Stille. »Was hat er Euch mitgeteilt?«

Zwei flammend rote Punkte tanzten auf den eingefallenen Wangen des ihr treu ergebenen Kämpfers, und das Auf und Ab seines Adamsapfels verriet deutlich, wie schwer es ihm fiel, die Worte des Herren von Katzenstein zu wiederholen. »Er lässt Euch ausrichten«, presste er mühsam hervor, »dass es ihn mitnichten etwas angehen kann, ob Ihr ein Kind erwartet oder nicht.« Er räusperte sich. »Und dass er jederzeit dem Ruf Eures Gemahls folgen wird, jedoch keinerlei Veranlassung sieht, Euch ohne dessen Anwesenheit aufzusuchen.«

Die Ungeheuerlichkeit dieser Worte ließ Katharina den Ritter mit offenem Mund anstarren, bevor sie das volle Ausmaß der Nachricht begriff und gedemütigt den Blick senkte.

»Lasst mich zurückkehren und ihn lehren, was es bedeutet, ein Ritter zu sein!« Ohne nachzudenken war Baldewin zu ihr getreten und vor ihrer Bettstatt auf ein Knie gesunken. »Herrin?« Als sie keine Reaktion zeigte, sondern lediglich mit geschlossenen Augen um Fassung rang, erhob er sich und zog sich mit klirrendem Kettenpanzer zur Tür zurück, wo Katharinas heisere Stimme ihn zurückhielt.

»Ich danke Euch für Eure Treue, Baldewin«, murmelte sie. »Aber ich kann nicht zulassen, dass Ihr eine Fehde beginnt, die Tod und Vernichtung über die Untertanen meines Vaters bringen würde. Diese Angelegenheit geht nur Wulf und mich etwas an.« Damit entließ sie den Ritter, der nur unter Aufbietung all seiner Selbstbeherrschung eine hitzige Antwort unterdrückte, und sank zurück in die weichen Kissen, um den unregelmäßigen Schlag ihres Herzens zu beruhigen.

Alles hatte sie erwartet, aber diese Antwort traf sie mit solch ungeahnter Heftigkeit, dass sie vermeinte zu spüren, wie aller Lebenswille schwand. Blicklos starrte sie auf den die gegenüberliegende Wand beherrschenden Silberspiegel, dessen goldener Rahmen den Schein des Feuers reflektierte. Als Teil ihrer Morgengabe war er ihr am ersten Morgen nach ihrer Hochzeitsnacht mit Ulrich übergeben worden und hatte geholfen, den schalen Nachgeschmack, den der beinahe missglückte Vollzug ihrer Ehe hervorgerufen hatte, zu vertreiben. Zu ermattet, um über das Bild, das er zurückwarf, zu erschrecken, heftete sie den Blick auf das einer Totenmaske nicht unähnliche Gesicht, das selbst ihr Vater nicht als das seiner Tochter erkannt hätte. Innerhalb der vergangenen Stunden schien sie um Jahre gealtert zu sein, und wenn sie es nicht besser gewusst hätte, hätte sie geschworen, es wären die Züge einer alten Frau.

Mit einem schweren Seufzer schloss sie erneut die Augen und grübelte über das Schicksal ihres Kindes nach, dessen Vater es bereits vor der Entbindung verstoßen hatte. Sollte sie die Geburt des Knaben überleben, schwor sie sich, würde sie alles in ihrer Macht Stehende unternehmen, um Ulrich davon zu überzeugen, dass es sein Fleisch und Blut war, das entgegen aller negativen Sterneneinflüsse den Leib seiner Mutter verlassen hatte. Die Tatsache, dass sie ihre Schwangerschaft vor ihm verheimlicht hatte, würde sie mit der Furcht vor Komplikationen erklären, die ja nun auch eingetreten waren, dachte sie betrübt. Vorsichtig legte sie die Hand auf die Wölbung unter der Decke und betete.

Kapitel 18

Ulm, 17. Dezember 1349

»Nicht nur *unser* Lazarett ist überfüllt!«, gellte die sich überschlagende Stimme des erhitzten Infirmarius durch die Gänge des Hospitals. »Auch die Dominikaner, die Augustiner und das Heilig-Geist-Spital können keine Kranken mehr aufnehmen!«

Mit einer ausladenden Geste zeigte er auf die dicht gedrängt stehenden Bettkästen, in denen immer mehr an der furchtbaren Lungenpest erkrankte Männer und Frauen unter kaum vorstellbaren Qualen die letzten Atemzüge ihres Lebens taten. Zwar war es den Beginen und Mönchen gelungen, einige der Kranken zu heilen, doch wussten weder der Infirmarius noch der Tonsor, woran es lag, dass ein verschwindend geringer Prozentsatz der Patienten genas. Als wäre dies nicht schon schlimm genug, forderten auch der Hunger und die Kälte immer mehr Opfer, sodass der Strom der Leidenden und Sterbenden täglich anschwoll. Schwer hing der beißende Geruch der überall in der Stadt entzündeten Tonnen aus Eichen- und Wacholderholz in der Luft, der sich im Inneren der Räume mit dem Duft der unterschiedlichsten Kräuter und dem alles überlagernden Gestank des ätzenden Essigs vermischte. Um einer Ansteckung zu entgehen, waren viele der Beginen dazu übergegangen, in Essig und Theriak getränkte Tücher oder Schwämme unter die Nase zu halten, wenn sie sich einem der fiebernden Kranken näherten, da diese Maßnahme laut der Gelehrten eine der wirkungsvollsten Abwehrmöglichkeiten gegen die tückische Seuche darstellte. Sobald einer der Patienten starb, wurde sein Leib von den Novizen vor die Tore der Abtei geschafft, wo die Leichenhaufen täglich anwuchsen.

Abgestumpft von den Schreien und dem Wimmern der Leidenden, wandte sich Anabel von der unter ihren Händen verwelkenden Schönheit ab, deren ehemals volles, blondes Haar stumpf von dem einem Totenschädel gleichenden Kopf abstand.

Anders als zu Beginn des Ausbruchs hatte die Krankheit inzwischen ihr Gesicht gewandelt, und es gab kaum mehr von Geschwüren und schwarzen Flecken entstellte Kranke. Nahezu alle litten inzwischen an einem blutigen Husten, Brustschmerzen und Lähmungen, die oft innerhalb von drei Tagen zum Tod führten.

»Wir müssen die Frauen in Euer Sammlungsgebäude verlegen«, forderte Paulus an Meisterin Guta gewandt, die missfällig die Stirn in Falten legte.

»Wir haben nicht genug Platz, um noch mehr Menschen aufzunehmen«, erwiderte sie gezwungen ruhig. »Warum denkt Ihr wohl, teilen wir uns seit Jahren dieses Hospital mit Euch?«

Ein Schnauben war alles, was Paulus darauf erwiderte, doch Henricus, der in diesem Moment den Raum betrat, stieß mit bebender Stimme hervor: »Diese Plage ist eine Strafe Gottes«, während der Blick seiner zu Schlitzen verengten Augen über die Betten glitt. »Unser barmherziger Gott ist erzürnt, dass nicht einmal seine Diener sich an seine Gebote halten«, knurrte er und straffte die Schultern, bevor er sich mit der Linken über die Tonsur fuhr. »Die Anwesenheit von Weibern in einem Mönchskloster ist durch nichts zu entschuldigen«, setzte er mit einem giftigen Unterton in der tiefen Stimme hinzu und bedachte Anabel mit einem verächtlichen Hochziehen der Brauen. »Überall lauert die Sünde«, predigte er, ohne auf die entsetzten Mienen der Schwestern zu achten, die sich von dieser Ansprache mehr als nur vor den Kopf gestoßen fühlten. »Während einige von uns darum bemüht sind, ein Leben in

Reinheit und Gottesfurcht zu führen, kommen andere mehr und mehr vom rechten Pfad ab.«

Der Ausdruck des Infirmarius und des Tonsors, die heftig nickend zustimmten, verriet Anabel, die den Austausch unter niedergeschlagenen Wimpern verfolgte, dass die beiden wussten, worauf Henricus anspielte.

»Spart Euch die pompösen Reden«, erwiderte Guta wenig beeindruckt und drängte sich an den Männern vorbei, die sie mit ihren Körpern in einem Dreieck eingeschlossen hatten. »Diese Plage wütet überall«, setzte sie hinzu. »Nicht nur in diesem Kloster!«

»Das mag wohl sein.« Das Glimmen in den grauen Augen ließ ahnen, dass Henricus noch lange nicht fertig war. »Aber es öffnet dem Teufel Tür und Tor.«

Guta stieß ungeduldig die Luft durch die Nase aus, bevor sie sich mit einer Hand voller Bandagen in den benachbarten Raum aufmachte, in dem nach wie vor die verunfallten und verletzten Handwerker untergebracht wurden. Mit müde nach unten gezogenen Mundwinkeln beugte sie sich über ein zerschundenes Mitglied der Stadtwache, das bei einer der zunehmend gewalttätiger werdenden Tavernenprügeleien übel zugerichtet worden war.

»Was hat Euch ausgerechnet jetzt diese Erkenntnis beschert?«, fragte sie mit einem zynischen Unterton an Henricus gewandt, der ihr wie ein Schatten folgte. »Dass Weiber die Versuchung des Teufels sind, ist Euch doch sicherlich nicht erst in letzter Zeit aufgefallen?« Alle Freundlichkeit war aus ihrem von erschöpften Furchen durchzogenen Gesicht gewichen, und als sie sich von dem Wächter abwandte, um ihre Aufmerksamkeit zurück auf den Ordensvater zu richten, sprühten ihre Augen verächtliche Funken. »Wie praktisch es doch ist, alle Schuld auf diejenigen abzuwälzen, die sich nicht verteidigen können«, fuhr sie kalt fort und ignorierte das empörte

Keuchen des kriecherisch an Paulus' Rockzipfel hängenden Tonsors, der seinen Herrn mit hündischer Ergebenheit anblickte, als erwarte er, dass dieser für Henricus in die Bresche springe. »Manchmal frage ich mich, warum Ihr überhaupt die Mutter Gottes verehrt!«

Das war zuviel für Henricus, der mit bebend erhobenem Zeigefinger einen Schritt auf Guta zumachte, sodass Anabel befürchtete, er könnte handgreiflich werden. Mit krampfhaft vor der Brust gefalteten Händen hielt sie sich nur mit Mühe davon ab, einen warnenden Ausruf von sich zu geben. Doch die Meisterin hatte die Gefahr bereits erkannt und war einen Schritt zurückgetreten.

»Wagt es nicht, solch gotteslästerliche Reden zu führen!«, knurrte Henricus und nickte dem Tonsor zu, der sich daraufhin in Richtung Ausgang entfernte. »Ich habe Beweise für den Verfall der Sitten in diesem Kloster und für die Schuld der Euch Anvertrauten!«

Bei diesen Worten wollte Anabel das Herz in der Brust erkalten, und sie wich mit dem Rücken an die Wand zurück. Anstatt wie von ihr erwartet auf sie zuzustürzen und sie anklagend in die Mitte des Raumes zu stoßen, machte Henricus jedoch dem mit zwei Novizen und einem schluchzenden Elendsbündel zurückkehrenden Tonsor Platz, als dieser eine junge Frau in den Ring schob, den die Beginen, Henricus und Paulus inzwischen gebildet hatten. Mit einem groben Schlag zwischen die Schulterblätter brachte der Tonsor sein Opfer ins Straucheln, sodass das Mädchen mit einem hässlichen Geräusch kniend auf dem Boden aufschlug.

»Steh auf«, herrschte Henricus sie an und griff in das kastanienbraune Haar, das von einer kleinen Haube bedeckt wurde.

Als die so Vorgeführte das tränennasse Gesicht hob, entfloh Anabel ein erschrockener Laut. »Vren«, flüsterte sie, biss sich jedoch augenblicklich auf die Lippe, als Henricus' habichtartiges Profil in ihre Richtung zuckte und er sie mit einem vernichtenden Blick bedachte.

Der Hass verzerrte die Züge des stellvertretenden Ordensoberhauptes, als er Vren grob dazu zwang, der Beginenmeisterin in die Augen zu blicken und die Frage zu beantworten, die er ihr laut und deutlich stellte. »Welches ist die Sünde, der du dich schuldig gemacht hast?«, donnerte er, sodass Anabel instinktiv den Kopf einzog. Als Vren erstickt schluchzend eine Antwort stammelte, rüttelte er diese unsanft. »Ich kann dich nicht verstehen«, knirschte er und verzog angewidert den Mund.

»Ich …«, weinte Vren und blickte Hilfe suchend zu Guta, die sie jedoch lediglich sprachlos anstarrte. »Ich habe einen Novizen zur Unzucht verleitet«, stieß Vren schließlich unter schluckaufartigem Weinen hervor, bevor sie endgültig die Fassung verlor und die Hände vors Gesicht schlug.

»O mein Gott«, wisperte Anabel.

»Du hast was?«, fragte Guta ungläubig, doch bevor Vren ihr Geständnis wiederholen konnte, packte der Tonsor sie beim Kragen ihres Hemdkleides und zerrte sie auf den Ausgang zu.

»Der Novize wird bereits bestraft«, informierte Henricus die Begine mit einem raubtierhaften Lächeln und schickte Vren, die sich heftig gegen den groben Griff des Mönches sträubte, beinahe genüsslich hinterher: »Er erhält vom heutigen Tag an bis Weihnachten jeden Tag zwanzig Hiebe mit einer dornenbesetzten Geißel. So lernt er, was es bedeutet, sich zu kasteien!«

Alle Farbe wich aus Vrens Gesicht, und ihre vorspringende Nase schien zu schrumpfen, als sie in sich zusammensackte. »Nein«, flehte sie heiser. »Es war nicht seine Schuld!« Der Ausdruck auf Henricus' narbenzerfurchtem Gesicht wurde noch härter. »Sei froh, dass mich der Abt davon abgehalten hat, dich durch die Stadt peitschen zu lassen«, fauchte er und gab dem

Tonsor mit einer abfälligen Geste zu verstehen, sie ihm aus den Augen zu schaffen.

»Sie wird diese Abtei nie wieder betreten«, bemerkte er an Guta gewandt sachlich und warf erneut Anabel einen kalten Blick zu. »Und Ihr solltet in Zukunft darauf achten, dass sich die Eurer Obhut anvertrauten Weiber nur dort aufhalten, wo es ihnen gestattet ist!« Trotz der unverhohlenen Drohung, die in diesen Worten mitschwang, schoss Anabel eine alle anderen Gefühle niederringende Hoffnung in die Glieder. Sollte Henricus' Fanatismus ihr einen Weg aus ihrem Martyrium auftun? Die Zuversicht, die in ihr aufstieg, war so überwältigend, dass nicht einmal Henricus' nächste gehässige Bemerkung sie wieder zerschlagen konnte.

»Ihr wollt doch nicht, dass man Euch vorwerfen kann, ein Hurenhaus zu führen.« Mit diesem Schlag unter die Gürtellinie wandte er der immer noch verdatterten Guta Staiger brüsk den Rücken und rauschte mit wallender Kutte in Richtung Ausgang. Bevor er jedoch durch den niedrigen Türrahmen verschwand, wechselte er abrupt den Kurs, blieb dicht vor Anabel stehen und spuckte abfällig aus: »Die Dirne erkennt man an ihrem Putz!« Damit und mit einem Blick auf ihr neues Kleid ließ er sie mit flammend roten Wangen stehen und nahm sowohl den Tonsor als auch den in selbstgerechtem Zorn entbrannten Infirmarius mit, um sich ohne Zweifel an anderer Stelle weiter über die Gefahr auszulassen, welche die Anwesenheit der Versuchung innerhalb der Klostermauern darstellte.

Eine Zeit lang herrschte fassungsloses Schweigen, das lediglich vom Stöhnen und Jammern der Kranken unterbrochen wurde, bevor Schwester Mechthild, deren dunkle Augen Feuer sprühten, sich erbost an die Meisterin wandte und forsch beschied: »Warum lasst Ihr Euch diese Unverschämtheit von ihm gefallen, Meisterin?«

Anstatt die Frage zu beantworten, ließ sich Guta wie betäubt auf einen der zahllosen Schemel fallen und schüttelte den Kopf. »Wie konnte sie nur so töricht sein?«, murmelte sie, bevor sie den Blick zu Mechthild hob und nüchtern erwiderte: »Wir haben ein Gelübde abgelegt, den Bedürftigen und Kranken zu helfen. In unserer Sammlung ist kein Platz für die Leidenden. Folglich sind wir darauf angewiesen, dass die Barfüßer dieses Hospital mit uns teilen.« Die Falten um ihren Mund vertieften sich energisch. »Und so sehr es mir leidtut, was mit Vren geschehen ist, ich werde nicht zulassen, dass Henricus uns untergräbt.« Damit holte sie tief Atem und erhob sich, um die Arbeit wieder aufzunehmen. »Wir können es uns nicht leisten, unsere Zeit mit Streitereien zu verschwenden«, fügte sie hinzu. »Wenn es sein muss, wende ich mich an den Bischof!« Damit war die Sache für sie erledigt, und sie machte Anstalten, sich dem nächsten Unfallopfer zuzuwenden, dessen linkes Bein von einem ausschlagenden Ochsen zertrümmert worden war.

Während in Anabel noch Wut und Hoffnung Widerstreit hielten, sackte keine drei Schritt vor ihr ohne Vorwarnung Schwester Marthe in die Knie und schlug lang auf dem Boden hin. Ihre ansonsten vollen Wangen wirkten eingefallen, und als sich mit quälender Langsamkeit ein Blutstropfen aus ihrem rechten Nasenloch löste, zog Anabel, die sich sofort neben sie gekniet hatte, scharf die Luft durch die Zähne ein.

»Meisterin!«, rief sie mit sich überschlagender Stimme und schob Marthe den Arm unter den Nacken, um diese zu stützen. »Schwester Marthe geht es nicht gut.«

Kaum war Guta bei ihr, tastete sie mit den sanften braunen Augen das bleiche Gesicht der Schwester ab.

»Es ist nichts«, protestierte die nicht mehr ganz junge Marthe Ehinger matt, doch während sie noch sprach, folgte dem einen Tropfen ein dünnes Rinnsal, das sich im Kragen ihres Habits fing. »Mir geht es gut«, log sie tapfer, doch als Anabel, Guta und die zierliche Schwester Adelheid sie unter den Armen stützend auf eine der letzten freien Bettstätten zuführten, leistete sie keinen Widerstand und ließ sich folgsam wie ein Kind unter die Decke stecken. »Wasser«, bat sie heiser und trank gierig aus der Schale, die Anabel ihr kurze Zeit darauf an die brüchigen Lippen setzte.

»Seit wann fühlst du dich schwach?«, fragte Guta Staiger gezwungen sachlich, doch Marthe schüttelte lediglich ermattet den Kopf und ließ sich mit geschlossenen Augen in das klumpige Kissen sinken. Schwer atmend griff die Meisterin vorsichtig unter den Ärmelrock ihrer Ordensschwester und erstarrte, als sie die geschwollenen Lymphknoten ertastete. »Der Herr sei ihrer Seele gnädig«, murmelte sie und legte Marthe die Hand auf die Wange. »Wie lange, Marthe?«, wiederholte sie, und nachdem sie den Mund dicht an das Ohr der Kranken gelegt hatte, röchelte diese: »Seit ein paar Tagen.« Damit schloss sie endgültig die Augen und fiel in einen ohnmachtsähnlichen Schlaf.

»Ein paar Tage.« Der Schock der Meisterin wirkte ansteckend, und auch Anabel schüttelte ungläubig den Kopf. »Dann hat sie nicht mehr viel Zeit«, stellte Guta nach kurzem Schweigen schließlich fest und fasste Anabel am Arm, um sie aus dem Raum nach nebenan zu führen. »Lauf und hol Prudenz«, befahl sie knapp, da es seit einiger Zeit primär der gutmütige alte Bibliothekar war, der den Sterbenden die Beichte abnahm. »Ich möchte, dass er sofort kommt.«

Zitternd legte Anabel ihre Utensilien in einem der vielen bereitstehenden Körbe ab, schlüpfte in ihre Glocke und huschte über den schneebedeckten Hof auf das Hauptgebäude zu. Am Eingang zum Refektorium gab sie einem der dort für die auch hier aufgebahrten Toten betenden Novizen den Auftrag, nach dem alten Mönch zu schicken, und als dieser nach wenigen

Minuten humpelnd in den Hof trat, erhellte sich seine sorgenvolle Miene.

»Dies ist kein Ort für ein junges Ding wie dich«, stellte er gutmütig fest und ergriff Anabels helfende Hand. Auf wackeligen Beinen folgte er ihr zurück zum Infirmarium, wo er seufzend bemerkte: »Die Wege des Herrn sind unergründlich. Greise verschont er und die Ungeborenen rafft er dahin.« Er seufzte. Immer öfter kam es in letzter Zeit vor, dass er den ungeborenen Kindern der sterbenden Mütter noch in deren Leib die Absolution erteilen musste, da diese ansonsten nicht auf einem Gottesacker beigesetzt werden konnten. »Tu Buße, mein Kind«, riet er Anabel, bevor er in den Eingeweiden des Hospitals verschwand. »Dann erwartet dich ein langes Leben.«

Niedergeschlagen blickte Anabel seinem gebeugten Rücken nach, bis dieser von dem Dämmerlicht verschluckt wurde. Wenn er doch nur recht hätte!, dachte sie wehmütig, da sich ihr Wunsch zu sterben im Angesicht des Leides inzwischen in ungeschminkte Furcht verwandelt hatte, und bekreuzigte sich vor dem an der Wand hängenden Kruzifix.

Doch bevor sie sich dazu verleiten lassen konnte, entgegen besseren Wissens Prudenz' Worten Glauben zu schenken, drängte sich die Sorge um Vren mit aller Macht zurück in ihre Gedanken. Ein Schauer ließ sie frösteln. Was würde die Freundin jetzt nur anfangen?, fragte sie sich bang, während sie die Augen vor dem kunstvoll geschnitzten Abbild des gekreuzigten Jesus niederschlug. Und wie würde die Familie der Bäckertochter, die wegen der immer schlechter gehenden Geschäfte auf die Einkünfte aus dem Kloster angewiesen war, auf die Neuigkeit reagieren? Eines nach dem anderen richteten sich die Haare in ihrem Nacken auf, als sie die volle Tragweite der Verbannung aus der Abtei begriff. War der Ruf einer jungen Frau erst einmal zerstört, war es für diese so gut wie unmöglich, ein ehrbares Leben zu führen.

Sie lachte lautlos und widerstand nur knapp der Versuchung, dem Herrn für die Wendung des Schicksals zu danken, das für sie Glück im Unglück der Freundin bedeutete. Denn am heutigen Tag hatte lediglich der Zufall verhindert, dass es sie selbst getroffen hatte!

Kapitel 19

Die Hitze, die Conrad beim Betreten der überfüllten Herberge entgegenschlug, war atemberaubend. In fünf tiefen Metallbecken sowie in der beinahe die ganze Nordwand einnehmenden Feuerstelle prasselten mit Rosmarin, Mastix – dem schwer duftenden, aus Griechenland eingeführten Harz von Pistazienbäumen – oder Schwefel bestrichene Holzscheite, die den Innenraum der Schenke in einen alles erstickenden Rauch hüllten, durch den man kaum die Schemen der Anwesenden erkannte. Verwünschungen über die komplizierte Schnürung seines modischen Mantels murmelnd, schälte sich der Gießer so schnell wie möglich aus dem teuren Gewand und warf es über den Arm, bevor er sich die Treppen hinab in den Keller begab, aus dem aufgebrachtes Stimmengewirr an sein Ohr drang. Dort fand auf Einladung des Aldermans am heutigen Freitagabend ein Gesamttreffen der Zünfte Ulms statt, in dem der Vorsteher unter anderem die momentane Lage besprechen wollte. Durch den Tod einiger einflussreicher Mitglieder waren Posten frei geworden, von denen Conrad bisher nicht einmal zu träumen gewagt hatte, und er hatte beschlossen, eine dieser Positionen für sich zu beanspruchen!

Ein kaltes Lächeln huschte über sein Gesicht, dem die schmalen Lippen und harten Falten ein unnachgiebiges Aussehen verliehen, und in die blauen Augen trat ein erwartungsvolles Funkeln. Schritt für Schritt tastete er sich die schmalen Treppen hinab, bis er schließlich den niedrigen Durchgang zu dem Gewölbekeller erreichte, der von zwei Mitgliedern der Stadtwache flankiert wurde, deren grimmige Mienen erahnen ließen, wie sie im Falle eines Aufruhrs zu verfahren gedachten. Den Anweisungen des Bürgermeisters zufolge war es seit einigen Tagen nicht mehr gestattet, Versammlungen ohne den Schutz der Wächter abzuhalten, da es immer öfter zu gewalttätigen Ausschreitungen kam. Aus Furcht vor der Seuche folgten die Menschen voller Verzweiflung dem Rat der Ärzte und Heilkundigen, die den übermäßigen Genuss alkoholischer Getränke als Schutz vor der Krankheit propagierten. Was allerdings zur Folge hatte, dass die meist bis zur Besinnungslosigkeit betrunkenen Männer und sogar Frauen dazu neigten, Streitereien vom Zaun zu brechen, die nicht selten mit ernsthaften Verletzungen der Kampfhähne endeten.

Als Conrad in den bereits vor Ungeduld brodelnden Raum eintauchte, verschluckte das Gemurmel der Anwesenden das ununterbrochen über den Dächern hängende Geläut der Sterbeglocke, die er selbst vor einigen Jahren angefertigt hatte.

Seit dem ersten Läuten vor etwas weniger als vier Wochen war der schrille Ton kaum mehr abgerissen, was langsam aber sicher an den ohnehin dünnen Nerven der Einwohner Ulms zerrte. Es kursierten bereits die ersten Gerüchte, dass die Stadtverwaltung vorhatte, das Läuten zu untersagen, da die damit genährte Furcht und Verzweiflung angeblich der Krankheit besonders Vorschub leisteten.

Ohne auf die giftigen Blicke und unschmeichelhaften Worte zu achten, mit denen er bedacht wurde, bahnte sich Conrad rücksichtslos einen Weg durch die dicht gedrängt stehenden Bürger, deren Kleidung sie als Mitglieder der unterschiedlichen Zünfte Ulms auswies, und schnappte nach einem der von Bediensteten verteilten Weinkelche. Da die Getränke an diesem

Abend auf Kosten der Zunftkasse gingen, hatte er sich vorgenommen, kräftig zuzulangen.

Neben Goldschmieden, Steinmetzen, Leinenwebern, Färbern, Schiffern, Bäckern und Mangern waren die reichen Wein-, Tuch- und Gewürzhändler sowie Schneider, Schlosser, Metzger, Kannen- und Eisengießer anwesend. Die Farbenpracht der unterschiedlichen Trachten schmerzte seine Augen. Als es ihm schließlich gelungen war, sich bis dicht an das Podium heranzuschieben, auf dem der Alderman mit erhobenen Händen um Ruhe bat, presste er einige Atemzüge lang die Lider aufeinander, bevor er genüsslich den kühlen Rand des Zinnpokals an die Lippen führte. Schwer und ölig rann der mit Zimt gewürzte Rotwein seine Kehle hinab und erfüllte ihn mit einem inneren Glühen, das ihm die Hitze in die Wangen trieb. Zwar war er alles andere als ein ungeübter Trinker, doch verstärkte die Kombination aus dicht gedrängten Leibern, zu vielen Fackeln und stickiger Luft die Wirkung des Alkohols um ein Vielfaches, sodass er das Gefäß bereits nach wenigen Schlucken wieder absetzte, anstatt es wie sonst in einem Zug zu leeren.

»Willkommen.« Der klare Tenor des Aldermans drang bis in die hintersten Winkel vor und brachte die zum Teil hitzigen Diskussionen zum Verstummen.

»Ihr alle wisst, warum wir heute hier zusammengekommen sind«, hub der schlanke, dunkelhaarige Gesamtzunftvorsteher an und ließ den Blick über die Köpfe schweifen. »Da einige von uns der Pest zum Opfer gefallen sind …«, er machte eine bedeutungsvolle Pause, in der einige aus Ehrfurcht für die Toten die Augen niederschlugen und sich bekreuzigten, »… müssen ihre Posten neu besetzt werden, wenn der Rat dieser Stadt funktionsfähig bleiben soll.«

Ein erwartungsvolles Raunen lief durch die Reihen, da nicht wenige der einflussreichen Meister darauf hofften, ihre Macht zu erweitern. Als der Alderman erneut die Stimme erhob, flaute das Gemurmel nicht mehr ganz so schnell ab. »Zehn der siebzehn uns zustehenden Plätze im Rat sind zu vergeben, und jeder Meister, der sich zur Wahl stellen will, kann heute seinen Namen in diesen Topf werfen.« Er deutete auf einen Kupferkessel, der neben seinen Füßen auf dem Boden stand. »Diese Namen werden auf einer Liste am Rathaus ausgehängt, und innerhalb einer Woche kann jedes ordentliche Mitglied einer Zunft für einen dieser Kandidaten stimmen.« Seine Stimme nahm einen drohenden Unterton an. »Jeder, der abstimmt, wird registriert. Ihr solltet also nicht versuchen, Eure Stimme mehr als einmal zu vergeben.« Das Tuscheln in den hinteren Reihen verriet, dass durchaus der eine oder andere diesen Gedanken gehegt hatte, doch ohne weiter darauf einzugehen, griff der Alderman nach dem Kessel, in dem sich kleine Pergamentfetzen und Kohlestifte befanden, und reichte ihn in die Menge. »Wer nicht schreiben kann, macht ein eindeutiges Symbol«, riet er und heftete den Blick der wachen Augen auf die ersten Wahlbegeisterten, die sich um die kleinen Fetzen stritten wie Kinder um Süßigkeiten. In weniger als einer halben Stunde hatte der Topf die Runde gemacht und wurde randvoll mit Zetteln wieder auf das Podium gereicht, wo der Alderman ihn in den Hintergrund schob.

»Das war der erste Punkt«, ergriff er erneut das Wort und starrte auf seine gefalteten Hände hinab. »Noch etwas darf nicht unerwähnt bleiben.« Sein Tenor hatte eine strenge Schärfe angenommen, die manches Zunftmitglied unvermittelt die Luft anhalten ließ. Conrad, der den in seinen Augen pompösen Vorsteher am liebsten zur Eile getrieben hätte, presste missfällig die Lippen aufeinander und zischte kaum hörbar: »Mach schon, ich habe heute noch etwas vor.«

Als habe er den Kommentar gehört, verengten sich die Augen des Aldermans und er fixierte den Gießer mit einem alles andere als freundlichen Ausdruck auf den Zügen. »Mir sind Beschwerden zu Ohren gekommen, dass bei der Vergabe der Aufträge für den Münsterbau nicht alles den Regeln entsprechend abläuft.« Er hob die Hand, um eventuelle Einwände im Keim zu ersticken. »Die Seuche, die uns so unerwartet überfallen hat, ändert nichts an der Tatsache, dass Verstöße gegen die Regeln mit Zunftausschluss, Bußgeldern und Haftstrafen belegt werden.« Sein Kopf schoss vor, und ohne es zu wollen, blickte Conrad sich um, ob die hinter ihm Stehenden ebenfalls den Eindruck hatten, direkt angesprochen zu werden. Zwar interessierte ihn der Bau der Münsterkirche nicht besonders, da noch Jahre ins Land gehen würden, bis der Turm dieses Bauwerkes eine Glocke benötigte. Doch sollte der Alderman Nachforschungen anstellen, konnte es durchaus sein, dass Franciscus die Kontrolle über die Aufträge verlor, was auch für Conrad ernsthafte Konsequenzen bedeuten könnte.

»Ich habe persönlich eine Handvoll Wachen dazu abgestellt, in Zukunft besser darauf zu achten, dass niemand übervorteilt wird.« Einige der Anwesenden spendeten spontan Beifall, während ein anderer Teil säuerlich die Mienen verzog.

Wie durchschaubar sie doch alle sind, dachte Conrad verächtlich und beschloss, Franciscus, dem auch aus den eigenen Reihen Gefahr drohte, eine Warnung zukommen zu lassen. Es konnte sicherlich nicht schaden, wenn der Abt in seiner Schuld stand.

»Ich sehe, Ihr habt die Wichtigkeit dieses Punktes verstanden«, fuhr der Vorsteher fort und warf einen Blick in die Runde. »Womit mir bleibt, Euch ans Herz zu legen, die Warnungen der Heiligen Brüder und Schwestern zu befolgen, um uns alle vor der tückischen Krankheit zu schützen.«

»Man kann sich nicht schützen!«, keifte eine hysterische Wollweberin aus der hintersten Reihe, und bevor der Alderman etwas erwidern konnte, mischten sich die tieferen Stimmen der Männer ein.

»Was für einen Unfug redest du da, Weib?«, dröhnte ein Hüne von einem Steinmetz, der zornig den Kopf gewandt hatte. »Natürlich kann man sich schützen! Diese Seuche trifft nur die Ungläubigen und Sündigen.«

Eine Handvoll Männer nickte zustimmend. »Ja, sie säubert die Stadt«, knurrte ein buckliger Schiffer, dessen rechtes Auge zugeschwollen und grünlich verfärbt war. »Sie ist ein Zeichen Gottes.«

»Euer Geschwätz ist aberwitzig«, mischte sich ein feingliedriger Goldschmied ein, dessen aufwendig gearbeiteter Rock mehr gekostet haben musste als ein gutes Pferd. »Nur, wenn man sein Haus regelmäßig ausräuchert, kann man sich vor der Pest schützen.« Er warf einen Blick auf eine kleine Ansammlung armseliger Gerber, die trotzig zurückstarrten. »Wer an übel riechenden Orten arbeitet, ist besser geschützt als diejenigen, die in frischer Luft ihrem Tagwerk nachgehen. Ein Gift schwächt das andere und wirft es nieder!«

Der Tumult nahm zu. „Wer badet, ist anfälliger", kreischte eine schmutzstarrende Mangerin, deren faulige Zahnstummel kaum mehr aus dem Gaumen ragten.

»Was für ein Schwachsinn!«, donnerte einer der Gewürzhändler. »Man sagt, es sei die Schuld der Juden. Sie vergiften unsere Brunnen. Wenn wir die Plage loswerden wollen, müssen wir uns dieses Pack vom Hals schaffen!«

Das angstgepeitschte Geheul, das sich als Antwort auf diesen Einwand erhob, ließ Conrad die Stirn runzeln, und während er noch beobachtete, wie sich die Menschen weiter gegenseitig anstachelten, fuhr ihm ein Gedanke durch den Kopf, dessen Raffiniertheit ihn lauthals lachen ließ. Der kehlige Laut ging in dem Toben der Anwesenden unter, doch als er sich ohne auf den Protest des Aldermans zu achten auf dessen Podest schwang und »Ruhe!« donnerte, verstummten die Männer und Frauen erstaunt.

»Ihr habt recht«, bellte er mit geballten Fäusten. »Kurz vor Beginn des Ausbruches habe ich gesehen, wie sich einer der Juden am Brunnen vor dem Rathaus zu schaffen gemacht hat«, log er, ohne rot zu werden. »Nur wenn wir sie vertreiben, wird die Geißel von uns genommen!«

Wie eine wildgewordene Meute Hunde schüttelte der inzwischen zu besinnungsloser Wut angestachelte Mob die Arme und drängte – die Zunftangelegenheiten vergessend – in Richtung Ausgang, um auf der Stelle dafür zu sorgen, dass die Stadt in Zukunft wieder sicher sein würde.

Als der letzte Rücken durch den Ausgang verschwunden war, blickte der Alderman mit einer Mischung aus Verachtung und Entsetzen zu Conrad auf und flüsterte tonlos: »Was habt Ihr getan?«

»Dafür gesorgt, dass diese Plage aus unserer Stadt verschwindet!« Ohne näher zu erläutern, ob er damit die jüdischen Geldverleiher oder die Pest gemeint hatte, sprang er auf den Boden zurück, tippte sich an die Kappe und schlenderte seelenruhig aus dem Raum.

Ein breites Feixen auf den Zügen, trat er in die Kälte der Nacht hinaus, um gerade noch mit anzusehen, wie die inzwischen mit Fackeln bewaffnete Meute die Straße entlang auf den Judenhof zustürmte, wo sie zweifelsohne ein Blutbad anrichten würde. Wie einfach es doch war, sich von seinen Schulden zu befreien, dachte er spöttisch und steuerte in die entgegengesetzte Richtung, um sich ins Badehaus zu begeben und dem Druck in seinen Lenden Erleichterung zu verschaffen. Klirrend hing der Frost in der Luft, und mit jedem Atemzug, den der aufgekratzte Gießer tat, löste sich ein winziges Wölkchen von seinem Mund, das innerhalb weniger Sekunden verpuffte. Wie unglaublich einfältig die Menschen doch waren!, überlegte er selbstgefällig und machte einen Bogen um eine mit grünen Leichentüchern bedeckte Familie, die auf einem Karren auf den Totengräber wartete. Schwach und einfältig! Er bog in die Bockgasse ein, an deren Ende bereits die hell erleuchteten Fenster des Badehauses lockten. Diese Pest raffte nur die Schwachen dahin, und der einzig wirksame Schutz gegen sie war harte Arbeit!

Ausgreifend näherte er sich seinem Ziel und schenkte den beiden offensichtlich jämmerlich frierenden Dirnen, welche auch in dieser eisigen Nacht nur spärlich bekleidet zum Besuch der Anstalt einluden, ein strahlendes Lächeln. Großspurig fuhr er mit der Rechten in seine Rocktasche und zauberte eine Handvoll Silbergeld hervor, die er vor den großäugigen Mädchen auf den Boden purzeln ließ. »Für euch, ihr Süßen. Es ist ja bald Weihnachten«, tönte er und beobachtete grinsend, wie die jungen Frauen kniend dem davonkullernden Schatz hinterherkrochen. Den Blick fest auf die sanft hin- und herschwingende Rückseite der jüngeren der beiden gerichtet, setzte er seinen Weg ins Innere des Badehauses erst fort, als die beiden mit überschwänglichem Dank ihre ursprüngliche Position wieder eingenommen hatten. Wie schön, wenn man sich solch kleine, aber befriedigende Gesten leisten konnte! Ein Stechen der Vorfreude ließ ihn zusammenzucken. Wenn er erst ein Mitglied des Rates war, würde sich sein Lebensstil deutlich verändern!

Beschwingt betrat er das feuchtwarme Innere des Gebäudes und ließ sich von einem der Helfer in seine übliche Nische führen, in der ihn keine zehn Minuten später die von ihrer Krankheit genesene Cylia beglückte. Als diese sich nach vollendetem Liebesspiel wieder zurückgezogen hatte, bummelte Conrad – eine fröhliche Melodie auf den Lippen – ins Schwitzbad, wo er erstaunt auf der Schwelle verharrte, als er der wohlbekannten Gestalt des Abtes gewahr wurde, der immer häufiger zu ungewohnten Zeiten ins Bad kam.

»Franciscus«, grüßte er gut gelaunt und ließ sich neben dem fleischigen Barfüßer nieder, nachdem er seine Haut mit einem Griff in den Wassereimer mit einem Film des erfrischenden Nasses bedeckt hatte. Zischend kommentierte der heiße Stein die Feuchtigkeit, und während dünne Dampfschwaden zur Decke stiegen, schloss Conrad mit einem Seufzen die Augen. Nachdem er einige Augenblicke das durch seine Adern pulsierende Machtgefühl genossen hatte, hob er betont genüsslich den Kopf und blickte Franciscus direkt in die braunen Augen. »Ich will Euch nicht den Abend verderben«, hub er an und zog ein Bein unter das Gesäß. »Aber Ihr solltet auf der Hut sein.«

Als Franciscus, zwischen dessen Brauen sich eine unwillige Falte gegraben hatte, ihn lediglich wortlos anstarrte, setzte Conrad hinzu: »Ich komme gerade von einem Zunfttreffen. Der Alderman hat Verdacht geschöpft.«

Einige Atemzüge lang war das fauchende Wispern der sich auf Kohlen und Stein niedersenkenden Feuchtigkeit das einzige Geräusch, das den kleinen Raum erfüllte, bevor Franciscus bissig erwiderte: »Wenn das nur meine einzige Sorge wäre!« Er lachte hart. »Ich hatte heute Abend eine sehr unschöne Auseinandersetzung mit Henricus.«

Der Ton, in dem er diese Feststellung äußerte, verriet Conrad, dass sein Verdacht den heimlichtuerischen Ordensvater betreffend korrekt gewesen war. Ein Schauer der Verachtung ließ ihn trotz der enormen Hitze frösteln, als er sich ausmalte, wie der bigotte Henricus das Regiment in der mächtigsten Abtei der Stadt führen könnte, sollte es ihm gelingen, Franciscus dessen Posten streitig zu machen. Dazu durfte es nicht kommen!

»Er ist Euch hierher gefolgt«, ließ er den griesgrämig an seiner Lippe nagenden Abt wissen, der bei dieser Information zurückzuckte, als habe der Gießer ihm einen Schlag ins Gesicht versetzt. »Seit vier Wochen schleicht er Euch nach und beobachtet das Badehaus«, erläuterte Conrad, dem die vermummte Gestalt des stellvertretenden Ordensoberhauptes mehr als einmal aufgefallen war, und als Franciscus lediglich mit zusammengepresstem Mund nickte, wiederholte er mit Nachdruck: »Nehmt Euch vor ihm in acht.«

Ein Schnauben verriet die Gedanken des heftig schwitzenden Abtes, der schließlich heiser erwiderte: »Solange er dieses Haus nicht betritt, ist er keine Gefahr. Schließlich ist es ein Badehaus!« Er lächelte dünn. »Und nicht nur wir treffen uns hier, um Geschäfte zu machen. Sollte er also Nachforschungen anstellen, werden genügend glaubwürdige Männer bestätigen, dass es ein Treffpunkt ist, an dem man den Körper von schädlichen Säften reinigen und gleichzeitig wichtige Dinge bereden kann – trotz des Empfangskomitees.« Das leise Wiegen seines Kopfes ließ erahnen, dass er sich bereits die Erklärung für Henricus zurechtlegte. »Etwas anderes bereitet mir viel mehr Sorge.« Ohne Vorwarnung unterbrach ihn ein solch heftiger Hustenkrampf, dass Conrad instinktiv einige Ellen von ihm zurückwich und trotz aller Arroganz die Pest betreffend zur Sicherheit die Luft anhielt. Heftig hob und senkte sich der mächtige Brustkorb des Franziskaners, dem deutlich anzusehen war, dass ihn die Gewalt des Anfalles selbst überraschte. Mühsam atmend lehnte er sich schließlich zurück und griff sich mit schmerzverzerrtem Gesicht an die behaarte Brust. »Heute ist eine junge Frau aus der Abtei verbannt worden, weil sie mit einem der Novizen Unzucht getrieben hat«, erklärte er immer noch schwer atmend. »Und diese Situation hat Henricus dazu genutzt, mir unverblümt zu drohen.« Der Hass, der in den im Feuerschein beinahe golden wirkenden Augen glomm, ließ Conrad Henricus' Mut bewundern. Denn keine Sekunde zweifelte er daran, dass Franciscus alles in seiner Macht Stehende unternehmen würde, um diese Bedrohung mit der Wurzel auszureißen. »Die Anwesenheit Eurer Tochter im Abthaus ist ihm nicht verborgen geblieben«, fuhr er etwas ruhiger fort und wischte sich die Stirn, auf der dicke Schweißtropfen glänzten. »Und er hat die folgerichtigen Schlüsse gezogen.« Ein erneuter Krampf schüttelte ihn. »Das wäre an sich kein Problem«, keuchte er. »Denn ich habe meine Augen und Ohren auch dort, wo Henricus denkt, seine schmutzigen kleinen Geheimnisse vor mir verbergen zu können.« Eine unschöne Grimasse verzerrte seine Züge. »Weshalb ich nur zu genau weiß, dass sowohl er als auch der Infirmarius regelmäßig die Zelle des Tonsors aufsuchen. Diese Heuchler!« Die Eckzähne blitzten auf, als sich seine Oberlippe verächtlich verzog, doch er ernüchterte umgehend wieder, als er zum Kern des Problems zurückkehrte. »Aber seit ich ihre Dienste in Anspruch nehme, hat Eure Tochter noch nicht ein einziges Mal geblutet!«

Die Implikation dieser Feststellung drang nur langsam in Conrads Bewusstsein vor, doch als ihm klar wurde, was dies bedeuten konnte, stieß er einen gotteslästerlichen Fluch aus.

»Ihr müsst dafür sorgen, dass sie mit Eurem Lehrling in eine Lage kommt, die nur eine Schlussfolgerung erlaubt«, forderte der Abt barsch. »Denn nur so kann ich mir diesen Schakal vom Leibe halten.«

»Das ist einfacher gesagt als getan«, brummte Conrad missfällig. »Sie geht ihm aus dem Weg. Seit der Nacht, in der ich ihr befohlen habe, Euren Wünschen zu entsprechen, schließt sie sich in ihrer Kammer ein und meidet jeden Kontakt.« Dieses Verhalten hatte ihn nicht sonderlich beunruhigt, da ihm nichts gleichgültiger war als das Wohlergehen seiner Tochter, doch wenn diese Grille seine Vereinbarung mit dem Abt gefährden sollte, würde er andere Saiten aufziehen müssen!

»Soweit ich informiert bin, schicken die Beginen sie morgen mit zwei weiteren Schwestern nach Söflingen, um von den Klarissen einige Kräuter und Tränke zu besorgen, die im Hospital fehlen«, spann Franciscus laut seine Gedanken fort.

»Wenn Ihr den Burschen unter einem Vorwand mit auf diesen Ausflug schicken könntet, beauftrage ich den Zellerar mit einem Einkauf. Da die Äbtissin dort seine Leidenschaft für guten Wein teilt, wird er darauf bestehen, die Nacht dort zu verbringen.« Er räusperte sich und fasste sich mit einem irritierten Blinzeln an die Stirn.

Irgendetwas scheint mit ihm nicht zu stimmen, dachte Conrad, doch das war im Augenblick nebensächlich. Wollte er einen Sitz im Rat erringen, war es unerlässlich, Franciscus' Unterstützung zu genießen, da dieser von einer beträchtlichen Anzahl wahlberechtigter Meister einen Gefallen einfordern konnte. »Ich könnte ihm die Glocke für die Kapelle des Klosters mitgeben. Sie ist bereits fertig.« Und nicht besonders wertvoll, setzte er in Gedanken hinzu, da ihm nichts mehr widerstrebte als die Vorstellung, durch einen Überfall Geld zu verlieren. Seit Ausbruch der Seuche hatte das Rechtsempfinden der Menschen beträchtlichen Schaden genommen, und immer mehr Unfreie und Sklaven, deren Herren der Krankheit erlegen waren, versuchten, sich durch Plündereien und Überfälle auf Reisende mit den nötigen finanziellen Mitteln einzudecken, um durch den harten Winter zu kommen.

»Allerdings hat das Ganze einen Preis.« Wenn er die Notlage des Abtes nicht für seine Zwecke nutzte, wäre er ein Narr, sinnierte er triumphierend und hielt in aller Seelenruhe den zornigen Blick des geschwächt wirkenden Franciscus. »Ich habe mich heute zur Wahl in den Rat aufstellen lassen. Seht zu, dass ich einen Platz erringe. Ich weiß, dass Ihr genug Einfluss habt, also spart Euch die Ausflüchte«, fügte er hastig hinzu, als Franciscus den Mund zu einer Erwiderung öffnete.

»Von Euch könnte selbst ich noch etwas lernen«, versetzte dieser schließlich mit widerwilliger Bewunderung und führte eine der Wasserkellen an den Mund, um gierig zu trinken, bevor er sich unsicher erhob. »Ihr habt mein Wort, wenn ich das Eure habe«, sagte er matt und machte Anstalten, sich zu entfernen.

Mit zusammengekniffenen Augen verfolgte Conrad, der sich nur unter Aufbietung aller Selbstbeherrschung einen freudigen Ausruf verkniff, wie der Abt sich auf wackeligen Beinen auf den Ausgang zuschob, wo er sich mit einer Hand an der Wand abstützte, bevor er über die Schulter in das Dampfbad zurückwarf: »Ich verlasse mich auf Euch, Conrad.« Damit verschwand er in dem kühlen Korridor und ließ den Glockengießer mit der Vorfreude auf den beinahe greifbaren Erfolg zurück.

Kapitel 20

Der lodernde Feuerschein, der den rauchverhangenen Nachthimmel in ein grelles, orangefarbenes Licht hüllte, zog Anabels Schritte wie magisch in Richtung Judenhof. Gellende Schreie und das kehlige Gebrüll aufgestachelter Männer vermischten sich mit dem Tosen der Flammen und dem verzweifelten Flehen von Frauen und Kindern. Die eisige Luft, die der jungen Frau messerscharf in die Lunge stach, trug den Gestank von verbranntem Fleisch, Ruß und brennendem Holz, und als Anabel das Gebäude der Beginensammlung hinter sich gelassen hatte, blieb sie bei dem Anblick, der sich ihren weit aufgerissenen Augen bot, wie vor die Brust gestoßen stehen. Inmitten des weitläufigen Häuserkarrees, welches das Viertel der jüdischen Gemeinde abgrenzte, brach in ebendiesem Moment das Dach der dort errichteten Synagoge in sich zusammen und sandte tanzende Funkenfontänen in die Nacht. Hustend presste sie sich den Ärmel ihres Kleides vor die Nase und verfolgte gelähmt vor Entsetzen, wie sich prügelschwingende Schemen aus dem dichten, grauen Schleier lösten, um heulende und kreischende Gestalten an Haaren,

Armen und Beinen auf eine Grube zuzuzerren, die sich wie von selbst in den frostharten Boden zu fressen schien. Erst bei genauem Hinsehen konnte man die schmutzigen Männer erkennen, die sich mit Schaufeln, Hacken und Eimern bewaffnet soeben über den Rand des Schlundes schwangen, um ohne Unterlass in die Menge zu stürmen und weitere Unglückliche in das Loch zu stoßen. Leib um Leib taumelte in die Grube, und wer versuchte, sich daraus zu befreien, wurde erschlagen oder verstümmelt. Das Licht der Fackeln ließ deutlich die tiefrote Färbung des Schnees erkennen, und hätte sie nicht das Grauen auf der Stelle festgehalten, hätte Anabel wie von Dämonen gehetzt das Weite gesucht.

So blieb ihr nichts weiter übrig, als mit zitternden Knien den Halt einer Hauswand zu suchen und mit anzusehen, wie die in dem Loch zusammengedrängten Juden mit Pech übergossen und mit Holzscheiten bedeckt wurden, bevor kurze Zeit später ein wahrer Hagel an brennenden Fackeln auf sie niederprasselte. Mit einem fauchenden Geräusch fing das Pech Feuer und hüllte die schreienden Menschen in einen solch gewaltigen Feuerball, dass Anabel in mehreren Dutzend Schritt Entfernung die Hitzewelle ins Gesicht schlug. Keuchend taumelte sie zurück. Kaum hatte sie den Kreis des Feuers verlassen, rüttelte sie die beißende Kälte soweit auf, dass sie wie im Traum in Richtung Norden stolperte, um durch die dunklen Gassen nach Hause zu fliehen. Mehrmals schlug sie auf dem vereisten Untergrund lang hin, bis sie sich schließlich in der Nähe der Kohlgasse erschöpft und am ganzen Körper zitternd auf die Knie fallen ließ, um sich unter krampfartigem Würgen in eine der Abortrinnen zu erbrechen. Danach, als der Gestank brennender Haare und röstenden Fleisches nicht mehr in ihrer Kehle stach, gewann sie nach einigen Augenblicken der Ruhe die Gewalt über ihre Glieder zurück, sodass es ihr schließlich gelang, ohne weitere Zwischenfälle die Glockenhütte zu erreichen. Dort wollte sie gerade die Tür aufstoßen, als sich eine Hand aus der Dunkelheit um ihren Arm schloss und sie um die Ecke zog, wo sie im Licht der selbst hier noch sichtbaren Lohe in Bertrams besorgte Züge blickte. Das pechschwarze Haar stand in zerzausten Zacken von seinem Kopf ab, den er leicht schräg gelegt hatte, um sie unter halb gesenkten Lidern hervor zu mustern.

»Anabel«, flüsterte er nach einer kurzen Zeit der schweigenden Betrachtung und ließ die Hände an ihren Armen hinauf zu ihren Schultern wandern, die unter der Berührung zusammenzuckten. Obschon sie ihn in der ersten Schrecksekunde am liebsten von sich gestoßen hätte, raubte ihr die Liebe in seinem Blick so urplötzlich alle Widerstandskraft, dass sie spürte, wie sich Schwäche in ihr ausbreitete. Nach einigen stockenden Atemzügen gab sie mit einem unterdrückten Schluchzen dem Gefühl der Mutlosigkeit nach und ließ zu, dass er die Arme um sie schlang und das Kinn in ihr nach Ruß und Feuer riechendes Haar grub. »Ich liebe dich so sehr«, murmelte er und wiegte ihren von Weinkrämpfen geschüttelten Körper, der in seinen Armen zu zerbrechen drohte. »Egal, was geschehen ist, ich werde dich niemals verlassen.« Beinahe glühend brannten seine Handflächen auf dem dünnen Stoff ihres Kleides, und während sich all die Trauer, Scham und Verzweiflung Bahn brachen, gestattete sie sich einen süßen Moment lang die Hoffnung, dass die überwältigende Liebe zu Bertram alle Hindernisse aus der Welt zu schaffen vermochte.

Zitternd grub sie die Hände in seinen groben Leibrock und weinte und weinte, bis die Tränen schließlich von selbst versiegten und sie sich mit geröteten Augen von ihm löste, um zu ihm aufzublicken. Der schmerzvolle Ausdruck auf seinen Zügen zog ihr Herz zusammen, und als auch er sich mit einem schiefen Lächeln eine Träne von der Wange wischte, hätte sie um ein Haar erneut die Fassung verloren.

»Anabel.« Er schluckte mühsam und führte eine ihrer kalten Hände an die Lippen. »Lass uns fliehen. Wie werden uns auch ohne Geld durchschlagen.« Die Überzeugung verlieh diesem Wunsch einen beinahe verlockenden Klang. Doch wenngleich Anabel einen kurzen Moment ihren innersten Sehnsüchten nachgegeben hatte, konnte sie ihn nicht dazu verdammen, seine Liebe an eine gefallene Frau zu verschwenden. Mit einer energischen Bewegung befreite sie sich aus seinem Griff und erwiderte mit einem Seufzen: »Ich kann nicht mit dir kommen. Du würdest mich für immer verwünschen.« Sie hielt inne und blinzelte die erneut in ihren Augen aufsteigenden Tränen zurück. »Bitte, Bertram.«

Ohne darüber nachzudenken, hatte sie schützend die Arme vor der Brust verschränkt, und als Bertram Anstalten machte, sie erneut an sich zu ziehen, wich sie einen weiteren Schritt zurück. »Geh ohne mich«, drängte sie und warf einen Blick zurück die Gasse entlang, an deren Eingang soeben eine Handvoll aufgekratzter Zecher vorbeitorkelte. »Niemand wird in diesen Zeiten nach dir suchen. Sie haben alle viel zu viel Angst vor der Pest.« Damit schob sie die Hand unter die wollene Glocke und beförderte sie kurz darauf mit silbernen Pfennigen gefüllt wieder zutage. »Nimm das.«

Während Bertram mit vor Verblüffung offenem Mund auf ihre Handfläche starrte, kämpfte Anabel gegen den sich immer weiter verhärtenden Klumpen in ihrer Magengrube an, der seit dem Tag, an dem sie ihre Ehre verloren hatte, zu einem ständigen Begleiter geworden zu sein schien.

Mit einer fahrigen Bewegung streckte Bertram die Rechte aus und schloss die Finger um Anabels Hand, die er behutsam zu einer Faust formte. »Ohne dich gehe ich nirgendwo hin«, versetzte er heiser und bohrte den trotz der Verunsicherung forschenden Blick in ihre verweinten Augen. »Ich wünschte, du würdest mir vertrauen.« Er stieß frustriert die Luft durch die Nase. »Aber ich werde warten, bis du bereit bist.« Damit wollte er sich niedergeschlagen von ihr abwenden, doch als das Licht des Feuers auf sein Profil fiel, durchfuhr Anabel ein Stich des Gewissens.

»Warte«, bat sie müde und schüttelte traurig den Kopf, als sie die Hoffnung auf Bertrams Zügen bemerkte. »Es geht um deinen Vater«, sprang sie mit dem Kopf voraus in das kalte Wasser, welches das längst fällige Geständnis für sie darstellte. »Ich glaube, ich bin ihm vor einigen Wochen begegnet.« Mit knappen Worten berichtete sie von der Suppenausgabe, beschrieb die Züge und die Tracht des Mannes, der sie so verunsichert hatte, und schloss mit einer gemurmelten Entschuldigung. Nach anfänglichem sprachlosem Staunen gruben sich zwei harte Falten um seinen Mund, bevor Bertram schließlich verächtlich die Schultern hob.

»Ich habe keinen Vater mehr«, beschied er bitter und senkte die Lider, um seine Gefühle vor ihr zu verbergen, doch es war bereits zu spät. Zu deutlich kündete der Schleier, der seinen Blick verdunkelte, von dem Leid, das ihm der Steinmetz zugefügt hatte. »Bertram«, wiederholte sie zaghaft. »Er muss um Essen betteln.« In dem kurzen Moment, in dem der Kopf des jungen Mannes in die Höhe schoss, erkannte Anabel, wie sehr Bertram sein eigen Fleisch und Blut für das hasste, was es ihm angetan hatte, und schalt sich eine Närrin, die kaum verheilte Wunde wieder aufgerissen zu haben. Warum hatte sie die Entdeckung nicht für sich behalten?, fragte sie sich vorwurfsvoll und wollte gerade etwas hinzusetzen, als Bertram zwischen den Zähnen hervorstieß: »Vermutlich hat er das Geld, das er für mich erhalten hat, verzecht und verspielt!« Mahlend traten die Kiefermuskeln unter der gespannten Haut seiner Wangen hervor. Der ungeschminkte Schmerz, der trotz aller Selbstbeherrschung deutlich in seiner Körperhaltung zu lesen war, verleitete Anabel dazu, die Hand zu heben, um sie ihm auf die

Wange zu legen, doch sie zuckte schuldbewusst mitten in der Bewegung zurück.

»Es tut mir leid«, wiederholte sie ein letztes Mal und wandte sich mit schwerem Herzen von ihm ab. Mit gesenktem Kopf schlüpfte sie ohne einen Blick zurück durch die Tür in das Haus ihres Vaters und schlich in die Schlafkammer, wo sie sich auf ihrem klumpigen Lager hin- und herwarf, bis sie schließlich kurz vor Anbruch des neuen Tages in einen unruhigen Schlaf fiel.

Als schließlich das Geläut der Kirche auf dem Felde den Morgen verkündete, schleppte sie sich mit schmerzendem Rücken in die Küche, um ein hastiges Mahl aus Hirsebrei und trockenem Brot zu sich zu nehmen, bevor sie sich auf den Weg ins Hospital machte. Froh darüber, niemandem begegnet zu sein, eilte sie kaum fünf Stunden nach ihrer Rückkehr in das Haus des Glockengießers erneut in Richtung Münsterplatz, wo sich bereits Hunderte von Schaulustigen versammelt hatten, um die rauchenden Überreste des Pogroms zu bestaunen.

Mit abgewandtem Blick schwamm Anabel gegen den Strom der Gaffer, um sich zur vereinbarten Stunde bei Schwester Adelheid zu melden. Gemeinsam mit dieser hatte sie den Auftrag, im etwa drei Meilen entfernten Söflingen Tränke, Salben und Kräuter zu besorgen, die den Beginen schon vor Tagen ausgegangen waren. Zuerst hatte die Meisterin Guta Staiger darauf gehofft, die Zutaten auf dem immer weiter schrumpfenden Markt auf dem Rathausplatz erstehen zu können, doch da die Zahl der in Ulm anlegenden Schiffe täglich sank, herrschte nicht nur an diesen Waren Mangel. »Hier drüben, Anabel!« Die Altstimme der schlanken Begine ließ Anabel herumfahren und auf das bereits vor den Mauern der Abtei wartende Fuhrwerk zusteuern, dessen Ladefläche von einer groben Leinwand überspannt wurde.

Als sie sich nach einem kurzen Gruß auf den Wagen schwang, wandte Schwester Adelheid den Kopf und teilte ihr mit einer koboldhaften Grimasse mit: »Wir haben Begleitung.« Eine Reihe senkrechter Falten grub sich in ihre Oberlippe, als sie diese beinahe komisch kräuselte. »Franciscus hat beschlossen, den Zellerar mit nach Söflingen zu schicken. Was bedeutet, dass wir die Nacht dort verbringen.« Sie rümpfte die leicht gebogene Nase und fuchtelte vielsagend in der Luft herum. »Aber es gibt vermutlich Schlimmeres.«

Nur mit Mühe verkniff sich Anabel, die beim Anblick der stets gut gelaunten Schwester für einen kurzen Nu ihre Sorgen vergaß, ein Kichern, als sie sich ausmalte, wie der lebenslustige Gaudenz und die Äbtissin des Klarissenklosters ihrer weithin bekannten Leidenschaft für gutes Essen und Trinken an einer mit Sicherheit reich gedeckten Tafel nachgehen würden. Mehr als einmal war der kleinwüchsige Zellerar in der Vergangenheit von Einkaufsfahrten zu der reichen Abtei zurückgekehrt und hatte mehr als deutliche Spuren eines vorangegangenen Gelages aufgewiesen. Das Schmunzeln, das ihr sorgenvolles Gesicht erhellte, vertiefte sich. Die Völlerei gehörte ganz gewiss nicht zu den Sünden, vor denen Gaudenz seine Seele bewahren wollte!

Als die beiden Kaltblüter, die mit hängenden Köpfen an ihrem Geschirr kauten, ungeduldig mit den Hufen stampften, zog Schwester Adelheid mit einigen beruhigenden Worten an den Zügeln, bevor sie diese wieder auf die Rücken der stämmigen Tiere fallen ließ. Leise vor sich hin schimpfend nestelte sie an den Fingern ihrer Handschuhe und rieb die Knie aneinander, um sich zu wärmen.

»Wo bleibt der Bursche nur«, murmelte sie missfällig, und als kurze Zeit später ein altes, rostiges Fuhrwerk aus dem Osten auf die kleine Versammlung zuholperte, stockte Anabel vor Verwunderung der Atem. Denn trotz der blendend durch die

Wolkendecke brechenden Sonne erkannte sie bereits aus hundert Fuß Entfernung den ockerfarbenen Ochsen ihres Vaters, der unter dem Joch des uralten Karrens gemächlich hin- und herschwankte. In aller Seelenruhe trottete das Tier auf die Frauen zu und kam neben ihnen auf Befehl des Lenkers zum Stehen, der sie mit einem respektvollen Kopfnicken begrüßte. Als sein Blick auf Anabel fiel, schoben sich die Mundwinkel kaum merklich nach oben, doch ansonsten ließ er sich mit keinem Wimpernzucken anmerken, dass er sich erst vor wenigen Stunden von ihr getrennt hatte. Auf der flachen Pritsche des Wagens wölbte sich die eindeutige Form einer Glocke unter einer Abdeckung aus blauem Tuch, das an den vier Ecken des Wagens befestigt worden war.

»Ah, da bist du ja«, dröhnte die Stimme des Kellermeisters so unvermittelt, dass Anabel erschrocken zusammenfuhr. Mit seiner zu langen Kutte kämpfend wieselte der kleine Mönch über den Vorplatz der Abtei auf die Wartenden zu, schenkte den Frauen ein strahlendes Lächeln und streckte Bertram die Hand entgegen, damit dieser ihm auf den Bock des Fuhrwerkes half. Zappelnd zupfte er den Stoff unter seinem Gesäß zurecht, legte die Stirn in tiefe Falten und griff sich mit einem erschrockenen Ausruf an den geflochtenen Gürtel. Kaum hatte er die daran befestigte, aus Ziegenleder gearbeitete Flasche ertastet, klärte sich seine umwölkte Miene und er schnalzte vergnügt mit der Zunge. »Dann wollen wir mal«, verkündete er mit einem Händeklatschen und gab Bertram zu verstehen, den Ochsen anzutreiben. Das Knallen der Peitsche hing noch in der Luft, als auch Anabels Fuhrwerk sich mit einem Ruck in Bewegung setzte, um in Richtung Neutor zu poltern, von wo aus es sich gemächlich den Anstieg zum Kuhberg hinaufkämpfte.

Kaum hatten sie den Schutz der Häuser und Mauern hinter sich gelassen, boten sie dem schneidenden Wind ein einladendes Ziel, und während sie sich bemühte, das Aufeinanderschlagen ihrer Zähne zu verhindern, kauerte sich Anabel in den Windschatten der vor ihr sitzenden Begine. Holpernd und schaukelnd schlängelten sich die beiden Karren die von Schlaglöchern durchsetzte Straße entlang, an deren Rand ein tiefer, mit Schnee und gefrorenem Brackwasser gefüllter Graben verlief. Bereits nach wenigen Minuten verblasste das allgegenwärtige Gemurmel der Stadt, und die unberührte Schneedecke schien alle Geräusche zu schlucken. Lediglich unterbrochen vom Schnauben der Tiere, fraßen die Wagen Fuß um Fuß, bis sich schließlich das Tal vor ihnen auftat, in dessen Zentrum sich das Dorf Söflingen an die sanften Hügel schmiegte. Etwas erhaben, zur Rechten des Dorfkerns, ragte das Klarissenkloster in den stahlblauen Winterhimmel, der sich von Norden her langsam aufgelockert hatte. Rings um die reiche Abtei erstreckten sich weitläufige Felder und Wälder, und während Anabel den Blick auf die schneebedeckten Fichten und Tannen am Fuße des Kuhberges richtete, erhob sich aus deren Wipfeln ein Paar jagender Bussarde.

Als sich die mächtigen Mauern der Abtei nach etwa einer halben Stunde schleppender Fahrt näherten, kehrten Anabels Gedanken zu Bertram zurück, dessen Gestalt den neben ihm thronenden Gaudenz zwergenhaft und zierlich erscheinen ließ. Welche unergründliche Macht des Schicksals hatte beschlossen, ihn gemeinsam mit ihr auf den Weg ins Umland zu schicken?, fragte sie sich verwundert. Wollte der Teufel sie versuchen, das Wohlergehen ihrer Geschwister den eigenen, selbstsüchtigen Hoffnungen zu opfern? Sie presste die Lider aufeinander, um ihren von der gleißenden Helligkeit geblendeten Augen einen Moment Linderung zu verschaffen. Wollte Satan sie zu der Hoffnung verleiten, dass es einen Ausweg aus der Zwangslage gab, in die ihre eigene Sündhaftigkeit sie geführt hatte? Ein Ziehen in ihrem Unterleib ließ sie den Blick von Bertrams männlicher Silhouette abwenden und den hölzernen Rosenkranz umklammern, den sie seit einiger Zeit stets mit sich führte. Was musste sie noch über sich ergehen lassen, um Vergebung für ihre Sünden zu erlangen?

Als die beiden Fuhrwerke das starke, zweiflügelige Tor des Klosters erreichten, traten die düsteren Gedanken beim Anblick der gewaltigen Anlage in den Hintergrund. Umgeben von scheinbar zahllosen Gütern erstreckte sich der von einer lang gestreckten Kirche dominierte Komplex etwa eine Meile in jede Himmelsrichtung. Während Refektorium, Dormitorien und Hospital den inneren Ring bildeten, wurden Gästehäuser, Stallungen, die Schule und das Haus der Äbtissin von einem Karomuster aus Wegen und Gärtchen eingerahmt, die der Anlage ein gepflegtes Aussehen verliehen. Trotz der Kälte wimmelte es von Heiligen Schwestern, die mit scheinbar stoischer Gelassenheit ihren jeweiligen Aufgaben nachgingen. Lediglich die Köpfe einiger weiß gewandeter Novizinnen zuckten neugierig in ihre Richtung, doch als sich eine beinahe quadratische Gestalt aus dem Schatten des Kirchturms löste, beugten die Mädchen sogleich wieder die Rücken und fuhren mit ihrer Arbeit fort.

»Gaudenz, Adelheid, wie schön, Euch zu sehen!«, trompetete die trotz der steifen Ordenstracht erstaunlich mütterlich wirkende Frau, bei der es sich ohne Zweifel um die Äbtissin Elisabeth handelte. Nachdem sie sich vor den Besuchern aufgebaut hatte, neigte sie den Kopf und bekreuzigte sich mehrfach. »Ihr müsst bis auf die Knochen durchgefroren sein«, stellte sie mit einem Blick auf die Gewänder der Neuankömmlinge fest und machte eine einladende Handbewegung. »Kommt. Ich lasse uns erst einmal etwas Würzwein zubereiten.«

Als auch Bertram, dem seine Verunsicherung anzusehen war, der Einladung folgen wollte, bedachte sie ihn mit einem nachdenklichen Blick, bevor sie einer der von ihr herbei gewinkten Nonnen etwas zuflüsterte. »Schwester Agnes wird dir ein Quartier zuweisen«, wandte sie sich an den nervös seine Hände knetenden jungen Mann, bevor sie die anderen Gäste dazu aufforderte, ihr zu folgen.

Da ihr nichts anderes übrig blieb, als sich dem kleinen Zug anzuschließen, warf Anabel einen mitleidigen Blick über die Schulter zurück, doch Bertram hatte sich bereits abgewandt, um sich an den Befestigungen der Glocke zu schaffen zu machen.

Kapitel 21

Die Nacht war sternenklar, als Anabel sich um die achte Stunde in die ihr zugewiesene Kammer in einem der an die Stallungen angrenzenden Gästehäuser zurückzog. Totenstille hatte sich über den weitläufigen Hof gesenkt, nachdem das Geläut der Kirche verstummt war und der Großteil der Bewohner sich entweder in die Dormitorien oder das Refektorium zurückgezogen hatte. Da auch der Klarissenorden nicht von der überall wütenden Seuche verschont geblieben war, waren die Reihen der Schwestern inzwischen so weit ausgedünnt, dass laut der Äbtissin nur noch ein Drittel der ursprünglichen Mitglieder die riesige Anlage bewohnte. Was dazu geführt hatte, dass ganze Gebäude verwaist brachlagen. Da Schwester Adelheid im Haus der Ordensvorsteherin Unterkunft gefunden hatte, war Anabel die einzige Bewohnerin des etwa zehn Kammern umfassenden Gebäudes, das in pechschwarzer Finsternis direkt an der Westmauer lag. Mit einem müden Dank verabschiedete sie sich von der etwa vierzehnjährigen Novizin, die sie bis zur Tür begleitet hatte, und nahm froh das schwach leuchtende Lämpchen entgegen, das diese ihr reichte. Vorsichtig stieß sie das quietschende Tor des Gästehauses auf und schrak zusammen, als im Licht der von gelben Scheiben abgeschwächten Kerzenflamme eine Schar Mäuse das Weite suchte. Grotesk verzerrte Schatten zeichneten ein undeutliches Bild des spärlichen Mobiliars, und nachdem Anabel sich schüchtern in der von zwei groben Holztischen dominierten Eingangshalle umgesehen hatte, wandte sie sich mit einem erleichterten Seufzer der Tür hinter sich zu, um diese zu schließen. Langsam tastete sie sich in die einfach eingerichtete Behausung vor, deren Wände außer einer Handvoll Kruzifixe keinerlei Schmuck zierte. Dicke Balken stützten die Decke des zweistöckigen Baus, und nachdem sie sich im Untergeschoss umgesehen hatte, näherte Anabel sich zögernd der schmalen Treppe, die zu den Schlafkammern führte.

Die zum Teil morschen Stufen gaben laut knarrend unter ihrem Gewicht nach, und sie stieß erleichtert die angehaltene Luft aus den Lungen, als sie die Schlafkammer erreichte. Eine abgeschirmte, am Türrahmen angebrachte Fackel tauchte den Raum in ein heimeliges Licht, und eine ordentlich aufgeschichtete Pyramide aus Holzscheiten lud in der Feuerstelle dazu ein, entzündet zu werden. Neben der erstaunlich breiten Bettstatt wartete auf einem kleinen Tischchen eine Schüssel warmen Wassers auf sie, neben die jemand ein weiches Tuch gelegt hatte. Außerdem lockten ein Krug voll schäumenden Wacholderbieres und ein Zinnteller gefüllt mit knusprigem Brot, dreierlei Käse und einer kleinen Butterpastete, die Anabel voller Bewunderung bestaunte. Neugierig schnupperte sie an einer rosenförmigen Seife, von der ein schwerer Duft ausströmte, der ihr süß und betörend in die Nase stach. Nachdem sie die Dimensionen der Kammer ausgelotet hatte, kniete sie sich vor den Kamin, und sobald das Buchenfeuer beruhigend prasselnd seine Wärme verbreitete, ließ sie sich auf der weichen Matratze nieder, um einen Augenblick die Stille zu genießen.

Sie wollte sich gerade das Kleid über den Kopf ziehen und es sich mit dem Imbiss im Bett gemütlich machen, als das Quietschen der Angeln, das aus dem Erdgeschoss nach oben drang, sie zusammenschrecken ließ. Furchtsam sprang sie auf, schlich auf Zehenspitzen zur Tür und umklammerte die Fackel, um mit zunehmender Bangigkeit darauf zu lauschen, wie sich Schritte die knarrenden Stufen hinauf näherten. Als sich nach scheinbar endlosen Momenten die Tür zu ihrem Schlafgemach bewegte, entfloh ihr ein heiserer Laut. Dem langen Schatten, der sich durch den Spalt stahl, folgte eine Hand, und als schließlich ein schwarzer Schopf auftauchte, wäre Anabel vor Erleichterung beinahe in Ohnmacht gefallen.

»Bertram!«, stieß sie halb wütend, halb dankbar hervor und starrte den unerwarteten Besucher vorwurfsvoll an. »Du hast mich zu Tode erschreckt!«

»Das wollte ich nicht«, murmelte er zerknirscht und schlug die Augen nieder, während er mit dem Fuß die Tür hinter sich ins Schloss drückte.

»Wie um alles in der Welt kommst du hierher?«, zischte Anabel mit einem instinktiven Blick zu dem zweiflügeligen Fenster, doch da dieses mit einem hölzernen Laden verschlossen war, wandte sie umgehend ihre Aufmerksamkeit zurück zu Bertram. »Wenn dich die Heiligen Schwestern hier entdecken«, hauchte sie furchtsam.

»Du brauchst dich nicht zu sorgen«, wiegelte Bertram leichtfertig ab und trat auf sie zu. »Niemand hat gesehen, wie ich mich aus der Scheune geschlichen habe.« Ein schelmisches Funkeln trat in seine Augen, das jedoch auf der Stelle der Sorge wich, als er das Entsetzen in ihren Zügen las. Einen kurzen Moment starrten sie sich wortlos an, und die Spannung, die sich in dieser kurzen Zeit in der Kammer aufbaute, lag beinahe greifbar in der Luft.

Als Anabel Anstalten machte, vor ihm zurückzuweichen, löschte Bertram mit drei langen Schritten den Abstand zwischen ihnen aus, schloss sie in die Arme und presste ihren sich versteifenden Körper an sich, bis sie in seiner Umarmung erschlaffte. Vertraut und fremd zugleich stach ihr die ihm eigene Geruchsmischung aus Erde, Lehm und Männlichkeit in die Nase und ließ sie schwindelig die Augen schließen. Eine Zeit lang klammerte sie sich an ihm fest wie eine Ertrinkende, sog seine Gegenwart mit allen Sinnen auf und erlaubte der vertrockneten Hoffnung in ihrem Inneren ein schüchternes Aufkeimen. Als sich schließlich seine schwielige Hand unter ihr Kinn schob und er sie zwang, ihm in die Augen zu blicken, ließ sie die Enge in ihrer Brust um Atem ringen. Nach einigen Sekunden des stillen Betrachtens beugte er sich zu ihr hinab und verschloss ihren Mund sanft mit dem seinen, der jedoch umgehend zurückzuckte, als sie mit einem Wimmern die Handflächen gegen seinen Brustkorb stemmte.

»Nicht«, flehte sie, doch der Hunger in ihrem Blick strafte die Worte Lügen. Kaum widersetzte sich Bertram scheu der Bitte und küsste ihren Mundwinkel, öffnete sie erwartungsvoll die Lippen und ließ sich von einem Gefühl der Wonne überspülen, das all ihre Ängste in den Hintergrund drängte. Zärtlich zupfte Bertram an ihrer Unterlippe, bevor er mit der Zungenspitze die Kontur nachfuhr, und als Anabel sich ihm willig entgegendrängte, fanden sich ihre Zungen in einem berauschten Tanz. Während sich Anabels Atem zu einem abgehackten Stakkato beschleunigte, rang die Liebe zu Bertram alle Beschränkungen nieder, und obschon ihr Verstand ihr unmissverständliche Warnungen zuflüsterte, wurden diese Einwände vom Tosen der Lust übertönt.

»Ich habe gelogen«, flüsterte Bertram rau und versank erneut in einem Kuss. »Ich kann nicht warten.«

Die Heiserkeit in seiner Stimme schickte Anabel einen prickelnden Schauer über den Rücken, und als seine Hand sich vorsichtig um ihre verhärtete Brust legte, zog sie zischend die Luft durch die Zähne. »Nein«, hauchte sie ohne Überzeugung und bog sich seiner Liebkosung entgegen, die in heißen Küssen ihre Kehle entlangwanderte, bis sie die lockende Zartheit ihres Dekolletés erreicht hatte. »Sünde«, murmelte sie erstickt und ließ es geschehen, dass er die Hände unter ihr Becken schob und sie mit einem Ruck vom Boden aufhob, um sie behutsam auf der weichen Matratze abzusetzen. Während ihr Verstand immer lauter gegen das protestierte, was soeben geschah, zerschmetterte die alles auslöschende Gewalt ihrer Gefühle die Einwände wie Glas und ließ sie regungslos verharren, als Bertram sich an der Schnürung ihres Gewandes zu schaffen machte. Wie anders sich seine Hände auf ihrem vor Verlangen brennenden Körper anfühlten! Und wie ungewohnt die Empfindungen, mit denen ihr Innerstes auf den Anblick seiner sich unter dem Hemdrock abzeichnenden Erregung reagierte! Eine Welle der Lust durchlief sie mit einem krampfartigen Zittern. Sichtlich besorgt, den feinen Stoff des Kleides nicht zu beschädigen, zog Bertram erschrocken die Hände zurück, als einer der Säume ein Knacken von sich gab, und bat mit einem verzweifelten Blick um Hilfe. Mit wenigen geübten Handgriffen befreite Anabel sich von dem störenden Stoff, und als auch er kurz darauf völlig unbekleidet vor ihr stand, schnürte ihr die Begierde die Kehle zu. Wie schön er war! Anders als bei Franciscus, dessen Körper über und über mit drahtigem Haar bedeckt war, schimmerte Bertrams glatte Haut im Schein des Feuers beinahe golden. Und wohingegen die Glieder des Abtes grobschlächtig und massig wirkten, besaß Bertram die geschmeidige Schlankheit einer Wildkatze.

Dem unbeschreiblichen Drang folgend, sich durch seine unschuldige Berührung zu säubern, ergriff sie seine Hand und legte sie zurück auf ihre Brust, die augenblicklich auf den Reiz reagierte. Ein Stich der Lust ließ ihre Bauchdecke erzittern, als Bertram sich neben sie legte und forschend begann, ihre Vorderseite zu erkunden. Zärtlich und unendlich sanft strichen seine Fingerkuppen das Tal zwischen ihren Brüsten entlang zu ihrem Bauchnabel, bevor sie sich behutsam in das Nest blonder Locken stahlen, wo sie neckend ihre empfindlichste Stelle umschlichen. Das ungeahnte Wonnegefühl entlockte ihr ein leises Stöhnen, das Bertram dazu veranlasste, zu dem Punkt zurückzukehren, der diese Auswirkung auf sie hatte. Vorsichtig ertastete er die Geheimnisse ihres Geschlechts, und als er nach einigem Suchen mit dem Finger in sie fuhr, biss sie sich mit einem Wimmern auf die Lippe. Wie vollkommen anders als der entehrende Akt mit dem Abt dieses wundervolle Spiel war! Erneut stieß sie einen unterdrückten Laut der Begierde aus und grub die Hand in Bertrams Schopf. Während sie sich unter den gierigen, lusttrunkenen Blicken des Mannes, der ihre Ehre gestohlen hatte, verachtenswert und schmutzig gefühlt hatte, gab die Ehrfurcht in Bertrams glänzenden Augen ihr das Gefühl, etwas Kostbares und Besonderes zu sein. Unter trockenen Küssen folgte er dem Pfad, den seine Fingerkuppen vorgezeichnet hatten, und die Zärtlichkeit und Sanftheit, mit denen er ihren Körper liebkoste, löschten all den Schmerz und die Demütigungen aus, als hätten sie niemals existiert. Als sie schließlich vermeinte, das Verlangen nicht mehr auszuhalten, suchte Bertram heftig atmend ihren Blick. »Wenn ich aufhören soll, musst du es jetzt sagen.« Die Rauheit seiner Stimme ließ keinen Zweifel daran, dass auch er weit über den Punkt hinaus erregt war, an dem sie das Liebesspiel hätten abbrechen können.

»Nein«, keuchte Anabel und schloss die Augen, als er kurz darauf behutsam und vorsichtig in sie eindrang. Wohingegen dies bisher der Moment gewesen war, in dem sie sich an einen entlegenen Ort in ihrer Fantasie zurückgezogen hatte, ließ sie die Lust, die sie bei Bertrams rhythmischen Bewegungen durchströmte, das Becken heben. Mit jedem Stoß baute sich das glühende Gefühl weiter auf, bis es schließlich in einem Höhepunkt gipfelte, der sich in abgehackten Schreien Luft machte. Ein Zittern durchfuhr ihren Körper, und als sich kurz darauf Bertram mit einem heiseren Stöhnen in sie ergoss, zog sie seinen schwitzenden Leib an sich, um die berauschende Illusion des Einsseins so lange als möglich zu genießen. Während sein Herzschlag gegen ihre Brust hämmerte, vergrub sie die Nase in seinem schwarzen Haar und schloss die Augen. Sein stoßweiser Atem sandte kleine Kälteschauer über ihre vor Feuchtigkeit glänzende Haut, und schwindelig vor Hochgefühl betrachtete sie die kaum wahrnehmbaren Bewegungen seines Körpers, der im Feuerschein wie aus Marmor gemeißelt wirkte. Überdeutlich war sie sich des Rhythmus bewusst, in den sie nach einiger Zeit des stillen Genießens verfielen, und hätte sich die ihren Verstand umhüllende Wolke der Sinnlichkeit nicht langsam aber sicher aufgelöst, hätte sie die nächsten Stunden damit zubringen können, seine sich beruhigenden Atemzüge zu genießen. Als jedoch mit dem Erkalten des Schweißes auch der sinnestaumelnde Wirbel der Empfindungen unaufhaltsam abebbte, wurde die glückselige Wärme in ihrem Inneren ohne Warnung von der ihr wohlbekannten Starre abgelöst, und ihre Augen füllten sich mit Tränen der Verzweiflung.

Kaum wurde ihr klar, was sie Bertram mit ihrer Schwachheit angetan hatte, schlug die Ausweglosigkeit ihrer Lage mit voller Gewalt über ihr zusammen, und ein Schluchzen raubte ihr die Luft. Der hohe Ton, mit dem sich ein krampfartiger Weinanfall ankündigte, ließ Bertram erschrocken den Kopf heben und voller Verblüffung auf ihr verzerrtes Gesicht hinabblicken. Der Mund, den vor wenigen Augenblicken noch ein verklärtes Lächeln umspielt hatte, war zu einer Grimasse verzogen, und in den vormals glänzenden Augen lag so viel Hoffnungslosigkeit und Qual, dass er von ihr glitt, um sich neben ihr auf den Ellenbogen zu stützen.

»Anabel«, hauchte er verwirrt und strich ihr eine der rotblonden Strähnen aus der Stirn. »Es … es tut mir leid. Ich wollte dich nicht überrumpeln.« Die Zerknirschung in seinen Zügen ließ Anabel die Hände vor die Augen schlagen, und während Bertram hilflos auf sie hinabstarrte, brach der Damm, hinter dem sich die Demütigungen und der Schmerz der vergangenen Wochen aufgestaut hatten. Beinahe eine halbe Stunde lang rann ein wahrer Sturzbach an Tränen ihre Wangen hinab, um in dem weichen Kissen zu versiegen, bevor sich ihre Trauer schließlich soweit erschöpft hatte, dass sie nur noch trocken um Luft rang. Als Bertram bereits befürchtete, sie könne ersticken, beruhigten sich die viel zu heftig kommenden Atemstöße, und der an ihrer Schläfe hämmernde Puls verlangsamte sich allmählich. Mit den Knöcheln rieb sie sich die geschwollenen Augen, bevor sie schließlich schützend die Beine an den Körper zog und sich auf die Seite rollte. Sich hin- und herwiegend wie ein Kind, starrte sie wie in Trance in die tanzenden Flammen, und als sich Bertrams Hand behutsam auf ihre Seite legte, fuhr sie heftig zusammen.

»Ich habe dir wehgetan!«, presste er zwischen unterdrückten Tränen hervor. »Es tut mir so furchtbar leid.«

Außer dem Knistern des Feuers unterbrach nichts die Stille, bis Anabel sich schließlich wieder auf den Rücken drehte, die Decke schützend über ihre Brust zog und zu ihm aufblickte. »Es ist nicht deine Schuld«, flüsterte sie schließlich. »Ich hätte es niemals zulassen dürfen. Ich bin deiner Liebe nicht wert!« Mit diesen Worten wandte sie den Blick von ihm ab und fixierte mit steinerner Miene die Decke der Kammer, an der ihre vom Schein des Feuers verzerrten Körper ein bizarres Schattenspiel aufführten.

»Was für einen Unsinn redest du da?«, brauste er auf und zwang sie mit einem Griff ans Kinn, ihn anzublicken. »Ich liebe dich! Und daran kann nichts auf dieser Welt jemals etwas ändern.«

Alles hatte er als Reaktion auf diese Worte erwartet, aber nicht das kurze Lachen, das Anabel ausstieß, bevor sie müde die Augen schloss. »Du weißt nicht, was du sagst«, stellte sie hölzern fest und umklammerte das Laken, um sich mit ihm in eine sitzende Position zu schieben. Traurig fuhr sie fort: »Du verschwendest deine Liebe an eine gefallene Frau.« Kaum hatten diese Worte ihren Mund verlassen, wollte erneut Schwermut in ihr aufsteigen, doch unter Aufbietung all ihrer Willenskraft gelang es ihr, diese zu besiegen und beinahe unbeteiligt fortzufahren: »Ein anderer hat mich bereits entehrt.«

Entgegen all der Furcht und Scham, die sie bisher davon abgehalten hatten, jemandem ihre Seele zu öffnen, schien es in diesem Moment, als gäbe es nur diesen einen Weg, um endgültig die niederdrückende Last der Sünde von ihrem Gewissen zu nehmen. Und so berichtete sie in sachlichen Worten, wie ihr Vater sie dazu erpresst hatte, dem Abt zu Willen zu sein, da er ansonsten ihren Geschwistern ein Leid zufügen würde. Distanziert und kühl erzählte sie von der Schändung, als handle es sich um das Schicksal einer anderen. Als sie schließlich geendet hatte, war Bertram wie versteinert. Eine scheinbare Ewigkeit blickte er mit offenem Mund auf die zerbrechlich wirkende junge Frau, aus deren Gesicht alle Farbe gewichen war, bevor er mit einem gotteslästerlichen Fluch auf die Beine schnellte, den Zinnteller auf dem Nachttisch zu Boden fegte und nach dem Krug voller Wacholderbier griff, um diesen an die Wand zu schleudern. Erstarrt verfolgte Anabel, wie die schäumende Flüssigkeit die weiße Wand befleckte und in mehreren dünnen Rinnsalen in Richtung Boden tröpfelte, wo sie die alten Bohlen tränkte.

»Ich werde ihn töten!«, tobte Bertram, an dessen Armen die Muskeln wie Taue hervortraten. Zuckend spannte sein verkrampfter Kiefer die Haut, als er mit mahlenden Zähnen die Hände in den schwarzen Schopf krallte und einen heiseren Wutschrei ausstieß. Erst als Anabel mit einem furchtsamen Laut die Decke über den Kopf zog, kam er wieder zu sich, blickte schuldbewusst auf die Scherben und ließ sich heftig atmend neben dem Bett auf die Knie fallen. Immer noch zitternd vor Zorn griff er nach einem Zipfel des Lakens, entrang es Anabels verkrampften Händen und sagte zerknirscht: »Ich wollte dich nicht erschrecken.« Mit Mühe zwang er sich dazu, regelmäßig zu atmen, und als das Dröhnen seines Herzens ein wenig abflaute, bat er beklommen: »Bitte sieh mich an.« Das Beben ihres Kinns verriet ihm, wie viel Kraft es sie kostete, nicht die Beherrschung zu verlieren und erneut in Tränen auszubrechen, und als er der Tapferkeit in ihrem verweinten Blick gewahr wurde, drohte es ihm die Brust zu sprengen.

»Wie konntest du annehmen, dass ich dir dafür die Schuld geben würde?«, fragte er sanft und umschloss ihre kalte Hand mit der seinen. »Ein Gott, der behauptet, dass es deine Schuld ist, ist kein Gott, an den ich glauben will«, stieß er verächtlich hervor, und als Anabel entsetzt den Mund öffnete, setzte er hinzu: »Wir müssen unser Schicksal in die eigenen Hände nehmen. Lass mich die Angelegenheit regeln!«

So viel Überzeugung schwang in seiner Stimme mit, dass Anabel sich um ein Haar dazu hätte verleiten lassen, ihm Glauben zu schenken. Doch die Konsequenzen dessen, was er zweifelsohne vorhatte, waren so grauenvoll, dass ihr die Furcht die Stimme verschlug. Mit einem Räuspern vertrieb sie den Klumpen in ihrer Kehle und flüsterte: »Wenn du ihn tötest, wird man dich hinrichten.« Der Gedanke daran, ihn an einem

Galgen hängen zu sehen, ließ sie schwindelig zurücksinken. »Und wenn du ihn provozierst, schlägt er dich tot!« Sie schluckte schwer. »Ich werde mich der Meisterin anvertrauen«, beschloss sie schließlich mit einem Seufzen. »Auch wenn sie vermutlich nicht viel ausrichten kann …« Sie ließ den Satz unbeendet, da sie sich ausmalte, wie Henricus darauf reagieren würde, sollte er jemals davon erfahren.

»Aber was ist, wenn sich der Abt bei meinem Vater beschwert?«, fragte sie bang und biss die Zähne zusammen, um zu verhindern, dass sie aufeinanderschlugen. »Dann wird er die Kinder dafür büßen lassen!«

»Dazu wird es nicht kommen!«, versprach Bertram, der sich behutsam wieder neben ihr auf der Matratze niederließ. Die Kühle des Raumes hatte eine Gänsehaut auf seine Glieder gemalt, und als Anabel klar wurde, dass er frieren musste, hob sie ohne Nachzudenken die Decke, um ihn zu wärmen. Kühl schmiegte sich seine Seite an die ihre, und obschon die Sorgen alle Lust vertrieben hatten, flößte ihr seine Gegenwart ein beruhigendes Gefühl der Sicherheit ein. »Ich werde sie beschützen.« Er legte die Wange an ihr feines Haar und dachte nach. »Göswin und Anselm sind zurzeit nicht besonders gut auf ihn zu sprechen. Sie werden mir helfen.«

Eine Weile hingen sie beide schweigend ihren Gedanken nach, bis Bertram den Arm um Anabels Rücken legte, sie sanft nach unten drückte und ihren Kopf auf seiner Brust bettete. Erschöpft von der unglaublichen Gewalt der Gefühle, die sich an diesem Abend gejagt hatten, schmiegten sie sich haltsuchend aneinander und saugten Kraft und Zuversicht aus der Anwesenheit des anderen. Als das Feuer im Kamin zu Asche zerfiel, fielen sie schließlich in einen traumlosen Schlaf, aus dem sie am nächsten Morgen in genau der Stellung aufwachten, in der sie eingeschlafen waren.

Kapitel 22

Eselsburger Tal, 19. Dezember 1349

Mit jedem Stoß, den der mit einem tragbaren Ofen geheizte Karren auf ihren aufgedunsenen Leib übertrug, fuhr Katharina von Helfenstein ein Stich in den Unterleib, der sie mit einem Stöhnen darauf hoffen ließ, dass diese Fahrt bald zu Ende sein möge. Durch das kleine Fenster in der Bretterwand zu ihrer Rechten torkelte die beeindruckende Anlage des Benediktinerklosters Anhausen durch ihr Blickfeld, als der Wagenlenker die Pferde der Brenz entlang auf den Eingang des Eselsburger Tales zutrieb, an dessen Ende sie in Eselsburg eine Rast einlegen würden. Geschützt am Fuße eines schroffen Kalkfelsens liegend, wurde dieser Flecken von der Festung eines unbedeutenden Rittergeschlechtes dominiert, das Katharinas Vater zur Treue verpflichtet war.

Während sie mit brennenden Augen verfolgte, wie sich eine Schar bedrohlich großer Saatkrähen aufgescheucht von dem Fuhrwerk in das kahle Geäst der den Flusslauf säumenden Pappeln flüchtete, unterdrückte sie nur mit Mühe die eisige Beklemmung, die sich erneut ihres Verstandes bemächtigen wollte. Wenn sie nicht riskieren wollte, das Kind zu verlieren, musste sie versuchen, ihre Gefühle unter Kontrolle zu halten! Fröstelnd zog sie den mit dem Wappen ihres Gemahls bestickten Umhang bis ans Kinn und dachte an die warnenden Worte der Hebamme zurück, die ihre ohnehin kaum mehr zu kontrollierende Furcht geschürt hatten. »Wenn Ihr nicht bald aufbrecht, wird Euer Gemahl Eure kleinste Sorge sein«, hatte die alte Frau mit einem missfälligen Blick auf den sich entfernenden Eilboten Ulrichs von Württemberg gedrängt, der Katharina den Befehl ihres Gatten überbracht hatte, sich auf der Stelle zurück nach Hohenneuffen zu begeben. Der Ton der Nachricht war hart und knapp gewesen, was Katharina befürchten ließ, dass er den wahren Grund ihrer Abwesenheit inzwischen in Erfahrung gebracht hatte. Wenn die Gerüchte stimmten, die einer ihrer eigenen Männer ihr zugetragen hatte, war Ulrichs Misstrauen durch eine Botschaft aus ihrem Umfeld geschürt worden, was erklären würde, warum er trotz der überall im Land tobenden Seuche bereit war, seine Gemahlin den Gefahren einer Reise auszusetzen.

Ein Prickeln kroch ihre Kopfhaut entlang, als sie sich die schwarzmalerische Warnung der heilkundigen Frau ins Gedächtnis rief. »Ihr müsst auf der Stelle nach Ulm«, hatte diese eindringlich geraten. »Nur dort kann man Euch helfen, Euren Sohn unversehrt zur Welt zu bringen.« Sie hatte beklommen auf die kleinen Fläschchen geblickt, die ihre Tränke und Salben enthielten und resigniert die Schultern gezuckt. »Allein kann ich nichts ausrichten. Ihr braucht ein Hospital.«

Die Endgültigkeit dieses Urteils war Katharina erst klar geworden, als die Hebamme schon längst aus ihrem Gemach verschwunden war, und sie hatte trotz der Schmerzen, die sie in regelmäßigen Abständen durchliefen, mit fliegenden Fingern alles Nötige gepackt, um sich ohne Zögern auf die zweitägige Reise zu machen. Wenn alles nach Plan verlief, würde sie am morgigen Montag – vier Tage vor Weihnachten – in Ulm eintreffen, wo sie sich sofort in die Obhut der Beginen begeben würde, die bereits ihre Mutter bei der Geburt ihres ersten Sohnes vor dem Verbluten bewahrt hatten. Sie lächelte dünn. Vielleicht würde das Kind ein Christkind, dachte sie wehmütig, als ihr die immer häufiger wiederkehrende Taubheit ohne Vorwarnung die Glieder lähmte. Mit leerem Blick verfolgte sie, wie einer der beiden Ritter, die ihren Geleitschutz darstellten, in kurzem Galopp an dem Fensterchen vorbeiritt, um einige Worte mit dem ebenfalls schwer gepanzerten Lenker des Wagens zu wechseln. Woraufhin dieser sich etwas vom Ufer des sich in Schleifen windenden Flusses entfernte, da dort das schneebedeckte Gras von einer spiegelnden Eisdecke überzogen war.

Mit einem Seufzen lehnte Katharina sich zurück an die mit dicken Kissen gepolsterte Wand und schloss die Augen, um auf das Ende der Fahrt zu warten. Nach weniger als zwei Stunden schmerzte ihr bereits jeder einzelne Knochen im Leib, und das Stechen, das sie fürchten ließ, Ulm nicht rechtzeitig zu erreichen, breitete sich immer weiter aus.

Während sich der Karren immer tiefer in das von bewaldeten Bergrücken gesäumte Tal vorschob, tauchten nacheinander die schemenhaften Umrisse der auf der Albhochfläche gelegenen Domäne Falkenstein, des Fischerfelsens und der Bindsteinmühle in den beiden Fenstern des Fuhrwerkes auf, auf deren dünnen Scheiben sich langsam aber sicher Eisblumen bildeten. Das Blöken der allgegenwärtigen Schafherden übertönte beinahe das Holpern und Rumpeln der Räder, die sich unaufhaltsam ihren Weg durch die tiefen Rillen in dem hart gefrorenen Boden suchten. Hell warfen die Felsen das Echo des klirrenden Pferdegeschirrs zurück, und als einer der Kaltblüter ein tiefes Wiehern von sich gab, vervielfachte sich der Laut gespenstisch. Eine über zwei Zoll dicke Schneedecke ließ das Suchen der Schafe nach trockenem Gras lächerlich und vergeblich erscheinen, und immer wieder brachen dünne Schneebretter von den Ästen der Bäume ab, die von dem eisigen Wind zerstäubt wurden. Hätte Katharina nicht die Sorge um ihren ungeborenen Sohn den Blick verdunkelt, hätte ihr die Naturschönheit der spektakulären Landschaft den Atem geraubt. So hingegen zuckten ihre bernsteinfarbenen Augen unstetig von Fenster zu Fenster, um sich schließlich in die rot glimmende Glut zu bohren, die wild tanzende Muster in die Düsternis im Inneren des Wagens zauberte.

Erst das Knallen der Peitsche und der Befehl des Wagenführers rissen sie einige Zeit später aus ihren Gedanken, und als sie sich neugierig vorbeugte, um die Nase an die Scheibe zu drücken, erkannte sie voller Erleichterung die Brücke über den Fluss, die in den Anstieg zur Festung mündete. Im Hintergrund – halb verschluckt von dem allmählich niedersinkenden Nebel – reckten die drei Steinernen Jungfrauen ihre zerklüfteten Häupter in den grauen Himmel, und als Katharina sich der uralten Sage erinnerte, die sich um die drei steil aufragenden Felsnadeln rankte, huschte ein Schatten über ihre Züge. Vielleicht hatte die Herrin von Eselsburg, welche der Legende nach ihre drei ungehorsamen Zofen in Stein verwandelt hatte, recht gehabt mit ihrem Hass auf das männliche Geschlecht! Sie presste die Lippen aufeinander. Bitter von Hochmut und falsch verstandenem Stolz hatte sich die sagenhafte Herrin der Festung vor vielen Jahrzehnten angeblich den dunklen Mächten verschrieben, als sich nach der Zurückweisung ungezählter Freier schließlich kein Jüngling mehr um ihre Hand bemüht hatte. Daraufhin hatte sie ein Verbot für alle Frauen des Dorfes ausgesprochen, nach dem keine von ihnen auch nur Blickkontakt mit einem Mann haben durfte. Als drei ihrer eigenen Zofen ihrem Befehl zuwidergehandelt und sich mit einigen Fischern am Ufer des Flusses getroffen hatten, hatte sie erzürnt und hassentflammt deren Herzen und Körper in Stein verwandelt, damit diese den übrigen Jungfrauen des Ortes stets als Warnung dienen sollten.

Das Kreischen der Winde, mit welcher der Torwächter die Zugbrücke der bescheidenen Festung bediente, riss sie aus den Betrachtungen und ließ sie tief Luft holen. Der erste Teil der Reise war geschafft! Trotz der relativen Unwichtigkeit der Burg flatterte das Wappen des Geschlechts – ein Esel, auf dessen Rücken ein Turm thronte – stolz von den beiden Ecktürmen, deren Zinnen je ein Wachsoldat bemannte. Und auch die an der Fassade aufgezogenen Banner derer von Helfenstein und Württemberg verrieten, dass der Herr der Festung sich auf den bevorstehenden Besuch der Gräfin vorbereitet hatte. Schaukelnd wankte der Karren über den schmalen Graben und kam auf dem gefrorenen Lehmboden im Innenhof zum Stehen, wo augenblicklich ein Bediensteter den Schlag öffnete und sich tief vor Katharina verbeugte. Nachdem sie sich behutsam von ihrem gepolsterten Sitz erhoben hatte, tastete sie sich die drei Stufen an der Seite des Wagens hinab, bis sie durch die dünnen Sohlen ihrer geschnürten Schuhe die Kälte des strohbedeckten Bodens spürte. Dankbar ergriff sie die Hand des herbeigeeilten Burgherrn, der sie mit einem strahlenden Lächeln auf dem faltigen Gesicht begrüßte: »Welch eine Ehre«, säuselte er diensteifrig und dirigierte sie in Richtung Haupthaus, wo eine Schar Kinder den Gast mit weit aufgerissenen Augen bestaunte. »Betrachtet mein bescheidenes Heim als das Eure«, setzte er hinzu, als sie das Innere des zweistöckigen Gebäudes erreicht hatten, in dem es nach Kohl und fauligem Stroh stank. »Meine Tochter wird Euch zu Eurer Kammer geleiten«, bemerkte er mit einem stolzen Blick auf ein etwa fünfzehnjähriges Mädchen, das vor Katharina in einen tiefen Knicks sank. »Dort wartet bereits eine Stärkung auf Euch«, fuhr er fort und fuchtelte in Richtung Halle, wo ein halbes Dutzend Mägde damit beschäftigt war, die einfachen Holztische mit blütenweißen Tischtüchern zu decken. »Und in etwa zwei Stunden wird das Essen serviert.« Mit diesen Worten zog er sich zurück und ließ Katharina in der Gegenwart des nervös an seinen Locken zupfenden Mädchens zurück, in dessen grünen Augen Ehrfurcht und Bewunderung glommen.

»Herrin«, stammelte sie nach einigen Momenten des peinlichen Schweigens schließlich und griff nach einem der dreiarmigen Kerzenleuchter, die neben dem Eingang bereitstanden. »Wenn Ihr mir folgen wollt.«

Mit einem weiteren artigen Knicks wandte sie Katharina den Rücken und erklomm eine schmale, ins erste Geschoss führende Treppe, von der aus eine Art Balkon um die im Erdgeschoss liegende Halle führte. Am Ende des Korridors wandte sie sich nach rechts, um kurz darauf vor der Tür eines Gemaches anzuhalten, die sie mit einem im Schloss steckenden Schlüssel aufschloss. Mit einem scheuen Senken des blonden Schopfes ließ sie Katharina den Vortritt, und als diese den gut geheizten Raum betreten hatte, folgte sie ihr lautlos. Flink wie ein Eichhörnchen huschte sie auf eine über dem prasselnden Feuer angebrachte Halterung zu, in der ein metallener Krug steckte, langte nach dem mit einem Tuch umwickelten Griff und füllte einen Zinnbecher mit der dampfenden, nach Schlehen, Zimt und Holunder duftenden Flüssigkeit, die sich bei näherer Untersuchung als eine Art Früchtewein herausstellte. Dankbar schlang Katharina die kalten Finger um den sich erwärmenden Becher und folgte den Bewegungen des Mädchens, dessen rosige Wangen sie mit einem Gefühl der Schwermut erfüllten.

Wie jung und unschuldig sie ist!, dachte sie wehmütig, als die Tochter des Ritters das Tuch von dem auf einer Platte angerichteten Imbiss aus Brot, kaltem Braten, Käse, Speck, Pastete und einem kleinen Kuchen hob, der ihr das Wasser im Munde zusammenlaufen ließ. Zwar hatte sie wenige Stunden vor dem Aufbruch aus Heidenheim eine herzhafte Mahlzeit zu sich genommen, doch schien der Hunger, der sie seit einigen Wochen plagte, immer heftiger zu werden, je näher der Zeitpunkt der Entbindung rückte.

»Ich danke dir«, wandte sie sich an das Mädchen, das sich errötend umblickte, wie um sich zu vergewissern, dass es dem Gast an nichts mangelte. »Wenn ich noch etwas brauche, melde ich mich«, fügte sie mit einem gezwungenen Lächeln hinzu und blickte der jungen Frau nach, als diese sich mit einer gemurmelten Verabschiedung zurückzog.

Kaum hatte sie die Kammer verlassen, trat Katharina an die Tür und drehte den Schlüssel, den die Tochter des Ritters ins Innere des Schlosses gesteckt hatte, bevor sie sich schwer auf die aus Birkenholz geschnitzte Sitztruhe fallen ließ, die dicht an dem kleinen Fenster stand. Wie ungewohnt es war, ohne ihre Zofe zu reisen! Mit einem leisen Seufzer setzte sie das Trinkgefäß wieder ab und griff nach einem Stückchen Pastete, um daran zu knabbern. Wie um alles in der Welt sollte sie den ihr am morgigen Tag bevorstehenden Reiseabschnitt überstehen, wenn sie die kurze Entfernung von Heidenheim bis Eselsburg schon an den Rand der Erschöpfung brachte? Brütend stocherte sie in dem Rest der Pastete herum, bevor sie sich dem kleinen Honigkuchen zuwandte, der besser zu dem süßen Getränk zu passen schien. Während sie die trockenen Bissen großzügig mit dem heißen Trunk hinunterspülte, fragte sie sich, wie die Beginen auf die Anwesenheit der Gräfin von Württemberg in ihrem Hospital reagieren würden, und ob sich das Schweigen der Heiligen Schwestern erkaufen ließ. Sollte Ulrich tatsächlich herausgefunden haben, dass seine Gemahlin das Kind eines anderen in sich trug, würde er mit Sicherheit alles in seiner Macht Stehende unternehmen, um dieses Zeichen seiner Schande zu beseitigen. Ein Würgen schnürte ihr die Kehle zu. Wie hatte sie nur so töricht sein können, anzunehmen, dass sie ihren Gemahl an der Nase herumführen könnte?! Selbst wenn es ihr gelungen wäre, ihm einzureden, es handle sich um die Frucht seiner eigenen Lenden, wäre die Lüge spätestens in den folgenden Jahren ans Licht gekommen, da Wulf auch äußerlich das genaue Gegenteil des Grafen war.

Eine Bewegung in ihrem Inneren ließ sie erschrocken die Luft anhalten, doch als sich der Aufruhr kurz darauf wieder legte, faltete sie erleichtert die Hände über ihrem mächtigen Bauch. »Verschone meinen Sohn, Herr«, flüsterte sie und umklammerte das von ihrer Brust hängende Kruzifix. »Und vergib mir meine Schuld.« Eine Träne löste sich aus ihren dichten Wimpern und rann beinahe zögerlich die bleiche Wange hinab, die im Schein des Feuers erschreckend blutleer wirkte. Während sie auf den Saum ihres Reisegewandes hinabstarrte, füllten sich die goldfarbenen Augen, und nach wenigen Wimpernschlägen hatte sich der Pfad der einzelnen Träne in einen breiten Bach verwandelt. Während ihre Finger den Kelch umklammerten, als könne er ihr Halt bieten, ließ sie ihren Ängsten und ihrer Trauer freien Lauf.

Kapitel 23

Ulm, 20. Dezember 1349

Wer sagt es denn!«, zischte Conrad triumphierend, als er den Blick von der vor dem Rathaus ausgehängten Liste abwandte, auf der die Zwischenergebnisse der Ratswahl verzeichnet waren. Offensichtlich hatte Franciscus sein Versprechen gehalten und diejenigen der wahlberechtigten Meister, die ihm einen Gefallen schuldeten, bereits am Wochenende dazu angehalten, ihre Stimme dem von ihm persönlich favorisierten Kandidaten – nämlich Conrad – zu geben, was dazu geführt hatte, dass er bereits drei Tage vor Abschluss des Verfahrens einen sicheren Sitz im Rat errungen hatte. Breit grinsend drosch er die Faust in seine Handfläche und verzog ärgerlich das Gesicht, als ihn der Schmerz zusammenzucken ließ. Mit gerunzelten Brauen beäugte er seine gerötete Haut, bevor er sich in die aufgeregt schnatternde Menge zurückfallen ließ und mit federndem Schritt über den Marktplatz stolzierte, der an diesem Montag ungewöhnlich gut besucht war. Den seltsamen Theorien folgend, die inzwischen überall kursierten, war ein Teil der Bevölkerung dazu übergegangen, die von den Flagellanten propagierte Demut zu leben und sich in Abstinenz und geistiger Umkehr zu üben; wohingegen ein weitaus größerer Anteil der Bürger Ulms den Rat befolgte, dass die beste Medizin gegen das Unheil sei: recht viel zu trinken, das Leben zu genießen, singend und tanzend umherzuziehen, jedes Begehren zu befriedigen und über alles, was auch geschah, zu lachen und sich lustig zu machen. So wimmelte auch an diesem Tag der Platz vor dem Rathaus von Betrunkenen, die augenscheinlich dazu übergegangen waren, das Hab und Gut ihrer verstorbenen Verwandten zu verzechen, und die unter lautstarkem Gesang und dem Geklimper und Gejammer verstimmter Instrumente von Herberge zu Herberge zogen, um einen Wettlauf mit der Seuche auszutragen.

Wenn die Pest sie nicht dahinraffte, würden sie mit Sicherheit an dem unanständig übermäßigen Genuss von billigem Alkohol und nachlässig zubereiteten Speisen zugrunde gehen!, dachte Conrad angeekelt, als er beobachtete, wie eine hässliche Vettel einem mehr als nur betrunkenen Zimmermann gestattete, vor aller Augen das Dekolleté ihres schmutzigen Gewandes aufzureißen und in das verwelkte Tal abzutauchen.

Wie verachtenswert sie alle waren! Mit geschürzten Lippen widerstand Conrad der Versuchung, eine Handvoll junger Burschen, die ebenfalls torkelnd und schwankend ihrem Vergnügen nachgingen, mit ein paar kräftigen Tritten dazu aufzufordern, ihren Pflichten nachzugehen. Doch da die Bengel offensichtlich über mehr als genug Silber verfügten, war zu vermuten, dass sie den Besitz, den ihre Väter und Vorväter mit harter Arbeit angehäuft hatten, ohne Sinn und Verstand durchbrachten. Wer heutzutage nicht alles sein eigener Herr war!

Kopfschüttelnd änderte er die Richtung und schlenderte auf die Münsterbaugrube zu, wo im Frühjahr damit begonnen werden würde, die Fundamente zu mauern. Grinsend malte er sich aus, wie er als Ratsmitglied die neu gewonnene Macht einsetzen und in fruchtbarer Zusammenarbeit mit Franciscus von den Meistern der Stadt Schmiergelder verlangen konnte, damit diese die dringend benötigten Aufträge erhielten. Das Schicksal ganzer Familien lag in seinen Händen! Wenn das Ausdünnen des Rates durch die Pest – und Gott wusste, was sonst noch für Krankheiten – so weiter ging wie bisher, würde es ihm ein Leichtes sein, die anderen Männer dazu anzustacheln, die durch den Kleinen Schwörbrief festgeschriebenen vierzehn Sitze der Patrizier ebenfalls für die Vertreter der Zünfte zu beanspruchen. Denn eines war ihm inzwischen vollkommen klar geworden: Die Versammlung bedurfte dringend neuer Führung, da der bisherige Alderman ohne Gegenwehr zugelassen hatte, dass die Mitglieder der reichen Patrizierfamilien einen nicht unbeträchtlichen Einfluss auf das Stadtgeschehen genommen hatten. Damit musste ein für alle Mal aufgeräumt werden! Am Donnerstag – dem letzten Tag vor dem Weihnachtsfest – wurde die endgültige Verteilung der Sitze festgelegt. Dann würde er sofort nach den Feiertagen, wenn er zusammen mit den anderen neu Gewählten ins Amt eingeführt wurde, damit beginnen, seinen Einfluss geschickt zu erweitern. Schon bald würde der Alderman kein Problem mehr für ihn, Franciscus oder die anderen bestechungswilligen Meister darstellen!

Als ihn sein Weg in der Nähe der immer noch leicht rauchenden Ruinen des Judenhofes vorbeiführte, blähten sich seine Nasenflügel gierig, wie um den Gestank der verbrannten Leichen und verkohlten Besitztümer aufzusaugen. Schnaubend ließ er die Rechte, die einem Instinkt folgend zu seiner Geldkatze gezuckt war, wieder sinken und hielt eine Zeit lang inne, um das Ergebnis seiner Hetzrede zu betrachten. Er hatte sich nicht einmal selbst die Hände schmutzig machen müssen, um diesen Stachel aus seinem Fleisch zu reißen!, dachte er mit einer Mischung aus Verachtung und Zufriedenheit, und als ein Dachziegel aus dem Skelett eines ehemals prachtvollen Gebäudes in den Schutt stürzte, wo er eine mächtige Staubwolke aufwirbelte, wandte er sich gleichgültig ab und setzte seinen Weg in das nördliche Stadtviertel fort.

Eine heitere Melodie auf den Lippen, tauchte er in die engen Gassen ein, an deren Seiten aufgebahrte Tote auf den Totengräber warteten, dessen Trupp von Hilfskräften inzwischen zu einem halben Dutzend angeschwollen war. Vor einigen Häusern lagen die nackten, bereits halb verwesten Kadaver derjenigen, die allein und ohne die Anwesenheit ihrer Familien gestorben waren, und die – nachdem der Gestank die Nachbarn angelockt hatte – von den plündernden Händen der Menschen entehrt worden waren, mit denen sie einst täglich geplaudert oder zusammengearbeitet hatten. Mit gerümpfter Nase stelzte Conrad über den ausgemergelten Leichnam einer vollkommen unbekleideten Frau hinweg, deren Rippen bereits die pergamentdünne Haut ihres Brustkorbes durchstoßen hatten.

Nur die Schwachen!, versuchte er die ihn immer häufiger plagende Ungewissheit zu verdrängen. Es traf nur die Schwachen und Unentschlossenen! Diejenigen, die ihr Schicksal lenkten und sich der Willkür Fortunas entgegenwarfen, waren sicher vor der heimtückischen Plage!

Ohne es zu merken, hatte er die Herberge zu den *Drei Kannen* in der Nähe seines Heimes angesteuert, wo ihm drei angetrunkene Kannengießer entgegentraten, um ihm kameradschaftlich auf die Schulter zu klopfen.

»Conrad«, lallte der älteste des Kleeblatts, von dessen unrasiertem Kinn ein Bach Rotwein in seinen Kragen troff.

»Kommt und trinkt mit uns.« Ein kehliges Rülpsen unterbrach ihn, bevor er holperig hinzufügte: »Wir haben alle für Euch gestimmt. Ihr müsst einen Umtrunk ausgeben!«

Trotz des sauren Atems des Mannes, der Conrad mit voller Wucht ins Gesicht schlug, fühlte er sich von dieser Aufforderung seltsam geehrt, da ihm manche seiner Zunftgenossen in der Vergangenheit eher kühl und reserviert begegnet waren. Zu gewaltig war der Unterschied zwischen den armen Kannen- und Eisengießern und ihm, als dass die Zunftzugehörigkeit die Grenzen zwischen ihnen hätte auslöschen können. Warum nicht?, fragte er sich, während er sich mit einem geschmeichelten Lächeln in den Anbiederungen der drei Männer sonnte. Ein Kelch konnte sicherlich nichts schaden. Willig folgte er nach einigem weiteren Drängen dem Anführer ins Innere der geräumigen Taverne, wo sich bei seinem Anblick ein wahrhaft infernalisches Gegröle erhob. Im Handumdrehen war er von einem Pulk Betrunkener umringt, die ihm einen Krug mit Schlehen gewürzten Weizenbieres in die Hand pressten, den er in einem Zug leerte. Angeheizt von der überschwänglichen Stimmung, ließ er sich auf eine der Bänke niederdrücken, einen halben Schilling aus der Tasche ziehen und erneut den Becher füllen, um einen Trinkspruch auszugeben.

Als er sich schließlich mehr als drei Stunden und vier Becher später angeheitert aus den Klauen seiner Zunftgenossen befreite, stolperte er auf unsicheren Beinen vor die Tür und griff mit der Hand in einen Haufen angefrorenen Schnees, den er sich mit einem Prusten im Gesicht verteilte. Mit etwas klarerem Kopf wandte er sich zum Frauengraben, von wo aus er links in die kleine Straße einbog, an deren Ende eine dicke, schwarze Rauchsäule aus dem Kamin der Glockenhütte verkündete, dass seine Gesellen bereits ohne ihn mit dem Ansetzen der Schmelze begonnen hatten.

»Was soll's«, murmelte er und schüttelte den Kopf, um den leichten Schwindel loszuwerden, der ihm die Sinne benebelte. Schließlich wurde man nicht jeden Tag in den Rat der Stadt gewählt! Vorsichtig tastete er sich über den rutschigen Boden zu der mit einer alten Tierhaut bespannten Tür der Werkstatt, stieß diese auf und blinzelte in die lediglich von dem leichten Glimmen der Esse erhellte Dunkelheit. Der schwere, ätzende Geruch des geschmolzenen Metalls ließ ihn beinahe schlagartig ernüchtern, und während er mit zusammengekniffenen Augen das Innere der Hütte nach seinen Männern absuchte, fuhr er sich mit der schwieligen Pranke über die Stirn.

Nachdem er die Tür geschlossen und sich an das Dämmerlicht gewöhnt hatte, griff er nach einer der ledernen Schürzen, zog sie sich über den dunkelblonden Schopf und trat an den Schmelztiegel heran, in dem Göswin mit ruhigen, geübten Bewegungen dafür sorgte, dass sich keine Haut auf der flüssigen Bronze bildete. Nach einem kontrollierenden Blick auf das zischende Metall wandte er den Kopf nach links, wo soeben Bertram aus einer der Gruben kletterte, in denen der Kern einer neuen Glocke aushärtete. Das schwache Licht verhinderte, dass er sah, wie der Knabe bei seinem Anblick erbleichte, doch etwas an seiner Körperhaltung ließ Conrad die Stirn runzeln, den mit zwei Gusspfannen bewaffneten Anselm zur Seite schieben und auf den Knaben zutreten.

»Sieh nur an, wen haben wir denn da?«, höhnte Conrad und baute sich vor Bertram auf, der zitternd den Kopf senkte. Die Muskeln unter dem zerschlissenen Leibrock spannten sich, als er sich sichtlich bemühte, seine Gefühle unter Kontrolle zu halten.

Sollte ihm das Flittchen entgegen aller Drohungen ihre lächerlichen Sorgen anvertraut haben?, fragte sich der Gießer, während ein hämisches Grinsen sein Gesicht verzerrte. »Wie war der Ausflug?« Seine Stimme triefte vor Hohn. »Hat die kleine Schlampe dich unter ihre Röcke gelassen?«

Mit einem tierischen Laut fuhr der Kopf des Jungen in die Höhe, und der Schlag, der Conrad am Kinn traf, ließ den Glockengießer nach hinten taumeln und erstaunt die Augen aufreißen. »Sie ist keine Schlampe!«, knurrte Bertram, in dessen Blick ungezügelte Mordlust funkelte. »Ihr habt sie wie eine Dirne verkauft! Verrottet in der Hölle!« Damit stürzte er sich auf den ihn um mehr als einen Kopf überragenden Gießer, um diesem die Faust in die Magengrube zu rammen, und holte erneut aus, als pfeifend die Luft aus Conrads Lungen entwich.

Der Stich, der sich vom Zwerchfell des Meisters bis in seinen Unterleib ausbreitete und ihm die Übelkeit in die Kehle schießen ließ, brachte diesen im Bruchteil eines Augenblickes zur Besinnung, sodass er dem folgenden Hieb des Knaben um Haaresbreite ausweichen konnte. Als dieser die Luft dicht neben seinem rechten Ohr durchschnitt, ballte auch Conrad die Pranke zur Faust und führte einen gewaltigen Schlag zur Schläfe seines Angreifers, der wie ein Sack Mehl zu Boden ging. Bevor der Knabe die Benommenheit abschütteln konnte, riss er ihn am Kragen seines Rockes in die Höhe, bog den dröhnenden Kopf zurück und schmetterte seine Stirn gegen die Nase des Jungen, die auf der Stelle mit einem durchdringenden Knacken brach. Während zwei fingerdicke Blutfontänen die Hand besudelten, mit der Conrad seinen Lehrling gepackt hielt, zog dieser trotz der Tatsache, dass er lediglich noch mit den Zehenspitzen den Lehmboden berührte, das Knie in die Höhe, um es dem Gießer in den Bauch zu treiben. Grunzend ließ Conrad seinen Gegner fahren, krümmte sich und hob gerade noch rechtzeitig den Blick der blutunterlaufenen Augen, um zu sehen, wie Bertram nach einem am Boden liegenden Hammer griff, um diesen über dem Kopf zu schwingen.

»Haltet ein! Beide!« Die Stimme des breitschultrigen Göswins drang wie aus dem Nebel an das Ohr des Glockengießers, der mit einem Brüllen Anselm abschüttelte, der ihn zurückzuhalten versuchte. Ohne nachzudenken hob er eine der Gusspfannen auf, holte aus und trieb sie dem von Göswin festgenagelten Bertram gegen die Brust, sodass dieser mit einem heiseren Laut in sich zusammensackte. Die Bewegungen des zur Seite hechtenden Göswin in seinem Rücken ließen Conrad lediglich kurz innehalten, bevor er erneut die Stange schwang, um sie auf die Schultern des am Boden zusammengekrümmten Knaben hinabsausen zu lassen.

»Hört auf! Ihr bringt ihn um!« Mit eisernem Griff gruben sich unnachgiebige Hände in Conrads Schultern, und als er sich wutschäumend umwandte, um auch den Störenfried zu züchtigen, blickte er in die grauen Augen seines Gesellen, der ihm mit einer kurzen Drehung die Gusspfanne entwand. »Man wird den Tod eines weiteren Lehrlings nicht so ohne Weiteres akzeptieren«, warnte Göswin eindringlich und rüttelte Conrad, dessen verschleierter Blick sich nur allmählich klärte. »Außerdem gibt es ein größeres Problem!« Mit zitterndem Daumen wies Göswin auf Anselm, der keine drei Schritt hinter dem wütenden Meister zusammengebrochen war, und sich zuckend und keuchend am Boden wand. Aus seinem linken Ohr rann ein feiner Blutfaden in das feuerrote Haar, das verschwitzt an seiner Kopfhaut klebte. Ein trockener Husten schüttelte den mächtigen Körper des Gesellen, und als dieser die Hand an den Mund führte, um den Speichel abzuwischen, blieb schwarz-roter Schleim auf seinem Handrücken zurück.

»Oh, mein Gott«, flüsterte Conrad entsetzt – den bewusstlosen, ebenfalls heftig blutenden Bertram vergessend – und taumelte von dem Gefallenen zurück, dessen Lippen eine unheimliche Blaufärbung angenommen hatten. Die schlampig verbundene Wunde am Unterarm, die er sich vor drei Tagen beim Zerschlagen eines Glockenkerns zugezogen hatte, war erneut aufgeplatzt und gab grün-gelben Eiter von sich. Röchelnd öffnete Anselm den Mund, und versuchte, sich mit der auf das Dreifache ihrer normalen Größe angeschwollenen Zunge die aufgeplatzten Lippen zu benetzen, gab jedoch nach kurzer Zeit auf und schloss die Augen. Bei jedem mühsamen Ausatmen gab seine gepeinigte Lunge einen hohen Pfeifton von sich, der jedoch schon bald von einem wässrigen Blubbern erstickt wurde.

»Schaff ihn hier fort!« Mit diesem Befehl riss sich Conrad, der sich mit einem Schlag aus der Erstarrung löste, die lederne Schürze vom Leib, stolperte in Richtung Tür und floh nach einem letzten Blick über die Schulter zurück in die Kälte. Sie hatte sein Haus erreicht! Die Seuche hatte sein Haus erreicht! Bebend führte er die zerschlagenen Knöchel an den Mund und saugte einige Zeit lang gedankenverloren daran. Ganz egal, was er sich versucht hatte einzureden, die Willkür und Gewalt, mit der die sich immer weiter ausbreitende Krankheit Alte und Junge, Starke und Schwache gleichermaßen niedermähte wie Grashalme, ließ ihn seine Arroganz vergessen und die Schritte zurück zu den *Drei Kannen* lenken. Der übermäßige Genuss von Alkohol würde auch ihn schützen! Warum nicht den Ratschlägen der gelehrten Ärzte folgen? Während ein Schauer der Angst drohte, ihm die Kontrolle zu entreißen, erreichte er die Tür der Herberge, aus der immer noch der Zechlärm seiner Zunftgenossen auf die Straße drang, stieß diese mit fahrigen Bewegungen auf und tauchte erneut in das Gewühl der Trinker ein.

Kapitel 24

»Hör auf zu träumen und reich mir die gestoßenen Maßliebchen, Anabel!« Mit einer hochgezogenen Augenbraue beobachtete Schwester Adelheid, die zusammen mit Anabel in dem kleinen Raum am Ostende des Hospitals neue Salben und Tränke anmischte, wie sich die Wangen der jungen Frau mit einem satten Karmesinrot überzogen, bevor diese mit einem schuldbewussten Blinzeln das Geforderte von einem der Regale angelte.

»Was ist heute nur los mit dir?«, fragte die Begine. Mit einem leicht tadelnden Kopfschütteln nahm sie Anabel das irdene Gefäß ab, um das grau-weiße Pulver mit dem geschmolzenen Bienenwachs, dem Thymian und dem Wermutsaft zu vermischen und so die entzündungshemmende Salbe fertigzustellen, auf die die Meisterin schon ungeduldig wartete.

»Nichts«, murmelte Anabel, während sie ungeschickt mit dem Korken einer kleinen Flasche hantierte, bevor sie den ebenfalls frisch zubereiteten Trank aus Belladonna und gelbem Fingerhut zur Seite stellte. »Ich bin nur ein wenig müde.«

Das Hüsteln, mit dem Schwester Adelheid diese Erklärung quittierte, ließ die Röte bis zu Anabels Haarwurzeln vordringen, und nicht zum ersten Mal seit ihrem Aufbruch aus Söflingen am gestrigen Abend fragte sie sich, ob jemand Verdacht geschöpft hatte. Zwar war Bertram früh am Morgen, als die Glocken zur Sonntagslaudes gerufen hatten, zurück in die Scheune geschlichen, doch es bestand zweifellos die Möglichkeit, dass ein weniger devotes Augenpaar seinen geduckten Schatten erspäht hatte. Das Kitzeln einer aus ihrer Haube entflohenen Haarsträhne ignorierend, heftete sie den Blick der blauen Augen starr auf die ordentlich aufgereihten Flaschen, Tiegel und Beutelchen und versuchte, den Aufruhr in ihrem Inneren zu ignorieren.

Dank der Naschsucht des scheinbar unersättlichen Gaudenz, der den Vorschlag der Äbtissin, erst nach einem sehr späten Mittagessen aufzubrechen, freudestrahlend angenommen hatte, hatte sich ihre Abfahrt aus Söflingen bis zum Einbruch der Dämmerung verzögert. Diese Tatsache hatte Anabel mit einer Mischung aus Dankbarkeit und Furcht erfüllt, da zu erwarten war, dass ihr Vater bei ihrer Heimkehr entweder betrunken oder außer Haus sein würde. Als sie mit Bertram die Glockenhütte erreicht und den Ochsen im Stall versorgt hatte, war ihr ein Stein vom Herzen gefallen, als sie lediglich Gertrud und den sechsjährigen Uli in der Küche angetroffen hatte, da Conrad sich schon vor Stunden in eine der unzähligen Herbergen der Stadt begeben hatte und ihre beiden jüngeren Geschwister bereits im Bett waren.

»Sie haben heute beide über Kopfweh geklagt«, hatte Gertrud mit nur schlecht überspielter Sorge festgestellt und mit einem Blick auf Uli augenblicklich hinzugefügt: »Vermutlich haben sie sich erkältet.«

Da es Anabel beinahe unmenschliche Beherrschung gekostet hatte, Bertram eine gute Nacht zu wünschen, als ob nichts zwischen ihnen geschehen wäre, hatte sie sich dankbar in die Aufgabe geflüchtet, Gertrud beim Knacken einer Schüssel Nüsse behilflich zu sein, die sie noch am selben Abend in einen mit Honig und getrockneten Weintrauben verfeinerten, süßen Brotteig eingebacken hatte.

Als sie schließlich das überfüllte Lazarett betreten hatte, hatte sie sich auf der Stelle auf die Suche nach Guta Staiger gemacht, die sie mit tränenfeuchten Augen am Lager der in der Nacht verstorbenen Marthe Ehinger vorgefunden hatte. Sie hatte die Meisterin gerade um ein Gespräch unter vier Augen bitten wollen, als der Tonsor aufgescheucht in den Raum gehastet war und lautstark nach Paulus verlangt hatte.

»Der Abt ist krank«, hatte er atemlos hervorgestoßen und war mit wallender Kutte weiter in Richtung Inneres gestürmt, aus dem er keine fünf Minuten später mit dem Infirmarius im Schlepptau zurückgekehrt war. »Er hat um Aderlass gebeten.« Mit fest aufeinandergepressten Lippen hatte Paulus seine Utensilien zusammengepackt, die blutige Fliete in den Gürtel gesteckt und Anstalten gemacht, in Richtung Abthaus zu rauschen, als Guta Staiger die Frage gestellt hatte, die Anabel prompt durch den Kopf geschossen war. »Ist es etwas Ernstes?«

Ein Stachel der Reue bohrte sich in Anabels Herz, als ihr mit einem Schrecken klar wurde, dass sie sich mit jeder Faser ihres Seins eine positive Antwort erhoffte.

»Er hustet seit zwei Tagen.« Der Tonsor zuckte die Schultern. »Und seit heute Morgen hat er Schüttelfrost.« Damit zog er den Infirmarius am Ärmel und drängte ihn in Richtung Ausgang, durch den die beiden kurz darauf verschwanden. Da sie seitdem nicht zurückgekehrt waren, stand zu vermuten, dass es Franciscus schlechter ging als zuvor, und während Anabel Kräuter hackte, Salben rührte und Schwester Adelheid zur Hand ging, kämpfte sie mit dem in ihr aufsteigen wollenden Gefühl der Erleichterung und Befreiung. Wenn Franciscus an der Pest erkrankt war, würde er sie ganz gewiss nicht mehr belästigen! Um ein Haar hätte sie sich mit dem kleinen Messerchen, mit dem sie getrocknete Schlehenblüten, Anemonen und Sonnentau hackte, die Fingerkuppe abgetrennt, als sie unverhofft ein Zittern durchlief. Sollte Gott ihn endlich für seine Sünden bestraft haben?, fragte sie sich hoffnungsvoll und füllte einen weiteren Tiegel mit dem heilkräftigen Kräutergemisch. Hatte er Erbarmen mit ihr? Sie schluckte mühsam, als ihr ein Hauch des schweren Suds in die Nase stieg, den Schwester Adelheid über einer kleinen Feuerstelle angesetzt hatte, und augenblicklich wanderten ihre Gedanken in eine weniger erfreuliche Richtung.

Wann würden sie und Bertram erkranken? Wenn die Seuche eine Strafe Gottes darstellte, dann verdienten sie sie doch gewiss genauso wie all die anderen Sünder, die für ihre Verfehlungen büßen mussten. Sie wollte gerade ein Gebet flüstern, als ein Aufruhr im Hospital sie mit ihrer Arbeit innehalten und neugierig um die Ecke lugen ließ. Die Zeit seit ihrer Ankunft war wie im Fluge verstrichen, und inzwischen näherte sich bereits das Ende des zweitkürzesten Tages des Jahres. Den heftigen Protest zweier Beginen ignorierend, trug soeben ein schwer gepanzerter Ritter eine hochschwangere Dame über die Schwelle und forderte lautstark nach einem Heiler.

»Sie braucht sofort Hilfe!«, drängte er und legte sie auf einem der Betten ab, die noch vor wenigen Stunden von Kranken belegt gewesen waren, die inzwischen auf Bahren vor das Tor der Abtei geschafft worden waren. »Sie blutet!«

Mit weit aufgerissenen Augen starrte Anabel die totenblasse Patientin an, deren prachtvolles Bliaud mehr wert war als der gesamte Hausstand ihres Vaters. Während der flache Atem ihre von einem enormen Bauch überragte Brust kaum hob und senkte, zuckten die feingliedrigen Hände neben dem Körper auf und ab, als versuchten sie, einen flüchtigen Besucher festzuhalten. Den haselnussfarbenen Mantel sowie die Röcke ihres Gewandes entstellte ein beängstigend großer Blutfleck, der sich mit jedem Atemzug, den die Schwangere tat, ausbreitete.

»Zur Seite!«, befahl Guta, die aus einer der im hinteren Teil des Infirmariums gelegenen Kammern herbeigeeilt war, und kniete sich neben die Kranke. »Ihr könnt nicht hier bleiben«, wandte sie sich nach einer kurzen, oberflächlichen Untersuchung der Dame forsch an den Ritter, der sich breitbeinig hinter dem Kopfteil der Bettstatt aufgebaut hatte, um seine vormals sicherlich bildschöne Herrin zu beschützen.

»Ich muss ihr Kleid zerschneiden«, setzte Guta ungeduldig hinzu und gab einer der Beginen mit einer Kopfbewegung zu verstehen, den Mann in den Hof zu führen. »Anabel«, sagte sie knapp, als ihr Blick auf das erstarrte Mädchen fiel. »Bring mir eine Schüssel Rosenwasser. Schnell!« Als Anabel mit dem Gewünschten zurückkehrte, hatte sie die Kranke bereits von dem störenden Gewand befreit, sodass der untere Teil ihres Bauches sowie ihre bereits weit geöffnete Scham sichtbar waren. »Haltet ihre Beine«, befahl die Meisterin zwei Schwestern, die ohne zu zögern die geschwollenen Knöchel der Dame umklammerten, die ein gequältes Stöhnen ausstieß, als Guta mit der Hand in sie eindrang. »Es liegt falsch!«, presste sie hervor, während ihre Finger in der Schwangeren verschwanden, die vor Schmerz aufheulte. »Anabel, einen Schwamm, Bilsenkraut und Mohn. Ich muss sie schneiden.« Damit griff sie nach der Tasche, die eine ihrer Helferinnen ihr reichte, zog ein breites Messer hervor und drückte die Beine der Adeligen noch weiter auseinander. »Wenn wir es nicht sofort holen, sterben sie beide.«

Mit zitternden Händen folgte Anabel der Anweisung, das kleine Schwämmchen mit den beiden betäubenden Essenzen zu tränken und der brüllenden Kranken vor Mund und Nase zu halten, was bewirkte, dass sich ihre Schreie langsam aber sicher ein wenig abschwächten. Dankbar darum, das, was nun folgte, nicht vom Fußende des Bettes mit ansehen zu müssen, streichelte sie der zuckenden Frau die Stirn und versuchte, das Geräusch durchtrennten Knorpels zu ignorieren. Der ganze Körper der Schwangeren bebte, als Guta mit aller Kraft an dem Kind in ihrem Leib zerrte und zog, um es nach scheinbar endlosen Bemühungen schließlich blutverschmiert aus ihr zu befreien. Zwar war Anabel schon oft bei Entbindungen zugegen gewesen, doch ließ sie der Anblick der bläulichen Nabelschnur und des vielen Blutes nur mühsam die Übelkeit schlucken, die in ihr aufstieg. Mit einer geübten Bewegung kappte die Meisterin die Schnur und händigte das Kind einer anderen

Begine aus, die es auf den Kopf stellte, um ihm einen Klaps auf das faltige Hinterteil zu versetzen. Zuerst schien es, als sei die Mühe der Meisterin vergebens gewesen, doch als nach einem zweiten, etwas kräftigeren Schlag ein protestierendes Plärren den Raum erfüllte, musste Anabel trotz allen Unbehagens lächeln. Da Guta bereits nach rohem Haar und Nadel gegriffen hatte, um die ohne Zweifel klaffende Wunde im Unterleib der frischgebackenen Mutter zu nähen, tauchte Anabel den Schwamm erneut in die betäubende Flüssigkeit, um ihr so viel Schmerz wie möglich zu ersparen.

Eine Stunde, nachdem der Ritter die Dame in das Hospital getragen hatte, lag ihr in sauberes Leinen gewickelter Sohn in einer Krippe neben ihrem Bett, wo er süß und selig schlummerte. Da auch die Mutter inzwischen eingeschlafen war, hatte Guta dem Mann gestattet, seine Herrin zu sehen. Nachdem er sich vergewissert hatte, dass es ihr den Umständen entsprechend gut ging, löste er ein Beutelchen vom Gürtel und drückte es der Begine in die Hand. »Sorgt dafür, dass sie so schnell als möglich wieder gesund wird«, bat er mit einem letzten Blick auf die Schlafende. »Dann sollt Ihr reich belohnt werden.«

»Sie muss mindestens noch zehn Tage hierbleiben«, erwiderte Guta ungerührt. »Die Gefahr, am Kindbettfieber zu erkranken, ist beim ersten Kind besonders hoch.« Als der Mann aufbrausen wollte, hob sie gebieterisch die Hand und setzte hinzu: »Ich weiß, wer sie ist. Aber das ändert nichts daran, dass sie sehr krank ist. Wenn Ihr sie in diesem Zustand mitnehmt, wird sie mit Sicherheit sterben.« Damit war das Thema für sie erledigt, und sie wandte dem Ritter den Rücken, der mit einem Brummen auf den Ausgang zusteuerte, durch den er kurz darauf verschwand. »Du kannst nach Hause gehen, Anabel.« Schwester Adelheids Stimme ließ die junge Frau zusammenfahren. »Die Tränke sind fertig. Deine Arbeit ist getan.«

Da sie sich vor Müdigkeit kaum mehr aufrecht halten konnte, nickte Anabel dankbar, räumte Schwämme und Flaschen auf und machte sich gegen die sechste Stunde auf den Heimweg. So früh war sie schon lange nicht mehr nach Hause gekommen, dachte sie, während sie durch den kniehohen Schnee stapfte. Den ganzen Tag über hatte es ohne Unterlass geschneit, sodass die gesamte Stadt mit einem eintönigen, weißen Mantel bedeckt war. Selbst die Leichenkarren zierten beinahe putzig anmutende Häubchen des weißen Zaubers, doch die Reinheit des jungfräulichen Schnees war schon an vielen Stellen dem schmutzigen Gelbbraun des Unrates gewichen. Während sich Schuhe und Röcke innerhalb kurzer Zeit vollsogen, bemühte sich Anabel, nicht vom Weg abzukommen, da unter der täuschend flauschigen Decke tückische Stolperfallen lauerten.

Als sie schließlich vor der Glockenhütte anlangte, schmerzten ihr die Schienbeine von der ungewohnten Anstrengung, doch kaum hatte sie den Eingangsbereich betreten, überkam sie ein solch unbeschreibliches Gefühl der Beklemmung, dass alle körperlichen Beschwerden verblassten. Unheil lag in der Luft. Mit rasendem Herzen riss sie die Tür zum Innenhof auf, rannte am Brunnen vorbei und stürmte in die verwaist daliegende Küche, die wirkte, als habe ein Kampf in ihr stattgefunden. Irgendetwas Furchtbares musste vorgefallen sein! Zwar prasselte das Feuer im Kamin neben dem Esstisch, doch ließen sowohl das Durcheinander auf dem Boden als auch die achtlos zur Seite gestoßenen Töpfe darauf schließen, dass etwas den Alltag der Familie gestört haben musste. Beim Anblick eines Haufens blutiger Lappen in einer Ecke stockte Anabel das Herz, und sie hastete ohne nachzudenken auf die Schlafkammer ihrer Geschwister zu, durch deren Tür ein schmaler Lichtspalt auf den gestampften Lehmboden fiel. Sie hatte gerade die Schwelle übertreten, als sie entsetzt innehielt.

Schwitzend und zitternd lagen ihre drei Geschwister in den kleinen Bettkästen, die Gertrud nebeneinandergerückt hatte, um ihnen leichter kühle Tücher um die Beine wickeln zu können. Furchtbare Hustenkrämpfe schüttelten die zerbrechlich wirkenden Körper der Kinder, die sich erschöpft und ausgelaugt in die Kissen zurücksinken ließen, die bereits rot gefärbt waren von dem blutigen Auswurf. Die erschreckende Blässe der beiden Jüngeren ließ vermuten, dass die Krankheit bei ihnen bereits weiter fortgeschritten war als bei Uli, in dessen grauen Augen so viel Furcht lag, dass Anabel sich zu ihm hinabbeugte, um ihn an ihre Brust zu pressen.

»Seit wann?«, stieß sie heiser hervor und wiegte den vor Fieber glühenden Knaben.

»Ida und Johann seit heute Mittag, Uli seit zwei Stunden.«

Gertruds Augen glänzten nass im Licht der Kerzen. »Aber das ist nicht alles«, setzte sie erstickt hinzu und ergriff Anabels Hand mit der ihren. Erschreckt über die eisige Kälte der knöchernen Finger, wäre die junge Frau um ein Haar zurückgezuckt, doch der Ausdruck in Gertruds schmerzerfülltem Blick hielt sie auf der Stelle fest. »Bertram«, hauchte ihre Stiefmutter mit einem Schluchzen. »Conrad hat ihn halb totgeschlagen.« Einige Momente blieben die Worte bedeutungslose Hülsen, bis Anabels Verstand schließlich die Tragweite des Unglückes erfasste, das über ihr Heim hereingebrochen war. Mit einem beinahe tierischen Laut schlug sie den Handrücken vor den Mund und starrte Gertrud an, als habe diese ihr soeben eröffnet, die Braut des Teufels zu sein. »Was habe ich getan?«, flüsterte sie schließlich matt und ließ sich auf die Knie sinken, da ihre Beine den Dienst versagten. »Was für ein Unheil habe ich über uns gebracht?« »Was redest du da?«, fragte Gertrud erschöpft. »Es ist Gottes Wille.«

Nur mit Mühe unterdrückte Anabel einen Fluch, senkte den Kopf und grub die Hände in das geflochtene Haar. »Nein«, wisperte sie matt. »Es ist Gottes Strafe!« Mit diesen Worten kämpfte sie sich auf die Beine, schluckte trocken und fragte: »Wo ist er?«

Gertrud wies in Richtung der schäbigen Kate, in der Bertram seit seiner Ankunft im Haus des Glockengießers hauste, und murmelte: »Ich habe seine Wunden bereits gesäubert. Er schläft.« Ihre bleischweren Glieder schienen sie davon abhalten zu wollen, die Kammer zu verlassen, doch unter Aufbietung all ihrer Kraft gelang es Anabel schließlich, sich über den Hof zu schleppen und die Tür zu dem Schuppen aufzustoßen, in dessen eiskaltem Inneren sich ein dunkles Häufchen von dem etwas helleren Hintergrund des Strohs abhob.

Lediglich das Licht der Kerze, die Anabel aus der Küche mitgenommen hatte, erhellte den nach Fäulnis stinkenden Raum, und als sie sich der zusammengekrümmten Gestalt Bertrams näherte, hielt sie entsetzt inne. Sein Gesicht schillerte schwarz-blau, und die Stellung, in der er eingeschlafen war, ließ vermuten, dass er sich einige Rippen geprellt hatte. Während heiße Tränen ihre Sicht verschleierten, beugte Anabel sich zu ihm hinab, um behutsam die Hand unter seinen Kopf zu schieben. Schluchzend übersäte sie sein geschundenes Gesicht mit feuchten Küssen und strich ihm halb besinnungslos vor Furcht immer und immer wieder über die unverletzte Wange. Als sich eine Träne nach der anderen auf seiner Haut sammelte, bewegte er sich mit einem Stöhnen und schlug die Lider auf. »Anabel.« Seine Aussprache war undeutlich und verschwommen, und als er den Kopf zur Seite wandte, um einen Schwall blutigen Speichel auszuspucken, erschrak Anabel bis ins Mark.

»Oh, Bertram«, flüsterte sie. »Das wollte ich nicht. Warum hast du nicht auf mich gewartet?«

Entgegen der furchtbaren Schmerzen, die er leiden musste, verzog sich seine geschwollene Lippe zu einem gequälten

Grinsen. »Ich habe ihm die Stirn geboten«, lallte er undeutlich, und Anabel tastete zitternd nach seiner Hand.

»Das hast du«, presste sie mühsam hervor. »Aber hättest du nur diesen einen Tag abgewartet, wäre all dies nicht geschehen.« Eine weitere Träne fiel auf Bertrams bleiche Stirn. »Franciscus ist krank«, erklärte sie, da ihm das Sprechen offensichtlich Schmerzen bereitete. »Vermutlich hat er die Pest.«

Trotz all der Qualen, die er am heutigen Tag erlitten haben musste, erhellte sich Bertrams Miene, nur um sich kurz darauf wieder zu verdunkeln.

»Anselm auch«, nuschelte er, und Anabels Herz wollte erneut aussetzen. Dann hatte es vielleicht doch nichts mit ihrem Ungehorsam zu tun!, grübelte sie hoffnungsvoll, doch das änderte nichts an der Tatsache, dass ihre Geschwister vermutlich bald sterben würden. Die Erkenntnis traf sie mit solcher Gewalt, dass sie zurückfuhr, doch da Bertram bereits wieder eingeschlafen war, musste sie ihm diese Reaktion nicht erklären. Johann, Uli, Ida und Anselm, dachte sie bitter. Wer würde wohl als Nächstes die Rechnung des Teufels begleichen müssen?

Einige Zeit lang blickte sie einfach nur auf Bertrams dunkle Züge hinab und ließ sich von einem Strudel der Trostlosigkeit erfassen. Während die klamme Kälte der Hütte unaufhaltsam ihre Kleidung durchdrang, hielt sie Bertrams Hand umklammert und lauschte auf seinen regelmäßigen Atem. Lediglich das vereinzelte Huschen einer Maus oder Ratte unterbrach die beinahe vollkommene Stille, die Anabel wie ein schützender Mantel umgab. Als der letzte Tropfen Wachs in das feuchte Stroh fiel und die Kerze mit einem Zischen ihr Leben aushauchte, verweilte Anabel trotz der beklemmenden Dunkelheit an Bertrams Seite; und als sie nach einiger Zeit bleierne Müdigkeit überfiel, ließ sie sich einfach neben ihm ins Stroh sinken.

Kapitel 25

Der folgende Dienstag begann, wie der Vortag geendet hatte: trostlos. Über den schneebedeckten Dächern der Stadt hing nach wie vor der schrille, alles durchdringende Ton der nicht mehr abreißen wollenden Sterbeglocke, die trotz zunehmenden Verlangens der Bürger immer noch bei den massenhaften Begräbnissen geläutet wurde. Überall sah man die Totengräber, die mit ihren Stöcken die nur zum Teil in Tücher gehüllten Leichen auf ihre Karren hievten, um sie zu dem vor der Stadtmauer gelegenen Friedhof zu schaffen, wo ihnen eine meist nachlässige Beerdigung durch den übermüdeten Priester zuteil wurde. Da im Rat die Forderung laut geworden war, die Gesunden vor einer Ansteckung zu schützen, war man in den besonders betroffenen Vierteln der Stadt dazu übergegangen, die Türen und Fenster der Häuser zu vernageln, in denen entweder ein Teil oder alle Mitglieder einer Familie erkrankt waren. Was dazu führte, dass viele der so Eingeschlossenen den Tod fanden, obschon sie nicht von der Seuche befallen waren. Da sich diese drastischen Maßnahmen bisher jedoch auf das Gerber- und Färberviertel beschränkten, versuchten die übrigen Bewohner der Stadt, sich so gut als möglich von den mit einem roten Tuch gekennzeichneten Häusern fernzuhalten, wodurch in manchen Gassen kein Durchkommen mehr war.

Mit trübem Blick ließ sich Anabel von dem durch die Rabengasse zum Münsterplatz drängenden Strom mitreißen, wo sich die Menge in alle vier Himmelsrichtungen zerstreute, um mehr oder minder begeistert ihrem Tagwerk nachzugehen. Vor dem westlich der Abtei gelegenen Löwentor drängte sich eine Schlange luxuriöser Pferdefuhrwerke, mit denen sich viele der reichen Patrizier aufs Land flüchteten, wo sie hofften, durch Einsamkeit und Isolation der Pest zu entkommen.

Auf unsicheren Beinen erreichte Anabel schließlich das Hospital, aus dem ihr der allem Räucherwerk zum Trotz durchdringende Gestank faulenden Fleisches und versagender Eingeweide entgegenschlug. Immer noch schwebte das zerschundene Gesicht Bertrams, den sie nur mit schwerem Herzen in dem kalten Schuppen zurückgelassen hatte, vor ihrem inneren Auge. Doch als sie das Infirmarium betrat, in dem trotz der frühen Stunde bereits ein hektisches Treiben herrschte, schalt sie sich eine undankbare Närrin. Immerhin war Bertram bis auf einige Platzwunden und stechende Rippen wohlauf, was man von dem Großteil der vor Schmerzen brüllenden Kranken nicht behaupten konnte!

Ohne Vorwarnung schossen ihr beim Anblick der unter Höllenqualen dahinsiechenden Pestopfer die Tränen in die Augen. Als drei Beginen an ihr vorbeistürmten, wandte sie sich hastig ab, um sich eines der essiggetränkten Tücher vor Nase und Mund zu binden. Das sich mit einem Zusammenziehen ihres Zwerchfells ankündigende Schluchzen unterdrückend, versuchte sie tapfer, die Erinnerung an die gezeichneten Gesichter ihrer Geschwister zu verdrängen, von denen sie sich heute Morgen in dem Wissen verabschiedet hatte, dass sie ohne Rettung dem Tode geweiht waren. Während Ida und Johann bereits in die lähmungsartige Ohnmacht gefallen waren, die stets das Ende ankündigte, war Uli noch bei Bewusstsein gewesen und hatte schwach nach ihrer Hand gegriffen. Wie bei allen anderen von dieser Spielart der Pest Befallenen, erlosch auch bei Anabels Geschwistern das schwache Lebenslicht nach weniger als drei Tagen.

Mit zitternden Händen verknotete sie das Tuch an ihrem Hinterkopf und trat an die Reihe Heiligenlämpchen, die im Eingangsbereich entzündet worden waren. Nachdem sie sich vor den Bildern des Heiligen Rochus, des Heiligen Quirin und des Heiligen Beatus bekreuzigt hatte, schickte sie ein Bittgebet hinterher, in dem sie für Gertrud, Bertram und all die anderen Unschuldigen um Schutz vor der Seuche flehte. Als sie erneut das Zeichen des Kreuzes geschlagen hatte, holte sie tief Atem, wischte sich die Tränen aus dem Augenwinkel und straffte die Schultern, bevor sie sich in das Chaos im Inneren des Hospitals stürzte.

»Anabel«, empfing sie Guta Staiger, deren Unerschütterlichkeit im Angesicht der überwältigenden Flut Kranker ins Wanken zu geraten schien. »Ich habe eine besondere Aufgabe für dich.« Sie senkte die Stimme. Auf ihrem unscheinbaren Gesicht lag ein Ausdruck tiefer Sorge, als sie sich unbewusst zu der adeligen Dame umwandte, die sich in einem seitlich mit Vorhängen abgetrennten Teil des vordersten Raumes unruhig in den Kissen hin- und herwarf. Aus einer winzigen Krippe an ihrem Kopfende drang das schwache Weinen eines Säuglings, das seine erschöpfte Mutter jedoch nicht zu wecken vermochte. »Ich habe keine Zeit, mich weiter um sie zu kümmern«, stellte Guta sachlich fest und wischte sich mit der Hand über die schweißbedeckte Stirn. »Und ich benötige die anderen Schwestern bei den Kranken.«

Anabel nickte stumm.

»Sieh zu, dass du eine Amme für das Kind findest. Und sorge dafür, dass es der Gräfin an nichts mangelt.« Als Anabel erstaunt die Augen aufriss, lächelte Guta schief. »Sie ist die Gemahlin des Grafen von Württemberg. Aber du brauchst dich nicht vor ihr zu fürchten. Ich kenne sie, seit sie ein Kind ist.« Damit legte sie der jungen Frau kurz die Hand auf die Schulter, bevor sie weitereilte, um der Ursache eines markerschütternden Schreis auf den Grund zu gehen.

Staksig näherte sich Anabel der schlafenden Adeligen, um sie voller Ehrfurcht einige Augenblicke lang zu betrachten. Die rotbraunen Locken, die von den Beginen aus der strengen Haube befreit worden waren, lagen aufgefächert auf den weichen Kissen und verliehen ihr das Aussehen eines jungen Mädchens. Während die von feinen blauen Adern durchsetzten Lider ihre Haut blass erscheinen ließen, bekräftigte der volle, rotlippige Mund beinahe trotzig die Lebendigkeit der jungen Mutter. Das wütende Heulen des Neugeborenen riss Anabel aus der bewundernden Betrachtung, und als sie sich neugierig über die Krippe beugte, um das winzige Bündel behutsam zu befreien, erfüllte sie entgegen allen Kummers ein warmes Gefühl der Mütterlichkeit. Leise Beruhigungen murmelnd drückte sie den kräftig strampelnden Knaben an ihre Brust, wo sich unverzüglich kleine Fingerchen in das weiche, nur von dem dünnen Stoff ihres Kleides bedeckte Fleisch gruben. »Gleich«, murmelte Anabel, während sie sich von dem Lager zurückzog, den Kopf des Kindes in ihrer Armbeuge ablegte und nach ihrer Glocke angelte, die sie neben dem Eingang auf einen der Haken gehängt hatte. »Gleich gibt es etwas zu essen.« Sorgsam wickelte sie den immer heftiger protestierenden Säugling in eine weitere wollene Decke, bevor sie sich mit ihm zurück zum Tor begab, um sich auf den Weg zu einer Frau im Osten der Stadt zu machen, die den Beginen schon in der Vergangenheit ihre Dienste als Amme zur Verfügung gestellt hatte.

Den Blick fest auf das feuerrote, zu einer faltigen Maske des Unwillens verzerrte Gesicht des Neugeborenen gerichtet, eilte Anabel so schnell wie möglich in die Kramgasse, um kurz darauf in die Apothekergasse einzubiegen. Dort steuerte sie schnurstracks auf ein flaches Steingebäude zu, in dessen vorderem Teil der Laden des Apothekers untergebracht war, dessen Gemahlin sie aufsuchen wollte. Vorsichtig zog sie den Kopf ein, um dem über dem Türrahmen angebrachten Glockenspiel auszuweichen, und trat in den nach Gewürzen, Laudanum und Alkohol duftenden Verkaufsraum, in dem der Apotheker und seine beiden Gehilfen damit beschäftigt waren, Sirup herzustellen und diverse Zutaten zu pulverisieren. In den scheinbar endlosen Regalreihen drängten sich Glasflaschen in allen erdenklichen Größen, Tiegel und Töpfe, Säckchen, Beutelchen sowie Waagen und Maße jeglicher Art. In einer Ecke des von einer Unzahl Kerzen erleuchteten Raumes stapelten sich die ebenfalls hier erhältlichen Luxusgüter wie Safran, grüner Pfeffer, Muskatnuss, Galgantwurzel, Kardamom, Zimt, französisches Papier, exotische Weine und das allseits beliebte Konfekt, bei dessen Anblick Anabel das Wasser im Munde zusammenlief. Den Großteil des Raumes nahm jedoch die Arbeitsfläche des Apothekers ein, der bei Anabels Erscheinen widerwillig die Nase von einem kleinen Glaskolben löste, in dem eine unnatürlich grüne Flüssigkeit brodelte.

»Was willst du?«, fragte er unfreundlich und ließ den Blick seiner kalten, wasserblauen Augen an der Besucherin entlangwandern, bis er auf dem Bündel in ihren Armen hängen blieb. Ein verächtliches Zucken um seinen Mund verriet deutlich die Gedanken, die ihm dabei durch den Kopf gingen.

»Ich suche Elzbete«, erklärte Anabel, der die Röte in die Wangen schoss. Mit einem abfälligen Brummen senkte der Apotheker erneut den Kopf über den Kolben, nachdem er mit einer wegwerfenden Handbewegung auf einen hinter einem dunkelbraunen Vorhang versteckten Durchgang gewiesen hatte.

Nur mühsam schluckte Anabel die scharfe Bemerkung, die ihr auf der Zunge lag, und folgte der angewiesenen Richtung. Mit der Linken schob sie den Vorhang zur Seite, um mit dem Ellenbogen die unverschlossene Tür aufzustoßen, bevor sie den dahinter liegenden, rußgeschwärzten Raum betrat, dessen fensterloses Inneres lediglich von einem schwachen Kaminfeuer in ein flackerndes Licht getaucht wurde. Im Gegensatz zu dem in reiche Gewänder gekleideten Apotheker verhüllte die üppigen Formen seiner Gemahlin ein einfaches, aus Leinen gearbeitetes Kleid, über dessen Ausschnitt eine pralle, von einem riesigen Hof akzentuierte Brust quoll, an die sie soeben einen greinenden Knaben anlegte.

»Seid Ihr Elzbete?«, fragte Anabel, die Schwierigkeiten hatte, ihr Erstaunen über das im Gegensatz zum Ladenbereich ärmliche Innere zu verbergen. Als die Frau ein bejahendes Grunzen von sich gab, schlug das Mädchen vorsichtig die Decke vom Kopf des ihr anvertrauten Kindes zurück. Auf der Stelle verstärkte sich das zu einem leisen Wimmern abgeschwächte Weinen zu einem zornigen, durchdringenden Brüllen, das die Apothekersgattin mit einem gleichgültigen Hochziehen der übermäßig gezupften Brauen quittierte. »Er braucht dringend Milch«, erklärte Anabel überflüssigerweise. »Seine Mutter ist krank.«

Während sie die freigelegte Brust mit den Fingern knetete, nickte Elzbete stumm, betrachtete einige gierige Schlucke lang den Säugling an ihrem Busen und setzte diesen schließlich ab, um Anabel fordernd die Handfläche entgegenzustrecken.

»Die Beginen schicken mich«, setzte die junge Frau hinzu und zählte das Geld ab, das Guta Staiger ihr mitgegeben hatte. Nachdem die fette Apothekerin die Silberstücke in ihrer Tasche hatte verschwinden lassen, griff sie nach dem Sohn der Gräfin, drückte ihn unzeremoniös an sich und sah zu, wie sich seine zahnlosen Gaumen gierig um ihre verhärteten Brustwarzen schlossen. Das ganze Kind schien zu erbeben, als der Knabe hungrig Zug um Zug der fremden Muttermilch in sich hineinsaugte, bis Elzbete ihn schließlich von der linken Brust abnahm, um ihn nach einigem Nesteln rechts erneut anzulegen. »Er hat Hunger«, stellte sie sachlich fest und blickte Anabel direkt in die Augen. »Wie alt ist er?«

»Einen Tag«, erwiderte Anabel, der bei der abschätzenden Betrachtung ein Schauer den Rücken hinaufkroch.

»Du musst ihn mindestens zweimal am Tag zu mir bringen«, stellte Elzbete schließlich fest, als das Kind satt und müde in ihrem Arm erschlaffte, und hob ein rotznäsiges Mädchen auf ihren Schoß, um ihm mit dem Ärmel ihres Gewandes die Nase zu säubern. Mindestens ein Dutzend Kinder im Alter von wenigen Monaten bis zehn Jahren drückte sich in den Schatten der kleinen Kammer herum, und als Anabel sich gerade zum Gehen wenden wollte, erhob Elzbete erneut die Stimme. »Der Preis«, brummte sie schroff. »Er ist zu niedrig. Die Konkurrenz ruiniert das Geschäft.«

Da Anabel von den Nöten der Apotheker gehört hatte, die sich überall lautstark über die fliegenden Händler, Wunderdoktoren, Theriakhändler und Wurzelgräber beschwerten, die im Gefolge der Geißler durch die Lande zogen, war ihr klar, was die Amme damit meinte.

»Ich muss drei Pfennige mehr verlangen«, fügte Elzbete hinzu und hob mit einem listigen Blick die Augen. »Ansonsten lohnt es sich nicht für mich.«

Einen Moment lang zögerte Anabel, bevor sie antwortete. »Ich werde es der Meisterin ausrichten«, sagte sie. »Wenn sie damit einverstanden ist, bringe ich ihn heute Abend wieder.« Damit verabschiedete sie sich von der Frau, die einer Spinne gleich auf ein neues Opfer zu lauern schien, und verließ das Haus.

Zurück im Infirmarium, legte sie das schlafende Kind in die Krippe zurück, um sich auf die Suche nach der Meisterin zu machen, die dem höheren Preis der Amme mit einem unwilligen Stirnrunzeln zustimmte. »Die Gräfin kann es sich leisten«, sagte sie nachdenklich. »Aber was ist mit den weniger vermögenden Müttern?«

Da Anabel keine Antwort auf diese Frage wusste, zog sie sich ans Lager der immer noch wie besinnungslos schlafenden Katharina von Helfenstein zurück, um dieser mit einer duftenden Essenz die Schläfen einzureiben.

Während sie mit den Fingerspitzen kleine Kreise auf die makellose Haut der erschöpften Adeligen malte, wirbelten die

Gedanken in ihrem Kopf wild durcheinander. Das Gefühl des sehnsüchtigen Verlangens, das sie durchströmt hatte, als sie den Säugling an sich gepresst hatte, vermischte sich mit der Sorge um Bertram, der bohrenden Trauer um ihre Geschwister und einer Frage, die sie seit einigen Tagen quälte. Gedankenverloren tauchte sie die Hand erneut in die kleine Schale und fuhr mit der Behandlung fort. Seit über zehn Tagen wartete sie bereits vergeblich auf das Einsetzen ihrer Monatsblutung. Da sie bereits lange genug im Hospital aushalf, um zu wissen, was das bedeutete, bereitete ihr diese Tatsache nicht nur Schrecken, sie erfüllte sie auch mit abgrundtiefer Abscheu. Denn sollte der Grund dafür der sein, den sie vermutete, bedeutete dies, dass sie Franciscus' Kind in sich trug!

Das Zittern ihrer Hand ließ sie einige Augenblicke innehalten und erneut das schöne Gesicht der Gräfin betrachten. Wollte Gott mit dieser Frucht der Sünde ihren Willen zum Gehorsam prüfen?, fragte sie sich verzweifelt. Würde sie diesem Kind der Schande die Liebe einer Mutter zukommen lassen können, oder würde sie sich von ihm abwenden und damit ihre Seele noch mehr beschmutzen? Sie seufzte und nahm ihre Arbeit wieder auf. Und würde Bertram beginnen, sie zu hassen, wenn ihr Körper ihn mit jedem Tag, der verstrich, daran erinnerte, dass ein anderer sie vor ihm besessen hatte? Bevor sie sich weiter quälen konnte, riss sie das plötzliche Einsetzen des Kirchengeläutes aus ihrem Brüten und ließ sie verdutzt den Kopf wenden.

Warum um alles in der Welt ertönten zu dieser ungewöhnlichen Stunde die Glocken der Abteikirche? Laut und dröhnend fing sich der tiefe Klang in den Räumen des Hospitals, und innerhalb weniger Minuten sammelten sich Beginen, Novizen und Helferinnen im Eingangsbereich, um den Grund der unüblichen Abweichung vom Tagesgeschehen in Erfahrung zu bringen. Kurz nachdem der erste Ton den frühen

Nachmittag durchschnitten hatte, versperrte Anabel eine Wand aus braun gewandeten Rücken den Blick auf die Tür, und wenngleich sie die in ihr aufsteigende Neugier unterdrücken wollte, wurde auch sie von dem Geschehen wie magisch angezogen. Folglich trocknete sie sich die Hände, stellte die Schale am Fußende des Bettes ab und schloss sich der gaffenden Versammlung an, aus deren Reihen bereits die wildesten Vermutungen kamen.

»Der Bischof ist hier«, raunte ein vollkommen kahler Mönch, dem jedoch sofort ein anderer widersprach: »Nein, es muss etwas Furchtbares geschehen sein!«

»Dort kommt Paulus«, verkündete eine hellblonde Begine. »Er weiß sicher mehr.«

»Was soll der schon wissen?«, zischte eine Stimme dicht hinter Anabel, doch als sie sich umwandte, ließ keines der starren Gesichter erkennen, bei welchem der Novizen es sich um den Sprecher handelte.

Kurz darauf entstand in den vorderen Reihen ein Aufruhr, doch als kurz darauf die weinerliche Stimme des Tonsors den Raum erfüllte, verstummten selbst die Aufgebrachtesten.

»Der Abt ist tot!«, keifte der Mönch mit hochrotem Kopf. »Franciscus ist vor wenigen Minuten gestorben!«

Obschon Anabel sich auf die Zehenspitzen reckte, konnte sie lediglich den Schopf des hochgewachsenen Paulus erkennen, der sich in diesem Moment ebenfalls durch den Eingang schob, um die Worte des Tonsors zu bestätigen. »Es ist wahr«, verkündete er salbungsvoll. »Unser Hochwürdigster Vater ist von seinen Qualen erlöst.«

Immer noch aufgewühlt und durcheinander von der unverhofften Nachricht vom Tod ihres Peinigers, begab sich Anabel nach Anbruch der fünften Stunde erneut in die Apothekergasse, um Elzbete ein weiteres Mal das hungrige Maul des Säuglings stopfen zu lassen. Nachdem sie der Gemahlin des immer noch emsig destillierenden Apothekers den vereinbarten Preis in die gierig ausgestreckte Handfläche gezählt hatte, drückte sie den Knaben fest an sich und huschte zurück zu der hell erleuchteten Abtei, aus deren Kirche der eintönige Betgesang der Heiligen Brüder ins Freie drang. Vermutlich flehten sie für die Seele ihres verstorbenen Vorstehers, dachte Anabel bitter und verzog das Gesicht zu einer Grimasse der Verachtung. Wie vielen Vorgängerinnen hatte er wohl ebenso wie ihr die Unschuld geraubt?, fragte sie sich, blieb jedoch bei dem Anblick, der sich ihr bot, sobald sie das Tor durchschritten hatte, wie angewurzelt stehen.

Vom Abthaus her schlängelte sich ein Trauerzug in Richtung Kirchenpforte, um den von vier Mönchen getragenen Leichnam des Dahingeschiedenen vor dem Altar aufzubahren. Begleitet von Fackelträgern, schob sich die Abordnung singend und betend auf das schmucklose Hauptschiff zu, an dessen Ende sich der aus Stein gehauene Altar befand. Durch die weit offen stehende Doppelpforte erkannte Anabel die prunkvollen Altarleuchter und Kruzifixe und die sorgfältig zusammengelegten liturgischen Gewänder. Der goldene Abtsstab, den Franciscus bei den Hochfesten stets vor sich hergetragen hatte, ruhte auf einem roten Kissen vor dem Altar, wo er von dem dort wartenden Henricus halb verdeckt wurde. Dieser verfolgte mit unbewegter Miene, wie die Träger den Leichnam den von stehenden Mönchen gebildeten Gang entlangtrugen, bevor sie ihn zu Füßen des Altars absetzten und sich bekreuzigten. Nachdem sie vor dem Kreuz das Knie gebeugt hatten, reihten sie sich in die Betenden ein, um kurz darauf in den Lobgesang einzustimmen, der sich vom hinteren Teil der Kirche her erhob. Bevor die Pforte geschlossen wurde, sah Anabel, wie ein beinahe diabolischer Ausdruck das Gesicht des stellvertretenden Ordensvorstehers entstellte, doch als die Tür donnernd ins Schloss fiel, hatten sich dessen Züge bereits wieder geklärt.

»Vergib mir meine sündhaften Gedanken, Herr«, flüsterte Anabel, in deren Innerem sich ein befremdliches Hochgefühl ausbreiten wollte. »Und sei seiner Seele gnädig«, setzte sie nach einigem Zögern zähneknirschend hinzu.

Nach einem letzten Blick auf die Fenster der Kirche schob sie das Kind in ihrem Arm zurecht und machte sich auf den Weg zurück ins Infirmarium. Sie hatte den zufriedenen Knaben gerade wieder in seine Krippe gebettet, als sie ein dumpfes Geräusch in ihrem Rücken herumfahren ließ. Sie sah gerade noch, wie Guta Staiger an der Schwelle der Kräuterküche wie eine Gliederpuppe in sich zusammensackte und regungslos liegen blieb, bevor sich ein halbes Dutzend Beginen um sie scharte.

»Lasst mich sehen«, durchschnitt Schwester Adelheids tiefe Stimme das aufgeregte Geplapper, und als sie sich wenig zimperlich zu der Meisterin durchgekämpft hatte, krempelte sie ohne viel Umschweife den Kragen des Ärmelrockes nach unten, um die Seite ihres Halses zu befühlen. Kaum hatten ihre Finger gefunden, was sie gesucht hatten, sog sie scharf die Luft durch die Zähne und fuhr in den Mund der ohnmächtigen Meisterin, um deren geschwollene Zunge zu untersuchen. »Heiliger Rochus, bewahre uns.«

Die Furcht, die Anabel bei der Erkenntnis, dass selbst die Oberin nicht vor der Seuche gefeit war, in die Glieder fuhr, ließ sie zurücktaumeln. Seit dem Ausbruch der furchtbaren Krankheit hatte sie sich – nachdem sich der anfängliche Todeswunsch in kalte Angst verwandelt hatte – mit der Hoffnung über Wasser gehalten, dass Gott seine schützende Hand über diejenigen hielt, welche trotz aller Unbilden den Kranken die Qualen erleichterten. Zwar hatte bereits mehr als ein Fünftel der Beginen den Tod gefunden, doch war dieser Anteil weitaus geringer als bei der gewöhnlichen Bevölkerung, von der Gerüchten zufolge bereits nahezu ein Drittel dahingerafft worden war. Doch jetzt war die Pest auf die selbstloseste aller Schwestern übergesprungen! Sie zitterte. Wie sollte man sich nur vor etwas schützen, das willkürlich arm und reich, sündig oder rein und frei oder leibeigen niederwarf, als kenne es keinen Unterschied? Nur mit Mühe verhinderte sie das Aufeinanderschlagen ihrer Zähne.

»Gott wird sie gesund machen«, hörte sie eine der älteren Schwestern mit einem Schluchzen hervorstoßen, bevor sie in Richtung Ausgang schlich, um wie benommen aus dem Lazarett zu fliehen und sich blindlings auf den Heimweg zu machen.

Dort angekommen, ließ sie der Geruch des Todes in die Küche stürmen, wo soeben Göswin und der zerschundene Bertram die kleine Ida auf einer hölzernen Bahre aus der Schlafkammer trugen. Der winzige Körper des fünfjährigen Mädchens wirkte auf dem langen Holzbrett erbärmlich, und als die beiden Männer ihre Schwester an ihr vorbeitrugen, brach Anabel in haltloses Schluchzen aus. Das schneeweiße Gesichtchen schien selbst in der Starre schmerzverzerrt, und das Tuch, mit dem Gertrud ihre Tochter umwickelt hatte, war an mehreren Stellen mit schwarzem Blut getränkt.

»Der Herr hat sie ins Himmelreich gerufen«, stieß Gertrud tonlos hervor, als sie hinter den beiden die Kammer verließ. »Ihre Seelen sind frei.« Mit einem leisen, summenden Laut schlang sie die Arme um Anabel und wiegte diese hin und her, bis das Stampfen schwerer Stiefel die Rückkehr der Männer verkündete. Immer noch weinend löste sich Anabel aus der krampfhaften Umarmung ihrer Stiefmutter, deren flachsblondes Haar aufgelöst um ihr abgemagertes Gesicht hing. In ihren

Augen glomm eine fanatische Ergebenheit, die Anabel mit einem Gefühl der Leere erfüllte, das sich vertiefte, als Bertram und Göswin mit dem Leichnam des dreijährigen Johann zurückkehrten. Als schließlich auch Uli mit seinen Geschwistern vor der Tür aufgebahrt war, warf Gertrud einen der wollenen Mäntel um die Schultern, um bei ihren Kindern Totenwache zu halten, bis der Karren des Totengräbers sie am nächsten Morgen auflesen und zum Friedhof bringen würde. Da Anabel wusste, dass es vergeblich sein würde, sie davon abbringen zu wollen, ließ sie sich erschöpft auf die Bank vor dem erkalteten Kamin sinken. Ohne dass es ihr bewusst wurde, füllten sich ihre Augen erneut mit Tränen. Als sich nach einer scheinbaren Ewigkeit die Küchentür öffnete, blickte sie nicht einmal auf, sondern schloss weinend die Augen.

Kapitel 26

Wie es sich für den letzten Tag vor dem Weihnachtsfest gehörte, zeigte sich der Donnerstag im feierlichen Gewand. Nach über einer Woche Düsternis, Nebel und Schneefall erstrahlte der Himmel an diesem Morgen in klarem Blau. Unberührt vom Tod seiner drei Kinder schlenderte Conrad in Richtung Rathaus, wo in weniger als einer Stunde das Ergebnis der Ratswahl verkündet werden würde. Drei Mäuler weniger zu stopfen, dachte er kalt. Wenn er auch noch Gertrud losgeworden war, würde seinem neuen Leben nichts mehr im Weg stehen! Sobald die Besetzung der freien Stühle feststand, würde der Alderman die neuen Mitglieder versammeln, um sie in einer Sondersitzung in ihr Amt einzuführen. Nachdem er sich von dem ersten Schrecken erholt hatte, war Conrads Arroganz der Pest gegenüber zurückgekehrt, und er sah es als Zeichen Gottes an, dass sein Streben nach Macht endlich von Erfolg gekrönt war. Da es ihm gelungen war, einen Sitz im höchsten Organ der Stadt zu erlangen, bestand für ihn keinerlei Zweifel daran, dass er unter Gottes persönlichem Schutz stand.

Er lächelte dünn. Wenn es nicht als Wink des Schicksals zu deuten war, dass Franciscus der Seuche erst erlegen war, nachdem er die Fäden für Conrad gezogen hatte, als was dann? Keine Sekunde lang verschwendete er sein Mitleid an den Abt, den er bereits halb vergessen hatte. Wenn seine Pläne aufgingen, würde auf sein Betreiben hin die Stadt und somit die Ratsversammlung die Aufsicht über den bevorstehenden Münsterbau übernehmen, da die Mönche nicht mächtig genug waren, um Amtsmissbrauch vorzubeugen. Das Lächeln verbreiterte sich. Womit er sich als Mitglied ein nicht zu verachtendes Nebeneinkommen an Bestechungsgeldern sichern würde. Schmunzelnd drängte er sich durch die vor dem Rathaus zusammengelaufene Menschenmenge, die trotz aller Warnungen der Obrigkeit der Gefahr einer Ansteckung trotzte, und schob sich an die vor dem Eingang angeschlagenen Listen heran. In regelmäßigen Abständen tauchte ein Stadtdiener aus dem Inneren des Gebäudes auf, um einen Namen durchzustreichen oder einen weiteren hinzuzufügen.

Als die Prozedur schließlich beendet war, erschienen – begleitet von einem Fanfarensignal – der Bürgermeister und der Alderman auf dem kleinen Balkon hoch über den Köpfen der Versammelten und baten gestenreich um Ruhe.

»Die Wahl war erfolgreich«, verkündete der Bürgermeister feierlich und nestelte an der schweren Kette mit dem Schlüssel der Stadt. »Die Gewählten, und *ausschließlich* die Gewählten, begeben sich in den Versammlungssaal.« Daraufhin begann er, die Liste der Namen zu verlesen, was der Menge den einen oder anderen überraschten Ruf entlockte. Als er geendet hatte, erhob sich ein brodelndes Stimmengemurmel, das wie von Zauberhand abgeschnitten verstummte, als Conrad gemeinsam mit den übrigen Mitgliedern in die feierliche Stille der Rathaushalle eintauchte. Im Gänsemarsch wanden sich die Männer die Treppe hinauf, wo sie von zwei uniformierten Wächtern empfangen und in den Ratssaal geleitet wurden.

Dort thronten in dem mit prächtigen Wandmalereien geschmückten, lang gestreckten Raum bereits die vierzehn Patrizier unter ihren Familienwappen, die am Kopfende des Saales durch das zweigeteilte, schwarz-weiße Wappen der Stadt Ulm ergänzt wurden. Daneben prangte das Stadtsiegel, das den Reichsadler mit gespreizten Schwingen als Zeichen der reichsfreien Stellung Ulms darstellte. Umschrieben war dieses Siegel mit den lateinischen Worten: SIGILLUM UNIVERSITATIS CIVIUM IN ULMA – Siegel der Gemeinschaft der Bürger zu Ulm.

Gegen seinen Willen beeindruckt, folgte Conrad dem Platzanweiser und ließ sich auf einem der hochlehnigen Stühle nieder, die in einer Reihe der Wand entlangliefen. Streng geteilt in Zunftvertreter und Patriziat, blickten sich so die beiden Parteien direkt in die Augen, was manchen der Neulinge dazu veranlasste, den Kopf zu senken.

Im Gegensatz zu dem Bäckermeister zu seiner Linken hielt Conrad jedoch stolz den abschätzenden Blicken der reichen Ulmer stand, deren Kleidung von ihrer Macht und ihrem Einfluss zeugte. Wie Conrad selbst trugen die meisten von ihnen schreiend bunte Schecken, doch wohingegen sein eigenes Kleidungsstück aus feinem Leinen gefertigt war, protzten die Patrizier mit dem kostbaren Barchent. Steife Hüte wetteiferten mit gestreiften, mit Quasten versehenen Mützen, die auf gefärbten Schöpfen saßen. Dicke Ketten um ihre Hälse kündeten ebenso von ihrem Reichtum wie die prallen Geldkatzen, die viele von ihnen so drapiert hatten, dass man auch im Sitzen einen freien Blick darauf hatte.

Was für Gecken!, dachte der Gießer verächtlich, obwohl auch er eine Vorliebe für die neueste Mode hatte. Bevor er seine Betrachtungen vertiefen konnte, verkündete einer der Wachmänner die Ankunft des Bürgermeisters, der sich gemeinsam mit dem Alderman an der Stirnseite des Saales niederließ. Eine dritte Gestalt an ihrer Seite war durch die schlichte Kutte deutlich als Barfüßer zu erkennen, doch da die tief in die Stirn gezogene Kapuze ihr Gesicht verhüllte, konnte Conrad nicht erkennen, um wen es sich handelte.

»Ich heiße Euch alle zur heutigen Sitzung willkommen«, dröhnte der Bürgermeister, nachdem er sich mit einem kleinen Hämmerchen Gehör verschafft hatte. »Bevor wir die Versammlung eröffnen und über die dringlichsten Dinge abstimmen, wird Bruder Henricus den neu gewählten Mitgliedern den Eid abnehmen.« Er deutete auf den Mönch, der mit einer feierlichen Geste ein juwelenbesetztes Kruzifix unter seiner Ordenstracht hervorzog und in die Mitte des Saales trat. »Jeder von Euch wird vor Gott und allen Heiligen schwören, der Stadt Ulm und ihren Bürgern treu und redlich zu dienen und seine Macht nicht zu missbrauchen.« Mit diesen Worten übergab er an Henricus, auf dessen narbigem Gesicht ein strenger Ausdruck lag, als er den ersten Ratsherrn zu sich bat.

Nachdem die Vereidigung beendet war, nahm er seinen Platz an der Seite des Bürgermeisters wieder ein und betrachtete die Anwesenden mit ausdruckslosen Augen. »Zuerst muss darüber abgestimmt werden, ob das Läuten der Sterbeglocke in Zukunft untersagt wird«, hub der Vorsitzende an. »Wer dafür ist, hebt die Hand.«

Nahezu alle Arme schossen in die Höhe, und nachdem der Bürgermeister eine Notiz gemacht hatte, wandte er sich dem Alderman zu. »Bevor wir zu einem Problem kommen, das meinem Beisitzer am Herzen liegt«, fuhr er fort, »stellt sich die

Frage, ob wir, wie in vielen größeren Städten bereits geschehen, eine Quarantäne von vierzig Tagen einrichten. Das bedeutet, dass *alle* Häuser, die von der Pest befallen sind, für die Dauer von vierzig Tagen versiegelt werden, und niemand sie verlassen darf – egal ob krank oder gesund.«

Ein Raunen lief durch die Reihen.

»Die Einhaltung dieser Quarantäne wäre durch die Stadtwache zu gewährleisten, was uns mit nicht unbeträchtlichen Problemen konfrontieren würde.« Er sammelte einen Moment seine Gedanken, bevor er hinzusetzte: »Damit die Eingeschlossenen nicht verhungern, muss die Stadt für ausreichende Nahrung sorgen.« Mehrere Mitglieder schnaubten abfällig. »Wer befürwortet diese Maßnahme?« Anders als bei der vorhergegangenen Frage zuckten lediglich ein halbes Dutzend Hände in die Höhe, womit der Vorschlag abgelehnt war.

»Bitte, Alderman.«

Mit einem Räuspern stemmte der schlanke Gesamtzunftvorsteher die Hände auf den Tisch und erhob sich langsam. »Wie bereits bei unserem letzten Zunfttreffen angesprochen, bereitet mir und vielen Mitgliedern die Tatsache Sorgen, dass es bei der Planung des Münsterbaus augenscheinlich zu Unregelmäßigkeiten gekommen ist.« Während Conrad sich zurücklehnte, um dem pompösen Sermon des Aldermans gelangweilt zu lauschen, rieb er sich innerlich die Hände. Beinahe eine halbe Stunde lang plätscherten die Worte über die Versammlung hinweg, bis Conrad eine Redepause des Vorstehers nutzte, um aufzuspringen und lautstark in den Raum zu werfen: »Ich beantrage, die Aufsicht über den Bau dem Rat zu übertragen.«

Die verdutzten Ausrufe ließen ihn selbstbewusst hinzufügen: »Da es sich eigentlich um ein Bauvorhaben der Stadt handelt, ist dies der einzig vernünftige Schritt. Damit wird den Heiligen Brüdern die Last der Verantwortung abgenommen, und die Versammlung kann Verstöße gegen die Regeln leichter ahnden.«

Dieser kühne Vorschlag erntete einen wahren Sturm an Kommentaren, doch da ein Großteil der Bürger es sowieso nicht gerne sah, dass die Mönche in den Bau der stadteigenen Kirche verwickelt waren, war die Resonanz vorwiegend positiv. Zwar würde das Münster in geistlicher Hinsicht dem Bischof in Augsburg unterstehen, doch würden die mit seinem Betrieb verbundenen Einnahmen direkt in die Stadtkasse fließen. »Er hat recht!«, trompetete ein fettleibiger Zimmermann. »Man könnte einen Aufseher bestellen.«

»Richtig!«

Einige Zeit lang war es um die Disziplin im Saal geschehen, bis der Alderman schließlich dröhnend um Ruhe bat. »Obwohl es sich um einen ungewöhnlichen Vorschlag handelt«, bemerkte er mit einem anerkennenden Blick auf Conrad trocken, »gebe ich ihn zur Abstimmung frei.«

Keine drei Minuten später war die Angelegenheit geklärt, was Conrad ein zorniges Funkeln aus Richtung des Vertreters der Klostergemeinschaft einbrachte. Gerüchten zufolge war dieser bereits vom Konvent der Abtei zum Nachfolger des Abtes nominiert worden, was den Gießer jedoch wenig beeindruckte. Da durch den mit Franciscus ausgehandelten Großauftrag des Klarissenklosters in Söflingen die Auftragslage der Glockenhütte für die nächsten Monate gesichert war, scherte er sich wenig um das Missfallen des erzürnten Henricus. Dieser war dem Gießer in der Vergangenheit ohnehin stets mit Herablassung und Verachtung begegnet, sodass Conrad sicher sein konnte, dass mit ihm kein Geschäft zu machen war. Nur mühsam unterdrückte er ein Feixen. Was im Angesicht seiner neuen Position nicht mehr von Bedeutung war! Er würde dieses Amt dazu benützen, um so viel Geld wie möglich zu scheffeln, und wenn sich seine Zunftgenossen so einfach beeinflussen ließen, wie er hoffte, würde es nicht lange dauern und er würde anstelle des Aldermans neben dem Bürgermeister thronen! Frage um Frage wurde erläutert, und als Conrad schließlich drei Stunden später zurück ins Freie trat, schwirrte ihm der Kopf.

»Schließt Euch uns zu einem Umtrunk an«, lud ihn ein hochgewachsener Gewandschneider ein. »Es gibt noch einige Dinge zu besprechen, die nicht für die Ohren der Patrizier bestimmt sind.«

Als sie sich kurz darauf in einer abgetrennten Nische in einer der besseren Herbergen niederließen, fehlten lediglich sechs der Zunftvertreter, die sich dem Alderman angeschlossen hatten.

»Conrad«, hub der reich gekleidete Schneider schließlich an, nachdem die Krüge der Männer gefüllt waren. »Mir scheint, Ihr seid der Mann, der uns gefehlt hat.«

Als Conrad fragend den Kopf neigte, setzte er erklärend hinzu. »Einige von uns sind bereits seit mehreren Jahren im Rat.« Er wies auf fünf der Anwesenden, die stumm seinen Worten folgten. »Doch in letzter Zeit befremdet uns das Verhalten des Aldermans mehr und mehr.« Ein zustimmendes Gemurmel erhob sich. »Sicherlich ist es wünschenswert, dass bei der Vergabe der Aufträge Gleichberechtigung herrscht. Doch verliert unser Vorsteher darüber das wichtigste Ziel aus den Augen.« Er nahm einen Schluck Wein. »Nämlich die vollständige Beherrschung des Rates durch die Zünfte.« Nur mit Mühe verbarg Conrad sein Erstaunen über diese gefährlichen Worte.

»Es stimmt«, fuhr der Mann fort. »Die Stadt kann sich keine weitere Auseinandersetzung zwischen Zunftvertretern und Patriziat leisten. Doch wäre jetzt nicht die geeignete Zeit, um die ungewöhnlichen Umstände auszunutzen?«

»Wie meint Ihr das?«, fragte Conrad neugierig.

»Die Pest hat das Patriziat geschwächt«, erläuterte der Gewandschneider. »Viele Mitglieder der Familien sind aufs Land geflohen. Anders als vor dem Kleinen Schwörbrief fehlt ihnen also die Masse.«

Conrad nickte grübelnd.

»Wenn die Mehrheit der Ratsmitglieder hinter Euch stünde, würdet Ihr Euch zur Wahl für den Posten des Aldermans stellen?«

Um ein Haar hätte Conrad sich verschluckt.

»Wenn Ihr erst den Vorsitz hättet, könntet Ihr mit Hilfe der Zunftvertreter Gesetzesentwürfe einbringen, die den Einfluss des Patriziats so weit schmälern, dass er schließlich nicht mehr von Bedeutung ist. Immerhin halten wir die Mehrheit.« Er hob den Kelch und prostete der Runde zu.

»Da gibt es nur ein Problem«, wandte Conrad ein. »Es scheint, als ob einige Mitglieder hinter dem jetzigen Alderman stehen. Wie wollt Ihr sie davon überzeugen, gegen ihn zu stimmen?«

Der Gewandschneider lächelte dünn. »Das lasst unsere Sorge sein. Ich bin mir sicher, dass sie sich leicht überzeugen lassen.«

Wie auch immer ihr das bewerkstelligen wollt, dachte Conrad, lehnte sich jedoch mit einem zufriedenen Grinsen zurück.

»Einer von ihnen«, setzte der Sprecher listig hinzu, »ist dringend auf der Suche nach einer neuen Gemahlin.« Er ignorierte das Prusten eines seiner Kollegen. »Seine Ehefrau ist bereits vor Wochen der Pest erlegen. Wenn Ihr also eine Tochter habt, die im heiratsfähigen Alter ist …«

Das ließ Conrad aufhorchen. »Ich habe in der Tat eine Tochter«, platzte er heraus, runzelte jedoch die Stirn, als ein zweiter Mann anfing zu lachen.

»Achtet nicht auf sie«, wiegelte der Schneider ab. »Egloff mag alt sein, aber er schätzt das schöne Geschlecht.« Jetzt lachte auch er. »Ihr seht, es ist also gar nicht so schwierig.« Damit reichte er Conrad die Rechte, um die Vereinbarung zu besiegeln, bevor er die vollbusige Wirtin an den Tisch rief, um eine Platte schlachtfrischer Köstlichkeiten zu bestellen. Während Conrad dem Geplänkel lauschte und genüsslich kaute, bemühte er sich, die freudige Erregung in seinem Inneren zu verbergen. Gott musste ihn in der Tat zu Höherem auserkoren haben, dachte er triumphierend. Denn nicht einmal in seinen kühnsten Träumen hatte er sich zu erhoffen gewagt, dass er so schnell das Ziel erreichen könnte, das er sich gesteckt hatte! Wenn der Rat in einer Woche erneut zusammenkam, würde er dem erwähnten Egloff ein Angebot machen, das dieser nicht ausschlagen konnte. Da seine Tochter jetzt, da Franciscus tot war, keinen Wert mehr für ihn hatte, würde er diese Gelegenheit dankbar beim Schopfe packen. Denn wie sonst sollte er ein bereits gebrauchtes Gut zu einem akzeptablen Preis losschlagen?

Kapitel 27

Ulm, 2. Januar 1350

»Wie schön du bist.« Mit einem glücklichen Lächeln wiegte Katharina von Helfenstein ihren schlafenden Sohn Wulf in den Armen. Wenngleich das vergangene das erste Weihnachtsfest gewesen war, das sie nicht von Freunden und Verwandten umringt zugebracht hatte, spendete das lebendige Bündel ihr mehr Trost, als es alle Worte jemals vermocht hätten. Stolz blickte sie auf das feine Haar des Knaben hinab, das die gleiche Farbe hatte wie das seines Vaters. Zwar drohte die Sorge um ihren Sprössling sie innerlich aufzufressen, doch löschten die winzigen Gesichtszüge ihre dunklen Gedanken für einige unbeschwerte Augenblicke aus. Eine leise Melodie auf den Lippen, betrachtete sie das neue Leben, das sie – wenn nötig – mit ihrem eigenen beschützen würde.

Unbeabsichtigt glitt ihr Blick zu der Nachricht ihres Gemahls, die sie wütend und resigniert zugleich unter den Weidenkorb gesteckt hatte, der als Wiege fungierte. Nachdem sie kurz nach der Entbindung einen Boten zu Ulrich geschickt hatte, um ihn darüber in Kenntnis zu setzen, dass eine Krankheit sie in Ulm festhielt, hatte dieser sie bis zum gestrigen Tag keiner Antwort gewürdigt. Diese allerdings, die Baldewin dem Boten abgenommen hatte, hatte sie vor Furcht erstarren lassen. Die Deutlichkeit, in der Ulrich ihr mitteilte, dass er nach dem Dreikönigsfest nach ihr schicken lassen würde, kam einer Verurteilung gleich. Da er im Moment keine Männer entbehren konnte, um diese nach Ulm zu senden, hatte er sie wissen lassen, würde sich die Abordnung, die sie ohne weitere Umwege zurück nach Hohenneuffen bringen würde, erst in der zweiten Januarwoche auf den Weg machen. Bis dahin, so der scharfe Befehl, sollte sie bleiben, wo sie war. Obschon er es nicht direkt ausgesprochen hatte, war zwischen den Zeilen deutlich herauszulesen gewesen, dass Katharina diese Reise nicht als Gräfin von Württemberg, sondern als Gefangene des Landesherrn antreten würde. Eine Vermutung, die durch eine unbedachte Bemerkung des Überbringers der Hiobsbotschaft untermauert worden war. Dieser zufolge wusste Ulrich bereits seit einiger Zeit, dass Katharina ihn mit einem anderen betrogen hatte, dessen Spross sie ausgetragen hatte.

Ob er ihr die Möglichkeit der Flucht hatte einräumen wollen?, fragte sie sich, während sie abwesend die Wange des Säuglings liebkoste. Oder – und das entsprach sicherlich eher seinem Charakter – wollte er die Vorfreude genießen und sich in der Vorstellung suhlen, wie sie zitternd und bebend ihrer Bestrafung harrte?

Mit einem leisen Seufzer bettete sie das Kind zurück in sein Bettchen und zupfte an dem Wappen ihres Liebhabers, das sie in die Decke hatte einnähen lassen. Wie um alles in der Welt sollte sie ihren unschuldigen Sohn schützen? Der buckelnde Kater Wulfs von Katzenstein schien sie anzufauchen. Wenn sie doch nur wüsste, wem sie trauen konnte! Erschöpft lehnte sie sich zurück in die weichen Kissen und schloss die Augen. Vor dem Tod Guta Staigers, die kurz nach Weihnachten der Pest erlegen war, war sie sicher gewesen, die Beginen mit einer Spende dazu bewegen zu können, den Knaben aufzunehmen. Doch nachdem die Schwesternschaft immer mehr schrumpfte, schien ihr der Schutz, den diese ihrem Sohn bieten konnte, nicht mehr ausreichend. Zwar hatte sich Baldewin angeboten, das Kind fortzuschaffen und es in die Obhut eines Klosters zu geben, doch fürchtete Katharina, dass Ulrich ihn dazu bewegen könnte, das Versteck preiszugeben.

Schuldbewusst warf sie dem an der Tür Wache haltenden Ritter unter gesenkten Lidern einen Blick zu. Nachdem sie den zweiten Mann ihres Vaters zurück nach Heidenheim geschickt hatte, blieb ihr nur noch Baldewin. Sicherlich tat sie ihm unrecht, da er ihr in der Vergangenheit mehr als ein Dutzend Mal seine unumstößliche Treue bewiesen hatte. Doch würde sie alle Qualen, die Ulrich für sie ersonnen hatte, aushalten, wenn sie wusste, dass sie das einzige schwache Glied in der Kette war. Denn ganz egal, wie er sie bestrafen würde, sie würde ihm niemals den Aufenthaltsort ihres Kindes verraten! Auch wenn sie diesen bisher selbst noch nicht kannte.

Der Geruch frischen Lehms stieg ihr in die Nase. Noch immer waren die Arbeiten an dem ehemals in den Hof der Barfüßerabtei führenden Durchgang nicht abgeschlossen, und Stein um Stein wuchs die Barriere, welche die Frauen aus dem Inneren fernhalten sollte. Grimmig presste sie die Lippen aufeinander, als sie an den Auftritt des frischgebackenen Abtes dachte, der vor drei Tagen in das Lazarett gerauscht war, um seine Entscheidung zu verkünden. Da die Anwesenheit von Weibern im Kloster sowohl die Heiligen als auch Gott erzürnte, hatte er steif verlauten lassen, würden die Beginen sich in Zukunft lediglich um Schwangere und Wöchnerinnen kümmern. Was schließlich voll und ganz ihren Qualifikationen entsprach. Der Rest der Kranken würde – abgeschirmt von der Versuchung, welche die Frauen darstellten – vom Infirmarius und dem Tonsor sowie deren Helfern behandelt werden.

Nur mühsam verkniff Katharina sich ein verächtliches Schnauben. Was für ein furchtbarer Mann dieser Henricus war! Als einige der Heiligen Schwestern empört protestiert hatten, hatte Henricus diesen unverblümt damit gedroht, sie als Helferinnen des Teufels anzuprangern, da in ihrer Obhut unzählige Kranke der Pest zum Opfer gefallen waren. Sie hätte am liebsten ausgespuckt, als er an ihrem Krankenlager vorbeistolziert war, um in den Hof zu entschwinden. Als ob diese Seuche etwas mit dem Geschlecht der Behandelnden zu tun hätte! Erneut überkam sie eine Welle der Furcht. Was, wenn ihr Sohn an dieser furchtbaren Plage erkrankte? Ihre Finger gruben sich in den hölzernen Rosenkranz, den sie seit dem Tag ihrer Ankunft nicht mehr abgelegt hatte, während sie um Schutz für ihr Kind betete.

Als sich eine halbe Stunde später das schmächtige Mädchen näherte, das den kleinen Wulf täglich zu seiner Amme brachte, hätte Katharina sie um ein Haar davon abgehalten, den Knaben aus der Krippe zu heben. Wenn ihm nun unterwegs etwas zustieß?

»Warte«, bat sie und schob sich ein wenig höher. »Baldewin!«

Als der Ritter seinen Posten an der Tür verlassen und sich vor ihr verneigt hatte, zeigte sie mit dem Kopf auf Wulf und die junge Frau. »Begleite die beiden. Sieh zu, dass ihnen nichts geschieht.« Damit entließ sie die drei und starrte ihren sich entfernenden Rücken hinterher, bis sie aus ihrem Blickfeld verschwunden waren. Sie kannte nicht einmal den Namen des Mädchens, dachte sie beschämt. Und das, obwohl diese sich vom ersten Tag an um Katharina und ihren Sohn gekümmert hatte. Reumütig beschloss sie, dieses Versäumnis nachzuholen und ihre Helferin für ihre Mühen zu entlohnen.

Während seine Herrin sich der Nachlässigkeit schalt, stapfte Baldewin gelangweilt vor dem kleinen Laden des Apothekers auf und ab und wartete darauf, dass er die ihm Anvertrauten wieder ausspuckte. Nachdem er einen Blick in das nach ätherischen Ölen riechende Innere geworfen hatte, hatte er sich mit gerümpfter Nase wieder nach draußen zurückgezogen, um sich dort mit der Betrachtung seiner Umgebung die Zeit zu verkürzen. Wie anders als Heidenheim diese Stadt war!, dachte er verwundert, als zum wohl zehnten Mal ein und derselbe Metzgerkarren an ihm vorbeirumpelte, um kurz darauf zurückzukehren. Anders als in dem kleinen Flecken an der Brenz, in dem die Einwohnerzahl überschaubar war, schien Ulm trotz der überall lauernden Gefahren zu brodeln und vor Geschäftigkeit überzuquellen. In den übervölkerten Gassen schoben und drängten sich die Männer und Frauen, die ihrem Tagwerk nachgingen, während aus den selbst am Tag beleuchteten Tavernen der Zechlärm der Müßiggänger drang. Verwundert verfolgte Baldewin, dessen Kettenpanzer und Waffenrock neugierige Blicke auf sich zogen, wie mitten auf der Straße Waren und Silberstücke die Hände wechselten, als ob die in den Durchgängen lauernden Bettler und Tagediebe keinerlei Gefahr darstellten. Wie merkwürdig sich die Menschen in dieser Stadt verhielten! Frierend trat er von einem Fuß auf den anderen und rieb die klammen Finger aneinander. Nachdem kurz nach Weihnachten der von den Alpen her blasende Föhn einige Tage milde Luft gebracht hatte, war einen Tag vor Neujahr die Wetterlage umgeschlagen. Seitdem fegte ein schneidender Ostwind von der Alb in das breite Donautal, und es schien von Stunde zu Stunde schwieriger zu werden, Zehen und Finger vor dem Absterben zu bewahren.

Schaudernd zog der breitschultrige Ritter den Kopf zwischen die Schultern, um zu verhindern, dass ihm der eisige Hauch in den Kragen seiner wollenen Cotte fuhr. Wenn er Katharina doch nur vor ihrem Gemahl beschützen könnte!, dachte er bitter und schalt sich im selben Atemzug einen Narren. Ihre Liebe gehörte diesem Taugenichts von Katzenstein, dem er am liebsten das Herz aus dem Leibe gerissen hätte, als dieser seine Herrin mit einigen unschmeichelhaften Ausdrücken bedacht hatte. Immer noch stieg Zorn in ihm auf, wenn er an das überhebliche Lächeln zurückdachte, das die Züge des Ritters entstellt hatte, als dieser ihm die Botschaft an Katharina ausgerichtet hatte. Dieser ehrlose Feigling! Grimmig ballte er die Hände zu Fäusten. Warum hatte sie ihn nur davon abgehalten, diesen Mistkerl zu lehren, was es hieß, ein Ritter zu sein?!, grollte er, doch eine Bewegung in seinem Augenwinkel ließ ihn den Kopf wenden. Als er die junge Frau erblickte, die mit dem Säugling soeben das Haus des Apothekers verließ, verscheuchte er die zornigen Gedanken und trat auf sie zu. Es hatte ohnehin keinen Sinn, sich nach etwas zu sehnen, das niemals sein würde!

Mit einer höflichen Handbewegung gewährte er dem Mädchen den Vortritt und heftete sich an seine Fersen. Wenn er die Dame seines Herzens schon nicht besitzen konnte, würde er wenigstens alles in seiner Macht Stehende unternehmen, um ihr Fleisch und Blut vor Schaden zu bewahren!

Kapitel 28

Ulm, Dreikönigsfest 6. Januar 1350

»Das kann ich nicht annehmen!« Abwehrend hob Anabel die Hände, als Katharina von Helfenstein ihr einen verlockend glänzenden Gulden entgegenstreckte. »Ihr braucht mich nicht zu bezahlen. Ich erhalte meinen Lohn von den Heiligen Schwestern.«

Eine feine Röte überzog ihre Wangen, als sie den Blick senkte und fahrig die kleinen Fläschchen und Tücher in einen Korb legte. Wenngleich die Wunde der Gräfin inzwischen gut verheilt war, bedurfte die Narbe immer noch der täglichen Reinigung, damit sich diese nicht erneut entzündete.

»Du würdest mir einen Gefallen damit tun, Anabel«, beharrte Katharina und griff nach der Hand des Mädchens. »Ohne dich wäre Wulf sicherlich nicht so stark und gesund.« Ein entwaffnendes Lächeln umspielte ihren Mund, als sie den Blick von Anabel zu dem schlafenden Knaben wandern ließ, der in den vergangenen Wochen kräftig gewachsen war. »Außerdem ist heute Dreikönigsfest«, setzte sie hinzu und schob das kühle Geldstück nachdrücklich zwischen Anabels zur Faust geschlossene Finger. »Ein Grund mehr, sich nicht zu zieren.«

Nachdem das Mädchen sich überschwänglich bedankt hatte, floh es mit glühendem Gesicht in die Kräuterküche, wo es den Schatz ungläubig betrachtete. Der Herr musste ihre Gebete erhört haben, dachte sie bebend vor Glück, während sie die schwere Silbermünze bewundernd hin- und herdrehte. Nach der Beerdigung ihrer Geschwister vor etwas über zwei Wochen hatte sie mit Bertram vereinbart, so schnell als möglich aus Ulm zu fliehen und ihr Schicksal in die eigenen Hände zu nehmen. Da Gertrud seit dem Tod der Kinder in vollkommene Apathie abgeglitten war, aus der selbst Conrads Schläge und Misshandlungen sie nicht aufrütteln konnten, gab es nichts mehr, das sie zurückhielt. Sobald sie genügend Geld zur Seite gelegt hatte, hatte sie mit Bertram vereinbart, würden sie den Schritt wagen und sich nach Augsburg begeben, von wo aus sie sich nach Süden wenden wollten. So wie die Dinge standen, würde es Conrad in diesen unsicheren Zeiten kaum gelingen, sie ausfindig zu machen und bestrafen zu lassen, da die Seuche inzwischen auch zu einem Mangel an Gesetzeshütern geführt hatte. Nachdem Gertrud schon lange nichts mehr kochte, war er ohnehin kaum zu Hause, was die Entdeckung ihrer Flucht um einige wertvolle Stunden verzögern würde.

Mit klopfendem Herzen strich Anabel über die schimmernde Oberfläche der fein geprägten Münze, die ein Reichsadler mit gespreizten Schwingen zierte. Was sie sich nicht alles dafür würden kaufen können! Zerschlagen war die Sorge um wärmere Kleidung und Proviant; mit diesem Schatz würden sie sich sogar ein Ochsenfuhrwerk leisten können! Zitternd verstaute sie die Münze in der kleinen Tasche ihres Rockes, die sie eigens für diesen Zweck eingenäht hatte. Da sie jede Woche drei Pfennige vor ihrem Vater versteckt hatte, klimperte es leise, als der Gulden seinen Platz fand.

Sie wollte sich gerade an das Reinigen der Tücher machen, als sie laute Stimmen zurück in den Hauptraum des verkleinerten Lazaretts lockten, in dem sich ausschließlich weibliche Patienten befanden. Dort betrat soeben der neue Abt Henricus mit einer schwarzen Katze unter dem Arm den Teil des Infirmariums, den er den Beginen zugewiesen hatte, und deutete anklagend auf Schwester Adelheid. Hinter ihm drängte ein halbes Dutzend schwer bewaffneter Stadtwächter ins Innere des Hospitals, das im Handumdrehen überfüllt war.

»Diese dort!«, keifte Henricus und gab den Wachen zu verstehen, die verdutzte Adelheid Greck festzunehmen, die keinerlei Widerstand leistete, als zwei Männer sie grob bei den Oberarmen packten. Lediglich die gespenstische Blässe ihres ovalen Gesichtes ließ erahnen, dass sie sich fürchtete, obschon sie Henricus trotzig das Kinn entgegenstreckte.

»Was habt Ihr Euch jetzt schon wieder ausgedacht, Henricus?«, fragte sie verächtlich und zuckte zusammen, als einer der Wächter ihr den Arm auf den Rücken drehte. Sprachlos vor Entsetzen beobachtete Anabel, wie Henricus sich der Begine näherte, um ihr kalt in die Augen zu blicken.

»Im Namen des Herrn«, posaunte er dröhnend, »klage ich Euch der Hexerei an!« Der Kater auf seinem Arm kreischte protestierend, als er ihn beim Hals packte und Schwester Adelheid so dicht vors Gesicht hielt, dass das Tier mit den Krallen nach ihr schlug. Ein erschrockenes Aufkeuchen ging durch die Reihen, als vier tiefrote Striemen auf der Wange der Begine erschienen, aus denen augenblicklich winzige Blutstropfen hervorquollen.

»Leugnet es nicht«, zischte Henricus, dessen narbiges Gesicht kalter Hass entstellte, »dass dies das Instrument Eurer teuflischen Pläne ist!« Seine Stimme zitterte. »Zeugen haben bestätigt, dass Ihr Euch Nacht für Nacht des Körpers dieses Katers bemächtigt, um zuerst Unzucht mit dem Herrn der Finsternis zu treiben und danach seine Befehle auszuführen!«

Der in seinen Augen glimmende Fanatismus ließ Anabel instinktiv den Kopf einziehen und einige Schritte in den Hintergrund zurückweichen. Was waren dies für unsinnige Anschuldigungen?, fragte sie sich bang. Hatte Henricus den Verstand verloren? Zwar war ihr aufgefallen, dass seit dem Tod Guta Staigers Schwester Adelheid dem neuen Abt ein Dorn im Auge war, da sie ihm mehr als einmal die Stirn geboten und seinen willkürlichen Befehlen zuwidergehandelt hatte. Doch konnte seine Rachsucht so weit gehen, dass er eine unschuldige Frau eines so entsetzlichen Verbrechens bezichtigte? Henricus' Bass unterbrach ihre Gedanken. »Die Brut des Teufels muss ein für alle Mal ausgelöscht werden! Nur durch den Bund mit dem Bösen ist es möglich, dass die Geißel Gottes sich von Mensch zu Tier überträgt! Welche Erklärung gäbe es sonst dafür, dass trotz aller Bemühungen der Heiligen Mutter Kirche diese Plage von Tag zu Tag mehr Opfer fordert?«, dröhnte er und schleuderte den Kater vor die Füße eines Wachmannes, der ihn ohne viel Federlesens in einen Sack steckte, den er mit einer groben Kordel verschloss.

»Die Pest ist das Werk Satans. Und nur, wenn alle seine Diener den Tod finden, kann sie besiegt werden!«, tobte Henricus weiter, während Anabel trotz der im Lazarett herrschenden Hitze immer kälter wurde. Mit einer Wendung des Kopfes gab der Abt den mit Kettenpanzern und Helmen bewehrten Männern zu verstehen, der Begine die Ordensgewänder vom Leib zu reißen, sodass Schwester Adelheid völlig unbekleidet in der Mitte des Raumes stand. Mit einer groben Bewegung packte eine der Wachen die Handgelenke der Gefangenen, fesselte diese vor ihrer Brust und zog einen etwas längeren Strick durch die Schlaufe. Neben dem hünenhaften, breitschultrigen Soldaten wirkte die schmächtige Begine zerbrechlich und hilflos – ein Eindruck, der durch die milchige Weiße ihrer Haut unterstrichen wurde. Mit einem trockenen Schlucken schlug Anabel die Augen nieder.

»Was habt Ihr zu diesen Anschuldigungen zu sagen, Weib?«, knurrte Henricus, nachdem er sich direkt vor seinem Opfer aufgebaut hatte.

Einen kurzen Augenblick senkte sich Stille über die Versammlung, bevor Adelheid Greck leise erwiderte: »Was würde es helfen, wenn ich sage, dass ich unschuldig bin? Ihr würdet mir doch nicht glauben.« Sie zögerte, bevor sie hinzusetzte: »Der Herr sei Eurer Seele gnädig, Henricus.« Damit schloss sie den Mund und senkte den Kopf, sodass die von der steifen Haube befreite Flut dunkler Locken ihr Gesicht verbarg.

»Ihr werdet Euch der Wasserprobe unterziehen«, verkündete Henricus das Urteil, das offensichtlich ohne Anwesenheit der Delinquentin bereits vom Gericht beschlossen worden war. »Dann werden wir sehen, ob Ihr die Wahrheit sprecht oder nicht.« Damit machte er auf dem Absatz kehrt und rauschte durch den Ausgang davon – die Wachen mit Schwester Adelheid im Schlepptau.

Ohne nachzudenken folgte Anabel dem tuschelnden Zug, da vor dem Hintergrund der schreienden Ungerechtigkeit, die Henricus begehen wollte, alle Gedanken an die Kranken verblassten. Wie konnte es möglich sein, dass eine Heilige Schwester so ohne Weiteres der Hexerei beschuldigt werden konnte?, fragte sie sich beklommen, während sie wie blind den Wächtern, Beginen und Mönchen hinterherstolperte, die sich um den vor dem Tor der Abtei abgestellten Schinderkarren drängten.

Mit geübten Bewegungen befestigte einer der Bewaffneten den derben Strick am hinteren Teil des von einem Kaltblüter gezogenen Gefährts, bevor er etwas von seinem Gürtel löste, bei dessen Anblick Anabel zusammenschrak. Langsam, beinahe genüsslich entrollte er eine mehrsträngige Geißel, die er auf ein Nicken des Abtes hin durch die Luft schwang und auf Schwester Adelheids nackten Rücken klatschen ließ. Als wäre dies das Zeichen zum Aufbruch, hob auch der Fuhrmann die Peitsche und trieb den schnaubenden Wallach an, der den Henkerskarren durch das Löwentor der Blau entlang zur Donau zog. Holpernd und polternd torkelte das Gefährt durch den Schnee, wich den allgegenwärtigen Totenbahren aus und näherte sich unaufhaltsam seinem Ziel.

Das Stimmengewirr des zunehmenden Stroms an Gaffern und Schaulustigen übertönte schon bald das Zischen der Geißel, doch als Anabel nach wenigen hundert Schritten einen Blick auf die Gefangene erhaschte, hatte sich deren Rücken bereits in blutige Fetzen verwandelt. Vorbei an den vor den Stadtmauern ausgehobenen Massengräbern, in denen die Armen und Bettler achtlos übereinandergestapelt wurden, bis die Gruben überquollen, schlängelte sich der Zug in Richtung Richtstätte. Dort hoben sich die drei Galgen der Stadt dunkel und Unheil verkündend von dem weiß-grauen Himmel ab, der am Horizont in schneebedeckte Hügel und Felder überging.

Schaudernd schloss Anabel die Augen, als sie dicht an einem offenbar bereits vor Tagen aufgespießten Verbrecher vorbeigeschoben wurde, aus dessen Mund das spitze Ende des Stabes hervortrat, auf den man ihn gesetzt hatte. Auch drei auf Räder gebundene Mörder boten einen grauenhaften Anblick, und als der Zug die runde Plattform in der Nähe der Galgen erreicht hatte, hätte Anabel beinahe erleichtert aufgeatmet. Dort jedoch wurde in diesem Moment die Begine von einem der grobschlächtigen Männer auf das Podest geschleudert, wo sie regungslos zu Füßen des Abtes liegen blieb. Beinahe durchscheinend hob sich ihr weiß schimmernder Körper von dem schwarzen Hintergrund des reißenden Wassers ab, das sich gurgelnd und tosend an der Böschung brach. Mit geübten Handgriffen zerschnitten zwei der Schergen ihre Fesseln, um ihre Hände auf den Rücken zu binden und zurrten Stricke um Knöchel und Hals, sodass die Bewegungsfreiheit der Gefangenen auf ein Minimum beschränkt war.

»Dieses Weib«, hub Henricus an die Menge gewandt an, »wird beschuldigt, im Bund mit dem Teufel zu stehen!«

Grölendes Geheul erhob sich, das Anabel die Haare zu Berge stehen ließ. Von ihrem Standpunkt aus konnte sie das makabre Schauspiel genau verfolgen, und das Mitleid mit Schwester Adelheid schnürte ihr die Kehle zu. Zitternd vor

Kälte bemühte sich die Begine, die ein Eimer kalten Wassers wieder zu Bewusstsein gebracht hatte, ihre Todesfurcht vor dem Pöbel zu verbergen. Doch wie Anabel wusste auch sie, dass es bei diesem sogenannten Gottesurteil nur einen Ausgang geben konnte. Gelang es dem Angeklagten, sich von den Fesseln zu befreien, nachdem er ins Wasser gestoßen worden war, galt seine Schuld als bewiesen. Denn Gott – so behaupteten Männer wie Henricus – hatte durch die Taufe Jesu das Wasser geheiligt, weshalb es die Sünder abstieß. Daher wurde der Beschuldigte in den seltenen Fällen, in denen er nicht ertrank, auf dem Scheiterhaufen verbrannt. Gelang es ihm andererseits nicht, sich zu befreien und wieder aufzutauchen, galt dies als Beweis seiner Unschuld, und ihm wurde ein christliches Begräbnis zuteil.

Taub vor Erschütterung krallte Anabel die Finger ineinander, während Henricus mit dem Sack hantierte, den die Wache ihm gereicht hatte. »Dieses Tier hat sich desselben Verbrechens schuldig gemacht und muss ebenso von der Sünde gereinigt werden.« Damit schleuderte er den Kater auf das Podest, wo er ebenfalls gefesselt und an Schwester Adelheid befestigt wurde. »Der Herr soll entscheiden!«

Unter dem immer weiter anschwellenden Gebrüll der Gaffer packte einer der Bewaffneten die Begine, schulterte ihren nackten Körper und stieß diesen mit voller Kraft in die Fluten, wo er umgehend versank. Mit angehaltenem Atem und hämmerndem Herzen verfolgte Anabel, wie kleine Luftblasen an der Stelle aufstiegen, an der Adelheid Greck von den Fluten der Donau verschluckt worden war, doch als diese kurze Zeit später abrissen, war ihr klar, was dies bedeutete. Wie gebannt starrten die Männer und Frauen auf den kleinen Strudel, und erst als Henricus nach mehreren Minuten den Stadtwachen ein Zeichen gab, den Leichnam mit langen Stöcken zu bergen, setzte ein empörtes Tuscheln ein.

»Ihre Seele ist geläutert«, verkündete der Abt pompös und wandte sich ohne weitere Worte ab, um zurück in Richtung Stadtmauer zu eilen, wo er kurz darauf durch das Herdbruckertor verschwand.

»Sie war unschuldig«, wisperte eine Stimme dicht an Anabels Ohr, zu der sich gleich darauf weitere gesellten.

»Wenn das die Taten der Männer Gottes sind, braucht man sich nicht vor dem Teufel zu fürchten.«

»Führe nicht solch lästerliche Reden!«, zischte jemand, und bevor Anabel richtig begriffen hatte, dass Schwester Adelheid nicht mit ins Hospital zurückkehren würde, wurde sie von den erzürnten Schaulustigen zurück in die Stadt gedrängt.

»Wer gibt ihnen das Recht?«, forderte ein kehliger Bass zu wissen, dem ein etwas höherer Bariton entgegenhielt: »Sie sind die Vertreter Gottes. Sie wissen, was sie tun.«

»Offensichtlich nicht!«, schnaubte ein anderer Zuschauer, der erbittert feststellte: »Eine der selbstlosen Schwestern einer solchen Tat zu beschuldigen! Bald ist niemand mehr vor ihm sicher!«

Innerlich vibrierend ließ sich Anabel blind durch die Gassen bugsieren, bis sich die Menge am Marktplatz zerstreute, wo ihr unverhofft eine wohlbekannte Stimme ins Ohr raunte: »Da kann ich wohl von Glück sagen, dass er seine Klauen nicht in mich geschlagen hat.«

Mit einem erstaunten Laut wirbelte sie herum und blickte in ein ernstes, von einer reich bestickten Haube umrahmtes Gesicht, das sich mit einem schwachen Lächeln erhellte.

»Vren!«, stieß sie ungläubig hervor, und trotz der Kälte, die sie ausfüllte, stieg ein Gefühl der Erleichterung in ihr auf. »Vren«, wiederholte sie und ließ den Blick an der auffällig modischen Erscheinung der Freundin entlangwandern. Neben der protzigen Haube fielen die sorgfältig gezupften Brauen und künstlich geröteten Wangen, sowie das tief ausgeschnittene Barchentgewand und eine lange Schleppe auf.

Die Verwunderung über die Erscheinung der Bäckerstochter ließ Anabel einen Augenblick ihre Trauer vergessen, und Vren in die Arme schließen.

»Wie ich diesen Mann hasse!«, zischte die junge Frau, bevor sie sich bei Anabel unterhakte und diese auf den Stadtbrunnen zuzog.

»Wie ist es dir ergangen?«, fragte Anabel schließlich mit einem Seitenblick auf Vrens kostbare Gewänder, woraufhin diese ein freudloses Lachen ausstieß.

»Ich bin jetzt die ehrenwerte Gemahlin eines Ratsmitgliedes«, sagte sie säuerlich und strich geistesabwesend über einen der weiten, mit Perlen bestickten Ärmel. »Sehr gewichtig und einflussreich.« Ihre Stimme troff vor Zynismus.

»O nein«, hauchte Anabel und hielt an, um die Freundin zu sich umzudrehen und dieser in die Augen zu blicken. »Liebst du ihn?«, fragte sie, obwohl sie die Antwort auf diese Frage bereits kannte, und als Vren mit einer abfälligen Bewegung verneinte, setzte sie schwach hinzu: »Ist er gut zu dir?«

Vren prustete undamenhaft. »O ja, das ist er.« Sie legte die Stirn in Falten. »Eigentlich kann ich mich nicht beschweren. Er ist dreiundfünfzig Jahre alt, hat keinerlei Interesse an der Gesellschaft einer Frau und ist unanständig reich. Ich kann mir alles kaufen, was ich will. Es interessiert ihn nicht einmal, wofür ich sein Geld ausgebe.« Sie schwang sich auf den Rand des Brunnens und ließ die Beine baumeln. Trotz der eisigen Kälte, gegen die Anabels dünne Glocke nur einen unzureichenden Schutz bot, ließ Vren den Umhang aufklaffen, als sie sich zu ihr hinabbeugte, um hinzuzusetzen: »Aber das beste an diesem Arrangement ist«, flüsterte sie verschwörerisch, »dass es ihn nicht im Geringsten stört, dass ich das Kind eines anderen in mir trage.« Ihre Züge verdunkelten sich, und einen kurzen Moment erahnte Anabel, wie stark die Gefühle der Freundin für den Novizen gewesen sein mussten.

»Aber genug von mir«, wiegelte Vren ab und sprang zurück auf den Boden. »Wie geht es dir?«

Ein Gedanke durchzuckte Anabel, den sie jedoch sofort verdrängte. Wie merkwürdig es war, dass sie kurz nach einem so furchtbaren Vorfall relativ belanglose Neuigkeiten austauschten, als ob nichts geschehen sei! »Gut«, log sie, da die Erwähnung der Schwangerschaft ihr den eigenen Zustand bewusst gemacht hatte.

»Bertram und ich«, hub sie an und erzählte der Freundin von dem wundervollen Abend in Söflingen. Geflissentlich ließ sie die Schändung durch Franciscus, die Probleme mit Conrad und die geplante Flucht aus Ulm aus, da sie auf keinen Fall wollte, dass Vren sich genötigt fühlte, ihr zu helfen.

Nachdem sie noch einige Zeit lang ihrer Bestürzung über den sinnlosen und grausamen Tod der Begine Luft gemacht hatten, verabschiedeten sie sich voneinander – mit dem Versprechen, sich am folgenden Mittwoch auf dem Markt zu treffen. Aufgewühlt von den Ereignissen der vergangenen Stunden machte Anabel sich zurück auf den Weg ins Hospital, während sich langsam aber sicher Furcht in ihr ausbreitete. Was, wenn sie die nächste war?, fragte sie sich schaudernd, als das Bild des versinkenden Körpers in ihr aufstieg. Was, wenn Henricus sich an sie erinnerte und ein Exempel statuieren wollte? Als die zackigen Umrisse der Abtei vor ihr auftauchten, hätte sie am liebsten kehrtgemacht und wäre so weit gelaufen, wie ihre Füße sie trugen.

Kapitel 29

Zum nächsten Punkt.«

Nur mit Mühe gelang es Conrad, der Sitzung an diesem Donnerstag, dem Tag der Heiligen Könige, zu folgen. Voller Ungeduld rutschte er auf seinem Stuhl hin und her und ließ das belanglose Gerede über sich hinwegspülen. Nachdem ihm Chuono, der Gewandschneider, vor der Ratsversammlung anvertraut hatte, dass er bereits drei weitere Mitglieder auf ihre Seite gezogen hatte, brannte Conrad nun darauf, Egloff vorgestellt zu werden, der in der vergangenen Woche aus Krankheitsgründen dem Treffen ferngeblieben war. Immer wieder ließ er den Blick unter halb gesenkten Lidern zu dem links von ihm sitzenden Fernhändler wandern, dessen Kopf in regelmäßigen Abständen auf seine Brust sank, nur um kurz darauf schuldbewusst in die Höhe zu zucken. Obschon sich das reiche Ratsmitglied alle Mühe gab, seine Gebrechlichkeit durch den Protz und Prunk seiner Gewänder zu überspielen, ließen sowohl die tiefen Falten als auch das in dünnen Fäden unter seiner Kappe hervorlugende Grauhaar keinen Zweifel an seinem Alter. Die von knotigen Gelenken entstellten Hände zierten beinahe pfenniggroße Altersflecken, und wenn er wie in diesem Moment die farblosen Lippen öffnete, zeugte der zahnlose Gaumen vom Abend seines Lebens.

Einen besseren Kandidaten konnte es gar nicht geben!, dachte Conrad triumphierend, während er sich insgeheim fragte, ob der alte Mann überhaupt noch das volle Augenlicht besaß. Da er immer wieder heftig blinzelte, lag der Verdacht nahe, dass er Schwierigkeiten hatte, die ihm gegenübersitzenden Patrizier zu erkennen.

Zufrieden beobachtete er seine Beute und malte sich den Preis aus, den er in diesen Zeiten des Arbeitskräftemangels für seine Tochter erzielen konnte. Keine Sekunde dachte er daran,

Egloff eine Mitgift in Aussicht zu stellen, da dieser sich glücklich schätzen musste, eine junge und kräftige Gemahlin zu erstehen. Stattdessen würde er dem Mann das Versprechen abnehmen, ihn bei der Wahl zum Alderman zu unterstützen! Er frohlockte innerlich, als er sich die Gesichter der hochmütigen Patrizier ausmalte, wenn diese erst seinen Plan durchschauten.

Sobald er die Mehrheit der Zunftmitglieder für sich gewonnen hatte, würde er für alle unmissverständlich klarmachen, dass er vorhatte, den Einfluss der Patrizier im Rat auf ein Minimum zu beschränken – was diese sicherlich nicht ohne Gegenwehr zulassen würden. Doch wenn es sein musste, würde er seinen Standpunkt auf eine Art und Weise klarmachen, die keine Zweifel zuließ!

»Gott sei mit Euch.«

Die Abschiedsworte des neben dem Alderman thronenden Bürgermeisters rissen ihn aus seinen Träumen, und als sich die Mitglieder um ihn herum erhoben, tat er es ihrem Beispiel gleich. Er wollte sich gerade an Egloff wenden, um diesem seinen Vorschlag zu unterbreiten, als sich eine Hand auf seine Schulter legte und er in das Gesicht des Aldermans blickte.

»Auf ein Wort, Conrad«, bat dieser ernst.

Wenngleich der Gießer ihn am liebsten abgeschüttelt hätte, blieb ihm nichts weiter übrig, als dem sich entfernenden Rücken Egloffs hinterherzustarren und zu hoffen, dass dieser sich der im Anschluss an die Sitzung stattfindenden Runde anschließen würde. »Was wollt Ihr?«, fragte er schroff und betrachtete den etwas kleineren Zunftvorsteher mit einer Mischung aus Verachtung und Spott.

Mit einem energischen Griff um den Unterarm zog der Alderman Conrad in den hinteren Teil des Saales, bevor er ohne Umschweife feststellte: »Ich weiß, was Ihr vorhabt. Betrachtet dies als eine freundliche Warnung.«

Kaum hatte er die Bedeutung der Worte verstanden, stieg Conrad der Zorn in die Wangen, und er machte sich mit einer heftigen Bewegung von seinem Gegenüber los. »Seid Ihr toll, Mann?«, ereiferte er sich mit geheuchelter Empörung. »Was wollt Ihr damit sagen?«

Der Alderman schüttelte tadelnd den Kopf. »Spielt nicht den Unschuldigen, Conrad. Ich weiß, dass Ihr hinter meinem Rücken Ränke schmiedet. Ihr habt es auf meinen Posten abgesehen.« Er zögerte kurz, bevor er hinzusetzte: »Dabei solltet Ihr eines nicht vergessen: Henricus hat mir so einige interessante Dinge über Euch berichtet, die nicht gerade für Eure Integrität sprechen.« Er zog einen Mundwinkel nach oben. »Was würden die anderen wohl dazu sagen, dass Ihr vermutlich in Bestechungsgeschäfte verwickelt wart?«

Die in dieser Frage mitschwingende Drohung ließ Conrad kampfeslustig die Schultern straffen. Mit einem Blick zurück vergewisserte er sich, dass bis auf zwei Patrizier alle den Raum verlassen hatten, bevor er sich vorbeugte und dem Alderman den Finger in die Brust bohrte. »Wenn Ihr keine Beweise dafür habt, solltet Ihr besser den Mund halten!«, drohte er unverblümt. »Glaubt mir, Ihr wollt Euch nicht mit mir anlegen!« Damit machte er Anstalten, auf dem Absatz kehrtzumachen, doch die gezischten Worte des Zunftvorstehers hielten ihn zurück. »Vergesst nicht, dass der neue Abt dem alten Abt die Beichte abgenommen hat, bevor jener starb. Seid gewarnt!«

Mit diesen Worten stieß der Alderman ihn zur Seite und stürmte mit wehendem Rock auf den Ausgang zu, bevor Conrad sich gefasst hatte. Alle Farbe war aus seinem zornesroten Gesicht gewichen, das sich zu einer Maske des Hasses verzerrt hatte. Heftig atmend schob er die Unterlippe vor, um so heftig daran zu nagen, dass er nach wenigen Momenten Blut schmeckte. Er hatte sich offenbar geirrt, was seinen Gegenspieler anging!, dachte er grimmig und versuchte, seine Gedanken zu sammeln. Langsam wandte auch er sich um und verließ mit schwerem Schritt den Saal, um sich in die Herberge zu begeben, wo die anderen bereits auf ihn warteten. Wenn er erst die Mehrheit der Ratsmitglieder auf seine Seite gezogen hatte, würde ohnehin niemand mehr dem Alderman Glauben schenken. Mit jedem Schritt kehrte seine Zuversicht zurück. Dann konnte er ohne Misstrauen zu erregen behaupten, dass die Vorwürfe gegen ihn erstunken und erlogen waren, um ihn davon abzuhalten, den wichtigsten Posten im Rat zu erringen!

Irritiert wandte er den Kopf nach rechts, wo soeben eine aufgeregt schnatternde Meute in Richtung Rathausplatz strömte. Ohne sie eines weiteren Blickes zu würdigen, tauchte er in den Eingang der Taverne ab, wo er seine Kollegen in einer der abgetrennten Kellernischen heftig diskutierend vorfand.

Als die Männer seiner Gegenwart gewahr wurden, verstummte das aufgeregte Stimmengewirr und alle Augenpaare zuckten in seine Richtung.

»Ah, Conrad«, begrüßte ihn Chuono, dessen Lächeln ein wenig gezwungen wirkte. Wie stets war der Gewandschneider nach der neuesten Mode gekleidet, doch wirkte die kecke Mütze auf seinem gefärbten Schopf ein wenig schief – beinahe als habe er sich die Haare darunter gerauft. »Wir haben gerade von Euch gesprochen.«

Als hätten sie auf dieses Stichwort gewartet, erhoben sich zwei der Männer, entschuldigten sich mit einigen gemurmelten Worten von den übrigen Anwesenden und entfernten sich fluchtartig in Richtung Treppe.

»Es tut mir leid«, seufzte Chuono mit einem Blick in die Runde. »Es scheint, als hätten wir soeben zwei Mitglieder verloren.«

»Feiglinge, das sind sie«, krächzte ein buckeliger Goldschmied, der Conrad einen gefüllten Krug zuschob. »Sie haben Angst vor Henricus.«

Als Conrad Chuono einen fragenden Blick zuwarf, nickte dieser zustimmend. »Der Abt hat geschickt verbreiten lassen, dass der jetzige Alderman seine volle Unterstützung genießt.«

»Als ob er allmächtig wäre«, grollte ein untersetzter Zimmermann, dessen breite Brust sich empört hob und senkte.

»Aber wir werden nicht aufgeben«, versetzte Chuono mit einem vielsagenden Blick auf Egloff, der geistesabwesend an einem Hühnerbein nagte, als ginge ihn die ganze Unterhaltung nichts an. »Egloff wäre unter bestimmten Umständen bereit, Euch zu unterstützen.« Die Warnung, die in seinen Worten mitschwang, war nicht zu überhören, und mit zusammengebissenen Zähnen verabschiedete Conrad sich gedanklich von einer Mitgift. Es wäre auch zu schön gewesen, um wahr zu sein, dachte er bissig, bevor er sich mit einem leichten Senken des Kopfes an Egloff wandte.

»Was schwebt Euch vor?«, fragte er ölig und schob sich näher an den alten Mann heran, der die getrübten Augen zu ihm aufhob.

»Lasst die Spielchen, Conrad«, sagte er müde und führte den Krug an die Lippen, um genüsslich von dem heftig schäumenden, leicht warmen Würzwein zu kosten, bevor er fortfuhr. »Ich bin zu alt für so etwas. Ihr wollt Macht, ich will jemanden, der sich um mich kümmert, wenn es zu Ende geht.« Er verzog den zahnlosen Mund zu einem schiefen Grinsen. »Und der vielleicht meine Laken wärmt.« Diese Bemerkung erntete Gelächter. »Chuono hat mir berichtet, dass Ihr bereit wäret, mir Eure Tochter zur Frau zu geben«, fuhr er fort und betrachtete den Gießer forschend. »Erzählt mir von ihr.« Alles hatte Conrad erwartet, doch diese Frage warf ihn für einen kurzen Moment aus dem Gleichgewicht. »Sie ist schön«, hub er an. »Und tugendhaft.« Auch wenn sie keine Jungfrau mehr ist, setzte er in Gedanken hinzu. Doch das brauchte dieser alte

Esel nicht zu wissen. »Ihr Haar glänzt wie gesponnenes Kupfer, und ihr Mund ist von der Zartheit einer Rosenknospe.«

Nur mühsam verkniff sich der neben ihm sitzende Zimmermann ein Lachen, indem er prustend hustete.

»Ja, ja«, winkte Egloff ab. »Kann sie kochen? Ist sie eine gute Arbeitskraft?«

»Oh, ja«, bestätigte Conrad. »Das ist sie. Ihr könnt sie Tag und Nacht einsetzen.« Die Zweideutigkeit dieser Worte sorgte für weitere Heiterkeit.

»Und kann sie rechnen oder schreiben?«, bohrte Egloff weiter, der als Fernhändler über mehr als ein Kontor verfügte.

Conrad nickte.

»Dann stellt sie mir vor der nächsten Sitzung vor. Und vergesst nicht, die Aufstellung der Mitgift mitzuliefern.« Damit war das Thema für ihn erledigt, und er wandte sich wieder dem Hühnerbein zu, während Conrad grimmig die Zähne aufeinanderbiss. Verflucht!, dachte er mürrisch. Vielleicht würde der Anblick seiner zukünftigen Gemahlin den alten Mann dazu bewegen, weniger als gewöhnlich zu fordern.

Während die Unterhaltung um ihn herum wieder aufgenommen wurde, griff auch Conrad nach einem Stück Huhn und grübelte über das soeben abgeschlossene Geschäft nach. Selbst wenn er etwas Geld investieren musste, um sich die Unterstützung des Fernhändlers zu sichern, war es immer noch besser als eine schwangere, unverheiratete Tochter am Hals zu haben! Das Lächeln kehrte auf sein Gesicht zurück. Gott half dem Tüchtigen! Sollte sich der Alderman weiterhin als Problem erweisen, würde er Schritte unternehmen, um dieses Hindernis aus dem Weg zu räumen.

Die kühle Entschlossenheit, die sich in ihm ausbreitete, räumte alle Skrupel aus dem Weg. Was sein musste, musste sein! Wem würde in Zeiten wie dieser schon auffallen, ob jemand eines gewaltsamen Todes gestorben oder der Pest erlegen war? Der Gedanke vertiefte sich. Egal wie, er würde sich den Nebenbuhler vom Hals schaffen, dann würde die Wahl mit Sicherheit auf ihn fallen. Ganz zu schweigen von der Tatsache, dass sich damit auch die Drohung des Aldermans in Luft auflösen würde! Doch es musste schnell geschehen, solange die übrigen Zunftmitglieder noch unschlüssig waren, beziehungsweise sich lediglich aus Furcht vor Henricus hinter die Gegenseite stellten. Wenn Henricus seinen Kandidaten nicht beschützen konnte, würde seine Macht im Rat abbröckeln wie trockener Putz!

Kapitel 30

Vorsichtig!« Mit einem Griff ans Handgelenk hielt Göswin Bertram davon zurück, erneut den hölzernen Schaber über die Lehmschicht zu ziehen, welche den gemauerten Glockenkern überzog. Nachdem dieser innen hohle, aus Ziegeln bestehende Kern ausgebrannt worden war, hatten die beiden die raue Oberfläche so lange sorgfältig mit Lehm verkleidet, bis diese sich makellos glatt und eben wölbte.

»Wenn du zu oft darüber gehst, entstehen Risse«, warnte Göswin, der seit Anselms Tod zu einem Freund für Bertram geworden war. Da Conrad seit seiner Wahl in den Stadtrat kaum mehr in der Glockenhütte anzutreffen war, hatte Göswin die Aufgabe übernommen, Bertram in die Geheimnisse des Formenbaus einzuweihen. Was dazu geführt hatte, dass sich das, was vorher nur aus Wissensfragmenten bestanden hatte, allmählich zu einem vollständigen Bild für den Knaben zusammenfügte.

»Solange diese hier austrocknet, können wir uns um die kleinere dort drüben kümmern.«

Gehorsam legte Bertram den Schaber zur Seite und folgte dem Gesellen zu einem weiteren Kern, dessen unterste Lehmschicht bereits mit Talg bestrichen war.

»Hier«, sagte Göswin und reichte ihm einen der größeren Spatel, mit denen sie einen etwas feineren Lehm auf den Talg aufbrachten. Diese Schicht, so hatte der Geselle Bertram erklärt, stellte den wichtigsten Teil der Glocke – die sogenannte falsche Glocke – dar, die nach dem Aushärten zerschlagen wurde, damit der so entstandene Hohlraum mit der Schmelze gefüllt werden konnte. Sobald die falsche Glocke ausgehärtet war, wurden auf ihr Verzierungen und Schriften aus Wachs angebracht, die wiederum mit Lehm bestrichen wurden. Damit sich die Verzierungen auch in dem Lehm dieser letzten Schicht – des Mantels – abbildeten, war dieser von höchster Qualität und Feinheit und erforderte beim Auftrag ein Höchstmaß an Konzentration. Wenn der Mantel fertig war, wurde das ganze Gebilde ein weiteres Mal mit einem Feuer im hohlen Glockenkern ausgebrannt, woraufhin der Mantel abgehoben und die falsche Glocke zertrümmert werden konnte. Daraufhin wurde der Mantel wieder aufgesetzt, was dazu führte, dass sich zwischen ihm und dem Kern der Hohlraum befand, in den die flüssige Bronze mit allergrößter Sorgfalt eingefüllt wurde.

»Wenn wir in dieser Geschwindigkeit weitermachen, können wir morgen mit dem Gießen beginnen«, ließ Göswin ihn nach einem prüfenden Blick auf das halbe Dutzend Formen wissen. Seit dem Weihnachtsfest hatten sie bereits eine Handvoll kleinerer Glocken fertiggestellt, die Conrad höchstpersönlich ausgeliefert und mit aufgezogen hatte. Dieser Teil der Arbeit schien ihm im Moment am meisten zuzusagen, was Göswin immer wieder unschmeichelhafte Kommentare über den Meister entlockte. »Wann darf ich meine erste Inschrift machen?«, fragte Bertram ungeduldig, da ihm die Arbeit trotz der körperlichen Härte inzwischen Freude bereitete. Zwar schmerzten seine malträtierten Rippen noch manchmal, doch schien die Bewegung den Heilprozess zu unterstützen.

»Bald«, erwiderte Göswin und grinste kopfschüttelnd, als Bertram strahlte wie ein beschenktes Kind.

Wie ähnlich das Modellieren einer falschen Glocke dem Bearbeiten eines feinen Steins war!, dachte der Knabe, während er sorgfältig die flache Klinge über die Form zog. Hatte er zu Beginn seiner Fron gedacht, der Tätigkeit in der brütend heißen Hütte niemals etwas Positives abgewinnen zu können, hatte sich seine Meinung in den vergangenen Wochen geändert, da das beschwerliche Ausheben und Zuschütten der Gruben nur ein Teil der ansonsten interessanten Arbeit darstellte. Wäre sein Schicksal anders verlaufen, hätte er sich vielleicht im Laufe der Zeit mit dieser Wendung seiner Ausbildung abgefunden, grübelte er. Doch da er nicht mehr lange in Ulm bleiben würde, waren diese Gedanken müßig.

Trotz aller Konzentration schweifte er zu Anabel ab, die sich seit einiger Zeit regelmäßig in seine Kate schlich, um ihn nicht nur mit zusätzlichen Decken zu wärmen. Seine Männlichkeit zuckte, und er musste alle Selbstbeherrschung aufbringen, um sich auf die vor ihm liegende Aufgabe zu konzentrieren. Behutsam tauchte er die kleine Kelle immer wieder in den warmen Lehm, um diesen mit dem leicht gebogenen Schaber glatt zu streichen.

Wie so oft in den vergangenen Tagen wog er die Risiken der geplanten Flucht ab, malte sich aus, welche Hindernisse sie überwinden mussten und womit sie in dieser Zeit der zunehmenden Gesetzlosigkeit zu rechnen hatten. Würde Conrad sie bei der Stadtwache anzeigen, oder würde ihn die Scham darüber, was er seiner eigenen Tochter angetan hatte, schweigen lassen? Er verzog das Gesicht zu einer Grimasse. Sicherlich nicht! Wenn er den Gießer richtig einschätzte, würde dieser keinen Augenblick auf Reue verschwenden.

Eine unter seinen Händen auftauchende Kerbe ließ ihn die Konzentration zurück auf das Werkstück richten, nur um wenig später erneut abzuschweifen. Würde es ihm gelingen, Anabel vor all der Unbill und all den Gefahren, die außerhalb der schützenden Stadtmauern lauerten, zu bewahren? Bangigkeit stieg in ihm auf, als er an die Gerüchte dachte, die überall kursierten. Den Berichten einiger Reisender zufolge herrschte im Umland ein Zustand vollkommener Herrschaftslosigkeit, da ein Großteil der Grundbesitzer und Landadeligen der Pest zum Opfer gefallen waren. Was dazu geführt hatte, dass die ehemals leibeigenen Bauern und Tagelöhner die Kontrolle über die Ländereien, Dörfer und sogar Gutshöfe übernommen hatten. Manche erzählten gar von belagerten Landsitzen, in denen die Mitglieder der Patrizierfamilien, die sich aus der Stadt geflüchtet hatten, um einer Ansteckung zu entgehen, um ihr Leben bangen mussten. Er holte tief Luft und schluckte die Sorgen. Was machte es für einen Sinn, sich vor dem zu fürchten, was unausweichlich war? Was immer sie dort draußen erwarten mochte, es konnte kaum schlimmer sein, als weiterhin Conrads Launen unterworfen zu sein. Mit einem energischen Schwung des Spatels wischte er die Beklemmung beiseite und vollendete die falsche Glocke.

Einige Stunden später, als er mit zwischen die Zähne geklemmter Zunge an einem *Laudate Dominum* – einem *Lobet den Herrn* – arbeitete, ließ ihn das Knurren seines Magens aufschrecken. Da sich die wächsernen Lettern als widerspenstiger erwiesen hatten als erhofft, hatte er über seinen Bemühungen völlig die Zeit vergessen. Mit einem schuldbewussten Blick auf Göswin, der sich unter dem trichterförmigen Rauchabzug der Esse zu schaffen machte, sprang er auf, wischte sich die schmierigen Hände an der Lederschürze ab und griff nach dem Korb, den er bei den Gusspfannen abgestellt hatte. »Warum hast du nichts gesagt?«, fragte er zerknirscht und zog sich die Arbeitskleidung über den Kopf. »Du musst am Verhungern sein.«

Göswin, der bereits zwei Stunden vor Bertram den Dienst in der Gießerei angetreten hatte, schüttelte lächelnd den Kopf und wies auf ein kleines Beutelchen unter dem an der Wand stehenden Tisch. »Meine Gisela hat mir ein Stück Hirsekuchen mitgegeben. Damit ich nicht vom Fleisch falle.« Seine grauen Augen funkelten belustigt. »Aber ich könnte tatsächlich etwas Kräftigeres vertragen.«

Mit einem Nicken hob Bertram den Korb vom Boden, ignorierte den wollenen Mantel an einem der Haken und stieß die windschiefe Tür auf. Die Vorfreude auf das bevorstehende Mahl ließ ihm das Wasser im Munde zusammenlaufen, und als er kurze Zeit später den Eingang der *Drei Kannen* erreichte, stieg ihm der verlockende Duft von Bratensaft und frischem Brot in die Nase. Ohne zu zögern eilte er in die Herberge, bis er einen rußgeschwärzten Durchgang erreichte, hinter dem das Scheppern von Töpfen und das Klirren von Metall verriet, dass die Köchin in ihrem Element war. Räuspernd schob er sich in den von mehreren Kochfeuern erhitzten Raum, hob den Korb und errötete, als die vollbusige Ursella ihn mit einem Augenzwinkern begrüßte. Da Gertrud kaum mehr ihr Schlafgemach verließ, bezogen sie seit etwa zwei Wochen ihre Mahlzeiten aus der Küche der *Drei Kannen*, und obschon sie mindestens doppelt so alt war wie Bertram, schien die dralle Köchin einen Narren an ihm gefressen zu haben.

»Bertram«, säuselte sie und schob sich mit all ihrer bedrohlichen Fülle auf ihn zu, um ihm über den Schopf zu fahren. »Du bist spät dran heute.« Leiser Tadel schwang in ihrer tiefen Stimme mit, der sich jedoch sofort in Luft auflöste, als Bertram entschuldigend die Schultern hob.

»Die Glocke musste fertig werden«, schwindelte er und beäugte neugierig das Paket, das sie für ihn schnürte. Außer frischem Mischkornbrot gehörte das meist noch warme Schweineschmalz genauso zu ihren täglichen Mahlzeiten wie das gesottene und gebratene Fleisch, der Käse und die Eier. Manchmal jedoch – und dies schien heute der Fall zu sein – verwöhnte Ursella sie mit gegrilltem Fisch oder frischer Blutwurst. Als sie mit einem verschwörerischen Ausdruck auf dem rotwangigen Gesicht in einen flachen, tönernen Topf fuhr und mit einem Messer vier Scheiben Hühnerbrust abschnitt, quollen Bertram beinahe die Augen über. Mit geübten Bewegungen tauchte sie diese Köstlichkeit in den mit Mandelmilch, Speck und Honig verfeinerten Saft, bis die Brust sich damit vollgesogen hatte, und wickelte das Ganze in ein geöltes Tuch.

»Das musst du aber für dich behalten«, warnte sie nur halb im Scherz, reichte dem Knaben den bis zum Rand gefüllten Korb und kniff ihm in die Wange. »Sonst reißt mir Friko den Kopf ab.«

Nachdem Bertram ihr artig gedankt hatte, entwand er sich ihren gut gemeinten Liebkosungen, eilte zurück auf die Straße und brachte sich und das Essen so schnell als möglich in der Glockenhütte in Sicherheit. Dort fiel er zusammen mit Göswin über das Mahl her, bis auch die winzigste Krume verzehrt war, bevor sie sich wieder an die unterbrochene Arbeit machten.

Während sich draußen die Dämmerung über die schneebedeckten Dächer senkte, steuerte Bertrams Verstand in eine Richtung, die ihm seit geraumer Zeit Unbehagen bereitete. Während seine Hände mechanisch die weiche Oberfläche des Mantels glätteten, kämpfte sein Gewissen gegen die Barrieren an, die er errichtet hatte.

Er biss heftig die Zähne aufeinander, als das Schreckgespenst seines ausgemergelten Vaters vor seinem inneren Auge auftauchte. Das Gesicht, das in seiner Erinnerung von energischen Kanten beherrscht wurde, wirkte in der fahlen Hohlwangigkeit, die ihm entgegenglotzte, alt und todgeweiht. Die allgegenwärtigen, bläulich-violetten Todesflecken, welche die sich in den Straßen stapelnden Leichen entstellten, verzerrten die in seiner Fantasie aufsteigenden Züge des Steinmetzen bis zur Unkenntlichkeit. Nur mühsam unterdrückte der Knabe ein Zittern. Anders als er Anabel gegenüber behauptet hatte, war ihm das Schicksal seines Vaters alles andere als gleichgültig. Zwar hatten selbstgerechter Zorn und Verbitterung zuerst dafür gesorgt, dass er den Mann, der ihn in die Sklaverei verkauft hatte, nächtelang verfluchte. Doch waren diese dunklen Gefühle schon längst der Sorge um sein Wohlergehen gewichen. Wenn Anabel sich nicht geirrt hatte und er um Almosen bettelnd durch die Straßen Ulms ziehen musste, war die alles vernichtende Seuche nicht die einzige Gefahr, die sein Leben bedrohte.

Ein durch die sich öffnende Tür hereinfallender Windzug ließ ihn frösteln.

»Ich sehe, ihr kommt ohne mich zurecht«, riss ihn die Stimme des Glockengießers, der mit einem prüfenden Stirnrunzeln die Arbeit der beiden begutachtete, aus dem dumpfen Brüten. »Fein.« Er klatschte in die Hände. »Dann kann ich mich meinen anderen Verpflichtungen widmen.«

Damit verschwand Conrad genauso schnell, wie er gekommen war, was Göswin dazu veranlasste, entnervt den Kopf zu schütteln. »Wenn ich schon die ganze Arbeit für ihn mache«, beklagte er sich, »dann sollte ich wenigstens den Lohn eines Meisters bekommen.«

Bertram nickte abwesend und bückte sich nach einem feinen Ledertuch, um der Lehmschicht den letzten Schliff zu geben.

Als er am Abend zwar erschöpft, doch – dank Ursellas Kochkünsten – satt den Weg in seine windschiefe Kate einschlug, erwartete ihn Anabel, deren Gesicht im Schein des

Kerzenleuchters ungewohnt bleich wirkte. Jeden Tag schien sie den ärmlichen Raum mehr mit dem Zauber ihrer Anwesenheit zu verändern, und als Bertram die beiden Schaffelle erblickte, die sie über dem Stroh ausgebreitet hatte, erhellte sich seine Miene. Nicht nur hatte sie den fauligen Bodenbelag durch frische, duftende Halme ersetzt; auch der kleine, tragbare Ofen sorgte für ein wesentlich angenehmeres Klima, als Bertram es gewöhnt war.

»Anabel«, begrüßte er sie strahlend und schloss sie in die Arme, um sie hungrig zu küssen. Zwar erwiderte sie die Liebkosung leidenschaftlich, doch ließ ihn etwas in ihrer Haltung nach einigen Atemzügen zurücktreten und sie forschend mustern. »Was ist geschehen?«, fragte er, und als sich ihre Augen mit Tränen füllten, fürchtete er das Schlimmste.

»Henricus«, flüsterte sie und ließ sich kraftlos auf die Felle sinken. Nachdem Bertram es ihr gleichgetan hatte, berichtete sie stockend, was im Hospital vorgefallen war. Als sie mit dem Tod Schwester Adelheids geendet hatte, legte Bertram tröstend den Arm um ihre Schulter und zog sie an sich. Nach einigen Momenten des betretenen Schweigens sagte er leise: »Er wird seine Strafe erhalten. Wenn nicht in dieser Welt, dann in der nächsten.«

»Ich werde von heute an jeden Tag dafür beten, dass er im tiefsten Schlund der Hölle schmort!«, brauste Anabel ungewohnt hitzig auf. »Wie kann er ein solches Verbrechen ungesühnt begehen?!« Ihre Augen sprühten Funken. »Ich verstehe unsere Welt nicht mehr, Bertram.« Sie atmete schwer. »Früher war alles so einfach. Aber heute scheinen auf einmal keine Regeln mehr zu gelten! Kinder sterben an der Pest, während Menschen wie Henricus und mein Vater immer mehr Macht erlangen. Wo ist der gerechte Gott, von dem die Priester uns immer erzählt haben? Mir scheint, wir sind nichts weiter als Spielbälle der Launen des Teufels!«

Diese Rede war für sie so ungewöhnlich, dass Bertram sie erstaunt anstarrte. »Ich bin wütend«, erklärte Anabel mit einem Schnauben. »Nichts ist mehr sicher! Alles scheint sich zu verändern, aber nichts wendet sich zum Guten.«

Bertram ergriff ihre Hand. »Das ist nicht wahr«, murmelte er. »Wir haben uns gefunden. Und nur das zählt.«

Einen kurzen Moment schien es, als wolle sie ihm widersprechen, doch dann schlug sie die Lider nieder und kramte in ihrer Rocktasche. »Du hast recht«, gestand sie kleinlaut ein und hielt ihm einen glänzenden Gegenstand unter die Nase. »Das hätte ich beinahe vergessen.«

Sprachlos griff Bertram nach der Münze und drehte sie ungläubig zwischen den Fingern.

»Du brauchst keine Angst haben«, versetzte Anabel trocken. »Ich habe sie nicht gestohlen.« Sie lachte leise und berichtete von der großzügigen Gräfin von Württemberg, die so unverhofft in ihr Leben getreten war.

»Aber«, hub Bertram aufgeregt an. »Das bedeutet, dass wir sofort fliehen können.« Er sprang auf und blickte sich in der Hütte um. »Lass uns alles Nötige zusammenpacken und gehen!«

»Warte.« Anabel griff nach seiner Hand und zog ihn zurück auf die Felle. »Das wäre ehrlos.« Als er protestieren wollte, fügte sie hastig hinzu: »Die Gräfin erwartet eine Eskorte ihres Gemahls. Solange sie in Ulm ist, werde ich mich um sie kümmern. Das bin ich ihr schuldig.« Sie zog Bertrams Kopf an sich, um ihm einen Kuss auf die Wange zu drücken, und runzelte die Stirn. »Du glühst«, stellte sie besorgt fest. »Fühlst du dich nicht wohl?«

Ein glückliches Lächeln breitete sich auf seinem Gesicht aus, als er wegwerfend abwinkte. »Es ist nichts. Ich war nur ein wenig leichtsinnig. Vermutlich eine Erkältung.« Bevor sie zu einer Predigt ansetzen konnte, schloss er sie erneut in die

Arme und machte sie mundtot. Das frische Heu raschelte, als sie sich auf die Felle sinken ließen.

Kapitel 31

Kloster Obermedlingen, 10. Januar 1350

Schneidend peitschten Wulf von Katzenstein die eisigen Schneekristalle ins Gesicht, als er sich mit letzter Kraft dem vor ihm aus dem Gestöber auftauchenden Kloster Obermedlingen näherte. Heulend pfiff der Sturm über die Felder, bevor er sich an der Wand aus Baumstämmen zu seiner Linken brach. Die Äste der kahlen Eichen und zerrupften Fichten knarrten bedrohlich, und mehr als einmal fürchtete der einsame Reiter, dass ihn einer der Bäume erschlagen könnte.

»Was für ein furchtbarer Tag«, murmelte er und zog die Kapuze seines Umhangs tiefer ins Gesicht, während er seinem Rapphengst die Sporen gab. Zwar hielt seine Rüstung einen Großteil der Kälte ab, doch änderte dies nichts an der Tatsache, dass er fror wie ein Hund. Er fluchte leise, als sich mit dem Ende des Waldrandes die Böen verstärkten, sodass selbst sein Reittier protestierend schnaubte. Wenn er nicht erfrieren wollte, musste er schleunigst eine Unterkunft für die Nacht finden. Obschon er eigentlich gehofft hatte, an diesem Tag wenigstens das Dorf Brenz zu erreichen, würde ihm nicht viel anderes übrig bleiben, als die Klosterfrauen zu bitten, ihm ein Dach über dem Kopf zu geben. Da er in der Vergangenheit bereits zweimal die Gastfreundschaft der Dominikanerinnen genossen hatte, wusste er, dass sie über mehrere Gästehäuser außerhalb der Ummauerung ihrer Anlage verfügten, was die Beherbergung männlicher Besucher ermöglichte.

Er duckte sich tiefer über die Mähne und setzte im gestreckten Galopp über den frostharten Boden, bis er schließlich den befestigten Weg erreichte, der ihn kurz darauf an die Pforte der Abtei führte. Mit einem Schnalzen der Zunge und einem Ruck am Zügel verlangsamte er die Gangart zu einem ruhigen Trab und ließ den Blick der braunen Augen über die im Dunkeln liegenden Gebäude des Komplexes gleiten. Seltsam, dachte er verwundert. Selbst wenn sich die Schwestern zur Abendandacht in der Kirche aufhielten, sollte sich nicht wenigstens aus den Kaminen des Refektoriums der Rauch der Kochfeuer kräuseln?

Stattdessen schien das einzige Lebenszeichen weit und breit das Schreien eines Esels zu sein, der – an einem Pfosten am Fuß der Mauer angebunden – wütend an seinem Führstrick herumbiss. Ansonsten wirkte das Areal vernachlässigt und verwaist – ein Eindruck, der durch einen halb eingefallenen Dachstuhl unterstrichen wurde.

Als er schließlich vor dem Tor angelangt war, rutschte Wulf geschickt aus dem Sattel, wäre jedoch um ein Haar lang hingeschlagen, als er mit seinen eisernen Schnabelschuhen auf dem Eis ausglitt, das sich in den Pfützen gebildet hatte. Vorsichtig tastete er sich Schritt um Schritt vor, bis er die schief in den Angeln hängende Pforte erreichte, die ein mit Kohle aufgemaltes Kreuz hässlich entstellte. Was um alles in der Welt war hier vorgefallen?, fragte er sich misstrauisch und drückte gegen das kalte Holz, bis er den unaufgeräumten Hof überblicken konnte. Umgeworfene Eimer lagen ebenso achtlos im Schnee wie Heugabeln, Bretter und etwas, das sich bei genauerem Hinsehen als ein von Motten zerfressenes Habit herausstellte.

Wulfs Nackenhaare richteten sich auf. Die Hand am Schwertknauf, schob er sich weiter in Richtung Haupthaus, aus dessen Türen und Fenstern so unvermittelt eine Horde wild schreiender, zerlumpter Gestalten hervorbrach, dass er umringt war, bevor er begriffen hatte, was geschehen war. Jahrelange Kampferfahrung ließ ihn die Waffe ziehen und den ersten Angreifer mit einem mächtigen Hieb enthaupten, bevor dessen Kameraden die Dreschflegel und Mistgabeln erheben konnten.

»Schlagt ihn tot!«, kreischte einer der schmutzverkrusteten Männer, die Wulf an dem blauen Zeug als leibeigene Bauern erkannte, und stürzte sich todesmutig auf den Ritter. Wie ein Hornissenschwarm kreiste die Schar der Angreifer um ihre Beute, kam sich ins Gehege und hieb nicht nur auf den Ritter ein, sondern auch auf die eigenen Männer. Schlag um Schlag wehrte der Katzensteiner ab, der bereits nach wenigen Augenblicken erkannte, dass er der Überzahl nicht lange gewachsen sein würde. Zwar schützte seine schwere Rüstung ihn vor den primitiven Waffen seiner Angreifer, doch schränkte sie gleichzeitig seine Bewegungsfreiheit so weit ein, dass ihm nichts anderes übrig blieb, als den Rückzug anzutreten.

Mit einem hässlichen Laut trennte er einem der Bauern den Arm vom Rumpf, was zur Folge hatte, dass der Rest einige wertvolle Sekunden zögerte, bevor sich wütendes Geheul erhob. So schnell es ihm die eisernen Beinschienen ermöglichten, stemmte Wulf die Füße in die Steigbügel seines nervös tänzelnden Rappen, hieb blind nach hinten und griff nach dem Zügel. Ein glühender Schmerz durchfuhr seinen Unterschenkel, als ein Dreschflegel sein Bein traf, doch bevor die Leibeigenen dazu übergehen konnten, mit den Mistgabeln nach seinem Reittier zu stechen, preschte Wulf bereits in Richtung Brenz davon.

»Verdammt, das war knapp«, zischte er, als er sich mit hämmerndem Herzen versichert hatte, dass ihm niemand hinterhersetzte. Das wutentbrannte Gebrüll der um ihre Beute betrogenen Bauern erfüllte die Winterluft, und mit einem

Schaudern wandte Wulf den Kopf, um einen letzten Blick auf die Gesetzlosen zu erhaschen. Seine Reise schien nicht gerade unter einem guten Stern zu stehen! Vermutlich hatten die Bauern diejenigen der Heiligen Schwestern, die nicht von der Pest dahingerafft worden waren, kurzerhand erschlagen, um sich deren Besitztümer anzueignen. Wie hatte er nur so dumm sein können, die Gefahr nicht zu erkennen?! Er stieß die Luft aus den Lungen, als ihm die Antwort auf diese Frage klar wurde. Er hatte keinen Hinterhalt vermutet, weil er mit den Gedanken bereits in Ulm war. Sein Herz zog sich schmerzhaft zusammen. Wenn er nur nicht zu spät kam! Die Erinnerung an den Besuch des Helfensteiner Ritters ließ ihn zum wohl hundertsten Mal wünschen, er habe schon damals gewusst, was ihm seine Spione erst vor wenigen Tagen zugetragen hatten. Als der mit Katharinas Wappen geschmückte Bote bei ihm vorgesprochen hatte, hatte er auf der Stelle eine Falle des Grafen von Württemberg gewittert, weshalb er dem Mann eine Antwort mit auf den Weg gegeben hatte, die sowohl ihn als auch seine Geliebte vor der Rache Ulrichs schützen sollte.

Wie hatte er auch wissen können, dass es tatsächlich Katharinas Abgesandter gewesen war, dem er die leugnenden Worte ins Gesicht geschleudert hatte?! Wenn er nicht um ihr Leben gebangt hätte, wäre die feige Lüge niemals über seine Lippen gekommen, und er wäre auf der Stelle zu ihr geeilt, um ihr seine Ergebenheit zu beweisen. Als ihm einer seiner Männer vor wenigen Tagen mitgeteilt hatte, dass sich die Dame seines Herzens auf Befehl ihres Gemahls auf dem Weg nach Hohenneuffen befand, hatte er sich die Haare gerauft und einen Idioten gescholten. Denn sicherlich würde der gehörnte Ulrich von Württemberg alles unternehmen, um den Beweis der Untreue seiner Gattin aus dem Weg zu schaffen! Er schloss einen Moment die Augen. Da ihn derselbe Bote von der Wendung des Schicksals in Kenntnis gesetzt hatte, die Katharina in

Ulm festhielt, war er trotz der überall wütenden Pest sofort aufgebrochen, um den furchtbaren Fehler wiedergutzumachen. Wenn sich diese Reise jedoch weiterhin so entwickelte, musste er sich glücklich schätzen, wenn er überhaupt jemals in der Reichsstadt eintraf.

Der dumpfe Hall der Hufe wurde von den Hügeln zurückgeworfen, und als sich nach einer halben Stunde scharfen Rittes schließlich die Umrisse der Brenzer Galluskirche am Horizont abzeichneten, atmete er erleichtert auf. Misstrauisch beäugte er die ärmlichen Bauernkaten links und rechts des Weges, während er sich dem Schloss näherte, das direkt an die Basilika anschloss. Nachdem er den Anstieg zum Kirchberg bezwungen hatte, nannte er dem schwer bewaffneten Torwächter seinen Namen, woraufhin dieser die Winde betätigte. Kaum überspannte die Zugbrücke den tiefen Burggraben, trabte Wulf in den Hof, saß ab und drückte einem herbeieilenden Bediensteten die Zügel in die Hand. Daraufhin folgte er einem zweiten Lakaien, der ihn die überdachten Treppen hinauf ins Obergeschoss der Burg führte, wo ihn Dietmut von Güssenberg empfing. »Wulf«, begrüßte dieser den Besucher strahlend. »Welch unerwartete Überraschung!«

Das prachtvolle Doppelkinn des Adeligen wippte bei jedem Wort auf dem Kragen seines altmodischen Surkots auf und ab. »Wie lange ist es her?«

Dankbar ergriff Wulf die ihm dargebotene Hand und schüttelte diese herzlich. »Ich weiß nicht, altes Fossil«, erwiderte er grinsend und klopfte dem kahlköpfigen Güssen auf die Schulter. »War es der Pferdemarkt im vergangenen Jahr oder das Treffen in Schwäbisch Hall?« Sein Feixen wurde breiter. »Ich weiß nur, dass Ihr mir wie jedes Mal die besten Angebote vor der Nase weggeschnappt habt.«

Sein Gastgeber strahlte, als habe er soeben ein nicht zu übertreffendes Kompliment erhalten, und schob Wulf in Richtung Halle. »Kommt, teilt einen Krug Wein mit mir.« Die leicht schwammige Aussprache und die glühenden Wangen des alten Mannes ließen Wulf vermuten, dass es sich nicht um den ersten Trunk des Tages handelte. Doch da er Dietmuts Trinkfestigkeit bereits mehr als einmal bewundert hatte, wusste er, wie viel der alte Mann vertrug. Mit einem Seufzer ließ er sich in der wohlig warmen Halle neben den Herrn des Hauses fallen, der einem Pagen zu verstehen gab, seinem Besucher die Rüstung abzunehmen. »Ich hasse diese Dinger«, vertraute er Wulf verschwörerisch an, der sich – von dem schweren Eisenpanzer befreit – genüsslich zurücklehnte, um den dampfenden Trunk zu genießen. »Wenn ich an all die wunden Stellen denke, die ich mir früher immer zugezogen habe.« Er verzog schmerzhaft das Gesicht. »Aber sagt, was führt Euch hierher?«

Einen kurzen Moment erwog Wulf, ihm die Wahrheit anzuvertrauen, entschied sich jedoch dagegen, da allein dieses Wissen nicht abzuschätzende Folgen für den gutmütigen Adeligen haben könnte. »Ich bin auf dem Weg nach Ulm«, erklärte er. »Geschäfte.«

Damit war die Neugier des Güssen befriedigt, und die beiden Männer brachten den Rest des Abends damit zu, in alten Zeiten zu schwelgen, die Köchin auf Trab zu halten und sich über Dietmuts zwölf Söhne und Töchter zu unterhalten, die ihrerseits mehrere Dutzend Enkelkinder gezeugt hatten.

»Es ist einsam hier, seit sie aus dem Haus sind«, gestand der Güsse mit einem traurigen Blick auf die verwaiste Halle, nachdem er sich die Finger geleckt hatte. »Wenn nicht wenigstens Heinrich mit seiner Frau hier wäre, würde ich vor Langeweile eingehen.« Da diese jedoch einen eigenen Flügel bewohnten, informierte er Wulf, bekam er auch sie nur unregelmäßig zu Gesicht. »Ihr seid sicher müde«, beschied er schließlich und machte Anstalten, sich in die Höhe zu stemmen – was ihn sichtliche Anstrengung kostete. Schwankend blickte er zu seinem Gast auf, der es ihm gleichgetan hatte, und klatschte in die Hände. »Ich wünsche Euch eine gute Nacht, Wulf. Es hat mich gefreut, wieder einmal mit Euch zu plaudern.«

Damit neigte er leicht den Kopf und überließ seinen Besucher dem Pagen, der ihn in eine geräumige Schlafkammer im zweiten Stock der Burg führte. Als die Tür hinter dem Knaben ins Schloss gefallen war, schnürte Wulf, dem der Wein ebenfalls zu Kopf gestiegen war, sein Obergewand auf, zog es sich über den Kopf und entledigte sich der Beinlinge. Die Waschschüssel neben der Feuerstelle ignorierend, sank er in die Kissen und schloss die Augen. Während er sich fragte, wie er Katharina in Ulm ausfindig machen sollte, stieg ihr sanftes Gesicht vor seinem inneren Auge auf und ließ ihn ein heiseres Stöhnen ausstoßen. Niemals hätte er gedacht, dass es einer Frau gelingen könnte, ihn so vollkommen in ihren Bann zu schlagen, wie Katharina es getan hatte. Als er kurz nach seiner Ankunft auf Hohenneuffen das erste Mal einen Blick auf sie erhascht hatte, wäre er ihr um ein Haar an Ort und Stelle zu Füßen gefallen. Keine drei Stunden hatte sein Treueeid dem Grafen gegenüber ihn davon abhalten können, sie mit jeder Faser seines Seins zu begehren, und als sie ihm ihre Willigkeit signalisiert hatte, war es um alle Vernunft geschehen.

Er fuhr sich mit der Hand durch den dunklen Schopf und rieb sich das eckige Kinn. Mit einem einzigen Kuss, einer einzigen Berührung ihrer wundervollen Lippen hatte sie ihn niedergeworfen wie einen unerfahrenen Knaben! Als er sich an die erste Liebesnacht mit ihr erinnerte, legte sich eine Gänsehaut über seine Glieder. Ganz egal, wie: Er würde sie wiedersehen, von seiner Liebe überzeugen und sie und seinen Sohn vor ihrem Gatten in Sicherheit bringen. Koste es, was es wolle!

Kapitel 32

Ulm, 10. Januar 1350

Leise summend rührte Anabel in dem Topf Haferbrei, den sie mit einer Handvoll getrockneter Kirschen verfeinert hatte. Trotz der Tatsache, dass es ein weiterer nebelverhangener Wintertag zu werden drohte, war sie in beinahe aufgekratzter Stimmung, da sie sich in der vergangenen Nacht ein Herz genommen und Bertram gebeichtet hatte, dass sie ein Kind erwartete. Nachdem seine anfängliche Begeisterung der Enttäuschung gewichen war, hatte er sie heftig an sich gedrückt und ihr ins Ohr geflüstert: »Es ist auch *dein* Kind, und ich werde es genauso lieben, als wäre es mein eigenes.« Nach kurzem Zögern hatte er sich an sie gedrängt und an ihrem Hals geknabbert, bevor sich seine Hand unter ihr Nachtgewand gestohlen hatte. »Aber wir sollten üben, damit das nächste von mir ist.«

Sie lächelte glückselig, als ihr klar wurde, wie sehr sie sich vor diesem Geständnis gefürchtet hatte. Was, wenn Bertram sie dafür gehasst hätte, dass sie den Beweis ihrer Schändung in sich trug?

»Wie kannst du nur so etwas Furchtbares von mir denken«, hatte er sie sanft gescholten und ihr die Tränen aus dem Augenwinkel gewischt. »Ich liebe dich, und nichts wird jemals etwas daran ändern können.« Noch immer schienen seine Fingerspitzen auf ihrer Haut zu brennen, und sie musste sich zwingen, an etwas anderes zu denken. Wenn alles so verlief, wie sie hoffte, würde Katharina von Helfenstein in den nächsten Tagen von der Eskorte abgeholt, die sie erwartete, und sie und Bertram würden fliehen können. Zwar schien die Gräfin dem Aufbruch mit Unbehagen entgegenzublicken, doch das lag vermutlich an der Tatsache, dass sie sich vor der Reise fürchtete. Auch Anabel quälte immer öfter die Sorge um ihre eigene Sicherheit, da sich Berichte über die gesetzlosen Wegelagerer in letzter Zeit gehäuft hatten. Mit einem Seufzen verdrängte sie die Ängste, füllte eine flache Schale mit dem Brei und erklomm die Treppe, um an die Tür ihrer Stiefmutter zu klopfen. Wie gewohnt, erhielt sie keine Antwort, da Gertrud sich von Tag zu Tag weiter in das Schneckenhaus der Trauer zurückzog und ihr Vater auch diese Nacht außer Haus verbracht hatte. Achselzuckend stellte sie das Frühstück auf dem Dielenboden ab und machte sich auf den Weg zurück in die Küche.

Sie hatte gerade den unteren Treppenabsatz erreicht, als die in den Eingangsbereich führende Tür aufflog und Conrad im Rahmen erschien. Seine von der Kälte aufgeplatzten Lippen verzogen sich zu einem verächtlichen Lächeln, als er sich vor ihr aufbaute und aus zusammengekniffenen Augen auf sie hinabstarrte.

»Heute nicht bei deinem Amor?«, fragte er süffisant und packte sie am Oberarm, bevor sie sich abwenden und vor ihm fliehen konnte. Abschätzend glitt sein Blick an dem eng geschnittenen Kleid entlang, das Franciscus ihr geschenkt hatte, bevor er zufrieden mit der Zunge schnalzte. »Hol deine Glocke«, befahl er knapp. »Du kommst mit.«

Der Ausdruck auf seinem Gesicht ließ Anabel zurückweichen, doch mit einem brutalen Ruck zwang er sie, ihn anzublicken. In seinen blauen Augen lag so viel Berechnung, dass Anabel mühsam schluckte. »Aber ich muss ins Hospital«, protestierte sie schwach und versuchte entgegen besseren Wissens, sich von ihm loszumachen, was zur Folge hatte, dass er seinen Griff weiter verstärkte.

»Dafür ist später Zeit. Zuerst möchte dich jemand kennenlernen.«

Lähmende Furcht breitete sich in ihr aus, als sie ahnte, was diese Worte bedeuteten. »Nein.« Sie nahm allen Mut zusammen und stemmte die Hacken in den Boden. »Ich kann nicht mit dir kommen. Die Gräfin erwartet mich.«

Diese Information verschlug Conrad einen Augenblick lang die Sprache, bevor er den Kopf in den Nacken warf und brüllend lachte. »Sicherlich«, prustete er. »Die Gräfin.« Er wurde schlagartig wieder ernst und grub die Finger noch härter in Anabels Arm, sodass sie vor Schmerz aufkeuchte. »Tu sofort, was ich dir gesagt habe, oder du wirst bereuen, heute aufgestanden zu sein.« Damit stieß er sie hart von sich und drängte sie hinaus in die Dunkelheit, sobald sie mit ihrem Umhang aus der Küche zurückgekehrt war. »Die Gräfin!«, murmelte er abfällig. »Für wie einfältig hältst du mich?« Erneut versetzte er ihr einen Schlag in den Rücken, der sie beinahe stolpern ließ. »Als ob eine Gräfin so eine wie dich in ihre Nähe lassen würde!« Seine Stimme troff vor Verachtung, und obschon Anabel sich fürchtete, stieg flammender Zorn in ihr auf.

Mit gesenktem Kopf trottete sie vor ihrem Vater die beinahe menschenleeren, in dichtem Nebel liegenden Gassen entlang, bis er sie in der Nähe der Abtei zwang, nach rechts in das Viertel der reichen Tuch- und Fernhändler abzubiegen. Was im Namen aller Heiligen wollte er hier?, fragte sie sich, da trotz aller Befürchtungen allmählich Neugier in ihr aufstieg. Den Verwesungsgestank ignorierend, der auch hier entgegen aller Bemühungen die Arzneigerüche und Wacholderfeuer überlagerte, blickte sie sich fragend zu dem Gießer um. Mit einer Kopfbewegung gab dieser ihr zu verstehen, vor der Pforte eines mit einer übermannshohen Mauer umfangenen Fachwerkhauses haltzumachen, woraufhin er ohne Umschweife den eisernen Türklopfer betätigte.

Nach einigen Minuten des Wartens näherten sich aus dem Inneren des Hofes Schritte, und kurz nachdem Anabel das Klirren eines Schlüsselbundes vernommen hatte, öffnete sich die Pforte lautlos.

»Meister Conrad«, begrüßte ihn ein elegant gekleideter Mann mit einer leichten Verbeugung. »Meister Egloff erwartet Euch bereits.« Damit schloss er das Tor, ohne Anabel auch nur eines Blickes zu würdigen, und führte die Besucher auf das hell erleuchtete Haupthaus zu, vor dem sich zahllose Truhen, Tonnen, Säcke und Tuchballen unter einem hölzernen Vordach stapelten. Verunsichert folgte Anabel den Männern einen langen Korridor entlang die Treppe hinauf ins erste Obergeschoss, bis der Mann schließlich eine mit feinem Goldblatt beschlagene Tür öffnete und die Besucher mit einer höflichen Geste einlud, einzutreten. Eingeschüchtert von dem erdrückenden Prunk des riesigen Raumes senkte Anabel den Kopf und versuchte, ihren Herzschlag zu beruhigen.

»Conrad!« Die kratzende Stimme sandte ihr einen Schauer über den Rücken, und als kurz darauf ein Paar mit purpurnen Quasten besetzter Schuhe in ihrem Blickfeld auftauchte, presste sie kurze Zeit die Lider aufeinander. Sicherlich gab es eine einfache Erklärung für diesen Besuch, versuchte sie sich einzureden, während ihr Vater seinem Gegenüber die Hand schüttelte.

»Ist sie das?« Bevor Conrad bejaht hatte, legte sich eine zitternde Klaue auf Anabels Schulter, die kurz darauf zu ihrem Kinn weiterwanderte, das sie mit sanftem Druck anhob. »Sieh mich an, Kind«, schnarrte der Mann, und als Anabel der Bitte Folge leistete, blickte sie in stumpfe, graue Augen, die von buschigen Brauen überschattet wurden.

»Sie ist in der Tat eine Schönheit«, bemerkte der Alte bewundernd und strich Anabel über die Wange, die unter der Berührung erglühte. Auf dem fast kahlen Kopf des Mannes, der sie mit angestrengtem Blick musterte, saß eine schiefe Kappe, die ihm ein beinahe komisches Aussehen verlieh. Allerdings war Anabel in diesem Moment alles andere als zum Lachen zumute. Mit kristallener Klarheit erkannte sie den Plan ihres

Vaters, und diese Erkenntnis raubte ihr den Atem. Entsetzt zuckte sie vor dem Händler zurück, der erstaunt die Brauen in die Höhe zog und Conrad fragend anblickte.

»Sie ist ein wenig halsstarrig«, erklärte dieser achselzuckend und hob die Hand. »Aber mit strenger Zucht …« Er ließ den Satz unbeendet und bedachte seine Tochter mit einem drohenden Blick.

»Habt Ihr die Aufstellung der Mitgift dabei?«, fragte der Alte, nachdem er Anabel ein weiteres Mal von Kopf bis Fuß gemustert hatte. »Ich denke, wir werden uns einig.« Damit ergriff er Conrads Arm und führte diesen an den mächtigen Tisch am anderen Ende des Raumes, wo die beiden Männer Platz nahmen und sich über eine Hand voller Pergamentrollen beugten. Mit wachsendem Grauen verfolgte Anabel, wie die beiden schacherten und feilschten, bis der Händler nach einiger Zeit nach einer Feder griff und seine Unterschrift unter ein Dokument setzte, das Conrad zusammenrollte und in der Rocktasche verstaute.

»Sobald ich mit Eurer Hilfe den Posten erlangt habe, schicke ich sie Euch mitsamt der Mitgift ins Haus.« Damit erhob sich der Gießer und näherte sich Anabel, die die ganze Zeit über wie gelähmt auf der Stelle verharrt war. »Komm«, brummte er und bugsierte sie zurück hinaus auf den Gang, die Treppe hinab bis vor die Tür, wo er ihr breit grinsend auf den Rücken drosch. »Gratuliere!«, höhnte er. »Du bist soeben mit einem der reichsten Männer dieser Stadt verlobt worden! Hält er seinen Teil der Abmachung, halte ich den meinen.« Zufrieden klopfte er sich auf die Brust, bis das Schriftstück raschelnd protestierte. »Was ist?«, fragte er, als sie ihn lediglich mit offenem Mund anstarrte. »Hat mir deine Stiefmutter nicht ständig in den Ohren gelegen, dass du als alte Jungfer endest, wenn ich dich nicht bald unter die Haube bringe?«

Sie hatten das Ende des kleinen Sträßchens erreicht. »Jetzt

kannst du meinetwegen zu deiner Gräfin«, spottete er und straffte die Schultern. »Ich muss zur Ratssitzung.«

Als wäre nichts vorgefallen, ließ er sie stehen und verschwand im Nebel, bevor Anabel begriffen hatte, was soeben geschehen war. Wie auf der Stelle festgeleimt, verharrte die junge Frau einige Zeit lang, bis die unaufhaltsam durch ihre Kleider dringende Kälte sie aufrüttelte und in Richtung Hospital eilen ließ.

Flucht! Es gab keinen anderen Ausweg als Flucht! Egal wie sehr sie sich der Gräfin verpflichtet fühlte, sie musste noch heute mit Bertram fliehen. Wenn sie verhindern wollte, dass dieser alte Bock sie erstand wie ein Stück Vieh auf dem Wochenmarkt, blieb ihr keine andere Wahl! Denn ansonsten würde es ihr ebenso ergehen wie Vren. Stolpernd und rutschend erreichte sie den Eingang zum Infirmarium, an dem wie gewohnt der Helfensteiner Ritter Wache hielt. Nachdem sie ihn mit einem scheuen Nicken begrüßt hatte, tauchte sie in die gewohnte Umgebung ein und band sich zitternd ein Tuch vor den Mund.

Mit einem Grunzen rollte sich Conrad von der unter ihm schwitzenden Cylia und rang nach Atem. Wie immer hatte ihn die temperamentvolle Dirne an den Rand seiner Leistungsfähigkeit gebracht, doch hatte er an diesem Montag den stürmischen Liebesakt so sehr genossen wie schon lange nicht mehr. Mit dröhnendem Herzen platzierte er seine Rechte in ihrem Schritt und spielte mit ihrem zarten Geschlecht, das sie ihm gierig ein weiteres Mal entgegendrängte.

»Noch mal?«, fragte er geheuchelt erstaunt, da er genau wusste, dass das großzügige Geschenk von zwei Schillingen sie zu diesem Eifer antrieb.

»Du bist so gut«, log sie gurrend und umschloss seine sich bereits wieder aufbauende Erregung mit der Hand, um sie kurz darauf an den Mund zu führen, der sich warm und feucht darum schloss. Obschon ihm jeder Muskel im Leib schmerzte, gab Conrad dem überwältigenden Gefühl nach und ließ zu, dass sie sich rittlings auf ihn senkte, um ihm einen abschließenden Höhepunkt zu bescheren, der ihm den Verstand zu verschleiern drohte. Trotz der Tatsache, dass draußen helllichter Tag herrschte, drehte er sich danach zufrieden seufzend auf die Seite, um sich einige Zeit lang auszuruhen und das abebbende Gefühl der körperlichen Befriedigung zu genießen, das noch an diesem Abend von einem überwältigenden Triumph gekrönt werden würde.

Nachdem sich seine Gespielin mit einem gehauchten Kuss von ihm verabschiedet hatte, um sich ihren anderen Freiern zuzuwenden, stemmte sich Conrad auf den Ellenbogen und starrte auf das Bündel, das er in der Nähe der Feuerstelle abgelegt hatte. Während er die heiter tanzenden Flammen vor seinen Augen verschwimmen ließ, dachte er an die heutige Ratssitzung zurück, die ihm um ein Haar die Laune verdorben hätte.

Aufgestachelt von dem guten Geschäft, das er mit Conrad abgeschlossen zu haben vermeinte, hatte Egloff vor Beginn der Versammlung mit der Schönheit seiner neu erstandenen Braut geprahlt. Jeder, der höflich genug war, nicht sofort die Flucht zu ergreifen, hatte eine ausführliche Beschreibung der Tochter des Gießers über sich ergehen lassen müssen. Was Conrad an sich nicht im Geringsten gestört hätte, wenn nicht sowohl der Alderman als auch Henricus ihn nach der Sitzung abgefangen hätten, um ihm unverblümt zu drohen.

»Ich hatte Euch gewarnt, Conrad«, hatte ihn der Alderman mit gewitterhafter Miene wissen lassen. »Ich weiß, was Ihr mit dieser Partie bezweckt. Wenn Ihr nicht umgehend Eure Intrigen einstellt, werde ich eine Untersuchung gegen Euch einleiten, sobald dieser Rat wieder uns gehört!«

Da an diesem Tag der Bürgermeister dem Oberhaupt der Narrenzunft den Stadtschlüssel überreicht hatte, stand Ulm in den nächsten Tagen unter der symbolischen Herrschaft der Narren. Wie beinahe im gesamten Südwesten war die schwäbisch-alemannische Fastnacht in Ulm einer der Höhepunkte des Jahres, auf den die Menschen schon Monate vorher hinfieberten. Am Ende der harten und entbehrungsreichen Zeit des Winters symbolisierte sie das trotzige Aufbäumen gegen Zwänge und Beschränkungen, bevor die Fastenzeit wieder zu Frömmigkeit und Enthaltsamkeit verpflichtete. Zwar hatte Henricus die Fastnacht verbieten wollen, da mit dieser dem Teufel Tür und Tor geöffnet würde, doch hatte er sich nicht gegen die Mitglieder durchsetzen können. Sobald das bunte Treiben allerdings beendet war, hatte der Alderman gedroht, würde er eine Bestechungsbeschwerde gegen Conrad einreichen, die aller Wahrscheinlichkeit nach mit seiner Verurteilung enden würde.

»Es dürfte den zukünftigen Gemahl auch sicher nicht erfreuen, dass seine Braut bereits die Laken eines Kirchenmannes beschmutzt hat«, hatte Henricus bissig eingeworfen und Conrad angriffslustig gemustert. Mit diesen deutlichen Worten hatten die beiden ihn kochend vor Zorn stehen lassen und sich zwischen den übermütigen Narren, die den Ratssaal bereits in ein buntes Schlachtfeld verwandelt hatten, hindurchgeschlängelt. Seit am Dreikönigstag der Beginn der schwäbischen Fastnacht eingeläutet worden war, hatten die Maskenträger auf den heutigen Montag gewartet, der in wenigen Stunden in dem alljährlichen Narrensprung gipfeln würde. Als Zeichen, dass die Zeit der umgekehrten sozialen Ordnung eingeläutet war, gab der Bürgermeister sein Amt für eine begrenzte Zeit ab, in der die Stadt bis auf wenige Ausnahmen den Schabernack Treibenden gehörte, die ohne Respekt sämtliche Autoritäten parodierten.

Conrads Mund verzog sich zu einem kalten Lächeln, als er mit einem Recken der Glieder über die Bettkante rutschte, um sich in das gestohlene Häs – das aus Narrenkleid und Holzlarve bestehende Narrenkostüm – eines Fuhrmanns zu zwängen. Umständlich schnürte er die Schnallen fest, die das aus einfacher Sackleinwand gearbeitete Kostüm zusammenhielten, stülpte die geschnitzte Fratze über den Kopf und entfernte die Glocken an dem breiten Gürtel, in den er die lange Peitsche der Fuhrleute steckte. Der Plan, der kurz nach der Auseinandersetzung mit dem Alderman und Henricus in seinem Kopf Gestalt angenommen hatte, war von solcher Eleganz und Einfachheit, dass er sich selbst dafür bewunderte.

Ohne auf die tanzenden und tollenden Betrunkenen zu achten, hatte er sich in eine der abgelegeneren Gassen der Stadt geschlichen, wo wie vermutet bereits die ersten Alkoholleichen ihren Rausch ausschliefen. Sobald er gefunden hatte, was er suchte, hatte er dem schnarchenden Mann das Häs über den Kopf gezogen, ihn halb nackt zurückgelassen und sich ins Badehaus begeben, um den Aufruhr in seinem Inneren zu beruhigen. Was ihm gelungen war! Sein Lächeln verbreiterte sich zu einem Grinsen, als er die eigenen Kleider in den Sack stopfte, diesen schulterte und unerkannt das Hurenhaus verließ. Angewidert stieß er einen bis zur Besinnungslosigkeit Betrunkenen von sich, dessen besudelte Tracht ihn als einen der unzähligen Wilden Männer auswies, und schüttelte den Kopf, als der Mann mit dem Gesicht voraus in den Schnee fiel. Geschützt hinter der schweren Holzlarve, machte sich Conrad auf ins Zentrum des Treibens, das seinen Höhepunkt erreichen würde, sobald sich die Dämmerung über die Stadt senkte. Wenn sein Plan aufging, würden mit dem Einbruch der Dunkelheit all seine Probleme auf einen Schlag ausgelöscht!

Kapitel 33

Das immer mehr anschwellende Gegröle in seinem Rücken ließ Bertram die Schritte beschleunigen. Nachdem Göswin und er eine der großen Glocken gehoben hatten, war der Knabe erst jetzt dazu gekommen, sich auf den Weg zu den *Drei Kannen* zu machen, um ihre lang ersehnte Mahlzeit abzuholen. Wie immer, wenn er später kam als gewöhnlich, hatte Ursella ihn scherzhaft gescholten, ihm jedoch im selben Atemzug wieder vergeben und einen Leckerbissen zugesteckt.

Wenngleich es erst kurz nach Anbruch der vierten Stunde war, herrschte bereits beinahe vollkommene Finsternis, die jedoch allerorts von den Fackeln der Feiernden aufgehellt wurde. Zwar schien sich der Nebel von Minute zu Minute zu verdichten, doch da Bertram keinen Wert darauf legte, von den Narren entdeckt zu werden, kam ihm dieser Umstand sehr gelegen. Nach dem Ende des Narrensprungs – des offiziellen Umzugs der Narrenzünfte – hatten sich die Männer in kleine Grüppchen zerstreut, um in den unterschiedlichen Tavernen und Herbergen der Stadt die Ausschweifungen fortzusetzen. Mit Schaudern erinnerte sich Bertram daran, wie ihn eine Gruppe als alte Weiber verkleideter Kerle vor einigen Jahren in einen Bottich mit eiskaltem Wasser getaucht hatten, weil er ihnen nicht rechtzeitig aus dem Weg gegangen war. Abgesehen von der Tracht Prügel, die sein Vater ihm verabreicht hatte, hatte er sich eine furchtbare Erkältung eingefangen, die ihn über eine Woche ans Bett gefesselt hatte.

Der ohrenbetäubende Knall einer Fuhrmannspeitsche ließ ihn zusammenfahren und sich nervös umblicken. Als sich weitere Schläge dazugesellten, legte er lauschend den Kopf auf die Seite und beschloss, einen Umweg zu machen.

»Tuet Buße, tuet Buße«, fistelte eine lächerliche Falsettstimme, bevor ein weiterer Knall durch die Luft hallte. »Wir sind Heilige Geißler.« Brüllendes Lachen begleitete diesen Ausspruch, das jedoch augenblicklich in weiteren Peitschenschlägen unterging. »Verdammt, das hat wehgetan!«, röhrte kurz darauf ein Bass, und es folgte das Geräusch eines Faustschlages.

Ohne einen Laut von sich zu geben, schlich Bertram am Eingang der Gasse vorbei, an deren Ende der Spaß soeben in ein wüstes Handgemenge überging, und wäre beinahe mit einem Paar junger Männer zusammengestoßen, die sich in eine Nische zurückgezogen hatten. Entsetzt riss er die Augen auf, als ihm klar wurde, was die beiden taten. Doch bevor sich der Stehende von dem Gebückten gelöst hatte, war er bereits wieder im Nebel verschwunden.

Was für eine furchtbare Zeit!, dachte er und hielt einen Moment inne, um sich zu orientieren. Zwar war er den Fuhrleuten ausgewichen, doch hatte er dabei nicht darauf geachtet, wo er hingelaufen war. Lag die Glockenhütte links oder rechts von ihm? Stirnrunzelnd wandte er sich nach links, da ihm einige der schemenhaften Häuser bekannt vorkamen, schrak jedoch zusammen, als urplötzlich drei feuerrot angemalte Teufelsmasken vor ihm auftauchten.

»Aaaaah«, knurrte einer der Männer. »Frischfleisch!«

Mit einem kehligen Schrei stürzte er vor und wollte Bertram am Kragen seines Leibrockes packen, doch geistesgegenwärtig rammte dieser ihm den Korb in den Bauch und nahm die Beine in die Hand, ohne einen Gedanken an das auf dem Kopfsteinpflaster verstreute Essen zu verschwenden.

»Da lang!«, hörte er eine der Teufelsparodien zischen. »Er ist dort hinein.«

Mit klopfendem Herzen hastete Bertram weiter in den Schlund der engen Häuserschlucht, die sich vor ihm auftat, während sich die trampelnden Schritte seiner Verfolger immer weiter näherten. Er wollte gerade in einen bogenförmigen Durchgang flüchten, als er mit dem Fuß gegen etwas Weiches stieß und der Länge nach hinschlug. Anstatt des erwarteten schmerzhaften Aufpralls fing seinen Sturz jedoch ein riesiger Haufen Lumpen ab, hinter dem er sich blitzschnell verkroch, als die Schatten der drei Teufel aus dem Dunst auftauchten.

»Er kann nicht weit sein«, bemerkte einer von ihnen und wies auf das Ende der Gasse. »Dort entlang.« Heftig atmend eilten die Narren ihrem Anführer hinterher, während Bertram sich tiefer hinter dem verkroch, was er für einen Berg abgelegter Kleider hielt. Als das Tosen des Blutes in seinen Ohren allmählich abklang, wagte er es, sich etwas höher zu schieben und hätte beinahe laut aufgeschrien, als seine Finger kalte Haut ertasteten. Entsetzt wich er an die Häuserwand zurück und rieb die Handfläche an der Hose, bis diese vor Schmerz brannte.

Allmählich gewöhnten sich seine Augen an die Dunkelheit, und als er nach einigem Blinzeln erkannte, worin er sich verborgen hatte, stieg ihm würgende Übelkeit in die Kehle. Unter achtlos über die Körper geworfenen Tüchern stapelte sich etwa ein halbes Dutzend Pesttoter, die nach ihrem Zustand zu urteilen bereits mehrere Tage hier liegen mussten. Da der allgegenwärtige Verwesungsgestank inzwischen die gesamte Stadt wie eine Glocke einhüllte, hatte seine Nase ihn nicht gewarnt.

Er wollte sich gerade aufrappeln und wie von Furien gehetzt davonmachen, als ihn ein unerwartetes Geräusch vom entgegengesetzten Ende des Durchganges her zusammenfahren ließ. Dort – hervorgehoben von den Fackeln eines vorbeiziehenden Fastnachtszuges – zeichneten sich zwei hochgewachsene Gestalten ab, von denen eine in das Flickengewand eines Narren gehüllt war. Die andere, deren Gang wirkte, als sei sie betrunken, torkelte mit sichtlichem Widerwillen vor dem Hästräger her. Erst als sie keine zwei Steinwürfe mehr von ihm entfernt waren, erkannte Bertram, dass der Verkleidete seinem Begleiter eine Klinge an die Kehle gesetzt hatte. Starr vor Schreck vergaß er seinen Ekel und drängte sich dicht an die Toten, um mucksmäuschenstill zu beobachten, wie der Maskenträger den anderen Mann mit einem Ruck umwandte, um ihm das Knie in den Bauch zu treiben. Als der so Misshandelte mit einem Stöhnen in sich zusammensackte, steckte der Narr die Klinge in den Gürtel, von dem er etwas losmachte, das Bertram kurz darauf als Fuhrmannspeitsche erkannte.

»Ihr hättet mir nicht drohen sollen«, zischte der Verkleidete, riss den etwas kleineren Mann in die Höhe und schlang von hinten die Geißel um dessen Hals. Mit einem heiseren Lachen zog er die so entstandene Schlinge fest, was zur Folge hatte, dass sein Opfer in Todesangst begann, wild um sich zu schlagen. »Es ist Eure eigene Schuld«, fauchte der Größere und beugte sich vor, um die Lederschnur nachzufassen.

Während Bertram gelähmt vor Grauen jeder Bewegung des Mörders folgte, geschahen mehrere Dinge auf einmal.

»Wer ist dort?«

So unvermittelt unterbrach die forsche Stimme den bizarren Todestanz, dass der Angreifer für den Bruchteil eines Augenblickes den Griff lockerte. Während sich der Schein einer einsamen Fackel in die Tiefen der Gasse vortastete, schoss der Arm des um sein Leben kämpfenden Mannes nach oben und riss dem Angreifer die hölzerne Larve vom Gesicht. Mit einem ohrenbetäubenden Klappern schlug diese im selben Moment auf dem Boden auf, in dem der so Demaskierte die Hände hinter dem Kopf seines Opfers verschränkte und diesem mit einem heftigen Ruck das Genick brach.

»Gebt Euch zu erkennen!«

Sowohl das Klirren einer Rüstung als auch die tanzenden Schatten verrieten, dass der Fackelträger nicht mehr weit entfernt sein konnte; und nachdem er sich mit einem Tritt versichert hatte, dass der am Boden liegende Mann tot war, hastete der Mörder mit einem Blick über die Schulter in Bertrams Richtung.

»Bleibt stehen!«, befahl der in diesem Moment auftauchende Wächter, und als der Kopf des Fliehenden zurückzuckte, entfloh Bertram ein heiserer Ausruf. Deutlich erkannte er die schmalen Lippen und harten Gesichtszüge des Glockengießers, dessen Augen sich zu Schlitzen verengten, als er der Gestalt des aufgesprungenen Knaben gewahr wurde. Die Schrecksekunde, in der sich der Blick des Meisters in Bertrams Augen bohrte, schien ewig zu währen, doch da der Fackelträger kaum mehr zwanzig Schritte entfernt war, ergriff der Gießer mit einem gotteslästerlichen Fluch die Flucht.

Obschon ihm das Entsetzen die Glieder einfrieren lassen wollte, kroch Bertram wieselflink über den Leichenberg, kam mit zitternden Knien auf die Beine und gab ebenfalls Fersengeld.

»Bleib stehen!«, donnerte der Ritter, doch blind vor Furcht und taub vor Grauen stob der Knabe Hals über Kopf davon.

»Was in drei Teufels Namen war das?«, brummte Baldewin, der den beiden von den Schwaden verschluckten Gestalten kopfschüttelnd nachstarrte, bevor er sich in der übel riechenden Gasse umsah. Kaum fiel sein suchender Blick auf den zusammengesunkenen Mann in der Nähe des Durchgangs, sog er scharf die Luft durch die Zähne und stieß einen weiteren Fluch aus. Vorsichtig näherte er sich dem Toten, beleuchtete die grotesk verzerrten Züge und ging in die Knie, um zwei Finger an den Hals des Mannes zu legen, dessen Kleidung ihn als Mitglied der Oberschicht auswies. Vermutlich war er das Opfer eines Diebes geworden, dachte Baldewin, der sich langsam aufrichtete, um sich erneut forschend umzublicken. Obschon die Chancen, einen der beiden Flüchtigen zu ergreifen, verschwindend gering waren, folgte er der Richtung, in die sie verschwunden waren, um sich kurz darauf auf einer Wegkreuzung wiederzufinden. Als er dort jedoch lediglich auf einen Zug betrunkener Narren stieß, die ihn derb beschimpften, schüttelte er resigniert den Kopf und trottete zurück zu dem Ermordeten. Ärgerlich, nicht schneller reagiert zu haben, beugte er sich erneut über den Toten und suchte nach einer Erklärung. Trotz der schlechten Sicht war er sicher, dass es sich bei dem Schemen, der zuerst die Flucht ergriffen hatte, um den Mörder handelte. Nicht nur das deutlich zu erkennende Häs, das zu der im Schnee liegenden Holzlarve gehören musste, sprach für diese Beobachtung. Auch schien die zweite Gestalt viel zu schmächtig, um die Tat begangen zu haben, die Baldewin von Weitem beobachtet hatte. »Mist«, grollte er und kratzte sich unschlüssig am Kinn. Wo sollte er zu dieser Stunde einen Stadtwächter auftreiben? Verwünschungen murmelnd beschloss er, sich auf den Weg zum Rathaus zu machen, da in der dort untergebrachten Wachstube die Wahrscheinlichkeit am größten war, auf nüchterne Mitglieder der Wache zu treffen. Zwar ließ er die Gräfin nicht gerne ungeschützt in der Herberge zurück, in die sie erst heute eingezogen war, doch duldete diese Angelegenheit keinen Aufschub. Mit missfällig gerunzelten Brauen bahnte er sich einen Weg durch die enthemmten Feiernden, deren wildes Treiben seiner Ansicht nach in respektlosem Gegensatz zu dem allgegenwärtigen Leiden und Sterben stand. Er schnaubte und versetzte einer barbusigen Dirne, die ihm ihre Brüste unter die Nase hielt, einen groben Stoß. Angewidert stieg er über einen Haufen Zecher, die sich übereinander erbrachen, und trat einen leeren Weinschlauch zur Seite, auf den sich auf der Stelle ein zerlumpter Bettler stürzte. Wie konnten diese Menschen sich nur so verhalten?, fragte er sich ärgerlich und wandte den Blick von einem halben Dutzend junger Burschen ab, die es sich auf einer leeren Totenbahre gemütlich gemacht hatten. Vermutlich wollten sie sich durch diese Ausschweifung ihre Lebendigkeit beweisen, dachte Baldewin verächtlich und schlug einen Haken um ein auf offener Straße kopulierendes Paar. Als er nach kurzer Zeit sein Ziel erreichte, atmete er erleichtert auf, bevor er an die Tür der Wachstube klopfte.

Heftig keuchend lehnte Conrad den Rücken gegen die Tür und kämpfte einige Zeit lang um Fassung, bevor er sich mit fliegenden Fingern das Häs vom Leib riss und es mitsamt der Fuhrmannspeitsche in dem Strohhaufen versteckte, der Bertram als Schlafunterlage diente. Wie hatte es nur dazu kommen können, dass ausgerechnet sein Lehrling ihn bei der Tat beobachtete, die Conrad an den Galgen bringen würde, sollte der Bursche reden?! Verdammt! Verdammt! Verdammt!, fluchte er innerlich und versicherte sich, dass der Griff der Peitsche so weit aus dem Stroh ragte, dass man durch Zufall mit dem Fuß daran stoßen konnte. Er musste den Bengel loswerden! Trotz des zunehmenden Arbeitskräftemangels und der Tatsache, dass er eigentlich nicht auf ihn verzichten konnte, musste er das finanzielle Risiko in Kauf nehmen und ihn zur Schlachtbank führen.

Er wischte sich mit dem Handrücken den kalten Schweiß von der Stirn, bevor er die Tür wieder aufdrückte, sich versicherte, dass die Luft rein war, und zurück in die Nacht hastete. Als ihn der Nebel wieder verschluckt hatte, atmete er einige Male tief durch und legte sich den Plan zurecht, mit dem er seinen Hals aus der Schlinge ziehen würde. Tief in die Schatten der Häuser geduckt, huschte er nach Süden, um in einem weiten Bogen zum Ort des Verbrechens zurückzukehren. Unterwegs hielt er mehrere Male inne, presste sich in Kelleraufgänge und winzige Höfe, um den Feiernden auszuweichen und etwas Zeit verstreichen zu lassen. Auf keinen Fall wollte er, dass sich später jemand daran erinnerte, aus welcher Richtung er aufgetaucht war. Wie hatte es nur dazu kommen können?, fragte er sich erneut wütend, bevor er zurück zu der Gasse schlich, in der er den Alderman zurückgelassen hatte. Wenn er Alarm schlagen und sich als Augenzeugen ausgeben würde, könnte er die daraufhin gerufenen Wächter dazu bringen, die Kate des Jungen nach der Waffe zu durchsuchen, mit der die Tat verübt worden war. Wenn niemand allzu genaue Fragen stellte, würde der Bursche einen hervorragenden Sündenbock abgeben! Nachdem er sich relativ sicher war, dass der Fackelträger ihn aufgrund der dichten Schwaden nicht hatte erkennen können, ging er damit kaum ein Risiko ein. Im Zweifelsfalle konnte er diesen sogar als weiteren Zeugen für die Verkleidung des Mörders ins Feld führen.

Als er eine halbe Stunde später die Häuserecke umrundete, blieb er erstaunt stehen, da sich bereits eine riesige Menschentraube um den Toten versammelt hatte.

»Zurück!«, ertönte eine autoritäre Stimme aus dem Inneren des Kreises, und kurz darauf teilten zwei Bewaffnete die Menge der Gaffer, die halb ungläubig, halb entgeistert auf den Leichnam des Aldermans hinabstarrten. »Zurück!«

Ein mit einem Schellengewand bekleideter Narr kreischte empört auf, als ihn der Knüppel eines Wächters in die Rippen traf, sprang jedoch unverzüglich aus dem Weg, als der grimmig dreinschauende Mann den Stock erneut hob.

»Gibt es außer dem Ritter dort noch weitere Zeugen?«, fragte das Oberhaupt der Stadtwache, das ebenfalls anwesend war. Und obschon Conrad einen winzigen Moment lang erwog, sich in die Ansammlung zurückfallen zu lassen, drängte er sich in den Vordergrund und hob die Hand. »Ich habe den Täter gesehen«, platzte er hervor und unterdrückte nur mit Mühe ein zufriedenes Lächeln, als sich ihm sowohl neugierige als auch fassungslose Gesichter zuwandten.

»Seid Ihr sicher?«, fragte der Anführer der Wache streng, und als Conrad nickte, fasste er ihn am Arm und führte ihn ein wenig abseits.

»Ich habe die Tat beobachtet«, log Conrad. »Und bin dem Mörder gefolgt.« »Habt Ihr ihn erkannt?« Fragte der Hauptmann mit einem Seitenblick auf den Ritter, der den Kopf schüttelte, als habe der Mann ihn angesprochen. Zufrieden registrierte Conrad diese Reaktion und riss gespielt entsetzt die Augen auf. »Nein, leider nicht. Bis zu den *Drei Kannen* bin ich ihm auf den Fersen geblieben.« Er hob entschuldigend die Achseln. »Aber dann habe ich ihn verloren.« Der Wächter grübelte einen Moment nach, bevor er an seine Männer gewandt befahl: »Durchsucht alle Häuser im Umkreis der Herberge. Er kann nicht weit sein. Jeder, der eine Fuhrmannstracht ohne Larve besitzt, wird verhaftet!« Damit kehrte er Conrad den Rücken und machte Anstalten, sich selbst an der Suche zu beteiligen.

Kapitel 34

Bertram, wir müssen noch heute Nacht fliehen!« Mit bleichem Gesicht warf Anabel die Tür hinter sich ins Schloss und trat auf Bertram zu, der am ganzen Leib bebend in der Mitte des winzigen Raumes stand. Seine halb geöffneten Lippen bewegten sich lautlos, während er mit den Fingern krampfhaft den Stoff seines wollenen Umhanges knetete.

»Was ist geschehen?«, fragte sie furchtsam, als er keine Reaktion zeigte, sondern weiterhin mit leerem Blick vor sich auf den Boden starrte. »Bertram? Was ist mit dir?« Die Sorge ließ ihre Stimme schrill erscheinen, und als sie ihn sanft an den Armen fasste, schreckte er heftig zusammen. Die weit aufgerissenen Augen wirkten beinahe schwarz im schwachen Licht der Kerze, die Anabel in einen Halter gesteckt hatte, und seine Nasenflügel bebten, als er um Fassung rang.

»Dein Vater«, stieß er schließlich tonlos hervor und zog die Unterlippe zwischen die Zähne, um so heftig an ihr zu nagen, dass sie sofort aufplatzte. »Er hat einen Mann getötet.«

»Was?!« Fassungslos suchte sie seinen Blick, in dem so viel ungeschminktes Entsetzen lag, dass sie ihre eigenen Sorgen vergaß. »Was redest du da?«

Ein Zittern durchlief seinen Körper, bevor er schwach hinzusetzte: »Er hat einem Mann das Genick gebrochen.« Er schlug die Hände vors Gesicht. »Und ich habe ihn dabei beobachtet.« Alle Geräusche schienen aus der Luft gewischt, als die volle Bedeutung dieser Worte in Anabels Bewusstsein vordrang, und sie ließ sich schwer auf einen der Strohhaufen sinken. »Er hat mich auch gesehen.« Bertram fiel neben sie und raufte sich den dunklen Schopf.

»Wir müssen fliehen!«, wiederholte Anabel und presste die Knöchel gegen die Schläfen, um einen klaren Kopf zu bekommen. »Wenn es stimmt, was du sagst, wird er dich auch umbringen!« Diese Erkenntnis traf sie mit solcher Wucht, dass sie sich mit einem Wimmern zusammenkrümmte. Ein Schluchzen wollte in ihrer Kehle aufsteigen, das sie jedoch mit einem energischen Schlucken vertrieb, bevor sie sich nach einigen Augenblicken auf die Knie stemmte und Bertrams Hände in die ihren nahm. »Lass uns keine Zeit verlieren«, drängte sie flehend und rappelte sich auf, um ihre spärlichen Habseligkeiten zusammenzusuchen und in einen kleinen Beutel zu stopfen. Da Bertram seit Wochen aufbruchbereit war, hing sein Bündel bereits an einem Haken neben der Tür, und nachdem Anabel sich versichert hatte, dass sie nichts vergessen hatten, schob sie den jungen Mann in Richtung Ausgang. »Komm.«

Sie hatte die Tür beinahe erreicht, als sie mit dem Fuß gegen etwas Hartes stieß, das unter einem der Strohhaufen hervorlugte. Trotz der Eile darauf bedacht, nichts zurückzulassen, bückte sie sich nach dem Gegenstand und zog mit gerunzelter Stirn eine Ochsenpeitsche hervor, die sie noch niemals zuvor gesehen hatte. »Was ist das?«, fragte sie verdutzt und ging erneut in die Hocke, um ein zweites Objekt von den Halmen zu befreien. Verständnislos hielt sie Geißel und Flickengewand in den Händen und blickte erschrocken auf, als Bertram einen heiseren Schrei ausstieß.

»Nein!«, krächzte er und wollte vor ihr zurückweichen, doch kaum hatte er den ersten Schritt getan, krachte das hölzerne Tor gegen seinen Rücken und schleuderte ihn so hart zu Boden, dass ihm das Blut aus der Nase schoss.

»Das ist er!«, dröhnte Conrad, der von einem Pulk Bewaffneter begleitet in die Hütte drängte, um anklagend auf die Dinge in Anabels Händen zu weisen. »Kostüm und Peitsche«, triumphierte er. »Aber keine Maske.«

Bevor Anabel begriff, was vor sich ging, hatte ihr einer der hünenhaften Wächter die Gegenstände entwunden, sie zur Seite gestoßen und zweien seiner Begleiter befohlen, Bertram festzunehmen.

Während einer der Männer dem Knaben das Knie in den Rücken bohrte und seinen Kopf in den Staub drückte, fesselte der andere ihm die Handgelenke. Nachdem dies geschehen war, riss er den Jungen grob auf die Füße und rammte ihm die Faust in den Magen.

»Nicht!«, kreischte Anabel. »Er hat nichts getan.«

Bevor sie die Männer davon abhalten konnte, Bertram erneut zu schlagen, vertrat ihr der Anführer den Weg und hob drohend die Hand. »An deiner Stelle würde ich mich nicht einmischen«, knurrte er. »Man könnte sonst auf den Gedanken kommen, du hättest ebenfalls etwas damit zu tun.«

»Nein, nein«, schritt Conrad ein. »Es war nur einer.« Ohne unter dem hasserfüllten Blick, den seine Tochter ihm zuwarf, zu schrumpfen, schenkte er dieser ein öliges Lächeln. »Diese da ist meine Tochter«, fügte er an den Wächter gewandt hinzu. Damit griff er nach der Fackel, die einer der Bewaffneten ihm reichte, und hielt sie dicht vor Bertrams Gesicht. »Das ist er«, bestätigte er nickend und reichte die Fackel zurück. »Ich bin mir ganz sicher.«

Damit war die Angelegenheit für die Bewaffneten erledigt, und nachdem der Anführer den Befehl gegeben hatte, die Kate gründlich zu durchsuchen, schleppten die Wächter ihren heftig aus der Nase blutenden Gefangenen in die vom Zechlärm erfüllte Nacht hinaus.

»Das könnt Ihr nicht tun!«, schluchzte Anabel und stolperte dem Zug hinterher, ohne der zornigen Miene ihres Vaters Beachtung zu zollen. »Er ist unschuldig.«

Mit einem Kopfnicken gab der Befehlshaber einer der Wachen zu verstehen, sich um sie zu kümmern, woraufhin diese sich breitbeinig vor Anabel aufbaute und ihr den Weg verstellte. »Du kannst nicht mitkommen«, brummte der Mann mürrisch. »Er wird ins Gefängnis geschafft.« Als sie versuchte, sich an ihm vorbeizudrängen, packte er sie hart am Arm und schüttelte sie. »Geh zurück nach Hause. Oder du wirst es bereuen!«

Der Schmerz ernüchterte die hysterische junge Frau, und wenngleich sie ihm am liebsten ins Gesicht gebrüllt hätte, senkte sie resigniert den Kopf und nickte gehorsam. Nachdem er sie zur Glockenhütte zurückgeleitet hatte, warf er ihr einen letzten warnenden Blick zu und verschwand im Nebel.

Unendliche Stunden schienen verstrichen zu sein, als Anabel es endlich wagte, dem Befehl zuwiderzuhandeln und erneut in die turbulente Nacht hinauszuschleichen. Die Kapuze ihrer Glocke tief ins Gesicht gezogen, vermied sie die brodelnden Straßen und Tavernenvorhöfe und eilte ohne sich umzublicken nach Süden. Da das Gefängnis der Stadt im Metzgerturm – einem Teil der Stadtmauer – untergebracht war, wandte sie sich kurz hinter dem Rathaus nach links, um die steile Gasse hinab zu dem schief aufragenden Gebäude zu huschen und sich dort im Schatten der schäbigen Wohnhäuser der Armen zu verstecken. Die in eisernen Haltern flackernden Fackeln tauchten die Umgebung des Turms in ein gespenstisch gelbliches Licht, das die hier gehäuft auftretenden roten Tücher an den zugenagelten Türen aufleuchten ließ. Mit einem Schaudern malte Anabel sich die im Inneren eingesperrten Kranken aus, denen in diesem Viertel der Stadt keinerlei Hilfe zuteilwurde.

Ein Klappern in ihrem Rücken ließ sie herumwirbeln, doch es handelte sich lediglich um einen Fensterladen, der im leichten Wind hin- und herschaukelte. Frierend rieb sie die Handflächen aneinander, während sie jede Bewegung der vor dem Gefängnis Wache stehenden Männer beobachtete. Hatten sie Bertram bereits hierher gebracht oder wurde er in der Wachstube verhört? Nicht sicher, wie eine Verhaftung vor sich ging, kauerte sie sich hinter ein umgedrehtes Holzfass und wartete ab. Immer wieder erschienen Bewaffnete mit zum Teil übel zugerichteten Gefangenen, die sie dem Kerkermeister unter derben Scherzen und groben Schlägen übergaben. Hie und da drang ein Schrei aus dem Inneren des Turms, der Anabel das Blut in den Adern gefrieren ließ. Stunde um Stunde verstrich, ohne dass Bertram am Eingang des Gefängnisses auftauchte, und als Anabel schließlich die Zehen abstarben, beschloss sie schweren Herzens, sich auf den Weg zurück zur Glockenhütte zu machen.

Erschöpft und ausgelaugt trottete sie blindlings durch den Dunst und wollte gerade in die Straße einbiegen, an deren Ende das Haus ihres Vaters lag, als wie aus dem Nichts drei riesige Kerle vor ihr auftauchten, die sie im Handumdrehen umringten.

»Na, meine Schöne«, lallte der größte von ihnen. »Was machst du denn so ganz allein?« Eine Pranke schlang sich von hinten um Anabels Taille, und bevor sie sich versah, hatte einer der Männer sie vom Boden aufgehoben, um sie wie eine Puppe hin- und herzuschleudern.

»Hört auf damit!«, rief sie erschrocken und trat um sich, um die anderen davon abzuhalten, unter ihre Röcke zu fahren. »Lass mich runter!«

Der Griff um ihre Mitte verstärkte sich, als der Riese sie fester an sich presste, um ihren Hals mit feuchten Küssen zu bedecken. »Zier dich doch nicht so«, prustete er und knabberte an ihrem Ohr. »Es ist Fastnacht.«

Mit einem schrillen Schrei brachen sich Furcht, Panik und unverhofft aufwallender Zorn Bahn, als Anabel ohne nachzudenken den Ellenbogen anwinkelte und ihrem Bedränger in die Magengrube rammte. Ein Schmerzenslaut entrang sich dem betrunkenen Narren, bevor er seine Beute freigab und schwankend in die Knie brach. Kaum hatten sie begriffen, was mit ihrem Kameraden geschehen war, wollten sich die beiden anderen auf das am Boden liegende Mädchen stürzen, das sich jedoch mit der Behändigkeit einer Katze aufrappelte und zwischen ihren Beinen davonschlüpfte. Zu benebelt, um rechtzeitig zu reagieren, blieb den beiden nichts anderes übrig, als ihr lästerliche Obszönitäten hinterherzubrüllen, die jedoch lediglich von den Häuserwänden widerhallten.

Mit bis zum Hals hämmerndem Herzen flog Anabel über das schlüpfrige Kopfsteinpflaster und hielt erst an, als sie die Glockenhütte erreicht hatte. Dort blickte sie sich heftig atmend über die Schulter um, bevor sie in Bertrams Kate schlüpfte und die aufgebrochene Tür hinter sich zuschlug.

Einige Zeit lauschte sie in die Dunkelheit, die in wenigen Stunden der Dämmerung weichen würde, während sich die Gedanken in ihrem Kopf jagten. Wie war so eine himmelschreiende Ungerechtigkeit möglich?, fragte sie sich bitter und verzog freudlos den Mund, als sie an den Morgen dieses Tages zurückdachte. Der Kuhhandel mit dem Fernhändler, an den ihr Vater sie mehr oder weniger verschachert hatte, erschien ihr im Licht der Ereignisse der Nacht lächerlich und unbedeutend. Hatte sie bei ihrer Ankunft im Hospital noch mit ihrem Schicksal gehadert und sich zum wiederholten Mal gefragt, warum Gott sie so hart bestrafte, verblasste ihr eigenes Schicksal vor Bertrams Verhaftung zur Unbedeutsamkeit. Ihre Beine versagten den Dienst. Mit einem gequälten Stöhnen ließ sie sich auf die Knie fallen und umfasste das Kruzifix um ihren Hals. Wie hatte sie sich geschämt, Katharina von Helfenstein zu belügen! Da diese am heutigen Tag in eine Herberge umgezogen war, hatte sie Anabel gebeten, ihr für die Dauer ihres Aufenthalts in Ulm als Zofe zu dienen. Rot vor Scham hatte das Mädchen dieses Angebot angenommen – wohl wissend, dass am nächsten Morgen bereits mehrere Meilen zwischen ihr und der Reichsstadt liegen würden. Doch jetzt hatte sich alles geändert! Tränen der Machtlosigkeit rannen ihre Wangen hinab und tropften in das trockene Stroh. Wieder einmal hatte ihr Vater das Leben eines Unschuldigen zerstört! Überwältigt von dem Aufruhr der Gefühle senkte sie den Kopf und ließ ihrer Trauer freien Lauf, bis sich ihre Schluchzer in einen abgehackten Schluckauf verwandelten. Zittrig wischte sie sich über die Augen und holte stockend Atem. Sie würde Bertram ausfindig machen und seine Unschuld beweisen! Und wenn sie dafür ihr eigenes Leben riskieren musste!

Der Blick ihrer verweinten Augen fiel auf das achtlos am Boden liegende Bündel. Unsicher, beinahe vorsichtig streckte sie die Hand danach aus und zog es näher, während sich in ihrem Gehirn ein Plan formte. Sie würde die Stellung als Zofe antreten, beschloss sie trotzig und stemmte sich auf. Auch wenn es sich nur um einige Tage handelte, bot ihr dieses Angebot wenigstens die Möglichkeit, der Gewalt ihres Vaters zu entkommen. Mit schwachen Beinen steuerte sie auf den Ausgang zu, um sich erneut in die Nacht hinauszuwagen. Je schneller sie diesen Ort verließ, desto besser. Ganz egal, was geschah, schwor sie sich, sie würde eher sterben, als die Gemahlin dieses alten Bockes Egloff zu werden!

Etwas zuversichtlicher zog sie die Tür hinter sich ins Schloss und verschwand im Nebel, ohne sich ein letztes Mal umzublicken.

Kapitel 35

Schlotternd vor Kälte, Schmerz und Todesangst fixierte Bertram mit seinem nicht zugeschwollenen Auge den einfachen Steinboden der Wachstube, in der er seit mehreren Stunden festgehalten wurde. Die Stricke um seine Handgelenke waren inzwischen schweren Eisenketten gewichen, die durch einen Ring in der Wand gezogen worden waren. Außer dem einsilbigen Wachmann, der an dem groben Holztisch in der Mitte der Stube in einer Schale herumstocherte, befanden sich noch zwei Bewaffnete und ein weiterer Gefangener in dem Raum, der nach Schweiß und Erbrochenem stank. Hinter einer schweren Eichentür am anderen Ende der Stube murmelten immer noch die gedämpften Stimmen des Hauptmannes, dreier weiterer Männer und des Glockengießers, der Bertram eine eindringliche Warnung ins Ohr geflüstert hatte. »Wenn der kleinen Schlampe kein Leid geschehen soll, behalte deine Lügen für dich!« Entsetzt über die Kaltschnäuzigkeit, mit der Conrad ihm in einem Atemzug drohte und die Wahrheit verdrehte, hatte Bertram lediglich den Mund aufgerissen, den sofort darauf der Schlag eines Wächters getroffen hatte. Zwar hatte seine Lippe inzwischen aufgehört zu bluten, und auch das Pochen in seiner Nase hatte nachgelassen. Doch schienen ihn Furcht und Grauen von innen her aufzufressen. Seine nach oben gebundenen Arme wurden immer schwerer, doch als er die Wachen gebeten hatte, seine Ketten ein wenig zu lockern, hatten diese lediglich höhnend gelacht. Vor einiger Zeit hatte ein Bediensteter den durch die Tür abgetrennten Raum verlassen, um kurz darauf mit einem prunkvoll gekleideten Patrizier und einem verhüllten Franziskanerbruder zurückzukehren, doch seitdem hatte sich nichts weiter getan.

Was würde mit ihm geschehen?, fragte er sich zum wohl hundertsten Mal, während er versuchte, die Stellung so zu verändern, dass der stechende Schmerz in seinen Schultergelenken nachließ. Was, wenn sie Conrad glaubten und ihn des Mordes bezichtigten? Ein Schauer ließ ihm die Zähne aufeinanderschlagen. Er malte sich gerade aus, wie der Gießer ihn vor den anderen verleugnete, als ohne Vorwarnung die eisenbeschlagene Tür aufsprang und die fünf Männer in die Stube traten.

»Ist er das?«, fragte der Patrizier hochmütig und trat an Bertram heran, um ihn mit kühlem Blick zu mustern. »Hmm, er sieht nicht gerade aus wie ein Mörder.«

»Meist täuscht der Schein«, ließ sich der Mönch vernehmen, der es dem reichen Bürger gleichgetan und sich Bertram genähert hatte. »Aber ihr habt recht«, versetzte er und wandte sich zu Conrad um. »Da ist noch etwas, das mich zweifeln lässt.«

Die Feindseligkeit in seiner Stimme verlieh Bertram Hoffnung. Offensichtlich war der Franziskaner nicht gut auf Conrad zu sprechen, da er diesen mit unverhohlener Abneigung anfunkelte. »Was für einen Grund sollte dieser Bursche haben, der ja immerhin Euer Lehrling zu sein scheint, den Alderman umzubringen?«

Den Alderman?! Entsetzt riss Bertram den Kopf in die Höhe. Conrad hatte den Alderman getötet!

Das Lachen des Gießers ließ ihm die Galle in die Kehle schießen. »Eine interessante Frage, Henricus«, erwiderte Conrad seelenruhig. »Das hatte ich mich auch schon gefragt. Aber Ihr könnt nicht wissen, dass dieser Knabe mehr als einmal geschworen hat, das Schicksal seines Vaters zu rächen.« Der Triumph, der in seinen Augen glühte, war nicht zu übersehen. »Immerhin hat der Ermordete seinen Vater aus der Zunft ausgestoßen und dafür gesorgt, dass er Haus und Hof verliert.« Dass er Bertram in die Sklaverei verkauft hatte, ließ er aus, doch diese Information war nicht mehr nötig, um die Anwesenden zu überzeugen. Lediglich der Mönch schüttelte skeptisch den Kopf.

»Ist es nicht eher so, Conrad«, hub er mit einem listigen Blinzeln an, »dass Ihr diesen Umstand für Euch ausnutzt, um eine Tat zu vertuschen, die Ihr selbst begangen habt?« Die Schwere dieser Anschuldigung ließ sowohl die Wächter als auch den Patrizier, bei dem es sich um den Richter handeln musste, aufhorchen. Auch Bertram hob hoffnungsvoll den Kopf.

»Wolltet Ihr dem Getöteten nicht seinen Posten im Rat streitig machen?«, setzte Henricus hinzu und hob anklagend den Zeigefinger. »Und als er Euch heute Morgen gedroht hat, eine Untersuchung gegen Euch einzuleiten, habt Ihr beschlossen, das Schicksal in die eigenen Hände zu nehmen!«

»Ist das wahr?«, dröhnte der Hauptmann und gab den beiden Torwachen zu verstehen, näher an Conrad heranzutreten.

Einige Sekunden lang schien die Spannung im Raum zu knistern, bevor Conrad die Schultern straffte und empört die Stirn in Falten legte. »Es stimmt, dass ich mich als Alderman zur Wahl stellen wollte«, verteidigte er sich und wischte verstohlen über die leicht glänzende Stirn. »Aber alles andere ist ein Gespinst Eurer Einbildung!« Henricus pumpte sich auf. »Ich weiß, dass Ihr gegen mich stimmen würdet, wenn es zur Wahl käme«, kam Conrad seinem Protest zuvor. »Aber Eure Parteilichkeit sollte Euch nicht den Blick für die Fakten trüben.« Er deutete auf die Fuhrmannspeitsche und das Flickenkostüm, die auf dem Tisch abgelegt worden waren.

Henricus schnaubte verächtlich und wandte sich an den Richter. »Was haltet Ihr von der Sache?«

Dieser zögerte einen Moment, bevor er mit einem Blick auf Bertram erwiderte: »Obschon Euer Wort schwer wiegt, Henricus«, hub er an, »ist die Beweislast erdrückend. Wenn keine weiteren Zeugen angeführt werden, die den Gefangenen entlasten, wird er des Mordes angeklagt.« Bertram zuckte zusammen, als habe ihn jemand geschlagen. »Da das Schöffengericht erst in zwei Wochen wieder zusammentritt«, fuhr der Richter fort, »wird der Bursche bis dahin in den Metzgerturm gebracht.« Er zögerte kurz. »Sollte er in dieser Zeit ein Geständnis ablegen, ist die Sache so gut wie erledigt.« Damit wandte er sich ab, nickte den anderen Anwesenden zu und verschwand durch den Eingang ins Dunkle.

Bleierne Schwere senkte sich über die Sinne des Knaben, und weder hörte er den kurzen aber heftigen Austausch zwischen Henricus und Conrad, noch den Befehl des Hauptmannes, ihn loszuketten. Erst als zwei Wächter an seinen Armen zerrten, riss ihn der stechende Schmerz in seinen Schultern aus der Apathie und ließ ihn den Oberkörper vorbeugen.

»Mach schon«, trieb ihn einer der Gepanzerten an und versetzte ihm einen Tritt in die Kniekehlen, der ihn straucheln ließ. Flüssiges Feuer schien ihn zu übergießen, als ihm die Gelenke aus den Pfannen springen wollten, doch als ihn ein weiterer Tritt traf, rappelte er sich unter Aufbietung seiner letzten Kräfte auf. Die Kälte des frühen Morgens schlug ihm ins Gesicht, als die Wachen ihn über den Marktplatz zum Metzgerturm schleiften, wo sie ihn einem zahnlosen Schergen übergaben, der ihn voller Vorfreude begaffte. »Er darf ein Geständnis ablegen«, bemerkte einer der Wächter höhnisch und drosch dem Kerkermeister auf den Rücken. »Viel Vergnügen, Geri.«

»Mord, soso«, murmelte dieser vergnügt und packte Bertram hart an der Kehle. »Für Mörder habe ich eine ganz besondere Behandlung.« Er lachte meckernd. »Aber das wirst du bald merken.«

Leise vor sich hin glucksend beförderte er den stolpernden Knaben in das pechschwarze Innere des Turms, in dem eine steile Treppe im Nichts verschwand. Mit einem Blick in den schwarzen Schlund über ihren Köpfen stieß Geri seinen Gefangenen nach links, wo ebenso steile Stufen in den Keller des Gefängnisses führten, aus dem unheimliche Geräusche drangen. »Da oben hausen die hohen Herren«, kicherte der Kerkermeister und schleuderte Bertram nach scheinbar endlosen Minuten gegen eine von schleimigem Moos bewachsene Steinmauer, an der sich dünne Rinnsale einen Weg zwischen den Fugen suchten. Nachdem er die halb herabgebrannte Fackel in den Halter neben der Tür gesteckt hatte, schob er einen von einem riesigen Bund hängenden Schlüssel ins Schloss und bugsierte seinen Gefangenen ohne weitere Worte in eine winzige, kaum zehn auf zehn Fuß messende Zelle.

»Ich weiß noch nicht, wann ich mich um dich kümmern kann«, krächzte Geri, dessen im Schein der Fackel glänzendes Gesicht Bertram Albträume bereiten würde. »Aber keine Angst. Früher oder später bist du an der Reihe.« Mit einem weiteren meckernden Lachen schlug er die Tür zu, schob den Riegel vor und drehte den Schlüssel. »Ich wünsche, angenehm zu ruhen.« Das unheimliche Lachen war noch nicht verhallt, als Bertram etwas Weiches über den Fuß huschte. Mit einem Schrei taumelte er nach hinten, stieß jedoch augenblicklich gegen einen in Ketten klirrenden Körper, der leblos an der Wand hing.

Atemlos vor Grauen wich er zurück, presste die hinter dem Rücken gefesselten Hände gegen die kalten Buckelquader der entgegengesetzten Wand und kniff die Augen zusammen. Einige Zeit lang verharrte er regungslos, lauschte auf die furchtbaren Geräusche aus den Tiefen des Gefängnisses und versuchte, nicht an die Ratten zu denken, die zweifelsohne das Rascheln des Strohs verursachten. Allmählich ließ die Intensität des Gestankes nach, dessen Mischung aus Exkrementen und Verwesungsgeruch ihm die Kehle zuschnürte, und seine Augen gewöhnten sich an die Dunkelheit. Dankbar darüber, nicht wie sein Zellengenosse an die Wand gekettet zu sein, näherte er sich diesem neugierig und berührte ihn leicht mit der Schulter an der Brust. Als dieser nicht reagierte, fasste er sich ein Herz und stieß ihn etwas heftiger an, was zur Folge hatte, dass der Kopf des Mannes schlaff hin- und herrollte. Keuchend sprang Bertram zurück, als das durch ein vergittertes Fenster unter der Decke hereinfallende fahle Mondlicht die eingefallenen Züge beleuchtete. Deutlich zeichneten sich die todbringenden schwarzen Flecken ab.

»Der Herr sei mir gnädig«, hauchte er schwach und sank dicht neben der Tür ins Stroh. Ein Pesttoter in derselben Zelle! Trotz aller Bemühungen schlugen seine Zähne inzwischen unkontrollierbar aufeinander. Gott hatte ihn verlassen! Wie hatte er nur so leichtsinnig sein können, Seinen Willen infrage zu stellen?! Glühend heiß fielen ihm die Worte ein, mit denen er Anabel getröstet hatte: Ein Gott, der behauptet, dass es deine

Schuld ist, ist kein Gott, an den ich glauben will. Als ob man sich den Gott aussuchen konnte, an den man glaubte! »Verzeih mir meinen Hochmut, Herr«, murmelte er. »Wer bin ich, dass ich deine Wege anzweifeln darf?« Während sich das Zittern in seinem Körper ausbreitete, wiegte er sich auf den Knien hin und her und flehte um Vergebung.

Als vor dem Fensterchen über seinem Kopf bereits die Dämmerung heraufzog, ließ er sich erschöpft und hungrig ins Stroh sinken. Seine Kehle brannte, und er hatte unbeschreiblichen Durst. Auch schien sich das Unwohlsein, das ihn seit Tagen plagte, verstärkt zu haben, da ihm nicht nur der Schädel dröhnte, sondern sich auch ein kratzender Husten anbahnte.

Eine scheinbare Ewigkeit verstrich, und als er irgendwann aus dem unruhigen Schlaf aufschreckte, in den er gefallen war, hatte sich sein Zustand verschlechtert. Zu schwach, um sich aus eigenem Antrieb wieder aufzurichten, blieb ihm nichts weiter übrig, als mit der Nase im Stroh den faulen Geruch versagender Eingeweide einzuatmen. Seine Blase schmerzte, und in seinen Gedärmen stocherten glühende Dolche, doch solange es ihm irgendwie möglich war, würde er ein Mindestmaß an Würde wahren. Er stöhnte. Würde! Als ob das jetzt noch eine Rolle spielte.

Er wollte gerade einen weiteren Versuch unternehmen, sich an der Wand hochzustemmen, als sich die schweren Tritte genagelter Stiefel näherten. Kurz darauf kratzte der Riegel über das Holz und die Tür wurde aufgestoßen.

»Hier!« Achtlos warf ihm ein mit einem blutbesudelten Rock bekleideter Wächter einen Kanten schimmeligen Brotes vor die Füße und knallte eine Schale auf den Boden, in der etwa zwei Fingerbreit Wasser hin- und herschwappten. Mit einem heiseren Laut flehte Bertram um Hilfe, doch nachdem der Mann einen Arm voll Stroh neben ihn geschleudert hatte, schlug er die Tür wieder zu und stapfte weiter zu der benachbarten Zelle, aus der kurz darauf ein gedämpfter Schlag ertönte.

Mit einem letzten Aufbäumen nahm Bertram alle Willenskraft zusammen und robbte Zoll für Zoll an das kostbare Nass heran, bis er endlich gierig das Gesicht in das abgestandene Wasser pressen konnte. Den fauligen Beigeschmack ignorierend, trank er in tiefen Zügen, bis sich der Trunk viel zu schnell der Neige näherte. Heftig atmend versuchte er, auch die letzten Tropfen mit der Zunge aufzufangen, und erst als er sicher war, dass ihm nichts entgangen war, ließ er an Ort und Stelle den Kopf zurück auf den Boden sinken. Da ihm immer noch die Hände auf den Rücken gekettet waren, blieb ihm nichts anderes übrig, als wie ein Tier mit den Zähnen nach dem Brotkanten zu schnappen und diesen Bissen für Bissen zu verschlingen. Nachdem das Mahl beendet war, rollte er sich auf die Seite und verschaffte dem Druck in seinen Gedärmen Erleichterung. Voller Scham spürte er, wie sich die heiße Nässe an seinen Hosenbeinen innerhalb kürzester Zeit in klamme Kälte verwandelte, und als ihm der beißende Geruch seines eigenen Urins in die Nase stieg, schloss er die Augen. Wie weit war er gesunken!, dachte er verbittert und suchte so viel Abstand von der Lache wie möglich, sobald er wieder bei Kräften war. Bis gestern hatte er gedacht, einer Zukunft mit Anabel nicht mehr fern zu sein, doch war diese Hoffnung zerplatzt wie eine Seifenblase. Er musste Kräfte sparen!

Ermattet bettete er sich auf dem frischen Stroh und ließ die Müdigkeit über sich hinwegspülen. Wer wusste, wie lange er in dieser Hölle ausharren musste?

Kapitel 36

Gähnend trat Katharina von Helfenstein an das einfach verglaste Fenster des platzsparenden Schlafgemaches, das vor ihrer Ankunft dem Wirt als Stube gedient hatte, und ließ den Blick über die Dächer der Stadt schweifen. Der dichte Schleier der Feuchtigkeit löste sich allmählich auf, und an manchen Stellen blitzte bereits die Sonne durch die farblosen Nebelschwaden. Naserümpfend registrierte sie die tief unter ihr im Unrat liegenden Gestalten und den vom Rauch der unzähligen Holzfeuer schwarz gefärbten Schnee, der schon lange den Anschein der Reinheit eingebüßt hatte. Gedämpft drang der Gesang kehliger Männerstimmen, der sie bereits in der Nacht mehrmals aus dem Schlaf hatte aufschrecken lassen, an ihr Ohr, als kurze Zeit später ein Pulk schwankender Narren um die Ecke bog. Mit einem Frösteln zog sie sich an den Kamin zurück, in dem ein munteres Kiefernfeuer prasselte, das den gesamten Raum mit dem würzigen Duft heißen Harzes erfüllte.

Das Schlagen der Eingangstür ließ sie bange aufhorchen, doch als kurz darauf ein Poltern aus der im Erdgeschoss gelegenen Küche erklang, wich ihre Furcht der Erleichterung. Das darauf einsetzende Klappern verriet, dass die Wirtin mit der Zubereitung des Frühstückes beschäftigt war, das aller Wahrscheinlichkeit nach aus einer einfachen Grütze bestehen würde.

Wie sie vermutet hatte, würde sie selbst für Fleisch und andere Delikatessen sorgen müssen, da diese Speisen den Gästen für gewöhnlich nicht zur Verfügung standen. Auf Baldewins Ratschlag hin hatte sie die gesamte Herberge für sich, den Ritter und ihre neue Zofe gemietet, was sich bei ihrer Ankunft am gestrigen Tag als weise herausgestellt hatte. Zwar hatte das katzbuckelnde Wirtsehepaar die Gaststube, welche für gewöhnlich auch als Schlafsaal diente, ausgefegt und mit einem frischen Bodenbelag versehen. Doch hatte der Geruch von Pferdemist und der direkt an die unverschlossenen Fenster angrenzenden Abfallgrube sie erschauern lassen.

Erschöpft von der unruhigen Nacht sank sie auf einen der grob gezimmerten Schemel, die außer dem Bettkasten und dem ausladenden Tisch die einzigen Einrichtungsgegenstände darstellten. Kaum hatte der fette Wirt befürchtet, sie an die Konkurrenz zu verlieren, hatte er ihr angeboten, die Stube zu beziehen, die ihm und seiner Frau als Unterkunft diente, und die als einziger Raum außer der Gaststube über eine Feuerstelle verfügte. Er selbst würde mit seiner Grete in der Heukammer nächtigen, die genügend Platz für zwei bis vier Personen bot.

Mit grüblerisch in Falten gelegter Stirn betrachtete Katharina ihren Sohn, der in einem mit Fellen ausgelegten Weidenkörbchen selig schlummerte.

Mit dem heutigen Dienstag brach der fünfte Tag nach dem Dreikönigsfest an, und mit jedem neuen Morgen wuchs die Wahrscheinlichkeit, Nachricht von Ulrich zu erhalten, dass seine Männer auf dem Weg waren, sie abzuholen. Wehmütig strich sie dem Kind eine der feinen Haarsträhnen aus der Stirn, was zur Folge hatte, dass der kleine Wulf mit einem Schmatzen den Kopf drehte. Das Warten kam einer Folter gleich. Noch immer hatte sie keine Entscheidung getroffen, wem sie ihr Kind anvertrauen sollte, und wenn sie nicht bald einen Entschluss fasste, würde es zu spät sein. Liebevoll zog sie die Decke bis ans Kinn des Knaben und beugte sich über ihn, um ihm einen Kuss auf die Wange zu drücken, bevor sie sich wieder erhob und nach ihrem Mantel griff. Sobald der Termin ihrer Abreise feststand, würde sie das Unvermeidliche tun müssen, doch bis dahin wollte sie jede Sekunde mit ihrem Sohn genießen.

Nach einem letzten Blick auf den schlafenden Knaben griff sie nach dem Türknauf und trat in den engen, zugigen Korridor hinaus, der nach Feuchtigkeit und altem Tran stank. Die Übelkeit überwindend, tastete sie sich die knarrenden Stufen hinab in den Schankraum, wo der aus der Kälte eintretende Baldewin soeben Anabel zu einer Bank führte, auf der sich das Mädchen schlotternd niederließ. Als sie Katharinas Anwesenheit gewahr wurden, verneigte sich der Ritter tief, während Anabel zurück auf die Füße sprang, um in einen ungeschickten Knicks zu sinken. Als sie sich wieder aufrichten wollte, versagten ihr die Kräfte, und sie fiel nach einem kurzen Kampf um das Gleichgewicht ungeschickt auf die Knie.

»Anabel«, rief Katharina besorgt aus. »Ist dir nicht wohl?«

Mit einer gestotterten Entschuldigung kam die junge Frau zurück auf die Beine, wischte sich den Staub von den Röcken und murmelte: »Verzeiht, ich fühle mich heute ein wenig schwach.«

Die Blässe ihrer Wangen wurde für den Bruchteil eines Moments von einem Hauch Röte vertrieben, der jedoch umgehend wieder aus ihrem Gesicht wich. »Ich habe einige Dinge mitgebracht.« Ihre Rechte zitterte, als sie auf ein kleines Bündel wies, das sie auf der Bank abgelegt hatte, und das Spuren geschmolzenen Schnees aufwies, der auch die fadenscheinige Glocke des Mädchens verunzierte.

Was war nur los mit ihr?, fragte sich Katharina, schluckte jedoch die Frage, die ihr auf der Zunge lag, da sich Anabels Miene zu einer starren Maske verschlossen hatte. »Hast du schon gefrühstückt?«

Als die Angesprochene scheu den Kopf schüttelte, gab Katharina Baldewin mit einem Wink zu verstehen, sie zurück auf die Bank zu drücken, während sie selbst den Kopf in die Küche steckte und der rotwangigen Grete befahl, drei Schalen zu füllen. Daraufhin gesellte sie sich zu den beiden, die sie verdutzt anblickten, und bemerkte lächelnd: »Wir wollen den Standesunterschied einfach eine Weile lang vergessen.« Als Baldewin den Mund öffnete, um etwas zu erwidern, schenkte sie ihm ein warmes Lächeln und setzte trocken hinzu: »Wer weiß, wie lange ich noch die Gräfin von Württemberg bin.« Die Empörung, die sich daraufhin deutlich auf den rauen Zügen des Ritters abzeichnete, bestätigte die Vermutung, die sie seit einiger Zeit hegte. Zu deutlich war die Liebe, die er für sie empfand, in den grünen Augen zu lesen, die sich vor Zorn verdunkelten, wann immer der Name ihres Gemahls oder Wulfs von Katzenstein fielen. Ich bin seiner Verehrung nicht würdig, dachte Katharina und nahm dankbar die mit einem roten Brei gefüllte Schüssel entgegen, welche die Wirtin mit einem Knicks vor ihr abstellte. Auf ihre Bitte hin hatte diese einen Krug Milch erhitzt und mit Honig gesüßt, und kaum füllte das dampfende Getränk den tönernen Becher vor ihr, setzte Katharina ihn genüsslich an die Lippen. Heiß und würzig rann der Trunk ihre Kehle hinab und sammelte sich schwer in ihrem Magen, der ein hungriges Knurren von sich gab.

Da ihre beiden Tischgenossen schweigend in ihrem Frühstück stocherten, hing Katharina weiter ihren Gedanken nach. Was, wenn sie einfach der Macht ihres Gemahls trotzen und mit ihrem Kind fliehen würde?, fragte sie sich, während sie hungrig die mit Zimt gewürzte rote Grütze löffelte. Wie weit reichte Ulrichs Macht tatsächlich? Schon oft hatte sie darüber nachgegrübelt, wie einflussreich ihr Gemahl wirklich war, und wie viel von dem, das er ihr prahlerisch erzählt hatte, ein Wunschbild des halben Grafen war. Sie schmunzelte, als sie sich diesen Ausdruck bildlich vorstellte. All die winzigen Grafschaften und Herzogtümer, die Deutschland zu einem Flickenteppich machten, mussten es doch möglich machen, Zuflucht bei einem Gegner Ulrichs zu finden. Doch auf der anderen Seite würde sicher kein anderer Landesherr eine Frau, die ihren Gatten betrogen hatte, aufnehmen und ihr Schutz gewähren. Sie seufzte leise und trank erneut einen Schluck der köstlichen Milch. Ganz egal, wie sehr sich die Männer um Macht und Einfluss stritten, dachte sie grimmig, sie würden sich immer gegen eine Frau stellen, die versuchte, ihr eigenes Schicksal in die Hand zu nehmen! Denn, und das predigten sowohl die Priester als auch die Mönche: Die Wurzel allen Übels lag bei den verführerischen Weibern.

Da sie die Schale inzwischen geleert hatte, wischte sie die Überlegungen energisch beiseite und beschloss, einen anderen Weg zu finden, um den kleinen Wulf vor der Rache des Grafen zu bewahren. Irgendwie würde es ihr gelingen, ganz gleich, welche Kompromisse sie dafür eingehen musste. Zur Not würde sie das Kind Anabel anvertrauen und diese bitten, es in die Obhut eines Ordens zu geben. Da das Mädchen den Säugling mit der Liebe und Sanftheit einer Mutter behandelte, wäre er bei ihr sicherlich so lange in guten Händen, bis sich Heilige Schwestern um ihn kümmern konnten. Der Gedanke vertiefte sich. Am besten wäre es, den Knaben in die Obhut eines Einsiedlerordens zu übergeben, um ihn gleichzeitig vor der immer mehr um sich greifenden Pest zu bewahren. Die Furcht, die Katharina so lange erfolgreich verdrängt hatte, keimte erneut auf, als sie sich fragte, welcher glücklichen Fügung sie es zu verdanken hatte, dass bisher keiner von ihnen an dieser grässlichen Seuche erkrankt war. Sie unterdrückte ein Schaudern. Wenn es ihr gelingen sollte, Anabel dazu zu bewegen, ihre Familie für eine kurze Zeit zu verlassen, um diesen Auftrag auszuführen, dann wäre auch Wulfs Sicherheit vor den Schergen des Grafen gewährleistet. Denn wie sollte Ulrich jemals eine Verbindung zwischen einer Bürgerstochter und dem Bastard seiner Gemahlin herstellen?

Verstohlen betrachtete Katharina unter gesenkten Lidern die junge Frau. Zwar ließen die geröteten und verquollenen

Augen vermuten, dass Anabel erst vor Kurzem geweint hatte, doch vielleicht war dieser Umstand von Vorteil für sie. Wenn das Mädchen Schwierigkeiten hatte, wäre es vielleicht eher bereit, dem Wunsch der Gräfin gegen eine großzügige Belohnung zu entsprechen. Ein Stich des Gewissens ließ sie den Blick wieder senken und sich der Selbstsucht schelten. Wenn sie bereit war, die Notlage eines andern schamlos für ihre Zwecke auszunutzen, was unterschied sie dann von Menschen wie Ulrich und Wulf von Katzenstein?

Bei dem Gedanken an ihren ehemaligen Liebhaber stiegen wie so oft seit seinem Verrat Zorn und Wehmut in ihr auf. Wie hatte sie sich nur so in dem Ritter täuschen können? Als ob ihr Körper sie für die Erinnerung bestrafen wollte, zog sich ihr Magen schmerzhaft zusammen und drohte, das Essen wieder von sich zu geben. Erschreckt über die Heftigkeit der Reaktion lehnte sie sich mit dem Rücken gegen die Wand des Kamins und genoss die Wärme, die daraufhin ihre Gliedmaßen durchströmte. Zum Teufel mit Wulf!, dachte sie wütend und verzog die Mundwinkel, als sie Baldewins besorgten Blick auf sich spürte. Warum hatte sie nur immer eine Schwäche für Männer gehabt, die ihr sicherer Untergang waren? Weshalb hatten sie nie die edlen, sanftmütigen Freier gereizt, die sie auf Händen getragen hätten, wenn sie ihr Werben erhört hätte? Weil du eine Närrin bist, beantwortete sie die Frage selber und strich die Röcke glatt, um sich zu erheben. Weil du eine hoffnungslos einfältige Närrin bist!

Kapitel 37

Ulm, 11. Januar 1350

»Ihr könnt passieren!« Ohne die mürrischen Mienen zu verziehen, traten die Wächter, welche das Herdbruckertor mit gekreuzten Hellebarden bewachten, zurück, um Wulf von Katzenstein den Eintritt in die Stadt zu gewähren. Die vor einiger Zeit durch den Nebel gebrochene Sonne fing sich funkelnd in ihren auf Hochglanz polierten Helmen und Rüstungen und blendete Wulf, als er mit gewitterhaftem Blick an ihnen vorbeitrabte.

Was für eine Unverschämtheit!, grollte er und ballte die Fäuste, um sich davon abzuhalten, den rotznäsigen Burschen den Kettenhandschuh ins Gesicht zu schleudern. Wie konnten sie es wagen, ihm den Weg zu verstellen?! Als ob er ein gewöhnlicher Händler oder Bauer wäre! Innerlich kochend trieb er seinen Hengst die leicht ansteigende Verlängerung der Herdbrücke hinauf, um sich nach etwa hundert Schritt nach links in Richtung Marktplatz zu wenden. Erstaunt über den Strom an Karren, Reitern und Fußvolk, der dafür gesorgt hatte, dass er über eine Stunde am Tor hatte warten müssen, reihte er sich widerwillig ein und schwamm in der Menge mit. So dicht gedrängt stießen und pressten die Menschen, dass sein Rappe mehr als einmal protestierend ausschlug, um sich von den lästigen Störenfrieden zu befreien. Zu beiden Seiten wurde Wulf von Männern und Frauen eingekeilt, die tönerne Krüge, schwere Säcke oder einfache Holzkarren zu dem Platz schleppten, auf dem heute offensichtlich Markt abgehalten wurde. Das Geschrei unzähliger Stimmen ließ Wulf wünschen, er hätte die Abgeschiedenheit des Brenzer Schlosses niemals verlassen, doch die Sehnsucht nach Katharina vertrieb die Reue ebenso schnell, wie sie in ihm aufgestiegen war. Wie sollte er sie in diesem Getümmel jemals ausfindig machen?, fragte er sich verzweifelt, nachdem er sich erfolglos bemüht hatte, die Köpfe vor sich zu zählen. Es mussten Tausende sein!

Resigniert ließ er sich weiter in Richtung Rathaus drängen, wo sich die Strömung teilte, um in alle vier Himmelsrichtungen davonzufließen. Aufatmend gab er seinem nervös schnaubenden Reittier die Sporen, um die Gelegenheit zu nutzen und am Rathaus vorbei in den Norden der Stadt zu traben. Zwar hatte sein Spion ihm mitgeteilt, dass Katharina sich im Hospital der Franziskaner aufhielt, doch hatte Wulf keine Ahnung, wo sich dieser Ort befand.

»Gebt doch acht!«, brüllte er erzürnt, als ein voll beladenes Fuhrwerk so dicht an ihm vorbeiholperte, dass sein Hengst auf die Hinterbeine stieg. »Idiot!« Beruhigend tätschelte er dem zitternden Tier den Hals und beschloss, so schnell als möglich diese vermaledeite Abtei ausfindig zu machen. Mit klappernden Hufen tänzelte der immer noch aufgeregt den Kopf werfende Rappe auf eine riesige Grube zu, die notdürftig mit langen Bahnen aus Leinwand abgedeckt worden war. Da an manchen Stellen jedoch die Schneelast zu groß gewesen war, hatte die Abdeckung nachgegeben und war nach unten gesackt.

»Hoh!«, rief Wulf aus und riss am Zügel, als das Tier dem Rand des Abgrundes gefährlich nahe kam. »Ruhig.« Als der Rappe kurz darauf zum Stehen kam, sprang er aus dem Sattel, wickelte den Zügel um die Faust und blickte neugierig in den gähnenden Schlund. Was für ein Bauwerk benötigte ein solch gewaltiges Fundament?, fragte er sich stirnrunzelnd. Denn dass es sich bei dem Aushub um eine Baugrube handelte, daran ließen die darin zurückgelassenen Gerüste und Gerätschaften keinen Zweifel. Sollte an den Gerüchten, dass die Ulmer ein Gotteshaus von noch nie da gewesener Majestät errichten wollten, etwas Wahres sein? Kopfschüttelnd führte er sein Pferd einige Fuß von dem abschüssigen Rand fort und saß erneut auf. Zu seiner Linken erhob sich ein Komplex, bei dem es sich ohne Zweifel um eine Klosteranlage handelte, und da Wulf nicht wusste, wie viele solcher Abteien sich in der Stadt befanden, beschloss er, bei dieser sein Glück zu versuchen.

Als er kurz darauf an eine der Pforten klopfte, öffnete ihm ein sauertöpfisch dreinblickender, an seiner Tracht als Barfüßer zu erkennender Bruder, der ihn unfreundlich nach seinem Begehr fragte.

»Ich suche das Hospital«, erwiderte Wulf mühsam beherrscht ob dieser weiteren Unfreundlichkeit und biss die Zähne aufeinander.

»Es ist voll belegt«, brummte der Mönch, wies ihm jedoch mit einer nachlässigen Handbewegung den Weg zu einem flachen Gebäude, aus dessen Innerem gedämpfte Schreie in den Hof drangen.

Das konnte ja heiter werden!, dachte Wulf, glitt vom Rücken des Pferdes und schlang den Zügel um einen der Pfosten, die das Dach stützten, bevor er sich leicht hinkend dem Eingang näherte. Noch immer schmerzte die Stelle, an welcher der Dreschflegel des Bauern seinen Unterschenkel getroffen hatte, doch außer einem prächtigen Bluterguss würde vermutlich keine Blessur zurückbleiben. Naserümpfend umschiffte er den Berg in Leinen eingehüllter Toter, der wie allerorts von der nicht abflauen wollenden Pest zeugte. Nachdem er die beiden Stufen erklommen hatte, drückte er die Tür auf und wäre um ein Haar zurückgetaumelt, als ihm der Gestank der Siechenden ins Gesicht schlug. Dicht an dicht drängten sich bereits in der Vorhalle des Lazaretts notdürftig zusammengezimmerte Bettkästen, in denen unzählige Kranke fieberten, sich erbrachen und husteten. Kaltes Grauen erfüllte ihn, als er sich vorstellte, dass Katharina inmitten dieses Leidens und Sterbens ein Kind hatte zur Welt bringen müssen, und zum ersten Mal seit seinem Aufbruch von Katzenstein fragte er sich, ob sie überhaupt noch am Leben war.

Bevor ihm dieser Gedanke die Fassung rauben konnte, trat ein hochgewachsener, hellblonder Bruder, dessen Kutte über und über mit Blut besudelt war, auf ihn zu. Unter den wasserblauen Augen, mit denen er Wulf misstrauisch musterte, lagen tiefe Schatten, und auch die eingefallenen Wangen zeugten von schwindender Gesundheit. Ein lächerliches kleines Kinnbärtchen hüpfte auf und ab, als der Mann sich fragend an den Ritter wandte: »Wenn Ihr eine Wunde habt, die verbunden werden muss, geht nach nebenan. Falls es etwas Ernsteres ist, muss ich Euch an die Dominikaner im Osten der Stadt verweisen. Unser Lazarett ist voll belegt.«

Damit wollte er sich abwenden, ohne auf eine Antwort zu warten, doch bevor er wieder dahin verschwinden konnte, von wo er aufgetaucht war, griff Wulf nach seinem Ärmel und hielt ihn zurück. »Ich brauche keinen Arzt«, erklärte er ruhig, und obschon der Mönch ihn empört anfunkelte, ließ er ihn nicht los. »Ich bin auf der Suche nach einer Frau, die kurz vor Weihnachten hier entbunden hat«, fuhr er fort und runzelte die Stirn, als sich Verachtung in den Blick des Bruders schlich. »Es ist wichtig.«

»Ich bin sicher, dass es das ist«, schoss der Franziskaner bissig zurück und zog an seinem Ärmel, um diesen von Wulfs Griff zu befreien. »Aber da seid Ihr hier falsch.« Er zeigte nach links. »Die Wöchnerinnen befinden sich in der Obhut der Beginen. Und diese haben einen gesonderten Eingang.«

Die Gehässigkeit in seiner Stimme war nicht zu überhören, doch da Wulf in Erfahrung gebracht hatte, was ihn interessierte, nickte er knapp und wandte sich zum Gehen. »Ich danke Euch«, presste er hervor, bevor er durch die Tür verschwand und seinen Rappen losband. Als er kurz darauf – der

Beschreibung des Torwächters folgend – das Infirmarium der Beginen erreichte, empfing ihn eine streng wirkende, mittelalte Schwester, die seine Fragen ohne Umschweife beantwortete. »Es tut mir leid, Euch enttäuschen zu müssen«, sagte sie schließlich. »Sie ist vor zwei Tagen mit ihrem Kind in eine Herberge umgezogen. Ihre Wunden waren verheilt, und wir haben die Betten dringend für die Kranken benötigt.«

Wulf stöhnte leise. »Könnt Ihr mir sagen, in welcher Herberge sie Unterkunft genommen hat?«, fragte er, doch die Begine schüttelte entschuldigend den Kopf. »Leider nein. Schwester Agnes weiß Bescheid, aber sie ist heute nicht da. Ich kann Euch höchstens einige Häuser nennen, die ihren Ansprüchen genügen könnten.«

Als er sich eine halbe Stunde später auf den Weg machte, hatte er eine Liste von zwei Dutzend Herbergen im Kopf, die er nacheinander abzuklappern gedachte. Selbst wenn seine Suche Tage dauern sollte, er würde sie finden und ihr die Beweggründe vortragen, die ihn zu der grausam scheinenden Nachricht veranlasst hatten! Wenn nötig, würde er sie auf Knien anflehen, ihm zu folgen, um sich und das Kind vor dem Zorn des Grafen von Württemberg zu bewahren!

Beinahe alle Adressen, welche die Begine ihm genannt hatte, befanden sich im diesseitigen Teil der Stadt, der zu Wulfs Erstaunen von Betrunkenen wimmelte. Immer wieder musste er einen Haken schlagen, um durch den Schnee torkelnden Männern in bizarren Trachten auszuweichen, die er nach einiger Zeit als Narren identifizierte. Allerdings hatten die meisten von ihnen die schweren Holzmasken inzwischen abgelegt, sodass lediglich die Schellen, Besen und Peitschen sie als das auswiesen, was sie waren. Hatten diese Menschen nichts zu arbeiten? Anders als im südlichen Teil der Stadt, der vor Geschäftigkeit brummte, erinnerte hier nichts an das bunte Markttreiben, das Wulf noch vor kurzer Zeit aufgehalten hatte. Da ihm jedoch nichts gleichgültiger war als das Leben dieser derben Menschen, ignorierte er sie weitgehend und machte sich zu seinem ersten Ziel auf.

Obschon er nicht erwartet hatte, auf Anhieb fündig zu werden, traf ihn die Enttäuschung hart, als ihm der Wirt des *Starken Bären* bedauernd mitteilte, dass keine feine Dame bei ihm nächtigte. »Versucht es in der Nähe der Greifengasse«, riet er, nachdem Wulf ihm einen Silberpfennig zugesteckt hatte. »Die *Goldene Gans* verfügt über Räumlichkeiten, die einer feinen Dame Unterkunft bieten könnten.«

Zuerst zauderte der Ritter, ob er dem Rat des wenig vertrauenerweckenden Wirtes sofort folgen oder erst in der Nähe weitersuchen sollte, doch dann entschied er sich dafür, sein Glück bei der erwähnten Herberge zu versuchen. Was konnte er schon verlieren außer ein paar Minuten seiner Zeit?

In langsamem Schritt lenkte er seinen Hengst über das schlüpfrige Kopfsteinpflaster, und als er schließlich in die Greifengasse einbog, ließ ihn der Anblick eines schwer bewaffneten Wächters unter dem Schild der Taverne hoffnungsvoll aufatmen. Eine Welle der Zuversicht vertrieb die eisige Kälte, die unaufhaltsam seine Kleidung durchdrang, und als der Ritter mit der Hand am Schwertknauf zu ihm herumfuhr, erkannte er voller Erleichterung das Wappen auf dessen Brust. Unverkennbar leuchtete der silberne Elefant der Helfensteiner auf dem roten Untergrund, über den sich der Schildgurt des Wächters spannte, und auch die Farben des Mantels wiesen den Ritter als einen Mann des Grafen von Helfenstein aus.

»Gott sei gepriesen!«, frohlockte Wulf und glitt zu Boden, um dem Wächter freudig die Hand zu reichen. »Ich muss zu Eurer Herrin.«

Als der Mann keinerlei Anstalten machte, die dargebotene Rechte des Katzensteiners zu ergreifen, sondern diesen lediglich feindselig musterte, nahm Wulf ihn mit hochgezogenen

Brauen genauer in Augenschein. »Ihr!«, entfuhr es ihm, als er den Boten erkannte, dem er die Nachricht an Katharina mitgegeben hatte.

»In der Tat«, erwiderte der Helfensteiner kalt und bleckte drohend die Klinge. »Ihr seid hier nicht erwünscht.«

Der Unwille über diese Provokation verschlug Wulf einen Augenblick lang die Sprache, bevor er es seinem Gegenüber gleichtat und ebenfalls das Schwert zog. »Wie könnt Ihr es wagen?«, herrschte er den ihn finster anfunkelnden Ritter an. »Vergesst nicht Euren Stand, Mann!«

Dieser Ausspruch erntete ein kurzes, trockenes Lachen, bevor der Helfensteiner gallig ausspuckte: »Das solltet Ihr ebenso wenig. Hier geltet Ihr nichts! Und wenn Ihr Euch nicht schleunigst aus dem Staub macht, werde ich Euch die Lektion erteilen, die ich Euch schon vor Wochen hätte lehren sollen!« Die grünen Augen sprühten Funken des Hasses, als er sich Wulf kampfeslustig näherte.

»Nehmt Vernunft an, Ihr Narr!«, knurrte Wulf, der verteidigend die Waffe hob. »Eure Herrin schwebt in großer Gefahr, und ich kann ihr helfen.«

Der Helfensteiner schnaubte verächtlich. »Das hättet Ihr Euch etwas früher überlegen müssen«, zischte er und führte den ersten Hieb, den Wulf geschickt parierte. »Vermutlich wollt Ihr sie ihrem Gemahl ausliefern und eine Belohnung dafür kassieren.«

Diese Beleidigung war zu viel für Wulf, und mit einem Wutschrei stürzte er sich auf den Mann, der die Linie überschritten hatte, die schon manch einen Kämpfer das Leben gekostet hatte. Alles ließ er sich gefallen, aber einen Verräter nannte ihn niemand! Rote Wut kroch in sein Blickfeld, als er die erste Regel des Kampfes missachtete und sich von seinen Gefühlen leiten ließ. Blind drosch er auf den hochgewachsenen Ritter ein, der seine Attacken abwehrte, als führte ein unmündiger Knabe die Klinge, und als Wulf nach kurzem Schlagabtausch einen winzigen Moment die Deckung fallen ließ, entwaffnete der Helfensteiner ihn mit einem mächtigen Streich. Bevor er sich nach der Waffe bücken und den Kampf erneut aufnehmen konnte, bohrte sich die Spitze des Schwertes in seine Brust und eine Faust packte ihn am Kragen seines Rockes. »Verschwindet, bevor ich Euch aufschlitze wie ein Schwein!«, flüsterte sein Gegner – sichtlich bemüht, sich davon abzuhalten, diese Drohung an Ort und Stelle auszuführen. »Lasst Euch niemals wieder hier blicken. Oder Euer Leben ist keinen Pfifferling mehr wert!« Damit stieß er Wulf von sich, der vor Wut bebend sein Schwert aus dem schmutzigen Schnee aufhob und sich in den Steigbügel stemmte, um wie ein geprügelter Hund das Weite zu suchen. Gedemütigt und außer sich vor Grimm trieb er sein Reittier ans Ende der Gasse, wo er ihm freien Zügel ließ, ohne darauf zu achten, wo es hintrottete.

Fluchend fuhr er sich mit dem Handschuh über das brennende Gesicht und versuchte, einen klaren Gedanken zu fassen. Zwar hatte er Katharina schneller ausfindig gemacht als vermutet. Doch stellte diese Tatsache in Anbetracht des Empfanges, den ihm ihr Bewacher bereitet hatte, alles andere als einen Triumph dar. Wie zum Henker sollte er diesen einfältigen Trottel davon überzeugen, dass er seiner Herrin helfen wollte? Auch wenn er den Mann am liebsten in Stücke gehackt hätte, konnte er es ihm nicht verübeln, dass er die Gräfin vor dem Mann beschützen wollte, der ihr offensichtlich furchtbares Unrecht zugefügt hatte.

Er fluchte erneut. Wenn der Bericht seines Spions wahr war und es stimmte, dass Ulrich bald nach ihr schicken lassen wollte, durfte er keine Zeit verlieren! Er würde abwarten, bis der Zerberus anderweitig beschäftigt oder abgelenkt war, um daraufhin bei Katharina vorzusprechen. Wenn sie ihn nicht sehen wollte, konnte er ihr das nicht verübeln. Aber er verdiente wenigstens eine Chance, sie um Vergebung zu bitten und sein Handeln zu erklären. Mit neuer Zuversicht straffte er die Zügel und beschloss, sich ebenfalls eine Unterkunft in der Stadt zu suchen, um Beobachtungsposten vor der *Goldenen Gans* beziehen zu können.

Kapitel 38

Mit einem Blinzeln öffnete Bertram die Augen, als ein durch die Gitter fallender Sonnenstrahl ihn aus dem unruhigen Schlaf weckte. Wie spät war es?

Glühender Schmerz ließ ihn den Versuch aufgeben, seine Stellung zu verändern, und zurück in das stinkende Stroh sinken, das sich immer mehr mit seinen Exkrementen vollsog. Wie lange war er bereits in diesem Höllenloch?, fragte er sich ermattet, während er alle Sinne anstrengte, um seine Umgebung nach Veränderungen abzusuchen. Nach wenigen Momenten gab er jedoch auf, da alles beim Alten schien, und sich außer dem Toten und den neugierigen Ratten niemand in der Zelle befand. Entkräftet rollte er den Kopf auf dem Boden hin und her, bis das Kitzeln der ihn betastenden Schnurrhaare nachließ, und krümmte sich zu einem schützenden Ball zusammen. Er hatte Gruselgeschichten über Gefangene gehört, die in ihren Zellen von Ratten aufgefressen worden waren, doch bis jetzt hatte er diese Erzählungen immer für Märchen gehalten, die dazu gedacht waren, Kinder zu erschrecken. Was, wenn sie der Wahrheit entsprachen? Ein furchtbarer Krampf schüttelte seinen gefesselten Körper, breitete sich von seinen tauben Schultern über seinen Rücken bis in die angewinkelten Beine aus, die anfingen, unkontrolliert zu zucken. Wenngleich er sich in dem fruchtlosen Kampf um Selbstbeherrschung beinahe die Zunge durchbiss, konnte er den gequälten Schrei nicht verhindern, der ungehört in dem winzigen Raum verhallte.

Als die Marter nach einiger Zeit nachließ, tränkte seine klamme Kleidung nicht nur Urin, sondern auch der kalte Schweiß, der aus allen Poren auf einmal zu treten schien. »Herr, erlöse mich von diesen Qualen«, murmelte er kraftlos und versuchte, sich mit anderen Gedanken abzulenken, während sich die Muskeln in seinen Gliedern bereits erneut verhärteten.

Seit der Kerkermeister ihn in diese Zelle gestoßen hatte, waren ihm immer und immer wieder die Worte des Franziskaners durch den Kopf gegangen, der Conrad des Mordes bezichtigt hatte. Seine gesamte Hoffnung ruhte auf diesem Mann und dem Fackelträger, der zweifelsohne bestätigen konnte, dass es nicht Bertram gewesen war, der den Alderman getötet hatte. Doch wie sollte er diese Leute dazu bringen, für ihn einzutreten und ihn vor dem sicheren Tod zu bewahren? Er kannte ja noch nicht einmal die Identität des Fackelträgers!

Er wollte gerade weiter darüber nachgrübeln, als sich ein Schlüssel in das Schloss seiner Zellentür schob, die kurz darauf krachend gegen die Wand schlug.

»Deine Zeit ist gekommen«, meckerte der im Rahmen auftauchende, zahnlose Kerkermeister, den die Wächter Geri genannt hatten. Mit schlurfendem Schritt näherte er sich dem am Boden liegenden Gefangenen, beugte sich über ihn und rümpfte die Nase, als er der Lache unter dem Knaben gewahr wurde. »Was für furchtbare Sitten«, kicherte er und löste Bertrams Ketten. »Die werde ich dir austreiben müssen.« Mit diesen Worten riss er den kraftlosen Jungen auf die Beine und schleppte ihn am Kragen in den Korridor hinaus, den einige rußende Pechfackeln in ein unwirkliches Licht tauchten.

»Na, Söhnchen«, schalt er und versetzte Bertram einen Faustschlag in die Nieren. »Etwas mehr Haltung, wenn ich bitten darf.« Stöhnend versuchte der Knabe, seine abgestorbenen Beine zu koordinieren, stolperte jedoch alle zwei Schritte über die eigenen Füße. Als sie endlich vor einer niedrigen Holztür haltmachten, atmete er erleichtert auf, obschon er ahnte, was sich dahinter verbarg. Die eine Hand immer noch am Kragen des Gefangenen, tastete Geri mit der anderen nach einem weiteren Schlüssel, öffnete die Tür und schleuderte Bertram grob in einen fensterlosen Raum, der vollkommen im Dunkeln lag. Aus den schwarzen Tiefen erklang ein Wimmern, das Bertram die Haare im Nacken zu Berge stehen ließ, doch außer diesem Lebenszeichen regte sich nichts. Undeutlich vor sich hin murmelnd, kehrte Geri in den Gang zurück, nahm eine der Fackeln aus ihrem Halter und entzündete die schmiedeeisernen Pechbecken, bevor er Bertram nachlässig an einen Pfosten in der Mitte der Kammer kettete.

»Wir werden es etwas wärmer brauchen«, bemerkte er rätselhaft, doch da sich Bertrams Augen langsam an das Licht gewöhnten, löschte das ihn überkommende Grauen alle Fragen aus. Dicht an dicht drängten sich in dem beinahe quadratischen Raum Foltergeräte aller Art, deren Aussehen allein einem Gefangenen bereits ein Geständnis entlocken konnte. Neben dem Pfosten, an den Geri den Knaben gefesselt hatte, befanden sich eine Streckbank, eine Handvoll Flaschenzüge sowie eine Judaswiege – eine spitze Pyramide, auf die sich das Opfer setzen musste. Einige Zangen, Geißeln, Schädel-, Fuß- und Knieschrauben in allen Größen und ein mit eisernen Dornen gespickter Befragungsstuhl ergänzten die Ansammlung.

Der bloße Anblick all dieser Gerätschaften ließ Bertram das Herz in der Brust erkalten, und als erneut ein Stöhnen erklang, wagte er kaum, den Kopf zu wenden. Als sein Blick dennoch auf den in einer halb verborgenen Nische aufgehängten Gefangenen fiel, dessen Rücken und Bauch über und über mit klaffenden Wunden bedeckt waren, schoss ihm bittere Galle in die Kehle, und er übergab sich würgend. Das immer mehr zunehmende Gefühl, an einer fiebrigen Krankheit zu leiden, verstärkte sich, als der Anfall abebbte und er das zitternde Kinn auf die Brust sinken ließ.

»Was hat er nur für schlechte Manieren, der Bursche«, wetterte Geri höhnisch. »Nicht wahr, Euer Gnaden?«

Da der von der Decke hängende Gefolterte nicht antwortete, rammte er diesem einen Stock in den Magen, sodass er heftig hin- und herschaukelte. Wenngleich sein Peiniger die Behandlung wiederholte, kam kein Laut über die Lippen des Gemarterten, der allem Anschein nach die Besinnung verloren hatte.

Mit einem gleichgültigen Schulterzucken gab der Geri genannte auf und näherte sich Bertram, der erfolglos versuchte, vor ihm zurückzuweichen. Die Pranken in die Hüften gestemmt, legte er den Kopf schief, um seinem Opfer in die Augen zu blicken, die trotz der Furcht wie gebannt auf die hässliche Erscheinung des Mannes geheftet waren. Über der furchtbaren Fratze wölbte sich ein kahler Schädel, den mehrere rot schillernde Furunkel entstellten. Nur ein Auge wanderte über Bertrams schweißnasses Gesicht – das andere war von einer langen, bis zur Oberlippe reichenden Narbe für immer verschlossen. Den bloßen Oberkörper bedeckten mächtige Muskeln, und als er das Entsetzen seines Opfers spürte, verzog sich der schlitzartige Mund zu einem bösen Lächeln. »Ich denke, wir sollten mit der üblichen Behandlung beginnen«, verkündete er genüsslich und befreite Bertram von seinen Fesseln – sorgsam darauf bedacht, sich nicht mit dem Erbrochenen des Knaben zu beflecken. Da inzwischen Leben in seine Glieder zurückgekehrt war, fiel es dem Jungen etwas leichter, alleine stehen zu bleiben. Doch als Geri ihn auf die von getrocknetem Blut überzogene Streckbank zuschob, versagten ihm erneut die Knie.

Grob zerrte ihn der Kerkermeister wieder auf die Beine und packte ihn hart am Genick, um ihn so heftig zu schütteln, dass Bertrams Zähne deutlich vernehmbar aufeinanderschlugen. Als der Knabe bereits fürchtete, sich ein weiteres Mal übergeben zu müssen, ließ der Mann von ihm ab und beugte sich zu ihm hinab.

»Zieh dich aus!«, flüsterte er dicht an seinem Ohr und spielte mit einer der Kettengeißeln, die er zuvor von einem Haken geangelt hatte. »Wir wollen doch die schönen Kleider nicht zerreißen.«

Schlotternd vor Entsetzen befolgte Bertram den Befehl und wand sich unter dem eindeutigen Blick des Einäugigen. »Vielleicht hebe ich dich noch ein wenig auf«, murmelte dieser und fuhr mit der Pranke Bertrams glatte Brust entlang, sodass der Knabe um ein Haar laut aufgeschrien hätte. »Doch zuerst musst du ein Geständnis ablegen.«

Bevor die volle Bedeutung dieser Worte zu Bertram vordrang, gruben sich Geris Finger wie Eisenkrallen in seine Schulter, um ihn mit dem Rücken auf die Streckbank zu zwingen. Dort zurrte der Folterer in Windeseile die ledernen Fesseln fest, die sowohl Arme als auch Fußgelenke des Opfers fixierten. Daraufhin trat er an das Fußende des Gerätes und betätigte die kleine Winde, die dafür sorgte, dass sich die mit den Manschetten verbundenen Seile bis zum Zerreißen strafften. Er wollte gerade eine weitere Umdrehung hinzufügen, als er mitten in der Bewegung innehielt, die Brauen runzelte und wie ein Habicht auf den Knaben hinabstieß, um mit der Hand in dessen Achselhöhle zu fahren.

»Bei allen Dämonen der Hölle!«, wetterte er und schrak wie von siedendem Öl verbrannt zurück, während die Farbe in seinen pockennarbigen Wangen verblasste. Unschlüssig trat er einige Zeit lang von einem Fuß auf den anderen, während sich Bertram, dessen Sehnen bis zum Zerreißen gespannt waren, furchtsam fragte, ob Gott sein inständiges Flehen erhört hatte. In glühenden Wellen durchlief ihn ein grauenhafter Schmerz, der sich mit jedem vorsichtigen Atemzug zu verstärken schien. Ausgehend von seiner Körpermitte breiteten sich die Stiche über Bauch und Rücken in seine Gliedmaßen aus, die aus den Gelenken zu springen drohten. Als er vermeinte, die Qual nicht länger aushalten zu können, ließ der Zug auf seine Arme und Beine so unvermittelt nach, dass er einen Ruf des Erstaunens ausstieß, der ihm jedoch augenblicklich in der Kehle gefror, als Geris Gesicht erneut über ihm auftauchte.

Totenbleich starrte der grobschlächtige Folterer auf ihn hinab, während er hin- und hergerissen die Pranken aneinanderrieb. »Du gehörst bereits dem Teufel«, wisperte er schließlich heiser und löste ungelenk die Riemen, die Bertram an die Bank fesselten. »Von dir brauche ich kein Geständnis!«

Mit diesen Worten griff er nach einer hölzernen Stange, die er dem Knaben in die Seite stieß, um diesen dazu zu bewegen, zurück zur Tür zu stolpern. Zitternd vor Schwäche gelang es Bertram mit letzter Kraft, seine abgelegten Kleider aufzulesen, bevor ihn der Prügel des Kerkermeisters aus dem Raum den Korridor entlang zu seiner Zelle trieb. Fahrig nestelte Geri an dem Bund an seinem Gürtel, während seine Lippen lautlose Worte formten. Als es ihm schließlich gelang, das Schloss zu öffnen, trat er dem Knaben in die Kniekehlen, sodass dieser der Länge nach im Stroh landete. Ohne weitere Worte zu verlieren, schlug er die Tür zu und stampfte zurück ins Innere des Gefängnisses. Noch heftiger zitternd als zuvor stemmte Bertram sich in eine sitzende Position, stülpte ungeschickt Untergewand und Hemdrock über den Kopf und fuhr in die beschmutzen Hosen. Als die seinen entkräfteten Körper schüttelnden Schauer etwas nachließen, schob er tastend die

Hand in den Kragen, um nach der Ursache des Entsetzens zu forschen. Eisig wanderten seine klammen Fingerspitzen die Schulter entlang, bevor sie unter der linken Achsel abtauchten, wo sie kurz darauf einen etwa walnussgroßen Knoten ertasteten, dessen Berührung einen heftigen Schmerz verursachte.

»Heilige Mutter Gottes!«, hauchte er, als ihm klar wurde, was diese Entdeckung zu bedeuten hatte. Gegen besseres Wissen hoffend, dass es sich um einen Zufall handelte, zog er die Hand wieder hervor, um die Suche auf der rechten Seite fortzusetzen. Dort, eingebettet in drahtigem Haar, stieß er keuchend vor Grauen auf eine noch größere Schwellung, die unter seinen Fingern zu pulsieren schien. Stöhnend sank er zurück in das verfaulte Stroh und ließ die Erschöpfung über sich hinwegspülen, während sein Verstand langsam aber sicher die Bedeutung dieser Symptome verarbeitete. Er hatte die Pest! All die Wochen, in denen zahllose Menschen in der Stadt der Seuche erlegen waren, hatte ihn die Plage verschont – nur um ihn jetzt an diesem furchtbaren Ort zu ereilen! Ein Hustenanfall ließ ihn um Atem ringen. Was er für die Vorboten einer harmlosen Erkältung gehalten hatte, waren in Wirklichkeit die unverkennbaren Anzeichen des nahenden Todes! Ohne Vorwarnung übermannte ihn eine solche Woge der brennenden Hitze, dass er verzweifelt an Kragen und Gürtel zerrte, um sich der Kleider wieder zu entledigen, die ihm mit jedem Ausatmen mehr die Luft zu rauben schienen. Da ihn inzwischen jedoch heftiger Schüttelfrost lähmte, gab er nach wenigen Momenten des fruchtlosen Kampfes auf und krümmte sich stöhnend zusammen. Nackte Angst und die Erkenntnis, nie wieder in Anabels wundervolle Augen zu blicken, ließen ihn abermals heftig würgen.

Kapitel 39

Ulm, 12. Januar 1350

Das gelobe ich.« Der Boden unter Conrads Füßen schien sich in einem immer heftiger werdenden Wirbel zu drehen, als er die Hand von der Bibel nahm und auf wackeligen Beinen zu dem Podest stakste, wo der Bürgermeister ihn mit ausgestreckter Hand erwartete. Anders als auf Henricus' Miene lag auf den Zügen des beleibten Stadtoberhauptes ein aufrichtiges Strahlen, als er dem soeben vereidigten, in einer Blitzwahl ernannten Alderman auf die Schulter klopfte.

Zwei Tage nach dem Mord an dem vorherigen Zunftvorsteher hatte die Mehrheit der Ratsmitglieder auf eine neue Wahl gedrängt, die trotz einiger Gegenstimmen auf den Glockengießer gefallen war.

Lächelnd erwiderte Conrad die freundschaftliche Geste und wandte sich zu der Versammlung um, die ihn mit gemischten Gefühlen beäugte. Hatte es zuerst so ausgesehen, als trügen die geflüsterten Warnungen des neuen Abtes Früchte, schienen diese Anschuldigungen das Gegenteil von dem herbeigeführt zu haben, das er bezweckte. Den verkrampften Gesichtern mancher Ratsmitglieder nach zu urteilen, hatte Henricus lediglich erreicht, dass sich deren Einstellung zu Conrad grundlegend geändert hatte; was bedeutete, dass sie entgegen aller Hetze aus Reihen des Klerus das gewählt hatten, was sie für das kleinere Übel hielten. Scheinbar hatte Henricus' Propaganda letztendlich dafür gesorgt, dass sich viele der Männer in der Zwischenzeit mehr vor Conrad fürchteten als vor dem frömmlerischen Franziskaner. Zwar hatte dieser erst vor Kurzem seinen Einfluss demonstriert, indem er eine hoch angesehene Heilige Schwester einem Hexenprozess unterworfen hatte, doch war die Erinnerung an dieses Ereignis vor dem Hintergrund des Mordes offenbar verblasst.

»Ich danke Euch für Euer Vertrauen«, dröhnte der Gießer pompös und genoss den Hass, der in den Blick des Abtes trat. »Ich werde alles in meiner Macht Stehende tun, um diese Position voll und ganz zu Eurer Zufriedenheit auszufüllen«, fuhr er fort und breitete effektheischend die Hände aus. »Aber als Erstes möchte ich darum bitten, eine Schweigeminute für meinen so unglücklich verstorbenen Vorgänger einzulegen.« Während einige zustimmend nickten, senkten andere hastig den Kopf, um die Verachtung zu verbergen, die sie für ihren neuen Anführer empfanden. Ein andächtiges Bittgebet murmelnd schloss Conrad die Augen und heuchelte Trauer. Als er den Eindruck hatte, sie genug gespielt zu haben, räusperte er sich und gab das Wort an den Bürgermeister ab, der mit der Tagesordnung fortfuhr.

Zufrieden lehnte sich der neue Alderman in dem gepolsterten Stuhl zurück, genoss die durch seine Adern strömende Macht und folgte den Stadtgeschäften, ohne sich erneut aktiv einzubringen. Die Dinge, die ihm am Herzen lagen, ließen sich am besten außerhalb dieses Rates regeln, weshalb er seinen Gegnern das Gefühl geben wollte, ein Mindestmaß an Kontrolle behalten zu haben. Amüsiert lauschte er der Beschwerde eines Patriziers, der gegen eine Lockerung des Torzolles protestierte, mit der die Stadt Händler aus dem Umland auf den Markt locken wollte. Nachdem der Vorschlag, diese Abgabe nicht nur beizubehalten, sondern erheblich zu verschärfen, abgelehnt worden war, ließ sich der aufgedunsene Weinhändler zurück auf die Bank fallen, um zu schmollen wie ein gescholtenes Kind.

Wie einfältig manche dieser Pfeffersäcke doch waren!, dachte Conrad abfällig, während er Henricus' bohrenden Blick mit einem zynischen Verziehen der Mundwinkel ignorierte.

Obschon sie die Macht über eine ganze Stadt in Händen hielten, gaben sie sich mit derlei Nichtigkeiten ab! Seine Augen verengten sich zu Schlitzen, als Egloff ihm einen nicht zu deutenden Blick zuwarf.

Was um alles in der Welt sollte denn das nun bedeuten?, grübelte er missfällig. Sollte dieser alte Narr etwa auch den Giftpfeilen des Abtes erlegen sein und ihn des Mordes verdächtigen? Hatte er nicht einen perfekten Sündenbock geliefert, von dessen Schuld selbst der Richter überzeugt war? Entgegen der unterschwelligen Missbilligung, die ihm aus dem Saal entgegenschwappte, durchströmte ihn ein warmes Hochgefühl, als er an die Nacht der Verhaftung zurückdachte, in der Henricus den nicht wieder gutzumachenden Fehler begangen hatte, seine Karten auf den Tisch zu legen. Ganz egal, was er vorhatte, es würde ihm nicht mehr gelingen, Conrad zu überraschen!

Der Hammer des Bürgermeisters, der keine zehn Zoll neben seinem Ellenbogen auf den Tisch donnerte, schreckte ihn aus den Gedanken. »Gott sei mit Euch«, wiederholte das Stadtoberhaupt den Wunsch, mit dem es seit Conrads Eintritt in den Rat die Versammlung nach jeder Sitzung verabschiedete; woraufhin sich diese so schnell auflöste wie noch nie zuvor.

»Mir scheint, einige der Mitglieder sind ein wenig verstimmt«, wandte sich der Bürgermeister kurz darauf an seinen neuen Kollegen, der scheinbar getroffen die Stirn in Falten legte. »Nehmt es nicht so schwer. Sie werden sich bald an Euch gewöhnt haben.« Damit klopfte er Conrad ein weiteres Mal auf die Schulter, bevor er sich dem Zug anschloss und durch die bewachte Doppelpforte in den Korridor verschwand. Ohne Henricus zu beachten, machte auch Conrad sich auf den Weg nach draußen, um wie jedes Mal nach der Sitzung in die Taverne einzukehren, in der stets eine Nische für ihn und seine Kollegen reserviert war. Anders als für gewöhnlich, war an diesem Tag jedoch lediglich ein halbes Dutzend Ratsherren um den runden Tisch versammelt, auf dem bereits mehrere Krüge Bieres und Weines auf die Männer warteten.

Außer Chuono, der Conrad strahlend Platz machte, waren Egloff und vier weitere Männer zugegen, die ihm zum Teil gezwungen zunickten. Da ihm die angespannte Stimmung auf die Nerven fiel, beschloss der neuen Alderman, den Stier bei den Hörnern zu packen und griff nach einem der Kelche.

»Auf den Erfolg«, prostete er und zwang damit die anderen, es ihm gleichzutun. Als er das Gefäß zurück auf den Tisch gestellt hatte, räusperte er sich und blickte ernst in die Runde. »Ich weiß, was Henricus über mich verbreitet«, hub er an und feixte innerlich, als die Köpfe in die Höhe schnellten. »Es ist wahr, dass ich eine Auseinandersetzung mit ihm und meinem verstorbenen Vorgänger hatte«, gestand er gespielt zerknirscht und legte die Fingerspitzen aneinander. »Aber niemals wäre ich so weit gegangen, ihm nach dem Leben zu trachten!« Seine Stimme zitterte gekonnt. »Henricus nutzt die Tatsache aus, dass es mein Lehrling war, der diese feige Tat verübt hat. Aber ich schwöre bei Gott und allen Heiligen, dass ich nicht wusste, wie weit der Bursche gehen würde, um seinen Vater zu rächen.«

Eine kurze Zeit lang herrschte absolute Stille, bevor Egloff das Wort ergriff. »Ist es dann auch eine Lüge, dass Eure Tochter nicht mehr ganz so jungfräulich ist, wie Ihr mich habt glauben machen wollen?« Seine stumpfen Äuglein bohrten sich in Conrads Blick, als dieser empört die Hände in die Luft warf.

»Das ist eine unverschämte Verleumdung!«, wetterte er und ließ die Faust auf den Tisch niedersausen, sodass einige der Anwesenden erschrocken zusammenfuhren. »Genau das sollte Euch die Augen über diesen Mann öffnen. Er schreckt nicht einmal davor zurück, den Ruf eines jungen Mädchens zu ruinieren. Und das lediglich aus falsch verstandenem Rachedurst.« Er hielt einen Moment inne. »Warum denkt Ihr wohl, hat er mich als Ziel dieser Intrige auserkoren?«, fragte er listig. »Doch nur, um die Kontrolle über den Münsterbau wieder an sich zu reißen.« Ein Raunen lief durch die Reihen.

»Ist Euch denn nicht aufgefallen, wie sehr er darauf erpicht war, dieses Bauvorhaben zu beaufsichtigen?« Einige schüttelten die Köpfe, während andere langsam nickten. »Es geht ihm um nichts anderes als die Bestechungsgeschäfte, die er anderen unterschieben will.«

Damit war ihm der Todesstoß gelungen, da nicht nur Chuono wütend den Kopf schüttelte, sondern auch einer der Steinmetze erzürnt knurrte: »Dieser hinterlistige Hundsfott!«

»Hat er nicht versucht, Euch durch Furcht und Drohungen dazu zu bewegen, ihm zu Willen zu sein?«, setzte Conrad hinzu, um den Triumph zu besiegeln. »Er selbst ist es, der mordet, um seine Ziele zu erreichen!« Da die Empörung über den sinnlosen Tod der Begine inzwischen sämtliche Schichten erreicht hatte, brauchte Conrad nicht mehr fortzufahren.

»Verzeiht, Alderman«, murmelte Egloff und griff nach der Hand des Glockengießers. »Ich hätte es besser wissen müssen.«

In der Tat, du alter Esel!, dachte der Angesprochene verächtlich und langte nach dem in Honig gerösteten Hasen, der soeben den Weg auf den Tisch gefunden hatte. In der Tat! »Selbst Eva wurde von der Schlange fehlgeleitet«, philosophierte er und biss herzhaft in das saftige Fleisch, während er seinen Gedanken gestattete, zu einem anderen Problem abzuschweifen. Er kaute gewissenhaft, bevor er den Bissen mit einem Schluck Wein hinunterspülte. Zwar war es ihm mit der soeben aus dem Stehgreif gehaltenen Rede mühelos gelungen, Egloff und die anderen von seiner Unschuld zu überzeugen. Doch war seit der Nacht des Mordes die zukünftige Braut des alten Mannes spurlos verschwunden. Obschon er überall nach ihr gesucht hatte, blieb ihr Aufenthaltsort ein Rätsel, und das bereitete ihm nicht unerhebliche Sorge. Da sich Bertram ohne Zweifel seiner Bettgenossin anvertraut hatte, wusste sie, was er gesehen hatte – was sie zu einem Risiko machte, das Conrad nicht gewillt war, einzugehen! Entweder verheiratete er sie so schnell als möglich an den Fernhändler, oder er musste sie ebenfalls aus dem Weg schaffen! Er runzelte die Stirn. Sie verschwinden zu lassen, würde ihm eine Mitgift und etliche Scherereien ersparen, doch wäre es sicherlich nicht klug, so schnell nach dem Mord an seinem Vorgänger einen weiteren ungeklärten Todesfall in der näheren Umgebung zu melden.

Mit einem Seufzen leckte er sich die Fingerkuppen und beschloss, den Rest des Vormittages darauf zu verwenden, im Hospital Erkundigungen über den Verbleib des Mädchens einzuziehen. Hatte sie nicht etwas von einer Gräfin gefaselt?, fragte er sich, bevor er die Hände auf die Oberschenkel stemmte, um sich zu erheben. Vielleicht handelte es sich doch nicht – wie von ihm vermutet – um ein Gespinst ihrer Einbildung. Nachdem er sich von den anderen verabschiedet hatte, tauchte er in das Stadtgetümmel ein und näherte sich der Abtei, aus deren Toren sich soeben ein mit Leichen beladener Karren in Richtung Donau aufmachte. Sobald er das kleine Luder aufgespürt hatte, würde er ihr unmissverständlich klarmachen, was ihr bevorstand, wenn sie ihren vorlauten Mund nicht halten konnte! Seine Rechte ballte sich zur Faust, als er sich ausmalte, wie er ihr den Gehorsam einprügeln würde, den sie ihrem Vater schuldig war. Rücksichtslos bahnte er sich einen Weg durch die unzähligen auch an diesem Tag zum Rathausplatz strömenden Bäcker, Krämer, Metzger und Kleinhändler, bis er schließlich den neuen Eingang zum Lazarett erreichte. Dort wies ein ungeschickt aus Holz ausgeschnittenes Schild darauf hin, dass dies der Bereich war, in dem Frauen behandelt wurden, und kaum hatte er die Türklinke berührt, vertrat ihm eine fauchende Harpyie den Weg.

»Habt Ihr das Schild nicht gesehen?«, kläffte sie ihn an und schob ihn brüsk zurück auf die Straße. »Ihr habt hier keinen Zutritt.«

Nur mit äußerster Selbstdisziplin hielt Conrad sich von einer scharfen Antwort ab, verneigte sich leicht und fragte süß: »Verzeiht. Ich bin auf der Suche nach meiner Tochter Anabel. Sie hilft in diesem Hospital aus.«

Nachdem die Schwester ihn einige pfeifende Züge lang misstrauisch beäugt hatte, brummte sie unfreundlich: »Anabel ist zurzeit nicht hier.«

Am liebsten hätte Conrad ihr die spitze Zunge aus dem Hals gerissen. »Würdet Ihr mir sagen, wo ich sie finden kann?«, säuselte er stattdessen. »Ihre Mutter ist sehr krank. Sie braucht ihre Hilfe.«

Diese dreiste Lüge zauberte einen betroffenen Ausdruck auf das faltige Gesicht der Begine, die in Richtung Osten deutete. »Sie ist in der *Goldenen Gans*. Gott helfe Eurer Gemahlin.« Damit zog sie sich ins Innere des Infirmariums zurück. Hätte sie einen letzten Blick über die Schulter geworfen, hätte sie das schmallippige Lächeln des besorgten Vaters daran zweifeln lassen, ob sie das Richtige getan hatte.

So jedoch machte Conrad auf dem Absatz kehrt und bog kurze Zeit später in die Straße ein, die nur wenige Dutzend Schritt von dem Durchgang entfernt war, an dem der Alderman sein Leben ausgehaucht hatte. Was für ein merkwürdiger Zufall!, dachte er und blieb wie angewurzelt stehen, als er den Ritter erkannte, der unter der gelb angemalten Gans Wache hielt. Erschrocken wollte er gerade unauffällig wieder kehrtmachen und das Weite suchen, als der Gepanzerte ihm den Kopf zuwandte und fragend ausstieß: »Ihr? Was sucht Ihr hier?«

Während die Erklärungen in Conrads Kopf übereinanderstolperten, verneigte er sich leicht und hob entschuldigend die Schultern. »Ich wollte mir den Ort noch einmal bei Tageslicht ansehen«, log er dreist. »Vielleicht hat die Stadtwache etwas übersehen.«

Die grünen Augen des Ritters verengten sich, und während er Conrad schweigend anstarrte, wünschte sich dieser an einen weit entfernten Ort. Warum hatte er nur so töricht sein müssen, nach seiner Tochter zu suchen?, schalt er sich. Und warum hatte er nicht eins und eins zusammenzählen und den Fackelträger mit diesem Ort in Verbindung bringen können?! Immerhin wusste er genau, wo sich die *Goldene Gans* befand!

»Nein«, erwiderte der Wächter schließlich mürrisch und wies mit dem Kinn auf den Durchgang. »Ich habe mich schon mehrmals umgesehen. Aber es gibt keinerlei Hinweise auf den Täter außer der Maske.« Erneut musterte er Conrad eisig. »Aber das ist Euch ja gewiss bekannt. Immerhin habt Ihr den Mörder entlarvt.«

Eine innere Stimme riet Conrad, diesem Mann so schnell als möglich den Rücken zu wenden und sich zurückzuziehen. Doch einer arroganten Eingebung folgend erkundigte er sich unschuldig: »Ihr habt ihn doch auch gesehen?« Seine Stimme hätte Glas geschnitten.

»Nein«, versetzte der Ritter nach einem kurzen Moment des Schweigens. »Ich konnte nur seinen Schatten erkennen.«

Obschon der Ritter dies bereits in der Mordnacht zugegeben hatte, schien etwas an Conrads Erscheinung sein Misstrauen erregt zu haben. Bevor das Spiel entgleisen konnte, tippte der Gießer sich grüßend an die Kappe und schlenderte gezwungen langsam davon. Verflucht!, grollte er zornig, als mit der nächsten Häuserecke der Ritter aus seinem Blickfeld verschwand. Das hatte ihm gerade noch gefehlt! Seine Tochter unter einem Dach mit dem einzigen Mann außer Henricus, der ihm gefährlich werden konnte. Er musste sie wieder in seine Gewalt bringen, bevor sie mit ihrem losen Mundwerk Schaden anrichten konnte!

Grübelnd zog er ziellos durch die Gassen, während in seinem Gehirn die Vorgehensweise Gestalt annahm, die ihm am schnellsten zum Erfolg verhelfen würde. Kaum war ihm klar, wie er Anabels habhaft werden konnte, kehrte das Lächeln auf sein Gesicht zurück, und er schlug einen Haken, um zu der Herberge zurückzukehren. Verborgen im Schatten der Häuser würde er darauf warten, dass sie den Schutz der *Goldenen Gans* verließ und sich an ihre Fersen heften, bis er sie an geeigneter Stelle dazu zwingen konnte, mit ihm in die Glockenhütte zurückzukehren!

Kapitel 40

Wir brauchen frischen Fisch und Fleisch.«

Die Stimme der Gräfin ließ Anabel von der Näharbeit auf ihrem Schoß aufblicken und verstört blinzeln. Nach einer weiteren schlaflosen Nacht in der winzigen, an die Gaststube angrenzenden Kammer, die man ihr zugewiesen hatte, fühlte sie sich ausgelaugt und kraftlos. Stunde um Stunde hatte sie sich das Gehirn zermartert, wie sie Bertram aus seiner furchtbaren Lage befreien konnte. Und mit jeder Minute, die verstrich, ohne dass sie einer Lösung des Problems näher gekommen war, höhlte die Furcht sie mehr und mehr aus. Mit bohrenden Kopfschmerzen hatte sie sich auf dem weichen Lager hin- und hergeworfen und eine Möglichkeit nach der anderen durchgespielt; was jedoch lediglich dazu geführt hatte, dass ihr die Ausweglosigkeit der Situation mit brutaler Schärfe klar geworden war. Weinend hatte sie versucht, die grauenvollen Bilder zu verdrängen, die sie quälten, und sich eingeredet, dass man Bertram kein Leid zufügen würde. Doch es hatte nicht lange gedauert, bis ihr gesunder Menschenverstand diese Selbstlüge zerschmettert hatte wie brüchigen Ton. Am Morgen schließlich, als die Wirtin mit unangebracht wirkender Heiterkeit den Kopf in ihre Nische gesteckt hatte, war Anabel halb dankbar, halb mürrisch in den Schankraum geschlichen, um dafür zu sorgen, dass es Katharina an nichts mangelte. Nachdem sie das Feuer entzündet und den Boden gefegt hatte, hatte sie den neben der Tür auf einem Schemel schlafenden Baldewin wachgerüttelt und ihm einen kräftigenden Trunk gereicht, den dieser dankbar angenommen hatte. Wenngleich sie sich zuerst vor dem grimmig wirkenden Hünen gefürchtet hatte, waren ihr seit ihrem Einzug in die Herberge die Sanftheit und Güte aufgefallen, die sich unter der rauen Schale verbargen. Sowie die Liebe, die er für seine Herrin empfand, die sich in diesem Moment auf eine der Holzbänke fallen ließ.

»Ich kann diese ewigen Grützen und Breie nicht mehr sehen!« Ein etwas gezwungen wirkendes Schmunzeln verzog Katharinas volllippigen Mund, als sie die Röcke glatt strich und einen Blick zurück zur Küche warf. »Wenn du etwas Latwerge, Datteln oder Feigen auftreiben könntest …« Ihre Augen leuchteten sehnsüchtig. »Wenn ich gewusst hätte, dass der Markt in der Fastnachtszeit zweitägig abgehalten wird, hätten wir gestern schon etwas Abwechslung gehabt.« Sie zuckte die Achseln und machte eine Geldkatze von ihrem Gürtel los, aus der sie zwanzig Schillinge vor Anabel auf den Tisch zählte. »Das sollte genügen.«

Nachdem sie Anabel eine genaue Auflistung der Dinge, die sie benötigte, ausgehändigt hatte, griff das Mädchen nach Glocke und Korb und machte sich auf den Weg zum Rathaus. Das Getümmel erschien ihr an diesem Tag besonders bedrückend, und ein Prickeln auf ihrer Kopfhaut veranlasste sie dazu, sich mehr als einmal umzudrehen. Folgte ihr jemand? Als sie zum wiederholten Mal unvermittelt stehen geblieben und den Kopf gewandt hatte, schalt sie sich eine überreizte Gans, da außer den zum Markt eilenden Händlern und Kaufwilligen nichts

Ungewöhnliches das Bild störte. Mit einem unterdrückten Seufzen stellte sie sich am Ende der Schlange vor einem der Metzgerstände an und wartete darauf, dass die Reihe an sie kam. Danach steuerte sie in Richtung Brunnen, in dem die Fischer ihren Fang frisch hielten, und wählte einen Karpfen und drei zappelnde Forellen, die vor ihren Augen geköpft und ausgenommen wurden. Sie wollte sich gerade auf die Suche nach dem von Katharina begehrten Naschwerk machen, als sie eine Hand am Ärmel ihrer Glocke festhielt. Einen Schrei erstickend, wirbelte sie herum und blickte in Vrens gutmütiges Gesicht, das einem großen Fragezeichen glich.

»Hast du mich erschreckt!«, hauchte Anabel schwach und nahm dankbar den stützenden Arm der Freundin, die sie etwas abseits führte.

»Du hast vergessen, dass wir uns heute treffen wollten«, stellte Vren nüchtern fest und musterte Anabel forschend, bevor sie ernst hinzusetzte: »Es ist also wahr. Die Gerüchte stimmen.«

Wenngleich sie sich bemühte, die Tränen zurückzuhalten, glänzten Anabels Wangen innerhalb weniger Lidschläge nass, und sie ließ sich widerstandslos in einen mit Kisten halb verbauten Hinterhof schieben.

»Hast du mit ihm gesprochen?«, fragte Vren eindringlich, als Anabel sich ein wenig beruhigt und gegen eine der leeren Truhen gelehnt hatte.

»Nein«, presste diese hervor. »Ich habe vor dem Gefängnis gewartet, aber er ist nicht aufgetaucht.« Aufs Neue drohte der Kummer sie zu überwältigen, doch Vren zwang sie mit einem Griff ans Kinn, sie anzublicken.

»Ich weiß, wo sie die angeblichen Mörder und Schwerverbrecher unterbringen«, verkündete sie stolz. Und da Anabel schon lange aufgehört hatte, sich zu fragen, woher die Freundin ihre Informationen bezog, starrte sie diese lediglich sprachlos an. »Komm mit«, forderte Vren sie auf und nahm ihr den Korb ab. »Wir müssen die Stadt verlassen.«

Sie zerrte die aufgelöste junge Frau nach Osten zur Herdbrücke, wo sie sich durch die in die entgegengesetzte Richtung strömenden Massen der Bürger kämpften. Am Stadttor selbst zollte man ihnen keinerlei Beachtung, und nachdem sie sich am Ufer der Donau nach rechts gewandt hatten, duckten sie sich in die tiefen Schatten der Stadtmauer. Etwa zweihundert Fuß vor ihnen ragte das mit bunten Schindeln gedeckte Dach des Metzgerturms in den blauen Himmel, das in seiner Fröhlichkeit einen ironischen Kontrast zur Funktion des schiefen Gebäudes bildete. Bereits aus der Entfernung drangen die unheimlichen Laute aus den Tiefen des Gefängnisses an die Ohren der Mädchen, und ein lang gezogener Schmerzenslaut ließ Anabel mit hämmerndem Herzen innehalten.

»Mein Gott«, flüsterte sie und umklammerte die Hand der Freundin, die sie auf eine Reihe vergitterter Fenster zuschob, welche direkt oberhalb der schneebedeckten Grasnarbe lagen. Vor den schmalen Schlitzen hatten sich allerhand Tand und Unrat angesammelt, und als Anabel mit dem Fuß gegen eine entzweigegangene Strohpuppe stieß, ließ sie die Trostlosigkeit des Ortes fröstelnd die Schultern einziehen. »Vermutlich ist er in einer dieser Zellen«, wisperte Vren und ging vor dem ersten Gitter in die Hocke, um undamenhaft die Nase zwischen die Stäbe zu pressen. Außer dem Geräusch der in die Donau eintauchenden Ruderblätter der Schiffer und dem entfernten Gemurmel des Marktes unterbrach kein Laut die angespannte Stille, als Vren sich nach wenigen Sekunden zurückzog und den Kopf schüttelte. Anabel wollte es ihr soeben gleichtun, als sie ein dicht neben ihr auf dem Boden aufschlagender Stein erschrocken aufspringen ließ. Stutzig hob sie den Blick zu dem dunkel über ihnen aufragenden Turm, auf dessen Zinnen Metall aufblitzte.

»Verschwindet auf der Stelle!«, donnerte ein schwer bewaffneter Wächter hoch über ihren Köpfen. »Oder ihr lernt mich kennen!« Drohend hob er einen gefährlich aussehenden Bogen und schüttelte diesen heftig.

»Der meint es ernst«, stellte Vren sachlich fest und trat von der moosbewachsenen Mauer zurück. »Wir sollten tun, was er sagt.«

Mit einem letzten Blick auf den zornigen Wachmann nahmen sie die Beine in die Hand und flohen zurück in die Stadt. Kaum lag das Tor hinter ihnen, beugte sich Anabel schwer atmend vornüber und hielt sich die stechende Seite.

»Es hat keinen Sinn«, keuchte sie abgehackt. »So finden wir ihn niemals.«

Vren nickte nachdenklich. »Ich werde versuchen, etwas mehr in Erfahrung zu bringen«, versprach das stämmige Mädchen schließlich zuversichtlich und rückte die verrutschte Haube auf ihrem Kopf zurecht. »Dann können wir es am Samstag noch mal versuchen. Triff mich nach dem Mittag am Brunnen.« Wenngleich Anabel sich vor Enttäuschung am liebsten an Ort und Stelle in den schmutzigen Schnee hätte sinken lassen, schluckte sie tapfer und ließ sich von der Freundin umarmen. »Nicht verzagen«, ermutigte Vren sie. »Es wird alles gut.«

Wie gerne Anabel ihr geglaubt hätte! Mit Mühe erwiderte sie das schiefe Lächeln und blickte Vren nach, bis diese von der Menge verschluckt worden war, bevor sie sich ebenfalls auf den Weg zurück zur Herberge machte. Verdrängt waren Latwerge und Feigen, und hätte Vren sie nicht daran erinnert, hätte sie auch den Korb mit den anderen Einkäufen zurückgelassen.

Als sie in die Nähe der Münsterbaugrube kam, kehrte das Gefühl, verfolgt zu werden zurück, und sie beschleunigte die Schritte. Mit kalten Fingern umklammerte sie den Griff des Korbes fester und tauchte in die engen Gässchen ein, die sie zur *Goldenen Gans* führten. Sie hatte bereits das gelb angemalte

Schild über dem Eingang der Herberge erblickt, als sie ohne Vorwarnung ein Schlag in den Rücken zu Boden schickte. Mit einem Aufschrei versuchte sie, die Einkäufe davor zu bewahren, in die Unratrinne zu kullern, doch ein harter Tritt in die Rippen ließ sie Forellen und Fleisch vergessen.

»Du dachtest wohl, du könntest dich auf ewig vor mir verstecken?« Die gezischten Worte schnürten ihr die Kehle zu, und als dem ersten Tritt ein weiterer folgte, zog sie die Beine an den Bauch. Die kalte Nässe des Schnees durchdrang in Windeseile den Stoff ihres Kleides, doch die in rascher Folge auf sie niederprasselnden Schläge verdrängten alle anderen Empfindungen. Brennend legte sich ein mit einem Lederriemen geführter Hieb über ihren Arm, den sie gerade noch rechtzeitig vor ihr Gesicht hob.

»Du hast kein Recht, dich ohne meine Erlaubnis von mir zu entfernen!«, tobte Conrad, der allmählich in Fahrt kam. »Du undankbares Flittchen!«

Erneut sauste der mit einer schweren Eisenschnalle versehene Gürtel auf sie nieder, doch dieser Schlag verfehlte sein Ziel. Das dumpfe Geräusch einer auf Knochen auftreffenden Faust, gefolgt von dem Unheil verkündenden Flüstern von Metall auf Metall ließ Anabel verwundert den Kopf heben, um gerade noch mit anzusehen, wie Baldewin ihrem Vater die Schwertspitze an die Kehle setzte.

»Ihr wagt es, die Zofe der Gräfin von Württemberg anzugreifen!«, knurrte der Ritter mit verzerrter Miene und verstärkte den Druck so weit, dass ein Blutstropfen Conrads Hemdbrust verfärbte. »Soll ich Euch auf der Stelle töten oder die Wache rufen?«

Alle Farbe wich aus dem Gesicht des Glockengießers, als ihm bewusst wurde, wer es war, der ihn bedrohte. »Sie ist meine Tochter«, krächzte er und versuchte vergeblich, den blitzenden Stahl zur Seite zu schieben. »Ich habe die Muntgewalt über sie!« Baldewins Augen verengten sich. »Schon wieder Ihr«, stieß er hervor. »Allmählich werdet Ihr lästig!« Ohne die Waffe zurückzuziehen, wandte er sich zu Anabel um, die sich ungeschickt aufrappelte, und fragte streng: »Ist es wahr, was er sagt?« Seine grünen Augen bohrten sich forschend in die der jungen Frau, und als diese nickte, presste er abwägend die Lippen aufeinander. »Trollt Euch!«, befahl er schließlich unwirsch und stieß Conrad von sich. »Solange sie in den Diensten der Gräfin ist, haltet Euch von ihr fern. Was Ihr danach mit ihr anfangt, ist Eure Sache.«

Damit war die Angelegenheit für ihn erledigt und er ergriff den Arm des Mädchens, um es ins Innere der Herberge zu führen, nachdem es die im Schnee verstreuten Einkäufe aufgelesen hatte. Dort packte er sie an den Schultern und zwang sie, zu ihm aufzublicken. »War das wirklich dein Vater?« Die Strenge wich einem mitleidigen Ausdruck, und als Anabel eine bejahende Antwort flüsterte, schüttelte er ungläubig den Kopf. »Warum sucht er nach dir?«

Während sich die Gegenwart des Ritters wie ein schützender Mantel über sie senkte, rang Anabel vergeblich um Worte. Hart, aber dennoch beruhigend hielten sie seine Pranken auf der Stelle fest, und nachdem sie einige unzusammenhängende Worte gestammelt hatte, brach ihre Selbstbeherrschung zusammen. Schluchzend senkte sie den Kopf und weinte lautlos, ohne des hilflosen Entsetzens des hünenhaften Mannes gewahr zu werden, der sie behutsam auf eine Bank zuschob.

Dort bettete das Mädchen den Kopf auf die Arme und ließ ihrer Trauer freien Lauf, bis sie die sanfte Stimme Katharinas von Helfenstein aufschreckte.

»Willst du mir nicht anvertrauen, was dich quält?«, fragte die Gräfin, in deren Blick Sorge und noch etwas anderes lagen. »Vielleicht können wir uns gegenseitig helfen.«

Das Erstaunen über diese Äußerung sorgte dafür, dass Anabels Tränen versiegten, und nachdem sie sich verschämt die Nase geputzt hatte, senkte sie die verschwollenen Augen.

»Wer hat dir das angetan?«, fragte Katharina nach kurzem Schweigen und zeigte auf einen roten Striemen, der über Anabels Unterarm lief. Mit einer freundschaftlichen Geste legte sie die Hand auf den Rücken der jungen Frau und streichelte diesen vorsichtig. »Glaub mir, ich weiß, wie hilflos du dich fühlst«, sagte sie leise. »Gegen den Willen der Männer sind wir machtlos.«

Verwundert hob Anabel die tränenfeuchten Lider und blickte in das offene Gesicht der Gräfin. Sollte sie tatsächlich meinen, was sie sagte? Einen winzigen Moment hielten Hoffnung, Vertrauen und Furcht in ihr Widerstreit, bevor sie sich mit einem tiefen Seufzer die feuchten Wangen trocknete und bebend anhub: »Vor zwei Tagen wurde nicht weit von hier der Alderman ermordet.« Der Blick, den der Ritter ihr bei dieser Feststellung zuwarf, jagte ihr einen Schauer über den Rücken, aber sie fuhr dennoch fort. »Es war mein Vater.«

»Was redest du da?«, unterbrach sie Baldewin ungehalten. »Woher hast du diese Information?«

Erschrocken über die Heftigkeit des breitschultrigen Mannes, wich Anabel zur Wand zurück, doch Katharinas Nicken ermutigte sie, fortzufahren. Nach einem schweren Schlucken berichtete sie leise, aber sachlich von der Nacht, in der Bertram für eine Tat verhaftet worden war, die Conrad begangen hatte. Kaum waren ihre Worte verklungen, schnellte Baldewin auf die Beine und stieß einen wüsten Fluch aus.

»Ich wusste, dass mit diesem Kerl etwas nicht stimmt!«, brauste er auf und drosch die Faust in die Handfläche. »Der andere ist ein Knabe, sagst du?« Anabel nickte. »Wie konnte ich das nur übersehen?«, schalt er sich und rieb sich das Kinn.

»Was wollt Ihr damit sagen, Baldewin?«, fragte Katharina und gab ihm zu verstehen, sich wieder zu setzen.

»Eine der Gestalten, die ich in jener Nacht gesehen habe«, brummte Baldewin, »war von schlanker Statur.« Erneut legte er die Stirn in zornige Falten. »Und diese Gestalt ist dem Mörder gefolgt! Der Hästräger selbst war groß und breit.« Er ließ die Faust auf den Tisch fallen. »Er hat mich übertölpelt wie einen einfältigen Bauern«, grollte er. »Mir hätte bereits in dem Moment auffallen müssen, dass er lügt, als er sich als Zeuge ausgegeben hat«, erklärte er den fassungslosen Frauen. »Denn der Zeuge hätte viel kleiner und schmächtiger sein müssen, als er es ist! Stattdessen hat er mich missbraucht, um seine Aussage zu untermauern!« Eine dicke Zornesader pochte auf seiner Stirn. »Dann müsst Ihr sofort zum Hauptmann der Wache, um den Knaben zu entlasten«, sagte Katharina bestimmt. »Solch ein Unrecht darf nicht ungesühnt bleiben.«

Anabel wagte kaum, ihren Ohren zu trauen. Hatte es vor kurzer Zeit noch so ausgesehen, als habe sich die ganze Welt gegen sie verschworen, war mit Baldewins Bericht ein Silberstreif der Hoffnung am Horizont aufgetaucht, der sich in rasender Geschwindigkeit verbreiterte.

»Ihr müsst Euch beeilen, Baldewin«, setzte Katharina hinzu und wies auf den zerknitterten Brief, den sie bei ihrem Eintritt in die Gaststube achtlos auf den Tisch geworfen hatte. »Es bleibt nicht mehr viel Zeit.«

Kapitel 41

Endlich!, dachte der vor Kälte und Müdigkeit steife Wulf von Katzenstein, als Baldewin aus dem Inneren der Herberge auftauchte und Anstalten machte, seinen Wachposten zu verlassen. Die Vorgänge der vergangenen halben

Stunde hatten ihn beinahe dazu veranlasst, seine Deckung aufzugeben und der jungen Frau zur Hilfe zu eilen. Doch glücklicherweise war der Helfensteiner Ritter ihm zuvorgekommen. Seit den frühen Morgenstunden harrte Wulf darauf, dass sich der Bewacher seiner Geliebten von der Stelle rührte und ihm eine Gelegenheit verschaffte, bei Katharina vorzusprechen. Und wenn er die Entwicklung der Ereignisse richtig deutete, war der Augenblick zum Greifen nahe. Angespannt beobachtete er, wie Baldewin mit einer im Inneren der *Goldenen Gans* verborgenen Person sprach, bevor der Ritter sich verneigte, den Helm auf den Kopf stülpte und in Wulfs Richtung davoneilte. Darauf bedacht, nicht entdeckt zu werden, duckte sich der Katzensteiner hinter den Bretterverschlag, der ihn nur notdürftig vor Wind und Wetter geschützt hatte, und lauschte auf die sich entfernenden Schritte. Als der Ritter außer Sichtweite war, schlüpfte er durch eine Lücke, zog die Kapuze des dunklen Mantels über den Kopf und huschte auf den Eingang der Taverne zu. Dort blickte er sich ein letztes Mal misstrauisch um, bevor er mit den Knöcheln gegen das raue Holz hieb.

Einige zermürbende Momente rührte sich nichts, bis sich der Eingang einen schmalen Spalt breit öffnete und eine schüchterne Stimme ihn nach seinem Begehr fragte. »Ich muss mit der Gräfin sprechen«, flüsterte er eindringlich und stemmte die Schulter gegen die Tür.

Ein erschrockener Laut aus der Gaststube verriet ihm, dass außer Baldewin kein weiterer Beschützer zugegen war, und er verstärkte den Druck auf das Holz. Das schlanke, rotblonde Mädchen war seiner Kraft nicht lange gewachsen, und als es stolpernd zurückwich und die Hand vor den Mund schlug, zischte er beschwörend: »Ich will Euch nichts tun. Wo ist Katharina?«

Nachdem er die Tür hinter sich geschlossen hatte, trat er auf die junge Frau zu, die mit furchtgeweiteten Augen zu ihm aufblickte. »Tut ihr nichts«, flehte sie und versuchte tapfer, ihm den Weg zu der ins Obergeschoss führenden Treppe zu vertreten. »Bitte!« Ihre Ergebenheit rührte Wulf, und als ihr Blick zu dem an seiner Seite befestigten Schwert wanderte, hob er beschwichtigend die Hände. »Wenn es Euch beruhigt, lasse ich die Waffe hier bei Euch.« Um sie nicht weiter aufzuregen, griff er sich langsam an den Gurt, löste die metallene Schnalle und ließ das Schwert auf einen der Tische fallen. »Und jetzt sagt mir bitte, wo ich sie finde.« Obschon sie ihm längst ohne Worte verraten hatte, wo sich ihre Herrin aufhielt, hob er fragend die dunklen Brauen und wartete auf einen Antwort. Als das Mädchen schließlich mit unsicherem Finger nach oben wies, schob er es sanft beiseite und erklomm die Treppe – je zwei Stufen auf einmal nehmend. Am Absatz angekommen, wandte er sich nach rechts, da sich außer einer winzigen Nische kein weiterer Raum in diesem Geschoss befand. Vor der schlampig zusammengezimmerten Tür hielt er kurz inne, holte tief Atem und bat mit einem leisen Klopfen um Einlass.

Das schwache Weinen eines Kindes ließ seinen Herzschlag davongaloppieren, und als keine zehn Sekunden später eine wohlbekannte Stimme an sein Ohr drang, überzogen sich seine Handflächen mit kaltem Schweiß.

»Komm herein, Anabel«, tönte der weiche Sopran seiner Geliebten, und er folgte aufgeregt wie ein Knabe der Aufforderung der über ein Weidenkörbchen gebeugten Katharina. »Wie kann so ein winziger Mensch nur so brüllen?«, fragte sie und richtete sich mit dem Säugling vor der Brust wieder auf. Das Kind in den Armen wiegend wandte sie sich um und erstarrte, als sie anstatt in das Gesicht ihrer Zofe in die ernsten Züge Wulfs von Katzenstein blickte. Ein nicht zu deutender Ausdruck trat in ihre bernsteinfarbenen Augen, als sich ihr sinnlicher Mund zu einer schmalen Linie verhärtete. »Du?«, stieß sie schließlich tonlos hervor und presste den verstummten Knaben fester an sich. »Wie …?«

Sie ließ die Frage unbeendet, da Wulf an sie herantrat und vor ihr auf die Knie sank. »Vergib mir«, murmelte er den Tränen nahe und schlug den Blick nieder. Die bedingungslose Liebe, welche er für die zarte Schönheit und das Kind in ihren Armen empfand, wollte ihm die Brust sprengen. Während sich ein mächtiger Kloß in seinem Hals formte, rang er um die Worte, die er sich so sorgfältig zurechtgelegt hatte. Doch alle Erklärungen, mit denen er gehofft hatte, Verzeihung für seinen Fehler zu erlangen, schienen vom Winde verweht. Mühsam schluckend, hob er den Kopf und flehte stumm darum, dass die Maske der kalten Verachtung dem warmen Lächeln wich, das ihm bei ihrer ersten Begegnung das Herz geraubt hatte.

Eine Endlosigkeit tastete Katharinas kühler Blick sein verzweifeltes Gesicht ab, verharrte bei seinen Augen, um kurz darauf unbeeindruckt weiter zu seinen bebenden Lippen zu wandern.

Erst als eine einsame Träne über seine Wange lief, bewegten sich ihre Mundwinkel kaum merklich nach oben und ein Lächeln erhellte ihr wundervolles Gesicht. »Ich hatte geschworen, mir eher die Zunge auszureißen, als jemals wieder deinen Namen zu erwähnen«, stellte sie schließlich gezwungen ruhig fest und wandte sich mit dem Knaben auf dem Arm ab, um diesen zurück in seine Krippe zu betten.

Ungelenk kam Wulf auf die Beine, trat hinter sie und wiederholte hilflos: »Bitte vergib mir. Ich wollte dich und meinen Sohn schützen.«

Als Katharina daraufhin unvermittelt mit einem zornigen Schnauben zu ihm herumfuhr und ihm den Zeigefinger in die Brust bohrte, hätte er am liebsten die steile Falte zwischen ihren Brauen geküsst. Wie atemberaubend schön sie war, wenn sie zürnte! »Warum sollte ich dir glauben?«, fauchte sie und schob ihn heftig atmend aus dem Weg, um an das Fenster zu treten und wütend auf die Straße hinabzustarren. »Du hast mich und dein Kind verleugnet! Uns in der Zeit im Stich gelassen, in der wir dich am dringendsten gebraucht hätten!« Ihre Wangen glühten, als sie sich ihm wieder zuwandte und auf den Knaben deutete. »Noch vor seiner Geburt hast du deinen Sohn seinem Schicksal überlassen, ohne dich auch nur im Geringsten um sein Wohlergehen zu scheren. Und jetzt wagst du es, mir unter die Augen zu treten und mich um Verzeihung zu bitten?!«

Nur unter Aufbietung aller Selbstbeherrschung gelang es Wulf, den Blick von ihrer sich heftig hebenden Brust loszureißen und der Versuchung zu wiederstehen, ihr zu beweisen, wie sehr er sie liebte. Doch sein Verstand warnte ihn, dass dies nicht die richtige Vorgehensweise war.

»Selbst ein Verbrecher darf sich verteidigen«, appellierte er an ihr Gerechtigkeitsempfinden, das ihn stets mit Bewunderung erfüllt hatte. »Bitte hör mir zu. Wenn du danach immer noch denkst, ich hätte euch verraten, werde ich dich niemals wieder belästigen.« Immer noch heftig atmend, verschränkte sie die Arme und blickte kampfeslustig zu ihm auf. »Als der Ritter bei mir vorsprach, dachte ich, dein Gemahl wolle uns eine Falle stellen.« Er fuhr sich hilflos durch den wilden Schopf. »Woher sollte ich ahnen, dass er wirklich von dir kam?«, fragte er eindringlich. »Was, wenn ich gestanden hätte, und es wäre nicht so gewesen?« Eine kurze Zeit lang hing diese Frage unbeantwortet im Raum, bevor er hinzusetzte: »Sobald mir klar wurde, welch furchtbaren Fehler ich begangen habe, bin ich auf der Stelle aufgebrochen, um euch zu finden.«

Er sank erneut auf ein Knie und griff nach ihrer Hand, bevor sie diese vor ihm zurückziehen konnte. »Katharina.«

Seine dunklen Augen glänzten feucht. »Bevor ich dich traf, dachte ich, es gäbe keine wahre Liebe.« Er räusperte sich mühsam. »Ich würde mein Leben für euch geben!« Er verstummte erstickt und ließ den Kopf hängen, um seine Schwäche vor ihr zu verbergen. Lange Zeit kniete er auf dem harten Boden, presste die Lider aufeinander und schmeckte das Salz seiner Tränen, bevor sich endlich eine kleine Hand auf seinen Kopf legte und Katharina ihn an sich zog.

»Ich dachte, du hättest mich betrogen«, schluchzte sie und grub die Finger in sein Haar. »Wärest meiner überdrüssig und hättest eine andere gefunden.« Der Schmerz in ihrer Stimme ließ ihn sich aufrappeln und sie in die Arme schließen. Während sich die aufgestauten Gefühle Bahn brachen, presste sie das Gesicht an seine Brust und gestattete, dass er ihr liebevoll das Haar streichelte.

»Ich werde niemals jemanden so sehr lieben wie dich«, beteuerte er und hob ihren Kopf, um die feuchten Wangen trocken zu küssen. »Und ich werde alles in meiner Macht Stehende unternehmen, um dich und das Kind in Sicherheit zu bringen.« Er fuhr mit dem Daumen über ihre Wange.

»Ulrichs Männer sind bereits hierher unterwegs«, flüsterte sie niedergeschlagen. »Es gibt kein Entkommen.«

Ohne auf diese Worte zu achten, wanderte er weiter zu ihrem Mund, den er zärtlich mit dem seinen verschloss. Wie unendlich süß sie schmeckte!, durchfuhr es ihn, während er sie fester an sich presste und ihre so lange vermisste Gegenwart mit allen Sinnen in sich aufsog. Schwindelig vor Glück lauschte er auf ihre sich beschleunigenden Atemzüge und liebkoste die zarte Rückseite ihres Halses. Mit einem leisen Laut legte sie den Kopf in den Nacken und erlaubte ihm, ihre weiche Kehle mit Küssen zu bedecken, bis der Saum ihres Gewandes seinen Weg aufhielt.

»Baldewin wird bald zurück sein«, murmelte sie warnend

und schloss die Augen, als er mit gekonnten Bewegungen die Schnürung ihres Kleides löste.

»Mhmmm«, nuschelte er und starrte ehrfürchtig auf die milchweiße Haut ihrer befreiten Brüste, die ihn voll und erregt einluden, sie zu umschließen. Als seine schwielige Hand die Kontur der straffen Rundungen nachfuhr, wanderten Katharinas Finger zu seinem Gürtel, der kurz darauf polternd zu Boden fiel. Ungeduldig schob sie die Röcke über die Hüften und forderte ihn mit einem Blick auf, sich ebenfalls der störenden Gewänder zu entledigen, bevor sie in vollkommener Blöße auf die schmale Bettstatt zusteuerte. Ungeschickt nestelnd verfing sich Wulf mehr als einmal in den Falten seiner Kleider, da ihn der Anblick der sich verlockend wiegenden Rückseite seiner Geliebten an den Rand der Selbstbeherrschung brachte. Als es ihm endlich gelungen war, sich auch des Untergewandes zu entledigen, trat er bebend vor Ungeduld auf sie zu und ließ den Blick über ihre trotz der Schwangerschaft vollkommene Vorderseite gleiten. Behutsam senkte er sich auf sie, fing sein Gewicht mit den Ellenbogen ab und blickte liebevoll auf ihr glühendes Gesicht hinab, auf dem ein seliges Lächeln lag. Gierig tastete er jeden Quadratzoll ihrer Lippen mit den seinen ab und genoss die Zartheit ihrer Glieder, die ihn geschmeidig umschlangen. Bevor er vorsichtig in sie eindrang, versicherte er sich mit einem fragenden Blick, dass es wirklich das war, was sie wollte.

»Ich habe dich so sehr vermisst«, wisperte sie und presste die Hände auf seine muskulösen Hinterbacken, um ihn fester an sich zu ziehen. Einen Moment lang verharrte er regungslos und ließ die Spannung zwischen ihren beiden Körpern ansteigen, bevor er genüsslich begann, die Hüften zu bewegen. Während sich sein Stoß ungewollt schnell beschleunigte, trank er den Anblick ihrer vor Leidenschaft leicht geöffneten Lippen, die sich in einem ekstatischen Schrei verzogen, als seine Bewegungen heftiger und heftiger wurden. Als ihn schließlich der eigene Höhepunkt mit einem gepressten Stöhnen auf ihr zusammensacken ließ, erfüllte ihn so viel Glückseligkeit, dass er für kurze Zeit die Lage vergaß, in der sie sich befanden. Heftig atmend vergrub er das schweißnasse Gesicht an ihrem Busen, der sich warm und beruhigend an seine Wange schmiegte, und sog ihren Duft in sich auf.

Während das Hochgefühl allmählich abflaute, stahl sich ihre Linke unter seinem Körper hervor, um sich besitzergreifend um seine breite Schulter zu legen. »Du musst gehen«, hauchte sie ihm ins Ohr, nachdem sie eine Weile lang so dagelegen hatten. »Niemand darf dich hier finden.«

Der dringliche Unterton in ihrer Stimme sorgte dafür, dass Wulf sich widerstrebend auf den Unterarm stützte, um ein letztes Mal auf sie hinabzublicken. »Geh mit mir«, bat er leise, obschon ihm der entschlossene Ausdruck, der auf ihr schönes Gesicht zurückkehrte, die Fruchtlosigkeit dieser Bitte schmerzlich bewusst machte. Mit einem Kopfschütteln legte sie ihm die Hand auf die Wange und setzte sich auf. So viel Schönheit und Anmut lagen in ihren geschmeidigen Bewegungen, dass es Wulf abermals den Atem verschlug. Ohne zu zögern stellte sie die nackten Füße auf den Boden, trat an die hastig abgelegten Gewänder und schlüpfte mit einem bedauernden Seufzen hinein.

»Ich kann nicht«, erwiderte sie schließlich, bevor sie ihm die Hand reichte, um auch ihn auf die Beine zu ziehen. »Ulrich hat von meiner Untreue erfahren«, erklärte sie, während sie ihm dabei zusah, wie auch er die Kleider wieder überstreifte. »Zwar weiß er offensichtlich noch nicht, mit wem ich ihn betrogen habe, aber es ist nur eine Frage der Zeit, bis er die folgerichtigen Schlüsse zieht.«

Als Wulf etwas dagegenhalten wollte, schnitt sie ihm mit einem Blick auf ihren Sohn das Wort ab. »Er kann rechnen«, stellte sie nüchtern fest. »Er weiß, was mich in Ulm aufgehalten hat. Also wird er alles unternehmen, um herauszufinden, welcher von seinen Rittern es war, der seine Gemahlin geschändet hat.« Sie lächelte dünn. »Außer dir waren höchstens zwei Dutzend anderer Männer zu der fraglichen Zeit auf Hohenneuffen. Es kann nicht lange dauern, bis er eins und eins zusammengezählt hat.« Wulf senkte getroffen den Kopf. Wie sehr er gehofft hatte, sie mit sich zu nehmen – auch wenn er zugeben musste, dass er nicht besonders viele Gedanken an die Folgen seines Tuns verschwendet hatte. Er liebte sie! Und außer dieser Tatsache schien nichts von Bedeutung.

»Wird er ihm ein Leid zufügen?« Er war an die Krippe getreten, um sein Kind wenigstens einige Zeit lang zu halten. Die Hand unter dem winzigen Köpfchen, wiegte er den wieder eingeschlummerten Knaben vorsichtig hin und her.

»Er wird nicht mehr hier sein, wenn Ulrichs Männer eintreffen«, versetzte Katharina, die von hinten die Arme um seine Taille geschlungen hatte. »Ich werde meine Zofe bitten, ihn in Sicherheit bringen.«

Nachdem er den Knaben sanft auf die Stirn geküsst hatte, legte Wulf ihn zurück in das Körbchen und wandte sich in Katharinas Umarmung um. »Kann ich ihn nicht mit nach Katzenstein nehmen?«, fragte er sehnsüchtig, doch die Traurigkeit in ihrem Blick machte eine Antwort überflüssig.

»Ulrich wird nach ihm suchen lassen«, flüsterte sie tränenerstickt. »Er wird vor nichts haltmachen, um dieses Zeichen seiner Schande aus der Welt zu schaffen.« Sie schluckte schwer. »Und er wird bei *den* Männern anfangen, die allein durch den Zeitrahmen verdächtig sind.«

Sie hatte sich von ihm gelöst und griff nach seinem Mantel, um ihm diesen zu reichen. »Du musst gehen«, wiederholte sie blinzelnd und wies zum Ausgang. »Ulrichs Abgesandte können nicht mehr fern sein. Wenn sie hier eintreffen, will ich dich außerhalb ihrer Reichweite wissen.« Mit einem wehmütigen Ausdruck zupfte sie das Kleidungsstück zurecht und warnte nach einem forschenden Blick in sein offenes Gesicht: »Eine Torheit zu begehen, würde nichts helfen. Bitte!«

Die Dringlichkeit in ihrer Stimme duldete keinen Widerspruch, und wenngleich es Wulf beinahe das Herz zerriss, wusste er, dass sie recht hatte mit dem, was sie sagte. Er wollte sie gerade zum Abschied an sich drücken, um die Erinnerung an ihre weichen Lippen in sich einzuschließen, als aus dem Untergeschoss ein lautes Poltern ertönte. Diesem folgten trampelnde Schritte, und keine zehn Sekunden später flog die Tür auf und ein zornesbleicher Baldewin erschien im Rahmen. Als er den Katzensteiner erblickte, riss er die Klinge aus der Scheide, schnellte auf ihn zu und legte ihm den kalten Stahl an die Kehle, bevor Wulf reagieren konnte.

»Atmet und Ihr seid ein toter Mann«, knurrte der Angreifer heiser, bevor er dem unbewaffneten Wulf den Kettenhandschuh in den Magen trieb. Da dieser weder Rüstung noch Schwert trug, war er dem aufgebrachten Ritter gegenüber im Nachteil. Doch als Baldewin – abgelenkt von Katharinas Schrei – einen winzigen Augenblick den Druck lockerte, trat er ihm mit dem Knie in den Unterleib. Mit einem gedämpften Keuchen sackte sein Gegner in sich zusammen, was es Wulf ermöglichte, ihm die Waffe aus der Hand zu schlagen und nach dem in seinem Stiefel verborgenen Dolch zu tasten. Das Klirren des zu Boden fallenden Stahls war noch nicht verklungen, als er seinerseits dem Helfensteiner die kalte Klinge an den Hals setzte.

»Haltet ein!«, rief Katharina, die sich von ihrer Starre befreit hatte, erschrocken aus und trat zwischen die beiden Kampfhähne. »Ihr seid keine Feinde!«

Einige Zeit lang musterten sich die beiden Männer mit geblähten Nasenflügeln und aufeinandergepressten Kiefern, bevor Wulf widerwillig den Dolch zurückzog und schützend den Arm um Katharina legte.

»Haltet Frieden«, bat diese erschüttert und trat einen Schritt vor, um Baldewin auf die Füße zu helfen. »Ich danke Euch für Eure Treue, Baldewin«, sagte sie leise. »Aber Ihr braucht mich nicht vor ihm zu schützen. Es war alles nur ein furchtbares Missverständnis.«

Das Schnauben des Mannes ließ Wulfs Hände zucken, doch da Katharina den Kerl offensichtlich schätzte, hielt er sich zurück und wartete, bis dieser sich mit einem erbosten Blick in seine Richtung entfernt hatte.

»Geh jetzt«, drängte Katharina, als Baldewins Tritte im Untergeschoss verklungen waren. »Geh zurück nach Katzenstein. Ulrich wird mich nicht töten.« Sie verzog den Mund zu einem verächtlichen Lächeln. »Dazu fehlt ihm der Schneid. Er wird mich einsperren und die Angelegenheit früher oder später vergessen.« Wulf drückte ihre Hände an sich. »Wenn er seines verletzten Stolzes genauso überdrüssig ist wie seiner Gemahlin«, fügte sie hinzu, »dann werde ich dir Nachricht zukommen lassen, wo du deinen Sohn finden kannst. Bis dahin sei geduldig.« Ihre Stimme zitterte. Mit schwimmenden Augen schob sie ihn auf den Ausgang zu, wo sie ihn ein letztes Mal an sich zog, um ihn leidenschaftlich zu küssen. Ihre Tränen benetzten bereits ihren Mund, doch bevor auch Wulf die Fassung verlieren konnte, machte sie sich energisch von ihm los und flüsterte undeutlich: »Leb wohl, Liebster.«

Eine halbe Stunde später hatte Katharina die Haltung so weit wieder erlangt, dass sie Baldewin und Anabel zu sich rufen und dem Bericht des Ritters lauschen konnte. Da das Vorhaben, das seit Anabels Beichte Gestalt angenommen hatte, in nicht unerheblichem Maße davon abhing, was Baldewin erreicht hatte, hoffte sie bange auf gute Neuigkeiten. Mit verschlossener Miene und einer tiefen Falte zwischen den dunklen Brauen fasste der Ritter seinen Besuch beim Hauptmann der Wache zusammen, der nicht ganz so verlaufen war wie vorhergesehen.

»Ohne die Unterstützung des Bürgermeisters kann er nichts ausrichten«, erklärte Baldewin mit einem entschuldigenden Blick auf Anabel, die wie gebannt an seinen Lippen hing. »Da es sich bei dem Beschuldigten um den neuen Alderman handelt, muss die Klage vor dem Rat vorgebracht und erläutert werden. Was einige Tage in Anspruch nehmen kann.«

Katharina rang die Hände. Sie hatte keine Tage! Wenn Ulrichs Männer nicht bereits heute in Ulm eintrafen, dann würden sie spätestens am morgigen Donnerstag ihr Ziel erreichen und sie zwingen, sie nach Hohenneuffen zu begleiten. Sie nagte grübelnd an ihrer Unterlippe.

»Werden sie Bertram freilassen?«, fragte Anabel nach einem kurzen Moment des lastenden Schweigens schüchtern. »Jetzt, da Ihr bezeugt habt, dass er es nicht gewesen sein kann?« Ihre blauen Augen wanderten flehend zu Katharina, während Baldewin die Achseln zuckte.

»Der Hauptmann hat nichts dergleichen verlauten lassen«, erwiderte er neutral. »Aber spätestens wenn dein Vater offiziell angeklagt wird, müssen sie ihn aus dem Kerker entlassen.«

Anabel senkte traurig den Kopf. »Dann werdet Ihr nicht mehr in der Stadt sein, um seine Unschuld zu bezeugen, nicht wahr?«

Trotz ihrer eigenen, überaus ernsten Probleme ergriff Katharina das Leid des jungen Mädchens, und sie trat auf sie zu, um ihr tröstend die Hände auf die Oberarme zu legen. »Vielleicht ist das gar nicht nötig«, versetzte sie ernst. »Wir könnten uns gegenseitig helfen.« Erstaunt hob Anabel den Blick und öffnete den Mund zu einer Frage, der Katharina jedoch zuvorkam. »Auch ich bin in Schwierigkeiten«, erklärte sie mit einem Seufzen und zeigte auf die Krippe in der Ecke der Kammer. »Ich kann Wulf nicht mitnehmen. Jemand muss ihn vor den Männern meines Gemahls in Sicherheit bringen.« Sie zögerte einen winzigen Augenblick. »Wenn ich dir helfe, deinen Bertram zu befreien, würdest du dich dann einige Zeit um Wulf kümmern? Ihn in Sicherheit bringen?« Angespannt betrachtete sie das Gesicht des Mädchens, auf dem sich eine Unzahl widerstreitender Gefühle abzeichnete.

»Ihr müsstet die Stadt verlassen«, setzte sie hinzu. »So weit wie möglich von Ulm und dieser entsetzlichen Seuche fort.« Anabel nickte langsam, während ein Funke der Hoffnung in ihren Blick trat. »Vielleicht findest du eine einsame Abtei, in der ihr Unterschlupf finden könnt.« Katharina nestelte an ihrem Gürtel. »Hier sind dreißig Gulden. Damit könntest du die Heiligen Schwestern bezahlen oder selbst dafür sorgen, dass es ihm an nichts mangelt.« Die schwere Geldkatze klimperte leise, als sie diese auf das kleine Tischchen fallen ließ. »In etwa einem Jahr lässt du mir eine unverfängliche Nachricht zukommen, wo er sich befindet. Alles Nötige ist bereits vorbereitet.« Ihre Hände zitterten, als sie sich eine Locke aus der Stirn wischte. »Ich kann ihn niemandem sonst anvertrauen. Mein Gemahl wird überall nach ihm suchen.« Das Hämmern ihres Herzens schien von den Wänden der Stube widerzuhallen, und während sie Anabel angespannt beobachtete, gruben sich ihre Fingernägel schmerzhaft in ihre Handflächen. »Ich habe einem Bengel zehn Pfennige zugesteckt, damit er uns informiert, sobald die Männer des Grafen im Hospital eintreffen«, unterbrach Baldewin die Spannung. »Damit bleibt Euch ein wenig Zeit, bevor sie diese Unterkunft ausfindig machen.« Immer noch schwang Groll über den Zwischenfall mit Wulf in seiner tiefen Stimme mit, doch für Eifersucht war jetzt nicht die richtige Zeit.

»Ich kann ohnehin nicht in dieser Stadt bleiben«, flüsterte Anabel schließlich traurig und wischte sich verstohlen die Augen. »Aber wie wollt Ihr Bertram aus dem Gefängnis befreien?«

Trotz aller Bangigkeit stahl sich ein Lächeln auf Katharinas Züge. »Das dürfte einfacher sein als alles andere.«

Kapitel 42

Stimmen! Mit einem heiseren Stöhnen versuchte Bertram, die bleischweren Lider zu heben, doch das Fieber hatte ihn so sehr geschwächt, dass er nach kurzer Zeit aufgab. Trocken und schwer klebte seine Zunge an dem geschwollenen Gaumen, der das Schlucken nahezu unmöglich machte. Von seinen Achselhöhlen strahlte ein pochender Schmerz aus, der jedoch entgegen der schlimmen Befürchtungen erträglicher war als angenommen. Ein Kratzen in seinem Hals ließ ihn ein trockenes Husten ausstoßen, woraufhin das Tuscheln der durcheinanderredenden Stimmen aufs Neue einsetzte. Unzusammenhängende Wortfetzen drangen an seine Ohren, in denen das Rauschen des eigenen Blutes zu einem einschläfernden Rhythmus gefunden hatte. Träumte er? Unter Aufbietung aller Kraftreserven zwang er sich zu einem Blinzeln, das ihm jedoch nichts außer verwischter Dämmernis enthüllte. Während eine der körperlosen Stimmen einen hohen Singsang anstimmte, raunten andere heiser oder ermattet Dinge, die Bertram nur halb verstand. »Herr Jesus vergib mir meine Schuld. Herr Jesus vergib mir meine Schuld. Herr Jesus vergib mir meine Schuld …«

Die monotone Wiederholung dieses Gebetes kristallisierte sich nach einigen Minuten angestrengten Lauschens heraus, bis ein mürrischer Bass brummte: »Er wird dir deine

Schuld nicht vergeben, du Narr. Du wirst morgen hingerichtet!«

Ein Wimmern löste das Flehen ab, und da sich allmählich tanzende Schatten hinter Bertrams geschlossenen Lidern abzeichneten, bemühte sich der Knabe abermals, die Augen zu öffnen. Nach unzähligen Versuchen brach schließlich die dicke Kruste, die seine Wimpern verklebte, und es gelang ihm, einen kurzen Blick auf seine Umgebung zu erhaschen.

Geblendet von dem Licht einer flackernden Fackel erkannte er das Innere seiner Zelle, die er sich inzwischen mit einer Anzahl weiterer Gefangener teilte. Die ungewohnte Helligkeit bereitete ihm Schmerzen, doch nachdem er seine müden Augen einige Zeit lang ausgeruht hatte, wagte er einen weiteren Blick. Der an die Wand gekettete Pesttote war einer nackten Frau mit langem, strähnigem Haar gewichen, deren Körper von getrocknetem Blut überzogen war. Zu seinen Füßen kauerte ein alter Mann, der sich auf den Knien hin- und herwiegte und einen Rosenkranz umklammerte, während sich seine Lippen in dem inzwischen lautlosen Gebet bewegten. Der Bass schien zu einem riesenhaften Kerl zu gehören, dessen linkes Ohr fehlte, und dessen Beine mit einer schweren Kette gefesselt waren. Die Ansammlung wurde ergänzt durch eine zahnlose Alte, deren Stirn ein blutiges Tuch bedeckte.

Nachdem er diese Veränderungen registriert hatte, schloss Bertram die Augen wieder, um sich einige Zeit lang zu erholen. Mit jedem mühsamen Hauch, den er tat, verstärkte sich jedoch der ihn marternde Durst, und als das Gefühl, von innen her zu vertrocknen, unerträglich wurde, schob er sich einige Zoll nach rechts. Dort, halb verborgen im Stroh, befand sich eine Wasserschale, deren Inhalt verlockend glitzerte. Wenngleich ihn jede Bewegung beinahe übermenschliche Anstrengung kostete, erreichte er nach einigen Minuten schließlich das Gefäß, vor dem er keuchend liegen blieb. Zitternd vor Entkräftung wartete er darauf, dass das Dröhnen seines Herzens nachließ, bevor er den Mund an den Rand presste und gierig trank.

Er hatte beinahe den Boden der Schüssel erreicht, als ihn ein harter Schlag traf und der Bass mürrisch feststellte: »Du bist nicht der Einzige hier! Lass gefälligst was für uns übrig!« Damit entriss der Mann dem Knaben den Trunk, um ihn selbst in einem Zug zu leeren. Da man ihm die Hände frei gelassen hatte, stemmte er sich danach zurück in die Ecke, von wo aus er Bertram misstrauisch beäugte.

»Was hast du angestellt, Bursche?«, fragte er nach kurzem Schweigen. »Gestohlen, betrogen oder ausgerissen?«

Bertram, dessen Lebensgeister zurückkehrten, schüttelte schwach den Kopf und murmelte: »Nichts.«

Diese Antwort entlockte dem Riesen ein amüsiertes Prusten. »Das sagen alle«, spuckte er verächtlich aus. »Aber mir kannst du die Wahrheit anvertrauen.«

Bevor Bertram etwas erwidern konnte, näherte sich vom Korridor her das Klimpern eines Schlüsselbundes, und als kurz darauf der Riegel über das Holz flog, schienen seine Mitgefangenen die Luft anzuhalten.

»Rein da.« Grob packte der im Rahmen auftauchende Kerkermeister einen gebeugten Mann am Schopf und schleuderte ihn in die überfüllte Zelle, bevor er auf den Hünen zutrat und ihn in die Höhe zog. »Sag Lebewohl«, höhnte er und zwang ihn, vor sich her zu trotten, bevor er die Tür hinter sich zuknallte.

Schwitzend und frierend zugleich, schob Bertram sich an der Wand in die Höhe, um dem vor seinen Füßen gelandeten Neuzugang Platz zu machen. Wie viel Zeit mochte seit seiner Rückkehr aus der Folterkammer vergangen sein?, grübelte er, während er tief und bewusst Atem holte. Der Trunk schien wahre Wunder zu vollbringen, da langsam aber sicher seine Sinne wieder erwachten. Da sich das taube Gefühl in seinen

Fingerspitzen allmählich legte, führte er verstohlen die Hand unter sein Hemd, um seine Achseln zu betasten. Wann würde ihn die Krankheit töten? Unsicher fand er sein Ziel, und als er das Geschwür berührte, verkniff er sich nur mit Mühe einen Ruf des Erstaunens. Anstatt zuzunehmen, schien die Schwellung zurückgegangen, und auch seine Haut wirkte weit weniger empfindlich als zuvor. Bebend vor Erregung zog er die Finger zurück und rechnete nach. Selbst wenn nicht mehr als ein Tag vergangen war, seit ihn Geri aus den Klauen gelassen hatte, müsste die Krankheit inzwischen so weit fortgeschritten sein, dass er sich kaum mehr bewegen konnte. Er legte die Stirn in Falten.

Sollte er einer der wenigen Glücklichen sein, die an der harmlosen Variante der Seuche erkrankten? Glücklich! Er lachte lautlos. Welcher Dummkopf würde in seiner Lage von Glück reden? Vorsichtig bewegte er seine Zehen und Beine, winkelte die Arme an und testete die Funktion seiner Lunge. Bis auf das kraftraubende Fieber und den leichten Husten schien es ihm gut zu gehen, was ihn unter normalen Umständen dazu veranlasst hätte, Gott auf Knien zu danken. So jedoch schien es gleichgültig, woran er starb. Ob an der Pest oder dem Strang des Henkers!, dachte er bitter, fegte diesen Gedanken jedoch beiseite, als der Mann zu seinen Füßen sich mit einem lang gezogenen Schmerzenslaut an den Arm griff. Da er mit dem Gesicht voraus im Stroh gelandet war, sah Bertram erst jetzt, da er sich mühsam aufrichtete, dass sein rechtes Handgelenk von einer blutigen Bandage umwickelt war. Am ganzen Körper schlotternd zwang sich der Gefangene auf die Knie und starrte auf den Verband, aus dem ein fingerbreiter Blutbach seinen Unterarm entlangrann.

Als er sich mit der Linken den verfilzten schwarzen Schopf aus der Stirn wischte, entfuhr Bertram ein Schrei, der den Kopf des Gefolterten in seine Richtung zucken ließ. Die im schwachen Schein der Fackel schwarz glänzenden Augen bohrten sich in die seinen, doch bevor der Mann den Mund öffnen konnte, stieß Bertram rau hervor: »Vater!« Die eben abgeklungene Schwäche kehrte in einer überwältigenden Woge zurück, und er wäre erneut zusammengesackt, hätte ihn nicht schiere Willenskraft aufrecht gehalten.

Einen kaum wahrnehmbaren Moment zögerte der Steinmetz, bevor er mit einem irritierten Blick auf den blutenden Armstummel auf Bertram zukroch und sich neben diesem ins Stroh sinken ließ. »Bertram«, murmelte er schwach und tastete mit der gesunden Hand nach seinem Sohn. »Mein Gott, Bertram.« Die aufsteigenden Tränen erstickten seine Stimme, während sich die ehemals starken Finger um das Handgelenk seines Sohnes schlossen. Die immer schwächer werdenden Flammen malten ein bizarres Muster aus Licht und Schatten auf die ausgemergelten Züge, die bereits deutlich vom Tod gezeichnet waren.

Alle Geräusche verblassten vor dem stetigen *plok plok* des Blutes, das die gelben Halme innerhalb kürzester Zeit dunkelrot färbte. »Bertram«, wiederholte er mit ersterbender Stimme und bettete den Kopf an den harten Steinquadern, deren schleimige Feuchtigkeit sein Haar tränkte.

»Vater!« Die durch seine Adern schießende Furcht verlieh dem Knaben ungeahnte Stärke, sodass er sich dem Ohnmächtigen zuwenden und diesen an den Schultern rütteln konnte. »Wach auf!« Alles, was er damit erreichte, war, dass der Steinmetz zur Seite sackte, wo er wie leblos liegen blieb. Innerhalb weniger Sekunden bildete sich unter seinem rechten Handgelenk eine rote Lache, die Bertram aus der Starre erweckte, in die er zu verfallen drohte. Mit fliegenden Fingern riss er zwei Streifen aus seinem zerschlissenen Hemdrock, faltete einen davon zu einer Kompresse und drückte ihn auf die furchtbare Wunde, um diese mit dem zweiten Stück Tuch zu verbinden. Augenblicklich ebbte die Blutung ein wenig ab, doch ließ der Zustand seines Vaters befürchten, dass dieser bereits eine erhebliche Menge des kostbaren Lebenssaftes verloren hatte. Er muss gestohlen haben, dachte Bertram erschöpft und brach neben dem bewusstlosen Steinmetz zusammen. Kalter Schweiß bedeckte sein Gesicht und seine Arme, und sein Herz schlug so heftig, dass er befürchtete, es könnte ihm in der Brust platzen.

Kapitel 43

Ulm, 13. Januar 1350

Das Warten war zermürbend. Nachdem der Donnerstag mit einer Mischung aus Schnee und Regen begonnen hatte, stahlen sich um die Mittagszeit die ersten schwachen Sonnenstrahlen durch die dichten Wolken, die von einem stürmischen Westwind auseinandergetrieben wurden. Pfeifend heulten die zum Teil beängstigend starken Böen durch die Häuserschluchten und peitschten den vermummt vorüberhuschenden Menschen ins Gesicht.

Frierend löste Anabel sich von dem undichten Fenster im Obergeschoss der *Goldenen Gans*, schlug den Kragen ihrer Glocke hoch und warf Katharina einen fragenden Blick zu. Diese hatte ihren frisch gefütterten Sohn an die Brust gedrückt, um ihn mit glänzenden Augen zu betrachten und mit dem Zeigefinger den weichen Flaum auf seinem Gesichtchen zu streicheln. Ihre rotbraunen Locken waren von einem strengen Gebende verborgen, das straff unter dem Kinn abschloss. Das von einem beinahe rubinroten Gürtel akzentuierte, safrangelbe Obergewand unterstrich die geisterhafte Blässe ihrer Haut, auf der die einzeln verstreuten Sommersprossen deutlich hervortraten. Außer dem leichten Beben ihrer vollen Unterlippe verriet nichts ihre Erregung, und hätte Anabel sich nicht ebenso sehr vor den unmittelbar bevorstehenden Ereignissen gefürchtet, hätte sie ihr Mitleid und Trost gespendet.

So jedoch fuhren beide Frauen gleichermaßen zusammen, als ein ungeduldiges Hämmern an der Eingangstür die Ankunft eines Besuchers verkündete; und als kurz darauf die Stimme der Wirtin erklang, hielten beide in ihren Bewegungen inne.

»Ich werde es ihr ausrichten«, versetzte die dralle Herrin der Herberge schroff, bevor sie die Tür vernehmlich schloss und die Treppen erklomm. Nachdem sie mit einem diskreten Hüsteln um Einlass gebeten hatte, verneigte sie sich vor Katharina und flötete scheinheilig: »Ein Bote lässt Euch ausrichten, dass die Männer des Grafen vor dem Hospital eingetroffen sind.«

Da Katharina nicht antwortete, zog sie sich nach kurzem Zögern zurück und polterte in die Küche, aus der der schwache Duft frisch gebackenen Brotes in die Herberge strömte.

»Wo Baldewin nur bleibt?«, stieß Katharina gepresst hervor und erhob sich, um den Säugling in eine warme Decke zu wickeln, bevor sie ihn Anabel in den Arm drückte. »Wenn er nicht bald kommt …« Die Sorge verschlug ihr die Sprache, und auch in Anabel verstärkte sich die drückende Bangigkeit.

Nachdem der Ritter am frühen Morgen aufgebrochen war, um ein Ochsenfuhrwerk und Vorräte zu erstehen, hatten die Damen die Zeit damit verbracht, sich um die notwendigen Reisevorbereitungen zu kümmern. So hatte Anabel dem kleinen Wulf das erste Mal das lederne, mit frischer Kuhmilch gefüllte Fläschchen gegeben, an das sich der Knabe in den nächsten Wochen gewöhnen musste. Da es ihr und Bertram vermutlich unmöglich sein würde, täglich eine Amme für das Kind zu finden, hatte sie sich von der Apothekerin in die Alternativen zum Stillen einweihen lassen. Zu Katharinas und ihrer Erleichterung hatte der Junge die Nahrungsumstellung ohne Protest akzeptiert, doch wenn Baldewin nicht in absehbarer Zeit auftauchte, würde diese Tatsache keine Rolle mehr spielen, da sie alle in höchster Gefahr schwebten.

»Bist du sicher, dass du nichts vergessen hast?«, erkundigte sich die aufgewühlte Katharina zum wiederholten Mal, und Anabel nickte. »Wenn du keine anderweitige Nachricht erhältst, wende dich in genau einem Jahr an die genannte Adresse«, frischte sie die Anweisungen auf. »Die Botschaft muss so verfasst sein, dass sie keinen Schaden anrichten kann, sollte sie in die falschen Hände fallen.« Ihr Sopran drohte zu kippen. »Seid beruhigt«, versicherte Anabel, die keinesfalls so zuversichtlich war, wie sie wirkte. »Ich werde dafür sorgen, dass ihm nichts geschieht.« Sie wollte gerade etwas hinzufügen, als das Klappern von Hufen sie aufhorchen und erneut ans Fenster eilen ließ.

»Er ist da!«, rief sie erleichtert aus und zog die Kapuze über den Kopf. »Ich weiß nicht, wie ich Euch danken soll«, sagte sie ergriffen und blickte zu Katharina auf, die vollkommen erbleicht war. »Gott behüte Euch«, flüsterte sie. »Ihm wird kein Leid geschehen, das verspreche ich Euch.«

Nachdem die Gräfin dem Kind auf Anabels Armen einen endgültigen Kuss auf die Wange gedrückt hatte, wandte sie sich hastig ab und sackte auf einem der Schemel zusammen. Das Leid der ihres Sohnes beraubten Mutter schmerzte Anabel beinahe körperlich, und bevor auch sie die Kontrolle über ihre Gefühle verlor, eilte sie die engen Stufen hinab vor die Tür, wo Baldewin ihr ohne unnötige Worte auf den Bock half. Mit einem Klatschen ließ er die Zügel auf die Rücken der beiden starken Zugtiere fallen und lenkte den mit einer Leinwand überspannten Karren nach Süden.

Bereits nach wenigen hundert Schritten bog er links ab, um kurz darauf vor einer kleineren Taverne haltzumachen. Dort sprang er zu Boden, reichte Anabel die Hand und befahl einem rußverschmierten Bengel, die Tiere in den Stall zu führen und zu füttern. Daraufhin bugsierte er Anabel in die überfüllte Schankstube, wechselte einige Sätze mit dem frettchenhaften Besitzer des *Tanzenden Trolls* und befahl ihr knapp: »Warte hier auf mich. Ich komme zurück, sobald die Gräfin in der Obhut der Gesandtschaft ist.« Sein Mund verzog sich zu einem schmalen Schlitz. Mit einer nicht zu verstehenden Verwünschung kehrte er dem Mädchen abrupt den Rücken und eilte aus der Wärme der Stube hinaus in die Kälte, die unter der Tür ins Innere des Schankraumes drückte. Immer noch fröstelnd rückte Anabel näher an das sparsame Feuer, um das sich zu dieser frühen Stunde bereits eine Handvoll Zecher scharte, die sie mit neugierigen Blicken bedachten. Da sie der bewaffnete Begleiter abgeschreckt zu haben schien, kehrten sie jedoch rasch zu ihrer gemurmelten Unterhaltung zurück und zollten der jungen Frau keine weitere Aufmerksamkeit.

Als wenig später ein Krug warmen Wacholderbieres vor Anabel auf dem Tisch auftauchte, legte sie dankbar die Hände an das Metall und versank in beklommenem Brüten. Was, wenn Katharinas Plan fehlschlug, und man Baldewin den Gefangenen nicht aushändigte? Was, wenn die Wächter das Siegel des Grafen von Württemberg, mit dem sie das Schriftstück verschlossen hatte, nicht kannten oder auf eine Bestätigung des Hauptmanns warteten? Sie stützte das Kinn in die Handflächen und starrte blicklos auf die Tischplatte. Zwar hatte man Baldewins Aussage aufgenommen, doch was würde geschehen, wenn es Conrad dennoch gelang, seinen Kopf aus der Schlinge zu ziehen? Würde der Bürgermeister ihnen die Stadtwache hinterher schicken? Würde man sie zu Gesetzlosen erklären?

Ihre Brust verengte sich, und nur mit Mühe gelang es ihr, das würzige Getränk die Kehle hinabzuzwingen. Sie brauchte Kraft. Wenn sie die nächsten Tage überstehen wollte, benötigte sie alle Reserven, die sie besaß. Sollte ihnen die Flucht aus der Stadt gelingen, würden sie es einige Zeit lang vermeiden müssen, an öffentlichen Orten zu übernachten; was bedeutete, dass sie der Kälte lediglich durch die Leinwand und die Lammfelle geschützt würden trotzen müssen. Das Kind, das sie inzwischen mit einem Tuch vor ihrer Brust befestigt hatte, bewegte sich, und Anabel drückte es liebevoll an sich. Würde sie den Jungen beschützen können, so wie sie es Katharina versprochen hatte?

Vor dem Fenster rumpelte soeben einer der allgegenwärtigen Leichenkarren vorbei, um rechts und links der Straße die Toten aufzulesen. Was, wenn es ihnen nicht gelang, vor der Seuche zu fliehen? Sie seufzte tief und kaute gedankenverloren an einem Stückchen Kuchen, das dem Bier gefolgt war. Nimm dich zusammen!, befahl sie sich selbst energisch und straffte die schmerzenden Schultern. Wie sinnlos es war, sich zu fürchten und sich all die schauerlichen Dinge auszumalen, die ihnen widerfahren konnten! Sie sollte Gott für die glückliche Fügung ihres Schicksals danken!

Zu Beginn der Woche hatte es noch so ausgesehen, als habe sich alles gegen sie und Bertram verschworen. Doch mit dem heutigen Tag würde sich ihr Los ändern! Anstatt Egloff als Braut zugeführt zu werden, würde sie mit dem Mann, den sie liebte, ein Leben an einem anderen Ort beginnen, wo niemand ihre Herkunft kannte. Wenn es ihnen gelingen sollte, den kleinen Wulf bei einem Einsiedlerorden zu verbergen, würden sie sich in der Nähe niederlassen und ihren Lebensunterhalt verdienen, ohne dass jemand einen Großteil davon für sich beanspruchte. Sie lächelte sehnsüchtig. Vielleicht bewerkstelligte es Bertram sogar, einen Meister zu finden, bei dem er seine unterbrochene Steinmetzausbildung zu Ende bringen konnte.

Die nächsten Stunden verbrachte sie damit, das anschwellende Gegröle der Trinker zu ignorieren und sich in Gespinsten ihrer Vorstellung zu verlieren, bis sich der Knabe an ihrer Brust mit einem ärgerlichen Weinen zu Wort meldete. Behutsam löste sie ihn aus dem Tuch, bettete ihn in ihrer Armbeuge und setzte das Fläschchen an seinen Mund, der sich gierig um den hölzernen Sauger schloss. Zug um Zug leerte sich der Schlauch, bis er schließlich schlaff auf den Tisch fiel.

Sobald das Kind wieder eingeschlafen war, bat Anabel den Wirt darum, das Ziegenleder mit lauwarmer Milch zu füllen, und kaum hatte der vierschrötige Mann ihre Bitte erfüllt, tauchte Baldewins breite Gestalt in dem niedrigen Türrahmen auf. Das Gesicht des hünenhaften Ritters glich einer aus Stein gehauenen Maske, und lediglich das Zucken eines Augenlids verriet seine Erregung. Ohne Anabels unausgesprochene Frage zu beantworten, fasste er sie am Arm und forderte sie auf, vor ihm hinaus in die hereinbrechende Abenddämmerung zu treten. Mit gesenktem Kopf folgte er ihr, löste das Fuhrwerk aus und gab ihr zu verstehen, sich auf der Ladefläche zu verstecken. Hinter Vorratsfässer, Felle und zwei riesige Schinken gekauert, lauschte Anabel auf die Geräusche der Stadt, die sie nie wiedersehen würde. Ein Stich des Gewissens ließ sie an Gertrud denken, doch da sich ihre Stiefmutter aus dieser Welt zurückgezogen hatte, verdrängte sie die Bisse und richtete die Aufmerksamkeit auf das bevorstehende Wagnis.

Rumpelnd schleuderte sie der Karren von einer Ecke in die andere, und als Baldewin das Gefährt nach scheinbar immerwährender Fahrt endlich verlangsamte, stieß sie erleichtert die Luft aus – nur um sie kurz darauf angsterfüllt einzusaugen. Halb verdeckt vom Rücken des Ritters näherte sich die schief in den Himmel ragende Silhouette des Metzgerturms, über dessen Dach eine Unzahl schwarzer Krähen kreiste. Unheil verkündend lag ihr durchdringendes Krächzen über dem wie ausgestorben daliegenden Häuserkarree, welches das Gefängnis umgab, vor dessen Eingang vier beeindruckend bewaffnete Männer Wache standen.

»Halt!«, gebot einer von ihnen und trat auf das Fuhrwerk zu, das Baldewin in etwa dreißig Fuß Entfernung zum Stehen brachte. »Kehrt um, hier könnt Ihr nicht durch!« Zwei weitere Wachen gesellten sich zu dem Sprecher, der drohend die Hellebarde auf den Ritter richtete. Dieser hob beschwichtigend die Hände, glitt zu Boden und fuchtelte mit dem von Katharina so kunstvoll gefälschten Befehl.

»Ich komme im Auftrag des Grafen von Württemberg«, erklärte er ruhig und hielt dem ersten Wachhabenden die Nachricht unter die Nase. Da dieser offenbar nicht lesen konnte, winkte er einen seiner Kameraden näher, der das Schriftstück misstrauisch beäugte.

»Das ist das Wappen des Grafen«, bestätigte dieser nickend. »Ich kenne es. Um welchen Gefangenen handelt es sich?«

Voller Unruhe beobachtete Anabel den Austausch. Wenn die Männer die List durchschauten, würde man nicht nur Baldewin, sondern auch sie selbst verhaften, und alles wäre umsonst gewesen! Verängstigt duckte sie sich noch tiefer in die Schatten des Wagens, um auf keinen Fall von den Wachen entdeckt zu werden.

»Geri!« Der Schrei des Hellebardenträgers ließ Anabel zusammenfahren. »Geri!«

Als kurz darauf ein hässlicher Kerl mit nur einem Auge vor das Tor trat, zog es Anabel den Magen zusammen. Deutlich sichtbar prangte ein riesiger Blutfleck auf einem ehemals weißen Hemd, das kaum den fetten Bauch bedeckte.

»Was gibt es?«, schnarrte er und legte den Kopf schief, um Baldewin kritisch zu betrachten. »Ich war beschäftigt.« Ein Lächeln verzog den zahnlosen Mund.

»Dieser Ritter hat Befehl, den Jungen abzuholen«, erklärte die Wache. »Den Mörder, der vor drei Tagen eingeliefert wurde.«

»Ah.« Der Kerkermeister nickte verdrießlich. »Den könnt Ihr mitnehmen. Aber viel Freude werdet Ihr nicht an ihm haben.« Mit dieser rätselhaften Bemerkung ließ er sich das Siegel des Grafen zeigen, murmelte einige undeutliche Worte und wies Baldewin an, ihm zu folgen.

Furchtsam verfolgte Anabel, wie die Männer den Turm betraten und aus ihrem Blickfeld verschwanden, während sich ihre Muskeln vor Anspannung verkrampften. Was um alles in der Welt hatte der Kerl damit gemeint?, dachte sie beklommen. Hatten sie Bertram gefoltert? Halb totgeschlagen oder geblendet? Ein grässliches Bild jagte das andere, während sie angstvoll darauf wartete, dass sich das mit Eisennägeln beschlagene Tor wieder öffnete und die beiden Männer ausspuckte.

Kapitel 44

Was erlaubt Ihr Euch?« Entrüstet funkelte Conrad die beiden Stadtwächter und den arroganten Hauptmann an, die sich ihm vor der Ratssitzung an diesem Donnerstag in den Weg gestellt hatten. Mit einem erbosten Laut verzog er die Oberlippe zu einem verächtlichen Knurren, doch zeigte sich keiner der Männer davon beeindruckt. Der harte Griff, mit dem die Bewaffneten ihn von beiden Seiten an den Armen gepackt hielten, ließ keinen Irrtum über die Natur dieser Begegnung zu, und trotz der äußerlichen Selbstsicherheit beschlich den Gießer eine dunkle Ahnung.

Da das Treffen des Stadtrates an diesem Tag auf die vierte Stunde festgesetzt worden war, senkte sich vor den prächtigen Bogenfenstern bereits die Dämmerung über die Stadt. Links und rechts von dem merkwürdigen Kleeblatt strömten die verdutzten Zunftvertreter und Patrizier in den hell erleuchteten

Versammlungssaal, an dessen Kopfende der Bürgermeister mit steinernem Gesicht in Conrads Richtung blickte. Sobald die Männer Platz genommen hatten, erhob sich ein unruhiges Tuscheln, das mit jeder Minute, die verstrich, anschwoll.

Eingekeilt zwischen den Wächtern bemühte sich der neue Alderman um Haltung, was ihm angesichts der Lage, in der er sich befand, nicht gerade leichtfiel.

»Ihr seid verhaftet«, informierte ihn der Hauptmann wie beiläufig, bevor er den Soldaten den Befehl gab, ihren Gefangenen in den Saal zu führen. Dort zwangen sie Conrad, in der Mitte des Raumes stehen zu bleiben und die Hände hinter dem Rücken zu verschränken, damit sie ihn fesseln konnten. Bebend vor Zorn ließ er diese Demütigung über sich ergehen, warf jedoch unbeherrscht den Kopf in den Nacken, als die derben Stricke in seine Haut einschnitten.

»Gebt gefälligst acht!«, brauste er hitzig auf, doch als Henricus den Conrad zustehenden Platz neben dem Bürgermeister einnahm, verschlug es ihm unerwartet die Sprache.

»Conrad Glockengießer«, hub der Hauptmann der Wache an, der sich mit einer ausladenden Geste an alle Anwesenden wandte. »Gegen Euch wurde eine schwerwiegende Anklage vorgebracht, welche heute vor diesem Rat wiederholt und erläutert werden soll.«

Er gab das Wort an den Bürgermeister ab, welcher mit gewichtiger Miene eine Pergamentrolle vor sich auf dem Tisch entrollte und mit monotoner Stimme verlas: »Folgende Verbrechen werden Euch zur Last gelegt. Erstens: die heimtückische Ermordung Eures Vorgängers. Zweitens: Falschaussage und Irreführung der Justiz in ebendieser Angelegenheit. Drittens: die Bezichtigung eines Unschuldigen. Viertens: Erschleichen eines Eheversprechens unter Vorspiegelung falscher Tatsachen.« Er räusperte sich und fuhr dann fort: »Als Zeugen gegen Euch fungieren der Abt Henricus sowie der Hauptmann der Stadtwache in Vertretung eines Ritters des Grafen von Württemberg.«

Kaum hatte er geendet, verwandelte sich das Flüstern in einen offenen Aufruhr, den das Stadtoberhaupt unterband, indem er den Hammer vor sich auf den Tisch fallen ließ. »Ich bitte um Ruhe«, dröhnte er streng und wandte sich dem Kirchenmann an seiner Seite zu. »Henricus wird diese Klage genauer erläutern.« Damit deutete er auf den Abt, welcher sich voller Ingrimm an Conrad wandte.

»Ich beschuldige Euch, diese Taten aus reiner Habgier begangen zu haben«, bellte er und blickte selbstgefällig in die Runde. »Nachdem Euer Vorgänger Euch der Bestechung bezichtig hatte, habt Ihr kurzerhand beschlossen, ihn aus dem Weg zu räumen und seinen Posten durch Lüge und Betrug an Euch zu reißen.« Seine grauen Augen ruhten eisig auf dem sich unaufhaltsam einfärbenden Gesicht des Angeklagten. »Ihr habt ihn in eine Falle gelockt, ihm das Leben genommen und Eurem Lehrling die Beweise untergeschoben, welche zu seiner Verhaftung führten.«

Einige der Zunftvertreter nickten, als hätten sie Conrad von Anfang an für schuldig gehalten. Was für einfältige Affen!, fuhr es dem Gießer durch den Kopf, doch als Henricus weiter wetterte, verging ihm der Hochmut.

»Um ein Haar wäre Euch die Täuschung gelungen«, zeterte der Mönch und schüttelte die Faust. »Wäre nicht ein Zeuge aufgetaucht, der Euer Lügengewebe zerrissen hat! Dieser hat nicht nur die vermutliche Unschuld des Knaben unter Eid bestätigt, sondern ausgesagt, dass es niemand außer Euch gewesen sein kann, der den Mord begangen hat.« Er wies auf den Hauptmann der Wache. »Dieser Mann fungiert als stellvertretender Zeuge für den Ritter, da dieser die Stadt verlassen musste.«

Conrad stieß die Luft durch die Zähne aus. »Wie praktisch«, höhnte er, verstummte jedoch umgehend, als Egloff sich erhob und anklagend auf ihn zeigte. »Ihr wolltet mir Eure Tochter unterjubeln«, knurrte er und hustete trocken.

»Eure Tochter, die bereits ihre Jungfräulichkeit verloren hat!«, feuerte Henricus hinterher – ohne jedoch zu erwähnen, wer dem Mädchen die Ehre geraubt hatte.

»Nicht alle durcheinander, meine Herren«, mischte sich der Bürgermeister ein und nickte dem Hauptmann zu, der einen Schritt vortrat und sich leicht verneigte.

Nachdem das Raunen zu einem unterschwelligen Murmeln abgeflaut war, erhob er die tiefe Stimme und forderte: »Ich beantrage, den Gefangenen der Stadtwache zur Überstellung in den Metzgerturm zu übergeben. Dort wird er ebenso wie der Knabe der peinlichen Befragung unterworfen, durch welche die Wahrheit ans Licht kommen wird. Wenn in zehn Tagen das Schöffengericht zusammentritt, werden beide dem Richter vorgeführt.«

Distanziert und kühl musterte der Bürgermeister den Gießer, der den Blick mit vorgestrecktem Kinn erwiderte, bevor er zustimmend verlauten ließ: »Er gehört Euch. Seht zu, dass Ihr alle Einzelheiten in Erfahrung bringt.« Er gab den Wächtern einen Wink, woraufhin diese Conrad herumwirbelten und aus dem Saal drängten, in dem sich ein wahrer Höllenspektakel anbahnte.

»Ich wusste es«, keifte eine sich überschlagende Stimme, die von der sich schließenden Doppelpforte abgeschnitten wurde.

Unsanft stießen die Männer ihren Gefangenen vor sich die Treppen hinab auf den Marktplatz hinaus, wo sie innerhalb weniger Schritte von einer Traube Schaulustiger umringt waren.

»Macht Platz!«, befahl der Hauptmann mürrisch und winkte ein halbes Dutzend Soldaten aus der Wachstube heran, um die Gaffer zurückzudrängen.

Fassungslos stolperte Conrad über das rutschige Kopfsteinpflaster, den Hang hinab auf den Eingang des Gefängnisses zu, vor dem ein Ochsenfuhrwerk wartete. Hätte er den Kopf gewandt, hätte er das erschrockene Gesicht seiner Tochter erblickt, das jedoch umgehend totenblass hinter einem großen Fass verschwand. Da der Blick seiner zu Schlitzen verengten Augen allerdings starr auf das vergitterte Tor vor sich gerichtet war, nahm er nichts wahr außer dem sich gähnend vor ihm und seinen Wächtern öffnenden Schlund. Als ihn ein riesenhafter Kerl mit einem Ohrring in Empfang genommen hatte, zogen sich die Soldaten zurück, nachdem sie Anweisung gegeben hatten, den Gießer zu befragen.

»Langsam geht uns der Platz aus«, murrte der Hüne, packte Conrad am Schopf und bugsierte ihn derb in das Untergeschoss, wo er ihn nach wenigen Minuten in eine Kammer beförderte, in der etwa zwei Dutzend Pfähle nebeneinander angebracht waren. An etwa der Hälfte dieser Pflöcke hingen Gefangene, doch bevor Conrad der Zweck dieses Raumes klar wurde, schlossen sich kalte Eisenzwingen um seine Handgelenke. Mit einem Ruck zerriss der Scherge seine Schecke und zerrte an seinem Hemd, bis der Oberkörper des Gießers vollkommen entblößt war. Daraufhin griff er nach einer aufgerollten, mit Metallkugeln verstärkten Geißel, schüttelte diese und trat hinter sein entsetztes Opfer. Wie hatte sich die Talfahrt des Rades der Fortuna nur so schwindelerregend beschleunigen können?, dachte Conrad ungläubig, bevor sich die Riemen brennend in seine Haut fraßen.

Zufrieden wie ein gesättigter Kater trat Henricus einige Zeit später, nachdem sich die aufgeregten Ratsmitglieder zerstreut hatten, den Heimweg zur Franziskanerabtei an. Den immer noch frischen Wind ignorierend, eilte er an der Baugrube vorbei und tauchte in dem Moment in den Schutz des Abthauses ein, in dem eisiger Regen einsetzte. Nachdem sich das Wetter im Verlauf des Tages ein wenig aufgeklärt hatte, waren am Abend dicke Wolken aus Osten über die Alb hereingezogen, was vermutlich neuen Schnee bedeutete.

Als er die angenehm geheizte Halle seiner Unterkunft betrat, reichte er dem ihn erwartenden Novizen die wollene Kukulle und begab sich ins Obergeschoss, wo er die Hände an der Feuerstelle in einem der schlicht eingerichteten Wohngemächer wärmte. Diese Schlacht war gewonnen!, frohlockte er und griff nach dem heißen Met, den ein weiterer Novize mit einer ehrerbietigen Verbeugung auf dem Tisch abstellte. Gott hatte ihm ein weiteres Mal seine Gunst gezeigt! Stillvergnügt rief er sich den Ausdruck auf dem Gesicht des falschen Aldermans in Erinnerung, als diesem klar geworden war, dass es kein Entrinnen mehr gab. Niemand forderte einen Mann Gottes ungestraft heraus! Ein sonniges Gefühl der Befriedigung ergriff von ihm Besitz, und er ließ sich seufzend in einen der dick gepolsterten Sessel fallen, welche zu den wenigen Möbelstücken gehörten, die er nicht ausgetauscht hatte. Wohingegen die obszön weltlichen Wandbehänge, welche Franciscus so hoch geschätzt hatte, ein Opfer der Flammen geworden waren, hatte Henricus an diesem einen Luxus festgehalten. Außer diesen kostbaren Möbelstücken erinnerte nichts mehr an den ausschweifenden Lebensstil seines Vorgängers, den die eigene Sündhaftigkeit zu Fall gebracht hatte. Angewidert verzog Henricus die dünnen Lippen. Es gefiel ihm ganz und gar nicht, dass sein eigenes Schicksal offenbar mit dem des Gießers verknüpft war; doch hätte dessen Tochter nicht endgültig die Reinheit der Seele des ehemaligen Abtes befleckt, hätte Gott diesen nicht mit der entsetzlichen Plage gestraft. Und Henricus hätte noch Jahre auf den ihm zustehenden Posten warten und die ekelhaften Ausschweifungen mit ansehen müssen!

Seine Hand wanderte zu dem goldenen Kruzifix, das er von Franciscus geerbt hatte. Während seine Fingerkuppen über das geschmeidige Metall strichen, betrachtete er versonnen den Tanz der Flammen, welche für ihn stets eine symbolische Warnung darstellten. Allein der Gedanke an das Inferno der Hölle ließ ihm den Schweiß aus den Poren treten, doch da er alles unternahm, um den Willen des Herrn zu erfüllen, fürchtete er sich von Tag zu Tag weniger vor dem *dies irae* – dem Jüngsten Gericht. Wenn seine Erfolge nicht als Anerkennung zu sehen waren, als was dann?, grübelte er und zählte die Feinde, die er in letzter Zeit niedergerungen hatte, an den Fingern ab. Franciscus war sein eigener Untergang gewesen. Doch die Beginen hatte einzig er, Henricus, durch das Exempel, das er an einer von ihnen statuiert hatte, in die Schranken gewiesen. Ebenso diesen Bauernlümmel von Glockengießer, der gemeint hatte, ihn übertölpeln zu können! Bei der Wahl des nächsten Aldermans würde Henricus all seinen Einfluss geltend machen, um sicherzustellen, dass das Bauunternehmen wieder in die Hand der Kirche überging. Denn wer sonst sollte dafür geeignet sein, ein Gotteshaus von nie da gewesener Pracht und Gewaltigkeit zu errichten?! Er drehte nachdenklich den Pokal zwischen den Fingern, bevor er diesen absetzte und die Füße auf das Gitter vor der Feuerstelle legte, um den Schmerz in seinen Gelenken zu lindern.

Was er auf lange Sicht mit den Beginen anfangen würde, darüber war er sich noch nicht vollkommen im Klaren. Am liebsten hätte er diese unverschämten Weiber ein für alle Mal aus der Abtei verbannt. Doch da sie zu einem nicht unerheblichen Teil dafür sorgten, dass den Barfüßern die finanziellen Mittel nicht knapp wurden, musste er in diesem Fall etwas subtiler vorgehen. Am einfachsten wäre es, den Bischof in Augsburg davon zu überzeugen, dass sie allesamt mit dem Teufel im Bunde waren, und ihre Habe kurzerhand zu beschlagnahmen. Allerdings waren die Folgen einer solchen Vorgehensweise nicht absehbar. Zu viele der sogenannten Schwestern stammten aus den einflussreichen Häusern des Ulmer Patriziats, sodass sie unter dem Schutz ihrer mächtigen männlichen Verwandten standen.

Allmählich breitete sich die wohltuende Wärme von seinen Fußsohlen bis hin zu seinen Schienbeinen aus, und er schloss genüsslich die Augen. Die gegensätzlichen Wirkungen des Feuers hörten nicht auf, ihn zu faszinieren. Nicht nur spendete es in der kalten Jahreszeit Wärme, Licht und Leben; es löschte auch unwiderruflich alles Böse aus und läuterte die Seele der Gefallenen. Er würde eine Verschärfung der Hexenprozesse im Rat beantragen, da er felsenfest davon überzeugt war, dass die nicht abflauen wollende Pest unlösbar mit der Anzahl der Teufelsanbeter in der Stadt verbunden war. Wenn erst alle Diener der Dunkelheit vernichtet waren, würde auch diese Bürde von den Menschen genommen werden!

Ein schwerer Husten unterbrach seine Gedanken. Als sich der Anfall gelegt hatte, erschien ihm die Hitze der Flammen mit einem Mal übermäßig, und er kam schwerfällig auf die Beine, um sich auf die Abendandacht vorzubereiten.

Kapitel 45

Mit einem leisen Zischen erstarb die Fackel in Bertrams Zelle. Als bestünde ein Zusammenhang zwischen beidem, erloschen mit dem Licht auch die geflüsterten Gebete des immer noch auf den Knien liegenden Alten, der unentwegt um Vergebung flehte. Unter anderen Umständen hätte er Bertram leidgetan, doch seit sein Vater in eine tiefe Bewusstlosigkeit gefallen war, hatte er nur noch Gedanken für den flach atmenden Mann, dessen Kopf in seinem Schoß ruhte. Trotz aller Bemühungen quoll immer noch Blut aus dem abgebundenen Armstummel, der schlaff auf dem Bauch des Steinmetzen lag, als gehöre er zu dem Körper eines anderen. Rasselnd hob und senkte sich der einstmals mächtige Brustkorb des Mannes, dessen Gutmütigkeit sein eigenes Leben und das seines Sohnes zerstört hatte. Ohne Vorwarnung durchströmte den geschwächten Knaben eine solche Woge des Hasses, dass er vermeinte, daran zu ersticken. Während die Kraft seines Vaters mit jedem Herzschlag schwand, kehrte ein solch überwältigender Lebenswille in Bertram zurück, dass er spürte, wie Zorn und ein unstillbarer Rachedurst die Schwäche verdrängten. Wie sehr er inzwischen wünschte, den Alderman selbst getötet zu haben! Ungehalten wischte er mit dem Ärmel eine Träne von der Wange. Was für eine Genugtuung es gewesen wäre, dem Mann, der für all das Unglück verantwortlich war, das zu nehmen, was dieser bei anderen so gering zu schätzen schien! Das immer noch in ihm brennende Fieber ließ ihn schaudern, und als ein durch das vergitterte Fenster heulender Windzug durch die Zelle blies, zog er unwillkürlich die Schultern höher.

Mit dem Rücken an den feuchten Steinquadern lehnend, tupfte er seinem Vater immer wieder den Schweiß von der Stirn und betete zu einem Gott, dessen Macht und Willkür ihn mit Grauen erfüllten. Die Geräusche aus den Tiefen des Gefängnisses verblassten zu einer undeutlichen Kakophonie aus Flüchen, Schreien und unverständlichen Worten, denen Bertram keine Beachtung zollte. In beinahe mechanischer Regelmäßigkeit strich er über die raue Wange des Sterbenden und beschwor Bilder längst vergangener Zeiten hinauf. Trügerisch greifbar zogen Erinnerungen aus seiner Kindheit an ihm vorbei: der traurige Tag vor etwas über zehn Jahren, an dem der

Rest seiner Familie dem tödlichen Scharlachfieber erlegen war; die einsam durchweinten Nächte, in denen er sich nach seiner Mutter und seinen Geschwistern gesehnt hatte; die Freude, als sein Vater ihm eröffnet hatte, dass er ihn als Lehrling andingen wollte, und das Gefühl der Neugier, als er das erste Mal Klöpfel und Schlageisen in der Handfläche gewogen hatte. Wie hatte er darauf gebrannt, gemeinsam mit dem Meister und Vater an dem geplanten Ulmer Münster mitzuwirken, sein gesamtes Können in den Dienst dieses Denkmales zu stellen! Er verzog wehmütig die aufgeplatzten Lippen. Keiner von ihnen würde jemals wieder einen Stein behauen! Das war ihm in den Stunden und Tagen, die er in diesem Loch zugebracht hatte, unumstößlich klar geworden. Ein tiefer Seufzer baute sich in ihm auf. Wenn er jemals wieder das Blau des Himmels erblicken sollte, dann vermutlich am Tag seiner Hinrichtung.

Unbestimmbare Zeit verstrich in tiefem Grübeln, bis die Atemstöße des Steinmetzen schließlich unregelmäßiger wurden und seine Glieder erschlafften.

Mit einem Schreckenslaut tastete Bertram nach der Halsschlagader seines Vaters und zerrte unkoordiniert an dem Kragen des zerlumpten Rockes, als er diese nicht fand. Mit in der Kehle hämmerndem Herzen legte er die Hand auf die warme Brust und wimmerte leise, als auch dort kein Zeichen des Lebens zu spüren war. Eiskalt durchzuckte ihn die Erkenntnis, dass der Tod die Seele bereits geraubt hatte, doch bevor er die Endgültigkeit dieser Wahrheit begreifen konnte, rüttelten ihn tiefe Stimmen aus der Erschütterung. Erstarrt beobachtete er, wie ein Lichtspalt über den Boden kroch und sich verbreiterte, bevor zwei stämmige Gestalten in dem schiefen Türrahmen auftauchten.

»Dieser dort ist es.«

Nur mit Mühe erkannte er Geris Stimme durch das Rauschen in seinen Ohren, und erst, als ein hochgewachsener Ritter auf ihn zutrat und ihn auffordernd anblickte, verstand er, dass sie gekommen waren, um ihn zu holen. Taub und gleichgültig ließ er zu, dass sich der Ritter zu ihm hinabbeugte, den leblosen Körper seines Vaters von ihm hob und ihm erstaunlich sanft auf die Beine half. Durch einen Schleier nahm er wahr, dass sich ein starker Arm um seine Schultern legte, bevor man ihn in den Korridor hinausführte, der vor seinen Augen verschwamm. Die feuchten Wände schienen sich mit jedem Schritt, den er sich über den unebenen Lehmboden schleppte, zu verengen, und die Worte des Kerkermeisters verzerrten sich in einem vielfachen Echo.

»Seid Ihr sicher, dass Ihr ihn haben wollt?« Das meckernde Lachen vermischte sich mit einem anderen Laut, den Bertram nicht festmachen konnte, und als sie die zur Oberfläche führende Treppe erreichten, versagten ihm die Beine. Tintige Schwärze legte sich über seine Augen, bevor er in den Armen des Gepanzerten zusammensackte.

Als er wieder zu sich kam, wurde sein schmerzender Körper von unregelmäßigen Stößen erschüttert, die dafür sorgten, dass sich heiße Stiche von seinem Kopf über seinen Rücken in die ausgestreckten Gliedmaßen ausbreiteten. Ein dumpfes Poltern ließ ihn vermuten, dass es ein Gefährt war, das ihn auf einer unangemessen weichen Unterlage hin- und herschaukelte. Befand er sich bereits auf dem Henkerskarren? Unsicher bewegte er die Hände an seiner Seite und stellte zu seinem maßlosen Erstaunen fest, dass er nicht gebunden war. Das helle Klappern von Hufen verriet ihm, dass er richtig gemutmaßt hatte, doch als es ihm nach einigen fruchtlosen Versuchen endlich gelang, die Lider zu heben, presste er sie ungläubig wieder aufeinander. Er musste träumen!

Keine Armlänge über ihm strahlte ihn ein engelhaftes Gesicht an, das Anabels zum Verwechseln ähnlich war. In den kornblumenblauen Augen lag eine Mischung aus Sorge, Furcht und Liebe, und als sich die vollen Lippen öffneten, um etwas zu sagen, zweifelte er endgültig an seinem Verstand.

»Bertram«, hauchte die Erscheinung und beugte sich über ihn, um ihm zärtlich die Stirn zu küssen. »Du lebst!« Glitzernde Tränen rannen die bleichen Wangen hinab, um kurz darauf in dem Kragen ihres Mantels zu versiegen. Eine kühle Hand legte sich auf sein Gesicht und wanderte prüfend in seinen Nacken, wo sie einige Zeit verweilte. »Du hast Fieber«, bemerkte sie stirnrunzelnd und zog die Decke, die er erst jetzt bemerkte, höher. »Bin ich tot?«, fragte er undeutlich, da ihm immer noch die Zunge am Gaumen klebte. Als habe sie seine Beschwerden vorhergesehen, schob Anabel eine Hand unter seinen Kopf und setzte einen Trinkschlauch an seine Lippen, aus dem süßes Wasser seine gemarterte Kehle hinunterrann. Durstig sog er Schluck um Schluck der kostbaren Flüssigkeit in sich auf und ließ sich erst zurücksinken, als er das Gefühl hatte, nichts mehr aufnehmen zu können.

»Nein«, beantwortete sie seine Frage und lächelte. »Du bist in Sicherheit.«

Einige Momente starrte er sie lediglich fassungslos an, bevor mit zurückkehrender Kraft auch seine Neugier erwachte. »Wo bin ich?« Mühsam drehte er den Kopf und wies mit dem Blick auf den Ritter, der den Karren lenkte. »Und wer ist dieser Mann?«

»Das ist der Mann, der deine Unschuld bezeugt und meinen Vater angezeigt hat«, versetzte sie leise und legte den Finger an die Lippen, da das Fuhrwerk soeben angehalten hatte.

»Es ist nicht sicher, zu dieser Stunde die Stadt zu verlassen«, brummte eine heisere Stimme, die von klirrendem Metall und dem Quietschen einer Winde begleitet wurde. Durch einen breiten Spalt in der Zeltleinwand drang das Licht mehrerer Fackeln in das Innere des Wagens, sodass Anabel sich schützend vor Bertram schob.

»Das lasst unsere Sorge sein«, tönte der Wagenlenker ungehalten und zeigte auf das Wappen auf seiner Brust. »Die Gräfin von Württemberg wartet nicht gerne.« Damit ließ er die Peitsche knallen und gab den Torwachen zu verstehen, den Weg freizugeben und ihn aus der Stadt auszulassen.

Sobald sich die schweren Tore mit einem dumpfen Donnern hinter ihnen geschlossen hatten und die Ochsen über die Herdbrücke zuckelten, fuhr Anabel fort: »Baldewin war dort in jener Nacht. Er hat euch beide gesehen.«

Unter gewaltiger Anstrengung gelang es Bertram, sich auf die Seite zu drehen und den Mann genauer in Augenschein zu nehmen. Da ihm in der Mordnacht jedoch Nebel und Entsetzen die Sicht getrübt hatten, erkannte er in dem Wagenlenker kaum den Fackelträger wieder, dessen Auftauchen er herbeigefleht hatte. Sollte Gott seine verzweifelten Gebete erhört haben? Anstatt einer Antwort drängte sich die Trauer über den Tod seines Vaters zurück in seine Gedanken und er schloss erneut die brennenden Augen.

Bevor ihn die Leere überwältigen konnte, zügelte der Ritter den Ochsenkarren ein weiteres Mal und wandte sich zu den beiden jungen Leuten um.

»In etwa zwei Meilen Entfernung gabelt sich die Straße. Wenn ihr nach Osten wollt, nehmt die rechte. Sollte euer Ziel im Westen liegen, wendet euch nach links. Gottes Segen sei mit euch.« Mit diesen Worten glitt er vom Bock und verschwand in der Dunkelheit, aus der kurz darauf das Wiehern eines Pferdes ertönte.

Während Bertram mit den ihn überwältigenden Gefühlen kämpfte, drückte Anabel seine Hand, bevor sie den Platz des Ritters einnahm, um die Zugtiere weiterzutreiben. Einige Hufschläge lang gelang es Bertram, die Augen offen zu halten, bevor ihn Erschöpfung und Fieber abermals in einen tiefen Schlaf fallen ließen. Aus weiter Ferne drang irgendwann das

Weinen eines Säuglings an sein Ohr, doch da Wachen und Träumen nahtlos ineinander übergingen, konnte er nicht festmachen, woher die ungewohnten Laute kamen.

Als sich schließlich nach vielen Stunden ein Sonnenstrahl auf sein Gesicht stahl, schreckte er mit einem verwirrten Ausruf auf und stemmte sich frisch erholt auf die Ellenbogen. Die ihn seit Tagen quälende Mundtrockenheit war wie weggewischt, und auch das Fieber schien gesunken zu sein. Mit einem lauten Knurren meldete sich sein Magen zu Wort, und als sein Blick auf die Vorräte zu seiner Linken fiel, lief ihm das Wasser im Munde zusammen. Neugierig suchte er das überfüllte Innere des stehenden Karrens nach Anabel ab, konnte jedoch weit und breit keine Spur von ihr entdecken. Ungläubig registrierte er die Vorratsfässer, Felle, Schinken und etwas, das er für ein Kinderkörbchen hielt, und schüttelte den nur noch leicht schmerzenden Kopf. Nachdem er einige Zeit lang mit dem ihn überkommenden Schwindel gekämpft hatte, schlug er die Decke zurück und unternahm einen Versuch aufzustehen. Als gehörten sie einem anderen, widerstanden seine Beine zuerst den Anstrengungen, doch nachdem Bertram sich zum wiederholten Mal an einem der Fässer in die Höhe gezogen hatte, sackte er nicht augenblicklich wieder in die Knie. Mit der Hand an der Karrenwand schob er sich langsam in Richtung Sitz, auf den er sich sinken ließ, um heftig atmend den Anblick zu bewundern, der sich seinen stechenden Augen bot.

Vor ihm erstreckte sich eine von kahlen Pappeln und Linden gesäumte Uferlandschaft, deren blendendes Weiß in schmerzhaftem Kontrast zu dem leuchtenden Azurblau eines wolkenlosen Himmels stand. So weit sein Blick reichte, schlängelte sich das breite Band der Donau durch das zu beiden Seiten sanft ansteigende Tal, in dem sich hie und da ein vereinzeltes Gehöft zwischen Tannen- und Fichtenhaine duckte. Zu seiner Linken erhob sich in weiter Ferne der Rücken der Schwäbischen Alb, über der letzte Schleier der Feuchtigkeit darauf warteten, sich aufzulösen. Vollkommene Stille lag über dieser Märchenlandschaft, die Bertram mit aufgerissenen Augen bestaunte. Erst nach einigen Momenten des stillen Bewunderns nahm er die eisige Kälte wahr, die unaufhaltsam durch die Gewänder drang, die sich warm an seinen Körper schmiegten. Einem Reflex folgend zog er den Kragen enger um den Hals, hielt jedoch stutzig inne, als seine Finger das weiche Tuch berührten. Überrascht bemerkte er die fein gewobene, dunkelgrüne Wolle, die mit dem kräftigen Rot seiner Hosen korrespondierte. Beide Kleidungsstücke waren neu und von solch feiner Qualität, wie sie für gewöhnlich hohen Herren vorbehalten war. Jemand musste ihm die beschmutzte und zerschlissene Kleidung ausgezogen haben!, dachte er mit einem Lächeln, da soeben Anabel unter einem der Bäume auftauchte. Im gleißenden Licht der Sonne wirkte ihr rotblondes Haar beinahe kupfern, und während sie sich mit vorsichtigen Schritten über die vereiste Schneedecke tastete, ruhte Bertrams Blick unablässig auf ihrem leicht geröteten Gesicht. Als sie seine Gegenwart bemerkte, beschleunigte sie die Schritte und eilte auf ihn zu, ohne weiter auf die Tücken des Untergrundes zu achten. In ihrem Arm ruhte ein kleines Bündel, und kurz darauf erspähte Bertram ein rosiges Gesicht, dessen winziges Näschen kaum unter einer riesig wirkenden Kapuze hervorlugte.

»Du bist wach!«, rief Anabel strahlend aus, raffte die Röcke und zog sich mit der freien Hand neben ihn auf den Bock. Sachte bettete sie den glucksenden Säugling auf einem der Felle im Inneren des Wagens und legte die Hände auf Bertrams Wangen. »Und du hast kein Fieber mehr!« Die Freude ließ ihre Augen in einem beinahe ebenso atemberaubenden Blau erstrahlen wie den klaren Himmel.

Als Bertram etwas erwidern wollte, verschloss sie seinen Mund mit einem solch zarten Kuss, dass ihn abermals heftiger

Schwindel überkam. »Geh wieder hinein«, befahl sie sanft und half ihm zurück zwischen die Decken, bevor sie das Kind in sein Körbchen bettete. »Nur noch zwei Nächte, dann können wir in Herbergen übernachten«, verriet sie tröstend und nestelte an der Schnürung der die Ladefläche überspannenden Leinwand. Mit steifen Fingern machte sie sich an einem kleinen Eisenofen zu schaffen, in dem kurz darauf ein schwaches Feuer brannte, das kaum die direkte Umgebung zu heizen vermochte. Ohne auf Bertrams Protest zu achten, hievte sie das schwere Dreibein näher an sein Lager und schob die Krippe dicht neben seinen Kopf. Sobald alles zu ihrer Zufriedenheit arrangiert war, griff sie in eines der Vorratsfässer, zog einen mehlbestäubten Brotlaib und ein mächtiges Stück kalter Schweinshaxe hervor und ließ sich neben ihm nieder. »Bis dahin musst du zusehen, dass du wieder zu Kräften kommst.«

Obschon sein Magen heftig auf den Anblick der Köstlichkeiten reagierte, gelang es Bertram lediglich, ein winziges Stückchen Fleisch und Brotkruste zu sich zu nehmen, bevor ihn die Neugier übermannte. Schwerfällig kauend, ließ er den Blick von Anabel zu dem Weidenkorb und zurück wandern, schluckte und stellte die Frage, die ihn seit seiner Befreiung aus dem Gefängnis beschäftigte: »Was ist geschehen?«

Kapitel 46

Die Schwäbische Alb, 15. Januar 1350

Dunkle Wälder zogen sich den Horizont entlang. In ihrer schneebedeckten Einsamkeit erweckten sie den Eindruck, sich endlos zu erstrecken, doch wusste Katharina von Helfenstein nur zu genau, dass sie schon bald der Tiefebene weichen würden, die sie am Ende der Reise nach Hohenneuffen führen würde. Unterbrochen von den spektakulär zwischen den Wipfeln aufragenden, zerklüfteten Felsformationen bedeckten die zum Teil uralten Bäume Quadratmeile um Quadratmeile der Albhochfläche, die in einiger Entfernung schroff in eines der vielen Täler abfiel. Verborgen unter Schnee und Eis schlängelte sich eine gewundene Straße vorbei an einer weiteren Burg ihres Vaters, deren Bergfried wie ein mahnender Zeigefinger in den Himmel ragte. Als eine der Hauptverbindungen zwischen Venedig und Brügge war diese Straße trotz der überall wütenden Pest und der wankelmütigen Witterung relativ stark befahren, und mehr als einmal hatte Katharinas Zug bereits Gruppen tief vermummter Reisender überholt.

Der prunkvolle Wagen, den ihr Gemahl geschickt hatte, wurde zu beiden Seiten von je einem halben Dutzend bis an die Zähne bewaffneter Reiter bewacht, deren Aufgabe jedoch nicht ausschließlich darin bestand, sie zu schützen, dachte sie bitter. Vielmehr sollten sie dafür sorgen, dass sie nicht unterwegs den Kopf verlor und einen Fluchtversuch unternahm. Zwar behandelten die Männer sie mit ausgesuchter Höflichkeit, doch wiesen sowohl die Schlösser an der Außenseite der Tür als auch die verstohlenen Blicke, die sie ihr zuwarfen, darauf hin, dass sie zweifelsohne eine Gefangene war.

Mit einem resignierten Seufzen zog sie den Kopf von dem kleinen Fenster zurück, durch das sie ihre Umgebung betrachtet hatte. Trotz der drei Kohlebecken und des Pelzbesatzes ihres Umhangs fröstelte sie immer wieder, was jedoch eher auf ihren Gemütszustand zurückzuführen war als auf die Temperatur im Inneren des Wagens. Wie so oft seit ihrem Aufbruch aus Ulm knetete sie nervös an der Unterlippe, während sie sich fragte, ob Anabel und Baldewin die Flucht gelungen war. Da weder der Ritter noch das Mädchen ihr Nachricht zukommen lassen konnten, quälte sie die Ungewissheit; und je länger die Reise dauerte, desto düsterer wurden ihre Vorahnungen. Was, wenn man ihre List aufgedeckt und Baldewin verhaftet hatte? Ihre Zähne lösten die kalten Finger ab. Was, wenn den dreien zwar die Flucht gelungen war, dem jungen Paar jedoch unterwegs etwas zustieß?

Ein aggressiver Ruf ließ sie den Kopf heben, doch als sie kurz darauf an einer Abordnung schwer beladener Händler vorbeitrabten, versank sie erneut in ihrer Grübelei. Würde ihr Sohn der Seuche entkommen? Oder war alles umsonst gewesen? Sie schloss die Augen und beschwor sein Gesichtchen herauf – die winzigen Finger und Zehen und den zahnlosen Gaumen, der sich unzählige Male um ihren Daumen geschlossen hatte. Ein Zittern durchlief ihren Körper, als sie sich ausmalte, was dem Kind alles zustoßen konnte. Gott würde ihn beschützen! So wie er auch seinen Vater vor der Rache ihres Gemahls bewahren würde! Ihre Lippen bewegten sich in einem lautlosen Gebet, während ihre Hände das Zeichen des Kreuzes in die Luft malten.

Sie musste aufhören, sich zu verzehren! Hatte Fortuna ihr in Anabel nicht eine zuverlässige und ehrliche Helferin zur Seite gestellt, der sie voll und ganz vertrauen konnte? Nicht einen Moment lang zweifelte sie an der Loyalität der jungen Frau, die das gegebene Versprechen einhalten würde, wenn ihr nicht höhere Mächte Steine in den Weg warfen! Erneut flehte Katharina um Verschonung ihres Sohnes.

»Denn er errettet dich vom Strick des Jägers
und von der schädlichen Pestilenz,
Er wird dich mit seinen Fittichen decken,
und deine Zuversicht wird sein unter seinen Flügeln.
Seine Wahrheit ist Schirm und Schild,
Dass du nicht erschrecken müsstest vor dem Grauen der Nacht,
vor den Pfeilen, die des Tages fliegen,

Vor der Pestilenz, die im Finstern schleicht,
vor der Seuche, die im Mittag verderbt.«

Ihre Stimme erstarb, und die restlichen Worte des Psalms verhallten in ihren Gedanken. Ein Jahr, dann würde Anabel ihr Botschaft zukommen lassen, wo sich ihr Sohn befand. Ein einziges, kurzes Jahr! Sie nagte nervös an einem ihrer Fingernägel. Entgegen der Beteuerungen, die sie Wulf von Katzenstein gegenüber geäußert hatte, war sie weitaus weniger sicher, dass Ulrich sie nicht auf der Stelle töten lassen würde. In den Stunden seit ihrem Aufbruch aus Ulm waren erschreckende Erinnerungen in ihr aufgestiegen und hatten ihr Szenen vor Augen geführt, die sie längst verdrängt hatte. So hatte ihr Gemahl einmal einem Bauernburschen im Zorn die Zunge herausreißen lassen, weil dieser ihm nicht augenblicklich den gebotenen Respekt entgegengebracht hatte. Ein anderes Mal hatte er eine Küchenmagd furchtbar dafür bestraft, dass sie mit einem der Stallknechte Unzucht getrieben hatte. Wenn sie an die Schreie der tagelang am Pranger festgeketteten Magd zurückdachte, legte sich eine Gänsehaut über ihre Arme. Was würde er dann erst mit seiner Gemahlin anfangen, die ihn mit einem seiner Gefolgsleute betrogen hatte? Würde er sich nicht dazu gezwungen sehen, ein Exempel zu statuieren, damit niemals wieder jemand auf die Idee kam, etwas zu stehlen, das ihm gehörte? Würde er die gesamte Härte des Gesetzes ausschöpfen und das Recht auf ihr Leben beanspruchen? Sie schlang die Arme um ihren Oberkörper, um diesen zu wärmen. Und selbst wenn er eine Milde zeigte, auf die sie nicht zu hoffen wagte, was würde er *dann* mit ihr anfangen? Würde er sie in einem Kloster einsperren, aus dem sie erst entkommen würde, wenn der Weg sie zum Friedhof führte? Oder plante er, sie genauso zu bestrafen wie eine gewöhnliche Verbrecherin, indem er sie in den Kerker der Festung verbannte?

Ein plötzlicher Ruck ließ sie zusammenfahren. Warum hatten sie angehalten? Mit einer Mischung aus Hoffnung und Bangigkeit presste sie abermals die Nase an das kleine Fenster und lugte nach draußen. Dort, mitten auf dem Weg, befand sich ein umgeknickter Baumstamm, der eine Weiterfahrt unmöglich machte. Gott schien ein Einsehen mit ihr zu haben, da er ihr Eintreffen auf Hohenneuffen bereits zum zweiten Mal verzögerte. Der erste Zwischenfall, der sich kurz hinter Ulm ereignet hatte, hätte die Männer um ein Haar zur Umkehr gezwungen. Da sich jedoch ein Ersatzrad hatte auftreiben lassen, hatte der Achsbruch sie lediglich einige Stunden aufgehalten, in denen Katharina auf eine unmögliche Rettung gehofft hatte. Trotz der Tatsache, dass sie Baldewin den Befehl gegeben hatte, nach Heidenheim zurückzukehren, hatte sie einige irrationale Momente lang die Zuversicht gehegt, dass er einen Versuch unternehmen würde, sie zu befreien. Was nichts an ihrer Lage geändert hätte, da der Ritter mit Sicherheit nichts gegen die Übermacht hätte ausrichten können und Ulrich sie früher oder später ohnehin aufspüren würde – ganz egal, wo sie sich verbarg.

Wenig später erscholl das Hacken von Äxten, und nachdem die Ritter ein Ochsenfuhrwerk angehalten und die Zugtiere vor den Stamm gespannt hatten, ging die Fahrt ins Ungewisse wenige Stunden später weiter. Steif und klamm griff Katharina nach einer der hölzernen Wasserflaschen und trank einen Schluck, um ihre trockene Kehle zu benetzen. Mit dem Trunk breitete sich neue Zuversicht in ihr aus, und sie gestattete ihren Gedanken, eine weniger betrübliche Richtung einzuschlagen. Immerhin hatte die Münze eine Kehrseite! Ein schwaches Lächeln huschte über ihre Züge. Hatte sie noch vor wenigen Tagen geglaubt, von ihrem Liebhaber betrogen und abgelegt worden zu sein wie ein unmodisches Kleidungsstück, hatte Wulfs Besuch sie eines anderen belehrt. Ein warmes Gefühl breitete sich von ihrer Körpermitte her aus. Wulf! Der Gedanke an seine sanften Augen, die ungezügelte Leidenschaft, mit der sie sich geliebt hatten, und die Hingabe, mit der er ihr ewige Liebe geschworen hatte, würde sie selbst die schlimmsten Qualen aushalten lassen. Ganz egal, was Ulrich ihr antat, das Wissen, dass Wulf von Katzenstein sie mit jeder Faser seines Seins liebte und begehrte, würde sie ertragen lassen, was immer sie erwartete!

Sie lehnte sich zurück an das kühle Holz der Wagenwand und versank in der Erinnerung an ihre letzte Begegnung mit dem ungestümen Katzensteiner Ritter. Vielleicht, und sie wagte kaum, diesen Gedanken zu denken, vielleicht würde Ulrich eine Scheidung von ihr verlangen, damit er sich eine andere Braut nehmen konnte. Ihr Zwerchfell begann aufgeregt zu beben. Wenn sie vor ihm verbergen konnte, wie sehr sie eine solche Lösung herbeisehnte, würde sie ihn eventuell davon überzeugen können, dass er sie damit härter bestrafte als mit allen anderen Maßnahmen, die er sich zweifelsohne ausgedacht hatte! Voller neuer Hoffnung lauschte sie auf das Quietschen der Räder und das Klirren des Pferdegeschirrs und harrte der Ankunft auf Hohenneuffen.

Kapitel 47

Ulm, 15. Januar 1350

Weiße Blitze tanzten vor Conrads Augen, während das Stechen in seiner Lunge zu einem Brennen wurde, das seinen gesamten Brustkorb zu verzehren schien. Immer weiter dehnte sich der unerträgliche Schmerz aus, der ihm den Kopf zu sprengen und das Herz im Leibe zu zerquetschen drohte. Als er bereits der Versuchung nachgeben und Mund und Nase öffnen wollte, riss ihn die Klaue, welche ihn unter Wasser festhielt, zurück und grub sich in seinen Nacken.

»Habt Ihr es Euch anders überlegt, Alderman?«, tönte der verhasste Bariton spottend, während Conrad wie ein Fisch auf dem Trockenen nach Luft schnappte. In breiten Bächen rann das eisige Wasser von seinem kahl geschorenen Schädel den unbekleideten Körper entlang, der vor Kälte wie Espenlaub zitterte. »Oder wollt Ihr das Bad wiederholen?«

Von rechts erschien die hässliche Fratze des einäugigen Folterers, der zur Höchstform aufgelaufen war, seit er Conrad von seinem Untergebenen übernommen hatte. Da der Rücken des Glockengießers aus einem schlecht verheilenden Zickzackmuster tiefer Wunden bestand, tauchte sein Peiniger in regelmäßigen Abständen die Hand in ein Salzfass, um diese daraufhin auf die Striemen zu pressen. Diese Behandlung wiederholte er auch jetzt, was dazu führte, dass Conrad einen tierischen Schrei von sich gab.

»Warum macht Ihr es Euch nur so schwer?«, fragte der Mann ehrlich interessiert, bevor er sein Opfer erneut unter die Wasseroberfläche drückte. Entgegen der groben Stricke, mit denen er an Händen und Füßen gefesselt war, versuchte Conrad, um sich zu treten. Doch damit erreichte er lediglich, dass der Kerkermeister seinen Griff verstärkte. Voller Panik öffnete er unter Wasser die Augen, ignorierte das Aufflammen der Pein und suchte die Oberfläche des schleimigen Holzes nach einem Ausweg ab. Vergeblich. Je mehr er sich anstrengte, in der von Blutfäden durchzogenen Brühe etwas zu erkennen, desto schneller schwand seine Kraft, und er spürte, wie sein Gaumensegel erschlaffte. Mit dem ersten Atemzug strömte das Nass messerscharf durch seine Nase und ließ winzige Nadeln sein Gehirn durchlöchern. Als er auch den Mund öffnete und dem Drang zu schreien nachgab, füllte die Flüssigkeit innerhalb kürzester Zeit seine Lunge, da er mit jedem Schwall heftiger und tiefer einatmete. Innerhalb weniger Augenblicke verdichtete sich die Schwärze um ihn herum, bis ihn vollkommene Finsternis umfing.

Als er die Besinnung wiedererlangte, irritierte ihn ein heftiges Zerren und Ziehen an seiner Körpermitte; und als es ihm schließlich gelang, die Lider offen zu halten, erblickte er zu seinem Erstaunen den Einäugigen, der sich leise murmelnd über ihn gebeugt hatte. Als er sich mit der Hand die schmerzenden Augen reiben wollte, klirrte es leise, und er wandte verwirrt den Kopf. Erst allmählich begriff er, dass man ihn auf eine schmale Holzbank geschnallt hatte, an der seine Arm- und Fußgelenke mit schweren Eisenfesseln befestigt waren. Bevor sich schrecklich bildhafte Befürchtungen in seinem Verstand sammeln konnten, senkte sich ein Gewicht auf seinen Bauch und die Riemen unter seinem Rücken wurden festgezurrt.

Obschon die dünnen Lederstreifen tief in seine Haut einschnitten, lenkte ihn das unheimliche Trippeln kleiner Krallen auf seiner Bauchdecke zu sehr ab, als dass er den Schmerz registriert hätte. Auch das auf seinem gemarterten Rücken brennende Feuer verblasste vor dem Entsetzen, das ihn erfüllte, als der Geri genannte Folterer von ihm zurücktrat, um sein Werk mit einem zufriedenen Nicken zu betrachten.

Über der Mitte seines Leibes prangte ein Käfig, in dem eine riesenhafte Ratte suchend die spitze Schnauze durch die engen Gitterstäbe schob. Der schuppige Schwanz reichte bis an Conrads Leiste, wo er mit jeder Bewegung des Tieres hin- und herwischte. Auf dem Dach des Käfigs befand sich eine kleine Pyramide aus Holzspänen, die von einem eisernen Ring in Form gehalten wurde. Starr vor Grauen beobachtete Conrad, wie die Schnurrhaare des Tieres erst ihn und dann den Käfig abtasteten; wie die rotgeränderten Augen nach links und rechts zuckten und wie sich die vier langen Schneidezähne immer wieder über die Lefzen schoben.

»Ich werde Euch ein wenig mit diesem Schmuckstück alleine lassen«, verkündete der Kerkermeister beinahe fröhlich, bevor er Conrad einen Kienspan unter die Nase hielt. »Solltet Ihr Euch dann immer noch nicht dazu entscheiden können, ein Geständnis abzulegen ...« Er machte eine bedeutungsvolle Pause, in der sein Blick zu dem aufgeregten Nagetier wanderte. »Dann werden wir ein kleines Feuerchen entzünden müssen.« Er lachte gackernd, bevor er dem Gefangenen den Rücken wandte und aus Conrads Blickfeld verschwand. Das Kreischen der Scharniere ließ den Gießer vermuten, dass der Mann die Folterkammer verlassen hatte, doch wessen konnte man sich an diesem Ort schon sicher sein?

Während er sich bemühte, so flach als möglich zu atmen, verfolgte er jede Bewegung des Tieres, dessen scharfe Krallen seine Haut bereits an mehreren Stellen durchbrochen hatten. Was um alles in der Welt hatte er falsch gemacht?, fragte er sich zum wohl hundertsten Mal, seit ihn die Männer der Stadtwache festgesetzt hatten. Wie hatte es nur dazu kommen können, dass sich das Schicksal in solch rasender Geschwindigkeit gewendet und ihn in diesen Abgrund geschleudert hatte?

Er unterdrückte einen Aufschrei, als sich das Tier auf die Hinterbeine erhob und die Zähne in die Gitter schlug. Hatte es nicht ausgesehen, als begünstigten ihn alle Heiligen? War ihm nicht innerhalb kürzester Zeit gelungen, wofür andere ein halbes Leben benötigten? Die feuchte Schnauze des Tieres kehrte zu seiner Bauchdecke zurück, um diese neugierig zu beschnuppern. Welcher teuflische Zufall hatte dafür gesorgt, dass seine Tochter ausgerechnet dem einzigen Mann begegnete, der gegen ihn aussagen konnte?! Seine Kiefermuskeln verkrampften sich. Wenn er diese kleine Dirne zwischen die Finger bekam, würde sie den Verrat an ihm bitter bereuen!

Ein hysterisches Lachen baute sich in ihm auf. Dazu würde es niemals kommen! Diesmal würde es ihm nicht gelingen, sie alle zum Narren zu halten! Die Erkenntnis traf ihn mit brutaler Klarheit, und wenngleich sie dafür sorgte, dass sich der Blutfluss in seinen Adern zu verlangsamen schien, gab sie ihm einen Teil seiner Arroganz zurück. Selbst wenn sein Leben so gut wie verwirkt war, beschloss er mit einem letzten Aufbäumen, würde kein Wort über seine Lippen kommen. Ganz egal, welche Gräueltaten sich der Schinder ausdachte.

Als habe er die Gedanken seines Opfers gelesen, wählte der Einäugige genau diesen Moment, um zu Conrad zurückzukehren und den Kienspan an einer Fackel zu entzünden. Während die Flamme sich langsam an dem etwa zehn Zoll langen Stückchen Holz entlangtastete, baute sich der Mann vor seinem gefesselten Gefangenen auf und legte den Kopf schief.

»Wisst Ihr«, hub er beinahe genüsslich an, während das Tier auf Conrads Bauch begann, aufgeregt hin- und herzutrippeln, »Ratten haben eine solch entsetzliche Angst vor Feuer, dass sie sich selbst durch massive Steinmauern graben, nur um der Gefahr zu entkommen.« Er senkte den Span ein wenig, sodass dieser kurz über der kleinen Pyramide schwebte. Ein schrilles Quieken malte ein süffisantes Feixen auf sein entstelltes Gesicht, und als das gefangene Nagetier die Vorderläufe in Conrads Haut grub, schrie dieser auf.

»Was meint Ihr, wie lange es dauern wird, bis sie sich durch Eure Eingeweide einen Weg in die Freiheit gesucht hat?«, erkundigte sich der Folterer mit gespieltem Interesse und entzündete das Holzhäufchen, was zur Folge hatte, dass die Ratte die scharfen Zähne zur Hilfe nahm, um der Bedrohung zu entgehen. Zuerst war der Schmerz erträglich im Vergleich zu den Qualen, die Conrad bereits ausgestanden hatte, doch innerhalb kurzer Zeit schwoll er so weit an, dass er brüllend um Gnade bat.

»Nehmt sie fort!«, schrie er heiser und versuchte, die Ratte durch eine bockende Bewegung in die Luft zu schleudern. Diese jedoch grub lediglich die Krallen tiefer in das Fleisch des Gefolterten und bohrte immer panischer in der bereits klaffenden Wunde. »Ich gestehe alles!«, krächzte Conrad, dessen Augen sich mit einem matten Schleier überzogen. »Bitte!« Seine Stimme erstarb zu einem Winseln.

»Ihr habt den Alderman ermordet?«, flüsterte es dicht an seinem Ohr, und er nickte kaum wahrnehmbar.

»Ja«, wisperte er schaudernd und rang würgend nach Luft. »Bitte!«

Vor sich hin kichernd, murmelte der Scherge einige beinahe liebkosende Worte und verstaute das Tier in einem größeren Käfig, in dem ein halbes Dutzend weiterer Nager darauf wartete, freigelassen zu werden.

»Habt Ihr das gehört?«, wandte er sich an jemanden, den Conrad nicht sehen konnte, und nachdem ein getuschelter Austausch die Anwesenheit weiterer Zeugen verraten hatte, ließ er sein Opfer in der Folterkammer allein.

Leise weinend bemühte sich der Gießer, die in ihm aufsteigen wollenden Magensäfte zu unterdrücken, während der Schmerz sich über seinen gesamten Körper ausbreitete. Er würde sterben! Ehrlos und geächtet wie ein gewöhnlicher Verbrecher! Wenn ihn die Wunden nicht töteten, dann würde der Strick des Henkers sein Leben nehmen. Der letzte Schatten der Hoffnung verblasste vor diesem unumstößlichen Bewusstsein.

Kapitel 48

Im Umland von Hechingen, 18. Januar 1350

Mit einem wohligen Räkeln schmiegte Anabel sich näher an Bertram, dessen verknotete Gliedmaßen einen stummen Kampf mit der Bettdecke ausfochten. Brummend trat er nach einem unsichtbaren Gegner, wälzte sich auf den Rücken und schlang den freien Arm besitzergreifend um Anabels Taille.

»Mmmmh«, protestierte er, als sich eine Strähne ihres hüftlangen Haares in seinem Mundwinkel verfing, und presste die Nase an ihre Brust.

»Wir müssen aufstehen«, flüsterte sie dicht an einem seiner vom Schlaf erhitzten Ohren. »Es ist schon spät.«

Um sie herum herrschte bereits reges Treiben, wenngleich vor den nur notdürftig mit Läden verschlossenen Fenstern noch tiefe Dunkelheit lag. In dem Teil der Gaststube, in dem das Essen serviert wurde, drängten sich Männer, Frauen und Kinder um die wenigen Tische, um den faden Brei hinunterzuschlingen, den der Wirt seinen Gästen bei jeder Mahlzeit vorzusetzen schien. Lediglich aus einem der schmalen Bettkästen zu ihrer Linken drangen noch grunzende Laute der Lust. Doch ansonsten waren die meisten der Herbergsgäste ängstlich darauf bedacht, den Tross nicht zu verpassen. Nachdem Bertram und sie am Vorabend das Umland von Hechingen erreicht hatten, hatten sie sich erschöpft, aber erleichtert in einer der zahllosen Herbergen eingemietet, welche die breite Reichsstraße säumten. Sobald sie die Grenze der Grafschaft Zollern überschritten hatten, war Anabel ein Stein vom Herzen gefallen, da mit der räumlichen Distanz zu Württemberg auch die Wahrscheinlichkeit wuchs, unentdeckt zu entkommen. Entgegen ihrer ursprünglichen Pläne hatten sie beschlossen, sich auf diesem Weg in Richtung Westen zu wenden, um in Straßburg ihr Glück zu versuchen. Da sie in den ersten Tagen ihrer Reise nicht nur an abgebrannten und geplünderten Gehöften, sondern auch an ausgestorbenen Dörfern und halb zerfallenen Abteien vorbeigekommen waren, hatten sie schon bald die Suche nach einer Einsiedlerabtei aufgegeben. Niemand schien der Wut der von der Seuche aufgestachelten Plünderer die Stirn bieten zu können, was auch der Grund war, warum sie und Bertram sich ebenfalls der Gruppe französischer, deutscher und italienischer Händler anschließen wollten. Den Berichten der Reisenden zufolge wütete die Pest in manchen Landstrichen weniger als in anderen, was Anabels Entschluss gefestigt hatte, die Heimatstadt ihrer Mutter aufzusuchen.

»Komm schon«, raunte sie und warf die Decke zurück, was dazu führte, dass Bertram mürrisch die Augen aufschlug. Wie sie selbst, hatte auch er in den Kleidern geschlafen, die Baldewin in Katharinas Auftrag für sie erstanden hatte und die trotz der Strapazen der vergangenen Tage noch sauber und frisch wirkten.

»Nur ein paar Minuten«, nuschelte er und wollte den Kopf erneut zwischen den Kissen vergraben, doch Anabel blieb hart.

»Wenn du noch etwas essen willst, bevor wir aufbrechen, solltest du dich beeilen«, warnte sie und rüttelte an seiner Schulter. Inzwischen erinnerten nur noch einige verschorfte Wunden und die dunklen Schatten unter seinen Augen an das Martyrium, das hinter ihm lag. Ein warmes Gefühl der Dankbarkeit durchströmte die junge Frau, als sie an die Nacht der Befreiung zurückdachte, in der sie befürchtet hatte, sowohl Bertram als auch Baldewin zu verlieren. Immer noch jagten die Bilder jener Nacht durch ihre Träume, und sie schreckte schweißgebadet aus dem Schlaf, wenn Conrads Fratze vor ihr aufstieg. Wie ein Dolch war ihr der Schreck in die Eingeweide gefahren, als die Wachen den Gießer nur kurze Zeit nach Baldewins Verschwinden ebenfalls in den Metzgerturm gestoßen hatten. Noch immer erinnerten die blutigen Nagelbetten ihrer Daumen an die Minuten des atemlosen Bangens, in denen sie verzweifelt gebetet hatte, dass sich die Wege der beiden Parteien nicht kreuzten.

Liebevoll strich sie Bertram das zerzauste Haar aus der Stirn und betrachtete sein männliches Kinn, auf dem sich blauer Bartschatten abzeichnete. Wie sehr er sich verändert hatte!, dachte sie und verdrängte die irrationalen Ängste, die sie immer wieder quälten. Er hatte die Seuche überstanden! Der Gott, an dessen Existenz Anabel aufgehört hatte zu glauben, hatte ihn gerettet – ihn durch die harmlose Form der Krankheit vor ihrer tödlichen Schwester bewahrt.

Sie beugte sich zu ihm hinab, um ihm einen Kuss auf die Stirn zu drücken. »Faulheit ist eine Sünde«, zog sie ihn auf und reichte ihm die Hand, um ihn in eine sitzende Position zu ziehen. »Wir müssen noch den Anführer der Händler bezahlen«, drängte sie und nestelte an der unter ihren Röcken verborgenen Geldkatze. Sorgfältig darauf bedacht, ihren Reichtum vor den übrigen Reisenden zu verbergen, zählte sie die fünf Schillinge ab, die der fassähnliche Weinhändler aus Verona verlangt hatte. Da der Zug von einem Dutzend Bewaffneter bewacht wurde, war dieser Preis angemessen, da ohne Begleitung die Gefahr zu hoch war, überfallen, ausgeraubt oder erschlagen zu werden.

»Warum darf ich nicht wenigstens einmal ausschlafen?«, murrte Bertram, der sich mit zähen Bewegungen aus den Laken schälte. Mit einem gewaltigen Gähnen unterstrich er diese Beschwerde und legte augenblicklich den Kopf an Anabels Schulter. Lachend fuhr die junge Frau durch seinen zerzausten Schopf und sprang auf die Beine.

Ein leises Weinen vom Fußende des Bettes ließ sie Bertram vorübergehend vergessen, und sie beugte sich über die Krippe, um den kleinen Wulf aus seinem Bettchen zu befreien. Als sie dem strampelnden Knaben das Fläschchen gegeben und seine verschmutzte Windel gewechselt hatte, saß Bertram bereits beim Frühstück, das er gierig in sich hineinstopfte. Wenngleich die Vorräte auf ihrem Wagen genügt hätten, um eine Großfamilie zu ernähren, nutzte Bertram jede Gelegenheit, um zu essen. Vermutlich hatte man ihn im Gefängnis halb verhungern lassen, dachte Anabel und zwängte sich mit Wulf auf dem Arm neben ihn auf die Bank.

Kauend hob Bertram die Rechte und strich dem Kind liebevoll über die weiche Wange, bevor er mit dem Löffel abermals in die graue Pampe fuhr. Sobald Anabel ihm die Hintergründe erklärt hatte, hatte er den kleinen Jungen mitleidig an sich gedrückt und geschworen, ihn mit seinem eigenen Leben zu beschützen. Das hilflose Kind schien ihm dabei zu helfen, die Trauer über den Tod seines Vaters zu vergessen, die ihn in den ersten beiden Nächten immer wieder mit solcher Gewalt übermannt hatte, dass Anabel befürchtet hatte, er könne an den Tränen ersticken.

»Wir brechen auf!«, unterbrach der ausländisch gefärbte Tenor des Weinhändlers, dessen mächtige Gestalt beinahe den gesamten Türrahmen ausfüllte, ihre Gedanken. Augenblicklich erhob sich ein hektisches Hin und Her und innerhalb kürzester Zeit waren alle Pferde, Ochsen und Kühe angespannt. Der durchdringende Stoß eines Waldhornes verkündete die Abfahrt, doch es dauerte einige Zeit, bis die Reihe an Anabels Gefährt kam. Während sich der Horizont allmählich mit dem rosafarbenen Schimmer der Dämmerung überzog, schlängelte sich der endlose Zug der Karren den ersten Anstieg hinauf, dem noch viele weitere folgen würden.

Einen halben Tag später, als die bleiche Wintersonne den höchsten Punkt des Himmels erreicht hatte, gab der Anführer des Zuges das Zeichen zur Rast, woraufhin sich die Wagen auf den Befehl der Reiter hin zu mehreren schützenden Kreisen anordneten, in deren Innerem Feuer entfacht wurden. Schon bald lag der würzige Duft von Braten und Suppe in der Luft, und während Anabel genüsslich an einem Stück Schinken knabberte, fragte sie sich, wie lange ihre Anwesenheit den Bewohnern der Gegend wohl verborgen bleiben würde. Da die meisten der Bergrücken und Täler mit einem dichten Waldteppich bedeckt waren, kam es ihr beinahe vor, als befänden sie sich in einem unbesiedelten Land – was sich jedoch schon bald als Irrtum herausstellte.

Sie war gerade dabei, die Ochsen wieder anzuschirren, als unvermittelt schrille Pfiffe durch die kalte Luft gellten. Zuerst hielt sie die Laute für Signale der Händler, doch als sich ein Armbrustbolzen dicht vor ihr in den vereisten Boden grub, duckte sie sich mit einem entsetzten Schrei hinter eines der Karrenräder. Dem Geschoss folgte ein wahrer Hagel aus surrenden Pfeilen, und schon bald sanken die ersten Zugtiere getroffen zu Boden.

»Was zum Henker …?«, fluchte Bertram, der auf allen vieren an ihre Seite robbte und sie schützend in die Arme nahm.

»Gesetzlose«, zischte ein Mann dicht neben ihnen, der sich seinen kostbaren Pelzgewändern zum Trotz in den Schnee unter seinem Fuhrwerk presste. »Die Wälder wimmeln geradezu von diesem Pack.«

Eine unheimliche Stille senkte sich über die Reisenden, als der Beschuss ebenso unverhofft abriss, wie er eingesetzt hatte. Einige angespannte Augenblicke geschah nichts, bevor sich von dem Waldrand zu ihrer Linken eine Horde brüllender Angreifer löste, die Prügel und Äxte schwingend auf die Reisenden zuschwappte. Lediglich vereinzelt lösten einige von ihnen noch im Laufen einen Schuss, eine Tatsache, welche die Bewacher der Händler dazu nutzten, um ebenfalls die Armbrüste anzulegen.

Noch bevor die ungeordnet durcheinanderstolpernden Gesetzlosen die Hälfte des Weges zurückgelegt hatten, brach die vorderste Reihe von Pfeilen durchbohrt in die Knie, woraufhin die Hintermänner in alle Richtungen auseinanderspritzten. Führerlos suchten sie hinter Büschen und Felsbrocken Schutz vor den zielsicher abgefeuerten Bolzen der Ritter, die ein Blutbad unter denjenigen anrichteten, denen es nicht gelang, rechtzeitig in Deckung zu gehen. Während die Bewacher den Druck erhöhten, indem sie die Verstecke der wenigen überlebenden Schützen gezielt unter Beschuss nahmen, zischte lediglich hie und da ein verirrter Pfeil in den Himmel – ohne jedoch weiteren Schaden anzurichten.

Der Spuk war genauso schnell vorüber, wie er begonnen hatte, und als kurze Zeit später die Gefahr mit dem letzten im Unterholz verschwindenden Kittel gebannt war, erhob sich lautstarkes Freudengeheul. Anerkennend droschen viele Mitglieder der Gesellschaft den erfolgreichen Rittern auf den Rücken, zogen Geldkatzen hervor und drängten den Männern Belohnungen auf, von denen diese vermutlich einige Zeit lang ihren Lebensunterhalt würden bestreiten können. Auch Anabels Nachbar rappelte sich unter seinem Karren hervor, zuckte verschämt die Achseln und griff ebenfalls tief in die Tasche.

»Ich verstehe nicht, warum sie die Kerle extra bezahlen«, erboste sich ein gnomenhafter Tuchhändler, der mit einer steilen Zornesfalte zwischen den gezupften Brauen einen Pfeil aus den Brettern zog. Seine hochmodische Schecke entstellte ein Schmutzfleck, der sich von seinem Rücken über den Allerwertesten bis in seine Kniekehlen zog. Offenbar war er vor Schreck hintenübergekippt, als eines der Geschosse keine zwei Zoll neben ihm eingeschlagen war. Er warf den Rittern einen missfälligen Blick zu und schimpfte weiter. »Wozu haben wir schließlich eine Schutzgebühr entrichtet? Dann sollten sie uns doch auch beschützen, oder?«

Anabel nickte höflich, auch wenn sie immer noch nicht ganz begriff, was soeben vorgefallen war.

»Wie seht Ihr das?«, wandte sich der rothaarige Händler mit einem misstrauischen Blick an Bertram, der Anabel auf den Wagen half. »Seid Ihr etwa anderer Meinung?« Seine stechenden grünen Äuglein verengten sich, als er Bertrams Erscheinung abtastete. »Ihr habt doch auch bezahlen müssen, nicht?« Die Streitlust verlieh seiner ohnehin zu hohen Stimme einen schrillen Unterton, und als Bertram die Frage nicht sofort beantwortete, machte der Mann einen Schritt auf ihn zu und stach ihm mit dem Zeigefinger in die Brust. »Ihr seid Euch wohl zu fein für eine Antwort?« Wenngleich ihn Bertram um über einen Kopf überragte, funkelte er den Knaben kampfeslustig an und warf verächtlich die Hände in die Luft.

»Am Ende seid Ihr einer von ihnen«, knurrte er und ließ den Blick weiter zu Anabel gleiten, die den kleinen Wulf an sich presste. »Wer ist heutzutage schon das, wofür er sich ausgibt?«, zeterte er weiter und fuchtelte in der Gegend herum. »Wohin man sieht, nichts als Gesetzlose!« Er hielt einen Augenblick inne, bevor er listig fortfuhr: »Woher, sagtet Ihr, kommt Ihr?«

Anabels Herzschlag beschleunigte sich. Was um alles in der Welt hatte dieser Kerl für ein Problem? Wenn er nicht bald mit dem Geschrei aufhörte, würden sie die Aufmerksamkeit der Ritter auf sich lenken!

»Aus Tübingen.« Bertram schien die Sprache wiedergefunden zu haben. »Und Ihr solltet ein wenig vorsichtiger sein mit Euren Verdächtigungen.«

Die Drohung, die in seinen Worten mitschwang, veranlasste den Händler dazu, einen Schritt zurückzuweichen. Doch kaum hatte er erkannt, dass Bertram nicht vorhatte, den Worten Taten folgen zu lassen, keifte er mit neuem Mut: »Ich werde ein Auge auf Euch haben! Bildet Euch nicht ein, dass Ihr mir im Schlaf die Kehle durchschneiden und mich berauben könnt!« Damit machte er auf dem Absatz kehrt, rückte das Käppchen auf seinem Kopf zurecht und stolzierte zurück zu seinem Karren.

Kapitel 49

Burg Katzenstein, 18. Januar 1350

Ungeachtet der unwirtlichen Witterung stemmte Wulf von Katzenstein die schwere Tür auf und trat auf die Zinnen des hoch aufragenden Bergfriedes. Tief unter ihm glitzerte die vereiste Oberfläche des Härtsfeldsees, der seit Beginn des Winters mit einer zolldicken Eisdecke überzogen war. Das Bleigrau des Himmels spiegelte seine Gemütslage wider, und selbst das Lachen der den Hof fegenden Kinder seines Stallmeisters konnte ihn nicht aufmuntern. Seit dem Aufbruch aus Ulm marterte er sich mit dem Vorwurf, dass er Katharina nicht dazu überredete hatte, ihm den Knaben auszuhändigen. Und mit jedem Tag, der verstrich, quälten ihn neue Ängste. Wie weit würde sein Lehnsherr, Ulrich von Württemberg, gehen, um die Untreue seiner Gemahlin zu ahnden? Welches Schicksal stand Katharina bevor?

Mit einem Stöhnen stützte er die Ellenbogen auf den kalten Stein und vergrub das Gesicht in den Handflächen, während vereinzelte Schneeflocken in seinem dunklen Schopf schmolzen. Würde es dem Grafen gelingen, in Erfahrung zu bringen, wer der Vater des Bastards war, der seine Erblinie gefährden konnte? Würde Ulrich Häscher ausschicken, um den Jungen zu suchen, mit dem Katharina aller Welt beweisen konnte, dass die Kinderlosigkeit ihrer Ehe sein Verschulden war? Er schloss die Augen und ließ ihr wundervolles Gesicht vor sich aufsteigen. Die rotbraunen Locken, die im Schein des Feuers glänzten wie samtige Kastanien; die schlanken Hände und die weiblichen Kurven, die ihm den Verstand geraubt hatten; die honigfarbenen Augen, in denen so viel Liebe lag, wenn sie auf dem hilflosen Säugling ruhten. Er stieß einen tiefen Seufzer aus. Würde Ulrich sie einsperren wie eine gewöhnliche Verbrecherin oder würde er Großherzigkeit zeigen und ihr vergeben? Er lächelte freudlos und massierte die Schläfen, in denen sich ein Kopfschmerz ausbreitete. Großherzigkeit war keine Tugend, für die der Graf von Württemberg bekannt war! Mit zusammengekniffenen Augen blickte er in die Ferne und versuchte, die düsteren Gedanken zu verdrängen, indem er dem heiteren Treiben zusah. Die leise rieselnden Schneeflocken verdichteten sich allmählich zu einem Vorhang aus wirbelndem Weiß, und wenn die Tendenz anhielt, würde die Landschaft schon bald unter einer neuen Schneedecke versinken.

Es dauerte nicht lange, bis er erneut abschweifte. Wann würde er seinen Sohn wiedersehen? Die Kälte ließ seine unbehandschuhten Finger steif werden, und er vergrub sie in den Falten seines Obergewandes. War Katharinas Vertrauen in ihre Zofe gerechtfertigt, oder würde das Mädchen das Geld nehmen und sang- und klanglos verschwinden? Er kannte nicht einmal ihren Namen, geschweige denn den Ort, an dem sie das Kind in Sicherheit bringen würde! Der pochende Schmerz in seinen Schläfen verstärkte sich. War Wulf bei ihr gut genug geschützt?

Nachdem er einige Zeit lang Löcher in die Winterluft gestarrt hatte, wandte er sich schließlich von der Brustwehr ab, raufte sich das nasse Haar und trat zurück in die Dunkelheit des Turmes. Es hatte keinen Zweck, sich zu quälen! Wenn er so weitermachte, würde Ulrich sein Ziel erreichen, ohne jemals Hand an ihn gelegt zu haben!

Ohne Hast folgte er der Wendeltreppe nach unten, überquerte den Innenhof und verschwand im angrenzenden Palas. Ein riesiges Feuer in der Halle verriet die Anwesenheit seiner Bediensteten, die ihn mit scheuen Blicken verfolgten. Mürrisch erklomm er die Stufen in den ersten Stock, betrat seine Gemächer und blickte sich unschlüssig um. Sollte er die Einladung des Grafen von Dillingen annehmen und mit ihm zur Jagd reiten? Würde ihn dieser frivole Zeitvertreib von seinen Sorgen ablenken? Da sein Page ihm bereits Jagdrock und Armbrust bereitgelegt hatte, wog er die Waffe abwägend in den Händen, bevor er energisch in die Hände klatschte und dem daraufhin eintretenden Burschen befahl, ihm beim Umkleiden behilflich zu sein.

Kurze Zeit später betrat er in flammendes Rot gekleidet die Stallungen, gab einem der Stallburschen zu verstehen, seinen Rapphengst zu satteln und tätschelte einer nervösen Schimmelstute den Hals. Mit einem Wiehern warf der kapriziöse Neuzugang den Kopf in den Nacken und wich an die Wand der Sattelgasse zurück, als Wulf sich an ihr vorbeidrängte. Der Duft von trockenem Stroh und Pferdedung stach ihm in die Nase, als er sich in den Teil des Stalles begab, in dem die Einjährigen auf den Frühling warteten, um nach einem Falben zu sehen, den er im nächsten Jahr einreiten wollte. Mit einer Mischung aus Wehmut und Zufriedenheit betrachtete er das stämmige Tier, das alle Voraussetzungen für ein zuverlässiges Schlachtross mitbrachte.

Ob sein Sohn ein ebenso leidenschaftlicher Pferdenarr werden würde wie sein Vater?, fragte er sich und griff in den Futtertrog, um das vorwitzige Fohlen näher zu locken. Weich betasteten die haarigen Lippen seine Hand, bevor das Tier den schrumpeligen Apfel schnappte und zufrieden kaute. Das Klappern von Hufen in der Sattelgasse verriet, dass sein Rappe bereit war, und mit einem letzten Blick auf die vielversprechenden Einjährigen wandte Wulf der Kinderstube den Rücken. Vielleicht konnte ihn die Pferdezucht die bangen Monate des Wartens überstehen lassen, ohne dass seine geistige Gesundheit Schaden litt?

Er straffte die mächtigen Schultern, stülpte den Helm auf den Kopf und ließ sich von seinem Knappen in den Steigbügel helfen. Nachdem der Junge ihm Armbrust und Köcher gereicht hatte, gab er dem Tier die Sporen und trabte gemächlich auf den Ausgang zu. Den flehenden Blick des Knappen ignorierend, gab er den Befehl, die Zugbrücke zu bedienen, und preschte den steilen Anstieg des Burggrabens hinauf. Er konnte sich vorstellen, wie langweilig es dem Jungen sein musste, doch konnte Wulf ihn heute nicht an seiner Seite gebrauchen. Auch wenn es leichtsinnig war, sich in diesen unsicheren Zeiten alleine auf den Weg zu machen. Mit einem Achselzucken schloss er das Visier und trieb den Rappen an.

Die Landschaft um ihn herum schien zu verwischen, als er in gestrecktem Galopp über Felder, Wiesen und schlechte Straßen flog, und als endlich die südlich gelegenen Wälder vor ihm auftauchten, fühlte er sich um einiges besser. Irgendwie würde es ihm gelingen, das Kind in seine Obhut zu holen, ohne dass Ulrich von Württemberg Verdacht schöpfte. Wenn Katharinas Plan Früchte trug, würde er bereits im kommenden Jahr den kleinen Wulf in Katzenstein willkommen heißen, wo er ihn zu einem ehrbaren und tapferen Ritter erziehen würde!

Dieser Entschluss verlieh ihm neuen Mut. Mit hoch erhobenem Haupt trabte er auf die am Waldrand wartende Gruppe zu, aus deren Mitte das Banner des Grafen Hartmann von Dillingen aufragte, und zügelte sein Pferd.

»Wulf!«, trompetete der beleibte Graf, dessen jagdliches Geschick seinem politischen in erheblichem Maße nachstand. »Wie schön. Damit ist der Braten gesichert.« Er kicherte aufgekratzt, als Wulf sich im Sattel verneigte und die Begrüßung respektvoll erwiderte. »Ich danke Euch für Euer Vertrauen«, versetzte er mit gespieltem Ernst. »Aber Ihr wäret gewiss auch ohne mich erfolgreich.«

Der Graf winkte ab und ruderte mit der Hand in der Luft. »Stellt Euer Licht nicht unter den Scheffel! Ihr wisst selbst, dass Ihr der zielsicherste Armbrustschütze weit und breit seid.« Damit stieß er einen gellenden Pfiff aus, grub seinem lammfrommen Wallach die Fersen in die Flanken und stob ins Unterholz davon.

Entgegen aller Sorgen wurde auch Wulf vom Jagdfieber ergriffen, sobald sein Tier durch die kahlen Äste brach, und da er die Wälder des Grafen gut genug kannte, wusste er, was Hartmann vorhatte. Dieser stampfte soeben etwa zehn Pferdelängen vor Wulf durch ein Dickicht aus Schlehen-, Wacholder- und Haselnusssträuchern, die den Übergang zu einem dichten Tannenhain markierten. Kaum hatten die undurchdringlichen Schatten ihn verschluckt, tat Wulf es ihm gleich.

Der mit toten Nadeln bedeckte Boden dämpfte den Hufschlag, und wäre nicht ab und zu eine von den Ästen brechende, weiße Wolke vor ihnen zerstäubt, hätte man den dichten Schneefall vergessen können. Die in den Lungen stechende Luft roch nach Winter, Fäulnis und der beißenden Spur eines Ebers, der grunzend vor ihnen floh. Das helle Gebell der Hunde erzeugte ein unheimliches Echo, das kurze Zeit später zu einem infernalischen Lärm anschwoll. An der jähen Abbruchkante einer trichterförmigen Doline warf der in die Enge getriebene Schwarzkittel drohend den mit mächtigen Hauern bestückten Schädel, während die Meute ihn wild umtanzte.

Wenngleich Wulf in der Vergangenheit zahllose Wildsauen erlegt hatte, erregte etwas an der Haltung des Tieres sein Mitleid, und er zögerte kaum merklich. In den winzigen Augen war deutlich die Todesangst zu lesen, die der Eber mit aggressivem Grunzen und dem Scharren der Vorderläufe zu überspielen versuchte. Bevor der Katzensteiner Ritter nach der Armbrust auf seinem Rücken greifen konnte, bohrten sich die ersten Bolzen in die Seite des Jagdwildes, und es dauerte nicht lange, bis das Tier sich in seinem eigenen Blut wälzte. Erstaunlich leichtfüßig sprang der Graf von Dillingen aus dem Sattel, kniete sich trotz der Warnungen seiner Männer neben den nur noch unregelmäßig atmenden Eber und durchschnitt diesem die Kehle. Nachdem zwei der Jäger den Kadaver an Ort und Stelle aufgebrochen und ausgeweidet hatten, machte sich die Gesellschaft auf den Weg nach Dillingen, wo in der Burg des Grafen ein Festmahl stattfinden würde.

»Kommt schon«, drängte der Graf, als Wulf sich mit einer fadenscheinigen Ausrede verabschieden wollte. »Ihr habt nicht einen einzigen Pfeil abgeschossen. Etwas bedrückt Euch. Da kann ein wenig Abwechslung sicher nicht schaden!« Er kniff verschwörerisch ein Auge zu und machte eine nicht zu deutende Handbewegung. »Ihr würdet mich beleidigen!«

Ein Seufzen unterdrückend, nahm Wulf die Einladung an und folgte den Reitern in Richtung Osten, wo sich nach etwa einer Stunde scharfen Rittes die Umrisse des Grafensitzes abzeichneten. Kaum waren die Pferde an die herbeieilenden Knechte übergeben worden, fand Wulf sich in einer riesigen Halle wieder, in der schon bald der Wein in Strömen floss. Mit zunehmendem Alkoholkonsum begann das Jägerlatein Gestalt anzunehmen, und nur mit Mühe verkniff sich der Katzensteiner einige schneidende Bemerkungen. Da er die Gastfreundschaft Hartmanns nicht ausschlagen konnte, hatte er sich von dessen Marschall eine Schlafkammer zuweisen lassen, und als schließlich auch die Süßspeisen verzehrt waren, entschuldigte er sich und zog sich leicht angetrunken zurück.

Er hatte gerade seine Schecke auf einen Hocker geworfen und die Beinlinge abgelegt, als es schüchtern an der Tür klopfte. Mit hochgezogenen Brauen schob er den Riegel zurück und versank augenblicklich in dem freizügigen Ausschnitt eines blonden Mädchens. Die dicht bewimperten Lider senkten sich über die blauen Augen, nur um sofort darauf in einem betörenden Aufschlag zu flattern.

»Der Graf schickt mich«, flüsterte sie und schob sich an ihm vorbei in sein Schlafgemach, wo sie ohne Umschweife begann, die Schnürung ihres eng geschnittenen Gewandes zu lösen. Bevor Wulf die Sprache wiedergefunden hatte, stand sie vollkommen entblößt vor ihm – die Brustwarzen vor Kälte keck aufgerichtet.

Mit trockenem Mund sah er zu, wie sie sich umwandte, um sich auf sein Bett zu knien und die Laken zu lüften. Der knospenförmige Mund verzog sich zu einem verführerischen Lächeln, als sie das beinahe knielange Haar aus einem Knoten löste und freischüttelte.

»Gefalle ich Euch nicht?«, fragte sie, nachdem Wulf keine Anstalten machte, sich zu ihr zu gesellen. Doch anstatt einer Antwort bückte er sich, las ihr Kleid auf und drückte es ihr zurück in die Hand.

»Ich benötige deine Dienste nicht«, stieß er gepresst hervor und wies auf den Ausgang. »Geh.«

Während Verwirrung und Erleichterung auf den Zügen des Mädchens Widerstreit hielten, warf sie sich das Gewand über, band das Haar in einer losen Schlaufe und huschte lautlos aus dem Raum.

Da seine Männlichkeit protestierend gegen die leinene Brouche ankämpfte, ließ Wulf sich mit einem Fluch auf die Matratze fallen und krallte die Finger in die Oberschenkel. Welcher Teufel wollte ihn versuchen?! Am ganzen Leib bebend sprang er wieder auf und trat einen Schemel zur Seite, der polternd an der Wand landete. Egal, welche Wege das Böse wählen würde, um ihn vom rechten Weg abzubringen, er würde Katharina niemals betrügen! Eher würde er sich zurückziehen und das Leben eines Einsiedlers führen!

Kapitel 50

Ulm, 18. Januar 1350

Nicht so träge. Heute ist Euer großer Tag!«

Raue Stricke schlangen sich um Conrads Handgelenke, bevor er von zwei Bewaffneten gepackt und aus der fensterlosen Zelle gestoßen wurde, in der er die vergangenen Tage und Nächte mit dem Tod gerungen hatte. Die schlampig verbundene Wunde in seinem Bauch hatte sich bereits wenige Stunden nach dem erzwungenen Geständnis entzündet, und bereits in der ersten Nacht hatte der Wundbrand begonnen, ihn von innen her aufzufressen. Der süßlich-faulige Gestank hatte schon bald Conrads Geruchssinn beeinträchtigt, und als Atemnot und Fieber die beängstigenden Symptome ergänzt hatten, hatte er um ein schnelles Ende gefleht. Was den Kerkermeister, der ihm einmal am Tag eine Schale Hafergrütze in sein Gefängnis brachte, jedoch wenig beeindruckt hatte.

»Ich schicke Euch einen Priester, vielleicht erhört Gott Eure Bitte«, hatte dieser ungerührt erwidert. »Aber darauf würde ich mich nicht allzu sehr verlassen.«

Von Schüttelfrost und Hitzewallungen gemartert, hatte Conrad auf die Erfüllung dieses Versprechens gehofft, doch es war niemand erschienen, um ihm die Beichte abzunehmen.

»Schafft ihn auf den Karren!«

Der Befehl des mit einer schwarzen Kapuze verhüllten Henkers drang wie aus dem Nebel zu ihm vor, und als sich kurz darauf starke Hände unter seine Achseln schoben, ließ er sich entkräftet fallen. Nachdem jemand seine Beine gepackt und man ihn die Treppe hinaufgeschafft hatte, schleuderten ihn die Soldaten unsanft auf die hölzerne, von einem Gitterkäfig überspannte Ladefläche des Henkerskarrens und schlugen die Tür hinter ihm zu. Mit einem Schnalzen der Zunge trieb der Wagenlenker die Zugtiere an, und als die Ochsen den kurzen Anstieg zum Marktplatz erklommen, rollte der Gefangene nach hinten und blieb gegen das Gitter gepresst liegen.

Sobald der von einer Doppelreihe Stadtwachen begleitete Zug den Rathausvorplatz erreicht hatte, schloss sich ein Ring Schaulustiger um den Wagen, und die ersten Steine begannen, durch die Luft zu schwirren. Wie immer lockte das angekündigte Schauspiel dicke Menschentrauben an, da eine Hinrichtung einem Volksfest in seiner Anziehungskraft in nichts nachstand. Die besonders Neugierigen kämpften sich mit Schlägen und Tritten nach vorn, und mehr als eine Mutter hob ihr Kind nach Quengeln und Flehen auf die Schultern, damit die Beine der Erwachsenen nicht die Sicht versperrten.

Mit einem knappen Befehl gab der Hauptmann einer kleinen Abordnung zu verstehen, die Menschen zurückzudrängen, was dazu führte, dass den Brocken erzürnte Schimpftiraden folgten, die zu einem zornigen Gebrüll anzuschwellen drohten. Ein kurz darauf ertönender Fanfarenstoß ließ die Gaffer jedoch ehrerbietig verstummen und mit aufgerissenen Augen und Mündern verfolgen, wie der Bürgermeister und der Abt des Franziskanerklosters von Soldaten begleitet von rechts durch die Menge brachen, um sich an die Spitze des Zuges zu setzten. Kaum hatten auch die Fahnenträger ihren Platz eingenommen, schwang der Henker erneut die Peitsche und lenkte sein Gespann unter lautstarken Anfeuerungsrufen in Richtung Donau.

Mit jedem Stoß des Wagens schoss Conrad ätzende Übelkeit in die Kehle, und sie hatten kaum das Schwörhaus passiert, als er sich das erste Mal übergeben musste. Höhnisches Gegröle begleitete dieses Zeichen der Schwäche, und obschon die Gaffer von den Wächtern auf Abstand gehalten wurden, gelang es einigen von ihnen, den Gefangenen mit langen Stöcken zu erreichen. Schmerzhaft bohrte sich eine angespitzte Stange in Conrads Seite und durchstieß die grau-rot verfärbten Binden, die eine Schicht aus getrocknetem Blut mit der Wunde verband. Mit einem Schrei wich er zurück und versuchte zu verhindern, dass die Waffe tiefer in sein Fleisch eindrang. Doch als einer der Soldaten den Mann rüde zur Ordnung rief, war es bereits zu spät. Fingerdick sprudelte ein schwärzlicher Blutstrahl aus dem klaffenden Riss, um sich in einer Lache unter dem zusammengekrümmten Gießer zu sammeln.

»Stecht das Schwein ab!«, keifte eine junge Frau, die Conrad die geballte Faust hinterherschüttelte. »Mörder!«

Weitere Stimmen gesellten sich zu dem schrillen Sopran, und als schließlich das dunkle Band des Flusses vor dem Henkerskarren auftauchte, glich das Toben der Menge einem ohrenbetäubenden Sturm der Wut.

Vorbei an überquellenden Massengräbern voller Pesttoter, über denen Aasvögel kreisten, holperte der Wagen auf die drei Galgen der Stadt zu, die sich Unheil verkündend von dem Hintergrund der schneeschwangeren Wolken abzeichneten. Bizarren Vogelscheuchen gleich schaukelten die schlaffen Körper der Hingerichteten an den lächerlich dünn wirkenden Stricken, die knarrend an den Balken rieben. Der immer mehr auffrischende Wind fuhr in kräftigen Böen unter die zerfetzten Lumpen, legte bleiche Haut frei und zerwühlte die längst verfilzten Schöpfe der Verbrecher. Todesangst und eine anschwellende Welle der Panik ließen Conrad schaudernd verfolgen, wie der Henker vor der grob gezimmerten Plattform haltmachte, die Zugtiere anpflockte und seinem Gehilfen ein Zeichen gab. Daraufhin erklomm dieser die fünf Stufen, zog ein langes Messer aus dem Gürtel und schnitt einen der halb verwesten Gehenkten ab, um Platz für Conrad zu machen. Mit einem dumpfen Laut schlug der Körper des Toten auf dem hohlen Untergrund auf, was die Menge zu einem spontanen Beifallssturm veranlasste. Während Conrad starr vor Grauen verfolgte, wie der Gehilfe die Leiche achtlos zur Seite trat, öffnete sich die Klappe hinter ihm mit einem schleifenden Geräusch und er wurde unsanft aus dem Käfig gezerrt. Kraftlos schlug er auf dem Boden auf, der sich augenblicklich mit seinem Blut verfärbte.

»Steh auf!«, herrschte ihn der Henker an, und als der Gießer dem Befehl nicht sofort Folge leistete, trat er ihm brutal in den Unterleib. Der sich daraufhin über ihn ergießende Schmerz ließ den Gefangenen aufheulend die Beine an die Brust ziehen, was den Henker lediglich dazu veranlasste, erneut auszuholen. »Ich sage es nicht noch mal!«, knurrte er und zog Conrad auf die Beine. Mit einer geübten Bewegung zerriss er das zerlumpte Büßergewand des Verurteilten und ließ diesen von zwei weiteren Gehilfen auf die Plattform bringen. Dort zwang er Conrad auf die Knie und machte die alte Schlinge vom Galgen los, um in aller Gemütsruhe eine neue zu knüpfen.

Während er damit beschäftigt war, lösten sich der Hauptmann der Wache und der Bürgermeister aus dem Ring Bewaffneter, um ebenfalls das Podest zu besteigen und monoton das Urteil zu verlesen.

Halb besinnungslos vor Schwäche und Furcht hob Conrad die verkrusteten Lider und suchte die Menge nach einem Priester ab. Jemand musste ihm die Beichte abnehmen, bevor er starb! Ein Schauer schüttelte seinen nackten Leib. Ansonsten war er dazu verurteilt, auf alle Ewigkeit im Fegefeuer zu brennen! Furchtbare Bilder von leckenden Flammen und schlangenzüngigen Dämonen tauchten vor ihm auf. Von Brandblasen überzogene Sünder und immer wieder aufs Neue zerstückelte Verdammte zogen durch seine Vorstellung. Teuflische Fratzen und Folterinstrumente von grausamer Wirksamkeit ließen ihn mit einem heiseren Stöhnen zusammenbrechen.

»Einen Beichtvater«, flehte er, als ihn einer der Gehilfen zurück auf die Knie beförderte und hob bittend den Blick zu dem über ihm aufragenden Bürgermeister. »Ich muss beichten!«

Die Augen des Stadtoberhauptes verengten sich einige Atemzüge lang, bevor es verächtlich nickte und einen der Barfüßer zu sich winkte, der zum Gefolge des Abtes gehörte. Nach einem getuschelten Austausch zwischen den beiden hob der Mönch die Achseln, trat auf Conrad zu und hielt ihm ein abgegriffenes Kruzifix entgegen.

»Herr, vergib mir meine Sünden«, murmelte dieser schwach, während er das hölzerne Kreuz umklammerte, als könne es ihn aus dieser grauenvollen Lage befreien.

Einige furchtbare Momente schwieg der Ordensbruder und starrte lediglich auf den vor ihm knienden Sünder hinab, der sich vor Kälte schlotternd hin- und herwiegte. Alle Geräusche schienen zu verstummen, während die Anwesenden gebannt die Augen auf das ungleiche Paar richteten.

»Ego te absolvo«, erklang schließlich die Antwort, die Conrad vor Erleichterung in Tränen ausbrechen ließ. Schluchzend presste er die Lippen auf das kalte Holz und stammelte einen Dank, bevor der Trost spendende Gegenstand seinem Griff entwunden wurde. Als sich der Mönch wenig später wieder in die Menge zurückgezogen hatte, gruben sich behandschuhte Finger in Conrads Oberarme, und er wurde unter der frisch geknüpften Schlinge in Position gebracht. Kalt und steif legte sich der Hanfstrick um seinen Hals, während er zitternd versuchte, sich auf den Beinen zu halten und die Kontrolle über seine Blase nicht zu verlieren. Als der Hauptmann der

Wache einige letzte Worte sprach, um die Abwesenheit eines Schöffenspruches zu erklären, blieb Conrads irr hin- und herzuckender Blick an einem Augenpaar hängen, das zu einem schadenfroh lächelnden Gesicht gehörte.

»Da der Verurteilte ein volles Geständnis abgelegt hat, war kein gesondertes Verfahren vonnöten.« Die Worte des Hauptmannes gingen in dem Tosen seines Blutes unter, als Conrad die Lippen las, welche er so oft geküsst hatte.

»Fahr zur Hölle!«

In dem Moment, in dem die Falltür unter seinen Füßen nachgab, öffnete sich Cylias Mund zu einem Lachen, welches der letzte Laut war, den Conrad hörte, bevor sein Genick mit einem lauten Knacken brach.

Der Körper des Glockengießers schwang noch an dem Seil hin und her, als sich Henricus abwandte und versonnen auf den Rückweg zur Abtei machte. Entgegen der Vorfreude, welche dieses Ereignis in ihm geweckt hatte, empfand er nicht die tiefe Befriedigung, die er sich vom Tod des Mörders erhofft hatte.

Das halbe Dutzend Mönche ignorierend, das ihm in hündischer Ergebenheit Schutz vor der Menge zu geben versuchte, bahnte er sich einen Weg durch die Menschen, die wie gebannt in Richtung Schafott blickten. Hie und da verbarg ein Kind weinend den Kopf in den Röcken seiner Mutter, doch der Großteil der Zuschauer schien voll und ganz gefangen von der Bestrafung des Verbrechers. Zwar hätte Henricus ihm am liebsten das Sakrament der Beichte verweigert, doch hätte dies gegen die Gesetze der Kirche verstoßen, die der Abt selbst über alle weltlichen Regeln stellte. Schwer atmend kämpfte er sich am Ufer der Blau entlang in Richtung Abtei, wo er erleichtert in seine Unterkunft floh, um sich die eisigen Hände an der Feuerstelle der Halle zu wärmen. Was war in letzter Zeit nur los mit ihm?, fragte er sich, während sich die Wärme nur allmählich in ihm ausbreitete. Hatte er noch vor fünf Tagen über die Wendung des Schicksals frohlockt, schien sich dieses inzwischen gegen ihn gewendet zu haben. Wenngleich es ihm gelungen war, all seine Widersacher aus dem Weg zu räumen, hatte sich seine Hochstimmung in lähmende Furcht verwandelt, als er am Morgen dieses Dienstages Blut auf seinem Kissen entdeckt hatte. Da der ihn seit einiger Zeit quälende Husten nicht abklingen wollte, hatte er nach dem Infirmarius schicken lassen, der jedoch – laut Auskunft des ebenfalls ungesund wirkenden Tonsors – vor zwei Tagen an der Pest erkrankt war.

Ein Kälteschauer durchlief den Abt und veranlasste ihn, noch näher an das prasselnde Feuer zu treten, wodurch seine mit Goldfäden durchwirkte Kukulle den Flammen gefährlich nahe kam. Sollte die Geißel Gottes auch ihn getroffen haben?, fragte er sich bang, kaum hatte sich ein heftiger Hustenanfall gelegt. Sollte er Gott erzürnt haben? Er schüttelte schwer atmend den Kopf und wischte sich den kalten Schweiß von der Stirn. Unmöglich! Hatte er nicht alles getan, um die Gebote des Herrn zu befolgen und dafür zu sorgen, dass Lästerer und Zweifler bestraft wurden?! Mit einem müden Seufzen wandte er sich von der wohligen Wärme ab und machte sich auf den Weg in das Obergeschoss. Gott würde seine schützende Hand über ihn halten und ihn vor Unheil bewahren! Daran konnte es keinen Zweifel geben. Erschöpft stieß er die Tür zu seinem Schlafgemach auf und ließ sich auf die harte Matratze sinken. Er würde sich einige Minuten ausruhen, bevor er sich auf die Non vorbereitete.

Kapitel 51

Auf den Höhen des Schwarzwaldes, 23. Januar 1350

»Ich mache mir Sorgen wegen dieses Kerls«, raunte Bertram leise, während Anabel sich misstrauisch umblickte, ob niemand sie belauschte. Sobald die Sonne Anstalten gemacht hatte unterzugehen, hatte der Anführer des Händlerzuges Befehl gegeben, in dem mittelgroßen Flecken auf den Höhen des Schwarzwaldes haltzumachen, da es in dem gepflegten Örtchen genügend Herbergen gab, um allen Reisenden eine Unterkunft zu bieten. Die ordentlichen Häuschen und Hütten und die Abwesenheit von Leichengruben hatten die jungen Leute hoffen lassen, dass die Gerüchte über die Verbreitung der Pest zutrafen. Denn je weiter sie sich der französischen Grenze näherten, desto häufiger begegneten sie Reisenden, die – wie sie selbst – auf der Flucht vor der Seuche waren, die den Westen Europas weitgehend verschont zu haben schien. Wenngleich die Krankheit dort allem Anschein nach einige Jahre zuvor mit voller Kraft gewütet hatte, blieben neue Erkrankungen rätselhafterweise zum großen Teil aus. Zusammen mit etwa dreißig weiteren Männern und Frauen hatten sich Anabel und Bertram im *Grünen Baum* eingemietet, dessen Wirt seinen Gästen ein wohlschmeckendes und sättigendes Mahl vorgesetzt hatte. Die Stimmung in dem geräumigen Schankraum heizte sich mit jedem Krug Wein weiter auf, und zwei Tische von ihnen entfernt grollte soeben der gnomenhafte Tuchhändler, der Bertram gedroht hatte: »Wer ist heutzutage schon das, wofür er sich ausgibt?«

Der Blick seiner kalten, grünen Augen wanderte zu dem jungen Mann, der sich schützend vor Anabel und den kleinen Wulf geschoben hatte. »Bevor diese Seuche alle Sitten ausgelöscht hat, hätte man nicht jedem gestattet, in Gesellschaft anständiger Menschen zu reisen.« Die Feindseligkeit in seiner Stimme war unüberhörbar. Seit dem Streit vor fünf Tagen hatte er immer wieder versucht, Anabel und Bertram auszuhorchen; hatte sie wiederholt nach ihrem Herkunftsort gefragt und sich bemüht, Anabel durch Schmeicheleien Auskünfte über sich und Wulf zu entlocken.

»Warum hat er sich ausgerechnet uns als Ziel seiner Missgunst ausgesucht?«, zischte Anabel und wiegte das Kind in ihren Armen, um es dazu zu bewegen, wieder einzuschlafen. »Wieso kann er nicht einfach den Mund halten und uns in Ruhe lassen?«, fragte sie mit einem zornigen Blick über die Schulter, wo der rothaarige Zwietrachtsäer inzwischen dazu übergegangen war zu tuscheln.

»Ich fürchte, ich weiß, was er vorhat«, erwiderte Bertram verächtlich und gab Anabel zu verstehen, ihm in die abgetrennte Schlafkammer zu folgen, wo ordentlich aufgereihte Bettkästen die Wände säumten. »Wir werden gleich sehen, ob ich recht habe«, murmelte er und ließ sich auf den ihnen zugewiesenen Schlafplatz sinken.

Tatsächlich dauerte es keine fünf Minuten, bis sich der Vorhang zur Schankstube bewegte und der Rothaarige den Kopf hindurchsteckte. »Ihr scheut wohl die Öffentlichkeit«, höhnte er und versicherte sich, dass ihm niemand gefolgt war.

»Was wollt Ihr?«, fragte Bertram schroff und baute sich vor dem kleineren Mann auf, der trotzig zu ihm aufblickte.

»Könnt Ihr Euch das nicht denken?«, gab dieser listig zurück und schenkte Anabel ein anzügliches Lächeln. »Wer immer Ihr seid, ich denke, es ist Euch einiges wert, nicht entdeckt zu werden«, fuhr er ungeachtet des Hasses in Bertrams Blick fort und schob die Hände in die Rocktaschen. »Ich erkenne jemanden, der auf der Flucht ist«, setzte er genüsslich hinzu und verlagerte das Gewicht von einem Bein aufs andere. »Eure Tischmanieren passen nicht zu Euren Gewändern«, erklärte er lächelnd, während Bertram sich nur mühsam davon abhielt, ihm an die dürre Kehle zu gehen.

»Und Ihr«, er wies auf Anabel, »scheint mir ein wenig jung für eine solche Reise.« Sein schmaler Mund verzog sich zynisch. »Vermutlich seid Ihr auf der Flucht vor ihrem Vater«, fuhr er an Bertram gewandt fort. »Und dem zukünftigen Ehemann!«

Die Röte, die Anabel bei diesen Worten in die Wangen schoss, ließ ihn triumphierend die Hände in die Luft werfen. »Dachte ich es mir«, kicherte er zufrieden und deutete mit dem Zeigefinger auf seine ausgestreckte Handfläche. »Zehn Gulden und Euer kleines Geheimnis bleibt unentdeckt. Ansonsten müsste ich den Soldaten mitteilen, dass es sich um den Diebstahl einer Braut handelt.« Er grinste. »Oder was immer es ist, das ihr verbergen wollt. Und das wollt Ihr sicherlich vermeiden. Vermutlich seid Ihr gar nicht aus Tübingen«, grübelte er laut. »Aber das ließe sich sicherlich rasch feststellen.«

Seine Augen verengten sich gierig. »Ihr könnt Euch bis morgen früh überlegen, ob Ihr mein Angebot annehmen wollt«, versetzte er schneidend und kratzte sich am Kopf. »Was sind schon zehn Gulden?« Damit verneigte er sich spöttisch und verschwand durch den Vorhang zurück in die Schankstube, aus der kurz darauf kehliges Gelächter nach nebenan drang.

»Ich werde ihm den Hals umdrehen!«, knurrte Bertram und machte Anstalten, dem Händler zu folgen, doch Anabel hielt ihn mit einem gezischten »Warte!« zurück.

»Es hat keinen Sinn«, warnte sie und bettete Wulf in das Körbchen zu ihren Füßen. »Es war mir klar, dass so etwas früher oder später geschehen würde. Ich bin nur froh, dass es erst jetzt passiert ist.« Der Blick ihrer blauen Augen wanderte zu den mit hölzernen Läden verschlossenen Fenstern. »Es kann nicht mehr weit sein bis Straßburg«, flüsterte sie und griff nach dem Mantel, den sie auf dem Bett abgelegt hatte. »Lass uns unser Glück allein versuchen.«

Bertram runzelte die Stirn, als ihm klar wurde, was sie vorhatte. »Es ist Wahnsinn, ohne Schutz zu reisen«, wandte er halbherzig ein, folgte jedoch ihrer unausgesprochenen Bitte, den Riegel des Fensters zu lösen.

»Weniger wahnsinnig, als sich von diesem Blutsauger erpressen zu lassen«, gab Anabel zurück und raffte die Röcke, um sich mit Hilfe eines Schemels auf den Fenstersims zu schwingen. Den Zeigefinger auf die Lippen gepresst, lauschte sie in die Dunkelheit, bevor sie Bertram zu verstehen gab, ihr den Korb hinauszureichen.

Nachdem sich auch Bertram in den Schnee hatte fallen lassen, huschten sie lautlos auf die Ställe zu, in denen ihre Ochsen untergebracht waren, und schirrten diese so vorsichtig wie möglich an. Da sich ihr Fuhrwerk direkt vor dem Tor des Stalles befand, war es ein Leichtes, die Tiere anzuspannen, und keine halbe Stunde später trieben sie die unwillig schnaubenden Ochsen die schlecht gepflasterte Straße auf den Ausgang des Örtchens zu. Im Licht des Vollmondes schlängelte sich der schmale Weg einige hundert Schritte einen Abhang hinab, bevor er von der tintenschwarzen Finsternis des Schwarzwaldes verschluckt wurde. Obschon Bertram das Herz in der Kehle hämmerte, steuerte er das Fuhrwerk ohne zu zögern in die gähnende Düsternis, aus der der wehmütige Schrei einer Eule erklang.

Meile um Meile tasteten sie sich über den von Schlaglöchern durchsetzten Untergrund und folgten dem schlecht zu erkennenden Weg, den verwitterte Holzschilder als Reiseroute nach Westen auswiesen. Immer wieder musste Bertram die Ochsen zügeln, damit Anabel die schwache Kerzenflamme an die moosige Oberfläche halten und die Buchstaben entziffern konnte. Beinahe ein Dutzend Mal brachten sie das Fuhrwerk abrupt zum Halten, um furchtsam in die Dunkelheit zu lauschen, in der sich das Knacken dürrer Äste mit den Lauten nachtaktiver Jäger vermischte.

Als sich schließlich nach scheinbar endlosen Stunden ein Graustich durch das dichte Dach aus Nadeln stahl, atmete Anabel erleichtert auf und lehnte den Kopf an Bertrams Schulter. Lediglich einmal machten sie um die Mittagszeit Rast auf einer kleinen Lichtung, durch die sich ein munter plätscherndes Bächlein wand. Nachdem sie ihre Wasservorräte aufgefüllt, den Säugling gefüttert und die Ochsen getränkt hatten, nahmen sie die Reise wieder auf, bis sie sich um die vierte Stunde dem Waldrand näherten.

»Ich kann kaum mehr die Augen offen halten«, gestand Anabel mit einem Gähnen und rieb sich die rot geränderten Augen, die sie jedoch augenblicklich staunend aufriss, als das Fuhrwerk aus den tiefen Schatten des Waldes auftauchte. »Mein Gott«, hauchte sie, und auch Bertram entfloh ein beeindruckter Pfiff durch die Zähne.

Vor ihnen, umflossen von einem in der Sonne glitzernden Wasserlauf, erhob sich auf einem Hügel eine von einer mächtigen Mauer umgebene Stadt, in deren Mitte ein gewaltiger Kirchenbau in den Himmel ragte. Symmetrisch angeordnete Felder zeugten so weit das Auge reichte von der Fruchtbarkeit der Region, und erst allmählich begriff Anabel, dass es sich bei den ameisengleichen Kolonnen um Menschen handelte, die in die Stadt strömten.

»Straßburg«, murmelte sie und wischte eine Träne aus dem Augenwinkel. Die Heimat ihrer Mutter!

Als sich Bertrams Hand beruhigend um die ihre schloss, hob sie den Blick und schluckte mühsam. »Ich habe mich immer gefragt, wie es wohl sein würde, hierherzukommen«, gestand sie leise. »Aber so überwältigend habe ich es mir nicht vorgestellt.« Bertram nickte und hob die Zügel auf, um die Ochsen auf eines der Tore zuzusteuern, vor dem eine lange Schlange von Fuhrwerken und Fußvolk auf Einlass in die Stadt wartete. »Wir werden uns als Erstes eine Bleibe suchen«, schlug er vor und lächelte gezwungen, als ihm eine vollbusige Bäuerin anzüglich zuzwinkerte. »Dann sehen wir weiter.«

Es dauerte nahezu zwei Stunden, bis die Reihe an sie kam.

»Name, Herkunft, Begehr!«, herrschte sie der mit einer furchterregenden Hellebarde bewaffnete Wächter an, und Anabel erbleichte, als er so dicht neben den Bock trat, dass sie die Bartstoppeln an seinem eckigen Kinn deutlich sehen konnte.

»Mein Name ist Bertram Steinhauer«, erwiderte Bertram mit leicht zitternder Stimme. »Und das sind meine Gemahlin und mein Sohn.« Er zeigte auf Anabel, die hastig die Lider niederschlug, als die kalten, grauen Augen des Wächters über ihr Gesicht strichen. »Wir sind auf der Flucht vor der Seuche und bitten um Aufnahme in die Stadt.«

Der Wachmann zögerte einige Augenblicke, in denen er ihre Kleidung fachmännisch taxierte. »Seid Ihr von ehelicher Geburt?«, fragte er schließlich barsch.

Sowohl Bertram als auch Anabel nickten.

»Übt Ihr ein Handwerk aus?«

»Ich bin Steinmetz, habe aber noch kein Gesellenstück abgelegt«, gab Bertram wahrheitsgetreu zurück, was den Mann dazu veranlasste, die Stirn in Falten zu legen. »Besitzt Ihr genügend Geld, um Euch eine Unterkunft zu leisten?«

Bertram nickte erneut und wies auf die feinen Kleider und das Fuhrwerk.

»Die Aufnahmegebühr beträgt zwanzig Schillinge«, brummte der Wachhabende schließlich und hielt ihnen die schwielige Hand entgegen, in die Anabel zehn Silberstücke zählte. Für zwölf Schillinge konnte man sich ein Pferd kaufen!, dachte sie ehrfürchtig, während der Mann sich abwandte, um ihnen eine mit einem Siegel versehene Pergamentrolle zu überreichen.

»Dies ist der Nachweis, dass Ihr die Gebühr entrichtet habt«, erklärte er etwas freundlicher. »Verliert sie nicht. Damit könnt

Ihr Euch morgen beim Zunftvorsteher melden, der wird Euch alle weiteren Auskünfte geben.« Damit entließ er sie und wandte sich dem hinter ihnen wartenden Ritter zu, der sich mürrisch über die lange Wartezeit beklagte.

»Wir haben es geschafft«, hauchte Anabel, als sie orientierungslos die breiten Gassen entlangzuckelten und sich neugierig umblickten. »Dem Herrn sei Dank!«

Vorbei an prächtigen Wohn- und Geschäftshäusern wanden sie sich durch die trotz der späten Stunde dicht gedrängten Menschen, die alle in eine Richtung strömten. Während Anabel den fremdländischen Dialekt in sich aufsaugte, steuerte Bertram auf einen weitläufigen Platz zu, in dessen Mitte sich das gewaltigste Bauwerk gen Himmel reckte, das Anabel je gesehen hatte.

»Sieh nur«, flüsterte Bertram ehrfürchtig und blickte zu dem über ihnen aufragenden, von Gerüsten umrahmten Münster auf, dessen Fassade im Schein der untergehenden Sonne rosarot leuchtete. »Wie schön!«

Auch Anabel wollte es bei dem Anblick der kunstvollen und dennoch verspielten Fassade den Atem verschlagen. Beinahe schwerelos schien der mächtige Bau über den Häusern zu schweben, und das Gewicht der unvollendeten Turmstummel wirkte beinahe zu schwer für die zarten Rippen dieses unglaublichen Bauwerks.

»Lass uns eine Unterkunft finden«, bat sie schließlich nach langer Zeit des bewundernden Betrachtens. »Ich bin noch niemals zuvor so müde gewesen.«

Nachdem Bertram sich mit einem Seufzen von dem filigranen Kirchenbau losgerissen hatte, wandten sie sich nach Süden, um kurz darauf vor einer vertrauenerweckend wirkenden Herberge zu halten, aus der der Duft frisch gebratenen Fisches lockte.

Kapitel 52

Hohenneuffen, Ende Januar 1350

»Euer Beichtvater ist hier.« Mit einem tiefen Knicks wich die Katharina zugewiesene Zofe in den Korridor zurück und bat den schwarz gekleideten Mönch in die zwar geräumige, aber düstere Kammer. Drei von gotischem Flechtwerk unterteilte Fenster gaben den Blick frei auf eine trostlose, gräulich-grüne Landschaft, die mit der von heftigem Tauwetter verursachten Überflutung der Neckarauen zu kämpfen hatte. Tief unter Katharina mühten sich die leibeigenen Bauern ihres Gemahls mit der Errichtung einer Barriere aus Säcken und Fässern, welche die drohenden Wassermassen jedoch nicht lange aufzuhalten vermochte. Jeden Tag riss der anschwellende Strom ein neues Loch in den schützenden Deich, und wenn die warme Witterung anhielt, würde Hektar um Hektar des fruchtbaren Ackerlandes fortgeschwemmt werden.

Sie seufzte und wandte dem traurigen Anblick den Rücken, um den Bruder mit einem demütigen Neigen des Kopfes zu begrüßen. »Ich danke Euch für Euer Kommen.«

Das Klappern eines Schlüssels verriet, dass der Wachhabende vor Katharinas Gefängnis seine Aufgabe noch genauso ernst nahm wie am ersten Tag ihrer Einkerkerung. Doch dieser Eifer entlockte ihr lediglich ein müdes Lächeln.

Mit einer geschmeidigen Bewegung streifte der blutjunge Zisterzienserbruder die Kapuze von seinem Kopf und gab den Blick frei auf ein glattes Gesicht mit strahlend blauen Augen. »Ihr wisst, dass Ihr jederzeit über mich verfügen könnt«, versetzte er ölig und gab Katharina mit einer Handbewegung zu verstehen, sich zu der hölzernen Kniebank neben der schmalen Bettstatt zu begeben. Kaum war die in einfache braune Gewänder gekleidete Gräfin vor ihm niedergesunken, streckte er ihr ein goldenes Kruzifix entgegen, das sie gottesfürchtig küsste. »Vater, vergib mir, denn ich habe gesündigt«, murmelte sie und senkte den Kopf.

Als der Bruder sie eine halbe Stunde später mit einem verkniffenen Ausdruck auf dem täuschend unschuldigen Gesicht wieder verlassen hatte, verweilte Katharina noch einige Zeit in stillem Gebet, bevor sie sich mit schmerzenden Gelenken erhob. Schaudernd rieb sie die Handflächen aneinander und warf einen Blick auf das schwache Feuer, das schon bald erlöschen würde. Seitdem Ulrich sie in diesem zugigen Gemach in einem der runden Ecktürme der äußeren Befestigungsanlage gefangen gesetzt hatte, war der Zisterzienser beinahe täglich erschienen, um ihr seine Dienste als Beichtvater anzubieten. Als Katharina schließlich scheinbar zermürbt ihren Widerstand aufgegeben hatte, hatten seine Augen kaum wahrnehmbar aufgeleuchtet. Doch schon bald hatte er feststellen müssen, dass die Gemahlin des Grafen von Württemberg ihn an der Nase herumführte. Anstatt die von Ulrich zweifelsohne geforderte Information über Kind und Liebhaber preiszugeben, hatte Katharina den jungen Mann mit belanglosen Dingen hingehalten, die es nicht einmal wert waren, erwähnt zu werden. So hatte sie ihm auch heute lediglich die unreinen Gedanken gebeichtet, die ihr so manche Nacht den Schlaf raubten, und sich an der flammenden Röte geweidet, welche die bartlosen Wangen überzogen hatte. Wenn Ulrich dachte, dass sie so einfältig wäre, ihm auf diesem Weg das zu geben, was er anders niemals erreichen würde, täuschte er sich!

Eine steile Falte grub sich zwischen ihre Brauen, als sie sich nach dem Schürhaken bückte, um in der Glut zu stochern. Zwar hatte ihr betrogener Gemahl wie vermutet nicht das Rückgrat besessen, sie wegen Ehebruchs zum Tode zu verurteilen. Doch schien er es sich zum Ziel gesetzt zu haben, sie zu zermürben und ihr die Informationen zu entlocken, die er für die Vollendung seines Rachefeldzuges benötigte. Nachdem ihm klar geworden war, dass er mit Gewalt nichts bei Katharina erreichen würde, hatte er ihr zuerst Vergebung in Aussicht gestellt, um sofort darauf umzuschwenken und ihr unverhohlen zu drohen.

»Früher oder später bringe ich in Erfahrung, mit wem du mich betrogen hast«, hatte er gewütet, als Katharina ungerührt den zweiten Schlag ins Gesicht eingesteckt hatte. »Sag mir besser gleich, was ich wissen will, dann verschone ich deinen Bastard!«

Einen Augenblick lang war Katharina versucht gewesen, ihm zu glauben. »Was geschieht dann mit dem Vater des Kindes?«, hatte sie unverfroren gefragt, und sich kurz darauf das Blut von der Nase gewischt, als Ulrich tobend gebrüllt hatte: »Du wagst es?! Du wagst es, um das Leben dieses Wurms zu bitten?«

Einen Moment lang hatte er bebend vor Zorn mitten im Raum verharrt, bevor er sich wie ein Geier auf sie gestürzt und sie an den Haaren gepackt hatte. »Ich werde ihm vor den Augen meiner Untertanen das Herz aus dem Leibe reißen«, hatte er Katharina ins Ohr geflüstert und sie so hart von sich gestoßen, dass sie gegen eine der Wachen getaumelt war. »Und du wirst im Gefängnis verrotten, wenn du mir nicht sagst, was ich wissen will!«

Das waren seine letzten Worte gewesen, bevor er den Männern mit einer grimmigen Geste zu verstehen gegeben hatte, sie abzuführen. Seitdem hatte sie ihn nicht mehr zu Gesicht bekommen, und die anfänglichen Drohungen waren schon bald der List gewichen. Sie lachte leise und trat an die Sitztruhe zu ihrer Linken, um ein wollenes Übergewand hervorzuziehen und es überzuwerfen. Bevor er den Einfall mit dem Beichtvater gehabt hatte, hatte er ihr eine Botschaft zukommen lassen, dass er willens war, in eine Scheidung mit ihr einzuwilligen, wenn sie ihm den Verbleib des Kindes offenbarte. Wie gerissen er sich vorgekommen sein musste, ihr anzubieten, ihren Liebhaber gegen das Leben ihres Sohnes einzutauschen, dachte sie verächtlich und kehrte zu ihrem Aussichtspunkt zurück.

Das hektische Treiben am Ufer des Flusses war inzwischen resignierter Routine gewichen, da sowohl die Aufsicht führenden Soldaten als auch die Leibeigenen wussten, dass sie der Macht des Neckars nichts weiter entgegenzusetzen vermochten. Wehmütig ließ sie den Blick über die entfernten Bergrücken der Schwäbischen Alb wandern, hinter denen Wulf von Katzenstein auf eine Nachricht von ihr wartete. Wie lange Ulrich wohl vorhatte, dieses Spiel zu treiben?, fragte sie sich bange. Würde er nach einiger Zeit der Rolle des grollenden Ehemannes überdrüssig werden, oder würde er versuchen, sie mit härteren Strafen zu brechen? Ein Schauer kroch über ihren Rücken. Egal, was er mit ihr vorhatte, sie würde hoch erhobenen Hauptes in den Tod gehen, solange sie wusste, dass sich ihr Sohn in Sicherheit befand. Das Gefühl der Beklemmung, das sie immer öfter beschlich, verstärkte sich. Ob es Anabel gelungen war, mit dem Jungen vor der Pest zu fliehen? Ein Klumpen in ihrer Kehle machte ihr das Atmen schwer. Wo mochten sie sich in just diesem Augenblick befinden? Sie konnte spüren, dass Wulf noch am Leben war. Nacht für Nacht träumte sie von ihm, sah die winzigen Hände und das Gesichtchen vor sich, das dem seines Vaters schon so sehr ähnelte. Ein trauriger Ausdruck verdunkelte ihr schönes Gesicht. Ob der Zisterzienser ahnte, dass dies die Träume waren, die sie nicht zu beichten wagte?

Ein lauter Schrei riss sie aus ihren Gedanken. Ein Leibeigener war unter der Last eines Sackes zusammengebrochen, und einer der Soldaten ihres Gatten prügelte mit einer Ochsenpeitsche auf ihn ein. Zwei hysterische Frauen, bei denen es sich vermutlich um Frau und Tochter des am Boden Liegenden handelte, versuchten, den Ritter von der Züchtigung abzuhalten. Doch anstatt dem Bauern zu helfen, zogen sie lediglich den Zorn dreier weiterer Wachen auf sich.

Wie wenig das Leben eines Menschen wert war!, dachte Katharina traurig und wandte sich schaudernd ab, als die Soldaten begannen, auch auf die Frauen einzuschlagen. Wann würde *sie* entbehrlich werden? Wann würde Ulrich sich dazu entschließen, eine neue Gemahlin zu nehmen und Katharina aus dem Weg zu schaffen?

Ermattet schloss sie das Fenster und griff nach ihrer Stickarbeit, die sie neben dem Kamin abgelegt hatte. Ihre einzige Hoffnung bestand darin, dass sie mit der Geburt des Knaben bewiesen hatte, dass die Kinderlosigkeit ihrer Ehe nicht ihr Verschulden war. Würde Ulrich es wagen, das Risiko einer weiteren Heirat einzugehen und seinem Bruder Eberhard Wasser auf dessen Mühlen zu gießen? Sollte dieser seinen Verdacht bestätigt sehen, dass Ulrich nicht imstande war, das Haus Württemberg weiterzuführen, dann würde er mit Sicherheit sein Drängen verstärken. Und Ulrich dazu zwingen, ihm seinen Teil der Grafschaft abzutreten und sich in den Hintergrund zurückzuziehen.

Mit leicht zitternder Hand zog sie den smaragdgrünen Faden durch das Blatt eines Ölbaumes, unter dem Jesus und seine Jünger das letzte Abendmahl zu sich nahmen. Was war geschehen mit den Tugenden des Mitleids und der Vergebung, für die der Heiland sein Leben gegeben hatte? Kaum war der Gedanke zu Ende gedacht, schalt sie sich eine einfältige Närrin. Hatte sie nicht schon vor vielen Jahren unter dem Dach ihres Vaters gelernt, dass diese Gebote für diejenigen, welche die Macht innehatten, keinerlei Gültigkeit besaßen? Seufzend wechselte sie den Faden und stickte den Schleier der rechts neben Jesus sitzenden Maria Magdalena – in Nachahmung des

Wandgemäldes, das Wulf von Katzenstein ihr zu Beginn ihrer Bekanntschaft beschrieben hatte. Bei einem ihrer ersten Ausflüge im Rosengarten hatte er von dem erst vor Kurzem fertiggestellten Werk geschwärmt, das die Wand der Hauskapelle in Katzenstein zierte. Und Katharina hatte ihm ungläubig gelauscht, da auf den meisten dieser Darstellungen die Anwesenheit einer Frau unvorstellbar war.

»Es war ein italienischer Maler«, hatte Wulf ihr mit nicht geringem Stolz erzählt, um sie zu beeindrucken. »Hartmann von Dillingen hat ihn mir ausgeliehen.«

Ob sie dieses Gemälde wohl jemals zu Gesicht bekommen würde? In Wulfs Gegenwart? Oder ob sie sich mit allmählich verblassenden Erinnerungen zufrieden geben musste? Ihre Augen füllten sich mit Tränen, und sie ließ die Arbeit auf ihren Schoß sinken. Sie musste auf Gott vertrauen! Mit seiner Hilfe würde sie Kind und Geliebten schon bald wieder in die Arme schließen, sobald Ulrichs selbstgerechter Zorn verraucht war!

Kapitel 53

Barfüßerabtei Ulm, Februar 1350

Mit einem selbstvergessenen Ausdruck hob der greise Prudenz die Hand an den Kranz aus dichtem, weißem Haar, der sein koboldhaftes Gesicht umrahmte, und kraulte die Stelle, die stets zu jucken schien. Seine leuchtend blauen Augen ruhten mit einem nicht zu deutenden Ausdruck auf den drei frisch ausgehobenen Gräbern zu Füßen der Abteikirche, deren Turm einen langen Schatten warf. Nachdem vor einigen Tagen das Wetter umgeschlagen war, lag eine Andeutung des Frühlings in der Luft, die allerdings von dem Gestank der Kranken und Toten überlagert wurde. Kaum war der strenge Frost der milderen Witterung gewichen, war eine neue Welle der nicht abklingen wollenden Seuche über die Stadt hereingebrochen und hatte die Zahl der Leidenden in die Höhe schnellen lassen. Auch die Abtei war der Wut der Pest nicht entgangen, und da der geweihte Boden inzwischen kaum mehr für die Begräbnisse ausreichte, hatte der größte der Kräutergärten weichen müssen.

In Gedanken versunken strich der neu gewählte Abt über das einfache Holzkreuz, unter dem der Leichnam des vor wenigen Tagen verstorbenen Henricus ruhte. Eine Reihe hinter ihm befanden sich die sterblichen Überreste des Infirmarius Paulus und des Tonsors, die ebenfalls der tückischen Krankheit erlegen waren. Wie unergründlich die Wege des Herrn doch waren!, dachte er mit einem Seufzen, bevor er dem traurigen Anblick den Rücken wandte, um sich in die Bibliothek zurückzuziehen. Während Kinder und in der Blüte ihres Lebens stehende Männer und Frauen ohne Unterschied dahingerafft wurden, verschonte Gott Greise wie ihn! Gemächlich erklomm er die Treppen, welche ihn in den ersten Stock des Refektoriums führten, das unter anderem die umfangreiche Bibliothek beherbergte.

Dort angelangt, ließ er sich von einem Novizen zu einem freien Lesepult führen, auf dem der Knabe wenig später die von Prudenz gewünschten Handschriften ablegte. Immer noch grübelnd entrollte der ehemalige Bibliothekar eines der altersdunklen Schriftstücke und fuhr mit dem unterbrochenen Studium fort. Seit die Geißel Gottes über die Stadt hereingebrochen war, hatte er in den alten Aufschrieben nach Stellen gesucht, in denen ähnliche Ereignisse beschrieben wurden. Überflutungen, Dürren, Stürme und Krankheiten wie diese wurden seit Urzeiten als Strafe für Gottlosigkeit und Arroganz angesehen, welche die Menschheit selbst auf sich gezogen hatte. Je mehr er sich in die Geschichten vertiefte, desto mehr zweifelte er allerdings daran, dass es sich bei dieser Plage um Gottes Willen handelte. Denn wie war es ansonsten zu erklären, dass die Ungläubigen des Ostens und der Kosmos der Christenheit gleichermaßen davon betroffen waren?

Vorsichtig platzierte er den Lesestein auf einer farbenfrohen Illustration, welche die Plagen darstellte, die einst die Ägypter heimgesucht hatten. Handelte es sich bei den beschriebenen Symptomen um dieselben, gegen welche die Ärzte und Heiler so vollkommen machtlos waren? Wenn ja, wie war es möglich, dass in all den Jahrtausenden kein Heilmittel gefunden worden war? Seine Hand stockte. Deutlich zeichneten sich unter den Achseln eines am Boden liegenden Ägypters die typischen, hühnereigroßen Beulen ab, die auch Prudenz schon oft gesehen hatte. Es gab keinen Zweifel! Waren die Menschen so gottlos geworden, dass der Herr sie mit der gleichen Härte bestrafte wie mörderische Heiden? Der Gedanke ließ ihn erzittern. Mit unsicherer Hand führte er den gelblichen Stein ans Ende der Schriftrolle, wo die Krankheit in vielen ausführlichen Einzelheiten beschrieben wurde.

Als nach beinahe einstündigem Studium der Aufzeichnungen seine Augen anfingen zu brennen, gab er schließlich widerstrebend auf und trat an eines der Fenster, um sich eine Pause zu genehmigen. Der Himmel verdunkelte sich bereits mit den aus Süden ins Land ziehenden Schleierwolken, die vermuten ließen, dass sich bald eine neue Föhnfront aufbauen würde. Hinter der hohen Mauer der Abtei gähnte die zum Teil von ihrer Abdeckung befreite Münstergrube, in der reges Treiben herrschte. Ob es den Bürgern Ulms gelingen würde, mit der Errichtung dieses himmelstürmenden Bauwerkes den göttlichen Zorn zu beschwichtigen?, fragte der Barfüßer sich skeptisch, während er beobachtete, wie eine Handvoll Zimmerleute Balken schleppten und die ersten Schalungsteile mit langen Nägeln verbanden. Sobald der Boden weit genug aufgetaut war, würde der Bürgermeister feierlich den Grundstein legen und das Mauern der Fundamente würde beginnen. Bereits zehn Jahre später sollte das Hauptschiff fertiggestellt sein, und obschon Prudenz insgeheim wünschte, bei der Einweihung der Kirche zugegen sein zu können, wusste er, dass er diese vermutlich nicht mehr erleben würde.

Abermals wanderte seine Hand zu seinem Kopf und grub sich in das drahtige Haar. Ob sein Nachfolger den Versuchungen der Macht ebenso erliegen würde wie Henricus? Da er seinem erkrankten Vorgänger vor dessen Ableben die Beichte abgenommen hatte, wusste Prudenz von den Bestrebungen, die Kontrolle über den Bau zurückzugewinnen. Halb im Fieberwahn hatte Henricus ihn angefleht, einen dahingehenden Vorschlag im Rat der Stadt einzubringen, da ihn ansonsten der Glockengießer übertölpelt hätte. Erst im Nachhinein hatte Prudenz in Erfahrung gebracht, dass besagter Glockengießer hingerichtet worden war, und er hatte ungläubig den Kopf geschüttelt.

Während diese Erinnerungen in ihm aufstiegen, ließ er den Blick weiterwandern.

Etwas links von den lautstark diskutierenden Zimmerleuten schossen soeben drei Straßenköter auf einen vollkommen nackten Leichnam zu, um die Zähne in dessen Arme und Beine zu schlagen und an ihm zu zerren. Die Wut der Hunde ließ den achtlos auf die Straße geworfenen Toten hin- und herzucken, sodass es wirkte, als wolle er sich gegen den Angriff wehren. Immer häufiger kam es vor, dass die Verstorbenen wie Schmutz aus ihren Häusern gekehrt wurden, bevor diese von Fremden bezogen wurden, die auch das Hab und Gut der ehemaligen Besitzer beanspruchten. Wenn das Sterben mit unverminderter Geschwindigkeit fortschritt, bestand die Gefahr, dass ganze Geschlechter ausstarben und das Gleichgewicht der Macht auf lange Sicht erheblich gestört würde. Patrizier wurden durch einfache Bürger ersetzt, denen Bauern in die Stadt folgten. Wenn die Gerüchte stimmten, drohte eine Hungersnot, da die wenigen überlebenden Bauern nicht ausreichten, um die Felder zu bestellen und die Ernten einzubringen. Viele von ihnen nutzten die Gelegenheit, das Gebiet ihrer Herren zu fliehen und andernorts ihr Glück als freie Arbeiter zu versuchen. Auch die Klarissen in Söflingen hatten sich bereits über den Schwund an Arbeitskräften beklagt, und im Frühjahr würden vermutlich die Novizen bei der Aussaat behilflich sein müssen. Es war eine Zeit des Umbruchs! Würde die Seuche dafür sorgen, dass das so sorgfältig bewahrte Gesellschaftsgefüge ins Wanken geriet und die unteren Schichten sich gegen die Herrschenden erhoben?

Prudenz schürzte die Lippen. War dies der Grund für die Plage? Verfolgte Gott einen Plan, den die Menschen in ihrer Beschränktheit nicht zu durchschauen vermochten? Gefährliche Gedanken!, schalt er sich und verfolgte mit hochgezogenen Brauen, wie eine Begine mit einem Stock bewaffnet über den Platz stürmte.

Wild fuchtelnd trieb sie die wütenden Hunde auseinander und blickte auf den von ihnen angerichteten Schaden hinab. Nachdem sie den übel zugerichteten Toten mit einem einfachen Tuch bedeckt hatte, knüpfte sie einen roten Fetzen an den Türknauf des Hauses – als Zeichen dafür, dass der nächste Leichenkarren den Körper aufladen sollte. Ein Schmunzeln erhellte die faltigen Züge des Mönches, als er mit ansah, wie die stämmige Frau den sich bereits wieder nähernden Kötern mit dem Knüppel drohte. Eine seiner ersten Amtshandlungen war es gewesen, den Heiligen Schwestern die Kontrolle über das Hospital zurückzugeben. Da unter der Obhut des Infirmarius auch Menschen mit harmlosen Verletzungen den Tod gefunden hatten, war ihm diese Entscheidung leichtgefallen. Nach wie vor hielt er es für eine wichtige Maßnahme, die Pestkranken von den übrigen Leidenden zu trennen, da somit die Ausbreitung der Seuche wenigstens etwas eingedämmt werden konnte. Die neu ernannte Meisterin hatte ihm wortkarg für seine Entscheidung gedankt und sich augenblicklich daran gemacht, die Räume in zwei Bereiche zu unterteilen. Vielleicht würde diese Maßnahme dafür sorgen, dass das Sterben eingedämmt werden konnte, dachte Prudenz sehnsüchtig. Denn wenngleich er selbst nicht mehr lange zu leben hatte, schmerzte es ihn, wenn Jugend und Schönheit gleichermaßen dahinwelkten.

Er fuhr sich mit dem Handrücken über die Stirn und wandte sich dem wartenden Lesepult zu. Er würde den heutigen Abendgottesdienst mit einem Bittgebet für die Unschuldigen und Leidenden eröffnen – auch wenn er sich nicht im Klaren darüber war, was er sich davon erhoffte.

Epilog

Straßburg, April 1351

»Findest du wirklich?«, fragte Bertram, der mit leuchtenden Augen auf den Wasserspeier zu seinen Füßen blickte, nachdem er diesen voller Stolz von der schützenden Leinwand befreit hatte. Seine Wangen glühten, und er trat aufgeregt von einem Bein auf das andere.

»Er ist unglaublich!«, gab Anabel bewundernd zurück und fuhr mit den Fingerspitzen über die raue Oberfläche des rötlichen Sandsteinkopfes, der herausfordernd die Lippen zu kräuseln schien. Die überzeichnet großen Nasenlöcher durchbrach ein mit Schlangenköpfen verzierter Ring, der sich mit dem keck nach oben ragenden Spitzbart verband. Überaus lebendig wirkende Augen glotzten weit aufgerissen gen Himmel – beinahe als erwarte das dämonenhafte Wesen, dass jeden Augenblick ein Blitz auf es herabfahren könne.

Voller Staunen ging Anabel in die Hocke, um die etwa kniehohe Figur näher in Augenschein zu nehmen. Nachdem Bertram am vergangenen Abend übersprudelnd vor Freude in das kleine Haus nahe der Bauhütte zurückgekehrt war, hatte sie ihm versprochen, ihn am heutigen Sonntag zum Münster zu begleiten, um sich das vollendete Werk anzusehen.

»Ich habe ihn nach dem Vorbild einer Figur angefertigt, die ich in Ulm zurückgelassen habe«, hatte er ihr mit einem wehmütigen Ausdruck anvertraut, der allerdings sofort einem entwaffnenden Lächeln gewichen war, als sein Blick auf Anabels gerundeten Leib gefallen war. »Du musst ihn dir unbedingt ansehen!«

Da sie ihm diese Bitte unmöglich hatte abschlagen können, hatte Anabel ihn am frühen Morgen aus den Federn gejagt, die Kinder bei der Amme abgegeben und war ihm zu der atemberaubenden Cathédrale Notre-Dame gefolgt, der sie ihr täglich Brot verdankten.

Da es der Tag des Herrn war, ruhte die Arbeit auf der Baustelle, und lediglich hie und da blitzte das Eisen eines besessenen Steinmetzen auf, der trotz aller Gebote seiner Arbeit den letzten Schliff verleihen wollte. Auch Bertram musste sichtlich gegen die Versuchung ankämpfen, Klöpfel und Schlageisen erneut zur Hand zu nehmen, um für das bloße Auge kaum sichtbare Winzigkeiten zu verbessern. Da es sich bei dem Wasserspeier um das erste Werkstück handelte, das er als Geselle angefertigt hatte, waren seine Ansprüche besonders hoch.

»Adaliz soll sich nicht dafür schämen, mich Meister Gerlach empfohlen zu haben«, sagte er mit einem Blick auf die von der Frühlingssonne beschienene, unvollendete Westfassade, deren drei gotische Portale zu den gestalterischen Höhepunkten des Münsters gehören würden. Seit beinahe zweihundert Jahren wurde bereits an der Liebfrauenkirche gebaut, deren ehrgeiziges Ziel es war, sich zum höchsten Bauwerk der Menschheit aufzuschwingen.

»Wenn er nicht gewesen wäre, hätte ich meine Lehre niemals abschließen können«, stellte Bertram fest.

Anabel nickte und richtet sich wieder auf, um ihm einen Kuss auf die Nasenspitze zu drücken. Auch sie würde dem entfernten Verwandten ihrer Mutter auf ewig zur Dankbarkeit verpflichtet sein. Einzig dieser, der alte Meister Adaliz, hatte Bertram als Lehrling aufgenommen, obschon weder Unterkunft noch Verpflegung gefordert worden waren. Die anderen Straßburger Steinmetze hatten den jungen Mann voller

Misstrauen beäugt, da sie nicht sicher waren, was sie von ihm halten sollten.

»Eine bessere Ausbildung hättest du nicht bekommen können«, pflichtete Anabel ihm bei und ergriff seine Hand. »Wenn Meister Gerlach erst dein Talent erkennt«, fuhr sie fort, »dann lässt er dich bestimmt an dem Hauptportal mitarbeiten.«

Bertram atmete tief durch, bevor er sich bückte, um die Leinwand wieder über die Figur zu ziehen. »Ich hoffe es«, murmelte er und ließ sich von Anabel in Richtung Ill ziehen, wo die drei Türme der Stadtbefestigung in den nur leicht bewölkten Himmel ragten.

Wie jeden Sonntag wimmelten die von Kanälen durchzogenen Gassen von jungen Paaren, Kindern und den aus dem Umland angereisten Adeligen, die in der reichen Handelsmetropole Unterkunft genommen hatten. Anders als in Ulm waren in Straßburg seit ihrer Ankunft vor über einem Jahr kaum Pestfälle aufgetreten; und auch ansonsten strotzten die Bewohner der wohlhabenden Stadt vor Gesundheit.

Hand in Hand schlenderten die beiden jungen Leute am Ufer entlang, genossen den Duft der Apfel- und Kirschblüten und beobachteten den gemächlichen Zug der Schwäne auf dem glitzernden Wasser. Im Hintergrund leuchteten die mit bunten Schindeln gedeckten Dächer der Handelskontore, die sich den beengten Raum mit den dicht an dicht gebauten Häusern der Handwerker teilten. Unzählige Schiffe waren an den Anlegestellen vertäut, und sobald am morgigen Montag der Alltag wieder seinen gewohnten Gang nahm, würde sich der Fluss in einen wimmelnden Ameisenhaufen verwandeln.

Anabel war glücklich. Seit sie im vergangenen Januar die Stadttore durchschritten hatten, glich ihr Leben einem Märchen. Tag für Tag fürchtete sie, eines Morgens zu erwachen und sich wieder in der Glockenhütte ihres Vaters vorzufinden. Stattdessen schlug sie jeden Morgen die Augen auf und blickte in Bertrams friedliche Züge. Sie zog seinen Arm um ihre Taille und legte lächelnd die Hand auf ihren gewölbten Bauch. Nicht mehr lange, und sie würde seinem Kind das Leben schenken!

Nachdem der kleine Frieder im vergangenen Sommer das Licht der Welt erblickt hatte, hatten sie sich beinahe augenblicklich daran gemacht, für weiteren Nachwuchs zu sorgen, da Anabel sich nichts sehnlicher wünschte als ein ganzes Haus voller Kinder. Zu ihrer heimlichen Erleichterung hatte der rotblonde Frieder keinerlei Ähnlichkeit mit seinem Vater, da er ihr Haar und die leuchtend blauen Augen geerbt hatte. Mit seinen neun Monaten war er bereits ein lebhafter Wildfang, der die Amme immer wieder an den Rand der Verzweiflung zu bringen drohte.

Dank des Geldes, das Katharina von Helfenstein ihnen anvertraut hatte, fehlte es ihnen an nichts, doch seit Bertram volle Bezahlung erhielt, achtete Anabel peinlich darauf, jeden Pfennig zu ersetzen, den sie für sich ausgegeben hatten. Sowohl das Bürgergeld als auch die Kosten für Bertrams Werkzeug waren bald angespart, und sobald sie Antwort auf ihre Nachricht erhielt, würde sie die Geldkatze der Gräfin wieder füllen. Ein Seufzen baute sich in ihr auf, als dieser eine Wermutstropfen drohte, ihr die Laune zu verderben. In der Zeit seit ihrer Flucht aus Ulm hatte sie den quirligen Wulf in ihr Herz geschlossen wie ihren eigenen Sohn. Dunkel und ungestüm brachte der eineinhalbjährige Knabe sie immer wieder zum Lachen; und obschon sie ihn hin und wieder energisch in die Schranken weisen musste, liebte sie ihn abgöttisch. Es wollte ihr das Herz aus der Brust reißen, dass man ihn ihr schon bald wegnehmen würde. Doch wie sie es Katharina versprochen hatte, hatte sie genau nach Ablauf eines Jahres Botschaft an die genannte Adresse gesandt. Zwar hatte sie bis jetzt noch keine Antwort erhalten, aber es konnte sicherlich nicht mehr lange dauern, bis die Männer der Gräfin den Knaben abholten.

Geistesabwesend erwiderte sie den Gruß ihrer Freundin Heloise, die beinahe unheimliche Ähnlichkeit mit Vren hatte. Der Seufzer löste sich, und als Bertram sie besorgt anblickte, zog sie ihn auf ein niedriges, von der Sonne erwärmtes Mäuerchen und legte den Kopf an seine Schulter. Wie es der Freundin in Ulm wohl ergangen war? Ob sie die Seuche überlebt hatte, oder wie so viele andere elendig daran zugrunde gegangen war? Einige Zeit lang hatte Anabel sich vorgegaukelt, dass sie eines Tages in ihre Heimatstadt zurückkehren würden, doch schon bald hatte sie sich eingestehen müssen, dass dies niemals möglich sein würde. Da Bertram ohne Freispruch aus dem Gefängnis geflohen war, bestand die Gefahr, dass man ihn in Ulm als einen Verbrecher ansah. Und dieses Risiko würde sie niemals auf sich nehmen!

Während er zärtlich das feine Haar in ihrem Nacken streichelte, schloss sie die Augen und genoss das Gefühl der Wärme auf ihrer Haut. Der Winter war lang und hart gewesen, und dem Gewimmel nach zu urteilen, war sie nicht die Einzige, die sich nach Sonne sehnte. Das leise Plätschern der Wellen wirkte einschläfernd und beruhigend. Während ihr ein Gemisch aus Blütenduft, feuchtem Gras und Essensgerüchen in die Nase stach, ließ sie die Gedanken weiterwandern. Was wohl in der Zwischenzeit aus Gertrud geworden war? Wenn Conrad aufgrund von Baldewins Aussage hingerichtet worden war, dann hatte ihre Stiefmutter alles geerbt.

Sie drängte sich näher an Bertram, dessen Spitzbart sie an der Stirn kitzelte. Wie schnell sich das Schicksal wenden konnte!, dachte sie und öffnete blinzelnd die Augen, als Bertram mit den Lippen an ihrem Ohr zupfte. Wie sehr sie diesen Mann liebte! Ihre Brust verengte sich, als seine Lippen sich warm und rau auf die ihren legten. Spielerisch tastete seine Zungenspitze nach der ihren, und während das Treiben um sie herum in den Hintergrund trat, versanken sie in einem tiefen Kuss.

Ganz egal, was die Zukunft bringen würde, dachte Anabel, während sich Bertrams Arme um sie schlangen – gemeinsam würden sie alle Schwierigkeiten meistern!

Nachwort

Fakten und Fiktion

Obgleich ich mich in dem vorliegenden Roman so weit wie möglich an geschichtliche Fakten gehalten hat, war es dennoch an manchen Stellen nötig, Ergänzungen vorzunehmen beziehungsweise Personen und Handlungsorte umzudefinieren. Um dem heutigen Besucher der Stadt Ulm einige Anhaltspunkte zu geben, wurden einige markante Gebäude in den Roman eingebaut, welche erst zu späterer Zeit errichtet wurden. So entstand die Herberge *Drei Kannen* beispielsweise erst im 16. Jahrhundert; der Gänsturm wurde erst 1360 erbaut; der Fischkastenbrunnen auf dem Marktplatz erst 1482 gegraben. Die Grundsteinlegung des Ulmer Münsters ist erst für das Jahr 1377 verbrieft; das Alte Rathaus wurde erst um 1369/70 errichtet, und die heute zu sehende Fassade entstand gar erst etwa 80 Jahre später. Das Franziskanerkloster befand sich – wie beschrieben – an der Stelle des heutigen Stadthauses, die Beginensammlung auf dem Areal des Münstervorplatzes, wo heute die Münsterbauhütte zu finden ist. Der Blutbann wurde erst im Jahre 1397 an die Ulmer verliehen, es konnte vorher also keine Todesstrafe vom Rat oder Ammann verhängt werden. Sicherlich hätte der Rat der Stadt auch nicht den Abt der als Konkurrenz zu betrachtenden Barfüßerabtei als Bauaufseher eingesetzt; dieser Zug liegt einzig und allein in den Anforderungen des Plots begründet. Da die Pest als europäische Pandemie von 1347 bis 1352/53 wütete, erschien eine Vorverlegung des Münsterbaus um 28 Jahre weniger dramatisch als eine Verschiebung dieses weltbewegenden Ereignisses – vor allem, da kaum drei Jahrzehnte im Kontext der Gotik einen verschwindend geringen Unterschied darstellen.

Die große Pestepidemie des 14. Jahrhunderts raffte Schätzungen gemäß circa 20 bis 25 Millionen Menschen dahin – also etwa ein Drittel der damaligen Bevölkerung Europas –, und brachte das Rad der Geschichte weitgehend zum Stillstand. Noch immer ist nicht genau bekannt, ob es sich bei dieser Epidemie tatsächlich um die Pest und nicht etwa um andere Krankheiten wie Cholera, Typhus oder gar Pocken, Fleckfieber oder Milzbrand handelte, da die Ärzte sicherlich bald nach ihrem Ausbruch auch einige Symptome dieser Erkrankungen der Pest zuordneten. Das Wort ist vom lateinischen *pestis* abgeleitet, das einfach nur »Seuche« bedeutet. Der Schwarze Tod bleibt nach wie vor ein Rätsel. War es die reine Beulenpest, die vom Rattenfloh übertragen wurde, flaute diese im Winter ab, da sich die Flöhe in der kalten Jahreszeit nicht vermehrten. Allerdings konnte die Krankheit dann immer noch durch Tröpfcheninfektion oder die Aufnahme von verseuchten Nahrungsmitteln übertragen werden. Handelte es sich auf der anderen Seite um die weniger erforschte Lungenpest, die eventuell sogar eine Form der Grippe war, so war deren Auftreten vor allem an kaltes Klima geknüpft. Rätselhaft ist nach wie vor auch, warum die Seuche in manchen Teilen Europas verheerend wütete, wohingegen andere Regionen weitgehend verschont blieben (so übrigens auch der Süden Deutschlands, man möge mir verzeihen). Wie viele andere Autoren, die über diese Plage schreiben, habe auch ich auf einen der wenigen Augenzeugen der damaligen Zeit zurückgegriffen und die Beschreibung der durch die Seuche hervorgerufenen Zustände eng an das *Dekameron* von Giovanni Boccaccio angelehnt.

Es ist an dieser Stelle wichtig, darauf hinzuweisen, dass »Geschichte« nicht notwendigerweise Fakten beschreibt. Jeder Bericht von Chronisten oder Augenzeugen ist gefärbt von ihrer gesellschaftlichen Stellung, ihrem Glauben oder der Position, die der Berichtende innehatte. War ein historischer Charakter wirklich kühn, schön oder edel? Das kann mit Sicherheit kaum mehr festgestellt werden. Genau wie Erzählungen besteht Geschichte zum Großteil aus Unbestimmtheitsstellen, welche vom Interpretierenden ausgefüllt werden müssen. Daher habe ich mich im folgenden Text manchmal narrativen Konventionen und Erwartungshorizonten unterworfen und Handlungen und Charaktere zum Teil etwas freier interpretiert. Ein historischer Roman ist und bleibt ein Roman, auch wenn ich bemüht war, dem Pfad der historischen Wahrheit so genau wie möglich zu folgen.

Die herangezogenen Quellen können der Bibliographie am Ende des Buches entnommen werden. Besonders dem Stadtmuseum der Stadt Ulm und dem Haus der Stadtgeschichte bin ich zu großem Dank verpflichtet, da nicht nur die gelungenen Ausstellungen und Publikationen, sondern auch die hilfreichen und freundlichen Mitarbeiter dazu beigetragen haben, diese Geschichte zu dem zu machen, was sie geworden ist. Sämtliche Fehler und Ungenauigkeiten, die aus den Anforderungen der Handlung resultieren, stammen allerdings ohne Einschränkung aus meiner eigenen Feder.

Die im Roman beschriebene Stadtummauerung des 14. Jahrhunderts schloss im Westen mit dem heutigen Bahnhof und dem Glöcklertor ab, im Norden mit der heutigen Olgastraße inklusive Neutor und Frauentor, im Osten mit der heutigen Münchener Straße und dem Heilig-Geist-Spital und im Süden mit dem Herdbruckertor und der Mauer am Ufer der Donau. Das neben der Franziskanerabtei gelegene Löwentor war Teil der älteren, zur salischen Marktsiedlung gehörigen Ummauerung, die zudem die Stauferpfalz (heutiges Schwörhaus), das Leonhardstor an der heutigen Frauenstraße und das Schützentor östlich des Herdbruckertors mit einschloss *(854-2004: 1150 Jahre Ulm, S. 33)*.

Die Namen der Beginenschwestern habe ich (außer der Meisterin Guta Staiger) zum Teil willkürlich aus den Familien des Ulmer Patriziats gewählt. Der ehrenwerte Ritter Wulf von Katzenstein ist frei erfunden, sein Lehen zu Dillingen gehörig. Seit 1286 war Dillingen im Besitz des Hochstifts Augsburg, und der Graf Hartmann von Dillingen war im 14. Jahrhundert schon längst tot. Überdies gab es in Ulm keine Glockengießerei, da die Glocken tatsächlich aus Ungarn eingeführt wurden – der Leser möge mir erneut vergeben. Die Wahl des Aldermans entspringt voll und ganz meiner Fantasie. Da es sich bei dem Rat allerdings um das höchste Gremium der Stadt gehandelt hat, liegt die Vermutung nahe, dass über Posten von solcher Wichtigkeit dort entschieden wurde. Da die Besitz-, Rechts-, Zunft- und Lehensverhältnisse im späten Mittelalter von unglaublicher Komplexität waren, musste an mancher Stelle vereinfacht beziehungsweise gerafft werden. Auch sind in den Roman einige Erlebnisse aus meiner Kindheit eingeflossen, die nicht unbedingt von geschichtlicher Relevanz sind.

Es bleibt mir also nichts weiter übrig, als Platon zuzustimmen, was seine Einschätzung der nachahmenden Dichtkunst angeht: *Ihr Erschaffen der Dinge besteht darin, dass sie nur wenig von ihnen, nämlich nur ein Scheinbild hinmalt.* (Platon. *Der Staat.* Stuttgart: Alfred Kröner Verlag, 1973, S. 328). Denn genau das ist ja die Essenz der Fiktion.

Silvia Stolzenburg
Juni 2010

Bibliographie

Behringer, Charlotte et. al. *Kathedralen: Hundert Meisterwerke des Abendlandes.* Erlangen: Nebel Verlag, 1991.

Binding, Günther. *Der mittelalterliche Baubetrieb in zeitgenössischen Abbildungen.* Stuttgart: Konrad Theiss Verlag, 2001.

Binding, Günther. *Als die Kathedralen in den Himmel wuchsen: Bauen im Mittelalter.* Darmstadt: Primus Verlag, 2006.

Boccaccio, Giovanni. *Das Dekameron.* Berlin: Aufbau Verlag, 1990.

Bookmann, Hartmut et. al. *Mitten in Europa: Deutsche Geschichte.* Berlin: Goldmann Verlag, 1990.

Honour, Hugh/Fleming, John. *Weltgeschichte der Kunst.* München, Berlin, London, New York: Prestel Verlag, 2000.

Kinder H./Hilgemann W./Hergt, M. (eds.) *dtv-Atlas der Weltgeschichte.* München: Deutscher Taschenbuch Verlag, 2000.

Koch, Wilfried. *Baustilkunde.* München: Mosaik Verlag, 1991.

Lexer, Matthias. *Mittelhochdeutsches Taschenwörterbuch.* 38. Auflage. Stuttgart: S. Hirzel Wissenschaftliche Verlagsgesellschaft, 1992.

Link, Otto. *Alt-Ulm: Ein Stadtbild von Otto Link.* Tübingen: Alexander Fischer Verlag, 1924.

Stadtarchiv Ulm (Hrsg.). *StadtMenschen. 1150 Jahre Ulm: Die Stadt und ihre Menschen.* Ulm: Ebner Verlag, 2004.

Uhde, Gerhard. *Sagen aus dem Heidenheimer Land.* Heidenheim: Verlag Werner Jerratsch, 1978.

Ulmer Museum: Reinhardt, Brigitte/Schulz, Ilse (Hrsg.). *Ulmer Bürgerinnen, Söflinger Klosterfrauen in reichsstädtischer Zeit.* Ulm: Süddeutsche Verlagsgesellschaft Ulm, 2003.

Vogt-Lüerssen, Maike. *Der Alltag im Mittelalter.* Norderstedt: Books on Demand, 2006.

Vogt-Lüerssen, Maike. *Zeitreise 1: Besuch einer spätmittelalterlichen Stadt.* Norderstedt: Books on Demand, 2005.
Weimert, Helmut. *Historisches Heidenheim.* Heidenheim: Stadtarchiv Heidenheim, 2006.
Wortmann, Reinhard. *Das Ulmer Münster. Große Bauten Europas Bd. 4.* Stuttgart: Verlag Müller und Schindler, 1972.
Die Bibel. *Psalm 91, 3 – 6.* www.wort-und-wissen.de

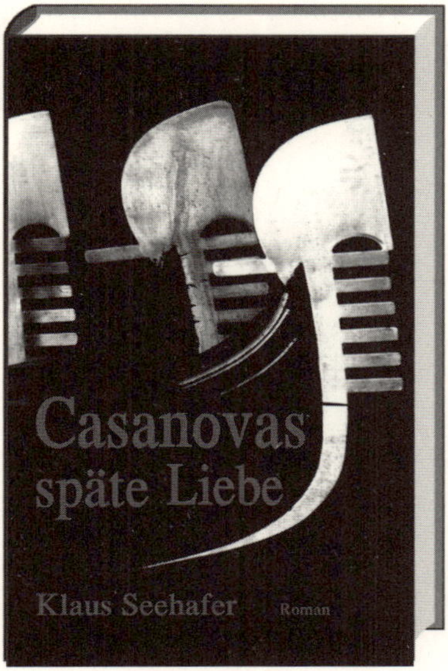

Klaus Seehafer

Casanovas späte Liebe

208 Seiten
Edition Aglaia
im Bookspot Verlag
ISBN 978-3-937357-36-2
14,80 €

Nach seiner Flucht aus dem schrecklichsten Gefängnis des Kontinents ist Casanova jahrelang durch ganz Europa gereist, heute reich und morgen arm. Nun ist er wieder in Venedig und scheinbar ganz der Alte: nachts liebt er die junge Elvira, nachmittags ihre Schwester Mona. Die Reichen und Noblen der Stadt laden ihn ein, um von seinen Abenteuer zu hören.

Und doch ist etwas anders als früher. Casanova will nicht mehr als die schillernde Gestalt gelten, die alle Welt in ihm sieht. Er ist schließlich auch Erfinder, Entdecker und Mathematiker, Übersetzer, Dramatiker, Romanautor und Philosoph. Aber seine Ideen interessieren niemanden. Gleichzeitig lässt Casanova die ständige Frage nach seinem Verräter, dem Mann, der ihn in die furchtbaren Bleikammern der Lagunenstadt gebracht hat, nicht los. Doch dann macht er eine Entdeckung, die ihn alles in anderem Licht sehen lässt.

Bitte beachten Sie die Leseprobe auf den folgenden Seiten!

Um sechs Uhr war die Sonne aufgegangen. Die wenigen Besucher der Frühmesse in Santa Maria della Salute hatten die Kirche in der Dunkelheit betreten und verließen sie jetzt, geblendet von der Schärfe des Morgenlichts. Zwei alte Frauen blieben ein Weilchen auf dem Vorplatz stehen und unterhielten sich laut. Von der Seite wankte ein männlicher Maskenträger in schwarzer Bucca zu den breiten Stufen des Kanals hinunter, brach in die Knie, schob sich die Maske mit letzter Kraft auf die Stirn, würgte und spie Gelbliches in das langsam davontreibende Wasser. Keiner scherte sich um ihn, nicht die eilig in die Gassen verschwindenden Kirchgänger noch die beiden Frauen.

Die Sonne stieg höher und ließ die Schatten auf den Plätzen nach Osten wandern, die Kirchtürme von unten her erstrahlen: die qualligen Kuppeln der Markuskirche, den rot-weiß-grünen Turm von San Giorgio Maggiore und auf der Giudecca-Insel die prachtvolle Salute. Von überall her strebten jetzt Männer, Frauen und Kinder in die Kirchen ihrer Gemeinden. Erst viele, dann weniger, schließlich kaum mehr welche. Nach einer Stunde oder mehr strömten sie wieder heraus. Männer und Kinder blieben diesmal länger auf den Plätzen, die Frauen verschwanden rasch in dunkle Küchen. Ebbe und Flut. Flut und Ebbe.

Irgendwo waren Tauben aufgeflogen, zogen mit klatschendem Geflatter einen großen Kreis übers Dorsoduro, dann noch einen und entfernten sich nach Osten über die Frezzeria. Aus den Straßen der kleinen Leute quoll Wärme und Küchenbrodem. Der Tag würde heiß werden. Die winzigen Gässchen links und rechts waren von Lärm erfüllt. Durch ein Portal ging es zu einer Sackgasse, dem Corte del Luganegher, und von dort seitab in einen verkommenen Innenhof mit stinkendem Dreck in den Ecken. Dort war eine der Wohnungen Casanovas, und dort schlief er heute früh noch immer. Die beiden Zimmer, die er im ersten Stock bewohnte, nannte er je nach Laune seinen Fuchsbau, weil sie Ausgänge zu verschiedenen Straßen hatten, oder auch sein Appartamento dell'Identificazione. Von unten erkannte man die Wohnung an einem kleinen, gefährlich sich senkenden Alkoven, der überm Hof hing. Vom zweiten und dritten Stockwerk hing Wäsche aus den Fenstern. Beide Treppen, die vordere und die versteckte hintere, knarrten entsetzlich, wenn man sie betrat. Wozu die Vordertreppe ihren seltsamen Schlenker nach links machte und über zwei Zwischenstufen wieder zurück, hätte nur der längst verstorbene Architekt des Hauses sagen können. Aber vielleicht war ja auch keiner beauftragt worden. Es gab genug Häuser in Venedig, die man ohne Baumeister errichtet hatte. Manchmal waren sie dann später in sich zusammengefallen, viele aber standen immer noch, gestützt von anderen, stabileren.

Das erste Zimmer wurde von einem dunklen alten Schrank beherrscht, dessen Türen und Schubladen halb oder ganz geöffnet waren. Daneben stand ein großer Sessel, aus dem überall das Stroh herausquoll. Fast in der Mitte des Raumes befand sich ein Stehpult, wie es die einfachen Kopisten hatten, zerkratzt, mit Tinte beschmutzt, an den Seiten Zettel auf kleine Nägel gespießt. Auf dem Boden verstreut lagen Manuskriptblätter, Briefe, Federkiele. Dieses Zimmer war hell, ein zweites dahinter, an das sich ohne Tür ein Klosett anschloss, viel dunkler. Dort war ein Rouleau halb herabgelassen worden, bis es sich dann gestaucht hatte. Licht fiel in kleinen Streifen in diesen Raum, der so gut wie keine Möbel enthielt. Decken wohl, Matratzen, in einer Ecke eine Laute, in der anderen eine Truhe, über die Männer- und Frauenkleider geworfen worden waren. An der Wand lehnte ein für den Raum viel zu hoher, einst prächtiger, jetzt fleckiger Spiegel.

Der Mann unterhält sich mit einem unsichtbaren Kind. – Wer bist du? Gioaccino? Und wie alt bist du? – Sieben Jahre, Euer Gnaden. Abends singt meine Mutter in diesem Theater. Sie ist eine große Sängerin. Sie ist eine sehr schöne Frau. Alle haben sie lieb. – Da hast du sie wohl auch sehr lieb? – Sie ist die schönste Frau der Welt. Ich hab sie sehr lieb. – Aber sie lässt dich oft allein. – Manchmal darf ich auf die Bühne und ihr ein Sträußchen Blumen reichen. Das gehört zum Stück, Euer Gnaden. Sie schicken mich dann raus, und ich reiche ihr ein Sträußchen. Es sind aber gar keine echten Blumen. Aber dafür bekommt sie die jeden Abend neu.

Der Mann weint. Immer weint er an dieser Stelle. Es wird gleich zu Ende sein. Aber jetzt kommt die alte Frau. Immer wenn sie kommt, fühlt er Schmerzen.

– Ich bin krank. – Ach, das kenn ich, sagt der Kleine. Mir blutet auch immer die Nase. Ich bin schon ganz leer. – Nein, mir tut es hier unten weh. Man nennt das Syphilis. – Wenn Ihr aber dabei blutet, kommt mit zu meiner Nonna, die steckt Euch in eine Kiste. Da müsst Ihr ganz still sein, sonst seid Ihr tot. Aber nachher seid Ihr gesund.

Der Mann steigt in die Kiste. Der Deckel wird zugedrückt, ein Riegel vorgeschoben. Aber der Riegel hört sich an, als würde eine riesige Tür damit verschlossen. Eine Gefängnistür. Es ist finster. Er fängt an zu schreien. Er schreit und schreit und bäumt sich auf …

Casanova liegt auf seiner Matratze, ist wach, hält aber die Augen noch geschlossen. Merkt, dass er gar nicht schreit, nur das Laken hat er sich vom Leibe gestrampelt. Hat nur wieder den alten Traum geträumt. Aber das Kind hört er immer noch.

– Nonna, bittet das Kind, lies mir vor. – Nicht schon wieder, mein Kleiner. – Nonna, du strickst immer, erzähl mir was. – Was denn, mein Kleiner? Schlaf doch endlich, und sieh erst mal zu, dass du wieder gesund wirst. Was hat mein armer Kleiner für Narben im Gesicht! – Sie jucken nicht mehr so, wenn du mir was erzählst. Erzähl mir von Papa. Wie alt war ich, als er gestorben ist? – Da warst du acht Jahre, mein armer Kleiner, und dein lieber Papa ist uns allen als braver Schauspieler in Erinnerung geblieben. Er war ein guter Mensch. –

Bin ich mehr wie Papa oder wie Mama? – Oh, du bist die ganze Zanetta, schön und frech, und wenn irgendwo eine Bühne ist und ein Licht auf dich fällt, dann verwandelst du dich und spielst und spielst und machst allen was vor. Du wirst sicher einmal in ihre Fußstapfen treten.

– Mama, ruft der kleine Giacomo, wo bist du jetzt? – In London, mein Kind. In Dresden. – Ist es wahr, dass dich all die hohen Herren lieben, wenn sie dich sehen? – Ach, mein dummer Junge, das sollen sie nicht, aber oft tun sie's. Das ist schon wahr. – Wann kommst du wieder, Mama? – Das weiß ich noch nicht, mein kleiner Liebling. Wenn mich keiner mehr sehen will, wahrscheinlich. Willst du denn, dass mich keiner mehr sehen will? Sag, willst du das? – Nein, aber Mama, wo ist Papa jetzt? Ist er im Himmel, oder spielt er wieder Theater? Oder will den Papa keiner mehr sehen? Sag Mama, will den Papa keiner mehr sehen? Oder ist es, weil er …, weil er gar nicht mein Papa ist? Weiß er das, Mama? Mama, weiß er das? –

Casanova, als er heimgekehrt, empfand zunächst eine seltsame Unbestimmtheit des Gefühls. In der Fremde war er jahrelang mit den Gedanken daheim gewesen. Jetzt aber wusste er nicht mehr, wohin er gehörte. Unter dem Namen eines Chevalier de Seingalt war er seit seiner Flucht aus Venedig jahrelang durch halb Europa gereist. Doch lang schon, bevor er wieder zurück in die Serenissima Repubblica gelangt war, hatte er darauf geachtet, wieder zu dem zu werden, der er war. Als ein florentinischer Berichterstatter geschrieben hatte, es halte sich derzeit ein bekannter Edelmann innerhalb der Mauern der Stadt auf, diktierte ihm Casanova, wohl wissend, dass dessen Blatt auch in Venedig gelesen würde, ein Dementi in die Feder. »Der genannte Herr ist selbst zu uns gekommen, um zu erklären, dass er zwar Venezianer sei, doch kein Adliger, dass er sich diesen Rang, der weit über seine Qualifikation hinausgehe, niemals zugeschrieben habe, und sich darauf beschränke, ein guter Untertan dieses Landes, aber kein Edelmann zu sein.«

Und er hatte sich nicht nur darauf beschränkt, ein guter Untertan zu sein, sondern sich darum bemüht, der Republik zu zeigen, wie nützlich er ihr sein konnte. Da war die von ihm verfasste »Widerlegung der Geschichte der venezianischen Regierung von Amelot de la Houssaie«, eine Schrift, die wegen ihren treffsicheren Enthüllungen dem Großen Rat schon lange ein Dorn im Auge war. Da war die lukrative Neuorganisation der Postroute zwischen Triest und Venedig, die nunmehr auch über Udine fuhr. Und nicht zuletzt die Herabsetzung der Zollgebühren für österreichische Waren, womit er erreichte, dass die Österreicher venezianisches Gebiet nicht mehr auf dem Seeweg umgingen.

In ganz Europa fragte niemand Casanova danach, von welcher Beschaffenheit sein Adel sei, hier konnte er mit seinen Leistungen überzeugen. Aber für seine Heimatstadt konnte er tun und leisten, was er wollte, hier würde er immer nur Giacomo, der Sohn Gaetanos und Zanettas bleiben. Wenn Gaetano überhaupt sein Vater war, und er nicht in Wirklichkeit einen Bastard angenommen hatte! Casanova glaubte hierzu etwas herausgefunden zu haben, aber sich in dieser Hinsicht zu äußern, schien ihm vorerst noch zu gefährlich. Zuerst musste er sicheren Frieden mit den hiesigen Behörden schließen. Man ließ ihm vierhundert Franc für eine diplomatische Mission zukommen, später noch einmal hundert Dukaten, und versprochen war ein monatlicher Zuschuss von zehn Zechinen. Als Casanova endlich den sehnsüchtig erwarteten Geleitbrief aus den Händen des venezianischen Konsuls empfing, las er ihn schweigend, bedeckte ihn dann mit Küssen und brach in Tränen aus. »Ich empfinde es«, sagte er, »als einen Triumph, dem gleichen Tribunal dienen zu können, das mich ehedem meiner Freiheit beraubt hat und dessen Macht ich herausgefordert hatte.«

Der Prokurator Morosini half bei der Rückkehr. Senator Zaguri ließ ihn bei sich und in Unterkünften wohnen, die ihm gehörten. Sein alter Gönner Barbado hatte ihm einen monatlichen Zuschuss von sechs Zechinen vererbt, und von Marco Dandolo bekam er noch einmal so viel. Zwei Beträge freilich, die zum Leben zu wenig und zum Sterben zu viel waren. Die Inquisition, die ihn einst verfolgt hatte, lud ihn anfangs zum Essen ein und ließ sich die Geschichte seiner Flucht aus den Bleikammern erzählen. Bei einer dieser Gelegenheiten erfuhr er, dass der arme Lorenzo Basadonna, sein Gefangenenwärter, eingekerkert und zwei Jahre später zu zehn Jahren Zuchthaus verurteilt worden war. Irgendwann aber war die Republik weder an seinen Geschichten noch an seinen Diensten interessiert. Aus dem Geheimdiplomaten wurde der kleine Agent Antonio Pratolini. So vieles hatte er getan und so wenig bewirkt. Einzig auf den Tag seiner Heimkehr hingearbeitet. Einzig um die Amnestie gerungen. Nun war er hier. Und nun?

Casanova hielt die Augen geschlossen und spürte, wie ihm der Schweiß den Körper herablief. Das zerknüllte Laken lag gerade noch über den Knien. Mit dem beweglicheren seiner Beine schob er es ganz von sich. Winkelte die Arme und spannte die Muskeln an, ordnete Geräusche und Gerüche. Wusste wieder, wer er war und wo. Manchmal gelang ihm das nicht mehr so leicht. Dann verzwirnten sich seine Träume mit dem tätigen Leben, befeuerten es aus wunderlichen Quellen, ließen ein Leuchten in seine Augen treten, das ihn glaubwürdig gemacht hatte vor Konsuln, Diplomaten und Bankiers, die solches Leuchten nicht kannten, es aber für ihre Zwecke nutzen wollten. Von San Moisè läutete es die halbe Stunde. Halb acht oder schon halb neun? Ein Kinderschrei klang von der Gasse herauf und ging über in anhaltendes Weinen, das allmählich dumpfer wurde. Das Kind war offenbar ins Haus gezogen worden. Stimmengebraus in der Ferne. Geruch von Gekochtem und billigem Parfum.

Casanova streckte seinen Arm weiter, berührte mit der Handfläche den Körper neben sich. Knackend drehte er den Kopf und öffnete die Augen. Elvira lag neben ihm, die jüngere

Schwester der Bäckerin, im Schlaf zusammengekrümmt, alle Laken an sich gezogen, das lange dunkle Haar überm Gesicht.

Er stemmte sich vorsichtig hoch, stand schwankend auf und ging hinüber zum Klosett, fühlte beim Niedersetzen die kühlere Luft von unten her. Er öffnete das kleine Fenster neben sich halb und hörte nahes und ferneres Schwatzen. Rieb sich über die fleckige Haut seiner Knie. So hatten sie früher nicht ausgesehen. War er alt geworden, ohne die Schwelle zum Alter bemerkt zu haben? Wie hatten denn die Ärzte und Philosophen von einst das Alter bestimmt? An den vorherrschenden Säften des Körpers. Die Kindheit werde von Schleim bestimmt, die Jugend von Blut, das Erwachsensein von der gelben Galle, das Alter von der schwarzen. War es etwa schon so weit? War er nur noch melancholisch, traurig, trocken, kalt? Er hörte hinüber, wo Elvira plötzlich im Schlaf aufseufzte. Ach nein, noch war er warm und zugewandt! Noch pulsierte das Blut in ihm und natürlich die gelbe Galle des männlichen Streits.

Casanova drehte sich die Papilloten aus dem Haar und schüttelte seine Frisur. Sie war noch immer voll und ansehnlich. Er wischte sein Gesäß ab und überlegte, ob er sich schon anziehen sollte. Noch steckte etwas von dieser süßen Müdigkeit des Morgens in ihm, die ein leichtes abermaliges Einschlafen versprach, verbunden mit angenehmem Aufwachen ohne Gliederschmerzen, ausgetrocknetem Mund und verquollenen Augen. Leise tappte er zurück ins andere Zimmer. Die Fenster waren offen, damit frische Luft hereinkam. Aber es war bereits zu spüren, dass auch dieser Frühlingstag wieder so heiß werden würde wie die Tage davor. Am besten verbrachte man die Zeit schon jetzt am Meer. Da wäre er zudem alleine. Er legte sich wieder auf sein Lager, blickte kurz zu seinem verpuppten Schmetterling hinüber und überließ sich seinen Gedanken.

Immer noch und immer wieder, manchmal Tag und Nacht, kreisten sie um jene Confidentes, die möglicherweise die

Schuld an seiner Verhaftung trugen. Vor allem der Goldschmied Manuzzi kam ihm dabei in den Sinn, der ihn zweimal besucht und dabei Bücher und Manuskripte entdeckt hatte, die von Magie handelten. Giovanni Battista Manuzzi. Dieser kleine dickliche Mann mit den fettigen Haaren und dem unruhigen Blick. Ärmlich von Gestalt und Habitus. Einnehmend hatte er nicht ausgesehen, aber doch wie ein anständiger Mensch, was natürlich eine notwendige Eigenschaft für seinen Beruf war. In der Menschenmenge war er durchaus verwechselbar mit vielen anderen, aber Casanova würde sein Gesicht nie vergessen, denn er war sich so gut wie sicher, dass es diese erbärmliche Kreatur gewesen war, die ihn verraten und in die Bleikammern gebracht hatte. Hatte sich Messergrande Matteo Varutti, der Leiter der gefürchteten venezianischen Polizei, bei seiner Verhaftung nicht als erstes jene Bücher und Manuskripte über Magie und Okkultismus aushändigen lassen? Und auch das entzückende Büchlein Aretinos über die Liebesstellungen, das sich Manuzzi kurz zuvor für ein paar Tage ausgebeten hatte? All das wanderte damals zusammen mit vielen Papieren, die nur für Casanova wertvoll waren, in den Sack des Messergrandes. Giovanni Battista Manuzzi. Er war es. Er musste es gewesen sein. Warum aber hatte er es getan? Sie hatten einander vorher kaum gekannt. Casanova war damals ein selbstbewusster, ja stolzer, vielleicht sogar arroganter Mensch gewesen. Heute konnte er sich vorstellen, dass diese Eigenschaften so manchen gekränkt haben mochten. Aber Manuzzi? –Vielleicht hatte er einfach das Geld gebraucht, das mit den Aufträgen des Großen Rates an seine Confidente verbunden war. Aber der entlohnte seine Spitzel oft nur geringfügig. Wer hätte das besser gewusst als Casanova selbst, der sich freilich mit allerlei Tricks und Finessen bislang immer bemüht hatte, für kleines Geld unbedeutende Nachrichten zu liefern. Und warum gelang es ihm in dieser Stadt mit ihren hundertvierzigtausend Einwohnern nicht, Manuzzi zu treffen, ihn zur Rede zu stellen? Eine Begegnung, die mittlerweile zur fixen Idee geworden war; für die er sich geradezu zwanghaft vernichtende Dialoge zurechtgelegt hatte, Dialoge, deren letzte Sätze auch nach all den Jahren noch nicht feststanden, sondern immer diffuser wurden. Der Goldschmied wohnte sicher nicht auf den Inseln, sondern hatte seine Werkstatt irgendwo zwischen dem Rialto, wo die meisten Handwerker und Händler arbeiteten, und dem Canareggio. Alle Welt, so schien es Casanova, war hier Tag und Nacht auf den Beinen, mal mehr, mal weniger, Ebbe und Flut. Aber wenn man nur lange genug auf allen Wegen und Stegen unterwegs war, musste man ihn doch einmal treffen. Nein, man traf ihn nicht, er war wie vom Erdboden verschwunden. Ebbe und Flut, Flut und Ebbe. Die schmerzhaften Gedanken verebbten allmählich, er schmiegte sich an Elvira, die Unverständliches murmelte, und erinnerte sich an gestern Abend.

Ein schöner Tag war das gewesen. Einer von denen, die vielleicht darum so geglückt waren, weil er sie gut vorbereitet und mit einem glänzenden Auftritt abgeschlossen hatte. Natürlich war er kein Schauspieler, aber auch Dichter brauchten gelegentlich ihre Auftritte. Ah, das Licht im Palazzo Diedo, die abendlich sanfte Kühle, die vom Rio di San Maurizio heraufwehte! Alle waren sie da gewesen, die er verehrte und die ihn liebten, achteten oder einfach nur über die Jahre zuverlässig gefördert hatten. Gerolamo Diedo lud jeden Samstag zu einem opulenten Abendessen mit guten Weinen und Gesprächen ein. Unterhaltungen, die natürlich auch von dem Witz und den geistvollen Wendungen beflügelt wurden, denen die Venezianer gern und widerstandslos erlagen. Hier aber waren originelle Ideen und widerspenstige Argumente fast noch mehr gefragt. Hier stürzte manch absichtslos dahingeworfene Behauptung durch unerbittliches Nachfragen die Anwesenden oft schnell genug in philosophische Tiefen. Diskurse, wie Casanova, Dandolo und Zaguri sie besonders liebten, bei denen der Hausherr, ein weißhaariger, etwas fülliger Endfünfziger, zwar nicht mithalten konnte, denen er aber gerne lauschte.

Es hatte ein einfaches Mahl gegeben, Lerchen mit Ragout. Casanova kannte das Rezept aus Württemberg und hatte es Diedos Koch in der Frühe genau beschrieben: In eine mit Speck ausgelegte Kasserolle kam passiertes Lerchenfleisch, wurde angebraten, gewürzt und dann in einer kräftigen Brühe aus Champignons, Artischockenböden und Morcheln gekocht. Und für jene, die ihre heimische Küche vorzogen, waren gegrillte Meeräschen, frittierte Krebse, Seespinnen und Tintenfische serviert worden. Bei Obst, Käse und Diedos Weinen fanden die Geschmäcker dann wieder zusammen.

Gestern hatte der Hausherr außer Casanova noch die hochmögenden Herren Dandolo, Zaguri und Grimani den Jüngeren eingeladen, dazu zwei ältere, ihm unbekannte Damen vom Festland, die in nicht näher ergründbarer Beziehung zu Diedo standen. Mochten auch die meisten Gäste hin und wieder wechseln, einer war immer dabei, Corrado, ein Jesuit, der stets neben Casanova saß, weshalb niemand daran zweifelte, dass er ein Spion war.

Marco Dandolo war einer der ältesten Freunde Casanovas. Sie brauchten kein Wort zu wechseln, sich nur anzuschauen, und jeder wusste, was der andere dachte oder bezweckte. So hatten sie schon manchen Streich zusammen ausgeheckt, wie sie überhaupt zu Zeiten und besonders im Karneval albern wie kleine Jungs sein konnten. Beide liebten schöne Frauen und genossen vor allem die Erinnerung an Elsa Muratori, mit der sie sich einen ganzen Winter gemeinsam vergnügt hatten. Es war abgemacht worden, dass Elsa ihre Wohnung in völliger Dunkelheit lassen sollte, damit ihr Mann, wenn er nach Hause kam, nichts merkte und annahm, sie schliefe. Tatsächlich hatte sie auf diese Weise nicht bemerkt, dass ihre Liebhaber sich die ganze Nacht über abwechselten. Trat der eine vor die Tür, kam der andere herein. Einzig über die Standfestigkeit ihres nimmermüden Liebhabers hatte sie sich gewundert. Aber das Verwundern war nicht in Misstrauen umgeschlagen, sondern hatte sich in eine glückliche Apathie verwandelt, die jegliches Nachdenken ausschaltete, denn Elsa war eine angenehme, aber doch eher einfältige Frau.

An dieses Abenteuer und viele andere musste Casanova denken, wenn er mit Dandolo zusammen war, und er blieb ihm immer dankbar, dass er sich, zusammen mit Zaguri und anderen wohlmeinenden Bekannten, immer wieder dafür eingesetzt hatte, ihn zurück in die Heimat zu lassen.

Pietro Antonio Zaguri war ein venezianischer Nobile und Mitglied des Großen Rates, der Casanova einmal einen Empfehlungsbrief geschrieben hatte. Aber weder diese Freundlichkeit noch der Rang Zaguris hatten ihn schließlich bewogen, den Kontakt zu ihm zu suchen, sondern die stilistische Wendigkeit dieses Mannes. »Als ich diesen Brief gelesen hatte«, versicherte er seiner Tischnachbarin, »entzückte mich mehr noch als sein Inhalt die darin zum Vorschein tretende Formulierungskraft. Man konnte jemanden, den man nicht kannte, kaum vornehmer und gewiss nicht mit geschickteren Wendungen empfehlen. Ich wusste, dass ich Zaguri unbedingt kennenlernen wollte, wenn ich wieder zurück in Venedig wäre. Und obwohl wir heute gar nicht so weit voneinander wohnen, schreiben wir uns noch immer Briefe und versuchen uns dabei mit den ausgesuchtesten Formulierungen zu überbieten. Ein unschuldiges Vergnügen, wie Sie mir zugeben werden.«

Der allzeit fröhliche Zaguri, ein gut aussehender kleiner Mann in den Anfangsvierzigern, hatte gerade über einen Traktat gespottet, der die oberitalienischen Städte als Tiere darstellte, eine platte Fabel in schlichtem Stil, an der nicht einmal versöhnte, dass im großen Kampf der Tiere nicht der Wolf von Rom, sondern der Löwe von Venedig gesiegt hatte. Eine der Damen, die fülligere, ansehnlichere, wurde von einem tief sitzenden Gelächter erschüttert, als sie sich bemühte, ein nur halb gelesenes Buch zu referieren, dessen Inhalt sie aber offenbar nicht verstanden hatte.